高超 著

台湾会馆

九州出版社

图书在版编目（CIP）数据

台湾会馆／高超著. -- 北京：九州出版社，
2023. 10

ISBN 978-7-5225-2394-1

I. ①台… Ⅱ. ①高… Ⅲ. ①长篇历史小说-中国-
当代 Ⅳ. ①I247. 5

中国国家版本馆 CIP 数据核字（2023）第 199092 号

台湾会馆

作　　者	高　超　著	
责任编辑	关璐瑶	
出版发行	九州出版社	
地　　址	北京市西城区阜外大街甲 35 号（100037）	
发行电话	（010）68992190/3/5/6	
网　　址	www.jiuzhoupress.com	
印　　刷	北京盛通印刷股份有限公司	
开　　本	880 毫米 × 1230 毫米　32 开	
印　　张	23. 75	
字　　数	534 千字	
版　　次	2023 年 11 月第 1 版	
印　　次	2023 年 11 月第 1 次印刷	
书　　号	ISBN 978-7-5225-2394-1	
定　　价	98. 00 元	

前　言

　　创作这部长篇历史小说并不得心应手，可以用"举步维艰"来形容，原本以为自己有腹笥之广，待抚键定思之时方才明白：原来设想的深邃厚重的思想内容，异彩纷呈的艺术形式，典型多样的人物形象，浓郁深厚的文学特色忽然不见了，反而无形中为自己设置了一座很难逾越的高峰，最根本的是为自己的历史、文学素养锻造了一把尺子。我知道，一个创作者无论在边缘或在核心，其责任不是为自己或少数人写作，而是全心全意为满足人民群众的精神需要，必须要有香象渡河，截流而过的精神，要能耐得凄凉，甘于寂寞，在默默无闻中，不为穷经皓首，专为拨云见日，散播无形的种子。自有了这份心境，便抱定"我自努力耕耘，归于江海评说"，才支撑我完成创作。

　　历史细至无间，追溯中华民族五千年历史，生活与生存屡受磨难而异常艰难，也使得中华民族对于生命的珍视、对于生存的渴望异常强烈，倍加珍视。《史记》记载，上古时期"鸿水滔天，浩浩怀山襄陵，下民其忧"。大禹克服重重困难，终于成功治水。《淮南子》说："尧之时十日并出，焦禾稼，杀草木，而民无所食，羿上射十日，万民皆喜，置尧以为天子。"当共工怒触不周山使得山崩地裂、天塌地陷之时，女娲炼五色石奋力补天，并立下擎天柱，保住了大地的平稳，也支撑住了天。数千年来，女娲、大禹、后羿这些敢同灾害抗争的英雄人物在中华民族中代代相传、连续不辍，表明中华民族认同、尊崇、传扬这种抗争精神，且已内化到我们民族的精神血脉之中了。

在人祸面前中华民族又是怎样表现的呢？远的且不说，只说近现代。自 1840 年帝国主义列强入侵中国算起，直到 20 世纪中期中华人民共和国成立之前，中华民族遭受的外辱接二连三、中国遭遇的人祸叠而不断。从鸦片战争到中法战争、从甲午中日战争到八国联军疯狂入侵，面对的皆是瓜分豆剖、亡国灭种的民族大灾难。面对人祸，中华民族没有屈服，也没有任人宰割，而是掀起了一波又一波的救亡图存的英勇斗争。从顾炎武的"天下兴亡，匹夫有责"，到林则徐的"苟利国家生死以，岂因祸福避趋之"；从秋瑾的"一腔热血勤珍重，洒去犹能化碧涛"，到谭嗣同的"我自横刀向天笑，去留肝胆两昆仑"；从孙中山的"振兴中华""天下为公"到毛泽东感怀先烈所写的"为有牺牲多壮志，敢教日月换新天"，说明的是那些为救国救民和振兴中华而不懈努力的志士仁人们的民族精神。

虽然中华民族百折不挠、遇难不屈，可毕竟留下了悲怆和痛苦，忘记历史等于背叛，日本对中华民族的蹂躏、摧残、杀戮及人格侮辱无以复加，日本带给中华民族的灾难之重、屈辱之深是世界上数千民族没有经历过的，也是无法相比的。辜鸿铭说:"真正的中国人也许是粗糙的,但粗糙中没有粗劣。真正的中国人也许是丑陋的,但丑陋中没有丑恶。真正的中国人也许是庸俗的,但庸俗中没有侵略和喧哗。真正的中国人也许是愚蠢的,但愚蠢中没有荒谬。真正的中国人也许是狡猾的,但狡猾中没有狠毒。"可相当部分日本人有丑恶、侵略、荒谬与狠毒,从日本本国《国史大系》中可以睨见,他们把"侵略"作为教旨,是何等的卑劣!1945 年,日本天皇发布《终战诏书》,通篇都没有出现过"投降"二字,文中对盟国的称呼是"米英支苏"四国,对中国的称呼依旧是带有侮辱性质的"支",颠倒黑白地说"侵犯他国领土不是它的本意",发动战争是为了"谋求帝国臣民之康宁,同享万邦共荣之乐"。更无耻的是在这份诏书中,日本只承认与英美开战的四年,对中国从"九一八"开始的抗日战争只字不提,而终战的原因也不说战败,说是为了"避免人类文明的破坏",一个处处透着傲慢与卑鄙的《终战诏书》。时至今日,战犯被他们奉为"英雄",依然摇幡招魂,对中国"慰安妇"拒不赔偿,拒不承认南京大屠杀,教科书一改再改,欲盖弥彰罪恶滔天的战争史,这些都必须引起我们的高度警惕。

本书以台湾会馆为视角,以三位台湾举子与两位台籍官员共同上书都察院,史称"五人上书"为开端,选取光绪二十一年至宣统二年(1895 年至 1910 年间)历史片断,全景式描述清朝晚期,中华民族饱受外族欺凌的血泪史,尤其是日本给中华民族带来的严重创伤。戚嘉林《台湾史》载:1895 年日本入侵台湾后,为剥除源远流长的中华文化,日军令台湾同胞

"子淫其母,去其人性;公乱其媳,去其人伦"。日军所到之处,"火烟覆天、尸积遍地、鲜血滚滚,腐肉白骨纵横"。每读到此,实难抑制内心的极度愤慨,或放声哭泣,或愕然失语,或紧握双拳,常常攥出水来。为此,在"三更灯火五更鸡"俯首凝眸的创作中,我着意用三条主线透辟历史:一是从活化文物"台湾会馆"的视角,再现两岸同胞共同抗击日寇景象,立体刻画两岸民众与两岸抗日英雄可歌可泣的民族气节,与他们视死如归、大义凛然,谋求国家统一的"国不统,宁愿死"民族爱国精神;二是以抽丝剥茧手法,展示晚清仁人志士试图挽救既将倾覆的大清政权中的无奈与困惑,深刻揭露晚清朝廷腐败无能、丧权辱国,喻含"覆巢之下无完卵""民族团结才有力量"的真理性回归;三是以历史文物、历史人物、法理依据等,全面诠释两岸同文同种、同根同源,自古以来"两岸同胞亲如手足",拨开历史迷雾,还原历史真相,以正视听。

《左传》有"多难兴邦"之语,原文是"或多难以固其国,启其疆土;或无难以丧其国,失其守宇"。这句话是从朴素辩证法的角度对灾难的影响做出的判断,说明一个国家多灾多难,或拓展疆土,或无难无虞,或丧失国邦。实际上,人类社会发展的历史告诉我们,多难并不必然兴邦,多难既能兴邦,也可衰邦,甚至可以毁邦。关键取决于这个国家、民族是不是具有敢于同灾难抗争、勇于战胜灾难、夺取胜利的伟大民族精神。中华民族精神历经聚合、交融、凝练,已然形成一个源远流长、博大精深的思想体系。由是观之,无论是天灾之患，还是人祸之虞，中华民族回敬给"天灾人祸"的不是沉沦、不是灾难压迫下的消亡，而是在与灾难斗争时的奋起，是在灾难中获得的进步和补偿。中华民族精神，正是在这样的境遇中得到彰显、升华和创新。

历史的车轮滚滚向前，已然步入新时代。实现祖国的完全统一，是全体中华儿女的共同愿望，是实现中华民族伟大复兴的必然要求，这也是新的不可逆转的历史进程。我们只有笃定"统则强、分必乱"，时刻铭记"勿忘国耻"，中华民族才能在艰难中奋起，自困境中复兴，愈挫愈奋、屡创弥坚，始终昂首屹立于世界民族之林。

高超
2022 年秋写于永定河畔

目　录

第一章

冒风沙求得笔墨纸
愤难消誓做刀笔吏

    大清光绪二十一年春，风沙刮得又猛又烈，一连多日席卷京师不退，京畿大地不论耄耋还是乳儿、权贵还是平常百姓，都让这漫天黄沙裹挟着、困顿着。今年风沙施虐蹊跷无比，北起喀尔喀再到漠南、热河，西起卫拉特再到山西、甘陕各地，南到山东、河南，大清的一半版图尽染灰黄，处处风沙弥漫，或铺天盖地风大沙急，或沙尘氤氲忽高忽低，迷迷茫茫……起伏之间，风搅沙，沙裹风，激涌起倒海狂澜，掀起阵阵狂飙，无尽的黄柱飞驰旋动，威风凛凛、势如破竹。堤岸间排排老柳摇动着粗重的身躯，任由风沙支离条条嫩枝，迷乱混沌于大街小巷、川野河泊，扭着身姿的残枝，似乎是上苍讥笑人间，又似乎是佛祖鞭挞善信们的无知……春光片刻乍泄，可那阳日只剩惨淡苍白的一丝温柔，没了平日的亮丽暖和。

    日暮时分，京师的老百姓一个个都钻到屋子里，蜷缩在炕头上，谁也不肯轻易出门。正值街空巷净之时，自宣武门外后铁厂胡同里，急急奔出一个年轻女子，穿着枣红石榴裙，上身却是葱绿大褂，外罩绛紫色昭君氅行色匆匆。一阵疾劲风沙吹来，袍角撩起老高，她用力扯了扯氅袍，手支凉棚四下打望了一下，略一思忖，对搓了一阵有点发红的手，便缩着脖子，埋低了头，径直往南柳巷方向而去……

她便是糖果铺面掌柜李祖业的长女李竹娘。李祖业的祖上世代为赶马走车的贩夫营生，且能养家糊口罢了。顺治初年清军入关，定鼎中原之后，扯旗放炮，与官家对抗的日渐式微，朝廷几十万大军骤然消停下来，可另一件难事又乍然间摆在朝廷面前，几十万大军东征西讨倒显不出什么，这一闲下来，才知道人吃马喂作耗甚巨，忙着自关内、关外筹措粮草，络绎不绝、日夜不息地运往京师。此时，李祖业的祖上被衙门征召，成了衙门运粮的道差，虽为官府做事，一无顶戴二无官衔，既非"兵"也非"勇"，起一趟差，结一次顺治铜子儿，各不相欠。相安无事、平平静静的直到光绪六年夏末，李祖业他爹且把差事办砸了。他爹自通县漕运码头装了一车官粮往京师赶，眼瞅着炽日悬空，焦热滚烫，晒得地皮起卷儿，灼得人心里发紧。可转瞬之间，乌黑的层云便压过来，天边隆隆雷声越来越近，李祖业他爹心里一惊，正待张望寻个躲雨的地方，打眼一瞧前不着村、后不着店。此时一道闪电在正当空炸响，他爹浑身一颤，见豆大的雨点颗颗砸下来，地上浮土跟着起白烟儿，接着便瓢泼似的往下浇，像谁把天捅漏了似的，他爹站在雨地里叫天不应、叫地不灵，眼睁睁地看着一车军粮就这么毁了。雨旋下旋停，晴时，依旧焰腾腾一轮白日，一浇一晒，一车粮有的起毛儿，有的起芽儿，待粮运到仓场时，仓场侍郎一个芝麻大的官，瞪着绿莹莹的眼珠子，搭眼一瞧便发现了蹊跷，麻袋眼儿里冒着一层翠黄绒芽儿，于是怒骂道：大胆刁民，竟敢故意损坏官粮，来呀，鞭刑侍候！他爹龇牙咧嘴乱叫唤：爷，爷啊，奴才好心晒了半晌，哪料想钻出青苗了啊！大爷饶命啊！直到皮开肉绽、奄奄一息才让人抬回家去，差事丢了不算，还赔了粮钱。那会儿，李祖业正值年少，头脑活泛，在爹悉心教导下，以祖宗几代攒下的散银铜子儿做本钱，先是觅了三个长工，开了脚力铺面。他知道祖上的钱金贵，平日精打细算，拿出夺泥燕口、削铁针头的精明劲儿，日子光景渐殷。后又在后铁厂胡同里开了果子铺面、南柳巷开了家绸布铺面，前门外还置有冰窖买卖。十五岁束发之年迎娶冯氏过门，六年后才生养了一对儿女，儿子呼作李竹庆，女儿唤作李竹娘。

竹娘顶风冒沙下死本走街串巷不为别事，只是应了汪春源汪孝廉的请情，她虽为女儿家，却愣是应下别个儿的事绝不食言这么个人。原是在申牌时，竹娘提着竹篮，托着盒盘，给寓居全台会馆的汪春源、罗秀惠、黄宗鼎三个应试孝廉送吃食。满篮里装了榆荚仁的蒸馍、荠菜馅的喜饼，还有椿芽蚕豆、山楂糕拌白菜、木耳黄豆芽儿盘小菜，还有一罐海带头炖鱼骨汤正冒着气，竹娘又备了壶自家酿的菊花白。抬脚刚迈进门，只听得喧嚣吵闹，一片嘈乱，如热沙里炒豆，又如炸窝儿的野蜂，叽叽歪歪中竹娘听了个大意，众人慨叹议论的话题似与当今朝廷有关，她边走边想，自己乃蕞尔小民，哪管得了天下这等闲事，她朝着各色面目一笑即敛，兀自端着食盒径直走到三个孝廉的寓所。

全台会馆位于宣武门外后铁厂胡同东边，临近大沟沿的一处院落，始建于光绪十二年，由台湾举子捐资而建，初为方便台湾举子会试的试馆，后因往来京师与台湾之间的文人、商贾、游侠、方士杂居其间，实为驿馆，代办司事谭禄滢署理会馆的大小事务。会馆坐北朝南，有正房五间，东西厢房各四间，南耳房三间，东跨院六间，计总二十又二间房。小归是小了，但此地古柳老槐景色宜人，自后铁厂胡同俯瞰，南接前铁厂胡同，与北柳巷、南柳巷彼此相通。西面与前青厂胡同、后青厂胡同相邻，东面紧挨着宣武门内，虽为外城，但与内城之间交通便利，相距不远，这份风流繁华与生俱来，绝不是凭人力能所予夺，诚所谓"天生丽质难自弃"之地。李祖业非等闲之辈，老早就看上了全台会馆膏腴之所，自个儿的糖果铺面就开在这琅嬛福地，他常与谭禄滢套近乎、卖呆闲磕牙，贼才贼智施之小恩小惠，水过无痕间他们已情同手足兄弟了。谭禄滢紧咬的牙关也撬开了，答应东跨院两间空房租给他做仓房，赁资每年三百光绪制钱，形同免租免息，李祖业不禁莞尔一笑，连连作揖。不过，他也通晓信仁信义的妙处，租下仓房以来，是凡有自台湾而来的客、商、举子、方士寓居馆内，他便打发女儿竹娘、儿子竹庆送饭、送酒，点心果子也是日日供应，整治得会馆客众除过谭禄滢，言谢便是必称李家了。

竹娘进屋放下食盒，抬眼一瞧，三个孝廉，天道崩殂般恓惶落寞，似打痛的地鼠，就差吱吱叫了，搔痒揉屁股的似乎甚不安生，独胞弟竹庆百无聊赖地玩叶子戏。她也不理会，只是说道："诸位老爷，开席了——"便踅身在旁边的机凳坐了。

饭菜满屋扑香，竹庆鼻头一吸，手里的骨牌一摞，起身下来，揭开布，用勺舀了汤，吸吸溜溜喝了一阵，伸手摸了汤里的鱼，淋淋漓漓张口就咬。

竹庆正吃得来劲儿，只听汪春源长叹一声说道："朝廷荒谬啊，签下如此丧权辱国之条款，就如同运粮入阆干、膻根进藏谷，我台地万千百姓也只有任人宰割、跪门待屠的份儿了，不仅社稷难资保守，我大清的国体何在？国格何在？颜面何在？如此引狼入室，泱泱大清危亡了——"

罗秀惠气得浑身哆嗦，显得又无可奈何，哼哼冷笑几声说道："这等蝼蚁倭人辱我泱泱中华，真他娘的五洲所未有之奇闻，三千年所未有之变局。赔偿倭国二万万两白银，能接济多少黎民？能挽命于多少苍生？哎，最最可恨，割我澎湖、台湾、辽东，霸役我沙渝苏杭，我中华已是江山破碎、天地倒转。倭贼似狼猩鼓噪，疫犬吠于荒野，我大清朝廷倒成了泥丸涂地、蝼蚁蜷行之辈，苍天睁眼看了都会讥笑的！"

黄宗鼎在三个孝廉中年纪最长，此刻已是泪眼朦胧，禁不住挽袖拭泪，哽咽道："瞧瞧，经此一闹，现在是恶河开化、虎狼豕出，这大清国凄然之象已展现出来，民穷财尽、国防解体、海军无归宿、陆军无利器，奉锦登莱一带也不复立锥了，江浙粤各疆，更不得安枕，可以想见，我大清的海口、海面，今后皆非我有了……"

汪春源讪讪又道："西方诸强本已虎视眈眈，法人窥粤、英人窥滇、俄人西窥我新疆、东窥我三省，日倭开此恶河，如恶狗咬破猪尿泡，似蠹贼捻破窗棂纸，诸国便不会遮遮掩掩了，必是四夷群吞，各施所欲，暴虐横行，天下便再无宁日了。"

罗秀惠脸色又青又白，惴惴说道："少義兄所言极是，外患屡次三番犯我大清，这回又蝇营狗苟纷至而来，四海九州将皆遭践踏，必然是妇孺受难，商人嗟怨，如此一来，恐怕会陡生内变，那……那我大清岂不就……"

"蔚村兄透彻，我心中所思所虑什么也不想瞒了。"汪春源的语气显得格外深沉清晰，继而皱着眉又道："在下以为，朝廷业已身处险地，上上下下危机四伏……几尽半壁江山被日倭一朝夺尽，市井妇幼无栖，沽货商家失利，百姓无力缴税，粮饷从何谈起？若饷力全失，皆兵权千缚，那些个封疆大吏必定一心自保、拥兵自重，若此时诸国攻来，必是生灵涂炭、民不还生，这种场景真是难以想象。"

黄宗鼎听罢，一下子瘫坐在地上，情绪失控，"哇"的一声，已然大哭起来，口里吃吃喝喝，含糊不清说着："英明睿智的圣上啊，您高居九重，却能洞悉万里，草民佩服得五体投地呀……嗬嗬……嗬嗬……叩请圣上聪察乾断，三思再行啊……这关乎咱大清的江山社稷，也关乎着天下苍生的生死存亡啊……呜呜……呜呜……"黄宗鼎方才三十多岁的年纪，可自小体弱，此时已哭得上气不接下气，却呜呜咽咽又道："圣上啊，断然不可钻进日倭老鬼给咱大清布下的圈套啊，这是缚人的网、割喉的剑呐，这该如何是好……呃嗬嗬嗬……"

竹娘见三个孝廉一副悲天悯人的样，自个儿平添几分郁闷，又见这凄惨情形儿更不是滋味，遂说道："黄老爷，咱不费那些口舌，让朝廷那些猪牛犬羊自作主张不就结了！"

黄宗鼎头摆得拨浪鼓似的晃了又晃，竟想不出该怎么回话，虚眼黑地里左右看看，咕哝半日方道："老天——老天！你好狠啊——"

汪春源扶住黄宗鼎也道："樾淑兄，您本就体弱，切莫恼急，气大伤肝，最不值了。也莫要再夹缠什么天意，愚弟想，自古士大夫以名节自励，你我乃朝廷命士，真该想想我们能做些什么了。"

黄宗鼎似乎更为激动了，他蠕动着嘴唇，抬起右臂，无力地划了一下，又弛然落了下来，恳求地望着汪春源，不禁默然说道："少羲啊，国家万事，根本君心，政之所先，莫如强国固本，哪一项若不令出中枢？诸位仁兄虽为誉擢文士，时局面前不过是蕞尔小民罢了，能做些什么呢？"

汪春源伶仃后退一步，望着外面昏黄的天色，吁了一口气说道："哪怕是撒把土，迷迷后人眼也好啊！"

竹娘不着声色但听得真切，三个孝廉曲折陈词，说得入情入理，可分明是在申饬朝廷，个中既透着玄机也暗藏着凶险，她怔了半响，缓缓说道："诸位老爷忧国忧民本无差错，小女也极为赞赏的，可内忧外患之际，若做出不格的事来，你们想过后果吗？自古击登闻鼓的、撞景阳钟的，历朝历代都严防死守、从重谳狱，要么斩立决，要么流放千里，流人一日万年苦，万万不要头脑发热，或许会引来泼天大祸！诸位若有'舍得一身剐'的气勇，小女也甘愿寄上这颗人头，陪你们到极乐世界逍遥。"她说的简约明晰，一下子把事情说得清清楚楚，既平实又恳切，众人心里都暗自佩服，汪春源向她投来深情一瞥，正与竹娘扫来的目光碰在一起，她瞬时回想起两人的浓情蜜意来。

竹娘虽说家道平平，却得大儒王闿运先生真传，遍览经史子集，算是博学多才、女中翘楚，性情上也是刚烈无双。有件事不得不提，她适才年方十七，爹爹李祖业给她说了门亲，她便差胞弟竹庆去男家摸底细，没料到这个男人不仅拈花惹草，还染有招男妓、戏娈童的癖好，是个畜生不如的东西。她周知详情之后，还装着一副若无其事的样子，待三媒六聘走了一遭，迎亲当日，她拿出作派，似高宠挑滑车般彪悍，先是一把火烧了花轿，尔后砸锅倒灶、撵鸡捕鸭，男主家一瞧，这是哪般贤良淑德的女子？分明是个失心疯子！脚下没停步，一溜烟全跑了。李祖业登时愤然作色、七窍冒烟，仰天长叹一声，一口痰咔在地上，便不了了之了。

有此婚变，竹娘便在众人面前三缄其口、心房惆怅，除过来往会馆送衣、送饭，便是手不释卷、吟令作诗打发闲暇时光。汪春源原是满腹才学，两人便熟悉起来，偶尔对斟吟诵、围炉叙谈。

一日夜饭用罢，李竹娘与汪春源吟诗唱赋，汪春源坐在窗前勾抹挑滑地抚琴，只听竹娘唱道：

杜宝黄堂，生丽娘小姐，爱踏春阳。感梦书生折柳，竟为情伤。写真留记，葬梅花道院凄凉……三年上，有梦梅柳子，于此赴高唐。果尔回生定配，赴临安取试，寇起淮阳。正把杜公围困，小姐惊惶。教柳郎行探，返遭疑激恼平章。风流况，施行正苦，报中状元郎……

春源知她是唱的《牡丹亭还魂记》里的标目，帽子戏，但见她似净似丑又似旦，时而窈窕莲步，时而掀髯挥袖，极平常的段子，偏演唱得摇曳生姿声如金玉。于是他也凑趣儿，示意竹娘操琴，他来念白，竹娘坐定抚琴，只一闪眼间，汪春源便往脸上抹了纸灰，已变成活脱脱一个老丑媒婆，竹娘一个错愕，只听春源连念白带唱道：

你道翠生生出落的裙儿茜，
艳晶晶花簪八宝填。
原来是修罗天女下尘寰，
不提防沉鱼落雁鸟惊渲，
则怕的羞花闭月花愁颤，
好教我老婆子丑得没处站……

春源念白正在兴头上，却见竹娘罢琴来到眼前说道："老兄，平日受礼多有怠慢，奴奴今日还礼了……"

春源知是她要来一出《绵搭絮》，赶紧趋步到窗前抚琴伴奏，顿时丝弦之音盈庭绕梁，竹娘唱道：

雨香云片，缠到梦儿边。无奈高堂，唤醒纱窗睡不便。泼新鲜，冷汗黏煎。闪的俺心悠步颤，意软鬟偏。不争多费神情，坐起谁忺则待去眠……

春源正听得入迷，没料到竹娘停了声，不知打哪里捡来一笺纸，笑睨着汪春源说道："老爷，科考乃国家抢才大典，小女虽未在公衙廨宇里办过差，但观咱大清堪是内忧外患，这次大考，正值国家用人之际，穷家看俭主、国难求贤良，恭祝老爷早登甲榜，借此为朝廷效力，为黎民付才华。小女为此着小令一首，老爷鸿才河泻，想请老爷做个断判指点如何？"

汪春源抬头看时，这才仔细打量竹娘，见她身着粉色纱衫，下着浓绿色水沴长裙，乌云鸦堆，青丝袅袅，弯弯两道柳烟眉，在宇间微微蹙起，若愁若喜，似嗔似笑，流盼四顾，让人精神为之一爽，不禁脱口而出道："哦，好一朵人面桃花，又似水中芙蓉！"他自知失语，又掩饰说道："汪某才疏，愿闻姑娘赐教，当是洗耳恭听。"

竹娘略一沉思，张口婉转吟诵道：

国忧家愁乱冬秋，
身负万均起惊匀；
愿君勇振风雨辰，
将作花好比处子。

"这真是艳绝之词，清绝之令！"汪春源一边说，一边用蝇头小楷记录，记录完，即将小笺交与竹娘，方才又道："此令兴、比、赋三义俱全，风光尽占、昂翘枝头。愁对秋、均对匀、振对辰、好对子堪称精妙，文已尽兴、义有余兴也。你弘斯三义酌而用之，春夏秋冬俱在，干之以风意、润之以彤彩，使春源回味无穷，听之动心，佩服佩服！"

竹娘一时满脸红霞，兀自理鬓说道："不知老爷能否也续写几阙？"

汪春源笑着："你的诗已经写绝了，足见汝之才情，足够令春源却步，我有何能为，敢来续貂？"嘴上说"不敢"，手却没停笔，不多时，一首直工直令的诗作已现纸端，他拿起来虚吹一口气又道："赠予姑娘，请笑纳。"

"送给我的吗？"竹娘面带喜色，伸手接过展开来读：

越山过海双飞客，
有缘修道相逢君；
春思燕草已坠尘，
会馆居舍有情人。

不待读完，她已是粉染双颊，醉眼迷离，捻指藏羞了。遂即丢下一句："枝头儿的鹊儿都讨厌老爷了……"便偏转了脸竟自忸怩不能自胜。

春源目中火花一闪，紧追不舍地说道："姑娘冰雪聪明又敏而好学，天生丽质又古灵精怪，知书达理又蕙若兰心，是难得的咏絮之才，春源已仰慕多日。即以此作，作箕帚之奉，表明心迹，汝意下如何？"

竹娘仍趱着脸儿，低着头轻声说道："先生错爱得很了……"

"不不不!"汪春源二目如电,因激动脸上泛着潮红又道:"你锦心绣口、福慧双修,深仁厚泽,所以上天才赐福于我,你不觉着我们二人是冥冥上天巧作的安排?"

她在一门心思地沉浸在回忆之中,突然"咣当"一响的撞门声,把她接回到现实之中。众人面沉似水看着来者,原来是常随蔫果莽奔进来,门扇哗然一开,外面风卷黄沙兜头扑进来,蔫果还未站定,便听他呼呼说道:"老爷,快瞧新鲜呃!当院里狗子上树鸡凫水啦,难得一见的洋片儿,笑得小的肠胃直翻腾……"他是司事谭禄滢为三个孝廉顾来的长工,平日为孝廉研墨、叫早、打杂,兼办着跑腿送信儿。

竹庆满头热汗,吃荤搅素正兴,一阵凉风裹着黄沙卷下来,他立时从椅上跳起身来:"什么玩意儿?这还怎么吃嘛!滚远点!"

竹庆一咋呼,似鞭子样猛抽了他一下,蔫果打了一个激灵,高兴劲儿瞬时泄个精光。他们二人同为光绪六年腊月生,可竹庆先他五日,又会拳脚功夫,惹不起。他又瞧瞧众人,都年画似的板着脸儿,只得硬着头皮白脸说道:"哥子,我要向东家禀告当院里的景色呢,大伙听闻咱大清要把自个儿包皮卖了,有的哭、有的笑、有的咧咧骂,有的撒泼满地滚,还有的自打嘴巴呢,嘿嘿——热闹得冒海泡儿……"

竹庆不依不饶说道:"你撞着了什么邪魔?屎井绳尿黄河没完了?去去去!没见老爷们正议事,哪有工夫听你闲扯天鹅屁!"

蔫果脖颈一缩,瘟头瘟脑地说道:"我只是头疼,兴许昨儿冒了风,各位爷恕罪。"便知趣地辞出,返身一溜小跑走了。

此时，黄宗鼎哭声渐止，却像是走了魂似的，呆呆地坐着一动不动，罗秀惠走过来挨身坐了，抚慰道："樾溆兄，莫思余生无穷事，且尽眼前有限力。军机大臣都拉皮条，我们能摁得住婊子？多想点独自赏花步月的事，心里便宽泛些。"

竹庆嘻嘻笑道："黄爷，喝口汤，吃口菜，榆荚仁蒸馍好香的，这个椿芽蚕豆更有嚼头儿，介不来盅菊花白？"

竹庆嘻嘻哈哈一闹，黄宗鼎倒不知说什么好，推辞不是，不推辞也不是。他一只手捻着辫梢，另一手轻轻抚着八字髭须讷讷说道："敝人才三十一岁，就老得不成了？"

竹庆见黄宗鼎一脸尬相，他怔着脸眨眼想了想，突然冒出一句唐诗："两个黄鹂鸣翠柳，一行白鹭上青天！"他尽可能搜罗着自己的"学问"。一口京白，说得绘声绘色，顿时笑倒了众人。

竹娘收住笑责怨弟弟说道："没大没小，失了尊长之礼。"

汪春源接话说道："这样便好，哄哄堂堂得很安受。"

逗笑一阵，似搅起一塘静池，众人思想似乎活泛起来了。竹庆见众人眉宇舒展开了，遂说道："我知道，诸位都是台地的举人，大清国把台湾割给日倭，你们心里不好受，打心里不愿意，如此怨天尤人、唉声叹气，倒不如拉起一支队伍，把日倭赶出去算了。"

"贤弟此言倒提醒了我。"汪春源望着自窗外扑喇喇扇着翅膀飞过的宿鸟说道："台湾乃我桑梓之地，亦是圣祖仁皇帝六十年宵旰经营之地，不赀之赏、劳心焦虑，收此一隅，台湾百姓尤感列圣之恩，深入骨髓。放眼四海，虽诚我大清定鼎京畿，全要借海疆为屏蔽。无台地，沿海七省岌岌可危，即京师亦不能高枕。无台地，则是弃台澎数千百万生灵于仇敌之手，天下人心必将瓦解，此后谁肯为国出力？昊昊上天，冥冥大地，尔等怎可坐以待毙！"

罗秀惠将发辫甩到脑后，徐徐踱步说道："是这么档子事。日倭仇视台地百姓由来已久，少羲兄家乡安平、樾淑兄家乡淡水、吾乡嘉义，全台府县八十二寨、一百九十八乡同胞必遭异族荼毒。尔等应尽民之本分，应表士子之心，定要振臂一呼、摇旗呐喊，给朝廷这些瞌睡虫提提神儿。"

黄宗鼎情致稍复，捏弄着辫梢静听，看他们慷慨陈词，毫无惧色，不禁慢慢入心动情动容，他晃身站了起来，"嗤"地一哼，说道："敝人虽说体弱，可这条命尚在，唯当效仿刘公，誓与台地共进退，哪怕战死也绝不悔，不如此，圣贤之书，算读到狗肚子里了。"

汪春源缓缓起身踱步说道："咱们大清自顺治爷开国，已逾二百五十多年，太平日子久了，八旗旗务都荒了，汉军绿营也涣散了，将怕带兵，兵怕炮响，都成了老爷兵！甲午战事失利，除过朝廷决策失误，和士卒不勇也有干系。诸兄可曾想过，任凭尔等战场厮杀，舍生取义，又比家乡父老多出几分忠勇？据在下所知，台地四面边声连角起，百姓个个彪悍、忠勇可用，人人都可置生死于度外，即便我们纷纷前去举义，与倭贼拼个你死我活，那也只是杯水车薪，救不了台地芸芸众生。水有源，故其流不穷；树有根，故其生不穷。割台予倭，转因在于朝，而非野，尔等唯有尽全力让朝野收回成命，恳于刷新政治，君臣合心，同仇敌忾，勿弃台以予敌，方能救我台湾百姓，台地方能从根本上转危为安。"

"少羲兄，此策虽好，却难以实用啊！"罗秀惠蹙起了眉头又道："若促朝廷收回成命，非股肱重臣而不能为。尔等只

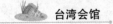

是个待选之身，寄蜉蝣于天地，渺沧海之一粟，人名身份轻如支羽、微如睨鸿，如何办到？"他又摇头长叹道："只当说个热闹罢了……"

黄宗鼎也觉着甚是渺茫，他呲着嘴说道："是啊，诸位一无俸禄二无顶戴，放眼同窗、同年、同科、同庚再看，还未有一人在御前办差。若托付于同乡应都、壁生二位年兄斟酌办理，可他们却只是个小小主事，实难办到，他们只得再去求同科、找座师、托恩师……"他吭吭地咳了几声又道："这要待到何年何月？到那时，想必台地已是衙署荒芜，遍地瓦砾，四野举哀了……"

汪春源听罢，格地一笑说道："尔等办事光明正大，共信于天下，又何必畏首畏尾求告别人，我等即可权办焉！"

他的话虽不疾言厉色，却说得郑重深沉，众人支耳细听，等待下文，又听他道："在下读圣贤书、尊孔孟道，梳理常理，心里豁然然开释，我们何不另辟蹊径，取他山之石、撮最猛之药，清阻淤、治沉疴，陷死地而后生，余下的便是生死有命修短在天了……"

话毕，众人模棱着脸儿，相觑着不知他葫芦地卖得什么药，唯有竹娘目光闪烁，殷殷开口说道："自古文死谏、武死战，听闻汪老爷个中意思，这是要追承逢龙、比干之先贤圣人的净迹，以此谏言朝廷，周知四海八荒，收回割台上谕，兹事可是浩大呀！"

汪春源揖手笑道："知我者，竹娘也！樾溆兄，蔚村兄，可否愿与愚弟携手同苦，共赴炙火，以期吾家乡、吾同胞免灾祛难，安生度日？"

罗秀惠与黄宗鼎四目相对，似乎带着似悲似喜的怅惘，但很快就恢复了常态，只略一顿，齐起道："上书?"

汪春源双手扶膝直起了腰，说道："我想了许久，唯有此策，别无他途。于无声处起惊雷，才能让麻木的朝野有所回应啊!"

罗秀惠笑叹一声说道："原来你这闷葫芦儿里装的是煞神药。"

黄宗鼎端起茶来咕咚吃了一口，茶盏往桌面上一掼说道："静思解百结，坐地能化缘，少羲今日陈言，夫复何及!"

罗秀惠激动地说道："罗某不才，愿与诸君携手共进，即使吃个火枪子儿也心甘情愿。"

汪春源不由得心中一阵酸热，眼圈红红的，长叹一声，挽起他俩的手说道："此举生死未卜，料无所料。在下坦言，这举动绝非文人卖弄、使性子，也非军卒逞一时之勇，更非绿林好汉起兴之莽，不过是承袭祖宗教诲，扶正义、安天下，上对得起祖宗，下对得起黎民百姓，然则，有何颜面立身于天地之间?!"

竹娘心里也是一震遂及说道："诸位仁德通天，度量汪洋。小女虽为女流之辈，实实愿追随诸君走上一遭，枉论是天堂或是地狱。"

竹庆乘便咧嘴一乐说道："既然你们冒了念头，我李竹庆偏喜捣鬼，自然不会落下的，算我一个，权当土地爷吃蚱蜢，大小是个荤腥供献罢。"

满堂人一听，哈哈大笑起来。转瞬，汪春源似乎想起了什么，像梦醒一样回过神来，他看着苍白灰暗的天色说道："竹娘，这七街八巷你最熟悉，劳驾你走一趟，可否俯允?"

竹娘一愣怔，尔后莞尔一笑说道："说吧，有什么要整治得，小女腾云驾雾也能叨登来。"

汪春源正色道："此事汪某一辈子也难得再做出一两件来，不想这么草率从之，劳请姑娘求得上等笔墨纸张来，我好写悬壶济世书！"

竹娘笑道："这有何难！"

竹庆也笑道："嘿嘿，我当是扒房子抢人过堂呢！不过，小弟不解，你这条案上的几支笔、几匣墨、几刀纸不够不好吗？书长城写黄河也用不尽呀？"

汪春源指着案头的文房四宝说道："贤弟，这笔这墨这纸，平日里写诗作文尚可，若论开天辟地上书朝廷，非剑笔铁书不能为——"他转头又道："竹娘你记下，笔要风雪渡的鹿毫，墨要曹素功的油烟，纸要江南驿的夹贡，我要与诸君替天行道、为民诉冤，这叫作'开天地，上真书'！"

罗秀惠、黄宗鼎听罢，正容作色，牙齿咬得格格作响齐声道："开天地，上真书……开天地，上真书……"竹娘陡然落下泪来，她握住竹庆的手，和着节奏铿锵而起："开天地，上真书……开天地，上真书……"

第二章　　肩重任会馆书史章
　　　　　为苍生死谏都察院

昨日漫天的风沙刚停，今日淅淅沥沥的小雨便下了整整一天。此时已是三更时辰，这恼人的细雨还未有停的意思，后铁厂胡同的街道上异常安静，沿街铺巷的店面鲜有人光顾，都已早早上了门板，顿时街巷显得空空寥寥，与白日间较比有一种恍若隔世的况味。仿佛一切都依稀熟悉，又都变得陌生冷淡，偶有一两家店铺里还透着豆火微光，映出泥泞的道路上深深浅浅的脚印，证明白天这街巷胡同里也曾热闹过。

胡同深处，偶然传过来几声犬吠，声音震得树上鸦鸟呱呱叫着扑棱棱冲飞而起，接着一切又寂寥无声，似乎又陷进更深沉的静谧之中，夜色更深，寒意渐浓。不多时，胡同里出现两个身影，他们打着油纸伞，一前一后步履匆匆，向着全台会馆的方向而来。

二人行至会馆门前，站定似乎不急于上前叩门，他们向空寂的胡同两头静静地望了一阵，方才趋步上阶轻叩门环，随即"吱呀"一声会馆的门开了。

但见会馆司事谭禄滏探出半个脑袋，他无声一笑冲来人揖手，二人回礼，他又探出半个身子观望一眼，才又压低声音说道："二位大人快里面请——"

身后的蔫果轻闭了门，紧走两步接过伞撑着，只听那人轻声声说道："本打算二更过来，不料耗到贪夜时分，宫里来牍去诏多如牛毛，差事紧着忙活，还是晚了。"蔫果听此话，这人便是户部主事叶题雁了。

谭禄滢回道："无妨，劳驾二位大人荒夜移足，本就恐惶不已，何言什么晚不晚的。没叫个人随身侍候？"说话间他们绕过影壁进了当院。

不待叶题雁答话，另一位抢先开口，听声音是翰林院庶吉士李清琦在说话："人多了眼杂，还是不事张扬为妙，不到时辰这盖子揭不得，做成夹生饭哪成！"

"嗯嗯！"谭禄滢看看天色，晒着嘴说道："老天下雨，屋里走漏，我倒罪该万死了。"

谭禄滢将二人引至正堂门前，还未进屋，汪春源、罗秀惠、黄宗鼎、竹娘、竹庆等已开门迎了出来，正要见礼，却被叶题雁伸手挡了，说道："进屋说话吧……"众人踅身随他们进来。

叶题雁、李清琦接过递来的毛巾小心地揩着雨水，叶题雁边拭水边问道："准备得如何了？"

汪春源四下瞧看一眼说道："已备妥当，在下与樾潋兄、蔚村兄私下征徇了在京举子，因时间紧迫又不便张扬，只是与之打个狐哨，既有福建、江苏、山西、广东等地十多名举子实愿具名。"

"甚好！"灯影下，叶题雁眸子闪烁了一下又道："如今烽烟四起、天下震荡。当今皇上虽毓华茂德、春秋鼎盛，却不握朝纲。老佛爷大权独揽，御前中枢大臣谋私不谋国，举细不务大，满朝文武派系林立，彼有好竽我有好瑟，争胜斗奇难分轩轾。我们此举，只因言路不畅，左一个条陈右一个建议，芥菜籽大的官儿，难于上达圣听，为形势所迫，演成上书，终为奇祸立至或是翻转上谕，只有天知道了。"

李清琦略带苦笑说道："我与叶大人在朝中办差，奏事办文全都是循礼不悖，有些事明知是假却永不能捅破，只可以假应之，其实心里是痛心疾首的。所以，但举此事，全是出于公心，激切诚挚、诚敬肃容为台地百姓呼吁，为中华一统计谋，是非功过任凭天下后世评说罢。"他坐直了身子又道："慷慨正义、诤言铁骨的官员还是有的，我与叶大人几个通宵未眠，私下也联了二十几名朝廷官员联名，让朝廷觉悟，不仅台地官员、举子、百姓祈愿，大清朝野上下俱反对割台！"

谭禄滢见此时话缝遂及说道："噢，这样一来便更具声势了。二位大人，时辰不早了，咱们开始吧？"

叶题雁、李清琦说了声"好"，众人起身在厅内站定，相互觑眼。此典仪尚属首次，不知如何整治，正踌躇间，却听谭禄滢说道："诸位，此典仪由李姑娘主持办理，听她招呼便是了。"

叶题雁、李清琦二人对视一眼，倒没说什么，只是目光移向竹娘。见她一袭黑色圆领、对襟长袍，左右开气庄重而不失优雅，大挽袖挽至腕端，袖端平直，外罩一件猩红丝绒坎肩，合体紧身，发簪高拢、油光可鉴。虽未着凤冠霞帔、玲珑珠玉，立在当间仍精神干练、英姿绰绰。

竹娘目光注视众人，移步至香案前，尔后蹍身转过来，敛衽浅福一礼说道："列位，典仪开始——"声音不大，却肃然盈室，众人不由得门神似的兀立不动。

"诸君列班!"竹娘开腔喊出第一道指令。

众人各自找位置,毕恭毕敬地一字排开,竹娘安泰自若展开一副绢帛,朗声读起来:

大清臣民,忠心为国,今日决意上书朝廷,反对割台资倭,以保国之肢体,以扬天下之民声!……人心昭昭,天地悠悠,诸君义行,代民请愿,为国分忧,以期闻达,以正视听,上不愧皇天,下不负厚土……天降甘霖,地润雨露,还我大清朗朗乾坤,天下臣民共享尧天舜地之福……

不过一刻,上书典仪宣檄既算完成。檄文满篇许之以义,期之以功,合之以情,顺之以理,是告诫似勉励,像专对朝廷,又似泛指朝野,纲缊温馨绵密混沌深沉思索中还带着对家国的浩叹,一时间已经难以全然品出滋味,斤量沉重得令人承荷不胜。

竹娘轻轻合上绢帛,侍立一侧的竹庆紧走几步过来,恭恭敬敬双手捧了去,她顿了一下,问道:"以檄为阁,承文大桑,诸君明否?"

满堂人声如洪钟,齐声答道:"尔等心明,天地可鉴!"

竹娘念檄文、发号令,白皙一张脸上微微泛着红晕,额上微微泛着细汗,又听她朗声道:"檄文毕,焚香——"

叶题雁、李清琦、汪春源、罗秀惠、黄宗鼎依次按章程上前拈香,就着烛台引了,着香案三躬六叩俯伏行礼,起身奉在正堂炉中,尔后趋退着步归入班中。

略一停,竹娘又道:"净手净面——"

候在一旁的竹庆、荐果等人,每人端着半盆丝乍冷水,寒凉若冰,又曰"清醒汤"。沿儿边上搭着雪白面巾,呼啦一下过来，不高不低正合胸腰之间。叶题雁等五人面色肃穆，袖挽小臂，露出雪白内衬，双手置于清水，撩水至额、面颊，动作优雅不失庄重，过程不紧不慢、不促不滞。再平常不过的洗脸，经这么一番造化摆布，都变得莹莹异彩，玲珑不可方物。

此时已是更阑夜露天街人静，竹娘恰到好处地又道："正冠——"他们打袖抚领，定睛目视前方，似风伯清尘雨师洒道般荣耀，鸦没雀静，唯有窸窸窣窣整衣声。

竹娘鼻翼翕张一下，潮红盈满了脸，她不由相顾莞尔又道："誊录奉卷——"

叶题雁、汪春源等五人，没有半点放松，未见一丝暇散。灯光映着他们脸上的汗，亮晶晶的，也不去擦，有的磨墨，有的抚卷，有的对照着拾遗补缺。汪春源饱蘸浓墨，就案边一手握笔鹄立，久久注视着夹贡空卷，愣盯着不动。众人从没见过他如此旁若无人的，又觉得他情切关心、从容镇定，忽尔他凝重落笔，奋力疾书起来：道路传闻有割弃全台予倭之说，不胜悲愤！今台地数千百万生灵皆背向恸哭，誓不与倭人俱生。谨就愚衷所见为我朝廷痛哭陈之……与其生为降虏，不如死为义民……

次日天刚平明，晓风拂树、晨炊袅袅，都察院两街旁，店铺栉比鳞次，虽还未开市，街衢上已是熙熙攘攘的尽是人。两旁花果行、陶瓷行、内肆行、成衣行、纸行、海味行、茶行、米行、铁器行……还有什么针线、扎作、绸缎、文房四宝行……都挂着幌子，随着微风在来来往往行人头顶上飘动。

此刻，叶题雁、李清琦、汪春源、罗秀惠、黄宗鼎五人已跪在都察院辕门外，手持着表书，高高地捧过头顶。北京人最爱瞧热闹，听说台湾官员、举子要上书朝廷，霎时间围上来了几百号人，弄得都察院大门口人声鼎沸、一片嘈杂。也有不爱热闹的，懒洋洋一副不关痛痒的样子，剔牙剜指甲在旁瞧风凉儿。

户部主事叶题雁高呼一声，如惊雷似急钟："台湾举子泣血请愿，拒绝割弃台湾，与其生为降虏，不如死为义民！"

其余四人攒足气息，接着齐声高呼："与其生为降虏，不如死为义民！与其生为降虏，不如死为义民！"

此时都察院的大门依然紧闭，周遭又有众多百姓闻听这边呼声雷动，急趋着步向这边奔来，看了一阵，便窃窃私语起来。

一个肉铺伙计模样的人，咧嘴说道："嘿嘿，不孬，有种价！不过这血气之勇用错了地界，似我蔫大砧板上的红肉，不定什么时候让朝廷给剁了。可惜，可惜了！"

另一个书生模样的人舔了舔嘴唇，神定气闲地接话道："这位兄台，自古民有所呼、律有所应，两军交战不斩来使，只要不聚众闹事，都察院必得接这要紧文书。"

一身横肉丝儿的壮汉，袒着胸脯，把一条条黑腻腻的汗灰捏在手里摆弄着，口中说道："这些个文人雅过了头，路见不平怒吼起事不就结了，干嘛小媳妇似的委屈着一跪不起，趁早揭竿，老子且能跟着混个嘴肥肚圆呢！"

书生模样的人嫌恶夹了他一眼说道："恁谁不敢沾惹，要国理家法作甚？"挪步换个地方继续看热闹。

壮汉听罢，牛蛋眼这么一瞪，脖子梗得老高，踮脚尖搜寻着书生喊道："熊包！如今朝廷讲理吗？听闻老佛爷御用一千只鸡，只为熬一碗汤，找哪个说理去？娘老子的！"

肉铺伙计说道："爷们，小点声，今儿您是贵主儿吗？他们才是正解，安心瞧新鲜不好嘛？"他朝着正跪呼的五人努努嘴。

"嘿嘿！"壮汉一乐，用指头一绷弹飞灰条又道："吃瓜解馋，喝水森凉，给钱，本尊就是正解，哈哈！"

一个凑热闹的老农撇嘴说道："这位小老弟，天子脚下，饭可以多吃，话不能多说，小心祸及口出，伤了自个儿。"

壮汉觉似凉了，掖了怀一笑说道："老哥子，本尊脚板光光，还怕那穿象牙鞋的不成？"

身旁一个商贩模样接道："诸位少说几句吧，细瞧起来这里面大有门道呢！"

几人只顾争嘴，确实没看清跪在地上又呼又叫的人，长得什么模样，老农与壮汉二人眼里都是一亮，惊问道："什么门道？"

商贩努嘴说道："前面两个，红顶子、补子服，是命官。那三个头顶方巾，插一簪子，是见官不跪、免交赋税的举人大老爷。"二人听罢，嘘嘘点头，只听商贩又道："《马关条约》一签，难堵百姓悠悠众口，况乎是官爷、老爷们呢？这下要闹大，老佛爷跟前大红大紫的人物李中堂怕是难辞其咎了。"

老农点点头，又沉思似的嗫着嘴说道："古来官官相护，这官与官咬磨起来，会咋作侍候？"

商贩洋洋自得说道："好掰扯，官大的吃肉，官小的喝汤！这回官家与官家撞木钟，谁触霉头还不定呢！"

壮汉二目溜圆，似两个琉璃球儿呐道："日娘鸟撮的，这么邪乎？！咬牙放冷屁，咱大清这是要完了啊！"

商贩说道："你瞧这份度量，咱这大清朝对外没点辙，里外里尽是横打自家抽丰，翻过来调过去全是盘剥自个儿，不完才出了奇怪呢!"

此时,竹娘、竹庆挤过围观人群,来到他们跟前,见五人跪地疾呼。她看看天色,团团乌云压滚而来,天光暗下来,如一口黢黑的大锅倒扣在天上。五个人已是声嘶力竭了,都察院的大门却还紧紧闭着,门上几排门钉,似几十只眼睛正熟视无睹地盯着她,又似讥笑。她仰脸略一沉思,陡然生出几分悲凉、愤怒还有无尽的慨叹,个中包含对跪地请书者的怜,还包括对朝廷冷冰的恨,她旋即转身过去,迎着冷峻无情的门钉喊道:"大清国民,仰视高府,请皇上暂收上书,详察草民之心。与其生为降虏,不如死为义民!"

人群中不知是谁跟着喊了一声:"与其生为降虏,不如死为义民……"

几百百姓瞬时安静,只一瞬,山呼海啸般的呼声,如汹涌扑岸响彻天地:"与其生为降虏,不如死为义民!与其生为降虏,不如死为义民!"地动山摇间,天际划过几道闪电,继而豆大的雨点撒豆般濑濑而落,此刻见人群之中有人冲出来,拿着油伞、蓑衣为跪地五人遮雨。

汪春源霍然起身,站在雨地里面对着几百上千百姓,激昂陈辞喊道:"诸位,想必大家已经知道,我大清国与日倭签了辱没祖宗的《马关条约》,丧权辱国!什么十年寒窗金榜题名,什么建牙开府起居八座,什么封妻荫子光宗耀祖,都变得渺小不堪一言。最为旨要的,是人民安居乐业,台地百姓要活着!今日,尔等聚在都察院门前,是为上书请愿,挽救国家危亡,此上书,字字杜鹃泣血,企盼大清再现皇天盛世。诸位做个见证,今日我等长跪于此,不仅是为台湾百姓请愿,更为天下苍生呼喊,恳请朝廷、皇上收回成命,拒绝割让台湾给倭人！然则，马关之辱后，我大清距亡国灭种不远了……"

竹娘见状，难掩澎湃心潮，对着人群振臂高呼："拒绝割让台湾给倭人！"

成百上千百姓跟着山崩地裂似的：

"拒绝割让台湾给倭人！"

"拒绝割让台湾给倭人！"

"拒绝割让台湾给倭人！"

都察院门口人越聚越多，攒动的人群，海啸的呼声，急骤的泼雨声一时混杂一处，这气势如滚泄的山洪，咆哮着向前……只听"吱呀"一声，大门开了条缝儿，一个书办小吏模样的人伸出半颗脑袋来。

小吏看了看眼前黑压压的人群，阴沉着脸说道："喊了几个时辰，震得房梁快要倒架了，够累了，呈上来吧——"

一个百姓手一指说道："狗官，雷公劈死你丫球子！"

小吏白白眼儿没搭理他，又道："还不快给我？我倒是不急，可诸位堂官大人忙着呢！"

汪春源拾级几步打开油布包双手递过去说道："劳驾上官，辛苦您了——"

小吏接过来，看也不看说道："回去等着吧，记得吃碗姜汤暖暖身子骨儿。啊嚏——"大门随即关了。

都察院是个很大的院落，以照壁、大门、大堂、二堂、察治堂为中轴，西边两个书房一个花园，东边一个花厅和一处大院落，原来是住三班皂隶的。光绪十九年接到军机处密谕，左都御史便把衙役们全部派到南监号去看管犯人。来的人在东院进进出出，还有洋人，也不知道都是什么身份，因奉命不许过问，都察院大小官吏依旧每日在正堂处置公务。

大堂之上，一众堂官散坐着，左都御史裕德居中正座，徐郙、奕年、奕秋、沈恩嘉、寿昌诸人，各择一座，手里捧着上书奏陈正一筹莫展。正本握在裕德手里，其他人手里都是书办临时找人誊写的副本，一色的端笔钟王小楷，版印似的那般齐整。

寿昌看了几遍奏陈，一会儿凝思，一会儿冥想，嗫着牙花子向裕德、徐郙禀道："二位大人，依卑职看，兹事体大，若不及时呈给圣上，哦，还有老佛爷那边，恐怕这日后……将有怠责之罪呀！卑职仔细瞧了几遍，这些台籍官员、举子的上书，字句之间并无不妥之处，洋洋洒洒、飘飘逸逸尽是为国担忧、为民恳愿的话，依律当速呈才较为妥当……"

徐郙却大手一摆说道："不妥不妥！蔓生枝节的事可以存疑，留待日后逐一去办。当今朝局繁事众多、公务庞杂，其间鱼目混珠、婆娑起舞，真不摸底儿，似外面的天色，阴晴不定、忽冷忽热，天晓得哪块云彩会下雨？多事之秋，抱朴守拙，还是远离是非为妙啊！况说，皇上宵衣旰食，每日通宵达旦处理政务，批阅奏章多如牛毛，已是殚精竭虑。为臣者，要日日想着为皇上分忧才是，不必事事奏报，不然还要我们这些堂官干什么？本官不信别的衙门鸡毛蒜皮、桩桩件件悉数呈报御览。前阵子，饥民请愿、流民闹堂不也没呈报吗？天下依然太平嘛。吾辈为官，一为口食，二为奉银，只求安安生生过日子，切不可头脑一热丢了性命，须时再无口饕餮、无手持银抓锭了。"

沈恩嘉轻抚着须，喟然叹道："徐公此话道理极深。虽说这些台籍官员、举子守仁奉义，可历来有规制的，朝堂之风与庶人之风不同，焚琴煮鹤的事不能沾，更碰不得。上个月，裕首座转呈督府们递来加强国防的折子，老佛爷倒是给了口谕，仅此一字：'呸'……"

左都御史裕德尴笑一声说道："沈公，此事莫要再提，老夫已惭愧至极了。"

外面雨过天晴，映着窗纸，照得屋里通明雪亮，寿昌站起身来，一根筋地继续说道："按说，上官有言，下官不得不听。可今儿这事，并非鸡飞狗跳的小桩件，官员、举子奏请上书，下官览之无不动容，这是国恨连着家仇。此书若不即时奏呈皇上、太后定夺，定会寒了天下举子的心，若这些人未达所愿，再闹出什么事端来，细查因缘在都察院，到时候该如何收场？"

徐郙矍然起身，红着脸膛说道："万不可呈啊！若呈上去，如同在这衙堂里丢砖、拆瓦、撒土，弄得举堂不安。老佛爷的脾气诸位都领教过，一向朝纲独断，上半晌兴许赏你个红顶子，得意劲还没过去，下半晌就要走你吃饭的家伙儿，阴晴不定、喜怒无常、由着性子发落哪个不知？谁人不晓？今儿摘了你的顶戴花翎，兴许明个儿又赏还你，可是没了吃饭的家伙，谁能再厾个出来瞧瞧？"

起风了，哨风吹得南窗上的纸忽而鼓起忽而凹陷，寿昌的心情也随着这榥纸起起落落，他赤着脸辩解道："徐大人此话有失偏允，举子乃治平天下的国柱脊梁，非饥民流汉所能堪比，这等大事若隐压不呈，按大清律当斩……"

徐郙听罢，气得须发乱颤，甩袖指着寿昌喝道："大胆！你一个小小六品堂前吏值，在本官面前敢放言律条？挫子吹糖人——人不足量口气倒蛮大！"

"徐副使，罢了，罢了！"左都御史裕德拧身也站了起来，他在堂间来回踱了几步，停住脚说道："诸位，公婆论理，难理头绪。一个上书已搅得廨宇阵脚大乱，诸位还能做什么大事？勿要再论下去，呈与不呈，待皇上小会议事，本官机宜行事、自有权衡。"他望着正堂，又看看天棚，长叹一声说道："若公堂之上，悬一个大大的'哑'字应是什么景致？！"

紫禁城养心殿内，光绪皇帝穿着四团龙褂，足蹬青缎皂靴，金龙顶冠上十颗东珠微微颤动，晶莹生光，目若明星、面若满月，正与大臣议事。此时光绪皇帝年仅二十四岁，正是英年得意心雄千古之时，白净秀气的脸上，却始终铺着层颦眉促额的团云，像心中装着无穷无尽慨叹忧思，却无处遣排、无人可诉似的。

翁同龢拖着龙钟尾音奏道："皇上，昨日英国泰晤士报驻我大清记者的文章遍传京师。他言，清廷的决策人是知道的，战争根本不可能继续下去，而现在之条约已非李鸿章的条约了，因为在签字前，李鸿章逐字况味均已电请北京，大清皇帝是依照军机处的意见，才授权签字的。"说到这里，翁同龢干咳了一声，用余光观察着光绪帝又道："此报还说……"

"还说什么？"光绪阴郁的脸上更加沉冷。

翁同龢躬身说道："还说……假如现在朝廷拒绝批准这个条约，那么……那么在文明世界面前，大清皇帝丢掉的将不仅仅是体面……"

光绪摇头，露出了一丝苦笑说道："哼哼，体面？真是讽刺啊！天下兴，河图洛书出；天下乱，山川河湖崩。如今我大清还有何体面可言？"

翁同龢又躬身说道："皇上，您不要太过苛责自个儿了……"

光绪目光火花似的一闪，转瞬即熄，他抚着脑门凝思一阵说道："老师啊！朕知道，为人君者，只能亲君子远小人，你不能把小人都杀掉，不能把造酒酒坊都砸了。因为老师您曾教诲'非小人莫养君子'嘛！李白没酒也就没了诗。可放眼朝野，正见人心玩忽，诸事废弛，官吏不知奉公办事，小人不畏法度，这官风民风是不是坏透了？"

翁同龢嗫了下嘴，眼中闪着泪花，跪地说道："皇上深仁厚泽，以德治化，实为勤勉之君。如今正风难成，责不在圣上，全是下头蝇营狗苟之辈误以为圣心在于严厉，于是就顺这思路去铺他的宦途。看似凡事宁严不宽，宁紧不松，实为搜刮剔厘，谎报政绩邀宠所致啊……"

光绪莞尔又一苦笑说道："老师说得是呀！如今下头情势，毛病太多。源根起一个'贪'字了得，贪得一文莫名，贪得灯干油尽，朕就想不通，下头这些官怎么下得了手？"

翁同龢嘴唇抽动，胡须颤着又道："老臣曾午夜扪心，为臣为官是尽忠尽职的，凡事尽量往好处办，以为自己是个贤能。今儿圣上这一问，凭天良说话，老臣真不知如何回禀，是老臣昏聩无能，辜负了皇上的浩荡宏恩，臣有罪……"正说着，便潸潸而泣起来。

光绪见状，忙起身过去，把翁同龢扶了起来说道："朕深知老师心雄万夫，是朕问话有失，罪不在老师。此事今日作罢不议。"光绪又命人赐座翁同龢，方才放回御座，又道："众卿可还有事要奏？"

都察院左都御史裕德上前一步，躬身禀道："皇上，台湾举子联名上书反对割让台湾省给日本国，臣转奏——"他从袖筒里拿出呈文，双手捧了纸放在长案上。

光绪展开折子浏览，时而屏息而思，时而默然点头，时而摇头上视，过了一阵子便说道："这些举子，出言决绝，一句'反对'说得倒是容易。割弃台湾，难道朕不比他们更加痛心?!"

　　军机大臣文廷式出班趋步上前说道："皇上，台湾举子上书朝廷，可窥其拳拳爱国之心，可否即时票拟办理? 以安天下文人。"

　　光绪问道："卿以为该如何回复?"

　　文廷式一怔，忙伏地叩头说道："朝野听闻割台予日，已是瞠目结舌，议论纷纷，吵得满城炒豆子爆米花似的。另据臣接报，'台湾民主国'已成立，巡抚唐景崧在府僚及台地百姓的推举之下，自任领导人，且已联合黑旗军首领刘永福，欲率全岛军民抗击日人……"

　　"呃!"光绪一摆手止了他，用手轻点龙案说道："举子上书与唐景崧本就是一回事，勿要再谈冗过，卿径可直言如何酌办吧!"

　　"是!"文廷式禀道："臣以为，那唐景崧辜恩溺职，若勘定典刑，付诸国法，他是有罪的。但其赤诚爱国之心可鉴，成立'台湾民主国'实属无奈之举，圣上天聪高远，有洞鉴万里之明，想必圣上……"

　　"想必什么!"文廷式正说到这里，只听殿外传来一声厉喝，诸臣回头看时，见慈禧面带怒容自养心殿外踏门而来，诸臣连忙旋了身子跪地请安："太后吉祥，万福金安——"

　　光绪也趱起立身，橐橐几步迎上去说道："亲爸爸这时来了，您近日身子不适，概可在宁寿宫好生将养嘛!"

　　慈禧冷冷扫视诸臣一眼说道："哼哼! 将养? 哀家怕是一

歇息啊，咱们大清也就歇息了！都起来吧——"

李莲英紧挪几步，伸出胳膊给慈禧当扶靠，说道："主子，您慢着点儿——"

慈禧移足龙御坐了，光绪紧随着在旁边垂首而立，又听慈禧说道："当年哀家念他唐景崧招抚刘永福有功，赏四品卿衔，没想到却赏出个祸害来！哀家谕令他内渡，这个乱臣反倒起了营苟狼狈害民坏法之情、蚍蜉蟭螟之计，拒不奉谕，如今成立什么'台湾民主国'起事抗日，果真是反了啊！"

诸臣低着不语，光绪立在边上只是一怔，也未说话，却听慈禧拍案喝道："传旨——严令禁止大清任何团体接济台湾抗日军民！"

诸臣答道："嗻！"一时声音在殿内回荡，复又归平静。

慈禧看着缄口不语的诸臣又道："松生山巅，归流入海，这叫作各安其道。可是有些臣子偏就不安分，罔顾人臣之道，伪饰手法不穷，魑魅伎俩层出，还不如哀家仪鸾殿檐下一只鹦鹉讨人畅活呢！"

翁同龢局促着躬身说道："太后息怒，保重凤体金安，该……该为上策。"

"嗯，还是翁公知道哀家。"慈禧脸上虽怒容一点点消散，雍容华贵间却隐隐约约透着杀气，她看看自个儿修长的甲套又道："翁公尊为两代帝师，人之典范、臣中楷模。如今哀家虽已还政，倒是愿意闻听翁公议政，你且说说是显者香，还是隐者香啊？"

翁同龢听罢，立时浑身虚汗尽出，顿时觉得后背粘湿一片，他叩头顿首说道："臣草茅后进识陋见浅，出于蓬蒿进于青紫，今蒙太后盛赞金奖，受恩如此深重，焉敢再眷恋高位，老臣恳请太后垂怜，允臣辞官归乡……"

慈禧微笑道："翁公何至于此嘛！如今朝局动荡，还需要你这个老枢臣安定呢，哀家也可放心闭殿息养，享清福了。"又道："哀家再问你，就眼下而言，你以为李鸿章办对了？还是办错了？"

翁同龢心胆俱裂，嘴唇剧烈地哆嗦着，浑身几乎都要瘫软在地上，颤声说道："禀……禀太后，臣……臣眼花耳聋、无识无相，实……实是……实是不敢妄言……乞请太后治……治臣不恭之罪……"

"呃。"慈禧斜眼夹了他一下，又面向诸臣问道："你们说说，李鸿章到哪儿了？该如何着办？"诸臣埋低了头，谁都不敢再说话了，光绪立在旁边对搓着手，一脸的颓废看着李莲英。

另一侧的李莲英连忙打了千儿说道："主子，奴才打听了，李鸿章明日便能到达天津了，不过……这直隶总督府怕是暂时回不去了。"

"罢了！"慈禧起身说道："闹出这么大动静，不回去也好。这桩事儿，无论如何也要给皇上一个交代的。"

戊夜的火车上，李鸿章靠在车窗口昏昏欲睡，前些日子在日本国遇刺留下的伤口还隐隐作痛，左脸颊依然缠着纱布。车厢一阵晃动，李鸿章慢慢抬眼看了看窗外，问道："什么时辰了？"

随驾侍卫回道："中堂，已经寅时了，用不上一个时辰咱们就到天津了。"

李鸿章缓缓闭上眼睛，沉默一阵说道："直隶总督府是不能回了，咱们直接去京师，就住贤良寺。此次赴日，老夫已是尽心尽力了，圣上若是不知我，太后也是知我的。"

侍卫回道："大人，您的辛苦，卑职可是明白着呢。"

两个时辰后，天露晨曦，李鸿章等人乘坐的火车驶进北京。火车停稳，李鸿章一行人走出车厢，只听太监如鸡鸣般的嗓子高声宣旨："李鸿章，接旨!"

李鸿章微微一怔，瞬时平静如常，他打打衣袖跪在地上说道："臣，接旨!"

太监展纸宣道："奉天承运，皇帝诏曰：李鸿章昏庸骄蹇，丧权辱国，着，拔去三眼花翎，褫夺黄马褂，革除直隶总督、北洋大臣职务，留在上书房行走，以观后效，钦此——"

李鸿章叩头说道："臣，李鸿章，叩谢天恩!"

竹娘脚刚踏进全台会馆大门，一眼瞧见竹庆和蔫果正在当院练拳脚。二人辫子盘在脖颈上，拿嘴叼着辫梢，通体上下大汗淋漓，竹庆身形矫健起落间虎虎生风，边打拳脚嘴里也含糊不清地说着：

> 太极无始更无终，阴阳相济总相同。
> 走即粘来粘即走，空是色来色是空!
> 任他强敌多机变，焉能逃吾此圈中?
> 这叫"沾衣十八跌"挨着衣服便要摔倒……

他刚收势，见姐姐提着吃食站在边上，甩了一把汗珠子，几步过来，眯眼笑道："娘又整治好吃食了?"边说着话，便动手掀篮子上的盖布。

竹娘轻打了揭布的手说道："恁馋——正经书不读，整日舞枪弄棒，到底也修不成正果儿。家里的顶门人儿，不想着闹个祖上有光? 你说是呗?"

竹庆还未答话，蔫果抢话道："好姐姐，您别小瞧了哥子，不定哪天能弄个红顶子武状元呢！"

"稀罕他做官！"竹娘说着便自篮里摸出两个碗来，又道："通身的热汗，吃碗酽茶解解。"她将茶倒到碗里，二人接过来闷头牛饮起来。

蔫果几口下肚，一抹嘴说道："姐，小的跑过单帮，也算见过世面。算来天下营生百行万业，总不如当官，不但自个尊贵，六亲九族跟前说得响，祠堂祖宗前头体面光鲜。我瞧哥子这阵仗准能成大事！"

竹娘兀自一笑说道："什么大事？还能把天捅漏了不成？你咋也相跟着他厮混，侍候老爷们的正经事不做了？"

竹庆哈哈大笑说道："这透精货是让主子赶出来的。几位爷要谈正经事，嫌他碍眼，打发他跟我习拳来着。"

竹娘说道："蔫果力不如你，别介又欺负他。"

蔫果哈腰摆手笑嘻嘻说道："姐心明眼亮，不过，这回哥子没犯浑，还教小的打满人的布库呢！要么小的操演一番，给姐瞧瞧？"

"懒得瞧。"竹娘问道："上书也有半月余，朝廷也未给什么旨意，兴许在议这事吧？"

竹庆说道："我听去半耳朵，似一个姓唐的在台湾率民抗倭的事。"

竹娘一边点头，一边听着屋里的动静，遂及说道："前几日正商量支援台湾的事，现在有了出头的，便知道东西该给哪个了。我去瞧瞧——"她又续了两碗茶，便独自进屋了。

几人见竹娘进来，便恭谨一笑。汪春源自烟雾缭绕中又回眸她一眼，竹娘心里一喜，择座坐了。但见满堂人有的吃茶，有的抽烟，还有的嗑瓜子儿，此时，又听黄宗鼎说道："若果真如少羲兄所言，台湾万幸、百姓万福啊！"

汪春源拍拍手心里的瓜子壳儿说道："在下的表兄在唐大人堂前听差，来电知会于我，原本是要我即刻赴台地帮'台湾民主国'办差，此事不会虚。且割台予倭已激起了全台军民的愤慨，唐大人也曾多次致电朝廷，表达'台湾属倭，万众不服'的态度，可见唐大人此番抗日决心之坚！"

罗秀惠身子一挺立身站起来说道："甚好——尔等几日苦寻抗日的门路不得法，这回有了正主儿，便可有的放矢了。"

谭禄滢收起烟杆儿，又呷了口茶说道："听闻日前李经芳前往台湾办理交割事宜，在唐景崧那里吃了闭门羹，唐大人如此置老佛爷的谕令于不顾，也算颇有些傲骨了。"

汪春源说道："唐大人多年前便与黑旗军的首领刘永福交好，此次全台抗日，唐大人有了黑旗军的助力，胜利有望！目前我们能做的便是设法全力支援台湾的抗倭军民。"

罗秀惠说道："那还等什么?！"

谭禄滢起身欲给众人续茶，竹娘赶忙接过来。只听他说道："当前局势扑簌不明，这个'台湾民主国'能支撑多久也未知，还有没有其他抗倭组织亦不清楚，谭某以为，此事须从长计议，急不在一时。自上次我们会议支援台湾抗倭，我已委托老友陈顺龙兑购粮食与药材，据他讲，一些商家怕受牵连，要么严词拒之，要么喊价奇高，本来谈好的事说话间便黄了。陈掌柜也是诸位的台湾同乡，经商多年，常年在台湾、福建、京师走动，人脉经络得很熟。他经办起来都困难重重，看来，援台之事没那么容易，若遇着一心求财的商家，肯高价售卖，那要看我们手里银子够不够啊！"

竹娘回到家已是戌时，晚饭间她向爹提出要从铺面上拿出银子给会馆购买援台物资，爷俩儿话不投机，李祖业碗箸一推说道："我这个当爹的欺了心，硬生把你宠坏了，论说小门高宅的女子哪若你这般胡闹？台湾抗倭跟你八竿子打不着边儿，你着意奉迎会馆那些举子作甚？"

竹娘此刻灯下近看父亲，竟苍老了几年，连颈下的筋脉上都带了丝丝皱纹。她嗫嚅着张口想说几句宽慰劝勉的话，念头一起，随即咽了，嘴上咕哝出来的话仍不中听："爹，甭论说女儿的不是，看您是舍不得掌心里那点银子而已。"

李祖业声音空洞洞，在厅间里发着嗡音："攒这家业容易啊？白花花的银子能随便送人？我瞧你这闺女花开唱花谢——非痴即愚。幼时你便入塾学文，万没料到长大成人了，贤良淑德没瞧见，却见一个愣头青瓜。这个王闿运老先生名号大，却教出个你这样的学生来，依我看他只不过徒有虚名罢了。"

竹娘一乐说道："先生教导，国家兴亡、匹夫有责。爹，匹夫是什么，您知道吗？"

李祖业划火镰点了烟说道："爹知道它作甚！只要晓得贱买贵卖营务生意，多赚几个铜子儿，不拉亏空。有了银子，衣食起居不愁才是正道。"

竹娘又道："林总督有遗句：家国相依为大义，后家先国应前瞻。"

李祖业吐出口浓烟儿，趔脸问道："林总督？是人名还是官衔？做什么买卖？"

竹娘自知爹弄不明白，故意玄虚弄说道："林则徐！他叫林总督。"

李祖业最喜女儿天资聪慧、识文断字的派头，自个儿虽说大字不明一筐，却总乐意与女儿缠磨斗嘴，他哑哑嘴说道："呃，作古的林总督，跟咱们李家何干？我不管别的，只要全家人有衣遮体、有口择食便好啊……"他盯着闺女足有移时，方才松弛地坐在摇椅上，舒缓地说道："国家大义、人伦至理，你比爹悟得透。可你爹我不会屙金尿银，粒米之珠也放光彩，吃喝拉撒不是生活？唉——活见了……"竹娘见爹一手抚着脑门，不住地透息叹气，忙过来，跪在椅后给爹轻轻推拿揉按。

　　"闺女……"李祖业半闭着眼，由女儿按摩着，声音已变得十分柔和说道："你也忙了一天，这么着太累……"

　　竹娘从未见过爹如此苍老，如此伤感，如此温存！不由得泪水夺眶而出说道："是闺女不孝，惹您生气了，当得这样侍候。"李祖业听罢，瞬间湿了眼眶。

第三章　联姻亲埋下萧墙祸
明大义典出援台银

　　京师远离闹市区天坛东行二里一处房舍里，天和商社的社长井口太郎正与从日本远道而来的好友山崎正雄坐在榻榻米上，一边品着清酒，一边听着乐人演乐。

　　这处房舍是一栋新建不久的两层小楼，此楼收拾得整洁华贵，四面院墙耸立，楼上楼下廊边都装着红木栏杆，新近才油漆过。廊檐下吊着各色风灯，晃得满院流光溢彩。前面有一处不大的庭院，是两株疏枝相向的合欢树，中间一条细石砌花甬道，一直向前，又是一座玲珑剔透的太湖石。四周散置着一二十个花景。庭院虽不大，却布置得错落有致。院中的花草植被显然经过了精心打理。因为上午下了一场细雨，此时此刻庭院里的杜鹃花在阳光下显得愈发娇艳，一只黄色的蝴蝶扇动了几下翅膀，停落花瓣上吮吸着上面的水珠。正厅里传来一阵笑声，伴着珠帘的哗响，那蝴蝶许是受到了惊扰，再次扇动翅膀，很快便隐没在色彩层次分明的花丛里。

　　珠帘响处的笑声是山崎正雄发出来的，方才他似乎对井口太郎讲起的精彩趣事，才勾他似劲风穿林的哗笑。山崎看起来与井口太郎的年纪相仿，目光中透着精明，举手投足之间隐隐约约有些对井口的卖好。而一侧的井口太郎长一副颇为俊朗且不动声色的脸，即使刚才讲了个笑话，他也只是微微抿嘴似笑非笑，嘴角翘着，双眸之中露出几丝漠然与不屑。

一张榻榻米上，山崎正雄持酒为井口太郎斟满，井口头轻点着算作回应。

山崎正雄收腿坐回原位，一愣怔间，又调整姿势，虚身一动，盘着的腿儿撩到后边，整个身子坐在双腿上，这才正色说道："井桑，临行清国前，家父特意嘱咐我带来的，家乡江户的清酒，清澈涟香、甘甜养神，一如我大日本帝国的樱花，实是令人陶醉其间而忘返啊！今儿，井口君尽兴才是。来来来，一醉方休！"山崎正雄合口灌进嘴里，持盏看着井口。

井口太郎面带微笑，轻抿了一小口，尔后仔细端详一番，闭起目沉思一阵，复又睁开才道："早秋惊落叶，飘零似客心；翻飞未肯下，犹言惜故林。家乡一坛酒不远万里辗转来此，让我品味了家乡故土的芬芳，许久都没有让人如此陶醉的回忆了……山崎君果真用心良苦了——"他用眼角瞅着，山崎正雄正额首作请，井口太郎兀自收回目光，似交流又似自语地说道："如今，配上这清国的瓷器，更是别有一番趣味了，这与我大日本帝国经略之宏图大业密切相关呐，山崎君也须细细品尝才是。"

山崎满脸红晕，似乎多出几分醉意，木着脸点点头说道："井桑，我的——明白！遥想当年，你我二人在帝国大学读书的时候，听您谈起，您幼时便已习练汉话，那时我便知井口君喜好中华文化，如今您到清国已逾三年，怕是更加痴迷了吧？"

井口牵动嘴角，仍旧一副不声不色之态，他缄口不言，又

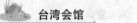

啜了一口酒，闭上眼睛，手指轻点，聆着乐人奏出的曲调。

山崎放眼看了看房内的陈设，呷了一口酒说道："井桑，这满堂的中国字画十分风雅，定是出自某位名家之手，今日在此得见甚为荣幸，听闻井口君在书画方面造诣深厚，请多多点拨才是呀。"

井口掠过一丝稍纵即逝的蔑笑，也不看他，便说道："山崎君不懂中国文化，又怎知何为'风雅'，用清国人的话讲，山崎君此言实为'附庸风雅'。"

"呃呃呃！"山崎尬笑一声，遂说道："井口君莫要取笑我才疏学浅，这满堂字画敝人虽看不出什么门道来，却知井口君是个风雅之人，风雅之人当是陈设风雅之物了。风雅之人居其风雅之室，若再有个风雅娴淑女子相伴，便是功德圆满了。哈哈哈……嘎嘎嘎……"

井口太郎并未听出玄机，他环顾了一下墙上的字画，脸上透出得意之色，眸子一闪，满眼含春地说道："初来清国之时，我便拜了一位赵老先生为师，学习中国书法绘画，春秋几度、暑来寒往，算是略有小获，山崎君所见这满堂书画，只不过是本人的习作罢了。"

"咦？"山崎一愣怔，惊羡着叹道："原来如此——井口君的精妙造诣已然到了让人拍案叫绝的境界啊！说来，我今日得见阁下这绝世墨宝，岂不是大大的荣幸？哈哈哈……嘎嘎嘎……"

井口太郎把余酒一饮而尽，微笑着说道："几年未见，山崎君待人接物，实是精进了不少。山崎君跨越重洋而来，不只是为了同窗叙旧，定是另有要事吧。"

"哦哦。"山崎正雄含混地狡黠一笑说道："井桑，你我二人相识多年，也算故交好友，实不相瞒，我以为生意上的事便是顶重要的事了。"

此话出乎井口意料之外，他浅笑问道："噢？这么说，山崎家族的古董生意是要做到这大清国了？"

"是的。"山崎似酒意全无，一脸正色地说道："请井口君不吝赐教，今后还请您多多关照。"他又一脸神秘地说道："生意之外，还有一件事，这与井口君有关。"

"噢？"井口讪讪地说道："山崎君，古董生意本人一窍不通，恕我无能为力。"

山崎正雄未答话，抬起手来"啪啪啪"击掌三声，只听乐人曲调重启，二人面前的拉窗被轻轻推开，五个身穿和服的艺伎迈着小碎步款款着鱼贯进来，随着曲调拂袖起舞，曼妙婉转。

井口呆看了一阵，笑眯眯趸脸说道："这是山崎君特意备下的礼物？我看并无特别之处。"

"啊哈——"山崎正雄点点头说道："井口君真是慧眼独具，这舞姿的确未有什么新意，特别之处在于舞者。井口君请看，中间这女子如何？"

井口顺着山崎正雄手指的方向，见是一个着淡紫色和服歌伎，因脸上涂着厚厚的粉妆，面容不太真切，但从轻盈的步态上可以断定这是个十分年轻的女子。再定睛看时，此女子舞姿并不娴熟，在某个节拍上甚至显得颇为生硬。

山崎正雄一脸媚相，遂随耳说道："井口君，还记得家父举办的赏樱家宴吗？不过，那时她刚满十岁，还是个懵懂少女，眨眼之间七年过去了，樱花谢了又开，她却从未凋谢过，正花开似火浓烈无双，只静待阁下采菊东篱了！嘻嘻嘻……嗬嘀嘀……"

井口托腮凝视细思，过了一阵讷讷说道："她……她是幸子姑娘？"

山崎脸上洋溢着微笑，点点头说道："正是舍妹啊！井口君依然记得她的名字，说明旧情难忘，舍妹知道当会幸福得不能自持了。幸子年少时，常听家父谈起阁下的志向抱负，心中钦佩不已呀，誓言长大成人定要嫁给您。舍妹秉性我是知道的，起初虽为戏言，几年过去了，她仍念念不忘，她的似海痴情，阁下又能知晓几分？"

井口太郎只是淡淡地笑了笑，不置可否，却听山崎又道："几年来，家父对舍妹悉心教导，又送她到女校读书，遍学我大日本帝国传统礼仪，如今出落得大方得体、温柔恭顺，只有这样才能配得上阁下。这回，征得家父俯允，带她来清国，与您相会，已解彼此的相思之苦。"

此刻，曲终舞休，山崎幸子目光一闪，只在井口身上停留了一瞬，便迅速移开，满眼尽是少女的天真羞涩，略一礼便款步而出。井口正回味间，又见幸子卸了浓妆，重着装束，又款款而至。但见她皓腕如雪，酥胸似月，略微细长的眉眼，配上丰瘦有致的身形，颇具小鸟依人之态。山崎幸子为二人斟酒，少女的馨香扑鼻而来，井口偷眼瞧时，幸子正拿眼看他。蜜桃核般的双眼如同秋波样的明净，悬胆腻脂的鼻子下，一张小口笑靥生晕，神态中带着羞涩喜悦，却又显出几分小心翼翼，让人顿生爱怜抚捧的情愫，扰得井口心绪难平，如波荡漾。

井口太郎没有想到，几年未见，幸子出落得这么醉人，他掩饰着内心的暗涌，又见她拘束，缓缓说道："幸酱，你不必拘束。若是觉着疲乏，大可先回房歇息。你的房间我已命佣人布置妥当，路途遥远、马不停蹄，你也劳顿辛苦了。”

山崎正雄闻听此话说道：“井口君好一副怜香惜玉的菩萨心肠。”他给幸子递了个眼色。

幸子神情一顿，她抬头看外面，其实一切都看不清楚。屋里的灯光大亮，隔着玻璃，景物都朦胧成了一片，楼榭亭台间模糊不清的树影摇曳间，偶尔能见一两点灯影恍惚闪烁。她点点笑颜如花绽，玉音似婉流地说道：“有劳井口君照顾，幸子去了。”

幸子走后，山崎正雄又陪着井口太郎吃了几盏，因他满腹心事未敢久饮，不多时便辞行了。此行暂时把幸子留下来，他却没有十足把握，心里仍是忐忑不安。按照父亲与他的算计，此番来大清国，为了寻找赚钱的机会，这是一。第二，是为了把幸子送过来，促成两个家族联姻，这个最为重要。虽说山崎家族在江户一带也算颇有资产，可出于长远考虑，还需要依靠一个有政治背景的家族，而井口太郎的父亲井口信实曾追随过高杉晋作，为明治天皇立过不小功劳，维新之后受封男爵，若是攀上井口家这样的华族，山崎家族日后的发展便更有倚靠。

风去沙住，看上去外面已是祥和世界，一片苍翠玉绿，万花盛开，后铁厂胡同也披上绿装，成了绿树掩映之所，给这座历尽沧桑的北京古城增添了许多生气。

竹娘裹着夹被独坐在自个儿的闺房，眼珠骨碌转着想计策，一阵煦风自窗外迎面吹来，她顿时精神一爽，一天无聊倦意清洗尽净。因她与爹李祖业在捐银购买药材支援台湾之事闹了别扭，李祖业且把她禁足在房中。她下了炕慢慢踱着，李家仅是小有余富而非大富大贵，爹李祖业心疼那白花花的银子当是情理之中，那些救国救民的道理，她最初从汪举子口中听来时，也是似懂非懂，如今要他听去三言两语即刻改变想法，也是实属作难他。她知道爹心疼她，若再纠缠个一日半晌，想必爹会妥协。她兀自向明窗看了看，忽尔有跃窗而逃的想法，念头一起又觉得自己有点神经失常，不禁暗自一笑，转身又坐了下来。

日正时分，竹娘窝在闺房里水米未沾，李祖业心中焦急却抹不开脸面，催促老妻冯氏去劝了几回未果，更是万分心焦。日昳时刻，李祖业见儿子竹庆饭吃得香，真是个没心没肺的家伙，便无事生非地发了一通脾气。好在竹庆倒是习惯了，既不顶嘴也不恼火，笑嘻嘻向爹禀明，饭罢便去劝姐姐进食，李祖业知道这个儿子平日里是个浑小子，并没把他的话放在心上。

中夜时分，竹庆拿钥匙开了锁，又轻敲了几下房门，猫腰溜了进去。竹娘在炕上假寐，知是竹庆来访，便没好气儿地道："你来做甚？我正心烦呢，别跟着裹乱。"

竹庆站在炕前，龇牙咧嘴一笑说道："姐，今儿你在爹跟前扫了脸，是拿我撒气吗？你要想明白了，我是来给你争脸的，怎么，不愿意吗？"说罢，转身欲走。

竹娘借着微光，隐隐约约见竹庆身后藏着东西，一收身坐起来说道："等会儿！俱实交代，你身上掖着什么？"

竹庆趑身回来，嘿嘿一笑说道："我的好姐姐，这可是给你争脸的宝贝。"

竹娘点了灯，但见竹庆反手一抖，袋里的东西统齐儿落在炕席上，灯下看去，明晃晃一对白玉镯子、两个蜜蜡扳指、一对赤金累丝长簪、一副珍珠耳坠，外加一些零散的首饰。

竹娘捂嘴暗自嗟讶，遂及问道："这……这是……"

竹庆目光闪烁，用不容置疑的口气说道："姐，别的值钱货色我不敢取，这是爹娘给你攒下的嫁妆，捐或是不捐，你自个儿瞧着办好了。不过，你若是舍不得，我悄无声息放回去便是，届时你莫要倒打一把，害我吃爹的板子，受娘的数落。"

竹娘一时哑然失语，愧疚、责愤，和着一丝对爹娘说不清楚的感恩一齐涌上心头。她眼眶中突然满都是泪水，却只强撑着不让它淌出来，掩饰着揉揉眼睛，咬牙一笑说道："爹娘已备下我出阁的物件，我却死蒙在鼓皮儿里。"她再也忍不住，泪水扑簌簌走珠儿般滚落出来。

竹庆见她伤心落泪，一时倒没了主意，讷讷问道："姐，莫哭嘛！不成，我放回去。"

竹娘愣思了一阵，渐渐平静下来，凝视着这些金银首饰说道："成活！你回吧，且把我的房照原样锁了，只是想着把这窗外的挡木摘了，记着别闹出动静来，惊了爹娘，可就不安生了。"

竹庆不禁莞尔，插科打诨儿取笑说道："包皮儿捐了嫁妆，寻死觅活自窗投地，不足三尺高且死不了，还得死二回，哈哈哈……"

竹娘照竹庆脑袋拍了一巴掌，嗔道："好看相么！还未有尺寸之功，却满脸受封相。"

竹庆吐了舌头，啧啧说道："这些物件往会馆一摆，你算吃遍油头了，特别是那个汪孝廉……"扮了个鬼脸走了。

翌日破晓时分，竹娘自窗口翻身出去，她踅摸着一家当铺，把首饰物件兑成现银。出了当铺，径直往会馆走，半途上她突然收住脚步，寻思着若自个儿发送给会馆，谭禄滢等人细问起来不好支应，若是他们知道这银子是私下授受，保准不接，岂不是五脊六兽白忙活了。说不准爹去会馆找她，碰着面

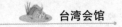

更麻烦，想到此，她挪步拐进另一个巷子。

巷子深处，三间旧屋一个院落，四门敞开。竹娘抬眼见蔫果正"咕咕"地撒食喂鸡，蔫果眼灵，未等竹娘搭话，他便颤颤地过来了。

蔫果笑道："李姐姐，你来我家，还是头回，真新鲜！"

竹娘说道："姐望你一眼的情分都没有吗？连个攀辕请留的也没有，像似逐客。"

蔫果伫立片刻，挠头笑笑，遂及说道："姐姐是贵客，不喊驾就来了，惊喜归惊喜，想着怎么着也要铺个踏脚石才是。"

竹娘扑哧一笑说道："你倒不落俗，见你一面还要掐黄道，把自个儿当贡生了。"

"岂敢！"蔫果嬉皮笑脸地打了个千说道："小的是汪举子的长随，也是姐姐的跟班，请姐姐铺排便是了——"

竹娘忍俊不禁，竟自捧腹而笑说道："不分周赵，且把我与汪举人扯上干系！"

蔫果一本正经样儿说道："至于当作何解，小的不敢妄自揣猜。只是敢问姐姐，什么时候让小的吃喜？"

"不许放景致！"竹娘脸色一红又道："青荒石外，山海无经，磕牙尽打我抽丰。姐姐来有正事交代，你且听仔细了。"

蔫果点点头说道："姐姐吩咐。"

竹娘把布袋银子往蔫果怀里一塞说道："记下，你即刻到会馆，把这些银两交给谭司事或汪孝廉，当说这是支援台湾抗日募捐的银子。"

蔫果点点头，再想细问，却被竹娘止了："你只管按我说的去办，打问得越细碎，反倒涡卷儿麻缠了。"说罢，转身走了。

闺女越窗而去，可急坏了李家公母。食时，冯氏下了门锁，叫闺女去吃饭，不料进门一瞧傻眼了，空洞洞一间屋，方窗四下敞着，不见人影。冯氏登时吃了一惊，脸色变得苍白起来，外边一阵风声，鼓得窗纸一胀，风没进屋，她竟打了个透心寒颤。

冯氏慌了神，顿足小脚尖声喊道："哎唷，天公祖师阿弥陀佛，闺女——闺女啊——闺女呐——"

李祖业正坐在正厅里发呆，猛然听到老妻凄厉的调门，头皮一麻，针扎似的自椅子上弹起来，囊囊几步跑来。进屋一瞧闺女虽然不见了，但也未出现他头脑一闪念间口吐鲜血、两眼翻白的情景，他看看大开的窗子，仰脸沉思片刻，顿时明白了。

李祖业冲老妻嚷道："干嚎什么——怪瘆人的，你这好闺女平安着呢！"又一机灵口中嘟哝一声："呃——怕是大事不好了。"趑身便朝自个儿的卧房趋步，冯氏一愣，止了声，蒙头蒙脑也跟着李祖业往外跑，一边说道："闺女平安，有甚不好的？"

李祖业率先进了卧内，从未见他如此轻盈，"噌"地跳上炕，起手打开炕头漆箱，伸进手去在箱底儿摸了一阵，恍然说道："日防夜防，家贼难防。真个是连锅端了去。"一跌坐在炕上。

冯氏蹑着小脚连吁带喘跟进来，听老头子说这没头没脑的话，讷讷问道："闺女带锅走了？"

李祖业青紫着脸翻了她一眼，一怔，忽尔"扑哧"一声笑出来说道："嘿嘿，你这乱诨问，叨噔得还真个差池不多！

047

闺女且把她的嫁妆一堆儿卷走了。不对，昨个这些东西还在，可闺女明明禁足在自个儿房内，这又没生腿长毛，自个儿飞不走的。"他身子一蛰，似乎醒过闷儿来，一啐又道："这个兔崽子，是他胡来！"

冯氏哑了哑口儿问道："谁是胡来？"

李祖业腾身下了炕往当院走，边走边道："你忙你的事去，别拦着我。"

冯氏见老头子自檐下摸根晒衣杆子，疾步向竹庆房内冲，她回过神来，站在当院便喊："阿弥陀佛，堪堪地我才明白了。当家的，手心手背都是肉，打出个好歹来，谁也不用想安生了。"

李祖业只当没听见，头也不回径直过去。此时竹庆四仰八又扭脸挑眉�’嘴睡得正香，李祖业一杆子下去，但见竹庆蜂螫般跳将起来，恍惚之间，犹如做了一场奇怪的梦。揉眼看时，爹正怒气冲冲对仗着他，吃了一惊，脸上带着笑容，已是加了警觉地说道："是姐拿嫁妆走了，与我有何干系？"话已出口，自知失言，又道："爹，您别恼，听儿子解释嘛！"

李祖业瞪着眼，又一杆子打下来说道："哪个指教你，陆上能带兵，水上能打仗，尚武通兵法，入内能行窃，成一个文武全才，哪个恼了，爹高兴还来不及呢！"说道又挥杆而来。

竹庆跳下炕，左躲右闪出了屋，李祖业追出来，没实打几下，他已累得气喘吁吁，竹庆站在爹够不住的地方说道："爹，您老杀颠教子，儿子知过悔过，照单收下了。若您再气恼，就得不偿失了……"

李祖业像是被甚么呛了一下，突然一阵咳嗽，咳得涨红了脸，冯氏忙过来替他轻轻捶背说道："儿子服软就结了，何必动这么大气。"

李祖业杆子一撂说道："盘查他也没用了，我找会馆谭老材要回来就是了。"

冯氏问道："热汤里退罢了毛，还要硬往圈里赶，能成？"

李祖业哼了一声："百僵之虫且能死而复生，我炉里烧红的铁，岂能让别个去打！"

全台会馆内，蔫果把银子交给汪春源，笑嘻嘻趸转身欲去把茶吊子里的开水续上，却被汪春源叫止了步："蔫果，你还来！我且问你，既然是李家捐资助银，李掌柜或是李家姑娘、哥子不亲赠，偏偏让你跑腿，这是为何？"

蔫果敷衍说道："老爷，小的实是不知呀！李家姐姐别的什么也不说，更不许小的多嘴。你们都是老爷、奶奶的，小得像一只大黑狗，支耳只管听主人吆喝便是，多了反倒涡卷儿麻缠了。"

汪春源一听就笑了："麻缠！什么麻缠？"

蔫果眼神中带着点些许迷惘说道："这是李姐姐的口风，小的是轿上吃酒，能入口了事，哪能瞧出什么成色呢！"

汪春源踱步走近说道："李姑娘还有什么特别交代吗？"

蔫果眯着眼，色盲似的盯着汪春源摇头说道："李姐姐香气袭人，胭脂似的，看去倍觉精神。"

谭禄滢端坐着漫不经意正品茶，听着，突然心中一动，心想李祖业是个精明人，属实也是个鸡婆，屁沟子夹藤牵、指缝不漏粒米的吝啬主儿，今儿捐资助银出手阔绰，这般料理就有点匪夷所思了。

想到此，谭禄滢张口问道："小蔫果，据实讲，李掌柜有没有嘱咐？"

蔫果笑道:"司事大老爷,小的捉底没见着李大掌柜。"

谭禄滏呷了口茶哈哈一笑说道:"李掌柜深明大义,足见其风节,所谓敛芬甘寂寞,持洁矜哀红;沁香不媚雪,昂藏对东风。是我错看他了,我这小家子气,想想就害臊啊!蔫果你去忙吧——"

"有人吗?"正说话间,门外传过来一声问话,两个人都是一愣,转瞬间见李祖业跨进门来,谭禄滏起身揖礼道:"哎呀,李掌柜啊,有失远迎了!请坐——"

李祖业兀自站在当间,沉着脸说道:"司事客套啊!如此礼遇,李某倒觉得生分了!"

谭禄滏也未坐下,见他面沉如水,笑笑说道:"谭某礼数不周,今儿补上,算是给掌柜的赔罪。"

李祖业啧啧说道:"每次来,司事不道乏赶驾,不打个背锤,便算李某的造化了,赔得又是哪条罪!"

谭禄滏不禁咧嘴一乐说道:"寡情难奏凤求凰,有眼不识金镶玉。原以为兄弟爱财如命,万没料到在家国大事面前,却能慷慨解囊助台抗倭,是我老眼昏花、心胸不阔,看人见事有失偏颇,惭愧!"

汪春源略一定神,连忙揖手说道:"在下请代全台会馆举子、台湾抗倭的义勇军民,感谢掌柜的好生之德、家国之情,掌柜一片赤诚护台之心,少羲定会铭记于心,须时不敢忘怀!"

李祖业本打算来此索回女儿的嫁妆,转身便走,两不赊欠,他却没想到,二人一番恭维话说下来,把自个儿捧上了天,倒不知如何张口应对了。脸色不红不白地僵愣一阵,说道:"呃……呃……嗯嗯……李某此行,是……是寻我家闺女回去，她娘要腌青口封缸，一个人侍弄不来的……"

"原来如此！"谭禄滢讪讪笑道："今儿未见李姑娘来馆，助台银子是蔫果转赠来的。"接着又道："掌柜好福气，令爱知书达礼，聪慧过人，既行事果断，又会拿捏分寸，普天之下提灯难觅啊！"

李祖业憋得通颈泛红，当场又发作不得，打火抽着了旱烟，呵呵干笑着说道："祖宗积德，后世勤勉，李某才得此宝贝女儿，可有一样，整日令人忧心焦虑不成体统，不多耽搁了，我……我去寻她！"转身冒着烟儿走了。

李祖业走后，蔫果咧嘴一笑，瞬间脸上闪过一丝孩子气问道："司事，小的糊涂，李掌柜说话怎么画魂儿似的？"

谭禄滢一本正经说道："再近点我告诉你。"蔫果凑过来，几乎要与谭禄滢脸贴在一起，只听谭禄滢说道："要学会观风，先要读圣贤书，不读书便不知天有多高地有多厚——""啪"得一巴掌打在蔫果背上，蔫果一机灵跑开了，远见谭禄滢、汪春源正笑他，他趸身打了个千说道："小的遵命！"起身飞也似的逃了出去。

日正时分，竹娘一个人走在街上感觉肚肠一阵咕咕乱叫，昨个至今水米未进，此刻饿得已是前胸贴着后胸，走路都觉着打晃。她抬眼望去，前面便是"金福来"面馆，紧着赶没多时便踱步进来，找了一个角落的座位坐下来。

馆子里吃客不多，小二搭巾过来，她看着饭单，要了一碗阳春面外加一碟子素溜儿。到底是饿了，须时之间，一碗面便见了底儿，她扯出帕子来边拭嘴，边唤小二会账。

店里伙计满脸堆笑小跑过来，哈腰说道："财神姑姑，您敢情吃得满意？"

竹娘点点头，面带笑容，刚要张口回话，脸色却倏地雕塑般僵在半截，自闺房里翻窗出来，身上一个铜子儿也未带，嫁妆首饰全兑了银子悉数给了蔫果。想到此，热血直往上涌，刷地红到脖梗子，她定了会子神，略一思忖说道："小二哥子，对不住，出门急，未带钱。这样可好，我立个字据，劳驾您去全台会馆走一趟，见着汪举人，他自会付了这饭钱的。"

店小二吃了一惊，半张着嘴半晌儿才道："敢问姑奶奶，您当真不是涮耍小的吧？全台会馆？来回车钱，贵主儿您能在小店吃三天还有剩头儿呢！"

竹娘听罢，嗫嚅了一下，低下头不再多言，店小二见此女子困态，突然拊掌大笑一阵，转而阴阳怪气说道："你合着不会是来嚼白食的吧？光天化日，天子脚下，马虎不得，付账吧——"且把一只肉手伸到她面前。

竹娘脑袋一阵嗡响，心头兀自突突乱跳，对她来说简直像晴天白日突然做了一个凶梦，支支吾吾说道："小女……我……"

店内客来客往，小二见惯了乞丐、流民混吃，罢了抹嘴便跑，想到此像被人猛地打了一闷棍，心底抽凉，于是说道："姑奶奶，大小姐，小的与您前生无仇，今世无冤，您万不该捉弄于我，您这单是小的觍着脸接下的，您若要呆赖账，小的吃罪不起。您再想想其他法子，把账会了吧，今后大路朝天，各走半边——"

竹娘仍是低头不语，快要急出泪来了，眼见眼眶通红，小二见状，拿定她是白食客，耐性态度瞬息而变，龇着牙开口说道："呃，不瞒您说，小的见过捉鸡的贼子，跳梁的盗子，吃色的秃子，偷汉的尼子，逼良的道子，未见您这样脸俊、胚好、腰身俏的女窃食……要么，您也学一回尼子如何？"

"住口！你个混账东西。"一声叫骂，正眉飞色舞滔滔不绝的小二一怔，扭脸看时，见隔桌坐着个公子模样的人，小二闭了口，直愣着眼盯着他。

呵斥店小二的不是别人，正是天和商社社长井口太郎，但见他起身离座走过来说道："开门做生意，莫要乖张逼人，和气生财嘛！这姑娘的饭费我付了。"说着摸出十个光绪铜子儿掼在桌上："可够？"

小二点头哈腰，满脸堆笑道："够……够了，使不完，使不完……"

井口说道："下余的赏你了。"小二收起钱，作揖离开了。

此时，竹娘起身，红着脸福了福说道："多谢先生解围，若先生不吝，请留下贵姓、台甫，他日小女定会登门致谢！"

"呃呃，不必了。"井口眼珠不转地定盯着竹娘看，见她低头躲闪，于是又道："方才听闻姑娘提及全台会馆，我们似乎还颇有渊源。在下井口太郎，与全台会馆谭禄滢先生是老相识，先生是在下的师兄。"

"嗯嗯。"竹娘轻点着头说道："原来是司事的好友，小女李竹娘见过先生了。"又浅施一礼。

井口揖手还礼说道："李姑娘不必客气。在下正要去会馆拜会，姑娘若方便，不如一同前往？"

竹娘说道："许是扫了先生的兴致，小女有事要办，一刻也坐不住，今儿怕是要怠慢了。"

井口满脸堆笑，说道："后会有期！姑娘自便。"

竹娘走出面馆，回头蔑了一眼，长长地吁了一口气，正琢磨要往哪里去，看路时却见竹庆正蔫头耷脑地瞎逛悠。竹娘叫

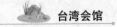

他，竹庆瞧见，似充了气，几步跑过来说道："哎呀，寻你不着，快急死了。"

竹娘四下看看，揣摩着问道："爹的痨病没犯上来吧？"

竹庆挽着胳膊，露出淤青一块皮肉说道："还好挨了爹几杆子，让他出了气。"

"有钱吗？"竹娘问。

"有，干嘛使？嘿嘿，饿透腔了吧？"

"给我！"

"多少？"

"十个铜子儿够了。"

"十五个，全拿去好了。"

"等着我。"竹娘一把抓过来，趔身回到金福来，如数还给了井口太郎，井口太郎也未过多辞拒，只是微笑着又楞盯着看她。

竹娘复又自面馆出来，与竹庆相跟着往回走，竹庆说道："姐，若让爹就此罢了，我倒是有个法子。"

"说来听听！"

竹庆笑嘻嘻地附耳说道："你尽可告诉爹，你拿去的嫁妆尽数给了那汪举子，催爹去找汪举子到咱家下聘，这叫打枣粘知了——两不耽误。"

听罢，竹娘芳情似醉，满面羞红，抬手追打竹庆，口里责道："浑小子，没羞没臊打趣我，代我受过倒不该不欠，滥做好人，看我不卸了你那条好胳膊下酒。哪里逃——"

竹庆在前面跑，不时回头笑道："我见姐与汪举人相好，爹又一向敬重读书人，这不是好事成双吗？"

竹庆只顾回头看，正巧与人撞个满怀，他定睛一瞧是爹，紧着把跟跄着的李祖业扶住："爹，还是那话，再说一遍，千错万错都是儿的不是，气大伤身您消气了吗?"

李祖业盯着一双儿女，虎着脸说道："打算孤魂野鬼似的在外面晃荡一辈子？不见我也就罢了，连亲娘也不想见吗?"

姐弟俩不言声，只是满含歉疚地看着爹，李祖业哼了一声又道："后响吃肉包子，薄皮儿大馅，这是你们娘的心意，不吃罢了。"说罢便囊囊往前走，姐弟俩听了，递个眼神，上前攀住李祖业的胳膊，笑嘻嘻挎着他往家走。

此时已是春末，全台会馆满院寂静，花树葱茏，日影透过枝桠嫩叶，零零散散铺洒下来，西厢一间房内，井口太郎与谭禄滢正对坐品茗。

谭禄滢端起茶盏，说道："井口先生别来无恙，请用茶——"

自窗外飘来一片落英，掉在茶盘上，井口太郎轻轻拂去，思忖一阵说道："记得两年前学生拜赵老先生门下，习艺书法绘画，赵老先生致仕前又是兄台的老师，按中华师承风俗，我与兄台乃师出同门，要常走动才好。"

谭禄滢呷了口茶说道："上交不谄，下交不渎。虽有上贤教诲示范，不过，先生光临寒馆品茗叙谈，为兄觉着这满堂增辉，脸上也有光彩。只是营务生意，忙碌不堪，专为闲叙而来，不忍挡了先生的财路啊!"

井口太郎恭恭敬敬地听着，双手一拱说道："若不是同门，愚弟还以为兄台下逐客令呢！本来想与兄多谈一会子的，看似您有些急务要处置，只能简约说了。"

谭禄滢尽管此刻心头杂乱纷纷，还是按着性子，做出若无其事的模样儿，一笑说道："治理这间会馆，虽谈不上日夜操劳，可琐碎事的确不少，但与军国大事比较起来，这等小差事便不足挂齿了，先生有话尽管讲来。"

井口太郎兀自沉吟片刻，张张嘴未说出来，忽尔眼神幽幽一闪改口说道："我自小熟读'四书五经'，原以为了解中华文化，到了这里才知道，中华文化博大精深、浩如烟海，单吃茶这一项就大有学问，兄台教诲至今记忆犹新：吃茶以露水为最上，雪水次之，雨水又次之，水愈轻而色味愈佳。"他低头看那茶水，碧澄澄的色如琥珀，满室里荡漾着茶香，又道："如今，两国交兵，在下尴尬不已，望足下如这君子之茶，不改色、不计嫌，你我二人一如往日缘续此君子之谊。"

谭禄滢深知井口是个胸怀城府、绝顶聪明之人，他的这份韬光养晦功夫，真到了炉火纯青的地步，与其结交还真要把握分寸、掌握火候为妙，他微微一笑说道："先生多虑了！两国交恶，这里面的情由很杂，非你我所能左右，更不敢妄裁。正如先生所言，你我仍是君子之谊嘛。"嗳嚅了一下又道："若先生为此事而来，抽身跑一趟大可不必。今儿馆内又接了四五个远客，缺东少西又不将就，我还要紧着张罗，就不留您用饭了。"井口见他端茶送客，不便强留，只说了句改日再来叨扰，便幸幸而去了，谭禄滢亲自送他出门，看着他背影消失才踅回身，陈顺龙早已在东跨院等候多时了。

谭禄滢循声逶迤进了东跨院，见了陈顺龙便道："陈掌柜久候了，见你这脸色，事办得还顺当了。"

陈顺龙笑道："托您得福，打点故交、联络渠道，总算把会馆所购药材送至台湾。这条通道既然打通了，今后援台可简便从事了。"

谭禄滢笑道："陈大掌柜功不可没啊——我沏了迎宾茶，

请你品鉴，走吧！"

二人自东跨院联袂入了正堂，刚进屋陈顺龙吸着鼻子连连称道："嘀呀，我从没闻过这样香味！"

谭禄滢笑而不语，伸手执请，陈顺龙端起来呷了一小口，用舌搅了一番，凝眉思忖说道："醇而不厚，芳香不烈，色而不淫，沁心醒脾——好！却不像南井水？"

谭禄滢笑道："是个茶道君子，我老材找到知音了。今儿用的是玉泉山清凉。"

"嗯。"陈顺龙又呷了一口说道："泉水捉底比井水润口得多呀！"

谭禄滢点头说道："这筹资援台如沏茶，万事俱备还需借来东风，才能赢得满堂彩。这回疏通了渠道，便可东风常拂了。"说罢哈哈笑起来。

陈顺龙持盏说道："这些都是我多年生意上的朋友，既靠得住，口风又严，在生意场上混迹多年，即便有个风吹草动，他们也会相宜行事的。"

谭禄滢一抚脑门儿说道："哦，差点忘了！我已托付竹娘姑娘整治了几个酌酒小菜，须时我与陈掌柜快晤小酌一番，如何？"

陈顺龙揖手笑道："盛情难负，悉听尊便——"

第四章　藏心机会馆探虚实
护正义怒打刁蛮人

六月初八，天已进伏，正是大火流金的季节。万里晴空，天空中稀疏挂着几朵悠悠白云，好像逐猎的虎狼，吼聚獠悚气宵生烟，又似觅食的绵羊，俯仰卧行姿态各异，一轮炽日，晒得大地焦热滚烫。距朝廷严旨台湾督府大小官员内渡已两月余，而台湾省文武官员之中，仍有大部分人，誓守与台湾军民共保台湾之决心，抗旨拒不内渡苟安。对此，朝廷鞭长莫及、无计可施，只谕令沿海各省督抚衙门"不得丝毫接济台湾，违者按律严办"，保存一丝颜面作罢。

台湾军民屡上表陈，历述"誓不属倭"胸中震古烁今的决心，却未见朝廷只言片语的朱批谕旨的票拟传来，朝廷已视台湾百姓为清之弃民。两岸同根同源，血脉已融混几千年，覆巢之下岂有完卵？众多爱国诤臣义官留守台湾，四海八方仁人志士自发成立民间抗倭组织，暗中筹备钱粮支援台湾抗倭，给孤悬无依的台湾百姓带来了莫大希冀。沿海各省在日倭的胁迫利诱之下，各督府道衙施以海禁，援台抗倭越发扑朔迷离、艰困甚巨。

全台会馆筹措了第二批援台的粮食、药材，这回运送路线自天津走水路至厦门，以防不测。虽说朝廷关防是水旱两路并重，可各国商贸往来已占据沿海各省的半壁江山，因有外国人横行，官府查禁，水路更为松懈。旱路由汪春源押运至天津，明日与返台的罗秀惠、黄宗鼎同行。竹娘见汪春源要去天津，想要陪着，汪春源喜不自胜，可李祖业不允，也只好作罢。

一切安排妥当，已近酉时，西方一抹斜阳不甘心沉沦，洒着光红彤彤地挂在天边。晚霞映照之中，当院那棵老槐在翘翅飞檐掩映下，剪影似的，在镀了一层赤金的房角瓦当间摇曳，给这暮色平添了几分诗情画意。谭禄滢这才闲下来，独自坐在厅里吃茶消乏，蔼果禀传，井口太郎过府来访。

谭禄滢还未来得及细思应对之策，井口已踏进门槛，揖手笑道："师兄，冒昧来访，多有开罪了。"

谭禄滢起身笑迎，说道："抚案低回，心神会意客已到。"

井口略一思忖便接话道："把樽品茗，欢我兄台千万寿。"

谭禄滢不禁一怔，尔后说道："井口先生中国诗赋功夫深厚啊！"

"师兄谬赞了。"井口又道："我一外族，得一皮毛而已。不说这个，今儿我偶得上乘好茶，师兄乃渊博之士，请为鉴别一下。"

谭禄滢接过茶，打开茶来看了一阵子，又捏在鼻尖儿闻了闻说道："好茶！这回我谭老材有口福了。"他又忙着摆茶具，拿温水沏上，二人边品边聊。

井口太郎呷了口茶，带着满脸诚挚的笑容说道："师兄与往日精神大不相同，飞彩奕奕、气象万千的神态不见了，看上去一下子老了几岁，不知为何事忧心操劳如此疲乏？"

谭禄滢晒笑一声说道："此心难做盘古石，飞絮如花随清风。这世上鹤发童颜者有几人？人总归是要色相凋零的。都说这北京城，三品官满街走，四品官不如狗，好比麦地里的兔子，一轰就是一大群……甭提我这不入流的差丁了，有什么大事要忙啊！无非鸡零狗碎的小事，会馆居客有的鼾声如雷，吵得别个呆呆地看天棚一整夜；吃的米面馊变，饭菜不香；挨边儿铺面的大黄狗咬了人，硬说是挑逗畜牲在先；家里老婆上茅房，搭篱笆上系腰红绳被哪个二流子给摘了去，诸如此类。哎哟——小娘爱俏，老鸨爱钞，想吃鱼又怕沾了腥，人生来就有各种闲事闹腾不完，不提也罢。"

井口见他絮絮叨叨说了一大堆，干笑着说道："有限光阴，无涯尘事，在下心里着急，听您一讲，着实也帮不上什么忙。"

朦胧西斜的夕阳一点点落下，天色更加灰暗，倦鸟扑棱棱正归巢，快到掌灯时分了，谭禄滢看看空盏，不想再续，说道："你未有撒豆成兵的法术，哪管得了这等闲事。"

井口给他续上茶说道："几日前，闻听朝廷没收了商贾私募援台的银子，缉拿了几个带头生事的，在下虽不关心清国政治，可一想到师兄与这撮商贾过从甚密，心里不免替师兄捏把汗，您可不能受了蛊惑牵连其中啊！"

"哈哈哈……"谭禄滢一阵大笑说道："先生多虑了！我每日耳闻目睹不过这方寸之地，除过这些琐碎，没有别的心肠，即便把天下商贾一并捉了去，与我也不相干。"

井口点点头说道："这便好，这便好！"趑过脸又道："这正堂的几联字气势不凡，上边也没有题跋，不知出自哪位高人之手？"

谭禄滢久久凝视着几联书法说道："先生眼力不坏，此联乃台地举子汪春源的墨宝。"

"噢?"井口头拨浪鼓似的一摇叹道:"敝人苦心孤诣醉心书法日久,却不及其七分,惭愧!师兄可否引荐这位汪先生,届时可讨教一二。"

"养身修性,善莫大焉!"谭禄滢知是汪春源对日倭心存厌恶,于是托辞道:"汪举子去潭柘寺进香,还未回转,先生只能另约相见了。"

此时一丝凉风透帘袭来,却见汪春源款步而入,张口便道:"司事,诸事料理齐备,只是明个儿⋯⋯"他见有人在场忙敛闭了口。

"啊啊!"谭禄滢哈哈大笑,震得墙纸瑟瑟,又道:"汪孝廉好巧啊!来来来,这位是日本国商人井口太郎先生,刮目于你的堂贴盈书,你们二位尽可议论切磋。"

井口太郎已起身,揖手笑道:"久仰——今儿得幸恭瞻兄台墨宝,龙骤虎啸之势震撼心灵,着实令人叹为观止。敝人虽为东瀛远商,却十分喜爱中华文化,尤其对书画艺术情有独钟,还请汪兄多多赐教。"

汪春源凝神即收,凝眉蹙额说道:"不敢当!家乡割弃,汪某断梗浮萍、如丧考妣,心头更是有千百谜团待解,阁下是为日本商贾,不吝讨教,我还有台地千万百姓会将何去何从?"

井口太郎不禁一怔,下意识地摸摸颏下,干笑着讷讷说道:"兄台怀乡之情,敝人感同身受,概如敝人思念开满樱花的故土一样。"

汪春源听罢,仰脸略一沉思,冷笑道:"阁下此言张冠李戴、牵强附会,汪某实难接受。遍观先生面相,口虽之乎者也，心却有山川之险、城府之严，你非我族，我泱泱中华的天道真学岂是尔等学得去的！"

听汪春源一顿数落，井口太郎猝不及防，但他心里明白，对付肚子里长满钢牙的斯文文人，须从长计议才是，他绽出一丝笑容说道："失敬失敬！敝人久居京师，思乡成疾，没料想犯了兄台的忌，实是无心之语，只因敝人心系故土而不得归所致。"

汪春源瞧了一眼满腹狐疑的井口太郎，耐人寻味地说道："遂曰'此天戒，言在侧者尽豕狗也，去之则存，不去则亡矣'——畜生没了人性，比土匪还不如，物反常即为妖，怎不令人惊心！"

谭禄滢见汪春源越讲越气，越讲越急，便站起身说道："心根正，土星亮，不正，文昌不亮。依我看，需驱鬼逐魔，要静一静心，再谈书画切磋吧！"他揖手又道："先生不妨先走，耽搁了生意，我老材赔不起呀！"井口揖手作别，只留下一个深不见底的眼神儿。

第二日一大早，汪春源、罗秀惠、黄宗鼎离京赴津，汪春源虽不随罗、黄二人赴台，即便自天津回转来也需十日左右。谭禄滢又闻蔫果娘旧疾犯了，想想馆中也无其他事要忙，便允他回家床前奉孝节义。

蔫果寻着孙郎中给娘开了方子，他便寻药铺抓药，谁知走一家店铺关门打烊，再走一家盘账叫歇，没办法他又折转回头找孙郎中配方子。孙郎中一向行问诊抓药之法，不做药材生意，蔫果一个头磕在地上，无奈之下，孙郎中从自个儿柜上照方抓了药给他。

蔫果提拎着药往回走，街角似乎是有一群小孩子捉迷藏的样子，有笑的，有拍手的，有叽叽呱呱说话的，影影绰绰的都不甚清晰。他抬头看看天色，时间尚早，他自懂事就早起惯了，醒得早，此时赶回去煎药，怕吵醒病中的娘。他随即一笑，便寻声而去，走近看时，见一个八九岁的孩子在地上画着什么，小点的孩子也不认得，饶有兴致地围着指指画画，七嘴八舌议论：

"这是朝阳门！"

"不，这是太和殿！"

"这是个女人，怎么没穿裤子？精条条的两条腿，像个妖精！"

"这人有辫子，是男人——也没穿裤子。咯咯咯……"

有孩子反驳道："外头大闺女也有留辫子的，你怎么知道是男人？"

那孩子指着画儿道："你看，他腿当间没蛋儿！"

又有孩子接腔："你有蛋儿吗？亮出来我看！"

一个大点的孩子大声叫道："画得什么也不是，尿他！"

众人听后，撩袍解裤子掏出小鸡鸡，站得远远的努着劲儿齐向伏地画画的大孩子身上滋尿。顿时见他头脸身上淋淋漓漓都是尿汁子，大孩子不干了，一抹脸儿："娘日的，找锤——"吓得大家四散奔逃，大孩子立身便追。

蔫果见这般恶作剧，兀自正笑，忽尔一阵车铃，有人喊着："闪开，闪开，闪开呢——"蔫果还未醒过神来，但见一个人拉着车，车上坐两人，左躲右闪这群孩子，飞奔着冲向他。正遇转角，车子一个急转，他还未及闪躲，正见车已翻倒在地，人也甩出车外，车轮儿还朝天转着。

蔫果手里药也撞飞出去零零散散撒在地面的尘土里，他不禁伸手捂嘴，心疼不已，只听一个身着和服、脚踏木屐的日本女人尖叫一声，叽里咕噜说着什么，尔后又涔涔潸潸哭起来。

蔫果刚要张嘴说话，"啪"得一声，被人扇了一个大耳刮子，半边脸立时似烧了火炭一般，火辣辣的。他抚着脸懵懵说道："药——我的药……"还未说完，脸上又"啪啪啪"让人打了几下，顿时眼冒金星，天旋地转。

打蔫果的是日本商人田中久光，他扇了蔫果几个耳刮子，看似还未解气，走过去把撒落的药用脚捻进浮土茅草中，骂道："嘿！小杂种，瞎了狗眼吗？竟敢挡我田中的车——"

听到吵闹声，周遭各店，店内店外的人围过来看热闹，仁济药铺的王掌柜凑近一瞧，认识这个日本人，便伸手一指蔫果说道："你个不长眼的东西，惊了田中先生的驾，跪下磕头认错还罢了，不然我让你小子再投胎回去。"

蔫果捂着腮，一脸的委屈说道："诸位大爷眼亮，小的没有错，是他弄撒了小的的药呀！"

王掌柜冷冷一笑，点着他的鼻头儿似先生教育小学生敲打桌面似的："你呀，白来世上走一遭，田中先生要你赔他的车钱该咋说呀？"

蔫果结着舌说道："我娘的药也花了不少钱呢！"

王掌柜嘿嘿又一笑说道："小小年纪，还是个拧货色，真没瞧出来……"此时，田中久光顺腿一脚，踹在蔫果肚子正当间，"嗯"了一声仰面八叉倒在地上。田中久光追身过去，噼里啪啦又一顿耳刮子，蔫果鼻腔嘴角往外冒着血泡泡。

田中久光声如鸥鸦般放声大笑，摇头道："你的，娘的不行——"王掌柜在一侧点头哈腰也道："不行！不行！"

田中见蔫果自地上爬起，一脸怒色地看看他，心中怒火又起。他迫步过去，举拳欲打，却怎么也挥不动，似被什么东西钳住了，待他扭着瞧时，见是一个十五六的半大青年。模样还未瞧清楚，只觉得面前一黑，似抢了一把大锤，重重击在面门上，鲜血登时迸溅而出。

田中下意识地还击，可那青年眼疾手快，左手擒住他的襟子，右手插入裆下，双手一用力，嘴里喊一声"走"，一个倒背金佛，把田中扔了出去，田中似粮袋般，飞起一人来高，咣的一声落在五尺外石阶上。不知那青年使了什么身法，飘忽几步过来，挥动双拳迎着刚爬起身来的田中贯耳而下，又耕牛迎春似的转换身形，拳变掌、膝抬起，重重地顶在田中腹上，田中顿觉肝肠寸断，又似乎觉着自个儿的喉管子撕裂了一般。又见青年如醉酒的罗汉，双肘用力又给他来了个窝心炮，田中勉强爬起来，头晕得厉害，天旋地转，他咬着牙，勉强地向前走，似想逃开，踉跄一步，摔倒在地，随行的日本女人见状，又"哇"的一声嘶吼起来。

青年突然露出这一手功夫，店里店外的上百人今儿真开眼界，众人先都惊得一怔，随即爆发出一阵喝彩声，再揉眼瞧时，两个青年已扬长而去，看热闹的人们发出一声喊来，立时四处散开去。

走出去二里地，蔫果到此才松了一口气，摸着肿得老高的脸说道："哥子，你是我心目中的大英雄！"

出手教训田中久光的青年原是李竹庆，他摆手说道："人在世上混迹只要两条，一是名，二是义。要有个好名声，还要讲义气。你我是兄弟，怎能见你受侮而不伸手相助呢！呃，你不在家侍奉老母，跑到这厢作甚？"

蔫果一副惊魂初定的样子叹道："哎——给娘抓药，触了霉头，挨顿打不讲，娘的药也撒个干净，孙郎中讲再喝上两剂即可好转，若不好生调理，病根上再栽病根，对景时就会犯。"边说边抹起泪来。

竹庆打量了他一眼说道："大丈夫抹泪作甚？没了再去抓。"

蔫果疼得吸溜着嘴说道："孙郎中见我手头紧，才收了一半的钱，没钱咋个抓药啊！"

竹庆新剃的头，脑后垂着粗长的辫子直到腰际，健壮的身子伫立在大树下，微微翘起的下颚棱角甚是分明，像铜铸一尊武侯像。他支楞半晌，自襟子里摸出个东西塞他手里说道："拿了去！寻一家不起眼的铺面出兑了，该够抓几副药了。"

蔫果展开手一瞧，一枚沉甸甸的足金大扳指在掌面上，晨光中闪着灿灿光芒，他痴痴茫茫呆看了半日，才结结巴巴问道："哥……哥子，这……这是哪里来的？"

竹庆凝视着蔫果，低声说道："从那个倭驴指上摘来的，只当是赔你药钱。"

一刹那间，蔫果觉得竹庆似自己的大哥，有一种难以名状的气度风韵，却还是心神不定地问道："哥子，那倭驴要是报官呢？"

竹庆咧嘴一笑，指着对岸说道："就像隔着一条河，那边的人什么心境什么言语，我们怎么知道呢？衙门捉人讲究人赃俱在，倭驴若是躺个一年半载，到那时，这河水早已'桃之夭夭'，不知流经了几省几府。"

蔫果还是不放心又问道："同乘的日倭娘们不会指认我们吧？"

竹庆将辫子一甩，绕在项上，哼了一声说道："那倭炮只顾啊啊唧唧地说胡话、抽洋疯，认得哪个?！"

蔫果仰起肿胀一张脸，眯着看天又问道：“王麻子要是漏勺呢?"

竹庆转过身来，轻轻拉了一下他的衣襟，温和地说道：“兄弟莫怕，这不是你的错，是那只倭狗恃强凌弱。再不济，我一人担了。王掌柜是汉人，偏不信他能向着外族！"

蔫果该问的都问了，心头疑问瞬时烟消云散，他与竹庆分手后，兑了银子抓了药，给娘煎了吃下时日头已错西。娘问他伤从何来，他说让王八盖子叮了一口，无妨。

天津是个港口闹市，又与京师相去不远，街上的商贩熙熙攘攘，市廛栉比，店铺鳞次，百艺杂要俱全，地摊上摆着宁砚、明瓷、先朝的金箸玉碗、镂金八宝屏和阗碧玉瓶，还有海外舶来品紫檀玻璃水晶灯、报时钟、铜弥勒佛、鼻烟壶、名人字画……真是琳琅满目，应有尽有，一派繁华景象。虽然距《马关条约》签订已过去近两个月时间，可直隶总督行馆四门紧闭。大门前，却仍然有人拉幅扯条喊嗓子，李鸿章此刻已休居京师贤良寺，那些污秽不堪的谩骂自然他是听不到的。汪春源面对此情此景，心里不免感慨万千，大清危在旦夕，有人尽忠，有人尽孝，有人尽享其乐，各安其所，纵横无常，这是怎样的一副奇怪景象啊?

天津码头每日叠货不计其数，汪春源一行人挤身于络绎不绝的贩夫走卒之中，显得毫不起眼。遇有衙门差役慵懒着上前盘问货物的去向用途，他们沉着巧对，布班的差役没有觉察出一丝异样，摆摆手便放行了。

日铺时分，汪春源等人打尖在约定的客栈落脚，前面传话过来，戌时便可接货，众人看时间尚早，草草用了饭，闲客般到码头观景。码头虽然不是天津最繁华的所在，但因是水路要渡，各色人云集，一街两行诸行俱全，街上人烟凑辐，水中橹船相衔，也实甚热闹。有一处鼓板铮然响着，笙箫齐鸣，男男女女围了几圈人，曲儿也正唱得紧。

几人围拢过去听戏，只见戏子站在一条大迎春凳上，发髻上蒙着青纱，挑着天生两弯俏眉，顾盼流昐、盈盈呃呃地正唱：

> 人间嫁娶苦奔忙，只为阴阳，
> 问天天从来不具人身相，
> 只得来道扮男妆，
> 屈指儿有四旬以上，
> 当人生梦一场！

围观的人群中情不自禁喝一声彩"好！"接着是一片鼓掌声，戏子毫不为之所动，轻甩水袖，婀娜抚腮，又来四句集唐：

> 紫府空歌碧落寒，竹石如山不敢安。
> 长恨人心不如石，每逢佳处便开看。

围观的人群又是哄然叫妙，戏子在凳上细挪着身子，左顾右盼回应着众人的叫好，双袖兜搭，兰花指一挑，婉约低回、莺语道白："春香啊，我楚楚精神、叶叶腰身，能禁多病逡巡？……你叫我怎生不想啊……"接着唱道：

> 贪他半晌痴，赚了多情泥。
> 待不思量，怎不思量得？

就里暗消肌，怕人知……

春心怎的支？

心儿悔，悔当初一觉留春睡……

汪春源不禁叹道："真个声若柔丝，翩若惊鸿，撂儿摊戏还有角儿似的胚子，真没想到！"

罗秀惠听他褒赞，这才回过神来说道："这是洛神下凡，出水的芙蓉，美自天然的象牙人儿嘛！"

黄宗鼎年龄稍长，知是罗秀惠定了亲，他向罗孝廉那边挤了挤，喜着眉眼打趣道："罗爷，醒一醒儿，看晕过去了！小心贪多嚼不烂呢！嘻嘻嘻……"

罗秀惠小声道："兄台，今晚咱们手谈通宵，叫上少羲一道儿，你们瞧我的，看我嚼烂嚼不烂！"

汪春源抱着膀子静听着，趄脸说道："先用点心思把公事办完，再手谈不迟。"

三人各怀心思接着看戏，此时一个高个长脸的人挤过来，附耳汪春源道："足下可是汪举人？"

汪春源愣盯着看了一阵问道："足下是……"

长脸男子又道："俺是梁武，这几位兄弟是跟俺来接货的。"他向旁边的几个看客会着眼神。

汪春源一眼望去，几个人向他点头示意，他转脸说道："我是汪春源，接洽的人是叫梁武，可约好了在客栈会面，你们怎么找到这厢来了？"

闻听是来接货的，罗秀惠、黄宗鼎便把身子往这边挤了挤，细听起来。只听梁武说道："出了岔子……唉！那个唐景崧畏敌，逃了！这里笙篁笛箫，潇湘风景如许，不坏的去处，

台湾会馆

没人注意我们，比客栈还要安全。"

几人听罢一愣，梁武又道："几日前唐景崧带上全部身家，登上德国轮船偷偷内渡了。今儿我们才得到消息。"

黄宗鼎情不自禁说道："呸！还以为他唐景崧是个人物，半拉月不到英雄失色，夹起尾巴顾命去了！"

罗秀惠看着汪、梁二人问道："这可如何是好？"

梁武沉思片刻，低声说道："听闻，唐景崧本就无心抵抗倭军，只因台湾民意难以推脱，不得已才留下来，基隆、狮球岭失陷以后，他便率领家丁数十人逃至德国人的商行。唐景崧虽然内渡了，可刘永福还在，台湾抗日民众由他统率。"

罗秀惠问道："刘永福一年前才奉旨赴台抗日，如今朝廷割台予倭，他又不是台地人，能靠得住吗？"

梁武又让三人凑近了，他犹豫一阵说道："在下寻思，待这援台物资送达之时，台湾怕是已落入日倭之手，若如此，兄弟们以身犯险还有何意义？"

"呃嗬！"黄宗鼎一下子清醒过来说道："兄台，你怎能说出这等泄气话来？"

汪春源站直了身子，看着袅袅婷婷戏子说道："刘永福将军率众浴血奋战，尔等岂能言败？越是战事酣烈，粮、药越是紧缺，许是台地抗倭军民正翘首以盼着这批物质，以期解燃眉之急，士气鼓泄之间连着胜败，我们莫要先丢了士气。"

罗秀惠脸上挂了霜一样，字字咬金断玉似的说道："梁义士，此行是雪中送炭啊，可救台地义勇于水火之中，万不可半途而废！"说着已是淌下泪来。

梁武目光炯然，思索定了说道："在下孟浪了。艰节之处，生死分野，我虽为一介武夫，忠义报国之心还是有的，我

070

们即刻交割货品，明日一早我便带兄弟启程南下——"

日商田中久光尚在病中，便让人抬着气势汹汹寻到李家，放言要么赔八十两银子私下结案，要么报官，让李竹庆刑狱入牢，豪言掷出，便命人将李家砸了个稀巴烂，尔后气焰嚣张地扬长而去。竹庆自绸布铺面送货的路上，便听说了此事，心里便一阵心神不宁，如此想来，爹的一顿严责是少不了的。

果然比揣测得还要严厉，他一进正厅便挨了爹劈脸一个耳光，听到头一句话是李祖业的一声断喝："跪下！"

"是！"竹庆扑通一声长跪在地，想伸手抚一下发烧的脸颊，举了举又垂了下来，规规矩矩磕了头，说道："儿子一定做错了什么事。请爹责罚！"

家里像似遭盗贼，满屋子凌乱不堪，桌椅条案东倒西歪，还有的缺了腿儿、残了面儿。捆了竹庆一掌，李祖业自己反而显得有点气馁，端着个硕大的茶杯一口接一口喝着酽茶，满面怒容夹着掩饰不了的倦色，把摇椅翻了个儿，半歪在里面，许久才喘了一口粗气说道："一个叫田中久光的日本商人，让人抬着来家里，浑身绷着纱布，看上去着实挨得不轻，口口声声索要八十两银子，限十日内清算，否则报官投你下大狱，你还没撑起家业，倒先出息成一个惹祸的浑虫！"

"爹……"竹庆知道挨这一巴掌的来由，心里有了准备，他又叩了头说道："是您教导儿子，长大成人要除暴安良，做个了不起的英雄。那倭驴是'暴'，蔫果是'良'，田中这恶贼实属该打……"他瞟一眼李祖业，没敢再说下去。

李祖业没有再发怒，咳嗽一声，粗重地喘息了一阵，起身背抄手绕室徘徊说道："不错，我说过这话。我说叫你'像'，没说叫你'是'！没说叫你逞强斗勇！惹来一些不相干的闲是非且不论，外国人惹得起吗，他们定会寻机报复，届时你身处险境，谁能护得你周全？"

竹庆直挺挺跪着聆训，爹的话句句透着一个严父的护子之心，他心中一阵酸热，哽咽着说道："父亲训诲的是，儿子已经明白，已经知过了！……"

李祖业闭着眼又喘息一阵说道："起来吧！……"忽尔觉得心口一阵悸疼，忙抚住胸，轻轻按着。

竹庆忙过来，伸手在爹胸口轻抚起来说道："爹，您这身子要找郎中好瞧才是，有一阵没一阵的怎么能好？"

"爹不是皇亲国戚，没那么金贵，无碍的。"李祖业又轻咳一声说道："不用按了，我缓缓便好了……"

竹庆手上不停微笑说道："儿子年轻，身子骨结实，您只管歇着！"

李祖业摇摇头，苍老的声音舒缓且带着喑哑说道："打你也为生你的气，也有些迁怒于你。你姐的想法太拧儿，也太专济，怎谁也掰不过来，真是瞎了那一肚子学问；你也不专心读书，只知道营务邪门儿功夫，我告诉你，七十悬车，我今年五十挂几了……看样子未必能享那么长的寿。哪天我死了，你还不能顶门立户，咱们李家真可就完了……"

竹庆声音十分柔和说道："爹……您别说这话，儿子听得心里刀绞似的！知道爹攒下这份家业不易，儿子听您的，不辱没祖宗，不给爹丢脸，今后儿子读书、练武都用功……"

"咋个也忘不了你的'沾衣十八跌'，将来孙子像你一样，是个武痴子，哪个能承继我这几间铺面啊！"李祖业话说得苛责，但语气里满含期望，又道："我们大清现今真是金玉其表，败絮其中，瞧这光景，没有坏消息就是好光景了，演武防身倒也不是什么坏事……要么，你拜个师傅？总比自个儿乱折腾强！"

竹庆诡谲地一笑说道："爹，经营铺面我倒不如姐会营务，您老常讲'天高任鸟飞，海阔凭鱼跃'嘛，既然姐比儿做得好，您放手让她做既是了。另外，儿子只对演武布阵痴迷，一心想做咱大清的屈原、岳飞，所以老早入了师门，只是还未及向爹禀明呢！"

"噢？你这兔崽子！"李祖业低声答道："不知会我，你这拜师的束脩银子从哪里来?!"

竹庆未及说话，竹娘闪身进门来，嗤嗤笑道："好一副行孝图！"她在外听壁角多时了，又道："你们爷俩谈心，把闺女牵扯进来——爹你别动，你有心疾，又太累，就这么歪着。"

李祖业只一动身又躺下，舔舔嘴唇，似一脸的幸福说道："你们两个，让我和你们娘心里真个是又爱、又痛，嘿嘿——还抓痒挠肺得呢……"

竹娘与竹庆相视一笑，竹娘笑道："爹，甭怨旁人，您是太上老君，我和弟还不是您炉里炼得火丹？"这话足够品味的了，李祖业不笑不语，似咀嚼着大体与小局，宽仁与约束，孝与忠，心与行，合目假寐起来。

第五章　顺民意台湾传捷报
　　　　　　　施援手酒楼获信任

　　自唐景崧逃离台湾后，原本一些摇摆不定的官员、士绅和百姓皆闻风而动，纷纷举家向大陆迁移，极大地打击了台地抗倭热情，举兵对倭形势一落千丈。倭军趁机攻克台北，并一路南下，向还在抵抗的军民发起了猛烈攻击。"台湾民主国"大将军刘永福率领黑旗军以台中、台南为据点，全力支撑着抗倭义举。刘永福祖籍广东钦州，原是反清的黑旗军将领，光绪十年中法战争爆发后，率领部下与清军并肩作战，屡次大败法军。之后在清政府的规劝下，接受了"记名总督"的头衔，成为清廷官员。然而，朝廷始终忌惮刘永福手中的势力，自他从安南归国以来，便明里暗里地受到朝廷以及地方高官的排挤和打压。黑旗军经历频频裁减，最后只剩下三百余名老兵，当年的英雄劲旅已被清政府摧残殆尽。

　　甲午战争以来，清军一路溃败，水陆皆失利，台湾陷入孤危。刘永福有对法作战的成功经验，因此便有人上奏光绪皇帝，建议派刘永福赴台督办防务。刘永福临危受命，启程前，他曾要求闽、粤总督能够准其返回粤西、桂南等地招集旧部，重建黑旗军，无奈地方总督怕刘永福势力重新壮大，断然拒绝了他的请求。刘永福胸中愤懑，万分沉痛，悲叹自己只是空有统军之名，实则并无统军之实。然而，国难当头，台湾危急，刘永福救台心切，为保卫大清国领土之完整，他克服重重困难，就地补足四营兵士，后又续招两营，从汕头出发，日夜兼程，奔赴台湾。无奈倭军装备精良，且占据着最为富庶的台北一带，力量悬殊，致使台湾抗倭义勇节节败退，伤亡惨重。更为雪上加霜的是，朝廷又颁发不得接济台湾的诏令，使得台湾彻底沦为孤岛，外有敌寇，内无支援，抗倭形势急转直下。连日来的溃败，让军民士气十分低迷。刘永福一生戎马，在战场上历经了无数生死，如今年近花甲却要面临被朝廷抛弃的命运。他本可以像唐景崧那般一走了之，但这里的百万民众又该去往哪里呢？每想到此，他便心如刀绞，他不忍我之国土沦为敌手，更不忍百万民众身陷囹圄，所以从刘永福踏上台湾的那一刻，他便已经将自己的命运同这座岛屿绑定在了一起，以后也将与之共同沉浮。可现在，刘永福还没有太多时间去考虑以后的事，倭军已向台中进发，他必须做出正确的部署，在减少我方伤亡的情况下，给倭军致命一击。

彰化北十里大甲溪，两岸葱茏的竹林在乌云下显得有些阴郁。飞禽走兽嗅到危险的气息，全都隐匿起了行踪，显得寂落冷静，偌大的山林黯黑不闻人声，幽深得像没有底的古洞，唯有溪水淙淙而流动，一如往常旖旎往复。阒然间，水中鱼儿跃出水面，啄食竹叶蔓枝上虫儿，惊扰的树鸟偶尔一声怪叫，一阵轻微的骚动之后，刹那间又陷入岑寂之中。

南岸的竹林深处，藏着几百双机警的眼睛，他们与北岸义勇遥遥相对，所有人都将目光聚焦在了溪水之上，不敢有丝毫懈怠。

这将是一场至关重要的战斗，台湾军民们亟需一场胜利重振士气。吴彭年脑门子上渗出一层细汗，他深知此战的意义，他在台南向刘永福将军自请出战时，曾立下军令状，将不惜一切代价拿下此役，以告慰阵亡将士之忠魂。刘永福调集黑旗军七星队交于吴彭年率领，这支七星队是他的亲兵，很多人都是原黑旗军的骁勇老兵，他们曾跟随刘永福立下了赫赫战功。可以看出，这场战斗无论是吴彭年还是刘永福，都决定赌上自己的一切。

乌云压境，周围仍旧苍暗，山川密林景物虽绰约可见，但此时天空下起微雨，落在蒿草榛棘和四匝的竹叶上，发出籁籁之声和滴答的声响。吴彭年举起了望远镜细细探望，但天色还是太暗，又有雨雾阻挡，无论他怎样旋动焦距，一切景物仍旧模糊不清。

此时，一个探哨跑来，向吴彭年报告："禀将军，倭军已结筏渡过溪头，正顺流向此地而来。"

吴彭年听后点点头，脸上并未流露太多的表情，一偏脸盯着探哨问道："慢慢说！估算着倭军有多少人？"其实，一切行动都在他们的预料之中，倭军正毫无察觉地走进他布下的天罗地网中，这一问，只是一个主帅的自然流露。

探哨又道："将军，倭军筏子挨着筏子，水面上挤得都是！像蚂蚁下树似的……天太暗，看不清楚……前头已经转过来，后头还源源不断，黑压压地把水面铺满了……"

吴彭年冷静地思考一阵，自探哨的报告推断，倭军一窝蜂而下，并未展开战斗队形，看来倭军千思万虑、挖空心思，也没想到他有这个胆略！奔袭至此，来到倭军老巢截击。他吩咐道："知会七星队各营，没有我的命令，谁也不能开火！着队中各营，要特别留意截断水路驿道。"

"是！"探哨接令走了。

一排排竹筏顺溪流而来，溪水两侧的竹林之中，义勇兵士蓄势待发，手里的箭弩、火枪都攥出了汗，只待主将一声号令。竹筏成群结排划过，吴彭年放下胸前的望远镜，他双目如炬看着溪流上的竹筏，如同一只苍鹰俯视着自己的猎物。直至看见竹筏上行军锅灶粮秣，吴彭年举铳开火，一声令下，义勇官兵怒火迸射，登时箭如蝗飞，铳如火舌，射向倭筏。变起仓猝，霎时倭军阵脚大乱，前队竹筏急忙向来处回渡，正与后面冲来的筏队撞在一起，倭军有的落水挣扎，有的慌乱找铳枪还击，可巨大的撞击铳枪早已不知落到哪处，只得慌不择路一头扎进水里，一口气没憋住，复又冒出水面，成了义勇士兵的活靶子。有的倭军爬上岸往北边山坡上逃窜，据守北岸的徐骧见时机成熟，一支鸣镝射向空中，北岸登时枪声大作，倭军陷入箭林弹雨的包围之中。筏子上的倭军指挥官叽里呱啦叫嚣一阵，却见指挥失灵，也只有各自为战临时抵挡一阵，鲜见筏上有零星的还击。

吴彭年与徐骧同时发令："七星队的兄弟们，冲！"

南北两岸几百义勇兵士听令，发一声喊便向坡下冲来，抵近击杀倭军，边冲边呐喊助威："保台安民，誓杀倭贼！"地动山摇的呼喊声在昏暗的山林中响彻着，时起时落，显得格外响亮、声势浩大。"嗖嗖嗖……砰砰砰……"又脆又响在烟雾蒸腾的空中久久回荡……义勇兵士冲到水边，望着潮水般漫水逃窜的倭军只管放箭，铳枪手分成五人一排，一排开火击敌一排装填火药，满山满坡打得箭如雨蝗硝烟弥漫。但见倭军向水中间集结，义勇兵士又用火箭射过去，倭军的竹筏已经着火腾烟。因于竹筏燃火，不断沉没，给倭军立足还击的空间越来越小，个个挤得踉踉跄跄。尚自立足未稳，五柄火铳一齐发射，当时便打倒了五六个，剩下的倭军见势不妙，有的趴在筏上，有的抢路跳进水里渡窜。刚到岸上，就听刀枪相迸撞击的响声噼里啪啦急速乱响，倭军如瓜如菜被义勇兵士砍倒在地上。

一场恶战不到一个时辰，吴彭年看着战场上的硝烟渐渐稀薄，两侧山坡东一堆西一堆的尸体，水面上也飘着倭军残肢，他抬头看天色，细雨仍旧下着，他把湿漉漉的辫子甩到身后，说道："打扫战场救治伤号！"

此时，徐骧已与吴彭年会合，徐骧满脸是血，这是白刃时倭军留下的。他望着战场，心里一阵滚烫，感动得热泪盈眶，他长长地透了口气说道："季篯兄，有此一战，想必倭军已闻风丧胆，短时之内不会再作践百姓了。"

吴彭年脸上带着微微笑意说道："如果势均力敌，倭军不是我们的对手。"

徐骧咧嘴一笑说道："三秋蚱蜢叶上走，到底倭寇蹦跳能几时？"

吴彭年脸色冷峻下来说道："大清君昏臣庸，贪官污吏遍天下，苛捐杂税敲剥穷民，纵容倭贼强占台湾，两岸百姓怨气直冲九天，大乱就在眼前。这一仗我们赢了，可倭贼野心尚在，倭人乃贼、寇集于一身，绝不会放下屠刀立地成佛的，他们的残暴也不是一战可止的！"

台南大将军府，刘永福坐在官帽椅上，眼睛微微闭起，似睡非睡，双手在扶手上松弛地胡乱搭着，看似一副放松的样子，其实看似平静的外表下，他心里早已万马腾空、骤如急弦，无时无刻不与七星队一起在前线厮杀……

此时一个小校飞马来报："禀告总督，大甲溪大捷！"

刘永福身子不禁一抖，瞿然睁目，心中呼呼急跳冲得头晕。他起身在厅中缓缓踱步，埋头禀讯的小校却听着皂靴就在头顶橐橐有声，许久，刘永福才开口问道："可有战况夹片传来？"

小校自怀里摸出文书，双手举过头顶说道："大人，这是吴、徐二位将军写给您的战报。"

刘永福挽袖展读，鬓边肌肉一抽一动，仿佛多日的积郁愤懑瞬间释放，在此时、此地、此情、此景之下，他真想好好哭上一场。须臾，他怯懦了一下，随即恢复了镇静，他知道城中父老已为这一刻等待久矣，从容说道："传令——吾义勇军士天命大捷，布告于台南全城，要家喻户晓，尽人皆知，扬我军心士气，慰藉四方百姓！"

"扎——"小校及府兵呼喝一声走了。

厅内只剩下刘永福一人，一时大殿里静极了，只听得殿角罘思外的铁马在风中单调的叮当碰撞声。他望了一眼空荡荡的厅堂，再也抑制不住自己奔涌的情感，"噗通"一声面北长跪不起，口中讷讷说道："皇上，臣奉差台湾，驻跸关防，百务丛繁料理不辍，孔孟之道无不穷览，知道皇上以仁德抚治天下，可……可如今台地狼烟四起，往日胜景天然、呈祥吉瑞的台湾不见了，却见血祸横流、生灵涂炭！臣在这里推枕难安，生不如死，情义堪难，情愿到乌里雅苏台给披甲人为奴，这样臣心里还好受些啊！万岁洞鉴烛照，若知此情，必定悲悯元元……"

大甲溪大捷，激得满城都炸了窝，百姓欢呼雀跃纷纷走出家门，有的还涌向大将军府，有的跳脚叫：

"且把倭贼赶回老家去！"

"我们跟着刘总督干！"

"出兵放马，斩头沥血，誓保家园！"

"誓死守住台南城！"

此时，刘永福已站在总督府的当院里，听着外面百姓山呼海啸的喊声，揹手踱过来，提着袍角坐在阶间，回忆着寥寥数语的捷报，心里一阵酸热，便拾掇起军情来：要守住台南城，守住百姓，还有一些军制要改。以往各营之间飞鸽传书，本营里传唤将佐，用的是唢呐，千总以上的官，每人一个号谱，夜里打乱了阵，唢呐一响，就知道主将在哪里。各棚之间是用的牛角号，道理也是一样。又想了想，若鸣枪叫人，恐怕不成，因为倭军也有枪，排枪、火枪都有，你打枪他也打枪，响成一片就分不出信号——这些都要改。倭军凶残，留不得半点隙漏，军制联络的办法，总而言之要一联就通。哪怕义勇军士学鸡鸣学狗叫呢，尽可不管，只要打起仗来，和主帅联络、自己营里上下联络、和策应军营联络，都要有死章程。战场上，联络就是呼应，就是战机。从伍到哨、队、棚、营，各级长官上下左右，一是打散了怎样聚，二是临时调动怎样传令，要摘韭菜样一根一根理顺了。还有粮食、辎重供应，朝廷下令封海，严禁对台援助，各营军饷告急，粮仓快要见底儿。台湾孤绝一处，内地民众的捐赠，虽已陆续运抵台南，无奈杯水车薪，很难弥补军饷所缺。他数次向沿海各督抚哭求援助，却如泥牛入海，无一应者。还有，义勇兵士有时一连数日吃不上青菜，帐房潮湿，眼看瘴气要来，过了病传起疫来不得了……抗倭局势如此艰难，况情势越发扑朔迷离，着是令人抓心挠肝、一筹莫展啊！

台南士绅林有为带领城中望族，进见刘永福。自台北陷落后，众士绅曾商议另立"民主国"，遂迎刘永福入驻府城，但两次进呈"大总统"印，却都被刘永福婉言谢绝。此次大捷，刘永福统御有功，台南士绅亦希望趁此声势，向刘永福再次进献金印。

林有为一行来到将军府内宅，便将装有印信的木匣置于中堂的几案之上，向刘永福揖手说道："刘总督，台湾危急，幸得大将军不弃，救我百姓于水火。今大甲溪一役，阻击倭贼攻伐，我之故土，方不至于为倭人所得。自台北陷落后，全台铜壶漏尽，铁马摇曳，'民主国'土崩瓦解，群龙无首，百姓犹如炭火上之蝼蚁，故请将军万不能辞，接纳此印，以慰民心啊！"

林有为说完，携众绅撩袍跪拜，刘永福忙上前将他们搀起来。他轻咳一声，笑谓道："渊亭不才，得百姓如此信赖，已是诚惶诚恐，我自当荣幸，但我早已示明心迹，区区此印，真是无能为力。诸位阁老，就此作罢，切莫再提了。"

林有为心有不甘，欲要再拜，却被刘永福一把扯住："林阁老，休要再为难本督，我非贪恋功名之人，更不想为此印牵怀、绊住了手脚，恕我难受。"林有为等人见刘永福态度如此坚决，不便一再勉强，也只好连连叹气作罢。

刘永福长吁了一口气，方说道："此次大捷，乃吾义勇将士和百姓同心协力之壮举。自台北财富之地丧失，藩库、军械局、兵工造厂尽落敌手，台中、台南贫困，不足养战，饷械全仰赖沿海官民支援。总统之位是为虚设，本就是权宜之计，改省为国，民为自主，仍隶大清，故无足轻重。当务之急，乃是粮饷欠缺，兵凶战危之际，还烦请诸公予以支持呀！"

刘永福言罢，心中忐忑地望向堂下站着的诸人。这已经不是他第一次向这些人张口，朝廷一直没有饷械接济，这么久了，全靠台南士绅和百姓出钱、出力，才得以维持黑旗军抗倭，如今这些人怕是也都已经捉襟见肘了，他张口也是山穷水尽之境所迫，不得已而为之。

堂下沉默了片刻，众士绅面面相觑，不知该如何作答。林有为见状，站起身揖手说道："皮之不存，毛将焉附？林某愿倾尽家财，竭尽全族之力，以助义勇抗敌大业。"其他诸士绅，纷纷表示竭尽全力援助。

刘永福感动嗫嚅，片刻他说道："诸位士绅，抗倭守土，从一开始，就注定了是刀山油锅没有退路。阁老们一席话，字字有本有据，如刀似剑，着实让本督感动，请受一拜！"刘永福说完撩袍跪地，众人紧着围拢过来，嘴上说着使不得，便把他搀了起来。

"上酒——"刘永福站起身，蕴藏在眸子里晶莹的光闪移着，有威严傲岸，也有情谊和温柔。他仰脸看看黑黝黝的屋顶，声音稍带着点嘶哑说道："既然不肯受刘某一拜，今儿我要与诸位歃血结拜，自此结为异姓兄弟，以此盟誓：纵使片土之剩，一线之延，亦应保全，不令倭得！"

众士绅齐声道："一线之延，不令倭得！"

正当刘永福与众士绅把酒结拜之时，府领来报："禀大人，王宗宪请见！"

刘永福低着头想了一阵，思量着问道："王将佐今儿当值，他应该在城外巡逻才是，此时转来，所谓何故？"

府领走上前来，附耳说了一阵，听罢，刘永福点头微笑说道："这没说的，既然拿住了，问不出原委，剐了他就是！台南防守严密，想不到还有细作渗透，真是不可思议。"

众士绅见总督有军务要处置，便纷纷辞出。见士绅退了，府领才道："大人，此细作非同一般，似积年老贼，分明自他身上搜出台南各营布防、地形地貌全图，既连我们红衣大炮的炮台也标注得清晰。王将佐原以为他只是个一般的细作，连这点子事都要大动干戈惊动您，很不值。没想到，这细作拒不认赃，连一个字也未吐，看来是抱定了必死的决心，王将佐分析，这亡命之徒身上必定还有更大的秘密，押解回来，细细盘问才是。"

"哦！——"咬着牙思索着，刘永福良久说道："如此说来，真不是一般间谍作为，先下到牢里，命典狱谨慎用刑，即便钢嘴铁牙，也要给他撬开。"

"是！"府领应了一声，继而掩口胡卢一笑说道："王将佐断定此细作作用甚大，还命人用驮轿押来，这是千总以上的将领才有的待遇，嘿嘿……"

刘永福听罢，哈哈大笑说道："什么待遇？这是王将佐生怕漏了风声，掩人耳目罢了。人啊，逞强斗勇无师自通，猛中有细、细中有谋的却不多见了。王将佐凡事向针尖处思量这一条，你要多多学习才是！"

"大人教诲得是！"府领一脸笑模样说道："下官乃半路出家，临上轿现扎耳朵眼儿怕是不及，王将佐是童子功，自幼熟读兵法略要。"

刘永福瞅了府领一眼说道："甭跟我吊这种花花肠子，你的章程就是赤膊上阵、红眼杀敌，战场上且还罢了。搁平时，易容探路、排兵布阵、虎口拔牙的事，不出五里，别人便知你在捣鬼，能成事嘛！"

府领点头称是，说道："今后向王将佐多多讨教。"

第二日夜起更时分，牢门突然打开，刘永福与王宗宪走进狱房，但见日倭细作趴在藉草铺上一动不动，看样子还在昏迷。屁股脊背的血把衣服都粘在身上，腿上动过夹棍，肿得碗口来粗，不知怎么弄的。大脚趾掉了一个，一只脚肿得红萝卜似的，无数的苍蝇嗡嗡地在他们身边飞来飞去起起落落，脚趾上的脓血上爬满了细小如白米样的蛆虫，挤成团拥成蛋。

典狱官在一侧恭恭敬敬地说道："卑职还未用'披麻戴孝'，这细作便受不了了，早就叫喊着招供，专待大人宪令呢！"

刘永福用手掩住了鼻子问道："不会真死了吧?"

不待典狱官回话，王宗宪插话道："大人，这细作准保死不了。下官见这细作虽受用了'弹琵琶'，却周身伤处都用了刀尖药，耳根子泛红，说明服了安神丸，只留大脚趾一处放任不管，这叫死又死不了，活着又是千蚁噬心，唯有真言尽吐，方可解除痛苦。"

典狱官连连点头说道："什么事也瞒不住王将佐的眼睛，在下佩服！刘大人，卑职怎敢让他不吐出点干货来便死呢，岂不失职！这个细作饿了几日，水也未给喂上一口，为防暴毙，顶多在唇上抹点儿，这是晕迷过去了，气息尚匀，性命无忧……"

一阵凉风在狱房忽地掠起，挟着雨点袭在窗户上，接着，隐隐约约亮了几下闪，便传来鼙鼓似的沉雷滚动声。在一明一灭的电闪中，几个人面色都很平静。忽尔，刘永福打破了沉默说道："激醒他！"

一个狱卒听令，一盆盐水兜头浇下去，日本细作身子颤抖一下，他轻咳几声，身子翻转过来，睁开眼迷瞪了一阵，见面前立着几个人，立时便明白了。

王宗宪见他醒了，蹲身下来，和颜悦色地说道："今日虽各为其主，可你们日人侵略在先，我们抵抗在后，你若再继续帮他们做事，便是刽子手，你的性命谁管？闹到现在这个局面，倒伤了和气多不好啊，咱们一块谈谈不好吗！"

日倭细作张张干裂的嘴唇，用舌在里面搅了一下，喃喃说道："我……我小野……招供……"

这个叫小野木希的日倭细作，断断续续和盘托出，在场的人大吃一惊。原是日倭已在大清遍布暗探，即连京师也不放过，已然结网连片，盘根错节，形成巨大的间谍网络。日倭玄洋社尤甚，一些朝廷大员也被他们腐糜其间，大清已在悬崖边，摇摇欲坠。

听罢，几人沉默不语，脸上挂着冷霜无声地走出狱房来到天井。刘永福听着从远处传过来隐隐的雷声，脸白如纸，气得浑身乱抖："没想到，我大清四海九州尽在日倭的股掌之间，他们动动指头就能牵动朝廷的筋脉，烟波浩渺的万里江山，只不过是虚设的假象罢了。"他紧紧握住王宗宪的手，他觉得王宗宪身子在颤，他自己的身子其实也在颤，眼中汪着的泪来回滚动，终于抑制不住，似断了线的珍珠一样淌滚不止。他哽着嗓子说道："王将佐，朝堂之上已布满日倭眼线，电禀此机密已然不当，说不定去电发出去一两日，天机便已泄漏，到那时朝廷会更加被动无着，就真得没救了。事急从权，你即刻起程亲赴京师，且把这牵系国运的大事面呈皇上。这不是为兄私欲求名邀利之私意，而是珍惜我大清物力民命的公义……只是，只是个中凶险难料……"

王宗宪早已背若芒刺，一阵阵冷汗湿透内衣，闭着眼任凭泪水纵横一阵，睁开眼刀子一样的目光死盯着刘永福说道："刘公，下官虽蕞尔卑微小吏，中郎气盛不习朝廷礼仪，心里却明白，刘公欲用包容天地囊括四海之量，以军国大体禀悉皇上，小作捶扑教训，使朝廷与众臣工有所儆戒防范！下官领令，赴死不惜……"

刘永福眼睛瞭了天井周遭一眼，一字一板说道："我大清与日倭之间如二人对弈，而日倭棋风凌厉，计算周密，若我大清不大刀阔斧见招拆招勇于在混战中取胜，就这么一直怯懦绵软下去，定会一败涂地不可收拾……呃，对了，浦尝啊，明日带上你的副手江龙，路上好有个照应，也勿须与家人话别，只管办差好了，我自会安排妥当的……"

此时，狱官满心悲酸，又不得不问，他借刘永福愣盯天色之时问道："大人，此细作留是不留？"

刘永福缓缓移步踱着说道："这是人赃俱获的定案，一刻不得延误！"

狱官点点头说道："卑职即刻去办。"

此时天色已经黑透，刘永福旋即回府，城里家家户户已掌了灯，映得雨夜的一街两巷彻亮，倒还不觉得暗。待到府门前，一片空寥中只有八盏红纱灯幽幽闪烁，夜雨凉风掠衣而过，立时便使人觉得黯黑寒凉旷野寂寥，有点恍若隔世的光景。他慨叹一声，迈步进府，坐在厅间全无睡意，便叫来府领，听见招呼，忙寻步而入，站在下头垂手听命。

刘永福眼睛盯着窗外说道："着各营精干立刻出动，封锁台南城所有进出要道，昼夜戒严，所有过往行人，一律严加盘查；即刻派府兵夜行四周各镇，遇有可疑人，立刻扣留盘问；

着黑旗军近卫队，对所有客栈、烟馆、浴堂等一切可留宿地方，一一搜索，限明日天亮前一定把日倭细作尽数拿到。"

"是！"府领转身欲走，却又被刘永福叫住。

刘永福又道："告诉他们，声势越小越好，盘查越密越好！带上海捕文书发给各营。"

"扎！"府领传达宪令去了。

第二日拂晓，刘永福亲自把王宗宪、江龙二人送上一艘英商货轮，并交给他们自己写给皇上的亲笔书信，直至货轮消失在海面，他才长长吁了一口气。可他未曾想到，日倭间谍网络远比他想象的密集得多，反应之快更是超出预料。

京师李宅之中，李祖业一家四口正吃早点。冯氏今儿早快畅，桌上多摆布了肉馅夹饼、葱花豆腐，竹庆吃的得意，他盛了碗汤，吸溜吸溜喝着说道："姐，几人中你学识最好，讲个笑话古记儿的，松泛松泛，今儿一天都不觉累了。"

竹娘笑道："咱爹为天下先，爹先讲一个，不然哪个放得开！"

"嗬嗬！"李祖业用箸指着姐弟两个说道："家里起坐穿换一味闹规矩，岂不成了公堂。你要讲便讲，爹也跟着解解乏儿。"

冯氏欲给闺女加汤，却止住了手，笑眯眯地定待她讲。李祖业也未听过闺女讲故事，含笑着半低着头聆听。竹庆催促她快讲，竹娘仰面沉思一阵，便说道："前明那时，人戴的帽子，后头都系有两根飘带儿。有个读书人，那天像我们这样吃饭，却戴着帽子。喝的也是粥，他一低头帽带子便滑落到碗里，赶紧拽出来揩干了甩在脑后；再一低头，帽带子又返回碗里，忍着气又揩干了甩在脑后；不料刚再低头喝粥，帽带子早

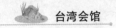

又先到一步!”

说到这里三人已是笑了，冯氏抢先笑道：“这帽带子有趣，竟是和他争粥吃！哪个喝粥戴帽子？就不会摘掉?”

“摘掉了。”竹娘又道：“这书生是个急性子，摘了帽子便一把摁在粥碗里，噘嘴咬牙、气急败坏地狠狠说道‘我不吃了，叫你吃，叫你吃!’”她边说，边比画着按帽子。

一家人哗然大笑，冯氏捶着胸过来接闺女那碗，李祖业也“嗤”的一声笑，接着一串喘。竹娘紧着过来给他捶背，竹庆一口汤含在嘴里未咽，气息一顶“噗”的一声喷到地上。

四人正顿脸儿箕张地笑，只听院门“哗”被人一脚踹开，一家人止了笑，放下碗箸打眼瞧看。李祖业坐在迎门处，抬头正与田中四目相对，只略一顿，立时就认出了田中久光。他紧盯了田中一眼，先是一惊，但很快恢复了常态，他起身迎出来，见田中身后还跟着四五个衙役，还未说话，却听田中撇嘴喝道：“十日期限已到，赔付八十两银子可备好了?”

李祖业揖手笑道：“是田中先生啊！我说今早起来眼皮子嘣嘣直跳，昨下晚烧饭劈柴直爆呢!”

一个衙役抢话说道：“甭费口舌，快拿钱交人，爷还要回去交差呢!”

此时，冯氏娘仨儿也出了屋，竹娘见官差出言不逊便说道：“哪头儿的？你们不为百姓做主吗?”

衙役一副吊儿郎当相，斜眼儿说道：“这要看你是顺民还是逆徒了!”

竹庆几步跨上说道：“既是不请自来，臭揍你狗日的!”

田中又见竹庆身上汗毛一炸一炸直竖，瑟缩着浑身发抖，不由得一个趔趄，却听衙役说道：“你敢！公然叫嚣扰乱爷办差，须让你吃不了兜起走！"

李祖业与儿子会个眼色，一把扯他回来，说道："田中先生，多有得罪啊！李某已备下赔银，待我取回来——"趔身进屋拿来八十两银子。

田中见跟着他的衙役口气很大，也随之胆子猛增了几分，他接过银子掂了掂，手指着竹庆又道："李掌柜果然讲信用！可他是个贼，偷走了我的扳指，如何料理？"

李祖业一惊说道："捉贼拿赃，哪个见我儿拿了你的东西？"

衙役晃晃手里的绳索说道："仁济药铺的王掌柜还记得吧？他的铺子开了几十年，不是没名没姓的外来野路子。今儿他是证人，你是黑是白，到公堂之上再见真章吧！"

竹庆喝道："蜂虿入怀各自去解，毒蛇噬臂壮士断腕——真若有事爷一人担着，可是那王八壳子做伪证，捏底儿一臭虫，哪天遇着李爷我定会臭揍这老杂种！还有你田中，收拾得不够嘛！"

田中听罢，一声都不言语。

"嘿嘿——"衙役却狰狞一笑说道："是你有冤，还是他喝了马尿胡喷一通，公堂上再掰扯理论不迟。来呀，给我拿下！绑结实些！"

话音未落，几个衙役插身扑出，顷刻之间便把竹庆捆了个寒鸭凫水。那竹庆却甚是强悍，一头捆着，口里还骂："龌龊狗差，今儿把爷捆了，明儿一准八抬大轿送回来。"

衙役边押着竹庆往外走边嘟囔道："带回衙门再和你算账！"

银子赔了，人也拿了，说不是戏，真比戏还热闹；说是戏，又真的不是戏！李祖业似一下子被人抽干了血，脸色惨白得像刮过的骨头，冷汗淋漓而下，张着口瞪着眼，梦游人般原地转了一圈，双腿一软便就地坐下，语不成声说道："我是克克克撞……孤魂野鬼了，糊里糊涂赔了银子，没了儿啊——"

冯氏也在旁扯帕抹泪垂泣起来，叹道："当家的，事到如今别说这些丧气话了……我的乖儿哟……"

不曾想，竹庆到了公堂之上，不审不问不对质便枷号入牢。四五日之后，田中还搜剔挑眼儿寻毛病、放炮砸黑砖造流言，放出风来说竹庆秋后问斩，不时跟李祖业来寻点小麻烦，张口威胁勒索一万两银子。李祖业急得团团转，他百思不得其解，在大清的地界上，却被一个外国异族欺侮得窝心抓肺，自个儿一点办法也没有。

竹娘此刻想到会馆谭司事识得一个日人，能不能帮忙呢！她顺着这个思路，越想越觉有理，眼中放出光来，于是赶着去拜会谭司事，想着找些转圜余地出来。刚到会馆打个卯儿，即听闻汪春源比她先了一步，这让她感动不已，心头鹿撞似的扑扑直跳，分说不清是什么情愫掺杂其中。她兀自一笑，顿时晕生双颊，内心责道：什么时节，还想这羞事。汪春源先是找熟人、找同乡凑了二十两银子，交给李祖业。过了几日，又闻竹庆入狱，便找谭司事商议，谭禄滏应承下来，到天和商社托井口太郎帮忙，井口太郎想都没想便打了保票，爽快得倒让谭禄滏琢磨不透了。

约莫一袋烟功夫，井口便登门田府，田中久光前恭后撅端茶侍水一阵忙活，这才坐下来。他有点受惊了的模样，惶惑不安地看一眼端坐在对面的井口太郎，不知所措地近一步，又退回来说道："井口君，稀客啊！"

"嗯嗯!"井口轻点着头,边用指尖儿轻搓着茶杯边儿,幽幽说道:"田中君,你几次登门请见未果,是我怠慢了。今日过府拜会,一是赔罪,二是有事相求,田中君不会推辞吧?"

田中还是头一次和这个家族显赫之人对面兀坐,他不自然地笑笑,心里惴惴着说道:"井口君公务繁忙,能过府一叙,是田中的荣幸……'求'字自不必说了,请井口君吩咐便是——"他犹豫着,不知说什么好,又沉默了,觉着两只手没地方搁似的。

井口所以不愿见他,只因听闻此人声名狼藉、粗鄙不堪,借两国交兵囤积药材发了点小财,却并未恪守商人本分,以次假好,缺斤短两,成天一副泼皮无赖相。在帝国已无立锥之地,便跑到清国来,没曾想,他又干起了敲诈勒索的勾当。

井口知道田中攀附于他,没往深处想,见他忸怩不安有些羞缩的模样,倒觉得好笑,说道:"田中君,我就开门见山了!把状告李竹庆的案子撤了吧!今后咱们不要生分客气,你要有事呢,就尽情说,能帮的忙自然我要尽力。"

田中听这几句,觉得轻松了许多,嘘了一口气,说道:"井口君在我大日本帝国声名鹊起、家世显赫,那是很有名望的。既然您开口,我便照办,连同李家那八十两银子也如数奉还。井口君在敝人眼里如九楹大殿,今后在清国就仰仗您了,您的恩情我定会一生一世耿耿难忘……"

井口微微一笑说道:"嗯……我非鹤唳一声,鸣闻九天,你我既然成了朋友,若有事知会便是。"

两日后,竹庆还真就坐着田中久光租来的轻便小轿回家了,手里还攥着八十两银子。李祖业见着心里高兴,便在满福楼摆桌子请客，井口太郎也顺利打入全台会馆的交际圈子，尔后便顺理成章地常常出入会馆，同全台会馆的举子、管事、常随和居客等交往渐密，已然成了朋友，汪春源、竹娘也不例外。

第六章　遭追杀客栈险脱身
　　　　怀鬼胎书房议毒计

　　竹娘甜甜地睡了一夜好觉，醒来时已是晨曦映窗，猛想起铺面还有许多事等着办，一个翻身跃了起来，慌慌忙忙地穿衣裳。自满福楼筵席以来，她便把铺面上的生意包揽了下来，还给自己定下规矩，冬天夏天一律卯初起床，让爹的手脚闲下来。又请孙郎中开了一剂方子，依方子又满城找来了六陈顶、利肺草、青龙蓬等缺手药，每日亲自煎煮，哄孩子似的守着爹喝下，经一番调治，李祖业内湿外焦中喘之症大有起色。

　　竹娘煎药、扫院子诸事停当，用青盐擦牙漱口，吃了点心，又用水漱了口。匆匆往大门走，今儿与下柜会账，约好的事不能误了，脚还未迈出门，却被爹叫住了。

　　竹娘踅身回来，见爹脸上泛着潮红、额前出虚汗，像水洗一样光亮，便问道："药喝下了，凉片吃了吗？"

　　李祖业点点头，嘴角露出一丝笑意，轻轻说道："闺女，你那么忙，还要分心惦记着我，无需你事必躬亲，打发小伍做不也一样吗？唉……看来爹是不中用了。"

　　竹娘见爹有时像个孩子，悲喜苦愁挂在脸上，遂笑道："爹，您别胡思乱想，别多说话，小心作养，放心吃饭就

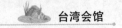

是了。"

李祖业眼神儿灼然一闪说道："我这病与性命不相干。上次我去看孙郎中他爹，还听老爷子在上房里头咳嗽，老爷子打三十多岁患病，症候跟爹一般无二，今年不到九十岁也差不多了吧？闺女，莫再拿爹当病人看待，你也不用这么劳累，再使坏了自己个儿的身子。"

竹娘说道："爹，卯初起床，这是我给自己立的死规矩，没人逼着我这么做，您还叨登什么茬！"

李祖业深长叹息一声说道："眼见就到夏至了，一天长一线，也没看看钟，还没打七点呢！你却在家里忙了一个时辰。"

竹娘又道："您瞧，吃杯茶的功夫便叫了，还有黄鹂儿叫，真好听——乡里要割麦了。这个时节正是下聘的好日子，铺面上是旺季，每天几十匹的销量，与下柜会账见繁，说明上柜下柜进项两旺。不唠了，我要张罗会账去了。"

李祖业眨巴下眼说道："昨儿你忙到下夜，今儿又早早起来，连说话的功夫也没有——要是个男儿该多好！"

竹娘嘻嘻一笑说道："爹，您当我是家里的长工结了——"说着话，脚已移出了门。

李祖业满心欢喜地定站一阵，见闺女出了门，他抬头看看天色，霞光尽铺，天际还悬着丝丝缕缕如雾似纱的云彩。想着闺女聪明能干，操持有道，保住这份家业自不在话下了，内心感叹：这闺女真是家里的千里驹啊！他背起手，嘴里哼起曲儿来：

　　春秋亭外风雨暴，何处悲声破寂寥？

隔帘只见一花轿，想必是新婚渡鹊桥，

　　吉日良辰当欢笑，为什么鲛珠化泪抛？

　　此时却又明白了，世上何尝尽富豪？

　　也有饥寒悲怀抱，也有失意痛哭号啕……

　　竹娘来到绸缎铺面，伙计小伍早已开市，店里已有两三拨客人，正与小伍讨价呢！

　　小伍见少东家进来，忙向客人说道："各位爷，各位奶奶、小姐，劳您驾挑挑看看，中意了招呼小的一声——"说着便抽身出来说道："东家，与那张掌柜、李掌柜会账的簿子备好了，您即时便去吗？"

　　竹娘点点头，问道："是尺子还是流水？"

　　小伍附耳悄声说道："姐，看似留宿的爷睡不着了，一大早带行院的粉头扯布做衣裳的，这些个爷手松，不在乎这仨瓜俩爪的，大尺头呐！"

　　竹娘只是微笑却不言声，拿着簿子便走了，待与张、李二位掌柜会完账，已是日上三竿了，便忙忙奔铺面而来。至西拐角处，不防一个女子也左顾右盼趑过来，恰恰二人撞个满怀，竹娘定神见是一个穿和服日本女子，要笑，又忍住了，说道："姑娘，你踩了我的脚！"便低头整理账簿。

　　女子还未答话，只听一侧有人说话："李姑娘？果真是你！"

　　竹娘抬头看时见是井口太郎，遂及浅施一礼说道："井口先生，一切安好！"

　　井口太郎忙躬身还礼说道："岂敢！今儿幸会姑娘，我算是有救了。"

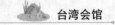

竹娘问道："先生所谓何事忧心？"

井口太郎一笑说道："哦，这位是在下同窗好友山崎君的妹妹——山崎幸子小姐。她来清国不久，带来的衣裳、用度折耗不少，想着置办些新物件，可我……"

"这有何难！你是家弟的恩公，理应效劳。"竹娘说着移目细打量幸子，但见她新夏衣单，露着项下一抹腻脂白玉，只穿一件银红纱褂，葱绿梅花滚边裤，一头浓密的青丝梳理得光可鉴人，婀娜纤垂，直至腰际。生就的润玉笑靥，真有娇羞赧颜、不舞亦舞的模样，不由得赞叹道："这是一株亭亭玉樱桃嘛！"

幸子浅施一礼说道："姐姐谬赞了！瞧着您才是含烟笼翠的象牙人儿呢！"话毕，登时两颊生晕，楚楚动人。

幸子一张口，竹娘惊讶不已，未及问缘由，井口便说道："幸子小姐如在下一样，她在母国时便读汉文、学汉语，这般流利也不足为奇了。"

竹娘点点头，不错神儿地盯着幸子看，又听井口太郎问道："替令尊打理生意上的事？若不便，改日再帮幸子选夅衣物。"

"无碍的。"竹娘说道："该办的事已办结，若幸子小姐不嫌弃我眼界低格，小女愿替幸子小姐参详一二。"

幸子微笑道："见姐姐仿佛乎麝兰，不胜馨香之至，若挑挑拣拣，再无道理了。"

三人并足而行，东街西街逛了个遍，脂粉、头面首饰、青盐、香胰、衣裳买了一车。他们又寻背阴处摊点用了点心小吃，幸子又是兴奋又是不舍还夹着一丝害羞，才依依与竹娘分开，井口带着幸子悠悠而去，她便趔转回了铺面。

王宗宪和江龙携刘永福亲笔信和日倭间谍在京师及各省详细情况一路北上，时间已过两月有余。二人自厦门起便走旱路，路途之中正遇蝗灾。论说即便天有不测，遭遇虫害之灾，也是天时七月末八月中的事，今年偏来得早。一群群的蝗虫黑鸦鸦地遮满了天空，像阴霾密布的乌云，似游走低空的沙雾，一团团一块块厮搅着卷过大地。这乌云沙雾所过之处，漫天遮日昏暗无光。四处传来呃叶喃桑的声音汇成一片，像夏日的骤雨，又像秋风中翻滚的松涛。村落里一经蝗虫，像遭到了兵燹，所有的树木，只剩下光秃秃的白干，在灰暗低空中呻吟。所有的田野都被吃得成了白地，漫山遍野都是亮晶晶黏糊糊的蝗虫口液和黑泥一样的粪便，河湖港汊都变得一片混浊。他们二人途经河南、山东两省，见蝗灾尤甚，两省境内让蝗虫吃得天地变色，日月无光，吃得场光地净寸草不留，吃得山秃树净野无稼禾，吃得庄户人家呼天抢地哭声遍野，大地一片凄凉！

　　二人马不停蹄向京师急行，不日到了德州府，须再行一日便可到河北，那时京师便可遥望了。可二人两条腿在地上沉重地挪了几步，神色有点迷惘，已到了人困马乏的极致，不得不落脚打尖儿。他们瞧见城北荒凉处有家客栈，为保万全，二人绕过鳞次店铺，专走僻静小道，可日倭细作经验之丰富，超出了他们的想象，自二人厦门弃船走旱路，已经被日倭细作盯上了，迫于没有下手机会，方才一路跟踪而来。

　　他们来来回回走了一个时辰，走过去转回来，折转回去又来，江龙两条腿灌铅似的疼，劳乏得一步也挪不动了，他舔着干裂的嘴唇说道："王兄啊，这来回走了数趟，若有狐狸，尾巴早该露出来了。眼见天已偏西，明早还要赶路，趁早歇了吧！"

　　王宗宪嗓子冒火似的，大口喘着气说道："老弟，谨慎能捕千秋蝉，小心驶得万年船。你我孤身办差，万不可造作从事、骄傲轻敌，当年关二爷大意失荆州，我们却比他不及，稍不经心，出了问题，拖累的可不是一人两人，还是小心为妙！"

　　江龙自言自语说道："能弄来两匹快马就好了！"

　　王宗宪无奈地付之一笑道："还嫌不够招摇吗？"

　　江龙淡然笑道："闲唠叨而已……"

　　二人又划魂儿似的溜达一阵子，确疑无人跟踪，便直奔客栈，合着向店掌柜买了几张杂合面饼子，还有几块老咸菜，两个煮熟了的咸鸡子儿，二人饼子吃得喷喷有声，咸菜咬得格嘣嘣响，末了又就着瓦罐咕咚咕咚灌了一肚子酽茶，倒头便睡，也真是困极了。卯时时分，王宗宪却被浓烟呛得咳嗽不止，他忍着肺咳，一个激灵翻身离炕下到地面。此时房内烟雾正浓，他闭着气当空一抓，待手掌展开时，但见掌心已被灼成淡淡的乳白色，他一掌打醒正在酣睡的江龙，二人用湿布掩了口鼻，麻利地收拾行囊。

　　王宗宪悄声说道："即使万般谨慎，还是遭了暗算，我刚才当空抓了一把，烟气之中不仅有白砒、硇砂，还加进了金汁、银锈，这是取人性命的断魂香。我断定这绝非绺窃小贼所为，亦非求财这么简单，此事非同一般。"

　　江龙面上捂着湿布，说话含混不清："属下明白，大不了拼死一搏罢了！"

　　"不不不！"王宗宪急急地说道："你我的性命不足惜。刘总督交办差事才是头等大事，只有活着，才能不负大人的重托。"

江龙借着窗棂纸透过的微弱天光，从贴身夹层里取出谍报文书，塞进包裹，低声说道："属下从令便是了……"

　　两人一前一后摆出防守阵势，江龙自腰间抽出短刀握在手里，抬手正欲开门，只听"哐当"一声，门却被自外面破开。二人闪身躲开，借着微弱光线，见门口立着五个人，头上扎着清一色的白色钵卷，二人登时明白了，一路之上无论他们再怎么谨小慎微，还是被日倭追踪至此。再看时，前面两个日倭手持乌亮薙刀，刀尖直指他们，后面一拉溜站着三个人，各有一柄打刀，大大咧咧地抱在胸当间，眼露凶光，透着慑人的杀气。

　　王宗宪"噌"地抽出短剑，跳至房内一侧，与江龙分开拒守，形成攻防角斗的钳形。怀抱着打刀的三个日倭，寒光一闪刀出了鞘，斗室之中陡然现出寒气逼人格斗阵势，薄雾之中透过来微弱光线，被铮亮的刀尖折射回去，房内显得更加阴森恐怖。生死就在一瞬间，只见五个日倭刀尖一闪，直奔二人的要害刺来，顷刻间，刀光剑影厮杀一团。

　　不足一刻，一个日倭已倒地气绝，王宗宪和江龙二人也身中数刀，鲜血湿透了罩衣，染红了肩胛上的软裹。虽然毙命了一个日本人，但以二敌四，二人也渐渐体力不支。江龙是军营里出了名的勇猛之人，要说心细机敏，他比不过王宗宪，可论起战场杀敌，他却比王宗宪更胜一筹。眼看四个日倭把二人逼至窗下，江龙遂及把软裹塞到王宗宪手里。

　　江龙看了眼滴血的双手说道："王兄快走，我来断后！莫要负了总督——"

　　江龙隔开日倭劈来快刀，飞起一脚，踢碎了窗户，躬下身形，顺势把王宗宪托出窗外。日倭的四枚利刀同时刺来，齐齐扎入江龙后背，刀尖自前胸出来，殷殷鲜血流了下来，江龙战死，眼睛却死死地盯着王宗宪撤离的方向……

王宗宪死里逃生、转危为安，一刻也不敢耽搁，一路向着京师昼夜不停，渴了饿了找个路边摊点凑合着吃上几口，困了便寻个有干草的地方窝上一个时辰，未睡过一个囫囵觉。人变得枯干消瘦，比来前整整磨掉了两圈儿，脸色干涩焦黄，两道短黑浓密的眉微微扭曲着压下来，只有深邃的眼眶中瞳仁闪着针芒一样的微光，此时看上去他匪不是匪，民不是民，一身破衣烂衫，比流民还凄苦几倍。让他最煎熬难耐是身上刀伤已发炎溃烂，散着阵阵腐臭气味，药铺是不能去，医所更是不敢靠近，他只得买通乞丐，自药铺索来伤药，将就着不至于身子垮下来。

当王宗宪双脚踏进河北地界，正是夏秋交替之际，屈指算来，自春末领命离台赴京，他在途中已跋涉了四个月。燕南赵北之地的保定府就在眼前，他心中念头一闪，何不到总督府递上名刺说明来意，可借一匹快马，不日可达京师，若直隶总督李大人念及他劳师远行，说不准会派一队人马贴身护卫。转瞬念头熄了，与日倭厮杀的情景又浮在眼前，不由得浑身一颤，若表明身份，日倭岂能放过他！若不能活着抵达京师，怎么对得起码头含泪相送的刘总督？怎么又对得起舍生取义惨死在客栈的江龙兄弟？距京师一箭之遥而功亏一篑，又怎么能对得起自己的死里逃生？他咬咬牙又混进了拖儿带女难民之中。他边走边思忖：紫禁城相去不远，救台湾于水火的希望也就不远了，他闭上眼，泪水滑下来，颗颗落在焦干的土地上。

井府之中，井口太郎端坐于榻榻米上，正临摹一幅山水画。在他的笔下悠悠远山已经跃然纸上，山石之上的松柏虽只画了一半，却已尽显苍劲凌然之势，可见井口水墨画的功力又长进不少。

佣人春僖轻轻推开障子门，小心翼翼呈上一封蜡封的信札，便恭恭敬敬退了出去。井口太郎只瞭瞧了一眼，继续摹绘剩下的半棵松柏，约摸半炷香的功夫，一棵松柏孤傲地挺立于山石之上，他才停下笔来，拿起信札拆开来看。他边看边思量着什么，从神态观察，这封信对他很重要，一时颦眉蹙宇，一时闭目冥想，一时又从头看起，等他以为读懂了信札的全部含义，这才拿过烛台，让信札慢慢化为灰烬。看着缕缕徐升的缭雾青烟，嘴角抽动一下，一丝笑意不经意间自脸上掠过。

井口推开障子门，舒展着腰身，尔后轻咳一声唤来佣人，春僖低头聆示，只听井口吩咐道："不时有贵客过府来叙，勿要多言，径自引到书房来便可。"

春僖嗫嚅了一下答道："是！记下了。"

不足一个时辰，贵客登门，春僖引着客人来到内间书房，井口早已在书房等候，恭让客人于上首踞坐。井口春僖使个眼色，春僖默点一下头，带着所有佣人退了，房内只剩主客二人，双方低声密语交谈了约半个时辰，似乎要紧的事已谈妥，二人神色显得放松不少。

井口太郎斟满一杯酒，双手捧过去说道："川岛君，此酒自热土故里来，请满饮此杯！"

此人叫川岛阳太，既是内阁大员，又是日本玄洋社举足轻重的人物。川岛手捻着须，微笑道："井口君，'人归落雁后，思发在花前'，睹物思乡情愫多了，激扰心神，有时会误了大事的。"

井口一副毕恭毕敬样子，点头说道："嗨！前辈教诲的

101

是，此事晚辈定会竭心尽力，不会辜负您的悉心栽培和大日本帝国厚望。"

川岛点点头，舐犊般地看着井口，半晌才笑道："人可以负自己，却不能负他人！眼下你虽然不济，后头的事就难料定了，有了这话，我便放心了。"

井口又道："您这份天大的恩情，晚辈没齿难忘！前辈行程难得，不若多待几日，观瞻浏览一番此地风物，晚辈得空儿尽份孝心，不知可否俯允？"

川岛微笑说道："虽盛情难却，无奈只得辞此美意，行程甚是紧迫，转圜逗留不得。不过，见着你，比观赏风物景致更令我开心呢。"

井口点头称是："嗨！阁下公务繁忙，晚辈就不便勉强了。"

川岛敛了笑容，用指头空点着说道："此事机密重大，你要周详筹划，事成之后，内阁定会给你考功记档，井口家族的再次辉煌就寄望于你了。"

井口站起身来，躬身一礼说道："晚辈心如明镜，牢记于心，我定会思虑周详，履之云净天空，一丝痕迹不留。"

川岛说道："这便好！"

井口又道："请前辈替晚辈向内田先生问好。"

"嗯嗯！"川岛阳太点点头，又笑着说道："自是当然。师徒之情如父子，内田君无时无刻不牵挂于你……"

此时书房外传来一声轻微响动，川岛阳太立时警觉起来，只一抬手，一只棱镖带着流苏，如流星似闪电般自他的袖筒飞出，沿微启的窗缝间飞将出去，只听外面传来一个女人凄厉的尖叫声。

二人夺门而出，正见山崎幸子哑然失色地瘫坐在窗下，整廊悄无声息，棱镖半截已扎进窗户对面罩木之中，只青色流苏还在微微晃动。

川岛阳太神色严峻，囊囊几步便到了近前，伸手将失魂落魄的幸子提起来，脸膛上肌肉一抽一搐，厉声问道："你的，什么人？恶逆不道的东西，竟敢在此偷耳！"

幸子已是花容失色，面色灰白，瑟瑟抖着，说不成话："阁……阁下……我……我……"

川岛阳太紫涨了脸，掌上运着力，咬着牙冷冷说道："今儿——你这只花猫阳寿尽了，到阴间再思量吧！"

井口太郎见此情景，立时慌了神，忙道："前辈手下留情！"

川岛阳太扬在半空的手慢慢放下，趄脸直勾勾地问道："井口君的妻室？"

井口满脸堆笑说道："晚辈至今尚未婚配。这位山崎幸子小姐乃我大日本帝国人氏，晚辈一个好友的舍妹，暂居府上，勿须多虑。请前辈恕罪！"

川岛阳太一撒手，幸子落瘫在地上，也不敢抬头，只是无声垂泪。他也不看井口，只是面对空空如也的廊道，兀自说道："一着不慎，满盘皆输。如此看来，府上的规矩与你严谨的风格并不相符，且还相去甚远……井口君前路凶险、变幻莫测，好自为之吧！"

"嗨！"井口伸手请路说道："请前辈书房再叙……"

川岛阳太带着些许伤感，意味深长地说道："帝国的昭昭宏图，天皇陛下的日月雄心，你都要记着。我今日来，一半是面嘱机务，一半是慰你的心，万不可因私废公，那样只会一叶障目，不见泰山，毁了你井口家族不算，也会误了帝国大业啊……"说完，拂袖去了。井口太郎听罢，一阵透身冷汗流下来，他愣怔半响，才从惊魂中回过神来，急忙迈步去送，到了门外，只见两街四巷空旷，已是望踪不得了。

　　用晚饭时，幸子仍旧脸色苍白，浑身发僵，看似还未从惊愕中走出来。她坐在桌前，不动碗箸，只是发呆，对面坐的井口见状，张张嘴想安慰一番，话到嘴边却改了口风："幸酱，今后若我会客，你要回房静待，避而不出，最忌风闻而动，这是眷属之本分。况且，你只是客居，而非眷属，客之规矩尤甚，正襟危坐、目不斜视，相信你的父兄已训教于你。若教而不行，必有祸乱隐伏，其机藏于至微，人不能觉，到它显现出来，已是积重而不可返，这个道理你懂吗？"

　　听罢，幸子不禁暗思，井口一步步铺陈，看似平淡，其实咄咄逼人，她不禁透了一口气说道："井口君教诲得是！幸子为今日的鲁莽抱憾……幸子别无他图，只想着寻问客人是否需要茶点，哪个能想到陡生如此泼天祸端来……"说着委屈泪水涌出来，她忙以手拭泪。

　　井口太郎一边听着，一边在地下来回踱步，忽尔站定看着幸子说道："我相信你没有图谋，否则你活不过今天。"他坐下来又道："令尊令兄安排你客居舍下，其用意我心中自然有数。只是……只是提醒你，要自重安分，恪遵为客之理，不要想当然以为你便是这房里的女主人……"

　　幸子一怔，瞟了这位仰慕已久男人一眼，她不明白为什么他能说出这些话来，她脸色很苍白，闭着眼一动也不动，口气绵软地喃喃说道："井口君，您还是那个让我痴迷敬仰的人吗？……"

井口看着闭目流泪的幸子，忖量一阵，一字一顿说道："家族的锁链过于沉重，帝国的大业，又庞大深邃得让我若井底之蛙，四下摸不到边儿，只有热血奔涌、迷茫恍惚，如此渊间缥缈之人，枉论儿女情长了……"说罢，起身拾阶上楼去了，空留下泣声涕泪、悲切涟涟的幸子。

近日来，全台会馆氤氲着些许焦虑的气氛，援台物资运送数日，现在仍音信全无，援台抗倭本就是踩木过河，异常艰阻，这也是意料之中的事。可这回是罗、黄二孝廉同行，乃牵系人员、物质双重安危，叫人不免忐忑，人人神经紧绷着，却都默然无声，似生怕谁一嗓子把这种熬煎爆发出来，震得众人神经俱断。

谭禄滢全无心事地拨弄着算盘珠子，却不知算得什么账目，指头来回在底珠、顶珠间游移，嘴却不停地喃喃祈祷着什么，细听起来却是：

> 巍巍天山兮横出云端，
> 苍苍红松兮流水潺潺。
> 雪花狂舞兮沙尘弥漫，
> 战士忠魂兮碧血荒滩。
> 矫鹰折翅兮心归故里，
> 落英缤纷兮蓄芳待年。
> 修短百数兮无嗟无悲，
> 长歌一曲兮壮士不还……

汪春源在一旁兀坐着，听着这古朴雄浑的歌调，也不禁暗自伤怀，一双眼睛，像闪着火光又像泪光……

"老爷——来了！来了！"一声火急火燎的喊声，唤醒了兀自沉吟的二人，谭禄滢、汪春源正惊愕间，但见蔫果一脚跨进厅堂来，哑着嗓子又道："老爷，书信来了，来书信了——"

"拿来！"谭禄滢狠狠瞪着蔫果，伸手要信，汪春源也蓦地站起身来问道："自台地来的吗？"

蔫果灰着脸，吐舌答道："小的识字，是黄老爷寄来的，还有汪老爷的家书一封——"

谭禄滢挂上花镜，瞧了一阵子说道："嗯，甚好！是黄举子的信，见款样似从台湾托人捎到厦门，再由厦门寄过来的，真不易啊……"

汪春源收起家书不瞧，点点头说道："两边暂时断了邮路，他也只能这么权办了。"

二人展信来读，眉目之间蹙着额头渐渐舒展开来：黄宗鼎来信告知，援台物资已顺利送达义勇将士手中，路途之中虽有坎坷却幸得多方志士襄助，最终化险为夷。信中还提到，抗倭军民在刘永福的指挥下作战勇猛，虽饷械不足却军心稳定，全台民众誓与台地共存，绝不退让分厘。看罢，二人唏嘘慨叹一阵，一时二人又沉默相对。

过了一阵子，谭禄滢的心境渐渐好起来，语气沉缓着说道："看来，这刘总督倒也可靠。"

汪春源慢慢踱着说道："刘大人沐恩怀德，是台湾之幸，是中华之幸！既然台湾军民锵锵浴血保台，尔等更不能坐等胜利到来，要唤醒朝野，务必成全国家、社稷，成全三军将士、人民百姓，倾力支援台湾抗倭之战，内陆与台湾只有凝聚一体，才能保我中华寸土不易倭敌，子孙后代才不会鄙薄我们。"

谭禄滢把信攥得紧紧的，叹了口气，说道："'苟利国家生死以，岂因祸福避趋之'，说是这样说，可炎黄子孙自始以耕读传家、靠天吃饭为荣是福，从未背天逆地侵犯别个，这回包皮儿让贼打到卧房里来了，方才显出黔驴技穷了，除过割地赔款，百叹而无一计。今儿日倭霸台，也让朝野上下睁眼瞧瞧，天下不尽是贴钟馗、做年糕、熬祭肉、香烛佛像、灯草灶柴的日子，世间也有杀人如麻、强掳豪夺之徒。"

一席话，让汪春源觉得掉进冰窟窿，周身被浸在冰水里，冷气似乎灌注进四肢百骸，又毫不犹豫地浸入他的五脏六腑，把他的心也冻结起来，志同道合者在何处？此刻，他想到了竹娘，顿觉一腔浊气洗得干干净净，身心都清爽了，他为之一振，伸手抓过信来说道："司事，此信借我一用，去去就来——"

谭禄滢觑他一眼，眼镜掉落地上，他边找眼镜边道："还未捂热，你拿了去，要得什么彩头……"话还未说完，汪春源猴儿急着快步出了屋。

蔫果寻着眼镜递给谭禄滢，止不住咯咯笑道："老爷，不用问，一准去找李家姐姐，哈哈哈……呵呵呵……"

谭禄滢见蔫果这副形容儿，遂及打趣说道："蛐蜓吃萤火虫——你心里明白着呢，单我老头子糊涂！"

蔫果笑问："老爷，咋个算作'老头子'？"

"哼！考我课业吗？"谭禄滢瞅了眼欢喜雀跃的蔫果说道："天荒地老谓之'老'；万物尊崇谓之'头'；天之骄子谓之'子'，合称为'老头子'。自个儿肚肠里没油水儿，净想着刮我老头子的膘儿。有这贫嘴功夫，多读些书不好吗！"打开檀香木折扇，兀自扇起了凉。

蔫果嘴一撇说道："老爷，您偏心眼儿！净数落我，竹庆哥您却一句也不责……"

谭禄滢接话道："嗬！人家能吃又能干，千斤辕车断了轴，他一只手就能扳起来。你一顿能吃两桶饭，挑了二斤半，压得直出汗，捉底也未弄出什么名堂来，是么？"

蔫果看着谭禄滢架个眼镜，两个眼珠子自镜框上面往外瞅，甚是滑稽，扑哧一笑，挤着眼儿说道："小的吃两桶饭，只是将就着算饱了，生怕把东家您吃怕了，若要放开肚皮可劲儿造，非得吃个河干海落不算完。"

谭禄滢见蔫果若再贫下去，没个收场，想着往外撵他，于是说道："好话让你讲尽了，嘴上把式也不含糊，做工去吧！"

李家绸缎铺面门前，伙计小伍正低头扫地上的残叶，见汪春源兴致勃勃地过来，小伍扔下笤帚，一躬身说道："汪老爷好！"

"嗯。"汪春源也没顾得上回礼，便指指戳戳地问道："李掌柜在柜上还是去了外面？我要见她呢！"

"回老爷，东家在后间屋里。"小伍躬着腰毕恭毕敬又道："今儿是账房总汇，东家也不舍得闭歇个一日半日的，您说说吃得消啵！"

汪春源上下打量小伍一眼，点点头说道："我去劝劝！"小伍又一躬到地，目送汪春源风风火火的背影只是发怔。他虽生在小门小户，又读书不多，但来铺面三四年，一直在东家掌柜面前当伙计，对来来往往各色客人实在是领教了不少——越囊中鼓鼓的人，他们越能放下架子对他话语温存，殷切关怀；越是囊中羞涩的人，越会端起主子架子，训你个臭死！汪举人平日斯文着呢，今儿咋变得毛手毛脚的！

汪春源几步入了后间，正与挑帘出来的李祖业撞个满怀，汪春源定眼一瞧是老东家，忙着退后一步，揖礼说道："呃，原来是李掌柜，晚辈失礼了！"

李祖业眯着眼半日才看清，他抚下巴颏说道："你……你以为是哪个？张掌柜、吴掌柜也不会来我李家铺面坐班呀！"

汪春源被问得一怔，慌不择口道："晚辈原是相会李姑娘的，不曾想冲撞了老东家。"

"你说什么？相会？"李祖业立时脸青里泛白，瞳仁里闪着幽幽的光，大辫子往后一甩又道："你张口便说相会，我这当爹的不知情，你们这叫私约，若宣扬出去，岂不白白污了我家闺女名声？"

"不不！掌柜的误会了，晚辈没这个意思。"汪春源登时慌了神，心里没有底，又怕失了仪，于是又道："李掌柜，黄举人自台湾寄来了信，信中提及援台物资一应到了抗倭义勇军手里，晚辈念着李家倾囊相助，特意过来向李姑娘知会喜讯的。"

"嗬——"李祖业神色黯然地抬手拿起鸡毛掸子掸灰，实是拿个物件指桑刈槐，说道："为了这事，你不必七死八活地到这里来。我是一家之主，你单单找她报喜，我闺女给了你多大的便宜？"

一句话问得汪春源手脚冰凉，语调变得又缓又浊，讷讷说道："是晚辈唐突，一时高兴冲昏了头脑，思虑不清，言语失礼，乱了方寸，李掌柜多多谅解包涵。"

李祖业眼光一闪，哑着嘴叹道："闺女自幼泼辣无忌，你学问不坏嘛！男女授受不亲是俗礼，你怎么能与她搅在一起没有分寸地胡闹？针尖窟窿透出斗大的风，左邻右舍不是聋子瞎子，只要攀咬上一口，我李家就臭了，我劝你持重慎言，这个样子不成！”

汪春源一阵面红耳赤，心里咚咚直跳，既连眼皮儿也不自觉地乒乒抽动，他揖手说道：“晚辈羞愧，造罪了，请掌柜关照！”说罢，灰头土脸地走了，出了铺面，小伍见着一躬又道：“老爷走好啊——”

竹娘自外柜会账回到家已是日暮时分，见桌上摆了一盘蒸糕，一碟碎冰糖，几个米粽，一小碟腌黄瓜和腊肉炒酸菜，还有几个杂合面馒头，她揩干了手，拿起一个馒头，相了相，一小口一小口慢慢地吃，一边想着心事。其实，她会毕账便到会馆点了个卯，这才踅身回家，汪春源介绍了台湾抗倭局势，她听罢心里亦喜亦忧，喜得是援台物资送达，忧的是台湾抗倭仍很艰难。她这样边想边吃，自己都不知道吃了些什么。

李祖业见闺女食欲欠佳，拿烟锅子敲了下桌面说道：“别个说，与君一席饭，胜读十年书——你是家里的功臣，书又读了不少，干嚼馒头作甚，多吃点肉食有什么不好？”

竹娘又咬了一口馒头才应付道：“爹，您没读过《左传》，不知道，肉食者鄙。再说，我也怕吃滑了口。”

李祖业听罢一乐说道：“嘿嘿，书没白读，竟全记着呢！今儿盘账，多收入五两银子，还怕饿着你？!”

竹娘夹菜配饭说道：“有钱也不能讲究吃。五两银子，够穷人一年吃的，能买一头壮牛，能盖三间茅舍。再说，台湾抗倭时艰……”话未说完，自个儿咽了。

两个人有一搭没一搭正说闲话，听闺女提到台湾，心里叨噔一下，立时想起了闺女捐嫁妆的事，烟锅子磕地说道：“你今后莫要再往会馆跑，这成什么体统！”

竹娘见爹变了脸色，放了箸问道："爹，这是为何？"

　　李祖业也不看闺女说道："不许你去，实属无奈，爹是有苦衷的。"

　　竹娘一笑说道："爹，让闺女去的是您，不让我去的也是您，您这金口玉言说变就变，皇上颁旨还不及您改主意快呢！"

　　在一旁涂糨糊裱鞋底儿的冯氏闻听，停下手说道："又跟你爹闹脾气，不会好好说话！"

　　"到了这个地步，还说这些做什么？"李祖业又干笑一声说道："爹撂句明白话，汪举人才高八斗，一表人才，可他是个有家不能回的人，北京城又无依无靠，嫁了这种人，就如忽然间'扑通'一声掉进枯井里，旋涡里打转再也翻不了身了。唉……闺女，你还太年轻，不知道今后的日子多么苦啊！即便他考取了功名，这世道昏月寒天、无常多变，又能如何？找个扎土坐根儿的人家，相互还有个照应，这样不好吗？"

　　李祖业说罢，正欲板起黑脸，与闺女死磕到底，转头却见闺女眼泪顺颊向下淌，想着攻心奏效，更加放缓了口气又道："闺女，佛说苦海无边回头是岸。知道你恋着这家，想着老父老母在堂，一家人安居最好，你也不肯远离，说明你有孝心有悌心。嗯，人生三尺，世界难藏……"

　　此刻，竹娘到现在才明白，他们是冲汪春源来的，她胸脯一起一伏地喘着粗气，蓦地站起身来说道："爹，今儿闺女大不敬了。"李祖业一听似让人兜头浇了一瓢凉水，正欲张口，却又听闺女说道："闺女虽未与汪举人私定终身，不过，闺女仰慕汪举人人品、才学久矣，我们二人谈天说地、吟诗对赋，我对他有情，他对我有意，有情有意叫作情投意合，情投意合的两人，怎么不能搭伙过日子，他又怎么不能托付终身了？"

冯氏向着当家的说话，扯着衣襟拭手说道："闺女呐，你爹说得对，没根的树哪来的荫凉？一把蒿草再鲜亮，落了秋就蔫黄歇菜了！你若硬往火坑里跳，先把娘的心剜去好了。"

竹娘见爹娘反对这么强烈，沉默了一阵说道："闺女乏了——"踅身回了自己的闺房，老夫妻俩儿回味着闺女刚才的话，句句似刀，字字如剑，像一摊泥一样，上牙打下牙，软软地靠着坐了。只听街上远远地传来更夫那凄凉苍老、时断时续、有气无力的吆喝声："平安无事罗——小心火烛——"

一轮半月将昏黄惨淡的银光洒落在地面上，时而又被浮云遮住，从当院那边飘过来的花香和厅内燃着的藏香糅合在一起，弥漫在黝黑的夜空中。李祖业一阵窸窸窣窣，不知在身上摸索着什么，冯氏问道："当家的，找什么？"

李祖业咕哝道："我的火呢？想抽一袋烟！"

冯氏说道："有火也没用！闺女嫁了，才平安无事。"

李祖业将烟袋噙在口里说道："可是说的呢，我不糊涂！就百里不挑一了……要是文武全才，那更是凤毛麟角了！唉……"

中夜推枕难安的还有汪春源，夜深人静，仍无倦意，径自偏身下了炕，缓缓踱着步子，推开窗子一轮明月挂在天上，回想着诗人游子描写思乡之情的句句诗词，似字字击中他的内心。父亲写信给他，除过寻常嘱咐之外，还告知他一个重要讯息：表舅已经举家内渡到了厦门，父亲嘱咐他联络厦门的同窗，对表舅一家给予生活照应，他想了想，此事倒不难做到。最让他为难的，是父亲再次提及与表妹阿纤的婚事。阿纤是表舅的长女，年方十九岁，三年之前，父亲与表舅有意撮合他们，他便以考取功名为由婉言拒绝，他一直把阿纤视作亲妹妹，怎么能够成为他的结发妻子呢！这次父亲又提及此事，不知又有什么变故，若无不容置疑的理由，怕是再难推脱了。家国之忧虑、思亲之心切、儿女之情长……这千头万绪一并涌上心头，让他寝不安席，绕室煎虑。

半月余，李祖业费尽心思，最终在八里庄给闺女挑了个女婿，许家长公子许鹤年——许家在东城开了药铺，西城还有粮栈、油栈生意。许家其余进项都不算，单每日柜上的流水一项，就让李祖业惊讶不已，又同为生意人，正是门当户对。那个准女婿许鹤年他也见着了，弱冠二十，仪表堂堂，儒雅大方，他打心里嘉悦，一切铺排妥当，只待七日后亲家过府提亲了。

第七章　讨没趣掌柜碰硬壁
　　　　　本无意巧救报信人

　　转眼间已入深秋，树叶由葱绿变成鹅黄，带着斑斑伤痕，从枝丫上剥下，打着旋儿落在地上，光秃的枝杈显得荒凉萧瑟。路上的行人年老体弱一些的已摘了凉帽换上暖帽，脱去单层长衫换上双层夹袍，北京的秋天极短，似乎撑不起一个季节，这一幅秋景图将很快被严冬代替。

　　此时的北京城内，民间"拒绝割台"的呼声日渐式微，朝堂之上亦再无官员表奏"割台有伤国体尊严"，甚至"台湾"二字在六部衙门官僚之中，亦成不测的禁言忌语。而在台湾，刘永福亲率军民奋力抗击日倭，可饷械只有损耗却没有补充，伤号得不到医治，粮食短缺，只得压缩营饭，遂改为一日一餐，军民常常饿着肚子打仗，刘永福等人急得团团乱转。几次会议下来，怎样重新建制、粮秣供应、伤员收容调治、抗倭人员犒赏、家属优抚，虽一应事务都议得密不透风，没有新资供应，一切沦为空谈。首任"台湾总督"桦山资纪一面派倭军疯狂噬扑，月余间便杀俘十万，坚壁清野，屠村屠乡，淫威震慑；一面推行"国话传习所"消弭麻醉民众意志，台地敢于明目张胆支援抗倭者寥寥，一时间抗倭声势低迷，一度落入谷底。

谭禄滢、汪春源得此消息，加紧筹措援台物质。李祖业自给闺女寻得一门亲事，性情也爽朗起来，每日爬起身懒懒洗漱后，三天两头踢破会馆门槛来搅扰。他见司事等人愁眉不展，出手便是五十两援台银子。

谭禄滢一时高兴，伸嘴在他脸上呭唔一口，李祖业捂脸骂道："你这老鳏夫，占我便宜！"

谭禄滢笑笑说道："胡吣！十个女的九个肯，只怕男的嘴不稳，还不就那么个况味嘛……"

第二日午时，谭禄滢用李祖业的五十两银子，加上筹到的钱，买了一大车二茬壳米回来，刚码进当院，便见李祖业呭着烟锅子踱进来。

李祖业一眼瞅见垛在当院粮袋，哂一声说道："哟，司事办差利落，一日之间便把粮买回来了。"

谭禄滢哈哈一笑，揹手说道："兹事体大，下刀子、刮黄风、飘黑雪也得办，不过是'新竹高于旧竹枝，全凭老干为扶持'，没有你的加持，我就是孙行者也办不下来，说起来还要感激你呢！"

李祖业哼地一笑说道："不忌恨我气骂你就好！"

谭禄滢颔首说道："岂敢！巴结你还来不及呢！当下援台抗倭已成瘟疫，人人避之不及，你却大仁大义捐资助台，哪个敢说足下没学问，这是有眼不识泰山，我大耳刮子奉上。"

李祖业撇嘴说道："你真是个溜沟子舔屁股的好角色！"

"哟嗬——"谭禄滢按捺着一腔高兴，竖着指说道："兄台真真的大学问，竟还晓得'舔屁股'，真是洞鉴今古，不同凡响啊！"

李祖业怔了一下，脸突然变得一块青一块白说道："打趣归打趣，没你这样作贱人的。"

"恩公面前，不敢谎论！"谭禄滢说道："'舔屁股'典出《庄子》，楚国的兵到北方打仗，手都冻裂了，有人制出防冻药，楚兵打了胜仗，楚王赏这郎中五辆车。楚王得了痔疮，又一个人给他舔痔，舔得大王受用，赏车一百辆！兄台若不是通古晓今，又是什么？"

李祖业听罢，眯缝着眼幽幽说道："既然有'舔屁股'的，想必也有吃屎的喽？"

"兄台大才啊！"谭禄滢徐徐说道："这个还真有，不过，古人不叫'吃屎'，叫作'尝粪'，《吴越春秋》记载，越王勾践打了败仗被囚禁在吴国，他急于回国，吴王夫差得了痢疾，他就去装孝子，拉下的屎就手指头挑着送口里品咂，说：'粪有谷气，大王的病就要痊愈了！'"

诙谐讲完，二人笑得前仰后合，谭禄滢边笑边说道："前朝还有个'洗鸟'的，不讲了，不讲了，不然你又要骂我鳏夫了。"

李祖业笑意未退，弯腰捞了把壳米出来，相了相说道："成色不好，缩了三成——"

谭禄滢收住笑叹道："虫灾、旱灾、水灾，再加上百姓流离逃难的荒灾，籽有六七成，已属上等了。"

李祖业把壳米放进粮袋淡然说道："是啊！人种天收，地不肥人不勤，能灌浆就是老天爷赐福了。"

谭禄滢一抬手说道："屋里请！"二人进得厅内，谭禄滢动手沏茶说道："方才讲地不肥人不勤，种茶与种粮同理，道是春茶肥，秋茶瘦，夏茶薄，冬茶透。凡有好茶，无不趁天时地利之便，得人勤良种之先呐！"

李祖业持盏呷了一口说道："司事见多识广，我却不懂茶中蹊跷，只管胡吃一通罢了。"

谭禄滢说道："春云漫漫，夏云悠悠，秋云漠漠，冬云恓恓，贵在一个'品'字，品茶也是品人，人品与茶品有异曲同工之妙，兄台逆流而动捐资助台，足见人品上乘，定能品好茶的况味来。"

李祖业又抿了一口，闭起眼细细地闻了闻遂道："果然是好茶！"

谭禄滢说道："万物皆有灵性，茶也一样，从来是佳茗逢贵客，今儿刚到的碧螺春，启封五里醉，入杯十里香，借助你的缘结，我才有这口福。"

谭禄滢见他"甚好甚好！"地答应着，却不怎么入心，一会儿左顾右盼、欲言又止，一会儿双手捧着茶杯皱眉沉思，举止与前时大不同，遂问道："你神色不对，出了什么事么？"

"没什么。"李祖业说道："堂间一对青花大瓶碎了一只，想着再淘换一对来，沿街面转悠一圈儿，相上了宝瑞斋的一对素三彩，柜上姓冯的，平素见他穿绫裹缎像个模样。日他奶奶！原来是个丘八老狗性子，咬价不松口，老天爷怎么白给他披张人皮！"他目光熠然一闪又道："'在家靠娘，出门靠墙'，你不是跟他干系紧吗？须时走一趟，剔了他那匪性。不求别的，能像当院的壳米，六七成价卖我就结，至多不过八成。"

谭禄滢先是一脸迷惘，转念眸子一闪问道："兄台平素尚俭约，据我所知，府上的青花大瓶碎了半年余，今儿专要置新的，莫非想讨什么彩头？"

李祖业思忖，谭禄滢还真是只老狐狸，一副老谋深算、未卜先知的做派，参详我的心思也不是易事。他脸上一笑即收，便说道："没有的事，一时兴起罢了。按说犬子也该婚配了，可他初入人间世道，顽劣不羁，从未历过事，是人都比下去了，哪家女子肯嫁？"

谭禄滢一边持茶饮吃，一边自语道："呃，你别小觑了他，少年英武，仁德双修，真有点闻鸡起舞的气概，使人闻而忘俗，我瞧着将来定有出息呢！"

李祖业挪动了一下身子又坐稳了，满眼得意地说道："就我俩私交，你说这话我信。"

谭禄滢不露声色又说道："李姑娘这阵子没来会馆走动，你更别小看她，这里没有她穿缀左右，敝人还真觉着瘸了条腿似的。兄台，你不会因为没付月例给她，把她挡屋里头不得出门吧？"

李祖业一听，身上汗毛一炸森树起来，他又轻轻摇晃着身子说道："这从何说起？难道司事还要退那两间仓房的租不成？当初让闺女来馆打杂帮衬，是为报司事恩情，可这馆里住着年轻举子贡生，碰头碰面有失体统，她主意又大，久了保准会闹出是非来，想来是我思虑不周，今后我嘱咐犬子过来如何？"他怕谭禄滢这个老狐狸刨露了底儿，不待谭禄滢接话，他便兀自站起身，自失地一笑："你忙，坐了一个多时辰，兄弟辞了——别忘了我那对素三彩呃！"不愠不喜泰然置之地走了。

竹娘正在铺面盘货，巳时时分，一位不过二十岁上下的公子，穿一件酱色天马风毛小羊羔巴图鲁背心，套着雨过天青夹袍，脚蹬一双黑冲泥千层底布鞋，把玩着一把檀木扇子飘飘逸逸地走进店来。两眉平直，方脸广颡，一条乌亮的发辫直垂腰间，衬托着这精精干干一身打扮。

竹娘见公子来店二刻有余，只是挑挑拣拣却不询价，正巧伙计小伍奔周家送箕笋，此时不在店里，她只好硬着头皮过去招呼。待她近了，公子似乎正急待着这个时机，她还未张口，公子却问道："敢问掌柜，这里可是李家的买卖？"

竹娘扫了眼风不似恶人，遂说道："公子有何赐教？"

公子微微一怔，微笑揖手说道："嗯，小生不敢！只是耳闻李家绸缎生意童叟无欺、购销两旺，这个光景还能如此，实属不易，为此慕名前来看看货色。"

竹娘含笑说道："公子戏言了，小本生意，良心买卖，勉强糊口罢了。不知公子是裁衣还是趸购？"

公子偏头看看她，听了只一笑，尔后说道："拿两匹杏色宋锦吧！"

竹娘啧啧称道："公子好眼力，卯时才到的货。"竹娘说罢便动手往外搬。

公子见状上去抢拿，嘴里连连说道："这粗使活计掌柜不得做，小生来做！小生来做！"他放下几锭银子，足有十两模样，且把布匹往肩上一扛，便往外走，回头一笑，嘻嘻说道："姑娘，今后若有用得着的地方，言语一声，小生随时侍驾，后会有期了！"初次谋面，话说得慷慨，竹娘愣怔半晌，也未想明白，只是觉着有些怪怪的，兀自摇头一笑，也未及往深处想。

没有不透风的墙，李祖业与冯氏老两口眉飞色舞、窃窃私语一阵嘀咕，却被竹庆听了去，想到姐姐还被蒙在鼓里，心里不落忍，便把此事私底下向竹娘说了原委。

竹庆又道："爹娘有心成全你，我生怕不对你的眼，又似驳斥吉家公子那样大闹一场。我知道你心里有那个汪举人，既然你有这心愿，为弟我当然想成全你们两个，至于在爹娘跟前如何分说，只有你自己去论处了。"

竹娘先是吃了一惊，目光流动一下便黯淡下来说道："我经历一次已经不生疏，不会鸡飞狗跳地胡闹了。"

竹庆叹息一声说道："要先想个法子才行，临上轿现缠脚，那就迟了。"

竹娘一阵踌躇，心里暗叹一声，笑道："烈火烹油、鲜花着锦，你放心吧，我自有妙计。"

不日许家过府提亲，李祖业笑着迎客，把许家父子引进厅来，摆桌子、让座、上茶忙个不停，好容易几个人才落座了。李祖业笑嘻嘻一副喜天哈地的模样问道："老太爷可安好？"

许老爷笑着说道："老兄费心了！家父已仙逝十余年，当年正是六十有九阎王不叫自己走的年纪，幸好，我许家经营药草补汤，凭是参芪茸桂，老太爷一应尽用，老人家末了没遭罪，走得还算安详怡然。"

李祖业张口结舌半晌，似乎有些难为情，长吁短叹着遮过去又道："门上铺面生意如何？"

许老爷微微一笑道："呃，李掌柜正问到许某的痛处啊！现在才不过中秋，听南来北往的客商讲，北边的喀尔喀、漠南等处已是鹅毛铺地，这雪下得不应天时、不顺节气。南边陕甘、山东、河南等处更是连年灾祸不断，有些地方蝗虫覆天、颗粒绝收，哪还有多少生意可做！风抛柳絮，水送浮萍，实非人间气象呐！我许家承续家风——贵出如粪土，贱取如珠玉。往来买卖无敢居贵，诚心取其薄利，时至今日，既逢将就着维持，不至于关门歇业罢了。"

李祖业点点头说道："今时能维持，便是好生意了。台湾军民抗倭如火如荼，听闻许老爷也为援台之事操心出力，据谭司事讲，你还捐了银子，还有粮药，敌人感佩之至啊！见公子沉着稳健，谦谦君子模样，未带半点商家俗气，甚慰我心。"他指着无事心宽，一直微笑着旁听的儿子竹庆又道："你，引着许公子转转，李家虽是小门小户，也有对景儿的——"说罢，向儿子丢个眼神。

　　竹庆会意，便起身引着许鹤年来到内堂见姐姐，竹庆还未站定便说道："不坏。"趔身走了。

　　竹娘一瞧，这不是铺面上见着的公子嘛！原来他就是许鹤年，当初他那些没头没脑的话，这时才对照上了，于是蹲了一福问道："许公子，还认得我吧？"

　　许鹤年偷偷相看人，自觉心中有愧，她这一问，脑袋嗡响，肚子里不禁暗自叫苦，揖手还礼干笑说道："认……认得了，绸布铺面已睹李姑娘芳容……"

　　竹娘让座，她又道："看公子仪表端庄、举止大方，不像个打花呼哨的人，行事为何如此莽撞？"

　　许鹤年有些脸红，慌得不知说什么好，半晌才道："小生不敢欺李姑娘，那日不知道姑娘在铺面，真的！真的不知道……"

　　竹娘抿嘴一笑，凝着天生两弯俏眉，开玩笑似的问道："知道也好，不知道也好。不过，我且问许公子，那日铺面偶然见面，若见小女貌如无盐女，今儿可过府提亲？"

　　许鹤年听着透着巨大压力的话，也不敢抬头，支吾着说道："李姑娘，许家向来循规蹈矩，秉持一诺千金、抱柱之信，约下的事绝不会失信于他人。实不相瞒，第一眼见姑娘，已是情之所钟对了眼法，李姑娘似莲尖儿上的露水，明月之鉴、夜光之珠都晦其色，今儿过府拜望，实为小生三生有幸，让我识灵秀于众生之中，这是多么难得的缘分呐。"

竹娘不禁一笑说道："既然公子通达事理，我也没什么可责怪得，只是……唉！难啊……"

许鹤年见她似乎有难言之隐，心里头倒一阵轻松，他抬头觑了一眼，遂说道："李姑娘，萍水相逢尚知施恩结义、晓理化德，况小生与姑娘还续着前缘，有什么隐结，千万不要埋在心里，尽管说来听听，若小生能为姑娘化解一二，就再好不过了，实在是不愿见您这样郁闭自个儿……"

竹娘见他如此明事理，心里暗自松了一口气，起身又福了福，这才坐下来说道："小女想，天地万物生灵都是有各自定数的，可可春拂和风、夏扑薰风、秋袭金风、冬透朔风，这是天地气象的定数；人聚散有定，离合有缘，这是人的定数，是勉强不得的。怒小女直言，我与许公子无缘今世泛舟，只可做友人故交而已，许公子不会有什么嗔怨吧？"

许鹤年听罢，身上一颤，耳边似乎如夜雨沙沙索索地打在树叶上密不可分地响成混茫一片，不知过了多久，他才慢慢缓过神来，两手据握，十指绞着，松弛一下又绞起，似乎心绪十分纷乱。他立起身来悠了几步，望着窗外情景不语，心头又是感慨，又是惆怅，徜恍如对梦寐，还夹着有点依依不舍，良久，他吐了一口气转过身来说道："原是李姑娘已有意中之人，可笑鹤年屎蚵螂爬扫帚，不知道自个儿做得什么茧，惭愧！君子不强人所难，虽有父母之命，可瓜不熟强摘，蒂不落横扭，将害人害己，各自不得安好，也非鹤年所愿……小生就此作罢，告辞了——"

竹娘起身拦住了他说道："许公子，父母之命大于天，此举已是违逆，望公子守约，还是不说破得好！"

许鹤年兀自笑笑，坐了下来说道："既然姑娘信任，鹤年保证，好人要做日出月明才罢，是本公子捏底没相上李姑娘，成吗？"

竹娘笑道："许公子讲情重义，这恩情自不敢忘。且请公子稍坐片刻，且把这事做足做像，免得节外生枝。"

"好！"许鹤年已从忡怔中憬悟过来，没了先前的拘谨，又现风声笑谈之态："祝贺姑娘尽早达成夙愿，届时鹤年定要讨杯喜酒吃罗。"

竹娘见他并没有不豫之色，才都略觉放心，且谈笑自如，一时缩着的心才真正舒展开来，问道："见公子这等通达气派，劳务居卖也必定是风生水起了？"

许鹤年杌子上躬身摇头说道："现在正处晦月灾年，事事颠倒迷离，如梦如幻，又如电光石火，过眼烟云，光景一年不济一年，来往生意算是打着慢走、推着不走，只能薄利多销，以量取利。这九省通衢之地还算好的，京师之外诸省各商家，已然是涸辙之鲋，倒得倒、败得败，上吊自杀的，失心成疯的，唉……"

自上次许家来提亲，李祖业寻思着这事一定能办成，坐钉板似的在家候等，不料过去半月有余，许家再没言声了。他这才晓得事情并不那么简单，一时又思忖不出个所以然来，云里雾里乱坠，越想越觉着难堪，越搅缠不清，像似乱蜂蜇头！

几日来，李祖业寸步也未离开过家门，这日是个大晴天，秋高气爽，山染丹枫，他拖着好似灌了铅的步子，来到当院，见闺女正洗晒夏衣，嘴里还喜滋滋地哼着小曲儿：

吾母当面许姻缘，仲谋心中似油煎。
刘备今招东床选，仇人反结并蒂莲。
才子佳人结良缘，月老薄上把名添。
今朝幸喜龙凤配，镇定中原曹阿瞒……

李祖业没言声，俯身顺手掐了一根草节儿放在嘴里嚼着，总觉着闺女唱曲是在取笑他，他信步绕到闺女身后，兀自听了一阵问道："闺女，一窝家巧儿围着你转哩，当爹的糊涂，你跟爹讲讲你喜从何来？爹觉得自个儿太丢人了，不迫根查到底，心里难咽这口气！"

"哎哟——"李祖业一嗓子，倒把专心哼曲儿的竹娘吓得浑身一颤，见是爹便说道："您这是作甚？魂儿都飞了。"见爹瞪着两眼正瞧她，她又一笑道："爹，这件事您太痴。你觉得丢人，别人不这样看。谁都知道是许家登门提亲，按说许家着急才是，你看他们一点也不着急，这说明他们知道您痴心想攀这门亲，先抻着您，抻得您绷不住低头认输。说不准人家压根也瞧不上闺女，就是掩嘴葫芦不言声，这是让您乖乖地把彩礼退还回去呢。"

李祖业阴阳怪气地说道："这巧偏围着你磨圈儿转，你不觉着蹊跷吗？"

竹娘笑着站起身，笑道："您这一点拨，我心里已经透亮儿了，这巧儿今日识尽愁滋味，欲说还休，却道天凉好个秋呢。"

李祖业斜睨着闺女，默谋了一会，忽尔自失地一笑说道："这秋景不坏，可惜我读书太少，想说也说不上来。不过，爹对这天色没兴趣，只想听听闺女唱曲儿逗鸟地高兴什么？"

竹娘听见这话，灵机一动说道："咦，还真有事没向爹禀呢！"

李祖业怔怔，眼眶里似乎瞪出了水，似笑非笑地说道："破山中贼易，破心中贼难。别跟我耍疯放刁，爹要见着真章程。"

竹娘不禁抿嘴儿一笑说道："张记裁缝铺的掌柜多定了咱家九匹布料，闺女掐指一算，三匹布能净赚二十五吊钱，六匹就是五十吊，九匹……"

李祖业听着，一时气得咧嘴顿足，赤着脸说道："住口！你当爹是三岁小儿吗？你一个姑娘家，有这等心机，这等装傻充愣，普天之下能有第二个人吗？据实讲，许家这般不言不语地没了下文，是不是你和竹庆闹得鬼？"

竹娘不言声，只管涤衣晾晒，李祖业脚步囊囊跟在后面，龇牙咧嘴赌气说道："你说出来，爹叫你一声姑奶奶！"

竹娘见爹气得五迷三倒，于是说道："爹，既然许家不中意，闺女也是'无药可医相将病，有心难补女娲天'呐！"

"你你你——"李祖业不慎老泪激了出来，他指天画地地说道："藏心隐肺的话谁信？我与那许家老早已过话，许家公子未登门之前即对你百个满意、万个放心，自过府回转却没了音讯，想来想去，原来这回竟是你率先打了个冲天炮！"

竹娘又道："爹，您也莫怪闺女，许家乃书香门第，即便勉强同意，日子久了也会瞧不上咱这低门矮户，现在断了岂不更好?!"

李祖业捶胸顿足无声喃喃一阵，又抱头抚脸说道："许家哪点不好，鸡鸭鱼肉不断顿儿，绫罗绸缎穿不完，你还要什么？你这样一味自视清高，清到水无鱼、林无鸟，要待到什么时候才能出阁呀——人不知足天必罚！”

李祖业闹腾一阵子，自指缝里见闺女不为所动，自知对她也无可奈何，于是放缓了声气问道：“跟我一处到许家走一趟——今儿我要看看你肚子里装的什么心肺！”说罢转身就走。

竹娘仍不温不火地说道：“爹，闹够了没有？生在皇家，便是王爷；生在乞丐家，便是讨吃的。我是您闺女，您要做什么，我管不住，不过，这许家要攀你去攀，我可做不下喝凉水拔火牙终会后悔的事。”

李祖业内心也不是非要结这门亲不可，只是让这事搅得七颠八倒，心里装着这事，已经细密得间不容发，满腹肠倒腾的也是这花里胡哨的“疯癫”事，似喝醉了似的，已迷离其事间了。他见闺女并未随着他，趄过头来说道：“你爹做事从不半截歇菜，不弄清楚原委，爹给你磕头不论数儿！”

眼见爹上了牛脾气，竹娘不气也不恼，笑道：“千穿万穿，马屁不穿。许家即便备下狍鸮大筵请您，您能舒坦吗，娘还等您淘地窖里的菜呢！”

李祖业也不叫车，皮老筋强似的橐橐往许府走，待到时正是未牌。他拾阶而上刚要打门，却听身后有人叫他，他的手顿在半空回头看时，见是许鹤年。

李祖业三步下了阶，见许鹤年要行礼，嘿嘿陪笑说道：“免了免了！”他握起许鹤年的手问道：“说句干的，你和我家闺女是怎么一回事？”

许鹤年手被他握着，想揖手行礼却抽不出来，听闻一愣，没有言声，歪着头想了半日，才把事情的原委道了出来，又唯恐不周地说道：“老掌柜，经过并未向家父说明，只是胡乱搅和着说了几句，晚辈以为这样最好，张扬出去对两家没甚好处。"

李祖业听罢，似泄气的皮囊，一下子瘪下来，脸阴着撒开手说道："你不说那是你的节气，又替我家闺女遮了丑……没能与你们许家结亲，只怨她福分不济，真是的，天上掉下个脸硬是不要!"

许鹤年摇摇头说道："老伯，惭愧!是我做得不够好，没得李姑娘赏识，平心而论，错在我一人，与李姑娘毫不相干。"

李祖业半倚着上马石燃着火煤子抽烟，一口接一口喷云吐雾，他没发话，许鹤年也不敢辞，垂手等待他的下文。过了一阵子，李祖业似乎理出了头绪，口叼着烟杆站直了身子，呜噜不清地说道："你若心里还有我家闺女，至多不过把她绑着进门子，大抵世道人心，一年闹，二年拧，三年嘻嘻笑，这不算什么。"说罢，阴沉的脸上绽出一丝微笑。

许鹤年脸上有点慌神，一哈腰说道："老伯，强迫不得!自与李姑娘一对眼，我便知道了她的性子——气骨傲绝、性情坚铁，不会轻易让人摆布，万一出个纰漏闪失，对谁都不好。"

李祖业哼了一声问道："你不想娶我家闺女?"

许鹤年兀自皱着眉头吞咽着什么，像是还要斟酌言语字句，犹豫一阵说道："老伯啊，晚辈以为，想是一回事，做又是另外一回事。强扭的瓜不会甜，您也别打这主意了，真要闹出个天漏儿来，后悔就晚了。"

李祖业抿紧了双唇，苦笑着摇摇头，蓦然间心血倒涌，仿佛身在虚空缥缈之中，整个门第，还有这天这地都在轻烟似的微霭中旋转漂浮起来，他悠悠忽忽冥冥缈缈不知身在何处，他伸手捏了捏鬓间两穴，声音沉闷得犹如地狱之声："罢了罢了——越说越乱……"

许鹤年见他如吃醉了一般问道："老伯，您没事吧？要么到敝宅休息一阵？"

李祖业自疑地晃晃脑袋，用力眨眨眼说道："我没事，你回吧，我辞了——"他无力地拍拍许鹤年的肩头，一步三摇地走了。

许鹤年望着李祖业的背影，兀自一笑，原来李姑娘的拧劲儿自她爹那里因承来的，于是高声嘱道："老伯，尽量向开处想事情，别尽着思量窄道儿。身子养好了，万事都不难办下来的……"李祖业没有回头，只是拿烟杆在头顶上虚画几个圈儿，很快消失在转角处。

一连几日，李祖业坐在家里只闷头抽烟，凡人不理会，冯氏看着唏嘘，径自在佛堂前合十长跪："佛祖啊佛祖！我是信女冯氏，快快让我们当家的要瞧开些儿，我当家的这般儿一辈子，只是善性做善事，一些儿亏待人处没有，又一向虔诚我佛，所以，请佛祖接引，让他此刻度到快乐处……天上有瑞鸟，西方去极乐，还有音乐，这是多大的功德，多大的福分啊，我佛慈悲了……"

冯氏满口谵语，喃喃呢呢不绝于口，竹娘和竹庆都慌了神，竹庆问道："姐，这可怎么办？"

竹娘忡怔一阵说道："那就请个真佛来冲冲！"

"真佛在哪处？"

"会馆有真佛，快去吧！"

"哦，知道了——他定能开释清楚。"竹庆抬脚出了门。

只肖一刻钟便来到会馆，一头扎进汪春源房内，见他不在，便闲翻着书坐等他来。不料一笺纸自夹页里出来，落在地上，竹庆捡起来看，看着看着脸上已是变色，由红转成铁青，低吼一声："这个杀才，叫我不撕巴了你——"

竹庆正闷头闷脑地生气，汪春源自外面一脚踏进来，见竹庆在自己屋里，嘻地一笑正欲搭话，却见竹庆愣瞪着一双眼斥问道："你打得什么馊主意，你要跟我玩花样，我有本事治你！"

汪春源劈头盖脸挨一顿训斥，似冰水浇脸，心头不禁一颤，他仿佛口中含着个苦橄榄，结结巴巴问道："你……你……这是何故？关起门和谁生闷气呢？"

竹庆脸上闪过一丝冷笑，轻蔑地哼了一声说道："你这个花花公子，鼻子里插葱，还和我装象呢！我要不知道个八八九九，就敢来问你？"说着晃晃手里信纸。

汪春源这才恍然大悟，腾地脸红到脖子根，讷讷说道："人唯自侮，然后人侮之。我若是花花公子，自己作践了自己，自取其辱嘛，我是不做这样事的。"

竹庆又哼的一声说道："苍蝇不抱没缝的蛋，这个'阿纤'你又做何解释？"

汪春源摇摇头说道："她是我的表妹，定亲只是她一厢情愿，我并未应承，不才承蒙孔孟教化，从不拈花惹草，向来鄙视那些朝三暮四、胁肩谄笑、两头吃好之徒，我的心里只有竹娘，这不是儿戏说笑，我可以指天起誓，若有二心，你大可当场剐了我，我亦无怨无悔。"他的话虽不疾言厉色，却说得郑重深沉，且又把与表妹阿纤"定亲"之事的来龙去脉细述一遍。

竹庆听罢，心里的悬疑、窒闷顿消大半，他又把爹逼婚，姐姐如何智拒许家，以及她如何偷偷典了嫁妆捐资助台诸事，讲述了大概，汪春源听罢，内心潮起急涌，一阵酸热，说道："她待我情深义重，我怎么能负她呢!"

竹庆已放下芥蒂，眉间舒展了一下，透着气说道："哥子，弟以为当务之急，你应即刻登门，向我爹提亲，一切便可聚结，省却多少麻烦!"

"是，是，是!"汪春源抿了一下嘴唇，点点头，毫不迟疑地说道："我立时便去，你也一道走吧?"

竹庆笑了笑，起身上前，至嘱再三说道："哥子，明儿一早我要去城外办货，没有笼头绊了腿，要去周家兄弟那里借，实是脱不得身，凑不了这个趣儿。你自个儿去了，参礼、献茶一样也不得少，万不可中间生出个什么新的枝节来，那时，我也无能为力。"说罢便去了。

汪春源立起身来踱了几步，仰脸看着天棚，长吁了一口气，便过访李宅。没料到李祖业让他吃了个软钉子，任凭如何叩门，李祖业却避而不见，他只得抱憾黯然离开。

第二日天刚平明，竹庆与伙计小伍赶着马车出城，到了事先约定地点，送货的掌柜已等在原地，他跳下车与掌柜寒暄了几句便进入正题，开始验货、点货、会账一气呵成，他长舒了一口气，总算没有把爹交付差事办砸。

回来的路上，小伍满脸堆着，嘴里却是抱怨的话："哥子，没见过你这样不垂怜下人的东家，先前跟着老东家出门办货，来回都要打尖歇脚的，不说宰鱼、杀鸡、煮肉、炸丸子了，总得让人舒活舒活，畜牲也跟着少受罪不是!今儿倒好，瞧着日头过了申时，我们还水米未进呢!"

竹庆此时也已口干舌燥，他舔了下唇说道："我也想歇，万一真有匪贼来劫车，我们怎么应付？"

"嘘——"小伍说道："那不过是老东家顺口一句话，哪里会那么巧呢？就是真的来了也不打紧，这绸缎都有商号出处、蓝印、红印好几个，若不是主顾本尊，可着整个京城都出不了手，劫这干嘛！"

竹庆皱着眉说道："小心没过逾的。这车货要是被劫了，我爹七荤八素地满街追打我，你代我受过吗？这商号也是的，直接把货送到铺面上多好，何必费这般周折。"

小伍嘻地一笑说道："哥子，做生意的关起门来都是鬼！进趟京师要缴平安银子，费用够从这厢跑一趟苏州城，哪个舍得？咱这套车，衙门给造了册，来回都不用使银子，买家卖家岂不都划算。"

竹庆点点头，又听小伍说道："少东家，停车纳纳凉也不得吗？"

竹庆坐在车上已是通身汗流，他也抬眼看日光说道："好吧！眼瞅着快要进城，匪贼白日抢劫，也不会在这里下手。我这个少掌柜只是徒顶个名号，做不来的。"

小伍勒了缰，二人下了车，小伍边拴马缰边笑着说道："我晓得，你顶着少东家的名号办货还是头一遭，不知路上如何开销很正常。我第一次办货，老东家撕开一只烧鸡让我吃，我馋得口水咽了半桶，却不敢吃，不知道做长工的该不该吃，还以为老东家试探我哩，嘿嘿嘿……"

"捉底吃了吗？"竹庆手打凉棚四下张望寻荫凉，只听小伍说道："爹娘生我八字差，破屋草庵佃户家，哪见过世面啊！我愣盯着老东家吃了半个时辰，也未敢伸手取来吃，当时真是喝了迷魂汤，不懂人事儿！哥子，那厢吧——有阴凉还有柴垛可以依靠呢!"

竹庆转身去车上取吃的,只听小伍惊乍地喊道:"哥啊——鬼——鬼——"

竹庆几步过来,抬腿便是一脚,柴下似乎有东西在动。他揭开柴草一瞧,见是个叫花子,他伸手在劲上探了探说道:"没死,还有气儿,过来帮我一把抬到车上。"

小伍掩着嘴,身子直颤,嗫嚅说道:"哥子,快……快死的人,不……不管也罢……"

"什么话?"竹庆抬眼说道:"没听说吗?救人一命胜造七级浮屠。咱们遇着了,是个缘分,若见死不救,你下辈子还托生在破屋草庵佃户家!你发什么愣呢?"

小伍听罢,骨头都要唬软了。他慢慢腾腾走过去,偏转了脸一声不言语,摸索着帮竹庆把叫花子抬上了车。二人也未及吃上一口,只草草喝了口水,便急急地往回赶路了。

第八章 演双簧戕害付东流
悯难民菜市设粥棚

　　李家的东厢房内，一盏瓦台豆油灯，捻儿挑得不高，莹莹如豆的灯焰儿幽幽发着青红的光，显得有点闷。屋里光线很暗，李祖业和冯氏坐在高杌上，李祖业一手扶着脑门，眼睛半睁半闭，似乎在养神，冯氏沉着脸一声不吭。竹娘竹庆姐弟俩儿站在炕尾，也是紧闭着嘴巴一副严肃的表情。一家四口的八只眼睛却死死地盯着仰卧在炕上的一个人。躺在炕上的人，身上缠着纱布，脸色虽然苍白但显得很平静，一动不动，发辫散着，只用一根细绳简单地拢在一起。地上堆着一件破烂不堪的粗布夹袍、一件上等蓝丝绒福字提花短褂，还有一件绿呢薄夹裤，旁边放着一个紫色压雀铜丝软裹，这些都是伤者的随身之物。此人是竹庆和小伍在城外救回的叫花子。

　　回到家，李祖业帮儿子卸车，一伸手却摸到一个看不清面容的叫花子，吓得身上一悚，半晌才回过神来，顿时火气串上脑门儿，张嘴骂儿子缺德，不给家里求福报，却变着法地给家里带晦气，让儿子赶紧拖出去扔得远远的。竹庆把经过细述给爹听，竹娘也从旁劝爹，可李祖业仍是不依不饶，冯氏一句话却点醒了李祖业，冯氏讲这个叫花子许是跟儿子有缘分，街上这么多叫花子，没见儿子把哪个弄家来？李祖业信了冯氏的话。于是，一家人把这个叫花子安顿在东厢房一间空房里，又请了郎中诊治，郎中给清理了伤口，又敷了药。临走的时候告诉李家，这人身上尽是刀伤，穿着打扮贵得贵死、贱得贱死，他那压雀铜丝软裹，可防快刀利剑，郎中最后判断，这不是一般的叫花子，此人大有来头，听了郎中的一番分析，一家人的心缩成一团。

处理了伤口，也喂了几次米粥，两天过去了，人却没醒，愁坏了一家人。家里躺个不一般的叫花子，既不敢张扬，扔也不敢扔了。掌灯时分，一家人又凑到东厢房察看情况。

一阵啸风掠房顶而过，不知惊了什么鸟，嘎嘎叫着飞起，草树既浅，夜幕深沉，夜色迷蒙间隐隐透过来，诡异阴森得令人浑身发噤。忽尔一声轻咳在屋内响起，似雷在头顶炸响，惊得李家人差点喊出声来。竹庆长舒了一口气儿，说道："娘的，终于醒了，吓死我了。"

炕上的人眨眨眼，眼珠子来回转动一下，似乎是揣摩凑到眼前的四人，又好像在思忖着什么。他合上眼，忽尔又睁开，半晌方才说道："在下王宗宪，多谢诸位恩公的搭救之恩，我若有来生，定会报答诸位恩公的好生之德。"

竹庆赶紧过去轻轻摁住他："莫乱动，伤口裂开了，我们岂不是白忙了两天嘛！"

李祖业放松地点上烟袋，抽了两口烟说道："这位王小哥，我儿说救人一命胜造七级浮屠，你能活过来，算是你与我儿，还有我们李家天合凑缘。客套话不兴提了，好生歇着罢。"

王宗宪微点着头说道："敢问恩公贵姓，台甫？"

冯氏一听笑道："瞧着就是规矩人儿，他是我当家的，你这后生可叫他李哥子，这是我闺女、儿子，叫弟叫妹任你挑！呵呵呵……"

　　李祖业望着悠悠跳动的烛火，又拧眼瞪着冯氏说道："你把我摆得与他们平起平坐，我是爹还是兄弟？老婆子嚼舌头，说的什么正经话！"竹娘、竹庆掩嘴直笑，冯氏这时才反应过来，双手虚空击了一下，说道："奴家嘴笨结了。哎咻——灶上还蒸了馍，我去看看火——"如释重负地透了一口气，蹳着小脚走了。

　　王宗宪双眼晶晶莹莹，含泪干咽了一阵，待情绪平稳了些便问道："在下的软裹在哪里？通紫的一个包皮儿！"

　　竹庆顺手从地上捡起包裹，拿到跟前，未待说话，王宗宪伸手一把拽扯进怀里，双手兜揽着，颗颗热泪顺着眼角滚落下来，弄得一家人面面相觑，倒不知如何应对了。唯竹庆看出门道，遂说道："这物件看似对你很重要，放心吧，我们不会拿走的，分毫未动，对你的钱财也无心贪图的。"

　　王宗宪眼里汪着泪，点点头说道："这物件比我的性命要紧。"

　　竹庆又问道："哥子身上的刀伤怎么着一回事儿？遇着了劫贼，还是与人争强，受人欺侮了？"

　　王宗宪犹犹豫豫几欲张口，却没出声，生怕顷刻祸起不测。过了许久一阵子，他抽了一口气，凝视着众人方才说道："诸位恩公，不是在下不想说，只是这里边纷繁复杂，瓜葛牵连甚大，一时也难以说得清楚。"转眼望着天棚，便一言不发了。

　　竹娘见他不愿吐露实情，也不勉强，于是说道："足下且安心静养，等身子骨将养好了，再做打算也不迟。"

王宗宪眸子一闪，字斟句酌问道："恩公，在下风闻这京师有一处叫作全台会馆的地方，可否属实？"

不待大家回话，竹庆咯咯一笑说道："真真放屁打榔子——哥子点子赶得倒是巧啊！我们李家常去全台会馆走动，举子、居客哪个不熟！待你能下炕走动了，再去那厢看景致如何？"

王宗宪听罢，周身一机灵，抬身挣扎着便要起来，钻心一阵疼痛，他龇牙咧嘴又躺了下来，李祖业说道："莫急莫急！有事慢慢分说，全台会馆倒是不远，就在西边的后铁厂胡同里，你若能挪步，立时便可过去，见你先前那样子，怕是不行吧！"

王宗宪脸上一阵潮红，激动得额上青筋鼓起老高，他憋足一口气说道："皇天厚土不负痴情之人呐！恩公——我要去全台会馆，带我去全台会馆吧！"

竹庆忽闪着眼说道："哟，这不是开玩笑吗？你这身子骨怎么能行！你要见谁，我去请！"

王宗宪粗重地喘了一口气，说道："在下想见全台会馆的司事……"

竹娘睨了他一眼问道："你可知那人底细？"

王宗宪仿佛不知该怎样辞气达意，顿了一下才说道："在下若记得不差，那全台会馆的主事姓谭……字……字子慎，名禄滢，乃是福建漳州人氏……"

听王宗宪如此一说，李家人更是疑惑，这个"叫花子"怎么对全台会馆如此熟悉？他们不知道，王宗宪和江龙赶赴京师之前，总督刘永福已嘱咐他二人，熟记了全台会馆相关人的名册、履历和小像，包括汪、罗、黄等在京师会试的举子，还有叶、李等在京官员，以备不测之需。

王宗宪说得丝毫不差，李祖业紧张地思索着，过了一阵子才趄脸儿说道："庆儿，你去会馆走一趟，告诉那谭老材，就说有个身负重伤的人要见他，务必要他过来。"

竹庆去了全台会馆，王宗宪又用了些粥，精神好了些，他便把自台湾到京师一路上是如何千辛万苦，身上的银两如何被蟊贼窃走，又是如何随着逃荒的难民一路向北，如何体力不支又累又饿地昏倒在京郊等等，慢慢地叙述了一番。不过，江龙是怎么遇害的？他们被谁追杀？到京师办什么差事？这些重要的关键信息却只字未提。

王宗宪冒着满头虚汗又道："恩公，都说祸行成巧戏，无缘不相逢。今儿，在下有幸还活着，这说明我与恩公的缘分还未续完……诸法因缘而生，妈祖弟子随缘而行，宗宪不才，这浮于惊涛中的一乘孤舟，总算靠了岸，救命之恩如再造父母。恩公既是我在京师的亲人，虽无分文可予，我也只有把这条命寄给恩公了，若有需要，随时可以取走。"他又吃力抱拳揖手说道："在下向恩公道福了……"

李祖业咧着嘴笑道："事情是真是假现在还不清白。礼数即先免了罢，你就安生躺着，待谭司事过来再论。"

此时，谭禄滢与竹庆一前一后进来，谭禄滢径自走到炕前，目不转睛地盯着大口喘息的王宗宪。王宗宪知道有人来，睁开眼细细打量来人，他一时细瞧，一时合目回忆，脑海里搜索着，他确信见过此人小像，于是说道："在下……王宗宪，刘永福总督帐下的将佐，您……可是谭禄滢大人？"

谭禄滢无声叹息了一下，点点头又摇摇头，怔怔地看着王宗宪问道："你可认识方参将？"

王宗宪眸子一闪，哼哧几声说道："刘总督帐下的方昆？大人若是指方昆将军，下官与他熟悉，他今年三十有二，家室让倭贼残杀殆尽，只有一个两岁的女儿幸免于难……呃，他有个表弟是个文举人，叫……叫汪春源，参加今年春闱恩科试，仍滞留京师未归……"

谭禄滢听罢，脸上露出笑容，他伸手握住王宗宪说道："王将佐，一路上煎苦了。切莫叫我大人，谭某愧不敢当，我虽操持全台会馆，可还不入流，衔门只是具名而已，要议论起品级来，王将佐应是谭某的上官呐。"

王宗宪不言声，只是把怀里的软裹轻轻放到枕侧，合起目似乎在等待着什么，谭禄滢见了，立时便明白了，他说道："李掌柜，待王将佐恢复如常，我摆桌子请客，救命之恩当是涌泉相报，咱们吃他个一醉方休。"

李祖业听罢，心想这老家伙摆明了让他回避，虽是不痛快，却还是连呼带喊地走了。房内只剩王、谭二人，这时王宗宪才睁一眼，且把几个月之前，台湾抗倭军民抓获日倭间谍获悉情报之事，以及此次刘永福派遣他来京师的目的，途中遭遇追杀，随行的江龙赴死，向他俱实说了。谭禄滢听罢，心生一阵凄风苦雨，唏嘘垂泪。

又听王宗宪说道："我身负重伤，一时行动不便，要请足下联络一位信得过的官员，速将此事奏明圣上。"他又长长地喘了一口气说道："休养几日，若能下地走动，我要面见圣上，把刘总督的亲笔信和日倭间谍联络点密报面呈皇上……不是信不过您，卑职只是按刘总督的宪令行事……"

谭禄滢说道："王将佐忠义兼会，着实令谭某钦佩之至！

你且放心，嘱我的事情，我会设法办好。只是……只是，你这身子……住在这里也不是长久之计，伤情一旦缓解，就转至会馆调养如何？"

王宗宪微微点头，强撑着莞尔一笑说道："伤势无碍，我还盛壮，自觉着精悍着呢！兄弟我曾力挽三百个硬弓，五十斤石锁玩得滴溜儿转，今儿兄弟息难相顾，疾病相扶，不离不弃，更不在话下了。至于何处栖身，全听仁兄安排就是了……"该嘱办的事情已经清楚，他这才觉着浑身像散了架，眼皮发涩，浑浑噩噩之中，沉沉睡去。

谭禄滢掖了掖被角，蹑脚自厢房出来，与李祖业吃茶交代一番，这才回到会馆，找来汪春源把事情经过细述一遍。汪春源听罢，脸上似喜似悲、感慨万千，眼角竟浸出泪花来。此事干系重大，二人遂决定明儿一早找户部主事商议，待议完所有的事，已是鸡叫二遍了。

第二日卯时初刻，汪春源便已坐在叶府吃茶了，叶题雁听罢事情原委，凝眉沉思一阵说道："大理寺正卿文廷式最合适权办此事，一则，我与文正卿这几年常走动，面上他是上官，私底下可称老友知己，即便不成，他也不会张扬出去；二则，朝廷重臣翁同龢乃清流领袖，又是圣上的老师，倍受圣上推崇，翁公与文正卿又是同门，对正卿提携得紧，圣上对他也十分仰赖，把他当股肱心膂无双国士来用的。第三条尤为重要，甲午之战前，文公是主战派，曾言'中华疆土半寸不多余'，这件事他从中斡旋可能性极大，若文公能面禀圣上，接下来一切都好办了。"

汪春源忙笑挽住叶题雁说道："那就拜托叶兄周旋了。"

叶题雁正容又道："现在朝局动荡，迷雾重重，人心叵

测，我想，先寻机探探他的口风，他若为难，也不便勉强
……"

"嗯。"汪春源点点头说道："耳闻文公无论德、才、资、望，事上待下公忠仁义，大节纯粹小节谨慎，本朝人物是没人能比得了，就是前代先贤，比起来也是难有其匹！即便这等人物，也常遭排挤、责难，若不成行，不要强攀，失了这等朋友甚是可惜啊。"

"非也！"叶题雁缓缓坐端了身子，端杯，吹叶儿，啜茶，抬头说道："我与文公的交情想断都难。不过，现在时局光景，七事八事混淆一片，文公面禀圣上于否，若他知晓，便是知情不举，万一让人捉住了把柄，扳倒了这朝廷砥柱，于国于民都不利……"

"朝廷革职，落叶似的，人走马灯样变换！"汪春源站起身踱着说道："要么另择他人？"

叶题雁扬着脸摇摇头，又垂着眼睑说道："涤清天下人耳目，还有哪个能做到？"

过了两日，王宗宪由李宅移至全台会馆东跨院北屋继续养伤，竹庆对这位战场悍将敬佩不已，于是也随之住过来，心甘情愿照顾王宗宪的起居。李祖业见儿子终于做了正经事，也未犹豫便同意了，谭禄滢见了嘿嘿直乐，有人专侍王将佐起居，他省去了不少心思。

竹庆半伏着身子，正持一柄芭蕉扇打风，小炭炉上汤药正冒着腾腾热气，罐盖上水气凝了珠儿一行行淌落下来。他待抬头时，一个矮胖男人已站在面前，他略一迟疑，站起身问道："你是谁？来这厢作甚？"

矮胖男人有点受惊了的模样，惶惑间转瞬即逝，立时挂副苦脸揖手说道："小哥，兄弟是这馆里的宿客，刚才吃了副药，肚子痛得忍不住，正寻茅房呢！"

竹庆揩了把汗说道："这里没有，到别处寻吧！"

矮胖男人不自然地笑笑说道："初来乍到，摸不熟道儿，小哥莫怪啊！据闻，京城之中瘟疫流行，方才吃了药，没料到遇上个骗子，肚子一阵一阵闹得欢。"

竹庆唾了一口，哂声道："瘟疫？没有的事，江湖骗子的话你也信？瘟疫之说是子虚乌有的讹传。不过，老兄遭了别个的算计却是真的。"

矮胖男人如梦方醒般说道："呃，原来如此！白白糟践几两银子也就罢了，可害苦我这肠肚。小哥你……你不会也上了当吧，这汤药……"他用手指了指小炭炉。

"哦。"竹庆拿着扇子"呼呼"又扇了几下说道："这炉上煎得是祛寒、祛风、祛热、祛毒的外伤药汤，我大哥受了刀伤，躺了数日，眼见就快好了。我会似你——鸡毛脑袋，别个一吹，你就飘起来了，晕晕乎乎掏了银子。"

矮胖男人毕恭毕敬站着，似乎听入了神，待他说完，愣怔一下便说道："你说是刀伤，我以为是瘟疫，空口无凭。"他抬眼觑着北屋又道："我去瞧上一眼，若果真是刀伤，我才能放心住下来。"说着往北屋走。

竹庆见状，一个斜步挡在前面，顺势一拂，矮胖男人连退几步才站住脚，他一惊说道："我猜得没错吧？你侍候的是瘟疫病人！"

竹庆冷森森一笑说道："阁下是什么人？竟敢装疯卖呆，一点规矩也不懂！"

矮胖男人也咯咯一笑说道："啊，小哥莫要当真，我是正经生意人，只不过想见一眼染瘟疫的人是个什么模样儿，你既然不允，不妨事的，作罢是了。"他忽尔拿手捂着肚子，另一只手却紧紧地护着脑袋又道："不得——绷不住了，小哥，辞了——"夹着屁沟子火急火燎地出了跨院。

午时众人正在用饭，见桌面上摆着一箅笼饽饽，一盆子老粳米粥，外加一盒子姜丝茄饼，中间还摆着几个小菜，碧绿骏青的腌黄瓜，糖拌红菜椒丝，香菇豆瓣酱，黄金豆芽儿，还有一碟子水萝卜凉拌王瓜丁儿。汪春源拿了饼，吃一口在嘴里品嚼，连连夸奖说道："周婶这么经心，就是好用！"

厨娘周婶赔笑道："汪老爷用得香，我就算放心了——我是听李姑娘说了《石头记》里头做茄子的法儿，那么九蒸九晒又糟又腌的，弄出来都没魂儿了，兑上葱姜丝儿，勾粉芡煎出来，就成了这样儿。"

谭禄滢笑道："连《石头记》里的菜都搬出来了？这李姑娘还真不同凡响，饱读诗书，举子不换呃！"

竹庆手里拿个饽饽狠咬了一口说道："司事高看她了，我这姐姐只会说，厨上手艺却不行，周婶才是真能耐呢！"

"不价！"周婶摆摆手说道："若不是李姑娘指点，奴家一辈子也想不出这个做法来。"

汪春源吃着，一笑说道："这《红楼梦》里可不止这个菜，天下饕餮齐聚，未品到的奇味真味还多着呢！"

周婶一笑又道："听人家说《红楼梦》不是好书，李姑娘说的是《石头记》。"

"这《石头记》就是《红楼梦》里的前八十回。"谭禄滢笑道："也有叫《情僧录》《风月宝鉴》的。就比如你是周氏，也有人叫你周婶、厨娘一样，都是一个人。"

厨娘周婶听罢笑道："老爷这一说，我才巴巴地明白了，那茄子菜谱原来是钱八十回子做的！这厨子名儿可真算稀奇了！"

谭禄滢听她把"前八十回"听成了人名儿，"咯"地一笑，说道："这可真是你'巴巴地明白'了，我老材却堪堪地糊涂了。"

周婶脸上一红，不再言声。只听竹庆说道："这豆芽里的筋都一根一根抽了，要多少工夫？茄饼也不是凡品！司事，蔫果呢？他怎么没过来用饭？"

谭禄滢点头说道："没嘱他干别的，我也正纳闷呢！"

此时，蔫果手里拎条粗黑的辫子垂头丧气地走过来，竹庆眼前一亮说道："人不能心念，说曹操，曹操到。"

谭禄滢放下箸问道："饭不吃，跑到哪厢去了。你这是作甚？"

蔫果手一扬说道："老爷，辰时来的那客商，刚才人不见了，到房里一瞧，随身东西也没了，还剪下辫子扔在壁角，怪不怪？我寻了半晌，前后不见影儿。"

谭禄滢捏须思忖说道："说是住月余，房钱给了一个月，不到两个时辰却走了，这是为何？"

竹庆说道："不会假货色吧！"

谭禄滢说道："他姓张，台南来的客商，虽说瞧着眼生，他却说'一回生，二回熟'，见他关防上一个印也不少，就没往心里去，按说不会有假！"

汪春源说道："台南的举人掰着指头都数得过来，他应带着黄举人的信过来才是，或是顶着黄举人的名号，寻求会馆照应才在理嘛。"愣怔一阵又道："近日听闻，常有操着汉话的

143

倭人潜伏于各地，闹得很凶。"

竹庆一拍脑袋，比划着问道："是不是一个三十岁上下的矮胖子？"

谭禄滢说道："你识得他吗？"

"他那贼头贼脑价的，哪个认得！"竹庆便将矮胖子闯入东跨院，硬要亲见王将佐一事细述了一遍。

汪春源点点头说道："瞧这情势，是为王将佐而来！"

谭禄滢问道："王将佐堪忧，这如何是好？报官吧？"

汪春源摆手说道："不妥！万不可打草惊蛇，此事还需从长计议。为确保将佐安全，可请周家兄弟看护会馆。"又如此这般地耳语一番，几人听罢，点点头会心一笑。

当夜，直到四鼓时分，听见院中一声轻响，似乎是谁撒了一把土似的，周氏兄弟知是杀手来了，二人蹑脚到窗前，舐破楳纸觑了觑，提了刀无声闪出去……此时，见一个黑影无声无息跃上院墙，又轻轻攀墙而下，悠地一闪身，沿墙角直奔东跨院而来。黑衣人蹑着手脚摸到王宗宪卧房墙根，左右观望一下，又猫行至门前，从腰间取出一柄短刃，轻缓拨开门栓，闪身进了房内。他蹑着脚尖儿几步便跨到床前，抽出随身长刀，寒光一闪，手起刀落，卧床之人似没来得及呼叫，便已是鲜血四溅了。黑衣人掖了刀，支耳细听外面动静，外面却是一丝响动都没有。他拧身出了房，抬眼一看，有两人已是持刀立在当院，黑衣人返身抽刀迎了上去。

三人立时杀作一团，黑衣人身手不凡，功底深厚、十分敏捷，与周家兄弟缠斗在一起，一时难分胜负。此时，竹庆从一旁冲杀出来，抢起梢棒直贯黑衣人面门，黑衣人顺势躲闪，梢棒贴着黑衣人身体左侧滑过。黑衣人见此情形不敢恋战，身形虚晃，纵身跃上房檐，轻跳几步便遁入黢黑的夜色之中。

汪春源、谭禄滢等人进入房内，掀开褥被一瞧，稻草人劲胸处，已被利刃割得七零八落。众人顿觉一阵松快之时，却听汪春源说道："倭敌行此暗杀，必定紧盯此处，设法验证王将佐是死是活，我们可借此把戏演下去。"

众人点头不语，等待下文，又听汪春源说道："竹庆去请孙郎中来此走一遭。"

谭禄滢接话说道："这官家还是报的，换个法子报即是了，还要请'仵作'过来查案，方才以假乱真。"众人点点头，觉着不无道理。

辰时，孙郎中自会馆出来，会馆的街门又关严实了。直到晌午，果真来了两个仵作模样的人，进得馆内察看一番，并未过多停留便走了，会馆依旧是闭馆谢客的模样。街门再开时，自馆行出一辆马车，车上接着尸裹，竹庆、蔫果扶着车，噎着鼻子落着泪，汪春源也是一副悲痛欲绝的样子，人车缓缓去向化人场，至此，这场戏才算收场。

王宗宪自从东跨院厢房，移至后院罩房以来，身体渐次恢复，已经慢慢地起身了，披了破衣裳晒太阳，且还能比划着教给竹庆一招半式的。竹庆端着鸡汤虚吹一阵，往桌上一放说道："大哥，趁热吃了，这稀稀落落的，蘑菇似的油花儿，见着就馋。你的身子骨眼瞧着一天好似一天，老天爷也凑趣儿，下了场秋雨，祛了多少灾病！真是都喜到一处了。"

王宗宪笑得满面开花说道："咱们就图这喜庆劲儿！方才我还想，若是这差事办砸了，这上上下下对得住谁？"

竹庆笑道："守得云开见月明，须时你就可以觐见皇上了。"

王宗宪在椅中一欠身说道："就这么着，倒是合了我的意，这个情形，很快又大病痊愈、强壮如初了。你也一道吃罢。"

竹庆问道："大哥，跟我说说，战场上如何才能取胜？要习练哪些拳脚功夫？"

王宗宪抬眼看了看他，又趄脸儿望外面炊烟红霞霭霭如幕的情景，喃喃说道："当年，我随着刘永福将军远赴越南国作战，也是你这般年纪，心里似这翻花滚着的鸡汤，满脑子尽是杀敌立功、保国卫民的事。"

竹庆笑道："杀敌建功当是大丈夫所为嘛！待您面见过圣上，领我一道去打倭贼吧？爹娘让我营务铺面，我不是那块用材，更不想守到须髯尺白头。"

王宗宪眼神闪烁说道："这不是发科我嘛！李家对我恩重如山，怎么能偷着带你走呢？我断然不做忘恩负义之人。"

竹庆撇吊着嘴似笑不笑说道："爹娘要是俯允了呢？"

王宗宪说道："那也不成！你可知军营严刑峻法有多可怕，触犯军纪是要受军罚的，谁也救不了谁。"

竹庆一脚踩在凳子上，一腿半屈哈腰，盘在脖上的辫梢一动不动，看着王宗宪说道："大哥，这个您且放心，我非贪生怕死之人，上了战场敢冲敢杀，绝不后退，恁谁也找不出秧子来整治我。"

"哈哈哈……"王宗宪笑道："有种价！可战场上并非匹夫斗狠之地，不仅有'勇'还要有'谋'，盲目拼杀没有不败的。其实，哪个人愿意打仗，迫不得已才舍命一搏，他们心中真正想要的——卸甲还乡的日子越早到来越好啊！"

竹庆听罢一惊说道："这与逃兵有什么分别？"

王宗宪摇头说道："听说过'铸剑为犁'吗？打仗不是逞英雄，不是让人崇拜，而为造一个太平盛世，天下都太平了还用得着打仗吗？"

　　竹庆思忖一阵，尔后不自然地一笑说道："大哥原来另有深意！"

　　王宗宪嘴角也泛起一丝苦笑，语气略显沉重地说道："台地军事瘫痪，多处已沦陷日倭手中，又有几人能得偿所愿……"

　　竹庆知是他牵思江龙了，叹息一声说道："想江大哥了？"

　　王宗宪端肃坐着，看似不动声色，其实他心中再也没有那种剧烈的震撼，那份强烈的冲击，引得心脏扑扑直跳，冲得血脉偾张，身子还微微颤抖说道："江龙兄弟是赛德克人，原本与部众一道狩猎、种田、编筐，悠闲地过着太平日子，可自日倭侵扰进来，杀了他的父母妻儿，他方才葬亲投军，歃血起誓报国恨家仇，可惜他一腔热血，壮志未酬就……"说到此处，王宗宪目光幽幽看着地面，又仰望尚有余晕的天空，似乎在告诉上苍什么，又像在询问什么答案。一簇归巢倦鸟掠过，他的思绪随着振动的翅羽，飞向血雨腥风的纸桥战场。那是他加入黑旗军参加的第一场战斗，他与胞兄一同奉命驻守纸桥旁的关帝庙，法军火力强大，而黑旗军只有铳枪土炮，双方火力悬殊，却还是坚守着，直到援兵到来，而自己的兄长却永远躺在了越南干涸的河床上……

　　叶题雁为王宗宪谒见皇上的事来到会馆。谭禄滢说道："皇上圣明，洞悉台情，该会诏见王将佐的。届时，王将佐尽可把台地抗倭之艰困一体禀明，会馆也好光明正大地援台了。"

　　叶题雁笃定地点点头说道:"日倭败坏了台地安宁,若得圣上旨意,会馆这些人不够忙了。"

　　众人正絮语闲话,蔫果和竹庆掺着王宗宪进得厅来,叶题雁连忙起身揖礼说道:"王将军可安?未及时过来慰疾,多多见谅啊!"

　　王宗宪揖手作答道:"这是叶大人吧?大人在朝廷行走,百务缠身,倒还记挂着卑职,惭愧!"

　　众人复坐,叶题雁看了一眼王宗宪笑道:"听闻将军当初已是奄奄一息,今儿见身体恢复神速,真是奇迹。真不愧卒伍出身,练就钢筋铁骨的好身板。"

　　王宗宪用眼扫了满堂人说道:"诸位恩公照拂得好,端汤喂药,敷伤按摩,无不关怀备至,方才让卑职在电光石火中翻过筋斗来。"

　　叶题雁说道:"保护了王将军,合馆功不可没。尤其竹庆小兄弟,你很有心嘛,自荒郊野地把将军救回来,功德无量啊!"

　　竹庆受到褒奖,起初懵懂,不禁一怔,他毕竟是天分极高的人,倏地灵机一动已经明白了,遂说道:"会馆是台湾百姓的家,我只不过把王大哥引到家里来了而已,并非惊天动地的伟业,何谈功德!"

　　众人听罢,哈哈大笑。只听谭禄滢说道:"举贤不避亲。台湾内陆本就是一家,救了自家人,就该回避功德吗?皇上加封了自己的亲弟弟为王,你说这不是王吗?"

　　闲谈一阵,叶题雁转入正题说道:"我去拜会了文正卿,他答应上表请旨,只是鉴于当前时局,说弯子不能转得太急,要遇着合适机会,再奏明皇上。王将军要耐住性子,边养伤边等消息便可。”

王宗宪似乎犹豫了一下，方才说道：“多谢叶大人成全，只要能面见圣上，早一日晚一日也无妨。唉……只是卑职以为，台湾抗倭紧迫，我在这里闲得又发慌，个中滋味真是难以消受。”

叶题雁长叹一声说道：“将军的苦衷，我是感同身受啊！我自台地入仕，眼见故土离乱，心如刀剜，恨不得把日倭一日尽毙。眼下时局不济，这京师之地，已然成了难民窝子，一时间乌烟瘴气，圣上肝火大动，老佛爷也发了懿旨，还是止不住。将军且再等上几日吧！”

叶题雁走后第二日，会馆又把赈济难民的事摆上桌面，谭禄滢叫了几个掌柜会议。第二批援台物资已从天津港顺利南下，汪春源返回会馆，听闻要商议周济难民，赶忙换上长衫过来。

进门便听到谭禄滢说话：“方才诸位掌柜说得是，澄清吏治、整饬商务、管束流汉、安置难民，这些都不坏。我想，秋后便入冬，眼下解决难民的穿衣吃饭的问题最要紧，街上每天都有饿死的人，男男女女衣不遮体往化人场送，真是可怜价的。”

孙郎中搓着手接话道：“司事，难民满街满巷，我们的心境也是苦的，可尔等财力亦有限，即便筹办起来粥棚，也是难以为继的。”

许老爷呃了一声说道：“是啊，昨儿提督府设在菜市的粥场，我去看了，乱得麻糊。差丁作恶难民不懂规矩，前呼后拥一味地胡来，举着刀把子打难民；难民之间为争口吃的，也撕扯起来。官家施粥如此，我们这边银子尚且不论，就秩序一项

如何处置？"

张掌柜起杯啜一口茶，抬头笑笑说道："许大老爷，官办的乱了局，不代表我们蠢，船到桥头自然直，先认了银子再说吧。"他抿了抿嘴唇，问道："上柜，你看这样可成？"

李祖业"吧嗒吧嗒"猛抽两口，瞟了众人一眼，心里别扭，他索性望着天棚说话："上回捐银助台，也是七拼八凑转借来的，施粥银子嘛，再容我想想……"

汪春源低头思量移时，才抬眼踌躇地说道："敝人在这里并未置业，手里倒是有一些字画可变卖，若是李掌柜不弃，您的那份，晚辈一并捐了。"

李祖业哂了一下说道："罢了！你学问大，名声在外，代我捐银子，承受不起，旁人还不攒眉笑死我啊！"

汪春源尬笑一下说道："晚辈这想头仓促，未必就对，但是我的真实想法，没有欺饰。"

李祖业磕着烟斗说道："你贴钟馗，我贴关公，虽是一档子门神，还是分明的好！"

谭禄滢见二人连人带事都搅了一锅糊涂汤，连忙起身说道："诸位，今儿能来会馆一聚，谭某满脸生光。我知道现世生意不好做，让大家捐银子设粥场，如同在蚂蚱腿上揩油，我也难为情。不如这样，一个铜子儿不嫌少，千两万两也不限，各自凭心力如何？"众人点头称是，又笑了一气，各自松乏着身散了。

两天的时间，捐银已是足够让粥场开一阵子了，汪春源、谭禄滢与会馆居客，李祖业一家四口子，各家掌柜也招呼伙计过来，众人齐力搭起粥棚。

竹庆问李祖业说道："爹，您出了银子又下力，不觉着冤枉了？"

李祖业听儿子戏谑之语，一下子激动起来，血涌上来，脸涨得通红，眼中微波闪动凝视着自己的儿子说道："傻儿子，爹不胡吹价，知道这是营务正经事呢，办好了，共荣；办砸了，同辱。"

众人哄笑，竹娘觑了觑不远处的粥场问道："咱这粥棚怎么与官家粥场缀连在一处了？"

汪春源一听便笑了，说道："民间施粥汤，官家立威严。咱们只管施粥，自有官差护着秩序，省却了多少麻烦？"

竹娘莞尔一笑说道："死楔子整好钉在活缝里了，真有你的！"

竹娘忙着支锅烧火，汪春源与竹庆、蔫果、小伍等人搬柴送粮，还未铺排开，跟前已围黑压压一群难民。

井口太郎自车上下来，一脸愠怒地径自步穿府内，佣人见了纷纷躲闪让路，还未及躬身行礼，他步履匆匆进了书房。见到案桌上未完的半联书法，一把抓起来揉成一个团儿，千般仇恨似的抬手扔了出去，嘴里骂道："八嘎！废物——半个死人也……"断崖似的便住了口。

佣人春僖蹑着脚，刚踏来半步，见他狂躁得似一条野狗，眼睛布满血丝，脸色青中带紫，一时怔得噤口屏息，迈进去的那只脚，又无声无息退了回来。却听井口一喝，如当头一声炸雷："回来！"

春僖浑身一栗，强支着笑脸颤声说道："先……先生，请您吩咐——"

井口盯着春僖，见她瞳仁黑得深不见底，上边两道眉却甚淡，他还从未这样细看她。又见她文静的脸庞上双眼一转，正与他的目光触碰在一起，他轻咳一声腆脸说道："今日起我要闭门谢客，有人来府拜访，尽可说我染了风疾，一概拒之。呃，楼上的幸子小姐也不例外。"说完"哐"得一声掩了门。

春僖对着两扇门答应一声："是!"便踩着碎步走了。

第九章 献明策邀友行义卖
要诈谋会馆化灰烬

　　会馆开设的粥场连着提督府的长棚，绵延十余丈，午时至未时施粥，灾民便排起数个长队，或拿个破碗或举着瓦罐，没罐没碗的干脆用油布系个手提，熙熙攘攘争先恐后好不热闹。一街两行错三落五到处是苞米秆搭起的窝铺，从河北、河南、山东等地逃来的难民，个个面黄肌瘦，有的三块石头架着盆儿煮红薯野菜，有的烧干秸秆烤麻雀，有的在太阳底下捉虱了，还有吸溜吸溜喝着领来的稀粥……乌烟瘴气的，散发着一股一股霉臭不是霉臭、焦煳不是焦煳的怪味。借着这人气儿，说书唱戏的、杂耍卖艺的、摞地开赌的、职业挂竿儿的也聚集于此，搅得菜市地界儿看似百艺相扶、风水鼎盛。拥挤嘈杂处，一群挂竿儿亮腔开唱，一个手持撒拉姬的挂竿儿唱道：

　　　　这位爷，要听清，
　　　　叫花我一把钢刀在手中，
　　　　腰里别上捆猪绳。
　　　　翻身跳进了肥猪圈，
　　　　将大母猪按倒上了绑绳。
　　　　一锅凉水未温热，

153

惊动了五个毛团小畜牲。

大猪要救生身母，

口叼钢刀快如风；

二猪要救生身母，

用牙嗑断捆猪绳；

三猪要救生身母，

叼起砖头往锅里扔；

四猪要救生身母，

它把那血盆撞了一个粉碎伶仃。

就数那五猪年纪小，

双膝跪倒涕溜伶……

又一个生了赖疮剃着光头的挂竿儿，撩步上前，胳肢窝里夹个鱼皮鼓，手打节点接着唱道：

哎，涕溜伶，涕溜伶，

哭着哭着就开了猪声：

要宰猪，先要我们哥五个的命，

宰了猪肉你好度营生。

叫花我闻听吓了一跳，

壮着胆子把话云：

你们五个毛团能宰上多少肉，

那大母猪能宰上八十还有余零。

五猪闻听掉下了那伤心的泪，

尊一声花爷，请你是听：

我大哥能宰上四十来斤肉，

我二哥能宰上三十还有余零，

我三哥能宰上二十来斤肉，

我四哥能宰上二十还有余零。

就数我五猪年纪小，

我是连皮带骨十斤还有余零。

请你合一合来算一算，

哪一头重来是哪一头儿轻？

围观的人群中有哄笑的，有衣衫单薄冻得只顾上下牙打磕巴的，有的哭爹喊娘找不到亲人的。时令虽是深秋，今年的秋天可比往年更瑟冷，野外的沟河里已见散碎薄冰。

汪春源看着眼前的情景，双眉紧蹙，心生悲凉。这些爬上难民脸颊的笑意，只不过暂时掩盖他们内心久沉的悲痛，这些逃难者如何挨过眼下的这个寒冬！正想着有人扯了下他的棉袍，他低头一看，原来是一个小女孩儿，髫龀年纪，形容枯槁，满身尘土，乌眉灶眼的不成模样，手里端着一只缺沿口的瓷碗，正怜巴巴地望着他。

汪春源蹲身下来问道："小妹妹，你没吃到粥吗？"

小女孩眼里懵懂，点点头说道："嗯！这位东家，一看就知道您是积福行善的大菩萨！"一股冷风吹过，小女孩浑身一颤，他才注意到她穿着纤薄一件衫子，论说不能算作衣裳，只是刚遮住皮肉的一块布头而已。

汪春源把自己的夹棉长袍脱下来，裹在小女孩儿身上，又搓了搓她冻得有点发僵的小手说道："小妹妹，立在这里莫动，我去取粥过来。"

小女孩儿脖子进缩棉袍里，黑亮的双眼和一对总角小辫露在外面，她张着眸子点点头。汪春源让竹庆往碗里打了一碗粥端了过来，小女孩儿看到有了粥，清澈的眼神亮闪了一下，咧

155

嘴儿笑了，她伸着小舌头舔了舔碗边儿汤渍，小心翼翼地捧着，朝几米处的墙角望去，清亮地喊了声"娘——"。墙角处，一个脸色苍白的妇人闭目斜靠，同样衣衫蓝缕且单薄，听到女儿叫她，睁开眼挤出一丝久违的笑容。小女孩儿抬头看看汪春源，汪春源点头摆手说道："嗯，送给娘亲吃吧——"

不到一个时辰，粥已见底儿，几人动手收拾家什，蔫果问道："老爷，今儿一早出门，小的分明见您穿得暖和，这时么地只剩单衣薄衫了？"

汪春源归置着瓢碗说道："嗯，瞧见个七八岁的小女孩儿，冻得抖着身子，嘴巴直颤儿，于心不忍便送了她。"

蔫果悠悠说道："老爷，这天儿不是往打春过，是往隆冬走，您的两套棉袍都给了别人，往后怎么对付九冬的寒天？"

汪春源笑笑说道："精感石没羽，岂云惮险艰。严冬到了我大可躲在屋里不露头儿，既能避冰雪，尚能精书画，不得不出门问事儿，再置办冬衣也不迟。你看看，她们却无处躲、无处藏，没棉衣抵御风寒如何度日？"

蔫果掩口胡卢一笑说道："老爷，昨儿谭司事可是摸清了您的底细，说总督府给您的春闱银子，可可的没剩下仨瓜俩枣了，这时又摆阔气，银子从哪里来？"

汪春源打趣蔫果，嘻地一笑说道："呃，这等事你支耳听得仔细，怕是少了你的月例不成？"

蔫果听罢脸一阵臊红，急着抢白道："老爷，您恶心人也不事前打个商量！我是眯起眼只看孔方兄的人吗？您既是我的东家也是我的师傅，是您把我这个眇眼的瞎子，硬是教化识文嚼字的半个先生，报恩还不及呐！司事也常贴补我，难不成逼我拿根吊绳悬梁自尽吗？"

汪春源"扑哧"笑出声来，摆手说道："罢了！罢了！与你闲说笑而已，何必当真！"

竹娘正忙着收拾，听蔫果与汪春源言语，眼睛不错珠儿地心里泛起思忖来：度冬没棉衣御寒怎么得了！无亲无靠的大活人，冻出个好歹来，也真叫人寒心，哪个又能来支应生活呢？她正胡思乱想、上下琢磨，却被难民的叫苦声拉了回来。

只听汪春源揖手说道："诸位，今儿已是无粥可施，现做也得时，还是到别处瞧瞧吧！距此不远的东厢、大栅栏、永定门、粉面街、左安门都有粥场，抱歉了！"

一个五十多岁的男人，满脸的皱纹，似纵横的沟壑，他佝偻着身子过来，扯住汪春源的手，未张口已是满目含泪，翕动着嘴唇轻声说道："这位爷，咱们这些苦人原是在左安门官家那处粥场接济，昨儿那粥场不知为何闭了棚，咱们又急忙奔去永定门，可是……"他长长透了一口气又道："今儿也撤了，咱们逢人便问，方才知道这菜巿还施粥，拖儿带女忙忙地走了一个多时辰，还是没赶上。爷，咱们怎么会遭这报应？啊呦……"

一阵风吹来，裹着湿混混的雨雾斜袭进来，汪春源浑身一颤，见那五十多岁的男人仿佛不胜其寒地哆嗦着，又叹道："咱们爷！诸位菩萨奶奶！咱这厢两天未进一口稀的，大人倒凑合着撮把观音土，可娃儿们哪成，见是土不是饭，说死说活不吃，饿得只剩一骨刺儿，有的儿娘不忍睕，让儿啃自个儿皮肉呢……"

汪春源脸上已没了笑容，他看一眼竹娘，正见她耳热鼻酸着，眼泪早走珠般滚落下来，其他人则默不言声支灶添水……满是愁容的男人也慢慢立身起来，手抚了一把脑后稀疏的发辫，佝偻着身形抱柴去了。

汪春源酉时方才自粥场回来，见谭禄滢正与井口太郎说话，他刚进门便听井口说道："汪兄为何愁眉不展，似落魄书生模样，今儿施粥还算顺当？"

汪春源穿着单衣颓然一坐说道："左安门、永定门两处官家粥场闭了，闻听这边菜市的也要撤，难民这么多，这么着怎么活下去，于情不顺，于理难通！"

"暖暖身子。"谭禄滢给汪春源续茶，他咬了一下嘴唇又道："接连下了几场透雨，河道淤塞疏浚不利，南方的谷米迟迟运不到京师，衙门也是坐吃山空。还听说官办粥场也不爱惜粮食，糟蹋严重，官库里囤了直吃到明年春天，眼瞅着还没入冬呢，粮仓要见底儿了，'雨打风吹似雪霜，痛肝肠，泪汪汪！荆棘丛中草设立，冷飕飕，风吹荷叶倒愁，骷髅，骷髅'，不知道今冬又要饿死多少人！"

汪春源眼中熠闪着光说道："我已向难民作保，一日有粮就施粥一日，绝不断顿儿停火，再艰难也要办下去。"

谭禄滢掐着指头说道："昨儿核算了，募来的银子加上会馆的兑票，若仅粥场一项，还能维持一月余；若是再给难民置办些毡毯、织物等过冬物件，粥场却只能勉强维持十天，接下来便与官办粥场一样难以为继了。"

汪春源仰望一眼天棚，长吁一口气说道："那就约请诸掌柜再捐，我也多写几副字，多作几张画，难不成任尿憋死！"

井口一边听着，似乎无意间沉吟着说道："这施粥看似不起眼，实则开支浩大，日期再推上一月两月，会更加役昀投艰，全靠捐银支撑，怕是不成。"

谭禄滢一边心里急速转着念头算计"难处"，嘴里不由得

应声说道："若是朝廷设法打通水旱两路，难民就有救了
……"

井口头摇得似拨浪鼓，偷觑二人一眼说道："天时已近初
冬，却还雨水绵绵，河道晏塞、道路泥泞，粮是运不来的；若
到了寒冬，河面结冰，大雪封路，运粮就更难了；春季运粮，
冰雪融化，道路翻浆，更是难上加难。"不经意间，嘴角绽过
一缕微笑。

井口突兀说罢，厅内一下子静了下来，只听房顶凄风声呼
啸，掀得承尘都在不安地翕动。汪春源似被人打了一闷棍，脸
白得没一点血色，怔怔地望着外面苍黄的天色，只觉得心猛地
往下落，像是一直要落到深不见底的古井里。没有银子无从谈
起，埋怨商家惜售、哄抬物价，一切尽是没有意味……

沉寂中，井口又张口，轻声说道："愚弟有一言，不知当
讲不当讲？"

谭禄滢取茶饮了一口，看了井口一眼说道："没什么该当
不该当的，只管说！"

井口仰着脸呆想一阵，又似理清思路，稍一停便说道：
"这是几年前的事了，那时我游历英格兰国，参加过一个特别
的聚会。那次聚会是给一个育婴堂筹集善款，有人拿出自己的
古玩收藏公开拍卖，所得款项悉数捐给育婴堂，此举称之为
'义卖会'。当时众多名流参加，颇具声势，育婴堂不仅解决
了缺衣少食的问题，还把房舍修缮一新。我以为，会馆若想让
扶难济困德善之事坚持下去，亦可效仿此法。"

谭禄滢吐出一口烟儿说道："你这个建议奇！"

汪春源倏然间似乎明白大半，问道："闻所未闻，不知如
何筹办？"

谭禄滢也是脸有难色，点点头又摇摇头说道："良策倒是不假。可惜我鲜有贵重收藏，即便倾售也没有几个银子，会馆内虽是寓居客人不少，游历者居多，薄身就俭，也没有可卖的物件，作弄不成的！"

井口暗自嘘了一口气，格格一笑说道："二位兄台大大地误会了我的意思，若单凭会馆之众义卖哪成啊！这义卖会，会馆只需照会并提供集会之所就够了，京城各处响应者皆可参与，若在富贾名士身上抽出三成利，救济难民的银子多的使不完。"他又蹙脸说道："汪兄的字、画堪称双绝，亦可高价售卖，白花花的银子不就来了嘛！"

谭禄滢点头说道："这倒是，汪举人学比山成，明经擢秀，在京师素有金雀之名，慕名意购者当会络绎不绝。"他又转头看着井口说道："举办此等聚会，全无经验可循，仰仗先生铺排了。"

井口笑着点头说道："师兄吩咐，我岂有不从之理。这点子是我出的，想回避都难。不仅如此，我还要相邀上各界朋友过来捧场，保证'义卖会'办得左右逢源、进退裕如、取利多多。"

随后，三个人边啜茶，边商议"义卖会"具体细处和当日的场地布置，还有所需的人手等事项等方才散去。

会馆后院罩房前，竹庆正在炭炉上煎药，王宗宪满头热汗地走过来，竹庆抬眼看时，正瞧见王宗宪龇牙咧嘴忍痛舒展筋骨，他把扇子地上一丢，忙着上前掺住王宗宪说道："大哥，心急吃不成烫豆腐，慢慢将养才是正理呐！"

王宗宪抽巴着脸，支起笑说道："大哥一向皮糙肉厚，干躺着反倒觉着千蚁爬心，还不如走动走动。遥想当年，我随刘将军穿山越林不停步行军三个昼夜，歪头一觉，浑身又生气焕发，这阵子只吃不动，反倒是周身乏力。"

竹庆笑道："据孙郎中讲，大哥身上新伤叠在旧伤上，略有疏忽便作下病根。今儿我寻着他又给大哥凑了专门的方子——"他觑着炭炉又道："这里面有牛蒡根、地骨皮、牛膝、独活几味中枢，您紧着服用，若见效快，我再弄几副来。"

王宗宪轻揉着双膝，端起药碗一饮而尽说道："大哥不是来作客的，若有奇效的方子尽管煎来，叶大人说，不日就可觐见皇上了，等待这一天，心肠肝肺都要熬裂了！"

竹庆叹息说道："听闻见皇上要三跪九叩，您这身子骨还十分虚弱，行不得大礼！"

王宗宪眼神透着惭愧凄惶，一句话也说不出来，半晌眼皮子一颤才道："顾不上那么多了，见着皇上，要立即折返台湾，兄弟们还在生死边缘挣扎呢！"

王宗宪思虑得没有错，台湾抗倭军的抵抗已现倾颓之势，黑旗军血战数回，但还是无法阻挡倭军发起的猛攻。曾在大甲溪一役中率军取胜的黑旗军将领吴彭年已英勇战死，精锐之师七星队三百余人亦在此役之中壮烈殉国。彰化失守，嘉义告急，刘永福率军亲赴嘉义，坐镇指挥。在黑旗军和义军协同作战下，虽暂时收复了云林、苗栗等地，但连续多日的苦战，将士们困顿不堪，而断粮缺械是最现实的危机，因饿因疫减员三成兵力，一次像样的反攻再难组织起来。黑旗军已被逼入绝境，刘永福决定内渡。

汪春源闭门而作，满房挂得都是他的新作，他执笔遐思：若义卖顺利，难民熬过这个隆冬，便可归乡春种，生活就有了希望。正思忖间，竹娘挑帘进来。

竹娘连提带携，有点心、热汤，腋下还夹着簇新一件棉袍，她放下东西，展开棉衣笑道："看看合身不，哪项不如适了再改。"

汪春源哂地吹口气，边试衣裳边道："你有心了，冻得我手握不住笔，穿了棉袍似揣个暖壶，都暖心底里了。"

竹娘笑着回道："写写画画不全是手上功夫，还兜揽着牙尖嘴利呐！做了两件，你与竹庆每人一件，料子款式一个模样，你俩当真碰着面，不明理的还以为你俩是双棒儿呢！"

汪春源见她一阵轻描淡写，一阵愧疚翻涌上来，他一步上前握住了竹娘的手，她却被这突兀的举动吓了一跳，一阵面红耳热心头乱跳，紧着抽出手，趔过身小声说道："不老成，做梦似的……"

汪春源意马心猿间也红了脸膛，低垂着头掩饰说道："我只想凑近看看你天仙似的容貌……"

竹娘转过身，脸上红晕还未褪去，也不敢看他一眼，也压低了头说道："外头知道要笑话的……天明晃儿的……"

汪春源偷眼看着她柔腻如脂的颈项，兀自咽了一口说道："你待我这般好，我不是枯叶朽木，怎么能不知道歹。只是身无功名，又没有万贯家财，只想盼着哪日出人头地，真真地报答你这份情意，若有幸……有幸娶你为妻，便不至委屈了。"

竹娘听罢，心里乐开了花，面若桃花，双目含笑，又想起他们赋诗作对、互诉衷肠情景。她暗想，生逢此人伴终生，足以笑对人生了。过了一阵，她敛起甘味，似乎是一语双关地说道："冬日落罢便是春天了……"

汪春源对她一笑说道："心似炉炭，万般滚烫，怎禁得秋流到冬，春流到夏！"

竹娘笑而不答，趑身转圈瞧着满墙的书画说道："这为义卖而作的吧？其实，你大可不用这么辛苦的。"

竹娘在一副书联前驻足，字仔细端详，汪春源说道："几月以来，四处游走奔忙，握起笔来才觉着气息难定，写来画去却都不尽如人意。"

竹娘噗地一笑说道："我明白你心里的苦，山河残破、家乡受难，让你心力交瘁、寝食不安。都说字抒胸臆、画绘精神，笔下之作不复往日神韵，倒也符合你当下的心情遇际。即便这样，这满眼的书画，随便拿一副出来，也是上乘佳品了。"

汪春源偷睃了竹娘一眼，笑说道："但只要心里想着你，情致便悠然了，若有上品，也是爱屋及乌的结果，此事天知地知你我知！"

竹娘凝望着汪春源黑漆漆的那对眸子，又羞涩地低下了头，脚尖挑着地下的土，手里摆弄着衣裳襟。良久，仿佛下了决心，端端正正地给他蹲了两个万福，低声嘤咛而语："小女在世一天，总忘不了给您生佛烧香的……"

汪春源绷着脸，似一本经的样子说道："你真叫人魂销魄醉……"

竹娘羞涩地掩嘴一笑说道："又痴了！"便不再说话，认真品鉴起书画来，汪春源贴衣立在她身后，吸纳着丝丝缕缕旖旎而来的少女的碧玉馨香。

义卖会的帖子已散发各处，谭禄滢早已把全馆前厅、当院腾轩一空又铺排一新，书画精细装裱了，按秩序挂到厅堂四面的墙上，什么古董、玉器、珍玩签押之后，分门别类陈列在几个大迎春条案上，又安排周家兄弟、竹庆、蔫果、小伍等人，轮流看护，昼夜不断。

当日酉时，人便三三两两地来了，可称络绎不绝、八方汇至，既有当地清流，也有外国商人。谭禄滢不敢大意，时刻保持着警惕，又怕别人看出来，抑制着警觉的心情，却还止不住叮嘱蔫果、小伍立在街门两侧，严查入馆宾客的帖子。周家兄弟则布在厅内，专门守护奇珍异宝的安全，竹娘与竹庆姐弟俩厅内厅外各处审着巡看。

见井口太郎一行四个人蹀步进来，其中就有田中久光，谭禄滢喷地一笑，揖着手迎了过来说道："贤弟啊，在你的计议下，这个义卖聚会还果真是热闹得，可你这个坐纛谋划的中军，却姗姗来迟了。快快里面请吧！"

井口太郎揖手还礼笑道："师兄，实在抱歉啊！与朋友相约前来，不巧朋友走错了路，害得我苦等多时才会合。这位田中先生就不用介绍了吧？"他拉过一人又道："来来来——这位先生是愚弟在日本帝国大学学习时的同窗好友，山崎正雄先生，是一位非常有眼光的古董商人。"

山崎正雄脸上挂着笑，揖手说道："幸会！幸会！常听井口君提及谭先生，今日得见先生尊容十分荣幸。能在这样的场合一睹中国的奇珍异宝，也是三生幸运了，你们的说法叫作'托您的福'，嗯，托您老的福了！"又一躬到底。

谭禄滢笑着把他掺起来说道："使不得！山崎先生太客气了，先生是行家，这里陈设的物件，算不上什么奇珍异宝，只是谭某朋友的敝帚自珍罢了。不过，先生若是中意哪件，还请你抬抬手，放个高价出来，算是成全敝馆了。"

山崎正雄咧嘴哈哈大笑说道："好说！好说！义卖嘛，这是自然,我懂得!敝人在贵国经营古董生意,以后全仰仗诸位掌柜捧场,在这个场和,若再与您讨价还价,便是不识抬举,在下也成了薄情寡义的小人了。哈哈哈……"

谭禄滢听得精神一振,合掌拍节笑道:"山崎先生,俗话讲'买卖不成仁义在',生意场上无父子,牌桌子前无老少,中意了再出手,不中意谭某也不会责怪先生的。"

井口太郎偏转脸又说道:"兄台,这位是黑木五郎先生,也是为弟的好友,他只是略通汉文汉话,先生莫怪。"

黑木五郎躬到底,待抬起头时,满是横肉的脸上憋得通红说道:"谭先生,请多多指教!"

谭禄滢咯地一笑说道:"呃,黑木先生威武啊!若西山健锐营的将佐般模样,嘿嘿嘿……"

井口太郎笑道:"师兄果真眼力不错,黑木君原是武士,曾经得到我大日本帝国天皇陛下的嘉勉!"

竹娘正来回巡看,只听街门外有人嚷嚷,她信步过来,见蔫果正与一个大胡子年轻洋人指天画地地说着什么。蔫果看见了忙说道:"李姐姐,您来得正好,这个洋人一味胡搅蛮缠,口水说了满地,硬是不听话,您管管吧!"

大胡子年轻洋人趔过脸看见了竹娘,似遇着了救星,目光神采流焕地说道:"这里很热闹,我想进去看看,他非得要什么'晴天',天都黑了,哪个还论阴天晴天?为什么有'晴天'才能进门,这是什么规矩?"

见大胡子年轻洋人把"请柬"误听成"晴天",竹娘扑哧一笑,说道:"请问先生,今儿你过来是受谁的邀请?"

大胡子年轻洋人缩了缩脖子,两只大手一摊说道:"我昨日刚来北京,怎么会有人邀请?我克鲁斯在清国一个朋友都没

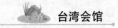

有呢!"

竹娘也学着他的模样两手一摊说道:"不知你葫芦里装的什么药,对不住了,这里你不能进去。"

大胡子年轻洋人一脸的委屈,像个受了气的孩子说道:"你瞧,我克鲁斯是坏蛋吗?"克鲁斯原地磨圈一转,又道:"我只是好奇心,想进去看看,你高抬贵手,让我进去吧!"

竹娘思忖一阵,便转脸对蔫果说道:"既然他这么好奇,就让他进去吧,不定还能买件东西呢!"

克鲁斯点头微笑,眨巴下眼说道:"很好,姑娘你太好了,愿上帝保佑你。从现在起,你就是我在清国的第一个朋友!"

克鲁斯刚走几步又折转回来,将手里小箱子交给竹娘说道:"我的朋友,你是一个值得信任的人,请你暂时帮我保管这只箱子好吗?"

竹娘笑着顺手接了过来说道:"这是什么?"

克鲁斯兜嘴吹了个口哨,笑道:"我的宝贝!一会儿见朋友。"

会馆正厅内,谭禄滢见人员到得差不多了,扫视一眼,对众人一笑,便亮开嗓子说道:"诸位士学贵胄,诸位先生掌柜,谭某欢迎大家光临敝馆。此次聚会之目的,想必大家都已知晓。年景不济,天灾百年难遇,造成难民聚京师,全台会馆设棚施粥,救济难民,事大责重,奈何本馆财力有限,难以为继。然则却不忍同胞饿死街头,抛尸荒野,故约诸位恩主德贤集聚于此,遵祖宗德化大道,爱养百姓,绥靖一方,今儿义卖所得悉数充于赈济难民。"说罢,他激动得全身暖烘烘的,脸上泛着红光,喝人将字画玩上的红绸取了,他又道:"诸位尽可观瞻!"

"'潭水寒生月,松风夜带秋!'嗯,好!"谭禄滢的老师赵老先生望着墙上一副字捻须点头,又道:"用笔飘逸,秀丽潇洒,颇有二王神韵,却又自成一格,真是后生可畏啊!"

汪春源挺直了身子拱手说道:"赵老谬赞,实不敢当。晚生愚钝,不敢在先生面前放肆,只是凑趣儿罢了!"

"还说是'凑趣儿'?"井口太郎爽朗地一笑说道:"汪兄的文采,尔等有目共睹。老师所言极是,在下亦有同感,我愿出百两银子收了这副字,算是为这次义卖博个好彩头。"说罢,引来一阵啧啧喝彩之声。

汪春源揖手说道:"井口先生肯解囊相助,汪某感激不尽。"

井口太郎拱手说道:"我岂敢贪功,购此一联书,自得仙乐罢了!"此时,只听厅内有一处喧闹声响起。

几人连忙过去,见田中久光扭住一个伙计的衣襟,嘴里骂骂咧咧,伙计缩着脖颈,双眉紧锁,一副无辜的表情。谭禄滢揖手说道:"田中先生,请息怒!这是什么档子事,尽管说与我听,于事于理没有搅不清的,正谓人心无处不公道。"

田中久光觑了眼谭禄滢,趄脸儿又看看井口太郎,松了手,冷森森说道:"谭先生,既然如此,我且把事情的原委讲明,若是没个合理的解释,我不会作罢的。"

谭禄滢一笑说道:"先生请讲!"

"这是你们的请柬吧?"田中久光晃着手里的请帖,谭禄滢点点头,却听田中又道:"这是我用十两银子买来的,卖我请柬的人向我打了保票,届时在这会馆之中将有美酒喝不尽、美人儿享不完。可我寻了个遍什么都没有,满不是这么回事,

167

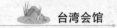

这才知道是个骗局。谭先生做何解释?"

众人立时大哗。竹庆一瞧是田中久光闹事,欲上前阻止,被谭禄滢喝住。谭禄滢觉着事有蹊跷,于是说道:"田中先生,我谭某可以向你起誓,会馆从未买卖过请帖,更没什么美酒美人儿的承诺,有的只是字画古玩而已。"

田中久光目不转睛地看着谭禄滢,狰狞一笑说道:"谭先生,这是你的地界,于你脱不了干系,是黑是白也任由你说,可我那十两银子怎么办?"

谭禄滢见他是故意闹事,使得是小丑跳梁之计,于是问道:"先生说个法子,我们斟对着办就是了。"

田中久光冷笑一声说道:"那好!要么三倍银子赔我,要么弄几个美人儿让老子玩玩!"

谭禄滢听罢一怔,还未说话,却见张掌柜气得浑身乱颤,指着田中久光骂道:"无知黄口,居然如此狂妄!此义举聚会,容不得你撒泼搅局,你个畜生,给我滚……滚出去——"

"老东西多管闲事!"话音一落,田中久光一掌推倒了张掌柜,分开人群走了。

张掌柜倒地不起,他抚着胸,脸色青紫扭曲,额上大汗淋漓,又唇哆嗦,双目紧闭,谭禄滢几人又喊又叫,却没有反应。此时,克鲁斯一闪身挤了进来,众人一瞧是个大胡子年轻洋人,个个面面相觑,却听他说:"这位先生心脏出了问题。"

事起仓猝,谭禄滢惊得面色惨白,撮着牙花子问道:"他的心——给跌坏了?"

克鲁斯抬眼趄摸,正见张口结舌的竹娘,连忙说道:"哎——朋友,快把我的箱子取来!"

竹娘转身取来箱子,克鲁斯就地打开,取出了什么小刀

子、小剪子、玻璃管子，还有装着各色液体的小瓶子，似顽童
摆弄竹马。众人觉着新鲜，黄蜂出窠一样一齐涌过来，见他把
张掌柜的袖筒挽得高高的，提起满是鼓着青筋的瘦胳膊就要
动作。

有人没瞧过西医，嘘了一口气，禁不住问道："嘿！洋毛
子，你这是作甚？"

克鲁斯边扎针边说道："我是个医生，我要救他。"

谭禄滢抚着胸口问道："这位先生，能成活吗？"

"等着瞧吧！"克鲁斯头也不抬，只管施救。

众人不知这个大胡子年轻洋人在张掌柜身上施了什么魔
法，他的脸色由青转红，紧闭的双目，无缘无故地慢慢睁开
了。他精神还算好，只是大病未痊般，吃力地问道："我怎
么了？"

谭禄滢叹了口气才道："张掌柜，你大难不死，地府里走
了一遭啊！是这个洋郎中救了你。"

张掌柜扎手窝脚地挣扎着要行礼，克鲁斯一把扶住他说
道："别……别这样，这还没完，还要继续治疗——到我朋友
的诊所。"

"这也好！"谭禄滢说着便命蔿果随着周家兄弟一道，把
张掌柜护送到诊所。克鲁斯看着竹娘啵地一笑说道："哦，我
的朋友，再重复一遍，我叫克鲁斯，自英吉利国来，我们还会
见面的，后会有期了！"说罢转身走了。

众人虚惊一场，悬着的心刚放下来，却听竹庆惊呼道：
"司事，后院走水了——"众人抬头再看时，外面分明有
火光。

大火突然烧起，使得厅内一片混乱，众人惊慌不定，手足

失措，胆小的已是张嘴惊呼，夺路往外跑。此时，后院已是浓烟滚滚，烈火熊熊，火舌已冒过了正堂的屋顶，浓烟滚滚升至半空。

王宗宪还在后院罩房，竹庆慕然一怔，直奔后院过去。待他冲进卧内，却见浓烟滚滚，王宗宪没有丝毫反应，还直挺挺地躺在炕上。竹庆来不及多想，掩了口鼻背起王宗宪跌跌撞撞便往外逃，汪春源见二人从火海里闯出来，急急上前将他们燃着的衣袖打灭。谭禄滢伸手探了探王宗宪的气息，又摸了摸颈脉，已经气息全无了，他的神色一下子黯淡下来。

火势很快从后院蔓延到前院，连带数间厢房都被火舌吞噬。谭禄滢知道此时已无力回天了，颓然站在原地，眼睁睁地看着苦心经营了多年的会馆瞬间巢覆卵破。汪春源茫然望着眼前的熊熊火光，他所有的希望像似也随着大火一同被燃烧殆尽。李祖业火急着赶来，见跨院里仓房早已一火焚尽，他伶仃歪斜地走了几步，一屁股便坐在地上，目光迷离，半张着嘴喃喃自语说道："天啊！天谴黄大仙，作甚日弄我这个恓惶人，这回全他娘的完了！"

第十章　走水处官差撞木钟
　　　　仁寿殿君臣论古今

　　大火借着风势烧了足足一个时辰，子时时分火势渐弱，众人分散于会馆各处协力将余火扑灭。原本大小二十二间房子已倾塌殆尽，连着仓房的后罩间房顶早已塌落，只剩下几根黢黑的秃柱还立在残垣断壁之间。

　　谭禄滢、汪春源、李祖业、竹娘等人神伤地瘫坐于碎石瓦砾之中，绝望看着一片断瓦颓垣发呆。谭禄滢忙着扑火，烟袋杆儿不知落到哪去了，李祖业从腰里摸出烟锅子，划着火楣子引上，和谭禄滢你一口我一口地抽起闷烟儿。汪春源的衫子烧穿几个洞，黢黑的洞口像张张狞笑的大嘴，他挽着袖口，木讷地拭着泪。竹娘手里拎着一件粗布黑衫，不知是宾客留下的，还是帮着扑火的街坊落下的，她轻轻地披在汪春源身上，汪春源把头埋进臂膀，不禁又潸然泪下。竹娘抬起头看着化为灰烬的会馆，回想着惊心骇目的场面，连着打了几个惊颤。

　　东方鱼肚，天色渐明。会馆大门口传来一阵嘈杂之声，会馆走水有人报官，衙门役差到了，来了一老一少，老差官在门口喊道："哪个是谭司事？请过来答话。"

　　谭禄滢听闻官差来查看火情，白着脸寻声而去，看到两个

171

佩着腰刀的差丁立在门前，黑着脸揖手说道："二位爷，敝人姓谭名禄滢，是全台会馆管事的。"

老差官虚抬双手，上下打量着谭禄滢又瞧了一眼院子里的残墙黑柱说道："哎呀，烧得够全乎的！司事啊，本官以为，深夜邪火必有不测之隐，这可不是什么好兆头，尔等奉命前来调查火情，还望据实述来，越细致越好。"

谭禄滢引着官差边走边说道："这位爷，依在下看半夜失火既非手失烛台引燃，也非取暖地龙跑火，这火烧得蹊跷，且火势凶猛异常。这回禄灾最初起于后院，请随我来——"

谭禄滢扯着袖口抹了把脸，两个官差随着他来到后院，老差官绕着灰墙兜转了一圈，又回到原地方才说道："谭司事，这祝融发威之地，与司事陈述一致，属实是在这后院。你瞧瞧，赤髯猬张、执剑劈间、威猛可畏，果真煞气太重了。"

谭禄滢问道："这位爷，依着您看这火起的因由……"

老差官猫腰抓了一把地上的土灰，捏了捏，又闻了闻，然后顺手扬了出去，哂地一笑，便幽幽地说道："昨儿，你在全台会馆操办集会，捧场的、捣乱的、夹带的、揣着鬼胎的，人多事杂吵吵闹闹，不得清净，难免会惊扰火神啊！"

谭禄滢听罢，一腔怒火蹿上来，质问道："这位爷，昨儿会馆是办了集会，这不假，可是在前院正厅铺排，可这后院罩房却偏偏起了火，这火神耍威风，岂不是弄错了地方？"

"后院有人进来吗？"

"没有。落着锁呢，直到起火时还锁得紧。"

"也就是说，后院没人。"

"有位报恙之人。"

老差官脸上渐渐现出胸有成竹的自信，点点头追问道：

"你为何筹办这集会？"

谭禄滢回道："义卖捐资，赈济难民。"

老差官像捉住了法门一样得意，笑道："这就对喽！司事有好生之德，火神也有好生之德，你的好生之德却冲撞了荧惑，火德真君又不得不施以惩罚，可又舍不得妄开杀戒，只能示意罩房患疾之人推倒烛台，引燃帐幔，这叫作两害相权取其轻，既不滥杀无辜还惩戒了众人。"

谭禄滢冷冷地说道："爷，这是你对这个案子的结语吗？"

老差官讪讪地不说话，只用两眼望着苍白天色。年轻的官差张口说道："谭司事，我们那爷一向料事如神，查走水的案子不下千宗，无一漏错，他的话你还不信吗？这个是火情查据详情，请司事赶紧在上面画个押，我和那爷还急着回衙交差呐！"

谭禄滢抢过签簿本子，一扬手扔到灰土里，荡起蒙蒙黑尘，他已气得满眼盈着泪，默然说道："衙门给了你们这身衣裳，是让你们过来油腔滑调、装神弄鬼吗？推算火情私自乖戾掐配，岂不坏了火班的称号，坏了消防署的名声。今后，会馆的交保银子即使喂条狗，也比你们会看家护院！"

老差官听到羞辱，一手按着刀柄一手指着谭禄滢骂道："本尊乃堂堂九品领催，哪轮到你这个不入流的奴才评头论足？月圆而蚀、器盈而亏，你懂个屁！厨臭屎也不踅摸个香地方，丘九子，掌嘴！"

"扎！"年轻官差答应一声欲上前掌掴谭禄滢，只听得身后传来一声断喝："住手！"

李祖业手里拎着鲁班大尺走在前面，后面还跟着汪春源、竹娘和周家兄弟。年轻官差一看来人不少啊，扬起的手收回来赶紧握住刀柄，欲拨腰刀。周雄见状一个箭步上前擒住年轻官差的手，暗自用力，捏得年轻官差的手骨脆响，脸若繁花着锦七横八竖。

李祖业把鲁班大尺往老差官的面前一杵，说道："官爷，查不出纵火的贼子，拿我们爷们撒气呢？小民却不怕，老子的家当七七八八的都他娘的烧干净了，今儿你们若能查个水落石出且还罢了，若当真揪不出这个鬼来，我便卷了你的家当。"

老差官油滑，假装镇定说道："老人家，那某办差向来严谨尽责，从不敢怠职冒功，会馆这火烧得太透太死，凭本差多年的经验，却未寻得记档待查线索啊！这样结案，实属无奈嘛。谭司事辱骂我等为猪狗，这岂不伤了官家尊严，辱没了那某的祖宗，你且忍得了吗？"

李祖业气鼓着脸却不知如何应对。汪春源揖手说道："老差官，昨夜失火，烧毁的不仅是这些房舍、家当和商贾名流带来的古玩字画，它还连着一条人命呢！你们如此敷衍从事，草草定断，真真的难以服众，让我等如何画押？"

"哎——"老差官弯腰抓了一把灰土捏在手里，方才说道："这位爷你看，这烧灰细如粉尘，色如银碳，味如氨臭，依那某判断，有两种可能才见这种死透之象：一则，很可能是火借风势，风力又恰恰内卷形成反复灼烧的情形；二则嘛……是有人故意添加了助燃之物，明火久久不去，也现反复灼烧的现象。具体到哪种情势，恕那某无能。只有一个疑点，就是火势为何从罩房引燃开来？"他摇摇头又道："罩房现已付之一炬，真凭实据遁了形迹，那某并未查看到可记档的追索实据，也只得无奈推测烛台是元凶了。不过，如有新的凭证物索，尽可送到火班来，本差定会秉公办理的。"

174

汪春源问道："老差官，能否从殁者身上找找佐证？"

老差官没了笑容，摇头说道："这个不是那某能做的事了，既然你们报了官，自会有仵作上门查案的。"他看看众人，又说道："列位，还想扣着本差不放吗？现在秋冬交替，天干物燥，火情难测，若没有其他要紧的事，那某就到别处查看火情了。"他向年轻差官使个眼色，撩步往外走。

年轻差官会意，挣脱周雄的控制，边走边揖手说道："抱歉！抱歉！"

汪春源说道："不送！"

李祖业凝着眉问道："官狗就这么走了？"

竹娘扯扯李祖业说道："爹，您老说这是故意纵火，女儿也确定无疑，明眼人都这么觉着，可官差愣是叨登不出实据来，看来也只能这样了。爹，竹庆颠儿到哪去了？"

李祖业一脸迷惑相说道："颠儿到天上我也不问，爹哪有心情管他！"

谭禄滢两嘴发干，张口喃喃自语："谭某是不是官狗呢？"

李祖业嘿嘿一笑说道："我哪能骂你呢，司事算外宅，不是官家亲养的。人啊，现世活着，万不可与官家缠磨不清，沾上了就得剜心割肉呐！"

李祖业心事重重地与竹娘回了家，心累口乏仅就着几根青菜进了半碗白粥便没了胃口。他坐在杌子划着火镰点了袋烟，"吧嗒吧嗒"抽起来，抽了两口便倏然从杌子站起身，迫不及待地问竹娘："闺女，这回煞气，你给爹说说，会馆仓房焚去了多少本钱？"

竹娘放下箸说道："我盘过账了，当时仓房里有宋锦二十匹、织锦五匹、云锦十匹、雨花锦十匹。还有上乘雪缎十匹、

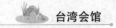

古香缎二十匹、花素绫十五匹，合起来整九十匹布料。"

李祖业听罢，一顿脚，灰着脸说道："哎呀，这只是账面上的折损，爹老糊涂啊！昨儿后晌又搬进去三十匹云锦，这前前后后加起来是一百二十匹布料，都收了别个的定银，出了这漏子，货是供不上了，那些没良心的下柜，还不活吃了我？"他又叹息一声说道："都怪我赚钱心切，一下子揽了这么多下柜，上马容易下马难啊！"

竹娘看了眼李祖业说道："这是有成例的，遇着天灾，上柜倾力补救，下柜不得穷追，不得告官。再说了，下柜一向与咱李家关系融洽，他们自会理解我们的难处，再把定银一并退了，他们也说不出什么来。"

李祖业头兀自一笑说道："闺女，这不是饿了吃饼或是吃馍这么简单。据实说吧，那些定银早没了，一部分填了苏州织染坊的窟窿，一部分捐给了会馆，爹知道早晚要还给下柜，可万一要遇上昏主儿……"

竹娘听见这话不禁一怔，忙说道："爹，您也别担心，船到桥头自然直，明儿我到各家下柜走动，央他们给个宽限，若是不应，再另做打算。"

李祖业一拍腿，腾身站起来，红着脸说道："就算爹剜心饲鹰，退了银子，但有些定钱是退不得的。单说赵家的三十匹云锦，是赵家老爷给贵人的寿礼，若供不上喜济，怎么交代？"

"定在哪天？"

"十日内交货。"

竹娘微微点头，起身自茶吊上给爹倒了茶说道："三十匹云锦十日内凑齐，也不算难事，我想想办法吧！"

李祖业啜了口茶，茶梗吸进嘴里，他仰脖子咽了，方才说道："今年不同往年，市面动荡，哪个囤这么多名贵料子。起初若不是赵老爷多给三成定金，爹的胆子再大，也不敢一下子购进这么多！"

凝思半晌，竹娘说道："再紧缺，铺面总是有的，明儿兜齐到街面打听一下，扫扫各家货底，应该能凑兑出来。"

李祖业嗟叹道："也只好如此了！"他舒了一口粗气又道："诸多急事压在你一人头上，怎么办得完，明儿爹同你一道过去。"

颐和园仁寿殿内，光绪皇帝和奕䜣、荣禄、沈葆桢、文廷式几个议政大臣议完向德国、法国借款的事，又议了阵子从南方调运粮食和镇压起义的事，众大臣便异口同声请安起身退下。光绪捧着茶碗呷了一口，目送众大臣退步往外走，众人刚要转身出殿门，他似想起了什么，于是低声喊道："道希，留步！"

二十四岁的光绪戴着一顶绒草面生丝缨苍龙教子珠冠，剪裁得十分得体的石青直地纳纱金龙褂罩着一件米色葛纱袍，腰间束着汉白玉四块瓦明黄马尾丝带，浓眉下一双瞳仁炯炯有神，嘴角眼睑却有了轻细的鱼鳞纹，举手投足间显得比实际年龄老相许多。听到皇上叫他，文廷式刚转过去的半个身子又拧了回来，款步向前答道："皇上，臣在。"

文廷式走到近前刚要跪下，光绪胳膊虚抬一下说道："不必拘礼了，赐座！"小德张躬着身形给文廷式搬了瓷凳，用宽袖抚了抚说道："正卿，您请吧。"又规矩着退了几步立在边儿上。

光绪问道："道希啊，你是老臣工，又向是志在救世、遇

177

事敢言，数月以来朕却不见你的建言折子，岂不是徒有虚名嘛。"

文廷式以为皇上把他留下来，要过问台湾将领请见的事，听到的却是斥怨自己责不尽履，陡然心里虚空，遂不敢节外生枝，只得俱实回答道："禀皇上，臣时刻不敢怠职，微臣虽未亲上折子给皇上，但黄绍箕、盛昱二位大人的表陈折子，权作微臣之胸意。"

"呃？"光绪往前探下身子，看着文廷式说道："他们呈上来加税与开埠的折子，里面也有正卿的意思吧？"

文廷式拧绳绞劲儿不自在，皇上问得不是自己的意思，可自己偏偏亲口与黄绍箕、盛昱绑在一起。特别是这个加税一项，私底下他们就争论不休，闹到皇上这儿还是不清不楚。

他横着心暗咬钢牙说道："回皇上的话，现如今天下四灾八荒，二十省中不遭天灾人祸的已所剩无几，饥民到处流浪，难民恓惶无着，仅京师就有三四十万之众。微臣赤心为社稷，这等情势如言加税便是有罪。"

光绪说道："照此说来，增加赋税陈条与你无干？"

文廷式回道："臣不敢说谎。臣以为，即便加税也贴济不到百姓头上，于民无益。"

光绪吁着气问道："此话怎讲？"

文廷式咽了口唾沫说道："万岁识穷天下，圣明独照，定比臣看得明白。如今的吏治真是了不得，各省督府、巡抚，就连藩台、臬台也一样，一手从国库里挖银子，一手向百姓敲骨吸髓。再看看这时政，当考官的收孝廉的银子；当军官吃当兵的空额，捞军饷；断案判案全靠贿赂多少来断罪有罪无，收捐赋把火耗私自加到一二两。大清的天下，已经被这些人蛀空了，增加税赋只能让这些人中饱私囊，我大清的血迟早要被他们吸干的。"

光绪听罢，精神显得怠倦，眼圈倏然暗黑，脸色苍白中带着灰青色，颧骨又有点潮红。愣了半响，忽尔却改容说道："道希言辞诚恳，方才这些话都是老成谋国之言，朕算鉴人不谬，甚是欣慰。朕深知吏治败坏，积重难返也并非恐语，朕躬煎熬了许久，但朕心中明白，单凭血气之勇一味地捅，也不好办，不仅险阻重重，可能还会适得其反。"

光绪说着，不知哪句话触了文廷式情肠，只看他一阵酸热，眼泪已在眶中滚动，只他是个刚性人，强忍着不让泪水流出来。

光绪问道："道希，你这是如何？"

文廷式兀自泪眼迷离，怅望了光绪一眼，仆身跪了下去说道："皇上，臣正值壮年，却只能徒有虚功地在朝堂之上口谏片言，而不能赤膊挽袖地身体力行为皇上分忧，惭愧于皇上亲自提擢和当初钦定廷式一等头名，更愧对圣上对臣下的信任托付。臣不才，既然以身许国，任天下之重，就请圣上放臣个外任，我定竭心尽力地为朝廷办差。"

光绪起身扶起文廷式说道："朕是怎样对待你的？从不拿你当奴才，这你是清楚的，坐下说话吧。"文廷式起身坐回原处拭泪，光绪长吁着说道："你是朕的枢臣，为朝廷尽忠奋力，不到半年光景你仿佛老了十岁。原来棱角分明的黑红方脸膛变得皮肉松弛，精神头也大不如以前，洪钟的声音也越发惨怛，爱卿如此身心衰秃，都是为朕为朕的天下宵衣旰食的证见，朕代瑾妃、珍妃谢谢先生。你也要多替朕想想，不放你外任，一则朕视你如瑰宝，不忍让你去受风雪之苦；二则，你是国家干城，朕也是把你当股肱心膂无双国士用的，你若是去了，朕遇到难决的大事连个顾问一下的人也没了。"

光绪咳嗽一声，抚了下心口，又道："朕有自知之明，凡百事繁务处置，聪明天亶朕不及先帝，只好以勤补拙罢了。朕想做一篇吏治真文章，但掣肘的又何其多，办起来又千丝万缕，何其的难！别说朝廷里外上下，就是宗室国戚，不赞同的也居多。你精明强干，善恶分明，做事不拖泥带水，不弄邪魔外道，算得上翁门六子中的翘楚了，朕的身边不能没有你这样的股肱贤臣啊！"

文廷式默默地听着，看着光绪这难以掩饰的悲凄和怅然，良久才粗重地透了一口气说道："圣上的千辛万苦臣下看得一清二楚，您心中的苦闷，微臣也是历历在目，更深深体察圣上宁为唐宗、汉武敬业而死，不效东晋、南宋苟安而生的决心。惭愧，以往是臣观事有偏私，今后臣愿做前朝于谦，为皇上作一方良牧。"

光绪站起身，橐橐走了几步，指着文廷式说道："此话甚慰朕心！这些年，看起来朕是天下共主、高高在上、光鲜瑰丽，可朕的头上不是朗朗天日，朕的头上还有个'亲爸爸'。他们让我懒问沉浮事，间娱花柳朝，朕万理不应，朕决意不做圣祖之后的庸主，你文廷式也不要作庸臣。今儿个朕就授你造膝密陈之权，欺君罔上者、搬弄是非者、拥势自重者，你大可奏来。"

文廷式说道："谢谢皇上对臣的信赖，臣将秉公直谏，做好皇上的铁杖柄。可是皇上，朝堂之上作仗马之鸣之人、媚态毕露之人、尸位素餐之人，虽让人愤然，可这只算作皮之疮疥，惊世膏肓却在外面。今儿向德、法两国借款廷议，其附加条目甚是苛刻，照这个约定，咱大清永世也还不完啊！更让人胆寒的是咱大清卧榻之侧的日本国，强占我辽东、台湾不算，还进占我吉林、黑龙江诸省，大有吞象之势。罗刹人阴险狡诈，想分割我喀尔喀蒙古，几百年来锲而不舍，这诸般外患让臣惶惶不可终日。"

光绪硬直颓坐于龙椅之上，垂目自叹道："天地良心，造化弄人，人和人异时异地，各有不同缘分。自祖龙入关以来，天下归心，我爱新觉罗已与万千百姓勠力同心，共经中华之东方神话。怨朕造化不济，自登基以来，慈安、慈禧两位太后垂帘问政，慈安太后薨逝，老佛爷便没了顾及，一人独掌乾坤。朕十八岁亲政本想着努力生业，再造我大清极盛之世，怎奈何，朕恩浅德薄、空有虚名。朕是皇上，本可据此力争主持朝政，布施天恩革故鼎新、扫除弊政，可朕实在是心慈能弱，每每错失良机，才致今日之大清坎坷颠簸、江河日下，置中华族众于冰炭之中。唉！细细想来，这都是朕的罪过，论起这罪过来，朕早该下十八层地狱了。"

看到光绪局蹐不安，张皇顾盼，像一个受惊的孩子似的，文廷式不禁万分感慨，他提袍伏身叩礼进辞："圣上，您不必过于苛责，人不负天地，天地必不负人。圣上光明正大，天赋异禀，宽仁相济，大清域民承蒙皇上雨露之恩，才得以过活荣养，只求佛天保佑皇上龙体康泰，就是天下百姓之福，也是臣之福气。即便有错，错也不在皇上，一切的过错是臣子们办差不力，事主不诚，敷衍搪塞，摇摆不定所致。"

光绪果了一阵子，说道："道希啊！朕苦想着多儿个像你这样的朋友该多好呀，能聊聊天，说几句体己话。现今你看看这些人，有的成心要气死朕，有的怀着异样的心思，面儿上奉承，背后不知做些什么勾当。说是垂拱九重，其实是坐在针毡上装神弄鬼，说吉利假话，看吉利假戏，思量起来真没意思透了！"

文廷式在坐回的瓷墩上略一欠身，从容说道："皇上，您也不要失落，依臣看朝堂之中暗地里附着圣上的人不可胜道，只是碍于您是皇上，您不坐纛儿指路，哪个敢抬腿儿迈步？"

光绪大约听到文廷式的明禀显得有些兴奋，感到大殿里太热，他摘掉了绒草面生丝缨苍龙教子珠冠，抚着剃得趣青的脑门子，盯着文廷式徐徐说道："文道希，你是说朕做事只要上头合着天心，下头合着民意，群臣甘愿随朕击节而行？"

文廷式说道："圣上，自古子尽孝道，臣尽忠道。臣工随着天子的步伐尽忠职守，原本就是为臣之道，哪有不遵从的道理，否则便是忤逆圣上、亵渎朝廷了。"

光绪瞪着双目问道："革除弊政也一样吗？他们能随着朕吗？"

文廷式回道："为苍生计，革除弊政，推陈布新，是用国本在下注，动得好可名留千古，动不好则地动山摇，后果不是为臣能想象出来的。"

光绪说了声"赐茶"，旋身在文廷式身边坐下来说道："朕知道这其中的利害攸关。如今内有朝廷暗流汹涌，各方势力盘根错节，外有诸国虎视眈眈，吃相甚是狰狞，有些时候还要挟到朕的头上来了。不扫弊，国无宁日，我大清不日便岌岌危已；扫弊，则带来内忧外患双重夹击的危险，朕的眼前便浮现四分五裂的景象，到那时朕躬便真成了千古罪身。你有何良策？说来听听，对与错免卿无罪。"

文廷式说道："既然圣上问了臣，臣就斗胆告禀。兴利除弊乃是历朝历代惯用之法，乱世启之，可开一方清世；盛世启之，可描一副锦卷。臣以为当今圣朝比任何时期都举步维艰，万不可大刀阔斧一砍了之。皇上可以'革'字为'变'字，'革'为'除'动本改制，'变'为'渐'因势利导。"

光绪听罢，一动不动，一双浓黑的寿眉压得低低的，过了一阵子，他轻点了下头说道："嗯——香欺山阴点点雪里梅，色压河阳漫漫岗上枫……"

小德张奉上茶，恭敬地退下。文廷式掩起双袖啜了口茶说道："圣上英明，《唐书》里有《黄台瓜辞》集篇，'种瓜黄台下，瓜熟子离离'，渐变明政先同气朝局，内统则外强，诸国对咱大清啃噬则变弱，朝局稳定，政通人和之际再图大清盛世，可保万全。不过，列强急不可待之势不得不防，前阵子日本国暗杀了朝鲜反日的明成皇后，狼子之心昭然若揭。"

光绪缄默半晌，说道："放眼四野，大清的内患让朕久难安枕，朝野浊流在广州不也闹出了大动静了吗？他们要的不是金银财宝，他们要取朕的江山啊！广东巡抚谭钟麟忽职懈怠，仅捕了一个陆皓东便上了剿乱治平的折子，孙文、郑士良、陈少白，尚有杨鹤龄、杨衢云、黄咏商等重贼祸水全逃遁了踪迹。铜山西崩，洛钟东应。朕以为应先取梳篦朝政之法，再取抵御外强之策。"

没等文廷式答话，光绪站起身又说道："文卿，前阵子你提到台湾将军想见朕的事，怎么没了下文？又返回台湾去了？"

文廷式连忙起身回道："禀圣上，那个台湾将军还在全台会馆候旨。臣知道圣上为国事日夜操劳，不敢妄自节外添乱，微臣想着寻得您得空儿，再递折子觐见。既然皇上提到这档子

事儿，臣马上去办。"

第二日东澈晨曦之时，叶题雁叩开了全台会馆的大门。

谭禄滢见是户部叶主事，忙着揖手道："叶大人，这么早啊！里面请！"

叶题雁还礼，一脚跨进院门，眼见全台会馆烧得黑乎乎一片，到处舍倾屋塌，狼藉不堪。他听闻会馆失火，想着前来查看情形，力所能及帮着解决会馆的困难，却丁夜公务忙碌，抽不开身子。得到文正卿口授皇上谕旨，要见王宗宪将军，只得心掩五陈杂味，喜事、憾事匆匆搅和着办了。他掀帘入得正厅，打眼一瞧，三间正厅只剩下一间半，其余便用缀起的油布搭挡，与众人见过面，谭禄滢把他让到杌子上坐定，其余的人散坐在几个大小不一的木墩儿上。

叶题雁开口愕然问道："诸位似乎候等多时，知道本官要来么？"

各安其坐的汪春源、李祖业、竹娘、竹庆、蔫果、小伍，还有周家兄弟等人，个个面目严肃，缄口不语。谭禄滢轻咳一声说道："叶大人，恕尔等不敬，今儿个是王宗宪下葬的日子，大家为王将佐而来……"

"啊？"叶题雁身上一震，惊身起立，仿佛不认识似的瞧了一眼众人，又缓缓坐了下来，说道："王将佐医无可治？"

竹庆站起身抢着话大声喊道："王大哥是让人害死的！"

竹娘拽了拽弟弟的衣角，谭禄滢摆着手示意他坐下，竹庆坐下吭哧哧抽泣起来。谭禄滢说道："会馆义卖捐资当天夜里，莫名其妙地走了水，先是从后院王将佐榻处的罩房烧起来，尔后燃了整个院子，从火海里救出将佐时他已殒命。"

叶题雁没有想到，带着召见王将佐的圣谕而来，却遇到这般境况，心里不禁一阵悲凉惋惜。他喉头哽咽了一下，说道："说来遗憾，我今日过府拜会，一来是慰藉诸位蒙受此灾，有什么需要我支应的，我定会倾其全力。二来是当今皇上传了口谕，要在仁寿殿诏见王将军，现将军已殁，夙愿未了，是我做事怠慢，辜负了将军的托付。"

谭禄滢看着叶题雁心情沉重，劝慰道："大人不必苛责，然其王将佐自入京以来，每日都处在危险之中，多亏了竹庆与周家兄弟看护严密，使得这危险拖后了一阵子。要怪就怪我这个管事的，义卖当晚人多眼杂，应司专人看护王将佐，大可避免这场劫难。"

叶题雁问道："报官了吗？"

谭禄滢嘴角挤出一丝无奈，说道："报官了。火差、仵作已来察看，因此次火情蹊跷异常，又没有督府的严办手令，当差的不愿沾此脏包，推诿扯皮的，以一般意外失火草结了此案。"

叶题雁欠直了身子，瞪大眼睛看着众人问道："蹊跷？诸位都以为这场灾劫发生的蹊跷吗？"听闻叶题雁发问，众人莺莺而议了起来。

谭禄滢站起身说道："大家莫急嘛，挨着个儿地讲，让叶大人听仔细喽，大人在朝多年，见多识广，也好帮着谋断谋断。"

竹娘说道："大人是知道的，王将佐乃习武之人，警惕性本就高于常人，他的身体也恢复如常，怎么也不像火差口中的不慎推倒了烛台，引燃帐幔的案结。"

叶题雁点点头。

竹庆说道："我是第一个冲进王大哥所住罩房的，进门看见王大哥纹丝不动挺挺地躺在炕上，像是睡着了，王大哥手里并未有烛台与火镰等物。"

叶题雁又点点头。

周家兄弟说道："叶大人，半月余，曾有刺客借着暗夜刺杀过王将佐，那时将佐还在病中，只怪我们兄弟学艺不精，打斗了几个回合，还是没能生擒此贼。"

叶题雁点点头说道："据你们分析，这是一着不成，复又一计。"

汪春源说道："叶兄，将佐把刘将军呈给皇上的亲笔信和日本国间谍联络点的密报，视同生命，一直贴身收藏，将佐惨死于大火汪洋，书信密报也随之焚毁，愚弟想，这其中应有着某种暗合。"

叶题雁若有所思地抚了抚胡须。蔫果插话道："庆哥哥还在火堆里找到个牌子呢！"

经蔫果提醒，众人才想起在火场里还发现了个稀奇古怪的物件，竹庆自口袋里摸出来，交给叶题雁。

谭禄滢解释道："火扑死后，竹庆在王将佐房址废墟里找到的，这并非将佐的随身之物。质地坚硬，铸铁所制，上面还刻有神秘的符号，不知为何物。"

叶题雁端详半晌，摇头道："像某种组织的标记物，又似咒符一般，我也不识此物。"他握着牌子，起身轻轻趋步，双手倒背在身后说道："会馆火灾并非意外，乃是冲着王将军而来。借会馆义卖人多序乱之机，悄然潜入罩房，用迷烟或者什么别的先杀死王将军，后为掩人耳目，放火焚迹，向旁人示出意外失火之假象。此安排之精妙，算计之严密，预谋之高深，弥天大谎圆得不着痕迹，陌生者不成，必定是熟悉会馆的常客或者经常来往于会馆的人才能办到，且是内应外合、声东击西方能遂其毒计。"众人听了叶题雁的分析，周身抽冷，不寒而栗。

叶题雁滞步说道："王将军为国捐躯，本官要拜祭这位英雄。王将军在哪处？"

谭禄滢起身走到厅堂一侧掀开一帘油布，一口红漆薄棺露了出来。竹庆燃了香递到叶题雁手里，叶题雁双膝跪地行丧礼。礼毕起身后，他说道："叩拜王将军，本官倒想起一事，会同将军赴京的江龙将军，我数月前已遣人寻他的尸骨，到了客栈得知，当地僚官已把江龙视作流民掩埋了，我便命人备了棺椁重新安葬了江龙英雄。"

汪春源说道："叶兄厚德！愚弟回乡后定会寻得王将佐和江龙的家人，如实告知二位英雄的壮举，以慰藉家人的亲念久盼之苦。"

叶题雁问道："唔？你要回台湾？"

谭禄滢凑过来说道："汪举人已知会我。他思念双亲甚巨，担忧家人安危，想回台湾看看亲朋故交。"

叶题雁说道："此路漫长，家乡故变，你要顾好个人安危，多珍重。"

汪春源揖手道："今日权当与兄别过了。"

叶题雁从袖筒里拿出一张银票塞到谭禄滢手里，说道："这五十两银票是我与李清琦大人捐与会馆的，略表心意，司事务必收下。"

谭禄滢拿着银票为难地问道："这……这……您……您与李大人两袖清风，哪来这么多银子捐助会馆？"

叶题雁说道："司事不肖打问，拮据者自有道法，勒啃点

儿就过去了。居馆客众安排妥当了吗？重建的银子有着落了吗？"

谭禄滢说道："请大人放心，客众已安排到福建会馆暂居，这里烧得已是十之去九，我已与福建会馆的姜司事商量过了，这里晦气，另选地方建馆。建造新馆舍的银子正与台湾居客、商家、举子们议呢，大家已捐了一部分银子，再加上您和李大人这五十两银子，虽还差着不少，最终会办齐的。"

"呃，全凭司事操劳了。"叶题雁又说道："我要即刻回去复旨，恕不能与大家共同送王将军最后一程，劳驾诸位了！"

众人送走叶题雁，又安葬了王宗宪，已到了申时。汪春源匆匆独自去见竹娘，见了面汪春源却一语未明便哽咽在喉。他知道此次返乡，困难重重，就此别过，不知何时再能相见，心中不免戚然惆怅、失落彷徨。

竹娘看着汪春源，苦笑着念了句白，权作宽慰他也宽慰自己："两情若是长久时，又岂在朝朝暮暮？"

汪春源知道，竹娘的心境一如他情，只是女子心细掩得无缝罢了，他掏出一支银簪说道："我倾其所有为你买下这支银簪，如你不拒，这既是你我的定情之物。折转回来，即向李伯提亲。"

竹娘眼皮一跳，霞延两腮，柔声说道："愿君一路安好，盼君早日归来。"

汪春源亲手把银簪钗入她的丝鬓之中，说道："愿汝一帘思梦，盼汝早披霞帔。"

汪春源踏上归乡之途，有个影子却随形而去。

第十一章　遂心愿南渡抗倭贼
　　　　　情无奈铺面惶受恩

　　天交初冬，京师万木萧森一派冬景模样。金水桥下的护城河也结出蛛网一样的细凌，高大的城楼堞雉上苔藓变得暗红，显得灰暗阴沉，苍穹昏青，彤云渐积，像是要下雪似的，没有半点活气，只有树上的黑黄残叶在朔风中瑟索，像是向人间诉说着什么，又像是不胜其寒地发抖，更增几分荒寒寞落。城外永定河已结了纤薄的一层冰，因这诡暗天色，未时时分，零星的雪花散散落落撒向大地。百里开外的天津码头，雪花比京师的稍大稍密，汪春源站在码头，看着熙攘力工推着木轮大车穿梭屯库与码头之间，上货下货，车轮碾过落地便已化作冰水的地面发出刺丝声，他峻着脸朝京师方向望了一眼，弹弹棉袍上的雪花，踏过鞍桥径直向船上走去。

　　汪春源手里捏着票根，对着号在舱内找到了自己的排铺，他把随身包裹放到铺头一侧，一边脱棉袍一边观瞧着舱内境况。舱室算作大舱，纵横四排铺板，足有五六十张板面，他把脱掉的棉袍放在铺板中间，当作枕头。他坐下瞧见紧挨着自己铺板上的客人已躺下，罩衣盖了头面，支个二郎腿，靴子也未摘，看来是困乏着睡了。

汪春源从京师到天津，一路劳顿，加之思念亲人，他感觉身倦体软，双腿铅沉，和衣准备躺下美意瞌上一觉。正想着，对面板铺上的隐面人忽地旋身腾起，与他四目相对，汪春源蓦地一瞧，惊得他差点自铺板上滑下来，张大了嘴问道："你……你……你怎会在这里？"

竹庆看见汪春源一脸惊讶，心里暗自一乐，便想逗上一逗，他虚作双目惺忪样子，长长伸了懒腰，打着呵欠问道："啊哟，这是哪里呀，难不成周公把老子移位了？"

汪春源神情已变得肃穆庄重，一躬身问道："小弟，是你吗？你是李竹庆吧？"

竹庆听姐姐讲过举子们不禁逗，净跟逗语较真，他改色道："这是怎么了？哥子半日不见小弟，便不认得了？"

汪春源心里扑腾，正色道："小弟，你这是唱得哪一折？"

竹庆闻听此言，乘势耍起扑棱蛾子，他立起身踏着铺板开口便唱道："此一番去交兵不敢怠慢，必须要一个个奋勇当先。今夜晚在营中饱餐战饭，好前去攻打头关……"

汪春源的神色里多少带着点迷惘，他像刚从梦境里回来的一样："嗨，甭讨喜于我，好生坐下，你想得什么正主意，说来听听？"

竹庆提腿收范儿，装出一副可怜相，腻腻歪歪说道："哥子，自打你与我姐私约时，我就寻着你的尾巴没丢架，从北京到天津我一道远远地暗随着你。你乘船我上舟，你坐马车我趴驴架，你戳在码头遥望着京师，我便钻进舱里找暖窝了，偷拿家里的银子花秃噜了。你……我……哟嗬！"竹庆眼见大船徐徐离岸，讨好的表情抹脸儿收了，双眸炯然一闪正色道："哥子，我要到台湾打倭贼去。"

汪春源猝不及防，心头一紧说道："抗日大事岂是头脑一热就办得的？令尊可点头俯允？"瞬时醒过闷儿来，冷笑摇头又道："我是白问了，看来是瞒天过海随着我上船的。也不用饶舌了，我断然不允，这里还有些碎银，你原道回去。"

竹庆努努嘴说道："您瞧，船已经开了，你要我跳到水里淹死吗？"

汪春源抬眼望着渐远的码头，噏着鼻子气不打一处来，但打不得骂不得，只得讲道理，他盘腿坐在铺排上，与竹庆脸对着脸，说道："庆弟，照说李家于我有恩，自进京会试以来，吃喝用度还不是你、伯父伯母和你姐照顾，这恩情还没报呢，却又把你带着到台湾打倭贼，我岂不成负义之徒吗？"

竹庆不解其意说道："杀倭寇是小弟我自愿的，哪个要你带？"

汪春源思忖，如何才能说服他回心转意，他偏着脑袋想了想说道："先不讲那个。单说这行止，你离家出走必定让亲人苦苦寻访，这是你为亲不仁；令尊含辛茹苦把你抚养长大，可你头脑发热任意作为，却把养育之恩轩之不顾，这是你为子不义；你尾随我而来，让我顶着天大的冤枉辜负恩主，这是你为友不礼；你没有任何外援，只身一人去打倭贼，这是你谋事不智；你随心所欲、不辞而别，这是你为人不信！你这等悖逆五常的行径，对得起哪人哪处？"

"好说辞！"竹庆听罢，不禁纵声大笑，汪春源遂问道："我说错了吗？"

"不错不错，你还真是个有意思的人。"他趄脸紧盯着汪春源说道："哥子，我自京城到这天津码头，一路上且不易呢，你想断篙折桨毁了我的念头吗？小弟文采学识的确不如哥子，可人身三尺，世界难藏，你这番激昂说辞，乍听起来有道理，实则有公也不公，无私也有私，你不晓得瓜田李下之嫌？当论你从台湾赴京师赶考，挣个封妻荫子的功名，且把双亲扔在家里苦盼，哥子你有仁吗？你自小读书识文，且不知父母在不远行，膝前尽孝守节义，哥子你有义吗？我与你相处日久，不当兄弟也算朋友了，你却阻挠我达成心愿，哥子你有礼吗？眼见着船已离岸，你却一味地赶我下船，哥子你有智吗？你跟我姐私约时，闻听你信誓旦旦要护我李家人周全，哥子你有信吗？"说罢也不看汪春源，兀自抱着膀子望着水面。

一席话说得汪春源诺诺连声而退，鼻尖上已冒出细汗来，他从未见识过竹庆如此牙尖嘴利、惊骇视听，心里想着，只待到了厦门再另做打算，到那时就由不得他了。一时间，汪春源显得很轻松，往铺板上一坐说道："出了门，你嘴上挂起九个葫芦，说也说不动你，罢了罢了，我甘拜下风。"

竹庆手往脸前一挥，笑不可遏地说道："哥子，你没输，我也没赢，小弟只不过把你的话搬过来一用而已，这叫以其人之道还治其人之身。嘿嘿嘿……"

汪春源也笑道："怪不得你姐讲你，'别瞧竹庆平时不言声，实则是个脚板子生风、脑瓜子冒烟的人精子'呢!"

竹庆敛了笑容说道："哥子，我此行并非一时冲动。其实……其实我与宗宪大哥已有前约，诸事办完，心无挂碍的一道去台湾打倭贼，王大哥让人残害致死，我却好端端地活着，只要不死，就要履行诺言。王大哥不在了，打倭贼这事，就不是我个人的事了，算是还王大哥的心愿吧……"

汪春源听罢，一下子黯然神伤，王宗宪出师未捷，蹊跷惨死，自己却无能为力，这是多大的憾事啊! 于是说道："就依你！——既然有这心愿，王将军为国捐躯，我也一样能帮你。"

竹庆见汪春源紧捏着拳头，真不是那么回事，"噗嗤"一声笑了说道："哥子，打仗你不行的。"

汪春源不由腾地红了脸，问道："我不如王将军的把式，连你这个半大小子也不如吗？"

竹庆摇摇头，打哑谜似的说道："哥子比我强，因此才说哥子不行！"

汪春源哂的一声说道："故弄玄虚，咄咄怪事！"

竹庆一纵身跳下铺板说道："哥子，你是干大事的，记着你提笔上书，尽显拳拳于黎元众生之至意，神气着呢！至于打仗又是另外一回事，惊涛骇浪几翻几覆，箭镞铳枪血流滚滚，你成吗？"

汪春源听罢，蹙起了眉头，吁了一口气说道："既然这样，你也别去凑热闹了，我瞧着你也不成。"

竹庆哈哈一笑说道："哥子，文人爱弄机巧，你骗不了我，把我绕进去，没那么容易吧！"

汪春源仰脸不睬他说道："甚好——你身上的银子用完了，我手里还宽裕，你不得找我化缘？给与不给就看合不合意了。"

二人正你言我语讲得欢畅，嗖的一声，两人的铺板间窜进一个人，猫儿下身形一动不动，竹庆伸脚踢他说道："哎——这里没你家热炕，孵不出鸡子来。"来人不搭话。

矮着身形的来人并不彪壮，竹庆稍用力就掰转了过来，原来还是个没长条儿的少年，较竹庆略小，蓬着发，污渍满面，却掩不住嫩生生的面皮儿。他怯着表情稚着嗓子说道："二位

爷，江湖规矩，见面儿劈半儿。"他把身上的破衫子一抖，哗啦落下三个鼓鼓的荷包来。

竹庆睨了一眼，冷冷地说道："乳臭未干的毛球儿，咧嘴诌江湖，不磕碜吗?"抬脚又踢，荷包里却滚出白花花的银锭。

汪春源问道："这位小司，银子自哪里来的?"

少年坐在地上，装成一副老成相说道："小爷自闯荡江湖以来，从未听过如此捧笑的问话，小的不会屙，当然是官家造币厂来了!"

竹庆说道："鬼话连篇——你扎实交代，这银子是偷来的还是抢来的? 不老实，我绑你送官。"

少年脸上划过一丝不易察觉的微笑说道："道上混就得讲规矩，既然我阔气，愿意分财给你们，再刨根问底就没意思了吧。"

"哼哼——"竹庆冷笑一声说道："被窝里伸出只脚丫子——你算老几呀? 我稀罕你这赃银吗?"

少年嘟囔道："你不懂江湖规矩，不扯也罢!"

汪春源问道："小兄弟，瞧你不像桀黠少年，你得了什么彩头赏这些银锭? 现在见着了，大家彼此都不生疏了，有难事也可以讲来听听，我们不会袖手旁观的。"

少年不言声。汪春源又道："小兄弟，你从哪里来? 到何处去? 你的同船亲人在哪里? 走散了还是压根没登船? 见你年纪与我这小弟差不多，若是同意，我们可结伴而行，有吃有喝还能聊聊天。"

少年抬头觑了眼，嘴角动了动，一副欲言又止的样子。汪春源接着说道："无妨! 不想说便不说罢了。见你的眼里透亮，张目对日，表明你不是坏人，'胸中正，则眸子了焉；胸中不正，则眸子眊焉'，保不齐你还是出息人呢。"

少年抬头问道："哥子会打卦？"

汪春源笑而不语。竹庆插话说道："当然会。早推出来你这银锭不是正道来的。"

少年的手下意识从钱袋子上移开说道："这银子是偷来的。"

汪春源说道："行窃做贼非大丈夫所为，还给人家，我们还认你是兄弟，如何？"

少年道："不行！他们会杀了我。"

竹庆说道："不用怕，你改邪归正，看哪个敢撒野！"

少年思量半晌说道："你们指定不说谎，认我这个兄弟？"

竹庆啧啧说道："你姓氏名谁都不讲，怎么敢认你？"

少年起身欲拜，却被汪春源拦了，说道："既然认我们当哥子，当通报姓名、台甫的。"

少年踌躇一下，见二人目不转睛地盯着他，于是说道："小弟我单一名叫作'福来'，自三年前跟着爹娘闯关东，到了定州府爹娘先后得了热病死了。我随旁人着进了京师，没吃没喝的，肚皮跟着咕噜叫，只能去偷。后来被衙差捕了去，扔到野地里，爬起来走了两日就进了天津。在天津一个老爷爷见我可怜，收留了我，舒服日子没过几天，这位好心的爷便老死了，又无家可归，又只得去偷。今儿运气不好，还未得手却被主家瞧见，我便拼命逃，不料误打误撞地跑上了船。又累又饿两眼冒星，看到几个爷在船上吃酒，想着弄点银子买吃的，得了手先猫一阵再说，这不，遇着二位哥哥了。大哥在上，小弟有礼了。"福来挪身便拜。

竹庆一把拽住福来说道："福来兄弟,我比你大不过一二岁,承受不起,免了罢。我叫李竹庆,这位是汪春源大哥。"

汪春源、竹庆带着福来还人家银子,三人上了舷板,一众人还在吃酒。此时雪停天好,风清气爽,碧澄澄的天上月轮皎洁如初岁,柔和地洒落着水银似的光,水中波纹荡漾,昊天海月中闪着点点银光。

一桌人须臾间酒酣耳热,以笑话佐酒,高声低吟,甚是热闹。一位红脸关公模样儿的人捉杯饮了一口说道:"前儿听人家说了一个前朝的事。一个吝啬的人想使自己变得更吝啬,便拜了一位称作'吝啬大师'的人为师傅。求见时他带去两份礼物:一条剪纸的鱼;一瓶清水,算作酒。登门后师傅不在府上,师母出来接见。她知道这人是来学本领的,便叫婢女递上一只空杯,说'请用茶'。又用两手合了一个圆圈模样,说'请吃饼'。师傅回来了,听了夫人款待学生的经过,急得顿了顿脚说道'你太破费了'。又用手合了半个小圆圈,说'半个饼就足够了'。"

说罢,众人大笑。

一位白脸曹操模样儿的人捉着袖口饮干杯中酒说道:"前年我去山西上货,到永济看了看普救寺。那里却有一桩风俗不好,拉屎揩屁股不用纸,都用的秫秆做根棍儿,美其名曰'厕筹'……"说到这里众人早已怔了,却听那人又道:"……在下想,别人也就罢了,当年张生崔莺莺西厢之会,那崔莺莺倾国倾城之貌,羞花闭月之容,用这玩意儿揩屁股,那揩得干净么?"

至此众人已无不攒眉摇头,撇嘴龇牙。附声道:"哎呀,甚是不雅。当罚一杯。"

又一位黑脸张飞模样儿的人干了杯酒，晃悠着身子立起来，说道："这位仁兄说得煞风景！你还叫大家吃东西么？在下说一个雅得。……苏东坡的儿子生性最蠢，那年因下大雪，东坡最伶俐的一个小孙子因顽皮不肯读书，苏东坡便命他跪在雪地里背《劝学篇》。儿子瞧见，就也跪了。东坡问：'你为什么跪？'那傻小子说：'你冻我的儿，我也冻你的儿！'"

话音刚落，已笑倒了众人，有的掩口格儿格儿地笑，有的手拍桌面前仰后合，有的抚着胸口捯气儿。

少顷，一位黄脸典韦模样的人端起杯说道："诸位，轮替到本尊逗笑话了。不过，在下见识寡陋，难登雅堂，但比那位仁兄的'厕筹'香一些。前年，也是这皎月一轮，在下醉宿在青楼，啥事做不成，只得听青楼的柳萱小娘子说书。"

红脸关公模样儿的人说道："良辰美景，你不逍遥快活，听哪门子书噢！"

黑脸张飞模样儿的人接话："底下中堂鳌拜（败），上头知府周隐（瘾），无奈之举。"

众人哄笑。黄脸典韦模样的人回敬道："灌你五斤黄烧，你若擎天，我便吞了。"

蓝脸窦尔敦模样的人说道："仁兄，急煞得人硬挺，柳萱小娘子捉底说得啥书？"

黄脸典韦模样的人，转着一双鹰眼，忽尔改了笑话说道："一家主顾来客，杀了家鸡待客，鸡不服气，便到阴间向阎王告状说：'鸡请客是常事，可主顾不该拿我这只鸡请许多客人。'原来主人杀了鸡，用萝卜一同煮，且请了三十多位客人同吃。阎王不信，说：'哪有这等事？'鸡便请求传讯萝卜来做证人。萝卜做证说：'鸡的话也不老实，只见我萝卜哪见鸡呀！'阎王对鸡说道：'你红着脸，像个关公，瞎话连篇，该杀！'阎王对萝卜说道：'看上去你白雪嫩生，开刀却是黑心，像张翼德，该煮！'"说着瞟了一眼端坐的红脸关公样儿的人与黑脸张飞模样儿的人，得意地坐回原位。

红脸关公模样儿的人与黑脸张飞模样儿的人愣了一阵回过神来，心里不是滋味，这不是骂人嘛，正准备理论，只听得有局外人照应。

"诸位客官，敝人汪春源，台湾举子，适才这位异性兄弟不小心错拿了诸位的银子，现如数奉还，请多多包涵！"他拱手赔礼，竹庆把三个荷包放在桌面上。

吃酒的众人不禁一怔，脸色红、黑、白的三人趔趄着步儿上来，各自取了自己的荷包，又见是个举人，也不好说什么，手里掂掂，便回了原位。其他吃酒的人，已是醺醺醉醉，脑钝神呆，不待众人反应，三人便返回舱内。吃酒的众人似乎什么都没发生，高谈阔论之声不绝于耳，什么古董、商彝周鼎、秦砖汉瓦胡扯乱谈，接着便有人说起音律，什么一气二体三类四物五声六律七音八风九歌，说得脸红眼花、唾沫四溅……

是时漏下三更，已到子正时分了。李宅之中，竹娘、冯氏和李祖业坐在一盏孤灯前倦容吊脸地发忧愁。只听李祖业烟锅子磕了磕，颜冷色厉地说道："家门不幸啊！要么不用回来了，若回来老子非活吃了兔崽子不可。"

冯氏哼了一声，冷冷地说道："当家的甭放狠话，摸着人是煮是蒸随你，连个影儿都寻不见，你吃哪个？你不是去找了嘛，紧头还是个纸糊的烧饼，蒙混奴家的吧！"

"哪里要你说这个！这有什么意思？"李祖业又点了烟说道："我一没脸朝天，二没嘴啃地，他在哪里只有天晓得！说不准他在哪家吃多了酒而已……"

竹娘沉默良久方说道："爹，竹庆虽心高气傲，但也不是顽劣之徒，凡事都在他心里装着，没做过出格的事，许是有什么心事吧！蔫果家可曾去了？还有城南的林家……"

李祖业将烟锅子向几上一掼说道："哼——你真睬得起爹，半夜三更让我敲寡妇门吗？亏你想得出来！"

冯氏哂地一笑说道："你肚子里那点牛黄狗宝谁不知道？这时倒闹起真章来了！手心手背都是肉，只要你把我儿寻回来，你与寡妇咸淡我不管。"

"胡搅蛮缠！"李祖业一副虎死不倒架的样儿说道："谁也莫寻了，眼错不见！他若是鸟就让他飞上天，他要蝎虎子就让他爬上梁。离开这个家，正好教他知道喇叭是铜、锅是铁，就当我李祖业没这儿子。"

竹娘听爹一顿夹七夹八、不凉不酸的话，觉着这事不简单，忙岔开话说道："爹，竹庆一向懂得分寸，不至闹出乱子来，您安心等消息好了，说不定他明儿就回来了。"

"别说了。"李祖业紫着脸手一挥说道："家里大小事务也不指望他，若是条真龙，尽可让他潜江弄海去就是。"

"瞧瞧！"冯氏拍着腿说道："我儿还不知在哪里受难呢，你却一声破鼓响缩了头，哪有当爹的样儿？"

李祖业嘴一撇，立起身来说道："当娘的不含糊，你去寻，至于如何发落，你说了算。"说罢，趄身回了卧内，冯氏胀得脸通红，张口结舌望着当家的背影说不出话来。

第二日一早，蔫果敲开了李家大门，手里捏着竹庆的家书，竹娘展开信来读，原来竹庆信中表明要去台湾抗击倭贼。她一向知道弟弟秉性，并不诧异，只是寻问蔫果，竹庆已于昨日离开京师，一切都为时已晚，倒不知如何应对了。此时，李祖业已听到门外动静，疑似儿子回来了，便摸了鲁班大尺抢前几步到了街门外，见闺女与蔫果二位愣怔发呆，却不见儿子，张口问道："我家的活兽呢？还醉在你家？"

蔫果猛地一惊，便手摆弄起衣角，低头不言声了，只是偷眼觑着竹娘，竹娘也是缄口不言，趄脸看着街面。李祖业细细打量二人，闷葫芦似的钉在那里，不禁倒吸一口凉气，又见闺女手里捏着东西，便一把抢过来说道："新鲜啊！还摆上驾了，人不回家，倒发来了安民告示。跟他爹斗起文采了，真个擦粉进棺材死要面子——"

李祖业抬眼看信，看了一阵，只觉得五内沸腾，一股又酸又热如血似气的东西搅动着直往上顶，两眼一黑没站稳，撒开鲁班大尺一头栽了下去。冯氏后脚赶来，腿儿刚迈出大门正见当家的似一口麻袋直挺挺倒在地上，惊得掩嘴一声嚎叫。竹娘、蔫果见状，扑身向前，连拉带扯，李祖业才没有摔得太重，只脸色灰青，闭眼不睁，几个人忙把他背到炕上，竹娘吩咐蔫果去请孙郎中过来问诊，冯氏啜啜地哭起来。

不到半个时辰，孙郎中过来，上下忙了一番，又亲自煎了药侍候李祖业服用，这才坐下来又开了方子，看着竹娘说道："我这里又自磋个药方，按这个方子抓几副来，早晚煎服，再用些冰片与甘草……"

竹娘接过方子，看了看唇干色青的李祖业问道："孙伯，我爹这病……"

孙郎中问道："掌柜病来得急切，因由为何？"

竹娘干笑一声说道："家弟他许是离家了，事赶事，爹方才成这样。"

孙郎中灿灿一笑说道："我了解竹庆侄儿，素来诚实孝顺，想必动了家法了，他这是'小受大走'呐！"

冯氏问道："我儿到哪厢捉兽去了？"

孙郎中"噗"地一笑说道："老嫂啊，您走错神了。我是说，老子责罚儿子时，小的惩罚，打一顿，骂几句，做儿子要乖乖儿地承受；大的惩罚，杀头砍脑袋，就得赶快逃走。真不是为自个儿，而是维护父亲的名声，别让人家说他不仁慈，落个杀儿子的骂名。这就叫'小受大走'。"

冯氏又道："我儿孝顺，只是一天一宿不见人儿。这当家的眼也不睁，万一有个好歹，可叫我指靠谁呢？"

孙郎中见她含泪伤心，遂说道："掌柜的不过是身子虚点，走了元神而已，碍不着他的性命。不过，他老病根儿还在，再这么一折腾，需将养些时日才好。"他看看娘俩儿又道："无碍的，李大哥既不是冒风受寒，也不是汗脱失调，只是一时气血攻了心，痰血瘀滞。我这方子既能化痰涌，也可散血滞，尽是些拿克药。所谓内病外治，我再教老嫂子一些推拿的法子，内外兼治，过一阵子，李老哥又可以在柜上忙了。"

说着便教起推拿手法来，一套动作下来，孙郎中额现细细汗珠。气血攻心的李祖业倒是很受用，经孙郎中一番推拿抚慰，感觉丝丝缕缕一股温热之气悠悠地扑面而来，直从眉心间透入胸膈，犹如春风吹拂五脏，蕴藉温存，顿时觉得气清心爽。他悠悠地说道："我儿孝顺归孝顺，就是办事过于刚强，这点不像我……"

孙郎中笑道："俯首帖耳的窝囊废就好啊？我看这孩子不赖，敢说敢当、敢作敢为，是个大丈夫；豪爽正直、舍生取义，是个血性男儿。你见着不顺眼，不介过继给我结了。嘿嘿嘿……"李祖业听罢，脸上露出一丝笑容，闭目不说话了。

连着三日，娘俩悉心照顾、煎汤熬药、推拿按摩，李祖业气息沉稳深匀，脸上泛着红光，只是手脚发软，起不了身。他躺在炕上心里却惦记生意，还不放心伙计操持，竹娘看穿了爹的心思，说了声便去了。隔着十几丈远，只听得自家铺面围着的人吵吵嚷嚷，她疾步快行匆忙过来。脚刚踏进铺面的门槛儿，见地上一片狼藉，像遭了劫似的，小伍和蔫果二人涨红着脸正与赵家公子理论。

小伍和蔫果见东家来了，自觉退到旁边，竹娘浅施一礼笑道："呃，是赵公子啊，小女这厢道福了。"

赵家公子侧过脸揖手还礼，吭着鼻子说道："原来是少东家，这两个杀才不通理，你来得正好，据实讲，少东家是不是跟我唱空城计呢？"

竹娘笑道："公子此话，从何说起？"

赵公子冷笑一声说道："前几日你登门拜访，央求赵家宽限两日，我们不说二话便应允了。今儿本公子过来，货是没见着，倒听两个看门狗叫得凶！按大清律，欺瞒主顾者羁押收监，公堂问罪！"

竹娘一愣怔，尔后笑道："李公子言重了！自古入得庙堂见佛光，入得道观见老庄。李家既做铺面生意，看重得是诚信，珍惜得是这招牌。您是老主顾，抬头厮见的，李家断不会在主顾面前失了诚信，更不会砸了自家招牌的。"

赵公子哂地一笑说道："嗬——好一副牙尖嘴利之口，这倒显得本公子刻薄了……不费口舌，赵家下定的布料乃是当朝林大人的生辰贺礼，若出了一寸半点的错漏，本公子定会让你长点见识。"

竹娘暗咬皓齿，脸上却现着春风说道："请公子放心，李家定会照着与赵老爷约定的时辰，准点定卯地将布料送至府上，保准让赵老爷称心如意地赴寿禧。"

赵公子悻悻地说道："甚好！既然少掌柜有此言，本公子也说不出什么了。叨扰了，告辞！"赵公子一努嘴，两个家丁随着他旖旎而去。

此时竹娘感觉后背浸得湿漉漉的，她强装笑脸说道："赵公子再来！"

赵公子听罢，没回脸，扬扬手说道："柜上弄乱了，海涵啊——"

直至赵公子转了街角，小伍沮丧着脸方才赔不是说道："东家，都是我的错，我这鸭子嘴，跑风漏气惹了祸事，请东家只管教训责罚！"

蔫果长吁着气儿说道："小伍子，不打勤的，不打懒的，却专打没长眼的。东家管着你吃、仅着你喝，月月还给你例钱，怎么能做下下轿打轿夫的事？你好好想想吧！"

竹娘却轻松一笑说道："无碍的。没有不漏风的墙，赵家早晚会知道咱家绸缎让火给燎了。今儿我瞧了，赵家的货只凑齐了八匹云锦、七匹宋锦，还差着好些。小伍把这残局收了，管护好铺面——蔫果跟我到外面绸缎庄子转转，不定有好运气呢。"

刚才的一幕闹剧，谭禄滢躲在拐角处兜底看在眼里。会馆走水，让李家损失惨重，他心里也跟着不是滋味，想想李家这些年对会馆的种种恩遇，他是不能坐视不管的。正思忖间，一阵风飒然而过，凉雨随即洒下，沙沙声打得满街细碎声响，天低云暗更罩得李家铺面幽深僻静，他在雨中一顿脚，叽叽叽叽

闪身走进雨幕之中，径自往井口的天各商社而去。

井口太郎与山崎正雄在商社正堂叙话。前阵子井口去了松江府，山崎正雄听说井口太郎回到京师，便匆匆包了对儿盛唐琉璃盏来。

井口太郎端详着琉璃盏，看着一只品相完好，一只却有残儿，心里便知道此物贵重不到哪儿去，他放下琉璃盏问道："山崎君的宅第可布陈好了？"

山崎正雄正襟危坐，虚欠着身子说道："井口君记挂了！我虽在异国他乡，遵循得依然是大日本帝国简练之风气，生活起居所需，将就着算是办妥了，只是……只是舍妹的闺房还未布置，花帘、拉窗、榻床……这些物件一概还未置办，舍妹怕是要在贵府多叨扰些时日了。敝人感到十分抱歉！"

井口太郎微微牵着嘴角，似笑非笑地说道："山崎君，致歉就大可不必了。我当然知道，幸子小姐是世伯的掌上明珠，吃穿用度再精细不过了，断然马虎不得。若是幸子小姐不厌弃，尽管在敝长住，这种话以后不要再提了。"

山崎正雄点头致意，笑了笑说道："实不相瞒，我很担忧舍妹在府上住久了，搬到新居会不习惯。阁下是知道的，我大日本帝国的女人一向恋旧，就连身上的和服，也是浆洗过几遍的，女人的心思，男人很难搞得懂啊！提及舍妹，都是家人把她娇惯坏了，她要星星，我们便不敢摘月亮给她。哈哈哈……"

井口太郎暗自一笑，脸上却风轻云淡，微笑说道："山崎君，我们两家乃是世交，特别是远离故土、望乡难回，足下舍妹便是我的亲妹妹，自不会慢怠的。"

山崎正雄赔笑说道："井口君佛心慈悲，成全舍妹，她在阁下身边，我便大大地放心了。"井口微笑回应，伸手给山崎正雄续了茶，只听山崎正雄又道："井桑，前阵子去松江，必定有所收获吧？若有好生意，千万不要忘了你这个同窗啊！"

井口太郎呷了口茶，淡淡地说道："哦，此行与生意无关，只是去拜会几个朋友……山崎君可知宗方先生？"

山崎正雄"唔"的一声放下茶杯，眸子闪烁，问道："阁下说得可是……可是天皇陛下隆重接见的宗方先生吗？"

井口太郎得意地点点头，继续道："此番去松江既拜访了宗方先生，也顺便拜会了《字林汉报》的主笔姚先生，谁知他们二位早已是老相识，当时聆听先生鞭策时局、纵论世界，真是胜负千篇、受益匪浅啊！"半晌，他似乎很兴奋，讪讪说道："宗方先生此次重返清国，便知道他定会有一番大作为的。"

山崎正雄未听出其中玄机，笑着说道："这是自然，井口君也是做大事的人，交际的人也非等闲。不过，如今这大清国已孱弱如翁似妪，西方各国不惜远渡重洋，竞相分食其血肉；我等若不奋力争抢，怕是连快剩骨都吃不到了。"

井口故作沉吟，尔后轻轻一笑说道："山崎君，看一个国家，只商贾眼里的输赢是不够的。我以为，大日本帝国要把清国看作是一位慈祥的母亲，可以恣意地吸吮她甘甜的乳汁；也应该把清国看作是一位情浓兴至的情人，只要你乐意，想怎么蹂躏把玩都可以；更要把清国看作是严厉的父亲，只要是我大日本帝国需要，他便倾其所有，哪怕敲骨吸髓也心甘情愿；还可以把清国看作孩子……"

此时，商社的老门子蹑着脚小心翼翼地进来禀传，门外有个姓谭的先生求见，井口摆摆手，山崎正雄移至屏后，井口这才起身相迎。谭禄滢进来没有寒暄，直入正题，把李家欠了几十匹布料一事，简明扼要说了，请天和商社出面救急，井口脸上掠过一丝不易觉察的笑意，满口答应下来。

未时初刻，井口太郎带着一个伙计赶着辆马车"吱嘎"停在铺面门前，不待竹娘招呼，井口从车上轻盈跳下来，拍着身上的尘土，张口喊道："货到——请李家掌柜验货是了。"

竹娘迎出来看时，井口一身短小装扮，头戴无耳暖帽，身穿酱色开襟小袄，着黇色珠青棉下裤，脚登球丝缎绒布鞋。这身装束，一眼望去，掌柜不像掌柜，伙计不像伙计，她"扑哧"一声笑了，遂说道："井口先生，你是来为本姑娘变戏法的吗？"

井口嘿嘿一笑，打趣地说道："正是！小的奉谭师兄之命，特为李姑娘变绸缎戏法而来！"

井口太郎一向不苟言笑，忽而改装易行，竹娘觉得甚是滑稽，放眼车上冒尖满载，足有二三百匹布料，驭车牲畜打着响鼻儿，身上道道暗湿，咔嗒咔嗒地干踏着青石路面。竹娘浅施一礼，说道："井口先生冷不丁的另面生相，见谅小女实在不敢苟同了。"

井口太郎低头打量自个儿一阵子，尴尬一笑说道："想着在李姑娘面前讨个喜庆，不曾想弄巧成拙、丢人献眼，好生没了面子。"

竹娘掩嘴一笑又道："先生这身装扮倒是别有一番况味，可着四九城也找不出一个模子的。"

井口太郎说道："原来如此，李姑娘莫怪我任性就好了。"

竹娘仍旧一脸是笑说道："先生言重了。"

井口敛了笑容，正色道："头晌听司事说了前情，知道李姑娘心急如焚，我便备下布料过来应急的，李姑娘千万不要客气。"

竹娘听罢心头一阵涌热，她噤着嗓子，吁嗟着说道："井口先生，你对李家的帮扶，小女倒不知怎么谢了。"

井口一脸谦恭夹着十二分诚挚说道："李家与会馆缘分深厚，在下与会馆的谭司事又师出同门，我与李家便成了天赐的机缘了。一个异国他乡之人，能在这里站住脚，好生地经营生间，又与你们李家如此要好，实是万幸。今后，姑娘若遇什么难处，尽管开口，井口愿效犬马之劳。"

竹娘见他热情得近乎恭维，心生好奇，也暗自得意，又有些疑窦丛生，她一抹鬓说道："先生恩惠，李家不会忘的。"

几个人七手八脚地卸货，半个时辰，布料已在柜内码放齐整，井口跳上车扬鞭催马，竹娘道："井口先生，货银过几日小女会登门送到府上。"

井口御着缰绳笑道："你巾帼不让须眉，我催银便成了混汉，不急！不急！"他一抖缰绳，马车夹风携雨地飞驰而去，竹娘却沉着脸思索良久。

第十二章　继宵旰建馆现曙光
椿萱恩跪地情难叙

半月余，船抵厦门码头。

汪春源穿着一件石青粗布单褂，伫立船头却不急着下船，广袤无际的水面上似孟夏的熏风吹得褂角和桅杆上防风马灯尾钮缀带飘起老高。放眼远望，白日下的码头，烟水浩渺中绿树水草交相辉映，漫漫无际的荡海中水竹芋、田字草、白茅、芦荻与岸上的鸡冠刺桐、凤凰树、旅人蕉纠缠于漫堤与码头，连片成荫、夺人眼目，在伴风中沙沙作响，绵绵延伸直接天穹，给人一种祥和、旷达和释然的感觉，已然与庄重峻冷的京师恍然隔世。

汪春源、竹庆、福来同楫漂泊，感情日渐笃深。汪春源从慨叹中回过神儿来，被竹庆、福来拽着下了船，一脚踏上了结实真切的土地，心也随着亮堂起来。码头人头攒动、熙攘非凡，纤夫脚客戴一斗篷，赤裸着黑幽的身板装卸米货，沿街小贩叫卖着浮瓜湃李，米粽雄黄。汪春源买了两个大瓜打牙祭，竹庆、福来啃着两眼不住地东瞧西望，恨爹娘没多赐几双眼球子，一个不上心与码头巡差兑个正着，作揖拱手才算避过嫌隙。

208

汪春源脚下生风、步履匆匆，他要赶往城中投奔好友章浦和。竹庆、福来走走停停，在汪春源催促下才脚下加力，进了城看着街道上的光景，汪春源的脸色竟愈来愈是沉郁。道路两侧多出诸多难民，衣衫倒显得并不很凌乱，举手投足间或优雅之姿，但个个倦怠疲乏，颜容恐怜。从难民咕哝交谈中，汪春源悉知这些难民是台湾乡亲。一阵酸涩涌上来，兀自哀叹道："悲哉，未曾想吾民竟已沦落至此！"

　　竹庆接话道："哥子，这些是你的老乡党吧？我知道王大哥为什么专意回台湾打倭贼了，只可惜……"竹庆提起王宗宪便不由自主地哽咽。

　　汪春源说道："几百年来苦心经营，台湾显然成为我中华一族的宝地，怎奈何日寇猖獗，现已狼烟四起，百姓无依。"

　　福来说道："汪大哥，您带兄弟去打日倭吧，这些人比我福来的命还不济，太可怜了。"

　　汪春源打算把他俩安顿在厦门，只身去台湾寻找尊亲。没曾想按下葫芦起来瓢，福来又挑起抗倭的话头，竹庆的迫切在融融日阳中看上去十分清晰。于是他转换话题问道："福来兄弟，还没向哥子禀明你的尊姓？届时为兄向友人哪有只介绍单名的道理？"

　　竹庆回了神儿，一手打着棚子遮阳说道："对呀。你姓银还是姓钱，还是什么别的？"

　　福来怡然一笑缓缓说道："二位哥哥，小弟我不知自己姓谁？爹娘得热病死前，人家都唤我爹六娃子。"

　　竹庆说道："百家姓里哪有六娃子？小弟，你权当姓福名来吧！"汪春源喟然叹息一声便不再吱声。

　　他们穿街过巷来到一个高门大户前，汪春源没有名帖，只得向门丁揖手干着通禀来意，门丁上下瞧了瞧三人，扭身跑进高门内。斯须，章浦和出门来迎，他与汪春源是台南同乡，私交甚厚，便免了客套。

章浦和将汪春源等人引入正堂，新续上柴烧铁观音，竹庆饮了两杯揉着肠肚说道："章掌柜，茶不饱腹，有没有实在货让我们填巴一阵。"

章浦和笑道："小兄弟，吃饭看相，打坐看样，瞧着你便是个胸无奸佞心直口快的侠义之人。我已安排厨上备了，不会让兄弟枯坐久等，届时保你酒饭适如。"

汪春源说道："庆弟，试玉要烧三日满，辨材须待七年期。甭急，不是夸海口，待会儿你若见了同安封肉，便挪不动步了。"

福来接话道："自江湖来，随江湖去。想当年小的我闯荡江湖那阵子，最可口的莫过于天津石头门坎的包子，什么芽菜素包，什么茴香鸡子包，那真叫一绝呀！最绝的当属银耳香椿包了，皮儿薄得像姑娘袖管里的丝帕，馅儿多得像怀仔临盆的大肚婆，现在想来还直淌涎水。"

章浦和、汪春源听罢哗然大笑。竹庆说道："福来甭诱我的肠虫了，咕噜咕噜叫得像打秋的蟋蚰，让人甚是难堪。"

汪春源笑着对章浦和说道："我这两个兄弟口风随性惯了，章兄不必介意。"

章浦和说道："哪有的事，初见两位兄弟却如故交，这是难得的缘分。也难怪啊，你们数日漂泊舟行劳顿，脚不沾地无根无依，哪有工夫悠闲惬逸地吃个正经饭？"

还要说时，管家过来禀报接风洗尘宴已备齐，可以开席了，章浦和便引着几人挪步席间。竹庆、福来手眼并用只顾往嘴里塞东西，以我之腹，作尔棺材。半个时辰饱食犯困，管家便引着他们至厢房休息。汪春源只顾给竹庆、福来夹菜，自己却干吃酒，只剩章浦和与他对酌。

汪春源自干了半杯叹道："自前埭与章兄别过，不过才一年光景，万万不曾想到故土已然被倭贼所据，你我真真的成了无根的颧鬼，丢了祖宗的脸面，辱了这活着的老老少少。适才，望着这城内外惶惶不能终日的乡民，让人裂肺呀。"

章浦和心如块垒，忧忧点头说道："贤弟所言极是，刘永福将军从台南败退，逾时台湾全境皆落入敌手，民众争相内渡，只有少数人可投亲奔友，诸众却流落于街头散寄于荒野，实在令人唏嘘。"

汪春源干了杯底，又持壶斟上说道："说来还要感敬章兄，是时表妹阿纤举家内渡，托足无门暂落于府上打抽丰，章兄慷慨接济，现得以择泉州妥善置居，也是您帮衬周旋的结果。"

章浦和碰杯，仰脖儿干了："贤弟见外了，为兄举动不图酬功。山河破碎人凄凉，且把他乡作故乡。我们同为飘零客，本应相扶相携，举靠着胸背取暖，图个自我安慰罢了。"

汪春源给章浦和续上酒，把酒壶往桌面上一顿，说道："唉，早知如此，当初应力劝慈膝一同内渡。现如今台湾情势扑朔迷离、瞬息万变，双亲安危难以估测，每思至此心中便惴恐辗转。章兄，我此番前来不为别事，只想尽快将双亲接至内陆休养余年。不过，行船在松江府下碇，便听闻朝廷施了禁海令，封了台湾与内陆的航运，不知传言是否属实？"

章浦和俯仰一叹说道："是有这档子事儿，朝廷的锁海令已通告多日，台湾兵备道与海防捕司衙门各加派了一营兵勇日夜巡护，胆儿大的商贩，不仅被缴了船粮，人也被下了死牢。贤弟至孝思亲为兄自是理解，可贸然出海，恐有祸端，万不可冲动自误，还是稍延些时日静观其变，再寻对策为好。"

汪春源苦笑着叹息一声说道："双亲是有春秋的人了，哪忍得他们在张皇中度日？纵使有千苦万难，在这危夷关头，我断然不能让老人家弃了念想。请章兄再作一次难，给小弟蹚铺个路子，让高堂从人头血海里出来，否则，怙恃岂不是白教我一回！"

章浦和长长透了一口气说道："哀哀父母，生我劬劳。为人得讲孝道，我理解贤弟此刻的心境。你安心睡个大觉，养养精神，此事我自会去张罗。"

汪春源眼圈湿红，自干了一杯再倒上，说道："章兄大恩自不必说了。小弟还有桩心事，拜托章兄一通办了，小弟我就再也没有什么可挂怀的了。"

章浦和嘴角挂笑说道："兄弟之间何至于吞吞吐吐，莫让咱这情分生了。"

汪春源从怀里摸出信札，递给章浦和说道："随我同来的李竹庆，是瞒了老家偷混出来的，他若有个闪失，就对不住李家对我的顾爱了，更没脸皮面对他的姐姐……嗐，甭管如何，明个儿您受累帮我寄出去。"

章浦和接过信说道："管家可办得。"

汪春源又说道："此次过海赴台地难卜吉凶，若小弟运气不济，逾时不归，这两个小兄弟就有劳章兄照应了，不日可着人把他们护送回京。"

章浦和一哂说道："你不用犯嘀咕，能不能找到敢驾船的人还说不定呢，怎么安排起后事来了？也不用悲观，你如何断定自己去了就回不来？这事不好轻易裁夺，才一个冬夏，饱文的孝廉竟成了观相推命的巫祝，尽虚扯引火烧身的不经之谈。"

汪春源目中火花熠然一闪说道："经年间，起起伏伏、天地玄变，不得不让人多想。"

章浦和举着杯说道："贤弟勿要心沉，只管吃酒。"

两日后，章浦和带来门道，告知汪春源城外一吴姓渔家可设法带他出海。汪春源拿了住址找到吴姓渔家，一番讨价便定下风险银子、时辰与地点。章浦和嘱他巡护哨兵又增一营，劝其再慎重斟酌权衡，但汪春源只是激动地颤着身子，让章浦和顾惜着竹庆与福来即成，便不再可否。

按约定时辰，汪春源不敢打烛火，摸着黑深脚浅腿向着约定地点岩仔山施施而行，他边缓气儿边小心翼翼蹑身紧登，约摸半个时辰便登上崖顶一处约三尺的圆台。他慢慢站起身，借着斗点星光，站在峰巅凭栏远眺，海面鼓风浪涌尽收眼底，山中蜂腰怪石嶙峋，远处疏疏落落的树林中，隐约透着光亮，他猜想此处应是遁世闭关之所，无论庙或庵都注定是个休静之处。汪春源伸手无意抚到身旁嶙石，凸凹糙掌，他用手来回探着形廓，俯目判辨，摩崖石刻隐约可见，身临其间，他却没有心情思古抚今、慨涕万千，他暗自庆幸自己不幸中的有幸，绝佳的渡海处，这难道真是上天的刻意安排？

他寻索着下到崖底，一板小舢正在等候，随着水浪上下沉浮，时而船与岸石磕碰出咚咚之声，他轻声唤道："是吴渔家吗？"

"汪老爷，是我吴仡佬呀！快上船来。"吴姓渔家收着嗓子边回答，边伸手把汪春源扶上船。

　　吴姓渔家又说道："巡勇方才巡过此处了。"

　　汪春源问道："不会再巡回来？"

　　吴姓渔家闪着晶亮狡目说道："这岸上的巡勇我掐算过，约摸一个时辰兜一圈儿，这会儿正往别处巡呢。"

　　汪春源借着暗色打量着船形问道："吴渔家，海上风大浪急，你这船能驶得？"

　　吴姓渔家急急地说道："我在这里打鱼三十年，什么暗涌、卷流、黑礁，比我家衰婆腿间那撮夹屁毛还熟呢。只要您老扒紧实，至多也就翻翻肠肚儿，哇哇吐上几口罢了，准能把您送过去。"

　　汪春源听罢吴姓渔家粗鄙抢白，摆摆手说道："走吧！"

　　"爷，您扒紧实了。"吴姓渔家边说边用桨轻磕岸石，小船借力离岸，只听"窟嗵"一声，像一块大石砸在舢板上，船在水里晃个不停。

　　汪春源惊得身子伏在船底，吴姓渔家用桨扎住船呵问道："哪路鬼魂挡爷挣白水？"

　　跃至船上的身形起身说道："哥子莫怕，是我呀！"

　　汪春源听出来人腔调，突然觉得有种离奇的感觉，他手扶着船沿压着声说道："庆弟，在天津你就害我好苦，现在又来搅和。随我去那边，断无可能，下去！"

　　竹庆在暗影中声音铿锵道："哥子，即便你现在下船，我还是要去的，正着，打倭贼帮你寻双亲，小弟一人兜揽办了，说得好好的。"

　　吴姓渔家乐了，他手上使着暗劲，船又晃着顶在岸石上，说道："敢情二位爷是老相识，一个是搭两个也不绕路，亿佬我倒没啥，就是这个风险白水要给双份，二位爷慢慢商量吧，议罢给伲佬言一声。"船家圪蹴了身子划火镰抽烟。

汪春源气得心脏快跳出腔子，他言词犀重地说道："庆弟，按说道理你都懂得，不肖我再费口舌，现在看来，你却是个胆大心空之人，像你这种既无算计又无头脑，到了台湾战场只能白白送了性命，不仅救不了台湾百姓，还会连累他们，识趣的赶紧回去。"

竹庆说道："哥子，我知道你这是在变着样儿地赶我，小弟不生气。到了那边咱们各不相干，你找你的双亲，我打我的倭贼如何？"

"胡闹！"汪春源怒斥道："你可知倭人属蛮类之族，豺狼之心，蛇蝎之性，杀人如麻，眼都不会眨巴一下，就连勋名赫然、功垂竹帛的刘永福将军不也败了吗？"

竹庆铁板一块，在暗夜里横着双目说道："他是他，我是我！"

"哼！"汪春源冷冷地说道："说得倒是轻松，就凭你？你可知刘将军三坟五典八索九丘能通，天文地理风角六壬皆贯，如此骁勇经络之人不敢言胜，何况你这个兵法战技不通、武略文韬不懂之人！"

此时，吴姓渔家喊了声："不好！"

两人一惊，抬眼观望，海面上出现一艘打着火把的官家巡船正朝着他们驶来。

汪春源问道："这可如何是好？"

竹庆说道："渔家，快快摇船！"

吴姓渔家磕灭烟杆儿，幽幽地回道："一家八口的嘴还指望伲佬我填呢，二位爷，对不住了。"话音未落，纵身跳进水里遁了。

官家巡船已到近前，船上的巡勇大声喊道："此乃海防捕司巡营，舢船诸民勿动，听令登船查问！"

竹庆伸手一把将汪春源拉下船，两人借着漫树遮掩，登着山石向山上狂奔。刚跑出一段路程，汪春源脚下一滑，一条腿卡进石缝中，竹庆回身帮着痛得龇牙咧嘴的汪春源拔出腿，凑近一瞧，汪春源划出几道血痕，踝骨处肿得老高。

竹庆将汪春源扶到一块大石后坐下问道："哥子，还能走吗？"

汪春源忍着痛说道："竹庆，莫管我，你快走！待会儿官差若寻来，我俩谁都走不脱。"

竹庆说道："我岂能弃哥子于这荒野郊岭？先把伤敷了，再想法子离开这里。"

此时路巡兵勇与听到船勇捕人的叫喊声，正寻声而来。汪春源手按着脚踝说道："哎呀，现在后追前围，也没什么法子了，你还是先走吧。"

竹庆狡黠地一笑说道："我倒有个法子。不过，此次算哥子欠小弟一回，我俩若安好，小弟去台湾打倭鬼你可不能再拦了，算是还我个人情。"

汪春源无奈道："看这情势，台湾是去不得了，去请室坐监倒是有可能……"

不待汪春源说完，竹庆起身边喊边跑起来，巡勇从周边拥来，寻声而追，汪春源躲在大石后面，侧耳听着周遭动静，嘈杂声渐渐远去，接着"扑通"一声，似有人落水，紧跟听着两声铳枪声响，汪春源心中一颤，整个人像沉到了水底。尔后，又听巡勇骂骂咧咧地离开了。

卯时正刻，吴姓渔家心中有愧，风急着找到章浦和，叽叽吭吭地把秘渡失手之事告诉了他。章浦和听罢，气得三尸暴跳，把手中的茶碗掼得稀碎，薅住吴姓渔家衣领举手要打，被管家劝下。

管家说道："老爷，先寻到汪举人才是正办，把他打死，连个引路的人都没了。"

吴姓渔家闷着拐孤脸，一双眸子幽幽地闪着光说道："章爷您别恼，没得过去那边，小伲佬也是一肚子愁肠，白水银子没挣下，倒是白白搭进去一条船，这可是小伲佬一家八口人吃饭的家什呀。"章浦和丢开吴姓渔家，让他即刻带路寻找汪春源。

半道上，正撞上失魂落魄的汪春源，章浦和悬着心放了下来，汪春源又道："可惜我那庆弟了，十有八九他已经死了。"

听此，章浦和放下的心又提溜起来问道："贤弟，这又是怎么档子事？"

汪春源泪眼婆娑地说道："他死跟着我去那边打倭贼，遇到官家巡差，我们慌不择路逃到山上。谁曾想水上陆上的衙役把我们围了起来，庆弟为了救我，自作主张地把他们引开了。我还听到击枪的声响，我找了他大半宿都没寻见踪影，怕是被这些无良的官差给杀了。"

章浦和再瞧，汪春源瘸拐着腿，裤管也扯了成条，脚踝还血渍渍的，于是说道："贤弟，你先回府治伤，我即刻着人找竹庆。"

汪春源哀叹着说道："是我对不起李家。"

京师城内，谭禄滢为重建会馆已是焦头烂额，他想尽快给台湾客亲建起一个新居，可筹措到手的银子距建个新馆还差着不少。于是他联合几个台湾籍官员，拟了奏折呈给皇上，期盼

着朝廷出面。

光绪览奏后，着人召来户部侍郎张荫桓、侍读学士文廷式、庆亲王奕劻等众议此事。

奕劻言道："皇上，现南方闹水患，北方遭蝗灾，全国米粮歉收严重，朝廷命官的俸禄都为此减了半，哪还有银子建一个什么八竿子打不着的会馆，这些人也真会凑热闹，还嫌朝廷不清静吗？"

奕劻说完，看向一旁的户部侍郎张荫桓。张荫桓曾被授命特派大臣，出使美利坚、秘鲁、西班牙三国，颇有才干又为人正直，深受光绪赏识。光绪瞧了张荫桓一眼，皱眉问道："张爱卿，你怎么看？"

张荫桓执掌户部，国库空虚朝夕可闻，只得据实禀报："庆亲王所言不虚！经年间，灾荒连绵不断，户部已陆续向各地拨去白银二百五十万两。前些年，军饷所费甚巨，曾向英、德等国银行赊借约一千万两的款子，除要偿还本金外，还须加上高额利息。而赔给日本国的二万万两，八次要交割完成，否则便是违约……与上述几项较比，会馆重建虽耗银不多，但对户部而言已是蚁腿上刮肉，挪不出半两分文了。"

光绪往须弥座上一靠，陷入沉思。

文廷式上前一步朗声禀道："微臣以为，此事不应以资银多寡计，重建台湾会馆说来小事一桩，实则意义重大。自我大清与日人签下条约，全台所视已悉数割予倭人，然台民不甘为降虏，步步抗争，一心只为皇上之赤子，故台地虽失，台民之心不可失。自前朝康熙二十四年，台湾举子进京赶考，至今仍未断绝。台湾会馆之建立，乃为台地举子、商旅提供衣食住所，虽建立不久，却见证他们勤学致仕、报效朝廷的决心。如今诸多台籍官员受命于朝廷，鞠躬尽瘁于各方，倘若为区区耗资而作罢，怕是不仅失了民望，亦会伤了台湾官员的心。"

奕劻冷哼了一声，驳道："文大人说得轻巧，这凛然大义之词谁都会说，可不能单凭一张嘴就能换来白花花的银子。我大清痛失台湾，固然可惜，但太后、皇上圣明，竭力安抚内地台籍官员，且已妥善安置内渡臣子及眷属，这些人若明白太后、皇上的一片苦心，自会感恩戴德。现今，应试的台籍举子皆已返乡，京中滞留仅有商旅、游客，朝廷出面兴师动众修建会馆，怕是得不偿失。"

张荫桓见奕劻如此薄情，于是慨然道："庆亲王此言未免断然，商旅、游客亦属台民，这些人已然是浮萍飘絮，再无所傍身，处境将更加凄惨。皇上，微臣身为户部侍郎，才忍痛拒绝拨付会馆重建的银子，乃卑职所在。若遵从本愿，微臣附和文大人所奏。"

奕劻接话道："张大人这话，倒显得本王分不清形势了。本王一心为大清节俭开支，哪句话不是为了江山社稷？诸位大人若信不过奕劻，可到太后老佛爷面前论个是非出来！"

奕劻搬出太后，光绪坐不住了。他一拍须弥座侧扶道："朕连这等蝇隅小事，还要叨扰老佛爷，朕躬真的百无一用吗？"

奕劻瞧着光绪动怒，慌忙跪地道："皇上，臣昏聩一时走了嘴，绝非有意违了忌讳，还望圣上明裁。"

光绪按着额头，缓缓说道："罢了，朕知皇叔亦是无心，起来说话吧！"奕劻颤颤巍巍地起了身。

光绪又道："众爱卿所言，朕已知晓。户部有难处，一时半会儿怕是难周转，可以另想个法子解决。朕无力保住台湾，

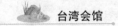

却连个会馆都保不下，有愧芸芸苍生啊！"

文廷式见光绪有此心意，拱手道："皇上体恤下情，乃百姓之福，台民若知晓皇上心意，定会感激。微臣愿捐出半年俸禄，以作修资。"

张荫桓等众臣附议捐俸，奕劻观察眼下情景，不捐不妥，称愿捐银百两为皇上分忧。光绪龙颜大悦："诸爱卿有此高风峻节，真乃朕之幸也。会馆筹建一事，着文爱卿照拂。"

福建会馆东厢房内，谭禄滢拿着铁筷子拨弄着火盆里的炭火，火燃得正旺，陈顺龙伸着手取暖，一旁坐着呷茶的叶题雁问道："陈掌柜探听到什么消息？"

陈顺龙手揣进暖袖里，说道："大人，听闻皇上甚是看重会馆重建之事，无奈国库空虚，拿不出银子贴补。不过，朝堂之上文大人、张大人领着头捐了半年俸禄，还有一些朝廷官员也捐了银子，好歹大伙儿没有空欢喜一场。"

叶题雁深吐了一口气说道："好倒是好，不过这个建馆的地皮还要一大笔银子呢，这些官员显着良心你捐一点儿我捐一点，还是周全不过来。"

谭禄滢借着炭火抽烟，说道："是啊，择址新建是早已谋划好的，可新地方到现在也没个着落。"

陈顺龙从怀中拿出一张地契，递给谭禄滢说道："司事，这是小弟我几年前在大蒋家胡同置下的一块地皮，如若合适建馆，算我赠予了。"

谭禄滢惊得手一缩，摆着手说道："万万不可。早听贤弟提起过，这张红契凝着你们陈家两代人的心血。现故园劫难，危若沾阳朝露，已然是有家难返了，此契更是系着全家餐宿着落，为兄怎敢杀鸡取卵窃此勋名呢？"

陈顺龙仿佛抑制着极大的痛苦，眼中却满是柔和的光："谭兄，我仰承祖宗风烈，一心系着台地安危，以前我行走于台湾内地之间，来来往往视见的都是笑目喜颜，如今个个不展愁眉，人言落日是天涯，望极天涯不见家。现生意萧条，我能为乡里做得也只有这些了，您就收下吧。"陈顺龙饱经沧桑的皱纹在一折一折地放着光，掩藏着心底无尽的忧患。

良久，谭禄滢翕动了一下嘴唇，又抿住了。

叶题雁说道："千古艰难唯一死。陈掌柜有如此情义，司事还是莫辜负了才好。依我看，会馆在前门外新修是件好事，亦可看作一个新开端。若司事为难，待会馆建成后，可让陈掌柜尊慈、幼弟弱妹移到会馆住下，算是在京师有了立锥之地，也权当司事补了亏心。"

陈顺龙点头应是："依叶大人所言，司事切莫再辞了。"

谭禄滢思忖片刻，按烟点火抽了一口说道："恭敬不如从命，陈掌柜的心意本馆领受了。"

有了地皮心里踏实多了，在随后几日，谭禄滢躬着身子为会馆筹建日夜奔波操劳。天入三九，寒气直侵骨头，谭禄滢染了风寒，竟病倒在炕上。

竹娘牵挂来看他，谭禄滢问起她爹的病情："李掌柜身子轻省了吗？我们老哥俩儿都算上了年纪的人，眼瞅着一天衰过一天了。"

竹娘答道："自打接着汪老爷的信件，得知竹庆与他一处，心倒没原前沉了，风邪症眼瞅着轻了，喘气儿也足了。昨个儿孙郎中来瞧过，给减了点儿苦汤，加了些食疗的法子，娘亲与我再帮着推拿，调理些时日便可恢复。"

谭禄滢紧着病黄的一张脸笑道："你爹这人就是个金铃

子，平日里凶着竹庆，心里却稀疼得不行。这阵子汪举人没再来信儿，想必诸事顺利，若心头紧着点，讲不成元辰节过罢他便回来了。"

竹娘掩着心中喜悦说道："汪老爷吉人天相，定当一切顺遂。过了大年正遇开春，便可动土开工，到那时司事净多出个帮手看顾工事，您可就省下不少心。"竹娘又改口说道："会馆自新复始，于情靠理我们李家也应拿出些银子略表寸心，可司事晓得，绸布铺柜上还有不少债，实在是挤兑不出几个大子儿……"

谭禄滢笑着打断她的话头，慈视着竹娘说道："你真是李家的好闺女，小女不日便来京会合，你要多舍教她。建馆银资筹措得差不离儿，测算下来也没多少饥荒可打，你只顾着家里的铺面和你爹的身子骨便可。哎，挑起这话头我也有愧，你家布匹在馆里烧个净光，我还没道罪呢，想罢是我坏乱了礼数。"

竹娘说道："司事不用枉责自个儿，罪在邪火，与您老无干。新馆破土我过来做工饭，给您老省点银子。"

谭禄滢双眉吊得老高说道："嗯？甭提，我还真没吃过你这丫头的厨艺。"

正说话间，蔫果引着井口太郎进门来，瞧见竹姑娘也在，便切顾着打招呼，竹娘起身回了礼。他把藤荆手提放下，又摘了棉帽、暖袖说道："师兄，拿了几支长白山的参条，据说可明目开心益志，久服轻身延年，补脾益肺再好不过，吃上几日瞧瞧，若有用，我再差人带些来。"说着拿出一支递到谭禄滢手中。

谭禄滢捏着参条端详半晌，说道："这草根可补五脏、安

222

精神、定魂魄、除邪气、止惊悸，是好物件。只是可惜，余只偶感风疾，微调微治即可，这大补的稀罕力道冲天，恕我无福消受，否则便会坏菜，非得七窍冒血不可，先生的心意我领了，这参条还是拿回去吧。"

井口正欲张口，竹娘看出了谭禄滢的门道，于是插话道："听孙郎中讲，小补中正，大补耗气，这参根是百草之王，属盛火之物，司事禁食，倒也有此凭说。"

井口太郎略作沉寂喟然一叹，说道："听闻师兄遭此一劫，非造化使然，是为会馆重建八方求资折衰了阳气，吃些参条定养精神、驱散邪气，在下想应不至冲盛，当然，吃与不吃师兄权衡自便。看着师兄日夜操劳，我心里就刀绞似的，可又无法可施。我们朋友一场往后不要再讲繁文缛节，会馆重建遇到难处尽管吩咐小弟操持即可。"

听罢，谭禄滢没有直接回答，只是侧目向外看，但见六出缤纷雪花如绵，远处舍顶溜沿一片玉砌冰凿世界，带着雪挂的老柳枝浑如梨花怒放，轻轻在风中摇曳生姿。足有移时，他说道："先生如此挂记忧心着我，足见君汝的友生之德，谭某心悦诚服。至于会馆重建，上有朝廷诸大臣关照，下有同侪及诸商家鼎持，物质银两俱办妥当，如有新的疑问，定会向先生讨教。"

井口太郎眼看着会馆重建无由插手，只得作罢。说道："这样甚好，这都是师兄苦劳焦思功劳啊！会馆修毕重张，小弟定会献上一份厚礼以表亏力之心。"

谭禄滢笑笑说道："大功告成，诚邀先生可心吃酒。"

说着话，井口太郎伸手拿过棉帽、暖袖起身告辞。在旁没言声的竹娘说话了："井口先生，适时您与司事叙话，我也插不上嘴。原想近日到府上把绸布银子还了，先生既然来了能否顺道到我家铺面把银子取了，不误您回商社。"

井口听罢，略一整衣笑道："今日登门怪我没瞧皇历，净遇着生份事儿，义理全不透彻了。李姑娘，绸银的事不着急，令尊尚卧病榻，你家的两个铺面亦需打理，吃穿用度自然不在少数，不用急这一时。"

竹娘回道："先生体恤人情，小女我知暖记恩。如今家父疾症渐愈，铺面经营如常，先生救李家于危难已是无以回报，绸银再放纵宽限，我们李家颜面可就无处置放了。"

井口太郎见拗不过，便辞别了谭禄滢，相跟着竹娘去铺面取银子。

汪春源在章府养病数日，身体已无大碍，却透着心地郁结烦闷。他原打算修书一封，向竹娘说明个中原委，但手握笔端，却又不知该如何说起，想了想只得作罢。近些时日，章浦和与福来等人跑遍了厦门城内外，无论是府衙还是周遭村落，都没寻得竹庆消息，汪春源心口像堵着巨石，搬不开、拿不掉，透口舒坦气都成了奢望。看着逃离战火的台湾难民在城中越聚越多，他惴惴无复，于竹庆，是他不义；于父母，是他不孝。他将要被眼下孝和义的疚憾之情点点吞噬。

即日，汪春源在房内踱步熬煎，章浦和喜冲冲跑进房来，不由分说拉着他便往外走。行至正厅，汪春源见堂内坐着两个衣衫褴褛的老人，定睛一瞧确是二尊，身子一晃，泪如泉涌，双膝磕地，跪卧在双亲脚下："爹！娘！不孝子给恩慈磕头了。"

自台南沦陷，汪家二老耻为异族奴，遂决意举家内渡，船少人多，二老只得守在渡口苦等。幸而遇见黄宗鼎，黄举子便托咐熟人通融，送二老乘上渡船，约时可抵厦门，却意外遭遇台风，只得转道东山岛，辗转百折之后，才得以投奔章家。

汪春源一阵心慌，不知道说甚至好，只顾着叩头，嘴里念叨着："孩儿不孝，枉为人子！"

汪父拭着泪安慰道："我儿，莫再苛责自个了，虽经磨难，一家人终得团聚，虽说是上苍垂怜，也是感应了吾儿的至孝之心。方才浦和侄儿提及，我儿欲偷渡归家，险些遇难。你不顾安危，心里尽想着我们这两个老材，已是大孝也！"

汪母双目婆娑，扯着衣角抹泪。

章浦和劝慰道："家人平安相聚，可喜可贺。公母颠沛奔波，已身疲神怠，侄儿已命人收拾妥厢房先行歇息，晚食再叙亲情如何？"汪父汪母知情达礼地起身，汪春源相扶着双亲前往厢房休息。

紧后时日，汪春源为二老能定居内陆，四处相看宅院，终在城西买得一处旧房，着手修缮、购置家当，直累得气喘汗流。惊风飘白日，光景西驰流。须臾，新元将至，原定返京约期只得迟迟盘桓。

第十三章　君忻欢设宴送友师
　　　　　风宝地会馆重开张

　　光绪二十二年二月初十，春寒料峭，乍暖还寒，冬日的残阳依然挂在惊蛰当空，风沙卷逞复来，依附丝冷斜风吹得沁髓彻骨，吴融诗曰：固教梅忍落，体与杏藏娇；已过冬疑剩，将来暖未饶。连着飞纸鸢的孩童不敢逗留久也，缩着颈肩扫兴收了线绳。天地间倒春寒映着一派冬景，细睹枯黄大地，青嫩草尖儿钻出地面，倒是慰了几分春的清雅。

　　街上行人寥寥，铺面生意冷清，可京师大大小小的酒馆里却不乏吃酒客。临街三间门面一处老店，泥金黑匾写着"天福瑞"三个字，凤翥龙翔精神饱满。跋识字迹甚小，看不清楚。店内人头攒动，坐满了客人。客到，早有跑堂的迎了上来，摆着抹布叫道："老客来了，又来三位，后头牛二家的快牵牲口——请里头坐，来点什么？热炒，凉拌，老烧缸，大冬酿，莲花白样样都有，饺子馄饨京丝挂——吃点暖和暖和身子！"

　　自古酒为流霞，喜时吃酒为言欢，愁时吃酒为宽肠；成时吃酒为庆贺，败时吃酒为压惊；聚时吃酒为团圆，别时吃酒为绪怀。即便在这多事之秋，京城的老壮爷们也是一对成双、三五成群地聚拢堆儿，拈几颗仁果酌饮扯篇，这朝堂上的各路风闻，也随着酒香飘出酒肆。

天福瑞酒馆内，一个发辫花白的黑瘦老头儿闷了口老烧缸咂咂嘴开口说道："按说向洋人借款倒不算新鲜，可这回一借就是一亿两白银啊，这么大个窟窿要填多少年？这利息几何？怎么个还法？还不上又如何？"又摇头叹道："咱们可别介让洋人拿捏住了，唉——"说着一挺脖梗子把盅内残酒倒进腔内。

隔桌不远坐着个净面膛的中年男人和一个年轻后生。年轻后生向前倾了倾身子，低声道："去年刚从罗刹国和法兰西国借了八千万两银子，如今又这般亏空，岂不是洋人下了套，咱紧着往里钻吗？"

老头儿捋着胡子笑道："小哥，你以为老佛爷和当今皇上是媪妪蹬脚上鸡窝——笨蛋（奔蛋）吗？然也，不过是墙面上挂帘子没门了，得过且过而已。"又压着嗓子戏道："这大清眼瞅着一天不如一天，装作太平无事，这只是抖空撒把土，眯眯百姓的眼罢了，迟早会……"

净面膛的中年男人伸着指头抹嘴插话道："老翁，您这话经嚼儿，听着也顺耳，不过这荡检不羁的话，搁以前一准儿到菜市口凉快去喽！"

老头儿大约喝得多了点，趔趔趄趄隔座儿走来，红红的眼盯着净面膛中年男人，说道："君子知命守时。你这样龟缩，可见成不了大器，这洋人的报纸对咱大清什么都敢往外哕，这外人都能说三道四，老朽有何说不得？"

净面膛中年男人用筷子夹颗仁果扔进嘴里，磨了两口突然大笑道："您老这硬骨头怕是只能在这酒肆里才得见，虽说这地界是咱大清的不假，你岂能比得了洋人？洋人放个响屁咱们小民就得闻着，甭管香臭，不闻就会治你妖言惑众之罪，老烧缸算是无福吃了。"

满屋人众吃酒说话热闹，冷丁地听这净面膛中年男人的一通聒噪，不禁哄堂大笑，就有人鼓掌喝彩："妙！这牛鼻子是哪个观的，这是好胡吹的？"

又有长得像兔爷的人红着脸打镲道："瞧着像城南青龙观的。"

那老头儿气得浑身直抖，回转身指着长得像兔爷的人道："你这个嫖窑子偷女人鞋的汤饼货，这里哪有你冒口的份儿？大伙儿若信不过老朽，可扯了他的棉衫，瞧瞧有没有女人的绣鞋！"

长得像兔爷的人回道："你诬人清白！你这贼蛊虫，别人怕你我不怕！"

几个年轻人扑上来扒他，长得像兔爷的人吓得猛地一挣身子，却从袖筒里掉出一卷子东西。一个眼尖的拾起来，就着光看，是一卷纸，里边真的裹着一只不足三寸长的绣花鞋，不禁大声叫道："呀！这老杂毛真不是东西！"

这一下满座哗然，连老头儿都看呆了，他只闻长得像兔爷的人有贪恋女人绣鞋的怪癖，却从未眼见，今儿个顺嘴一提，原来真是个瞎货。他指着面无人色的长得像兔爷的人说道："你这衣冠败类，真给我们市井街坊丢人！"

长得像兔爷的人纸卷也不夺，绣鞋也不取，弯腰躬背匆匆掩面掀开棉帘往外跑，门口一阵凉风吹来，竹娘却带着一身寒气进来了，吃酒众人顿时禁了口。

净面膛中年男人笑道："侄女儿，李老哥的身子骨儿可硬实些了？"

竹娘瞧着几个近邻，盈盈笑着说道："赵三叔、周老伯您得闲吃酒呢。我爹的风寒瞧着症祛了，一天抽七八道烟锅子也不见咳嗽，娘嫌他为了这口不惜命，正掐呢。"

净面膛中年男人点头说道："无碍就好。劝你娘别犟劲，咳嗜了大半辈子，已然是生木头做成了船，撂不脱喽。"

竹娘回道："是呀，我也是这么劝娘来着。"

老头儿双目惺忪，手里捏只酒盅，只留一条缝瞧人，问道："闺女，庆小子离家有小半年了吧？我周棺材还怪想他的。"

不等竹娘应声，净面膛中年男人便说道："周翁，你想李家小子作甚？他又不欠你膏药钱。"

"勿咶嘴！"老头儿眼睁个半圆说道："当年庆小子还挪嫩步时，就知道阻他爹吃酒，净往盅里吐涎水，祖业老弟却不嫌，说童子的尿尚能治百病，这涎水就更惜贵了，正说着'吸流'一口给干了。"

众人哄笑，有嘴快的问道："庆小子的涎水啥滋味？"

老头儿舒展着一张红脸说道："这个倒没尝着，他给我盅里净撒盐面儿了，吃着酒齁咸。"

"甭嫌齁儿，没汇盐面儿银子算是本店照拂了。"大家转头看时，天福瑞的掌柜从后面蹀步出来，"老周，您在天福瑞吃了几十年酒，我搭进去多少盐面儿？"

老头儿揖手道："承蒙掌柜关照，这左邻右舍的也占光贵店不老少的独味卤子、百年酱汤，哈哈哈！"大家随声应和。

转头瞧见竹娘，天福瑞掌柜问道："哟，李姑娘来了，是吃席面还是沽酒？"

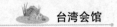

竹娘说道:"沽酒。一坛冬酒,三斤莲花白。"

掌柜吆喝道:"春头霜冬酒一坛——百里香莲花白三斤——"

专司酒的跑堂扯着嗓门唱单儿:"得嘞!冬烧春头霜一襄,百里香四十八两。"

跑堂的忙着打酒,掌柜问道:"饶是家里有喜事,你爹又盘了新铺面?"

竹娘笑着说道:"哪有闲银盘铺面!我代谭司事扯趟腿儿,今儿个他老人家款待贵客,要多备些香蚁,免得蒙了礼数。"

正闲话,跑堂麻利地把酒备齐,掌柜瞄数了一眼说道:"有些正日子没瞧见谭司事了,平地建馆尽数拔丁抽楔苦酿事儿,也不知起盖得如何?"

竹娘把酒置于竹篮,答道:"再有月余便可齐工,待新馆开张,掌柜要去捧个热闹才是。"

掌柜揖手说道:"那是当然,沽点喜气儿,祖坟上冒他几丈青烟儿。"

竹娘蹲了个福,便挎着壶中物奔福建会馆去了。

与时,福建会馆的正厅谭禄滢、陈顺龙、叶题雁、姜司事几位正闲叙,凉拌与捂温的玉醅已摆在桌面,见竹娘进来,谭禄滢起身替过篮酒说道:"盯卯要数李姑娘麻利了。"

竹娘额上渗着细汗,她抹了把说道:"您老吩咐差事,哪个敢怠慢呀。我去厨上瞧上一眼,有什么帮周婶拾掇拾掇的。"

谭禄滢喜着脸说道:"今儿个能吃上大小姐的厨吧?捯饬一个菜也行啊?"竹娘笑而不语,转身去了后厨。

230

大门外传来勒缰驻马声，知是文廷式到了，众人鱼贯相迎。蔫果与辕厮从车上跳下来，小厮掀起车帘，文廷式踩着踏凳下来向众人揖手回礼，相跟着进到正厅。

谭禄滢说道："文大人，今日在此备下薄酒为大人送行，您赏脸是尔等荣幸。"

文廷式瞧着满桌盛馔，虚怀大度地笑道："筵席如此丰盛，文某受之有愧。领太后懿旨革职还乡，如今乃是轻身布衣，切不可再呼职衔，届时诸位不务虚礼以兄弟相称最合时宜嘛！"

众人相视一笑，氛围立时轻松起来，安了座，文廷式点头笑道："如今罢官赋闲，较比任上还受口福，看这凤凰扑窝、宫爆鹿肚，还有这银耳燕尾、菊花兔丝、龙虎斗、糟鹅掌——"文廷式指着一个热汤顿在半空，问道："咦？迷了我这个在皇上身边行走的人，这个汤头叫什么？"

谭禄滢笑着接话："这个取名鸡舌羹，讲书行里的看家菜，桌面上这些肴羹只取吉名，论实味却与老店差着火候，只是马马虎虎对付几个下酒菜而已，没花几个银子。"

叶题雁展着眉说道："谭兄听闻道希兄弃袍还乡，谨着心力备下这桌别宴，您与会馆渊源颇深，此聚算赓续了缘分。"

文廷式笑道："甚好，难得谭兄铺排操持，文某深感个中甘味，当是放开手脚痛快酌饮海塞一番了。"

陈顺龙接话说道："司事煞是倾心，不吃个酩酊五迷哪对得住这份专情？"

福建会馆姜司事揖手道："姜某已唤人烧旺了地龙，倒腾出热炕，诸位只管尽兴叙谈，吃醉了大可倒在炕上撒泼打滚哭爹喊娘。"

众人大笑。文廷式说道："方才谭兄说没花几个银子，让我想起当年我吃过十个铜子儿一席筵，还含着一首唐诗。诸位要能猜中我当罚三杯如何？"

众人怔着想了半日，到底也没想出来。见大家摇头，文廷式笑道："这么吃——一文钱豆腐渣，一文钱韭菜，下余八文买两个鸡子儿。几片韭叶配两个煮蛋黄，这叫'两个黄鹂鸣翠柳'，蛋白儿另捞出，一溜平摊，叫'一行白鹭上青天'。豆腐渣堆在韭菜叶摆的方框里，叫'窗含西岭千秋雪'……"

叶题雁问道："那'门泊东吴万里船'呢？"

文廷式笑道："还有两个鸡蛋壳，弄一碗水漂起来，这就叫'门泊东吴万里船'了！"

众人叹赞他学问广博，识可量海，文廷式微笑不语。转而高举盏酒，频频敬饮，一时间，桌上诸人微显醺态。

他饮尽盏酒，略沉思道："文某自同治十一年受业于恩师陈沛之，便立下救世之志，幸遇当今圣上识倚，才得以施展抱负，在朝堂之上言人所不能言、不敢言，为国担责，为皇上分忧。怎奈何，奸臣当道，自顾不暇，一头钻进了杨恶棍布好的圈套里，我以往口口声声自比汉末伏波将军陈登，现已成了世人巷谈的笑话，想来不禁汗颜啊！"

叶题雁把盏往桌上一掼说道："这个御史杨崇伊是个首鼠两端、投机钻营之辈，朝中哪个不知谁人不晓？他疏参您是挟私报复，为他的姻亲李鸿章鸣不平。"

谭禄滢捋着胡须说道："我虽无名小吏，朝堂上的事也略有耳闻，当是时文公上疏请罢慈禧生日庆典，奏劾李鸿章昏庸骄蹇、丧心误国，这两件事让朝野震动，谭某想，自那时起便有人谋划罢您的官了。"

232

文廷式红着脸堂又饮净盅酒说道："我被罢官驱逐不足惜，只叹日后朝堂之上，圣上会愈加孤立无援，想来很是心痛，是我对不住皇上啊。"

　　姜司事端着杯一口饮个底朝天说道："兄台，自古朝野之中激流裹挟，全身而退者又有几何？只可惜，朝廷又少了你这个栋梁柱石，依我看这根基抽没了，大清的灶火便要燃烬喽！"

　　陈顺龙跟着红了眼圈说道："文公，我们生意人有句行话叫'秦失其鹿，捷足者先得'，只有抢先一步，才能赚得银子。您志存高远、纵观几世，要酬兴国壮志，先要抢着先的安护好自个儿是。"

　　文廷式慨叹道："览言可见，诸位兄弟虽身居凡位、立在土台，却尽属忧国忧民的清黎爱士，到此宴饮不虚此行。甲午一战台地割予倭人，与座兄弟多为台籍，心痛自不必多言，诸君试想，国不统一，四分五裂，又怎言国强民富呢？自秦始皇扫六国，车同轨，书同文，才有汉兴，国家一统百姓乐业，百废俱兴，有了张衡仪、蔡伦纸、相如赋。至魏晋八王之乱，天下便不可收拾。唐一统天下，更呈勃勃生机。五代乱，百姓又复流离失所，百业凋敝，人民涂炭……纵观史册，想要国强民富，非一统不可！"

　　叶题雁垂泪说道："道希兄，今日设宴一为专情别叙，二为感念您在皇上面前游说王将佐之事。在下投体佩服文公，您长歌啸吟，挥洒论文；临危不乱，神气自定；谈锋一起，四座皆惊；提笔千言，顷刻而成，乃我大清柱国之材。您还心系台地、阻止朝廷割台予敌，执心谋求大统，更是我清国长治久安之定海神针，如此大用英华，却遭小人施计暗算，弟实无用才，虽同朝为官却人微言轻，维护您有心无力，真是愧羞难当。"

文廷式抚着叶题雁的肩膀说道："贤弟切莫责叹自个儿。若言为皇上分忧寻一条救国自强之路，更是不易。大清国积弊久深，岂是你我之力所能祛除？幸而我大清不乏有志之士，如今只能寄望于后起之秀，救大清于危难了。"

谭禄滢开口道："兄台所指之人可是以康有为为首的一批维新派？"

文廷式笑着点头说道："本朝已故史家赵翼曰：江山代有人才出，各领风骚数百年。是的，谭兄竟知维新流派，看来康有为主张的维新变法思潮影响甚广，说说有何看法？"

谭禄滢忙笑道："谭某只知声势盈耳、朝野风荡，想必这位康先生非等闲之人。"

文廷式思忖半响，缓缓说道："坏就坏在这声势震荡四野上面，适才引来八方忌惮。哎，倒也罢，凡事不破不立，若康有为果真促成变法，文某这阵前点炮的马前卒倒也应爽。"

叶题雁察出文廷式的忧虑，小心打问道："道希兄，这变法事端能胡几成把握？"

文廷式怔了半日，默念道："当今世景风骤雨急、瞬息万变，让人判不明风起何处，雨倾何地。即便朝廷颁下谕旨也朝令夕改，大小官员日夜颠倒、尸位素餐，相互倾轧、鬼烂神焦。变法之人便是迷幻戏台中央的角儿，识不清阶下看客真面，这芸芸看客却对他们的手眼身法步瞧得真切，这个角儿便成了瞎子聋子了。要断出这出戏能否唱红，文某实无这等法眼，却有一折在明处，变法万不可操之甚急。"

众人颔首点头。谭禄滢置箸于桌面说道："兄台已湿脚蹚了回水，算是尽了心力，后面的事就只能是尽人事听天命了。"

"哈哈，谭兄通透。"文廷式举杯相约："诸位仁兄贤弟，五代冯延巳词云，绿酒一杯歌一遍，再拜陈三愿：一愿郎君千岁，二愿妾身常健，三愿如同梁上燕，岁岁常相见。文某借词抒怀，落难识得真情，我本不擅长呷酌应酬，今日却很尽兴。谢过诸位兄弟坦诚款待，文某无以报还。如今，忠臣是做不成了，唯有尽忠民之责，以笔代剑书洋洋万言，书名我纯常子已拟定，叫作《纯常子枝语》，待日后兄弟赴江西顾事，望到寒舍打尖指教。来来来，满饮了！"众人举杯同干。

席筵从午时吃到酉正时牌，文廷式辞别，众人相送。冬日昼短，天色已经完全暗下来，福建会馆胡同口外街面上从东到西，摆满了小吃担子，馄饨、水饺、烧卖油饼、水煎包子……

一盏盏羊角灯"气死风"布满沿街两行，连绵蜿蜒足有半里地长，街衢上熙熙攘攘人流穿行。热气腾腾的小吃摊上油烟白雾缭绕，散发出诱人的葱姜香味，夹着小贩们尖着嗓门，一个赛一个的高声叫卖声，主顾讨价还价声，煞是噪杂。

文廷式笑道："上次我是白天来路过，很冷清的，没想到这里是夜市，竟这么热闹！"

叶题雁说道："三年述职快到了，这里的客栈店铺早就住满了外省大员和等候缺的补子，不准宿在城内，就图这里离紫禁城近些。"

文廷式一拍脑门笑道："浮云不系朝堂客，造化无为自乐天。文某倒忘了，我已是两袖不沾朝尘的现世散人了，真个是罢官犹如筵宴散，华庭空座留寂寞！哈哈哈……"

天交四月末轮，前门外大蒋家胡同热闹非凡，距全台会馆走水付炬半年间，一幢新馆掘地挺立，白墙灰瓦、红漆廊柱、附跨院的四合院布局，桐油地板擦得锃明净光纤尘不染，正厅靠墙当间还有一座自鸣钟。此馆额题曰——台湾会馆。

台湾会馆盈堂揭牌正日，京师台籍商众、居客、官员及亲朋良友齐聚，连着馋热闹的街坊四邻、后铁厂胡同故交也来道喜。谭禄滢带着蔫果立在簇新的大门旁神情昂阔地迎接贺客，络绎人群中蔫果单就瞧见了竹娘，溜烟小跑过去，舒了一口气说道："李姐姐，可急煞人了，剜多少眼才盼到影儿，吉时要是错过去，我岂不成了没用的杀才。"

竹娘笑着传个眼神儿，算是打招呼，脚下却未停步，说道："我福分不浅，竹庆不在身边，蔫果弟支应得不赖，我再念秧也不会误了时辰。"

俩人边走边聊，便到了谭禄滢跟前，竹娘说道："司事，天道酬勤，今儿个上苍终遂了您的愿，说什么都不是虚功。"蔫果接过酒坛进了院子，只留竹娘和谭禄滢聊话。

谭禄滢听罢往远处看，说道："姑娘甭先贺我，你爹呢?"

竹娘回道："爹去苏州上货，昨个儿打天津捎信来，下黑就到。信上嘱咐我把家里埋了二十年的老坛花雕先奉上，说您会笑得像他冒泡的烟锅子。"

谭禄滢痴着老脸儿说道："这厢半吊子哄我，他行前已起誓要一堆儿喜庆的，这时变卦，我憋了几晌的大气登时全泄了，这个孤拐货!"

竹娘说道："您别恼，我爹信上说明个儿找您单吃酒。"

谭禄滢嘴一咧，眉棱微微一抖说道：唉呦儿——这老头儿算盘拨得连紫禁城都魂颤儿，合着今儿上了礼，明儿再讨回一半去? 闺女，你爹精得这前门外半扇街难寻，我来个猴孙儿驾辕——不吃你爹这一套，今儿个我就吃光这坛，看他明个儿咋应对。"

竹娘笑道："您二老斗心眼儿，我只观不言。"

此时蔫果跑出来，喊道："司事，吉时到了！"

谭禄滏说道："闺女，你站远些，立时点炮崩着你，老材可舍不得。"竹娘退到人群中，他立直身形，抚了帽理了衣襟，轻咳嗓门吩咐道："蔫果，挑炮燃火，台湾会馆旭启恭仪开始！"

会馆门前贺客人头攒动，锦服繁丝拥簇，官民垂手庄肃，抽冷子有人连打了几个大喷嚏，像正巧点了炮的捻儿，刮耳欲裂的炮竹燃着红火，喷着青烟儿，噼里啪啦地脆响。谭禄滏轻轻扯下红绸，"台湾会馆"四个苍劲泥金大字现在众人面前。

候等多时的陈顺龙，缓步走到当间，展开猩红一折撒金末儿浣花笺，开口恭致道："诸位乡谊贵胄、达官显士、邻里至朋，今逢会馆吉正，普天同庆。正谓千里海天臣子，一堂桑梓弟兄；万年炎黄族裔，一枝族系同胞。连根带脉，同嘉同乐，自在由天。"

又说道："天分苍灵、朱明、素商、玄英，地分嵎夷、南交、昧谷、朔方，华夏族众，经天纬地；生灵慧秀，换斗移星；高飞远举，开枝散叶；志在四海，徙霞八方……"

叶题雁百感交集，在人群中不时扯着衣袖拭泪，谭禄滏立在一侧，鼻头一张一翕，红红的眼眶里清泪转动，碍于众目只且忍着。陈顺龙声音哽咽，他提着嗓门又高声道："专我台地乡谊，聚于京师，见同乡之人而喜矣！以素昧平生，不习名姓，一旦询邑里，辄如骨肉相遇。奈何，甲午年末，会馆付炬，台籍乡客，无所寄情，身如浮萍，苦若槁草。幸哉，天地垂爱，皇天沐恩，各方恩义，捐银助资，同心协力，择风水宝地，半载有余，推陈出新，新馆矗立，令同谊、同僚、同乡者欢然交忻。台湾会馆，貌置新颜，一尘不染，虚怀既待，诚邀葭莩，会逢其盛、合郡人文、熙熙融融、形影相随，迎神麻、联嘉会、襄义举、笃乡情……"

众人为之动容慨叹，引来一阵唏嘘抽泣之声。不远处屋角转圜地，一个人在轻拭着泪水，默声溆泣。蔫果正扫着残碎，一抬脸瞧见来人，手支着帚杆儿喃喃道："汪老爷？"

蔫果目光霍地一跳，扔了条帚儿便急着去寻谭司事与竹娘。少顷，正忧心的汪春源眼见谭禄滢、竹娘二人一前一后过来，不由慌乱得心里突突直跳，下死劲才定住了神，缓步迎上去。

竹娘见他清瘦憔悴许多，立时窍塞五味，杂陈泛起，心里越嚼越苦，满目痴情宽慰道："你安然无恙，倒觉得心定了些。"

汪春源呐着嘴角，露出一丝干笑道："惭愧！走一趟滚热乾坤，转来却落个凄凉世界，心中惨怛无比，哪还有颜面让你专心挂着。"

谭禄滢在旁边立着，竹娘不好接话，于是折转话题问道："你们几时回来？时下还没捉住竹庆的影儿——"

汪春源听罢，惊得张大了口，半晌才合拢来，暖帽下渗出细密的汗珠，垂下眼帘终也没言声。谭禄滢审着他的表情呆滞，知是其中定有隐情，趋步上前，一把扶住他的肩膀道："你何时返京师？年过半截音讯全无，真是难为煞了众人！"

汪春源乍然兜了让他们这一问，竟不知说什么好，张皇了一下，再作乌龟不出头，难以糊弄过去，这才道出实情，且把厦门探知的消息化繁就简述了一遍。时辰稍久，叶题雁、陈顺龙踅摸不着谭司事，出门寻时便见汪春源与他们说话，心头猛然豁亮，隔着老远揖着手不放，便喊道："贤弟！汪贤弟，想煞为兄了。哈哈哈……"未等汪春源张口，便被众人扯着进正厅，嘘寒问暖一阵，竹娘不便插话，只得带着疑惑去了。

下夜，李祖业拖着倦体回到家，进货一切皆顺，并无意外瓜葛，可毕竟年岁大了，多日渡水走道周身透着疲沉，两脚泡在水盆子里，舒适得眼皮直打架。想着先睡上几个时辰，养养精气儿，再寻谭司事吃酒不迟，万当这酒是要补上的，不虞谭司事又要打半日嘴官司。

正游神儿，汪春源却蓦然来访，李祖业看他双眼红肿，浑身酒气，不知打哪儿吃醉了，李祖业擦脚踢跶上鞋，阴着脸问道："汪举人，迷黑天儿打哪儿来？不怕失了你们文人的体统？吃酒了？"

汪春源直愣着猩红的双眼，一眨不眨地盯着李祖业，半响没张口，泪珠子却先滚落下来，尔后哝着嘴说道："李……李伯，我打厦门回来有几日了，没敢登门，今儿吃……吃了酒才壮着胆子禀伯父，庆弟他……"

冯氏正在缸里捞咸疙瘩，听到儿子就晕白了脸，手里的咸疙瘩"噗嗤"掉在地上，嚎叫道："我的儿呀……"

李祖业预料到汪春源回来了，家子却没了音讯，定是出了大事，他强装镇定，咬着牙低声喝道："招狸猫呢？没死呢，嚎哪门子丧！闺女，给汪举人沏壶酽茶，让他慢慢说。"

冯氏被喝得不敢出大气，只得嘤嘤地拭泪。竹娘在吊子上倒了水递给汪春源，他接过水"咕咚咕咚"灌了几口，再瞧李祖业深不见底的一双冷眼，感觉脑袋清醒许多，他一抹嘴说道："伯父伯母，庆弟素有了却王将佐凤愿的想法，到台湾打倭寇，这些您都知道。他一路暗随我到了天津港，待船已驶向大海我才发觉庆弟的影子，周身是汪洋想下地已晚矣，只得相跟着到了厦门，此事我已在书信中通禀。厦门上岸我把庆弟托付给乡谊照护，腾出空身去接双亲内渡，不曾料到，庆弟又悠地现身在渡船上，朝廷长期禁海，本来就是偷渡过去，正着遇到巡勇巡弋，一派肃杀森严景象。在躲避巡查时，我的脚受了伤，实在迈不开步，庆弟为掩我不被官家捉了去，虚晃着把巡勇引开，许是兵士追得急，他便跳海了……"汪春源讲述惊险刺激的情节，像是描绘一部离奇小说，他说完觉着眼前一阵天旋地转。不过，他把听着两声铳枪声响的事咽下了。

竹娘听罢无语凝噎，冯氏浑身瘫软在地上，蹬足长泣。李祖业倒显冷静，却也万没想到其中丝萝藤缠，竟如此骇人听闻，他翻着眼皮暸了汪春源一眼，自深长叹息一声说道："哼哼，汪举子说得清楚，我儿是个愣头青，摆好的阳关道他不走，瞎着眼往火坑里跳。秉天理循王法也怨不得别人，要怨就怨这脚下的三尺黄土，埋不下我李家的子孙，说到底嗣继无望是我这个老不死命里带来的定数。"说罢颓然地坐回马凳，抖了几抖才勉强划着火镰把烟点上，双目空空地望着房顶，接着吐出一口浓烟。

竹娘看爹憋着愤怒，她喘了一口气，盯着汪春源问道："衙门、作狱、肆坊、栈馆你可寻了？庆弟自小命硬福全，好端端的一个人，咋会几句话就没了，你似有事隐着不说。"

汪春源看着李祖业喷着烟满脸肃气，竹娘的眼神也直钻人心，只得硬挺着脑袋解释："寻了庆弟两月有余，能找的地方一个没漏下，别无他法，下余只得让捞……捞尸队出了

240

场面。"

冯氏自顾长泣，耳根也没闲，真真地听汪春源比划，哇的一声撕心裂肺喊上了："我的庆儿太聪明，这是招了造化的忌，短命夭亡……"

汪春源立时酒劲去了，惊得头皮麻酥酥的，他紧着跪地慰抚道："伯母啊，怪我思乡心切，一时乱了章法，早知如此，我死拉硬拽也断然不会让竹庆兄弟与我同行。是我糊涂，是我昏了头。"

李祖业"嗯"地立起身，紧咬钢牙，一字一句说道："本以为你读书万卷，有什么真才实学，我头竖得葱笔价听了半晌，原来不过尔尔！你不是糊涂吗？老材我让你清醒足了。"他顺手操起盆儿来，兜头浇了下去。

竹娘欲阻却来不及了，她瞧爹掼了汪春源一身脚水，心里又气又好笑，她扯过盆放到一旁说道："爹，您这是作甚？好端端的一个人让您泼成了湿鸡价的。"

汪春源的暖帽子掉在湿地上，浑身往下流着水，他用手一抹脸颊，嘴里吐出一口浑水说道："无碍！是我罪不可恕在先，伯父泼水在后，如能在我肉身上割下几斤来，换得庆弟平安，也算便宜我了。"

李祖业余怒未消，指着汪春源斥责道："听这鼻息你还通理呢，一个大活人相跟着你，却活不见人死不见尸，杀人抵命，你晓得吗？你的罪戾深重，想割几两俗肉蒙混我？扯淡！"

竹娘说道："爹，您老别气过头了，他有错，但罪不至死，咱们还是想法子再寻庆弟才是正道。"

"你且闭口！"李祖业喝住女儿，他惜疼闺女，鲜与竹娘

241

翻硬脸，这回真是气晕堂了，不打腹稿地说道："闺女啊，功必奖、过必罚自古通理，你不要再五迷三倒痴迷这个人。没瞧出来吗？他最不可靠，前脚与你吟诗作对唱和逗情，后脚就催命你爹往会馆捐银子掏我的家底子，刚甜乎句暖言软语，却撇下你单就去台湾寻亲，还拐带着把你弟弄丢了。这桩桩件件，只见上有天花乱坠，下却不见顽石点头，凡此种种，你透过心吗？"

不待竹娘应声，李祖业吸气长叹又道："世事如棋局局翻新，后头的事谁料的定呢？闺女，男女大防，不要弄得七颠八倒，今后让他别再登咱李家门了，你也不许对他再心存什么念想，除非……除非你在老子碗里放一把砒霜，待我情味苍凉地闭了眼，你再作打算吧！"他只觉喉咙一热，赶紧用手堵口，一口鲜血吐在掌心里。

三人见此慌得六神无主，冯氏吓得唇口抖索道："当家的，儿去了，你可不能再没啊……"

竹娘与汪春源凑到近前，揽着李祖业坐下，汪春源道："伯父，大人不计小人过，罪在我一人，您老千万别出岔子，余生我都会不安生的。"

冯氏摸出帕子抹李祖业的血嘴，李祖业挥手拨开，眼神直勾勾地盯着女儿说道："云雾里眼花缭乱，这高枝咱攀不起，也不敢攀，更不能攀，让他去吧……"

竹娘点头泪流满面，还未张口，只见汪春源含泪默声地给李祖业叩了三个响头，起身拖着湿皱的棉袍怅然自失离开李家。

经此，李祖业卧床半月余，孙郎中送来几味补药，谭禄滢来回探慰数次，与李祖业唠些贴己话，汪春源由友人处移居会

242

馆，本想来探病，生怕再引伯父燥火，只得从竹娘处悉知症况。家里用项急需银子，竹娘自作主张且把自家糖果铺面出兑了，仅维持着绸缎铺面。

京师维新思潮正盛，上海《时务报》创刊，维新派领袖之一梁启超应邀主持笔政，系统阐述了维新变法理论，指出"法者，天下之公器也；变者，天下之公理也……"汪春源攥着报纸，默念玑篇，激动之余，便高声诵读起来："西人百年以来，民气大伸，遂而勃兴。中国苟自今日昌明斯义，则数十年其强亦与西国同，在此百年内进于文明耳!"汪春源把报纸缓放于膝头，思绪放飞于推行新政的憧憬之中，心中渐次燃起烈火一团。

第十四章　相携手古坑缴饷械
　　　　　　传喜讯失子又复得

　　时令已是仲夏，台湾云林古坑山林中，缕缕晨曦洒落，薄雾尚未散尽，石壁山像一条慵懒、噬斗巨蟒，蜿蜒起伏，卧在远方天地交接之处。山中旖旎而来的涧泉，宽窄约三尺余，投鞭可过，纵马可越，在暗青辰光中潺湲静流，抬眼向上，约十丈外的一片樟林中，几十双眼睛正向下瞄着谷底。

　　靠前的一棵千年樟树旁，福来小声问正集目瞭望的竹庆："哥，整三日了，倭贼怎么还不到？我的肚皮都跟这樟子长一坨了。"

　　去年，竹庆为摆脱巡勇追拿，纵身跳海，抓住一截浮木，正遇潮汐西风劲起，半夜功夫漂到金山岛，遇好心渔家相救，饥路辗转、疲乏著行，终投王崇明帐下游击，在数次袭战中崭露头角，成为游击义勇标头。福来原本着章浦和安排，务了个营生，怎耐乱世不顺，便索性投了厦门抗日义队，渡到台湾，在一场数路义勇结盟与倭军混战中巧遇竹庆，从此再没分开。

　　竹庆直直地盯着谷底说道："你且忍得，为了这次截杀我们准备数日，彰化龙山寺饷械库距凤山几百里，山路难行，日倭不熟此道，怕是要耽搁些的。"

福来抹着碎发火铳上的露水又悄声问："哥，下这死本值当吗？也不晓得是肥是瘦，如若揩不出油水来，趴这里三日不动窝岂不冤死了。"

竹庆脸上掠过一丝转瞬即逝的得意说道："递来的消息说日倭屠了嘉义城，城中侥幸活下来的百姓已对日倭恨之入骨，得时便袭击倭军。凤山一战，全城化为灰烬，日倭的残暴天怒人怨，全台各地义勇烽烟四起，日倭的第四旅团已弹尽粮绝，五千多厉鬼在凤山眼瞧着要无米下炊了，这才从龙山寺急调饷械。递来的消息还说，日倭忙着与各地游击勇士缠斗，无兵可派，只纠集两个公所的宪兵押运，据说仅口粮就五十余车，你说是肥还是瘦？"

福来啧啧嘴说道："哥，你就是我福来的福星，这回不用饿肚皮了。我真想坐在凉轿里吃碗羊肉削面，再来十个天津石头门坎的茴香鸡子包，没荤腥来几个芽菜素包也行啊。"

竹庆扭头看了一眼福来没作声，复又峻严地盯向前方。福来又道："哥，你往家里打信了吗？"

竹庆答道："打了。在日倭的公所打的。"

福来脸上灿烂说道："哥，你真行。"

"嘘——"竹庆伸指挡着嘴，"你听！像是倭贼到了。"

福来拧耳细听，谷底远处的山道上传来辎车"吱呀吱呀"的行进声，紧着便见车队拐进山谷，接六连九看不到头。福来问道："哥，打吗？"

竹庆说道："稍停，咱这膛铳不够远，近了再打。"

辎车队伍鱼贯进得山谷，竹庆刚要施号，只听得对面山坡上响起一阵急促的羌笛声，打头骑大马的两个日宪兵吓得急紧勒缰绳，两匹马前蹄腾空长嘶一声。顿时对面山坡上铳声大作，箭如飞蝗般射向辎车队伍。

竹庆一愣怔，心想谁这般没心肺，这不是逞霸王之勇吗，于是大喊下令："弟兄们，生死存亡，在此一战，杀啊——"

两侧山坡箭镞带着鸣镝流星般地射了出去，直飞谷底，铳枪"噼里啪啦"如竹节断裂，击向日本宪兵。接着两侧战勇潮涌而出，呼啸着、呐喊着冲向山谷，瞬时谷底铁骑纵横、战马嘶鸣，刀剑闪光、铳声阵阵，冲得日宪兵队伍乱七八糟。日宪立脚未稳，骤然见对方挥着长刀、举着膛铳，红着眼睛大吼大叫地扑了过来，个个心惊胆战，抵抗并不激烈，扔下辎车一个个爬起身来，四散奔逃。不消片刻工夫，日本宪兵已被义勇队杀得所剩无几，空中怒卷着阵阵树叶，地下流淌着殷殷鲜血。

一个宪兵中佐丢掉一只靴子，瘸拐着腿往山上狂奔，竹庆、福来脚下利索，蹬蹬蹬紧追一阵，便到了宪兵中佐眼前。宪兵中佐眼见跑也跑不脱，回身屁股坐在地上，福来刚要举铳击毙，被竹庆拦住："捉活的，掏掏他的口信。"

此时，然见眼前一道白光犀利闪过，电火间宪兵中佐的头颅已落地，半张着嘴顺着山坡滚了下去，着宪兵服的一截身子还端正地坐在草坡上，览景致般安然入定。竹庆一惊，暗想好快的刀法，必定是哪路豪杰猛士才有如此绝妙的身手。福来刚要举铳却眼见一道弧影闪过，吓得边趔趄边"哎哎"地嗫啵嘴。

竹庆定睛看时，一个亭亭玉立的妙龄女子正回转身眼不眨地看着他。竹庆打量着这个十七八岁的姑娘，瓜子脸、笼烟眉、水杏一样的眼中波光流闪，颧颊红润，呼吸柔和自带馨香，额上可见细密汗珠，映着升起红日光晕扎目。一款对襟短袖上衣，腰布紧缠，下接一袭轻紫及膝长裙，红色护腿盘丝絮节。胸前挂一串贝珠，弯角坠着两个银制小象，搭扣处左右各有一枚骨钱，头上红绸盘髻，发髻上插着支七彩雀羽，看上去像天外公主般。

竹庆还过神儿，揖手道："巾帼不让须眉，女英雄好刀法，静如处子，快如脱兔，在下佩服。不过……"

姑娘问道："不过什么？难道你还要豢养倭贼不成？"

女子一接话，竹庆被伶牙俐齿问住了，倒不知如何应对。姑娘瞧着他哑然踌躇，心里生出几分得意，定眼看着眼前这男子还是蛮不错的一个人。脸膛宽阔，刚毅侠武，一条粗黑发辫盘于头顶甚是飒爽，无袖小坎贴身适宜，胸前和臂膀肌肉紧绷，凸凹结实，现出孔武有力的身形，加上腰间束带，越发神气十足。

竹庆经过历练，已是标目，很快镇定下来说道："击杀倭贼，人人有责。不过这厢货色还是要留个活口，看看能否掏出些消息，待来日为多杀贼子做准备。"

"嗬！"女子刀还鞘，说道："各人有各人规矩，在我阿美这里，我只让倭贼活过刀刃到刀背。"竹庆听闻"阿美"二字，心中一阵愣怔。自参加林间游击，数次伏击日寇未果，均被一个唤作阿美的人带领小队游击抢了先，今日得见尊容，原来是个女流，他既惭愧又敬仰。

竹庆说道："罢了。已然人头落地，说什么也迟了。"

旁边的福来看不过眼，嚷道："哥，这时你咋英雄气短了？明摆着是我们先捉到活口，却让她手起刀落给杀了，她给咱们赔罪才是。"

阿美咯咯一笑说道："小子，拱火是吧？请报上名来，试

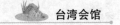

试我赛夏人的刀法如何？"

话音刚落，"嗖嗖"从四周树上跳下几个怪模样的人，赤着双脚，脸现刺青，遮身处围豹纹兽皮，肩上束着月光旗，颈上戴牛筋项圈，系着以兽骨雕琢而成各色花鸟鱼虫、豺狼虎豹吉饰，手持弦月弯刀，向竹庆、福来围拢过来，福来举铳对峙。

阿美收住笑容说道："诸位部众不要急躁，以众欺寡非我部所为，退下！"

几个怪模样的人执刀揖手答道："是！公主。"缓缓退到阿美身后。

阿美抱拳说道："适才只是一句笑谈罢了，我的这些属下不明事理，请壮士见谅。"

竹庆不禁抽了一口冷气，说道："女英雄心直口快、仁义通达，道歉大可不必了，同为保家杀倭，本就是志同道合的一家人，兄弟阋墙的事断然做不得，英雄请便吧。"

阿美瞧着眼前的后生文质彬彬，说话合情合理，倒也有趣儿，于是说道："这位壮士气度不凡，本姑娘倒乐得与你这个汉家男人打交道，敢问尊姓台甫，日后碰面也好有个照应。"

竹庆揖手说道："在下李竹庆，北京人士。前途艰难，今后还望女英雄周全。"

阿美眸子亮闪说道："哟，京师来得。本姑娘乃赛夏长老达鲁·乌茂的长女，我们赛夏祖灵祭快到了，恭迎李壮士来赛夏寨子做客。"

阿美正要催马而去，游击两队因抢夺饷械战利吵嚷起来，阿美抖缰到了近前，竹庆、福来也跟着过来，见此情景福来红着眼说道："哥，不获这些粮械咱们义勇游击就得困死、

248

饿死！"

不待竹庆言声，阿美抢先紧带马缰一个踏蹄便把双方分开，随手抽出软鞭在空中折了三响说道："诸位义勇兄弟，我们虽然分属不同标目，可我们都是同仇敌忾杀倭贼的将士，今儿个倭寇杀得痛快，又截了诸多饷械，各家兄弟不要抢也不要吵闹，这饷械到底归谁，听本姑娘说上一句。江湖上常说有福同享、有难同当，要我说这些截获两队各得一半，如何？"

原本剑拔弩张的双方，顿时击掌言欢，众勇呐喊："好！"

竹庆揖手道："谢谢女英雄！"

阿美向他投来经心芳草一笑，吹响羌笛，带领部众飞驰而去，消失在山道尽头，空留烟尘弥漫。

福来凑过来对望视着山道出呆的竹庆说道："哥，你今儿个像换了副心肠，气也软，话也软，眼神也软，莫非病了？"

经福来一问，竹庆自个儿心中也纳闷起来，平素快人快语，豪爽不羁，如今却斯文高奏、情软齐鸣。他没理会福来，只一味望着远处群山。这石壁山，北据彰化，南扼嘉义，自古便是兵家必争之地。高耸的断崖绝壁，蔓藤绕缠易守难攻。往北是连绵不绝的山峦，远看，它们不过是一个个土丘，形如卧虎，近看，才知每个峦巅之间却是沟壑纵横，四周俱是刀削一般的陡壁，守兵在上边放箭，下边就无法靠近，扼守于此定会收获不断。已赴台地游击一年有余，恍记着已是光绪二十三年夏末，再抬眼北望，便是一湾海峡。他思量，越峡过海便可遥看京师，可雾迷蒙，路几何？幽涧涟漪愁波涌，荆树摇曳有惊风，到底遮住云山第几重？他想家了。

李祖业躺在自家当院的凉榻上，正悠悠地摇着蒲扇，似睡非睡地纳凉，夕阳红光泄满院落，暑热燥气稍褪，他的思绪正如泱泱春水急蹄奔跑。女儿从铺面回来，跟他打过招呼，他懒着身子哼了一声，闭着眼拆女儿放在他手臂上的信件，他把眼眯成一条缝，躲着阳光看信，只看了几行，他便"啊呀"一声霍地从凉榻上弹起身来。

冯氏正给女儿拿冰湃葡萄解暑，当家的一吼，惊得手里的冰湃葡萄掉了大半，嗔怪道："谁又踩你老不死的尾巴？一惊一乍，唬得人心里直哆嗦。"

竹娘冰湃葡萄未进嘴便问道："爹，是哪个下柜打这节骨眼欠银子？也不瞧瞧什么时辰，还赊账！明儿我去催。"

李祖业看着娘俩儿，不着一声，已是老泪纵横，他涕着嘴强压着哽咽嗓子道："天……天不绝，地……地不弃老子啊……"

娘俩儿觑脸观望，不知这老头儿使得什么妖。竹娘从爹的抖手里接过信看，不禁喜泪涌出，冯氏不识字，想看也看不出门道来，于是灰着脸问他爷俩儿："老的抽风，少的也抽风，欠几两银子能把这家败了不成？"

竹娘抹着泪说道："娘啊，庆弟还现世活着呢！"

冯氏愣定在那里，像似没耳清竹娘的话，又问道："闺女，你说庆儿没死？"

竹娘含泪点头："嗯嗯，庆弟活得结实着呢。"

冯氏听罢，裂石般一声哭啼，腿一软便坐在地上吼喊道："该杀的儿呀……命薄的儿呀……不孝的儿呀……逞强的儿呀……作怪的儿呀……"冯氏嘴里切把能想到的遣词，一一数落个遍。

李祖业听着老妻数落儿子，"扑哧"一声破涕为笑，说道："褒贬褒贬，贬既是褒，生养壮儿先起贱名，秋收饱籽先撒污粪，老婆子咒得好啊！李家积德，家妇勤朴，终归是有好报应的。"

竹娘看着爹娘喜疯样儿，说道："不定哪日庆弟就回来了。"

李祖业拭了把泪说道："老婆子甭再吼了，我想吃二两烧锅子，快晤小酌一番。"

听到当家的兀自闹着要吃酒，冯氏从地上爬起身，拉着衣角拭着泪道："还没煮夜饭，吃哪门子酒呢。我给你煎个生米，捞个疙瘩去。"冯氏嘴里怨着，脚下却不停，迈着小脚进了灶间。

李祖业心里爽朗通快，持着烟袋锅子磕凉欖三响，唱道：

墙上莺啼，惊起书生半日闲。
驻足时光，振翅过他檐。
忘却堂前桃花，相伴已三年，
此时桃花待彼时，今日桃花只今朝……

竹娘见爹喜庆，便和着爹的唱词应道：

浮云终日行，游子久不至。
三夜频梦君，情亲见君意。
告归常局促，苦道来不易。
江湖多风波，舟楫恐失坠……

不多时，冯氏端着吃食，拿着壶樽出来，看着爷俩在飙戏说道："你爷俩打擂台，让我这个老婆子伺候。闺女，扯个方桌来。"

三口人围着方桌吃酒叙话，李祖业呷了口酒咕隆咽下说道：“这兔崽子！两载无音信，拖走我半条命，这回慰了心思，吹灯死了也能上得祖宗席面。”

竹娘说道：“爹，这瞅着通了邮路，庆弟会常打消息过来，您再也不用蔫着脑瓜子怯面熟人了。”

李祖业说道：“闺女，半点不假，得这好彩头，恁谁撕巴去！你爹我潜憋多日，也该着喘口舒坦气了。喔，倒忘了，且把账簿拿来，曩时没甚指望，只得勉强经营。现如今小兔崽子起死回生，我又有了儿子，要多备些银子才算有个交代。”

竹娘回到屋内取回账簿说道：“爹，近日古香缎购售两旺，主顾下柜争相差人下定，正愁上哪儿摆弄些货，填上这奇货亏空，莫负了老主顾的心。”

李祖业接过账簿，端详细审一阵，红着脸说道：“闺女，老话说人生斯世，运数无常。你爹我亏欠了你呀，年余间我心气不济，没心思过问铺面上的事，想不到你一个女子竟比你爹经营得好。枉说沽售了糖果铺面，专这绸缎铺面却比从前两个铺面的进项还殷实呢。”

竹娘泪水在眼窝里打转，脸上却笑得灿烂说道：“爹，您老人家教导有方，见天儿您对闺女耳提面命，再蠢也能学个一招半式的。若有人兮天一方，忠为衣兮信为裳，经营生意无非就是白面对人，讲究两个字——诚信，您老不也常挂在嘴上嘛。”

李祖业端杯尽饮说道：“经营生意讲个诚信这倒不假，可你那些文词爹就不懂了，现在想来，你幼时拜先生的银子真真是花对了地方。”

冯氏不插言，只笑着瞧爷俩相谈生意上的事。李祖业合上账簿说道：“一夜西风狂，眼瞅着要入秋，拿古香缎裁新衣，

252

是这四九城的俗承，按说多备些货才是。只不过这阵子河北、山东闹乱子，听闻跑单帮的几家货商已缩了头，不再下苏州进货，路上不静，怕破财又舍命，看来要等些时日了。"

竹娘说道："这事听顾师傅念叨过。积水潭掩了漕运，昨个儿我差小伍去通州码头打探消息，闻听水运来一批古香缎已报捐完税还兑了贴，要卸在码头，这次货量大，除供几大布行还散卖，可以去碰个运气。"

李祖业眼前一亮，转而暗淡下来，吁了一口气说道："唉，老顾正卧在炕上，病得起不来，小伍又太嫩，砍个价都不知道从哪儿下口，我这身子也糠着，禁不住晃荡，事不凑巧，这个银子咱赚不成，负了主顾、下柜也是迫不得已。"

竹娘说道："爹，我带小伍一道去，这裉节上咱不亏货，主顾下柜才能对咱另眼相看呢。"

李祖业思忖一阵，一下子抬起头来，幽幽地说道："闺女，上货爹倒不担心你，可这城外不太平，你的安危可没保险了。"

冯氏听到女儿要出城，担心道："听说那个什么大刀会闹得正凶，洋人也跟着凑热闹，你出了城，若看见有闹事介的，记着躲得远远的。"

竹娘点头："二老不用忧心，我会相宜行事的。"

叶题雁与同僚在台湾会馆饮茶闲叙，只听他道："圣上谕内阁，开缺了袁世凯的直隶按察使，以兵部侍郎候补，仍专办练兵事务，并授造膝密陈之权。此人手中握有兵权，如若能保圣驾无虞，变法或许还有活路。"

旁边坐着的韩给事中，吹着茶盏里的浮沫摇头说道："这个袁项城本已是籍闲之人，却暗中攀附李中堂，这才弃闲擢拔到朝廷委以衔职，终又靠上位高权重总理大臣荣禄这颗枝繁叶茂的大树，才得以手握重权入主小站主持练兵。李中堂、荣禄大人皆为太后宠臣，袁某又是个冠帽里涂蜡，滑头滑脑的主儿，他究竟选站哪队还未尝可知。"

光禄寺张少卿边剔着茶牙边说道："他与康有为、梁启超等维新派也过从甚密，入了康梁的强学会，维新一派早已视他为同道中人了。"

光禄寺张少卿言毕，一广东古鹤进士补子起身说道："张大人这话不虚，这个袁项城一边抱着'后党'的暖壶不撒手，又一边给圣上呈万言书，拥护改革变法，猪油里滚皮子两面净光，这叫作生天铺路、地狱找门，两不耽误。"

韩给事中说道："这也正是他的可怕之处，庄子曰'含其明则天下不铄，含其聪则天下不累，含其知则天下不惑，含其德则天下不僻矣！'作左右逢源两厢讨巧之事，是因彼思迷心糊，不明不聪不知不德，非君子所为，历数千年，浮沉自如之人祸国殃民者居多。如今变法已是弓拉满箭将离弦，而袁项城却是悬在维新派头顶上的一把尖刀，一着不慎则刀落事败、满盘皆输。"

众人七嘴八舌也没论出个因果，汪春源支耳细听了半日，站起身说道："变法乃救亡图存之正道，袁某若认清大局，专注于我中华之强盛，必能在此次变革中做出一番惊世伟业。不过，听闻这厮面圣后，便马不停蹄地返回天津兵营，此项预兆或大吉或大凶，看他如何权衡抉择，我想近日便见分晓。"

叶题雁听罢觉得头一阵发晕，颓然道："不是捷力便是累赘，难道……"他心里一紧，剔味悬胆地把话咽了回去。

众人散去，汪春源却还品味着适才漫谈，谈及袁世凯他才恍悟，袁某手握兵权，急召进京又匆然折返，看来这场博弈比自己想象得还要激烈残酷。正思忖，竹娘却笑着进来。

竹娘进门便问："方才与一众花团锦簇的官家打个花胡哨，今儿会馆有什么举动，瞧这阵仗作派？"

汪春源笑道："非也，一群弄乱了自己营盘、心灰意懒之人，聊了一阵子淡话，过过堂、填填心馅儿。"

竹娘说道："哦，原来如此。也是啊，朝廷风雨骤，忽尔振屋瓦，忽尔鼓雷霆，忽尔饰甲胄，哪个还有心思枢密公务？"

汪春源点头说道："有道是朝雨明窗尘，昼雨织丝杼，暮雨浇花漏，各有各的用道，捉一堆聊些淡话，也只当疏心解愁，权作排遣有道了。"

竹娘莞尔一笑说道："真个是几家欢歌几家愁，告诉你件骇事，可解你的憾疚。猜猜看？"

"嗯？"汪春源愣住了，思索一通无果，虚问道："莫不是与庆弟有关？"

竹娘咯咯笑着说道："真个线头落在针眼里，凑巧猜着了。庆弟已差信来，他在台湾平安无恙。"

汪春源呐着嘴、瞪着眼、双拳紧握，半晌没言声，沉抑年余的塞结终要解开。他倒觉着有些不适应，胸腔里堵着的一口气咽也咽不下去，吐也吐不出来，泪水在眼眶里转了几个圈，终将郁气咳了出来，抓住竹娘的双臂使劲晃，像面对久别乍逢的故交，嘴里叨念着："庆弟安然，李家之幸……春源之福……庆弟之造化啊……"呜呜地哭起来。

竹娘看着汪春源失态痛哭，知他抱憾日久，日成心疾，他背负的压抑苛责不比李家少到哪儿去，不由得心里一阵发紧，

255

鼻头发酸，眼泪簌簌往下落。她默言无声抚着他的背，安慰着哭得像个孩子的汪春源，两个泪人用泪水和着房内凝结的空气，心有灵犀却相对无言，直至谭司事唤他用夜饭。

第二日，竹娘一早便到铺面点对码头上货的现银、兑票，打发小伍出去租车。待她且把马绳、扎带等物准备齐全，已是巳时初刻，却不见小伍租车回来，再晚些，她们若从通州折回一准是下夜，爹娘非急死不可。她便上了铺板，去车市寻小伍，拐过街角，便见一家铺面前很是热闹，吹吹打打，不问便知是哪家生意开张，这年月开张关张是常事。她心里有事，也不在意，只肖瞥上一眼，却发现小伍在看闲的人群里抱着肩膀、伸着脖子凑热闹，平常她待小伍如弟，今日却事大时急，哪容得耽搁时辰，心里的火气一下就蹿上来。

她走到近前，瞄着小伍的耳根子往上一提说道："什么时辰了，还在这里瞧热闹？"

小伍疼得直咧嘴，兜眼一瞧是竹娘，知道自己只顾看风景，误了大事，龇着牙花子大声哀求道："哎哟哟！好姐姐，您大人不计小人过，饶过我这回吧！马车租下我才敢凑这热闹，这洋人开的医馆就是不一般，响器吹得新鲜，给我迷倒了，下次再也不敢了。"

竹娘撒了手，肃绷着脸说道："你不改掉凑闲的毛病，我便不应姐。"

小伍摸摸耳朵又嗅嗅指头嘻嘻笑道："姐，您的掌面指头真香。"

"甭耍贫，误了时辰撕搂烂你的嘴。"俩人说着，走到车前，正要驱马前行，只听身后有人喊她："嗨嗨，我的朋友，请留步！"

256

竹娘和小伍停了脚步，回身时一个金发碧眼的洋人正笑着看她，感觉面生，一时想不起来在哪儿见过。

　　竹娘正疑惑，洋人几步来到近前比划着说道："会馆，大胡子！嗯？我的清国朋友，第一个，嗯哼？"

　　竹娘猛然记起，会馆义卖当日施救张掌柜的洋郎中，笑道："哦，你是克……克……"

　　克鲁斯眉毛一挑，几乎要跳了起来，说道："克鲁斯！哈哈，你还记得我，太美妙了我的朋友！"

　　竹娘指指克鲁斯，又指指地面说道："你这是……"

　　克鲁斯摸着净光的下巴说道："剃光了。用你们清国的话说'一毛不拔了'，哈哈！"他伸着巴掌指向医馆道："诊所，我的。他们讲我这是'另立门户、单挑儿'，你是我在清国的第一朋友，你要常来看我，不要来看病，不好！"

　　竹娘乐了说道："祝贺你另立门户，改日专程拜会。"

　　克鲁斯说道："还望姑娘提鞋（携）啊！"

　　小伍捧腹大笑，竖着拇指说道："你的汉语说得好。"

　　克鲁斯揖手说道："本人不才，承蒙谬赞。"

　　竹娘看着时辰不早了说道："克鲁斯先生，今儿个有要事在身，不再打扰了，告辞。"

　　克鲁斯虽意犹未尽，也只好作罢，说道："请便吧，我的朋友。"

　　与克鲁斯告别后，竹娘与小伍赶着车拐到铺面取了家什，便直往通州簌行，不到半日功夫，他们便到漕运码头。旌旗猎猎，八旗和绿营的军士在码头来回巡查，他们来到通运仓房，竹娘寻着苏州客商，攀谈商定货价，付了银子、交了官税。小伍提醒竹娘说码头正捕逃犯，竹娘说不在码头安顿打尖了，紧

忙使钱唤了两个力工同小伍一道装车，她借着空当牵马去后院
饮水喂料，刚走到马厩处，突然她脚下一阵响动，自己的脚脖
子被一只手死死钳住，吓得她大叫一声。低头看时，那只手缓
缓松开，撒在地上不再活泛。竹娘提着胆子掀开料堆，只见草
料里躺着浑身沾着血迹的男子，右手紧紧握着一把长刀，看来
他腹部受了重伤，殷红血迹渗浸到外衣，面色苍白，意识含混
不清，她找了几片麻布，缠在男子腹部伤处，重使料草掩上，
急步牵马出了后院。

　　仓房前小伍正给力工结光绪铜子儿，竹娘吩咐套车，耳语
着让小伍把车赶到后院，她趋步上前，揭开料草。

　　小伍瞧见血淋淋的一男子说道："姐，我们报官吧，这厮
定是官兵捉拿之人，捂着不报会吃官司。"

　　竹娘却镇定如若说道："如今乱世堪忧，即使官家捉拿也
不定是好人坏人。暂且匿着带回去，医好了伤，查问清楚是好
是歹，再论报官不迟。"

　　小伍只得硬着头皮，将男子拖上马车，用料草和布匹掩
实，转过马头向外走，担忧地说道："姐，瞧着他像被火铳击
了，孙郎中怕是医不好。"

　　竹娘闪眼看了看小伍，心里也狐疑不定，嘴上应付道：
"折转城里再寻法子吧。"

　　小伍噢了一声，说道："许是那个克郎中能治。"

　　竹娘眼前一亮，沉吟片刻说道："小伍，你这提醒妙，入
了城奔克鲁斯的医所。"

　　车行出约摸十余里地的样子，只听车后有响动，小伍勒缰
停下，他们绕到车后，扒开盖料，只见男子嘴唇张翕，弱着声
音说道："水……水……"

小伍取了水囊扶着男子的肩膀喂了几口，男子喘了几口粗气慢慢睁开了眼说道："在下……在下金钟罩山东坎门弟子张三保，多谢二位恩公仗义搭救。"

　　小伍捏着水囊问道："姐，什么是金钟罩，他说得玄乎，莫非是什么生天神犼？"

　　竹娘瞧了眼脸色惨白男子说道："金钟罩既是大刀会，他们反今朝，复前朝。"

　　张三保听罢说道："本……本教以诛锄西教为旨要……"

　　竹娘问道："你为何人所伤？"

　　张三保吸着气，尽量使自己平静下来，他闭起眼像似压抑着疼痛，脸上显得凄凉和茫然，稍时缓慢睁开眼说道："西洋毛子！圣米厄尔教堂知道吗？"

　　竹娘与小伍互望了眼，看着张三保摇摇头。

　　张三保没理会，又继续讲述着他所经历的一切，说道："教堂里洋人是通州李衡泰大恶霸的罩爷，只因那李霸天入了教，并与南城裕庆恒会素有勾连，便无法无天欺男霸女。我教刘兄弟，他的妹子年方十一便是被那恶霸糟蹋致死，我们找李霸天理论，洋毛子牧师却出面护着李霸天，把刘兄弟也打死了。我们便去告官，通州府衙装聋作哑、不管不问，于是我们一气之下便放火烧了教堂，洋人开了火铳枪把我们都打伤了，狗日的官军也趁机捉我们，大家只得四散逃命，混乱中我与兄弟们也走散了。"

　　张三保说了一阵子，越发显得虚弱无力，沉沉地躺了下去，竹娘和小伍用料草把他盖实，卷尘疾行。

　　天刚擦黑车马已行在前门外的石街上，又约半个时辰，便到了克鲁斯诊所门前，两人搀着张三保趋步往里走。克鲁斯抬眼见生意送上门，眉开眼笑起身相迎，走近一瞧是竹娘，便问道："噢！天呐，想象不到，我的第一个病人是你照顾的，太棒了朋友。"

小伍没见过嬉皮涎脸治病的郎中，说道："咦？姐，这克郎中有癫症吧？见着病人不掉泪，然而像捡个大元宝。"

"我也不摸底。"竹娘又说道："克鲁斯先生，我的朋友让火铳击伤了，你能治吗？"

克鲁斯解开张三保腹部的血湿麻片，仔细察看一番说道："这个我在行，要手术。"

似迷似醒的张三保，经人一折腾，恢复些许神智。他抬起发沉的眼皮正与克鲁斯四目相对，他用力眨眼再睁开仔细一瞧，一张洋人的大脸正对着自己，他使出全身力气啐了一口说道："滚——"

克鲁斯抹着脸问道："哇，朋友这是你的见面礼吗？很好，很隆重。"

小伍嗤嗤笑道："克郎中，开张大喜呀！"

克鲁斯摇头道："不不不，这个朋友不喜欢我。"

竹娘用力扶住张三保摇摇欲坠的身子说道："张义士，他是郎中，虽说是个洋人，但他能治好你的伤。"

张三保喘着粗气，两眼圆睁直瞪着克鲁斯说道："他们这些老毛子，没一个好东西！"

克鲁斯一缩脖说道："这位朋友，我是个好东西。你流血太多了，不止血你会死掉的。我帮助你止血，我有麻醉，你不会痛苦。"

竹娘说道："张义士，克鲁斯若是坏人，他不救你便是，何必跟你饶舌？我作保，他定不会加害于你。"

"你们都被障了眼。在教堂我亲眼所见，这些洋人弄些杯杯罐罐腌上人的手脚、眼球子，还有没足月的胎儿，他们定是习练吃人的妖术。"张三保满目恐惧，嗓音也有些哽咽嘶哑。

　　克鲁斯摇摇头，一本正经解释道："不，朋友，那是实验标本，用来开展医学研究，不是供人吃的，你不懂。我克鲁斯吃素，不吃肉，相信我朋友。"

　　张三保挣扎中殷红的鲜血又渗出来，克鲁斯说道："噢，再不手术他真的要死了。"

　　竹娘向小伍、克鲁斯递了个眼色，三人会意。竹娘说道："张义士，恕本姑娘无礼了。"竹娘和小伍一起用力，把张三保摁在长凳上，克鲁斯拽过张三保一只手臂，把麻醉剂注入他的身体，张三保鬼使神差似的缓缓闭上双目。

　　小伍咧嘴惊叹道："咦——老娘个魂儿的，克郎中真个儿有妖术唉！"

第十五章　入棘城擢拔青云士
　　　　　赠莹玉投石遭冷遇

　　顺天府贡院坐落北京西南隅，自有明以来历为朝廷抢才大典最要之地，迭经修葺，其规制比之六部衙门还要壮观宏伟。径深一百六十丈，东西七十余丈，外边一道墙高足丈四，雉堞上栽满了密密的酸枣树，名为"棘城"。沿正道而入，东西两座牌楼，龙凤石雕围边儿的大匾内外各书四个斗大水金沥粉字，东牌楼外枋题、西牌楼内枋题为"明经取士"，东牌楼内枋题、西牌楼外枋题为"为国求贤"，进出贡生均可展目览见"明经取士""为国求贤"。入了南大门次第为二门、龙门、考棚、文昌槐、明远楼、至公堂等。明远楼位于贡院中轴线上，为贡院最高宇筑，监官站在楼上可俯瞰整个贡院。明远楼侧旁的文昌槐，根深蒂固，根须生在甬道之东，主干却蜿蜒向西，长势如同卧龙，据闻此株前明老槐牵扯贡生文运，入院贡生必要膜拜。

　　光绪二十四年阳春三月，白天很暖了，贡院外，墙下那片桃林在春风抚慰下摆动着明艳娇媚的风姿，在炫目的光影中摇着枝丫，传出一阵浓烈的清香，给人一种恬适和清冽的感觉。贡院内，十八房考官会同各衙抽来办差的监试厅笔帖式，弥封、受卷、供给、对读、誊录五所长官和吏员足有三百余人，疾趋于《千字文》经序的一排排林立的考棚之间，有的人逗留于号舍封卷、押印，这是春闱第三场将毕。贡生在号舍内吃喝拉撒睡九昼六夜，如同坐了回活牢，三声炮鸣，千余贡生迷迷糊糊摩肩接踵，一手提篮一手秉剩烛，嘴里含叨着《贡院坐号便览》，自贡院南门鱼贯而出。

贡院大门外，蔫果拎个食盒在人群之中伸头辨瞧，终见汪春源缓步走出来，看他下意识地仰头看了看头顶上的青色天穹，瞧不出是悲是喜，届时汪春源驻足四下观望，蔫果知道是找自己。

蔫果急忙招手道："老爷——这厢！"

汪春源寻声看去，见蔫果喜着脸唤自己，便款步过来，蔫果紧迎几步笑道："恭喜老爷高中鳌头、韶华满新！"

"司事教你的吉祥话倒是一句没忘。"汪春源抹了把紧绷的脸面，把提篮放在地上，舒展下胳膊又道："这几日陪考，也煎熬你了。"

蔫果又笑笑说道："主顾金榜题名，是我这个常随跟着您沾光，会馆的司事、客众们也都挂着，这不，又给您备下了一盘子糕，一盘子粽，还有一盘子蒸鼋鱼，给爷图个吉利。"

蔫果打开食盒，汪春源细瞧时，盘底还铺了香草，他晓得这几日"棘城"里的吃喝用度是竹娘有心了，说道："周婶厨艺真是不一般，能有如此精细上等吃食，我愿再考上它几日。"

"嘿嘿。"蔫果磨嘴一笑说道："老爷，您有所不知，状元斋可不是见天儿都有。是姐……噢，是周婶请了上厨做下的。"

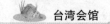

汪春源不再打问，慢着蹲下身子，扯下两片鼋鱼肉，一片放在口中，另一片递到蔫果嘴边说道："你劳苦功高，赏你吃了它。"

肚里的馋虫勾得蔫果发慌，张嘴且把肉吃了，边嚼边说道："真香！我能进得这贡院就好了。"

汪春源说道："汝非鱼，焉知鱼之苦。哟，怎么有胡豆味儿，明记着周婶下厨从来不使胡豆的。"

蔫果正吃得自得意满，随口答道："李姐姐且把她的娘亲请了来，死活让冯大娘给您拾掇入试饭，冯大娘说'鼋鱼配胡椒，状元往家跑'。这鼋鱼配了胡椒，鼋肉就不是鼋肉了，便成了龙肉了！"

汪春源哽了一下，张张嘴却无话。蔫果看着汪春源眼圈红着僵在那厢，知是自个儿说走了嘴，咽了一口说道："呸，我这张臭眼带拐弯的嘴儿，二钱话都存不下，老爷您莫怪，我想李姐姐不是有意虚瞒您的。"

汪春源长叹道："你也别癔症，不怨你漏嘴，你打开食盒我便知道了。"

转眼月余，贡试放榜的时辰到了。汪春源赶到顺天府衙时，已过巳牌时分，榜早已张过，乱哄哄几百贡生，有的眉开眼笑，有的庄重矜持，有的故作沉思，有的一脸阴沉，有的漱漱地落着泪离开，中间夹着一群一伙看热闹的闲人，他们不看榜，只看众贡生的千情百态。汪春源紧张得心嘣嘣直往腔子里跳，别人说什么一句也没听见，只逆着人流挤着向榜墙。果见衙门东西两侧各有长长一道明黄榜文，密密麻麻缀着贡试人名单，自分正榜与副榜，东侧为中试的正榜，西侧为落试的副榜，榜前头还有公布榜文府告，掺金粉笔写就八分正楷，阳光

264

下显得异常鲜亮。

汪春源先挤到副榜前，挑着姓汪的，再看名字，却是没有。他舒了一口气，又挤到正榜前看名字，"汪春源"名字赫然在上，他只觉轰然一声，蓦地一阵头晕目眩，自个儿的名字在眼前乱飞，热汗立刻浸了出来，脸颊上，耳根后，脖子上涔涔溜下，刺热得倒也爽快。他抬眼上看，府衙高墙内成树高拔，满庭荫枝艳绿欲流，骄阳如炽榴花似火，只"吃杯茶"鸟儿在枝间跳着唧啾有声。他抹了把涔汗，无意间却瞥见一个熟悉的身影打眼前一晃没了行踪，他便憋足气挤出人群，四处张望，见一女子头束浅露，如跮跮踘虎挚，风摆柳似的，从身形断判是竹娘。

汪春源急趋着追上去，横挡在竹娘面前，匀了口气道："九日六夜'棘城'困顿，没有你的用心，我怕是要大病一场。"

竹娘看着汪春源满头雾汗，从宽袖里抽出帕子给他说道："你没邀我同来瞧榜，莫不是怕我沾了进士及第的喜气儿？"

汪春源用香帕拭着额上的汗珠，不见了佝佝儒风，满脸绯红道："说来难以启齿，心里不捉底，文章憎命，果真正榜无份铭了副榜，且辜负了你，斯文也扫了地。"

竹娘掩不住眼里的喜色，边走边说道："你温文尔雅、楷悌端庄、学识精进，正榜题名应在意料之中。你入试那日便给你摊了鸡子儿，垫了香草，覆了红果，名曰'金榜题名'。娘亲亦在正堂摆了祈案，燃了佛香，敬了酱猪手，捐了肉松糕，名曰'步步高升'……"

不待她说罢，汪春源把拭湿的汗巾塞进侧怀，腾出双手一把攥住竹娘嫩黄一双小手，眼中熠熠放出光来，说道："你在我心里如荆山之玉，灵蛇之珠，雾山之翠，日夜心心念念，今日得偿所愿，听我嘱咐，我要你即日为我披上霞帔，我将终老不负你。"

竹娘一下槌钟打鼓心里乱了方寸，双手抽也抽不回，挡也挡不脱，只得红着脸说道："光天白日的，你颠魂迷痴的样子，让我好难为情，你平日的洒脱哪去了？"

汪春源仍不撒手，说道："洒脱？其实要看什么时候，对什么人。比方这会子，独你让我斯情，还怎么洒脱？"

竹娘已羞得无处安目，顿着脚说道："撒手哟……你这行端逆背了儒道，毁谤了禅道，羞煞死人了！"

汪春源还是不撒开，说道："皋兰被径兮，斯路渐；湛湛江水兮，上有枫。你已是我命中的兰草枫枝，就让我弃了斯文做一回痴汉吧！"

看榜的贡生陆续回转，路过瞧着他们的作派笑出声来，一位贡生吊着面皮高声吟道："前阙《论语》金榜题名，后阙《老》《庄》洞房花烛，如此看来，天下文章无外乎四声，'去上平入'也……哈哈哈……"

接着又一贡生吟道："君是人间情种，此乃情爱老夫。殷殷且问君家，云岭曹溪何处？"引来一阵嗡嗡哄笑。

汪春源听着贡生高亢下流的诗吟，猛然醒悟，自个儿的自是鲁莽，差点儿污了竹娘清白，油然耳红心跳，针刺似的撒开手说道："我非轻薄，奈何一时迷乱了心窍——"

竹娘扯紧了浅露，掩了面目，心里却未苟谴，两情相悦像阳光中微风摇动的蕙草，<u>丛丛香兰</u>播散的芳馨，已然琴瑟和鸣，沁入二人心脾。她心间咚咚作响，满脸羞涩说道："你随性干唱《招魂》曲儿，我这厢却还未做成收魂幡。谓然：主

266

人瞋小，欲向东风先醉倒；已属君家，且更从容等待她。"

天断黑，竹娘就着莹莹灯火儿边理铺面的账目，边思忖白日里看榜的事，动情时哑然而笑，冯氏端着一碗瓠羹放到她面前，问道："有什么额外进项介的？且把闺女喜嚼成这样！"

竹娘收了神儿，抬头看着娘说道："再平常不过了，哪有什么增银呀！"

冯氏吊着嘴角道："唏，瞧你那痴面儿，还以为你给家里捞回座金山呢。"

竹娘挤着眉眼逗乐她娘说道："您老人家若是盘账面，多出座金山倒是有可能。"

闺女戏她玩笑，冯氏回逗女儿："你笑我不知书，见底浅，娘要有你这识字排场，早就是大户人家的诰命夫人了。"

吃罢瓠羹舒坦躺在安乐椅上闭目养神的李祖业，听得老妻跟女儿嚼不受听的舌根，瞿然开目，瞳仁中流动着轻屑的光，诹讥道："你个老婆子，蒜头子发芽，心忒多。"

冯氏一哂嘴道："哪厢话又碜了你的绿豆老眼？羹汤都堵不住这细鼻口。"

竹娘捂着脸偷笑。李祖业立时坐直了身子，直眉顿眼斥道："你这老妇，咋个骂我是王八？"

冯氏嘻笑道："你也别寒碜，王八且知百年翻潭一回，顾着一窝子性命，透口气儿不被憋死。你且顶盖一挺，四脚支棱着不动，像塑身的泥佛。"

李祖业冷抽着嘴说道："虽说你这婆子认字如同看画，要论骂人你却是高手呐，秤杆子塞进屁沟子满肚肠星眼儿。"

冯氏欲要回嘴，竹娘却道："爹，娘这是抬举您，王八本色延寿，竹林七贤也常扮王八示人，原是风雅事嘛！"

李祖业说道:"风雅不风雅且不论它。你的这个娘,这些年尽是跛子放屁一股子邪气,挤兑人真是无话可讲。还什么诰命夫人,这个家委屈着你了?"

冯氏知是当家的有倔劲儿,仍笑着道:"你也甭挑刺儿,要说委屈,闺女最委屈,攒着劲儿给李家划拉银子,眼瞅着多大啦,也不寻个人家,且着你就是个光脚丫子的和尚,两头光、净落儿好。"

李祖业睁着圆眼说道:"呵!怪不得呢,你灌我半日凉茶,打这儿歇脚等我哩,不嫁闺女?我没这心思。你这老妇,像吞了黑芝麻似的,满肚子黑点子。"

竹娘听罢,品着滋味,原来俩人敲木槌,是唱双演戏给她瞧,爹娘舐犊情深意切,她为之容动心啜。于是说道:"你俩唱这出双簧,闺女明白着呢。爹,您老这身子骨还虚着呢,该节劳才是。娘,您这章程就不对了,庆弟不在跟前侍候,少了我,谁跟您说体己话?这厢事我觉得颇不受用,我不能撇下你俩,只虑自个儿。"

李祖业脸颊微微抽动一下,舒了一口气,从齿缝里蹦出一句话来:"闺女——不能把你拴在生意上,李家没这规矩。"因为静,这句话虽话音不高,听来十分清晰硬挺,隐隐带着悲鸣之音。

竹娘逆着心意静静地说道:"这是嫌弃女儿眷家了。"

冯氏听出闺女的弦外之音,阴着脸思量半晌,轻咳一声说道:"庆儿在外打埋伏,薅不着毛儿,娘再不把你攥在手上,妥当地嫁了,娘这心里亏欠着呢!"

竹娘说道:"怎我嫁到别处,您老才欠空呢。您跟我爹拌嘴扯事,谁得势还拿不准呢,我得给你们做见证人。"

李祖业冷不丁问道："闺女，闻听春源上了春闱榜单?"

竹娘目光熠然一闪，随即淡下来，自顾一笑摇头道："我哪晓得，爹是何处得了信儿?"

李祖业看着女儿，知是她打了谎语，也不揭底儿，说道："天麻苍时，司事登门拜访，说汪举子卓了进士榜，你娘侍弄入试饭功不可没，约好明儿摆席面儿。"

"哦!"竹娘颜色霁和徐徐说道："司事一本正经地出山，瞧这阵势排场摆得小不了，你俩可算能捞回子大油嘴儿。"

冯氏扯着竹娘说道："闺女，你不上心撺掇，我哪有时运给进士大人侍饭，你与爹娘一厢去，沾包了这福运。"

李祖业从安乐椅晃着身子起来说道："空手去吃酒总归不好，家里还有两坛汪进士爱吃的酒枣，闺女你拿了去，也算是贺礼了。"

爹娘当面递哄话，竹娘心里清楚，可她与汪春源走到了荆棘刺窝儿，她自有考量秤，莞尔一笑说道："我去不去不打紧，汪进士也不较真这些虚礼，他榜上题名，正在兴头上，不受礼也是欢喜的。"

李祖业说道："你还是过不去庆儿的坎? 爹细想想也不全怪汪进士，你这个弟，天生刚直勇猛，他也拢不住你弟不是? 依着我说，你也别太清凉，觉得对不住爹娘和庆儿，索性忘了的好。"

竹娘说道："如今这铺面情势，我的精神也顾不到这头，这事您二老也甭操心。明日要出货，我乏歇了。"竹娘回了里屋，空留李祖业、冯氏面面相觑。

翌日卯时时分，竹娘便来到铺面打理，今儿个是出货的吉日，按约定天和商社的伙计不时要来上货。小伍把布匹已在柜外码齐,她挑着种色来回数了几遍,觉着没啥差池便放下心来,这才拨开吊子上的炭火,煮茶消早。

只听小伍在门外给人请安:"爷早啊,顺请康安!"

一个声音大声回道:"即请道安。"

竹娘思忖小伍一向不论礼数,今儿个却周周正正地给人请安,甚至荒诞可笑,呆了一下,却见井口满面春风地跨进门。

竹娘把火钳子放进炭盆里,深施一福说道:"这厢事还有劳先生亲自挂帅,真是难得。"

井口看着竹娘一袭粉色,映得一张俏脸分外晕娆,发鬓乌黑发亮,衬得如翡玕立,他用余光偷闪一眼,且把手里的包裹,放在台面,揖手说道:"我是来监工的,伙计粗手笨脚的,且把你这上等布料再折腾出个好歹来,你不疼,我是心里疼。"

竹娘听罢"扑哧"一笑,边沏茶边说道:"先生待这不喘气的死货,像待活生人儿,真是佛心佛性。"

井口说道:"佛在灵山,灵山在心。来清国这几年,结朋交友无数,就数你让人仰慕,不瞒你说,你就是我心里的那座神祇灵山。"

竹娘沏了茶,井口接过茶盏坐了高机上低头吹浮茶,她笑着随口问道:"灵山有四祖,如来、东来、燃灯、接引,不知先生供奉得是哪尊?"

井口饮了口茶抬头灿笑道:"如来,必是如来佛祖,有求必应。"

竹娘斟了茶顾饮一口说道:"看来先生算作得法净土了。"

井口说道:"自飞鸟时代,我大日本帝国子民既已佛化,时下净土宗和日莲宗最为鼎盛,不过二宗如何自诩正统,但均为大乘佛法的传袭。"

竹娘说道："据史载，你们日本国自钵承中华佛法，众生教化、万民生息，想必没有负我泱泱中华给你们起名——日本国。"

井口摇头说道："你有所不知，日本国民虽顶礼燃香，却始终没悟中华传统要旨，贪嗔痴三不善根仍在。"

竹娘笑道："先生倒是坦诚，不过众生芸芸，怎能一刀裁齐？倒是先生像是顿悟之人，祛了三垢从善如流，如若没有大和商社的襄携，李家不知道如何渡过这难关。"

井口微笑着起身解开包裹，把几盒精致点心摆在台面上，说道："举手之劳，你何必耿怀。昨个儿我从汉口公务回来，带些特色点心，尝尝是否合味口。"

竹娘瞧着台面的东西，说道："谢过先生了。我吃了这些点心果子，看看能不能去了我的'三火'，生发出慧根来。"

井口说道："你本是繁星满天、晓月如皓的女子，再生出些智慧来，两下一比，我岂不成了白痴？"

竹娘说道："先生谬误，我本是寻常女子，并未有什么出奇之处，先生倒是仪表堂堂，风雅得很。"

此时，井口带来的两个伙计相跟着小伍进来，小伍说道："掌柜的，宋锦二十匹、云锦二十匹、苏雪缎二十匹、花素绫十匹，均已装上车，看井老爷是否回驾？"

井口的眼神里掠过一丝不快，转瞬嬉着脸掩过去，他清了清嗓子说道："稍待刻时，我与李掌柜再商议下批布料。"

两个伙计答道："嗨！"行了礼便出去了，小伍无趣，跟着出去嚷嚷着要学日本话。

井口瞧着四下无人，只有茶吊上的热水在咝咝作响，他从怀里掏出一个盒子打开，放到竹娘面前说道："我从西人的铺面里购得这个，想赠予姑娘。"

竹娘搭眼瞧时，见明晃晃的，她在洋人铺面里见过，一个十字金针，上面嵌着绿莹莹的一颗圆物，据闻此物件是宝石，慈禧老佛爷最得意之物。她绝没料到，她敬重感恩的井口还有这副心地，竟然对她动了心思，竹娘仿佛不认识似的盯着他，淡淡地说道："先生，如此贵重之物，恕我难以受馈。您前程远大，多多保重，我这厢有事要打理，您辞了吧……"说罢便起身往吊子上添碳。

竹娘端茶送客，井口突然觉得自己唐突，忙笑道："你别误会我的意思。我只念着你我二人剪烛论文围炉共谈的情分，才赠予此物。"

竹娘背向着井口说道："你孤身一人飘零在这里，世情冷暖反复，只有幸子小姐挂着你，此物送给她倒是最恰当不过了。"

井口一时没了面子，蓦地一阵脸红，望着竹娘的背影，粗重地喘了一口气，从牙缝里挤着字说道："我们两家仅是世交而已，现山崎伯父病重，幸子回家尽孝膝下，如若世伯离世，这厢交情便寡淡了，我与她也便没了瓜葛。所以……"

竹娘依旧未转身面，只是不易觉察地皱了一下眉间，又淡然道："先生，我们有句俗话'响鼓不用重棰'，你是通透之人，此事就此作罢，你不肖再探问什么，只得兴兴而来讪讪而去了。"不待井口言罢，竹娘便用话塞了回去。

井口此刻已满腔懊火，自己却还不如一个女子的格调，但他还抱着一丝侥幸，忍下盛火终没有宣泄出来。他不再言语，干施了礼，默默地收起盒子，行至门口，对两个伙计没好气地斥道："发什么呆？还不赶紧启货？"

两个伙计又"嗨"了一声，紧着跳上车，马鞭一扬，奔天和商社而去。井口太郎则回到府里，他阴沉着脸踏进家门，走进内房"嗤拉"一声合上两扇障子，像撕扯一块破布。他立身站定，气息汹涌起伏，压抑的情绪瞬间崩裂倾泻，他从怀里掏出盒子，轻蔑瞧了一眼，便用力甩了出去，嘴里大骂："八嘎！"

盒子从墙面回弹到地上，藏于内的宝石胸针散落出来，在暗室内格外刺目。他匍匐下身子，前趴后撅，像只卧睡的貔貅，他拿鼻头挨寸嗅过胸针每处，双目出神凝视良久，像赏玩豆蔻馨香，嘴里不住地重复着拒收主人的话："我们有句俗话'响鼓不用重棰'，你是通透之人，此事就此作罢，你不肖再探问什么，只得兴兴而来讪讪而去了。此物赠予幸子小姐倒是最恰当不过了。佛心佛性，佛心佛性——"他脸上时而阴冷、时而狡黠、时而狰狞，满目闪动着复仇的光芒，房内一片瑟瑟恐惧。

此时佣人春僖在外面翼翼敲门，井口像兜头浇盆冷水，立时从恍惚中醒过来，问道："何事？"

春僖禀道："先生，山崎君和幸子小姐来访——"

井口立起身，双手捏着额头说道："小心奉茶，我立时就到。"

佣人答道："是——"蹑着脚从门前退了。

井口太郎更了衣，漱了脸面，踱到正厅，山崎正雄和山崎幸子一左一右端坐在两侧，神色黯然，幸子看上去消瘦不少。

三人见了礼，井口开口问道："二位何时到京师？伯父身体如何？"

山崎正雄叹道:"我兄妹昨日已到,家父重疾难愈,半月前已仙逝,今日算是给井桑报丧了。"幸子垂泪不语。

井口太郎一阵沉默,凝着脸说道:"伯父辞世,井口失了亦师亦父的尊长,深感惋惜沉痛。逝者如斯夫,不舍昼夜,二位善自珍重,不要再度操劳,伯父身后安顿,若有需要,井口定当竭尽心力。"

山崎正雄欠着身子说道:"井桑,家父已安置妥当,江户的生意也做了安排,即时我将专注于在大清国的生意,奔波往返中日的疲乏也会少了许多。"

井口生生挤出一丝笑说道:"嗯!山崎君此番作为必有道理,且不需我置言,不过,如遇难处你我可串联商议。"

山崎正雄觑着眼看了看房角的大自鸣钟,说道:"舍妹一路鞍马劳顿,现已是疲倦不堪,能否借贵府歇上一会儿?"

井口看了看稍显憔悴的面庞,吩咐道:"春僖,请幸子小姐回房休息,原来她住过的那间房。"佣人春僖小步快跑过来,答应一声,便引着幸子回了房间。

山崎正雄啜了口茶,思忖一阵说道:"井桑,家父刚刚殁去,老人家生前愿望恕我直言了。"

井口太郎点点头,不冷不热地说道:"但说无妨。"

山崎正雄轻咳两声说道:"幸子是家父的掌上明珠,家父咽气前千叮咛万嘱咐,定要促成您与舍妹的婚事。实不相瞒,料理完家父的丧事,我便拜访了令尊大人,男爵先生对于两家联姻已然俯允了,并命在下带口信过来。"

井口不禁一阵不快,自己的婚姻大事倒受女家相胁,揶揄地说道:"此事我尚未向家父禀明,山崎君却捷足先登,有违世间常理,也违背了我大日本帝国的风俗。"

山崎见井口太郎一脸庄重肃穆之容，赶紧解释道："井口君不要误会我的主动，先生志向远大，是汪洋中的巨鲤，舍妹温良恭顺，是万户难寻的贤妻，我们两家联姻，乃是神赐良缘，天照之配。二者，您井口家族在政界有撼山之力，而我山崎家族在商界难逢棋手，政商通体，真是璧合珠联、相得益彰，百利而无害。"

　　井口眼神里白光紫雾流闪不定，殷殷张口道："山崎君讲得朗朗上口，慰藉人心，只不过说而不实，察而不明，我井口家世袭爵位，商业鼎盛，还需要商界力量的加持吗？您山崎家却果真大大地需要政界权柄的杖扶。我说的对吗？"

　　山崎正雄愕然注目，怔怔地说道："井口君，我没有攀附阿谀井口家的意思，我家族生意正旺，还没到进退维谷捉襟见肘之时，只是护从尊长之命，信守家族承诺，履行一纸婚约，这也是我大日本帝国精神之所在。"

　　井口漠然看了山崎一眼说道："承诺？精神？哈哈，山崎君真是雌黄之口，可颠覆圣岳。半年前，山崎伯父急病在榻，皆因山崎家族生意枯败，你们却秘而不宣，家父至今蒙在鼓里，才俯允了这桩婚事。大清国有句话讲得明白，'人为财死，鸟为食亡'，人之常情，我不怪你。只是你我同窗一场，你不该把这如意算盘打到我头上，我最厌恶被人左右指使、虚意利用。"

　　山崎正雄看了看井口倨傲得目中无人的神情，额头不禁渗出细密的汗珠，半晌才道："井口君考察入微，在下佩服。不过，为了尊长遗训，为了同窗之谊，您不能拒人于千里之外。"

　　井口把手中扇子展开了又合住，内心狡黠无二，略停顿说道："与幸子成婚与否，我自有思谋，暂不议论。不过，她大可在我府中去留尊便，我不是冷血毒肠之人，世代交情还是要讲究一二。"

山崎正雄已悚然而悟，兴奋得站起身来说道："在下明白，井口君一直以来，从未把舍妹当外人对待，这是她的福气。舍妹定会愿意留在贵府，与井口君多多相处，毕竟她年幼时即已仰慕倾心于阁下。"

井口摆摆手，示意山崎坐下，说道："既然如此，一切照旧吧！"

幸子已在房内沉沉睡去，二人这番谈话，她并不知情。

时令已是春末，履新职不久的直隶总督瓜尔佳·荣禄候在颐和园慈禧寝宫暖阁外不肯离去。

老太监李莲英瞧着焦额烧脸儿来回踱步的荣禄，手里的拂尘一扬，走上前来，满脸堆笑说道："大人呐，老奴劝您一句，您老麻苍亮就候着，眼瞅着上了三杆，老佛爷也没见您的意思，自己个儿的身子骨，您不厚待着，别人就甭提了，请回吧。"

荣禄急得像热锅蚁虫，阳光一晒，汗珠子立时下来了，低声唉气道："李大总管，若不是朝堂乱得下不去脚，借我个胆儿也不敢扰太后的清静。"

李莲英轻呵一声说道："老佛爷已不问政了，想过几天清闲日子，你们还是不安生。"

荣禄低眉顺目说道："问政也好不问政也罢，可她老人家还是咱大清的主心骨呀！"

李莲英说道："现如今，咱主子只做个儿的主。"

荣禄咬着一口黄烟牙说道："李大总管，劳您驾，再禀一声，无论是好话坏话，我……我……"

李莲英拧脸儿一副慈眉善目，截住话头说道："呦呦，瞧把您急得。打巧我也该请午安了，遵您吩咐再捎个话儿，老佛爷再不允，我的脸子也掉这护城河了。"

荣禄揖着手说道："有劳李大人了。"

李莲英摆摆手说道："荣大人可别这么叫，这是老佛爷恩赐，才享这俸禄，揭底不过就是个奴才，您这叫法会折老奴阳寿的。"

荣禄一脸憾相地说道："是是是！李总管说的是。"荣禄抬头看时，李莲英却已扭身儿进了暖阁。

不多会，李莲英出来说道："荣大人请吧！"

荣禄谢过李莲英，提着袍角迈进殿内，甩下马蹄袖跪地叩头说道："太后吉祥，万福金安！"

荣禄低着头跪在地上，支着耳听了半晌没动静，又道："老佛爷康泰，万世金安——"

"起了吧。"慈禧轻声慢语，"赐座！"

荣禄座到瓷墩上，抬眼瞧，见慈禧在案前专心书法，于是起身肃立禀道："太后，连日来朝堂之上乱成锅稠粥，真是七捞八攘、乌烟瘴气，您老人家出面管管吧。"

慈禧精神聚于笔端，没抬头说道："不是有皇上吗？"

荣禄一斜脸说道："甭提了，皇上为强推新政，罢黜了诸多老臣，朝中已是哀鸿遍野，奴才也是心似针毡、惶惶不可终日。"

慈禧依然心平气和说道："推行新政是皇上的主意，哀家只瞧不问，咱大清的锅里要换汤，当真要有些人倒霉，有些人走运了。"

荣禄看慈禧无动于衷，扑通又跪倒在地上，带着哭腔禀道："老佛爷开恩，皇上推行新政，恁着贱虾孽蛾瞎扑腾，朝令夕改、视同儿戏，一日内下了十一道圣旨，让西方各国嘲笑不算，朝中股肱重臣也寒了心，万不能再这样乱下去了。"

慈禧说道："他是皇上，心中自有拿捏，那些洋人懂得什么道场？哎，你们这些做臣工的也世面不济，他们不过是应景罢了，折腾乏了，也就消停了。"

荣禄耳赤面红，起身急急趋步上前说道："太后，当今皇上是您一手调教出来的，届时却毫无顾忌，乱了您的章法，此恣意行事，全然没把您放在眼里，匡论国之大局，即使为人子，也算是大不孝啊！"

慈禧停了笔，倏地收了常容，怒斥道："说出去，就是挑唆我天家骨肉不和，这个罪名儿你吃得起吗？"

荣禄攸地惊出一身冷汗，退后两步忙跪下叩头道："太后恕罪。奴才焦虑得昏天黑地，一时心急，口不择言。奴才是知规矩得，在外面不敢胡嗳。"

"嗯，起来吧！"慈禧立时改了常容："念你辛累，加官晋爵赏了钱粮，委以重任，你怎么还是沉不下燥气？"

荣禄起身答道："奴才愚莽，您要多教儿奴才是。"

慈禧拿起刚写的书法，在手里抖了两下，眼瞧着墨干了，说道："你看我这书法如何？"

荣禄还没凑到跟前细瞧，李莲英紧着赞道："老佛爷天宝啊，笔锋苍劲、行云流水，飘逸九霄，羞死仙界。荣大人，您瞧仔细喽！"

荣禄就近看看，猛然一见，没像李莲英讲得这么玄妙，纸面上只写了八个寸楷小字"将欲废之，必固兴之"，也没甚特别之处。他提着九蟒五爪袍角正愣怔，慈禧说道："一个直隶总督兼北洋大臣，沉机观变的本事没有哪成？"

荣禄略思忖，忽尔由悲转喜，嘻着脸说道："老佛爷圣明烛照，咱大清有救了。"

慈禧用茶盖虚着浮茶说道："我已还政，就不能在那儿横梁，若儿子有错失，亲爸爸站出来收拾残局，就最正当不过了。"

荣禄竖起拇指赞叹道："老佛爷睿英圣明，遍照无漏，无愧咱大清坐纛圣主啊！"

慈禧饮了口茶，且把盖碗儿轻轻放在案上，说道："你们且退了吧，我要单独问话荣禄大人。"

李莲英答道："是——老佛爷天福。"说罢便带着一群小苏拉退了出去。

慈禧眼见太监走了，指指软榻说道："侄儿，没旁人，坐这厢来。"

荣禄两眼放着光趋步过来，像变了个人似的，说道："您的手似嫩藕，面若桃靥，前会儿给您叩头时，心里且还勾得突突乱蹦跶。"

慈禧眼里深情似水，嗔怪道："净拣好听得填嘴儿，近日你可是懒得请安了。"

听了慈禧责怪，荣禄在软榻上挪下身子，摸着慈禧双手说道："您是我至亲至信的人，多担待着点，一些老臣遭冤下狱，连着我心里也不净，心情不济请安便少了。"荣禄不慎，弄掉了慈禧的一只珐琅镂空甲套。

慈禧笑骂道："粗鲁恣野的毛病还没改！"

荣禄摘了顶子，腾出一只手伸到慈禧的罩衣下要解她的蓝缎抿裤，慈禧用肘阻了说道："今儿不老行——说说贴己话便好。"

荣禄收回手，一拍趣青的脑门，脸色陡变说道："见了您迷三倒四的，差点儿忘了大事。"

慈禧理着甲套问道："什么事让你胆颤心惊的?"

荣禄咽了一口唾沫说道："据密报，他们要围这园子，图谋不轨。"

慈禧手一抖，三个甲套掉了俩，转而一字一顿地说道："瞧着吧，你且稳住他们，待哀家先剥了他们的官皮，再行听勘!"

因暖阁外阳光刺眼，荣禄往外瞧时耳目被激得晕眩良久，好一阵子才看清，他走出去，趋步在光影里，像踏在暗潮汹涌的海面，浑身发紧，重心不稳。

第十六章　政变急光绪幽瀛台
六君子含冤归太虚

　　刚交五鼓初刻，前门外的街面儿上，已是冷冷清清没几个人，只偶尔有几声卖水车的铎铃响和拉煤土沿街叫卖声，打破这热闷中的岑寂。街面儿虽有点点灯光弱流闪溢，可打眼看去，似有家家关门、店店封户的一片衰景。往年这街面儿，像这个仲夏时节，各色令时小吃铺满街巷，那热闹得还了得，什么烤肉行、辣粉行、成衣行、纸行、海味鲜鱼行、玉石珠宝行，绸缎铺、焦圈铺，豆沫铺、老汤店、药肆店、回春店、浆洗店……纵比不上正阳门外棋盘街大廊庙，也是车水马龙人潮如涌。

　　仅一处却不同，铺面眉头高挑四盏风马灯，明晃晃亮闪闪，耀得克鲁斯的"克氏诊所"不寻常的扎眼。早孵夏虫啾啾绕飞、嗡嗡嘤嘤、杂乱无章。诊所两扇大门虚掩，进得门内便是问诊处，却是空无一人。往前行便见一架西洋铁制施术台，冷峻地站在地面，趔过房角，侧旁有道暗门，挑帘进来是一间不大的耳房。耳房内张三保正在收拾行装，三件破衣、一把锋利钢刀无他物，他在此愈伤疗养已月余，身子健硕如初，只是不见人、不会客憋得难受，另与他人有约定，急煞得半日

281

也待不住。

碰巧竹娘拿点心过来，挑帘进门，见张三保正用苎麻缠裹明晃钢刀，问道："张大哥这是要出门？斗室窄墙怪憋屈，透透风用不着带杀器，近日街面上不肃静，官差查得严实，别沾了晦气。"

张三保转过身，满脸疚色，怔了一阵，半晌才支吾道："妹……妹子，实不相瞒，为兄不信，本打算不辞而别……"他拿起留书递给竹娘。

竹娘拆开信扫了几眼，笑笑说道："既来之则安之为好。若大京师却难容外乡远客，大哥还是山东坎门信徒，找个落脚地儿更是不易了。"

张三保长长舒了口气，请竹娘坐下，他便坐在矮杌上说道："大哥本是个乡野粗鄙人，客套话说不上几句，我这伤已无碍，再叨扰下去，便没个尽头，脸面没地方搁了。"

竹娘看着张三保双目无着，一脸忧心忡忡，说道："你没隐瞒身份，是大哥您心里敞亮。我也不掖事儿，您是不是忌着克鲁斯的身份，瞧他是个洋人，心里不舒坦？若是这样，我可给大哥另寻他处容身。"

张三保揶揄一阵，苦笑着一叹说道："妹子，你是大哥的救命恩人，萍水相逢却义字当头，你这行素，我睹罢心里就像塞了一团烂棉絮，揪不清挑不完，堵得五脏六腑都是满满的。起先只是躺在床上整日无声流泪，后来连泪一并没有，只张着一双眼死盯着天棚出神。"

听罢，竹娘瞬时解了他的意思，说道："你信中提到的隆源镖局倒是不远，在西半壁街上的巷子里，匡外也就三里地，镖局的王镖头也是大名显赫，如若在他跟前谋个差事，倒算一桩幸事，只是你能保准那个王致镖头念旧如故？"

　　提到王致，张三保眉目高挑，神显喜色，双手对搓着道："他不知我的行踪，若是知道虽不至于黄土垫道，香烛鲜花迎送，也得净水泼街。"

　　竹娘笑道："噢，你们缘分不浅。"

　　张三保目中灼然生光，比划着说道："我们是同门师兄弟，他长我两岁，我作小他作大，还情投意合捻香磕头拜了把子，我们山东老家有话'同门金兰，生死同栓'，响头磕在地上，我们既是两扇门板上的一个栓子了，要断同断，现世这生与死绑在一起了。"

　　竹娘看着张三保手舞足蹈说得起劲，不禁纳闷，问道："大哥，不是我笑您，仅为好奇。你这王致大哥走镖江湖、看护高宅，一路风生水起，您却是落得这般乏累，余外他得了神助不成？"

　　张三保皱了下眉，像通身都是燥汗，有些怅惘，抬头望着天棚说道："幼时常听师父念叨'少壮不努力，老大徒伤悲'，懵懵懂懂不解，师父板子打在皮肉上，只知疼，却不知冬练三九、夏练三伏的理儿，是个混虫儿，功夫也只算防身有余、安良不足。"他自失地一笑又道："师兄便不一般了，他聪慧机变，日日长进，师父又寻下京师武教头给他吃了七八年单灶，我便与师兄天差地别了。师兄脑子活泛，攒下资本又有武教头用劲，便开了镖局，他倒没忘我这结义兄弟，铺兑好一切，便给我传了信儿，让我跟他干，哎呀——提这话已是两年前了。"

　　竹娘问道："既是两年前相约，你为何这时才到京师？"

　　"唉——"张三保摇头叹息，尔又粲然一笑道："老话讲：

人事多错迕，命里酸带苦。当初老娘染疾卧床要人服侍，租下二亩薄田要耕收，一个力巴哪有心思到外面风光体面！之后，老娘归了西天，洋人却来了，占租田毁稼秋，我正浑身沁凉绝望，金钟罩的兄弟出头且把洋人砍了，替我出了恶气，金钟罩讲究贫者不纳赘仪，我便入了坎门跄而受业。辗转来到京师，本想投奔大哥打饥荒的，又遇兄弟的小妹让李衡泰糟蹋致死，我们便放火烧了圣米厄尔教堂，后事便遇到你这活菩萨救了哥的性命……"

竹娘长吁了一口气说道："大哥也是冰炸水捞之人，你憎洋人也在情理之中。不过克鲁斯不同，他救了你的命，不图报酬，安顿大哥事有周详，这岂是粗率恶毒之人所为。"

张三保略一属思，病愈忌疤样地抽下冷子说道："教堂里的洋人，见天儿在胸肋上指指戳戳，是在画魂儿呢，拿去了人的精神气血，空留一张画皮，人却不自知。妹子，你也不要小觑那个克鲁斯，许是与教堂里的洋头一路货色。不过，还是要道谢他，可有一样，日后若他露了马脚现了鬼形，大哥这手里的刀不会答应，稀松且把这条命还与他便是。"

竹娘思忖张三保此举乃投鼠忌器，一时半日难以转圜，兀自一笑说道："你与克鲁斯不对脾胃，暂且不论。今儿个若大哥投奔无门，你且回来，只当毋言。"

张三保揖刀抱拳道："妹子别过，您的大恩我记下了。"

竹娘把点心交到张三保手里说道："权当你给把子的面礼了。"张三保接过点心盒子，点了点头，挑帘去了隆源镖局不提。

光绪二十四年九月二十一，夜最深沉的时分，一丝风没有，也听不到虫鸣鸟啼。沉闷中，突然传来几声炸雷似的神威将军炮声，透过深不可测的夜色，轰轰隆隆的声响带着颤音震得整座京师为之抖动，人们纷纷披衣出来朝着紫禁城方向观望，却几声炮鸣后，随即陷入更深的死寂。圆圆的月亮透过满天蘑菇云，将清幽朦胧的薄纱幽幽撒落下来，层层叠叠的树、屋，院中的照壁都像被淡淡的水银抹刷了，苍白又带着阴森和幽暗。黑魆魆的阴影下一切都看去影影绰绰若隐若现，蹲踞在那里的石桌、鱼缸、盆花和假山石仿佛在无声地跳动，随时都能扑出来咬啮毫无防备的人。

在这月明风静之夜，慈禧着六部通事，分驭七十二路快马，着领侍卫内大臣、掌銮仪卫事大臣、伊犁将军、绥远将军，到协办大学士、各部院尚书、驻防将军、都统、提督，再到左右翼前锋营统领、八旗护军统领、左右侍郎、内阁学士、翰林院掌院学士、火器和健锐二营翼长，还有光禄寺卿、太仆寺卿、包衣护军参领和游击。甚至连同内阁侍读学士、翰林院侍读学士、翰林院侍讲学士、国子监祭酒、宣抚使这些个从四品的官员也悉数传觐。发往官员各府的六部通事也不含糊，面色冷峻，不着一言，展开谕旨便宜，接旨官员吓得抖抖擞擞跪在地上，府中夫人、丫头、包衣、仆人、杂役听着"奉天承运，皇帝诏曰"呼啦跪倒一片。有见过世面的夫人，瞧着院子当间立排站着的持刀戈什哈，个个如狼似虎威风凛凛，顿时没了底气，悲悲戚戚哭出声来。宣毕圣旨，既连在朝中一等一的大员也不敢怠慢，免了官衔仪仗，只乘一顶轻便软轿在戈什哈的看护下，脚下生风急急赶往紫禁城。

大殿内，宫灯炫目亮如白昼，纱帐后慈禧一脸怒容，双目隔着帷纱箭一样射向阶下，光绪在侧旁缩坐着，面色蜡黄、噤若寒蝉。再瞧阶下跪着的命官，有的朝冠顶饰的东珠在灯影下歪到一边，上悬的红色宝石像萤火样儿晃来荡去；有的朝冠上的镂花珊瑚顶子不知丢哪去了，只秃秃一杆帽座在抖；文官的仙鹤补子、锦鸡补子，因扣错两扣，仙鹤、锦鸡的屁股长在了头顶上；武官的麒麟、狮子、豹子、老虎补服，像被快刀劈成了段儿，威姿不见，只现死兽；独有一条条油光水滑的大辫子甩在身上，在光下显得矗矗有神。众官员心里扑腾得厉害，咚咚如暮鼓，嘴上却绷得紧，大气不敢吐上一口，满殿静止般沉寂。

此时，有人轻咳两声，众人不敢抬头，且从尖音细嗓声中断出是大内总管李莲英。他细步走到阶前宣道："传皇上口谕——"

只听殿内嗡嗡嘤嘤混混沌沌答道："臣聆听圣谕——"

李莲英又传谕道："朕自亲政以来，虽殚精竭虑、万事用心，奈何能之所限，力不国鼎，为事不明，为言不逊，察人不淑，用人不贤，欺祖负民，有负圣天厚土，已无心力胜任国事。我大清之慈禧太后，思可通九州，行可畅万里，乃我清国之真主圣厦，念及江山社稷、天下生息，朕三吁太后，即时问国训政，着六部九卿之百官，照拂顺恭——"

又听殿堂之上，一片应喝："遵旨——"

李莲英宣毕旨退下，荣禄却款款蹀到阶前，他已兼了步军统领，看他缓缓展开朱批圣谕道："宣皇上朱谕——"

众臣答道："臣接旨——"

荣禄扫视百官，顿了顿宣道："主事康有为首倡邪说，惑世诬民，而宵小之徒，群相附和，乘变法之际，隐行其乱法之谋，包藏祸心，潜图不轨。前日竟有纠约乱党谋围颐和园，劫制皇太后，陷害朕躬之事，幸经觉察，立破奸谋。又闻该乱党私立保国会，言保中华不保大清，其悖逆情形，实堪发指。……康有为实为叛逆之首，现已在逃，着各直省督抚，一体严密查拿，极刑惩治。举人梁启超与康有为狼狈为奸，所著文字，语多狂谬，着一并严拿惩办。康有为之弟康广仁及御史杨深秀、军机章京谭嗣同、林旭、杨锐、刘光第等，实系与康有为结党，隐图煽惑。杨锐等每于召见时，欺蒙狂悖，密保匪人，实属同恶相济，罪大恶极，即日着谕令将各该犯革职拿问，交刑部讯究。钦此——"

众臣匍匐叩头答道："皇上圣明，万岁万万岁——"

"哼!"一个阴冷的声音从帷纱后箭样儿抛来，群臣似芒刺钉心，不由得浑身一阵寒颤，拿眼皮一试便知是太后老佛爷，只听她又道："哀家已还政多年，本不愿理会这些个鸡鸣狗盗之事，却鲜见，这正大光明的朝堂，却成了魑魅魍魉的天堂。他们饱读史籍，却五毒入心、阴谋诡谲，他们食俸吃禄，却扮妖作怪、刁狠阴毒，他们为人臣子，却不谙君臣大义，欺辱皇上，亵渎圣听，竟龌龊得狗屎一样，这等衣冠禽兽，死罪难赦!"

慈禧悠悠起身，李莲英躬身挑起纱帷，宣旨的荣禄撩袍跪地，光绪也从椅子上滑下来，瘫坐在地上。慈禧在小苏拉搀扶下，款款走到阶前，瞧了眼七零八落的群臣。此刻跪地听训的众臣，深知慈禧不遇大事不出帷的性情，顿感她透出的滚滚肃杀之气，已是气呆了，双手冰凉浑身发抖，屏息怔着，耳却支得尖，生怕哪片草叶落在自己的顶戴上。

只听慈禧又道："皇天无亲，唯德是辅，自先祖天兵入关为天下济，应天顺民，所以势如摧枯拉朽，数年之内定鼎华夏。我朝深仁厚德，百官用命，士卒不殆，才有今日之盛世朗

朗、安平生息，却不料康贼心怀异志、跳梁蛊惑，致朝野上下洪水滔天，抽筋扒皮都难填我大清切肤之痛。杨四常来了吗？"

殿下众臣闻听慈禧呼名，跪着的身形立时矮了一截，在黑压压的众臣中，一个声音像从地狱里传来："臣……臣……杨……杨四常……在在在！"答声里带着涕流响音，上下牙床子磕得脆响。

"嗯！"慈禧又问道："猜得不错的话，你是三品皇命了吧？"

杨四常觉着眼前金星一片，像置身半空抓无可抓、靠无可靠，打着磕巴说道："臣……臣是正……正白旗……旗主包衣……奴才，蒙太后垂怜，为……为王府长史——"

慈禧觑着面，语气却平和，问道："闻听这个孽贼康有为，曾到你府上吃茶来着？"

杨四常听罢，觉着脑袋一阵轰响，四海崩了八疆，悬在半空的身子瞬时掉在地上，正觉得胸闷气短、天旋地转，答道："臣臣臣……我我我，嗷——"身子一紧，倒在地上，缩成一团，脸色由红变黄，由黄变白，由白变青，整个脸都扭曲歪斜得不成模样，一口鲜血喷出就倒地而亡了。

进来几个戈什哈且把暴毙的杨四常抬了出去。慈禧像什么事都没有发生似的又道："清水池塘不养鱼。若一体追究，朝中多数人都要卷进去，立时就轰动天下，变成大清开国以来第一丑闻，很难善后。罢了，丁夜让你们过来，既是做个见证，也是让你们醒醒，没有事就散了吧——"

李莲英趋步过来宣道："太后懿旨，着百官各守其职，安心办差，常怀皇恩，常虑古训，常查错漏，常醒吾身，退朝——"

众臣倒悬的心胆放了下来，齐呼："太后吉祥，万福金安！"躬着身，低着头，乱嘈着一哄而散。

人都出去，只剩了慈禧、光绪和荣禄。慈禧的神气渐渐松弛下来，两眼向前望着，似乎要穿透前面紧闭的殿门，不知是泪光还是灯光，晶莹地闪着，显得疲倦和悲凄。许久许久，慈禧方叹息一声，口气变得异常柔和，对着光绪说道："你跪了一阵子，起来说话罢……离我近些儿，我有心腹话要讲。"

光绪一脸的恍然颓废，向前跪行了几步说道："干爸爸开恩免辱，已是大赦，请责罚。"

慈禧此时更像一个慈祥的老人，幽幽望着光绪，娓娓而谈说道："自你萌生改政的想法，我是赞许的，也没有拦着你施谕颁旨、号令天下，你颁告《定国是诏》我也没有反对。可你瞧出来了吗，这改来改去，改得不是朝政，而是要改朝换代，你身在局中却不省，没看出个中的凶险吗？你到底要闹到什么份儿上？闹到树倒猢狲散？你连皇上也不想做了吗？你不做皇上也罢，可几百万满人怎么办？你让他们回满洲，汉人卷土重来？"

光绪涕流凄婉，叩头答道："非儿臣所愿，儿臣只想中兴清室，为列祖列宗争光啊。"

慈禧长叹一声说道："你天生性软，有志无略，让我说你什么好呢！你信迷蛊惑之言，行为鲁莽愚蠢，欲要借助日人、英人的力量与我对抗，你这是在空架我大清，还连带着搞宗嗣互轧、打窝里炮，捅内拳，是为列祖列宗脸上贴光吗，祖宗的颜面都让你丢尽了。"

光绪几年来郁结的气、悲、苦、恨一齐涌上心头，竟忍不住放声大哭："是儿臣无福大宝，受人指左支右，该止的没止住，没有的意思却做得起劲，心中有愧还又憋得难受。"

慈禧眼泪已走珠般滚落下来，她两手手掌向上空张着，抖动着，下气泣声说着，几乎近于哀怨："历来悍将数迷，英主难寻。看似你坐在龙椅发号施令，实则他们已割据朝堂，不知是你有意还是纵容，他们竟围了园子想杀死你亲爸爸，若不是工部袁侍郎向荣禄大人察举，我早就见了列祖列宗了。"

光绪跪在地上，已是泣不成声，泪珠滚滚，用手抓着慈禧双腿，哀叹着说道："借我百个胆子，儿臣也不敢呀，是他们哄了大玺，假传调兵手谕，我即是浑身是嘴也说不清了，请您把我发配到宁古塔吧，让儿子的脑袋在冰天雪地里好好地清醒。"

慈禧拭泪起来，尔后收了悲色，唏嘘一声，已是渐渐如常说道："不肖你说，责罚还是要吃的。你金尊玉贵，让你去黑龙江我也舍不得，亲爸爸给你找了个好去处，你就安心静幽吧。"

荣禄起身说道："皇上，请移驾瀛台吧？"

光绪双目无力充满绝望，给慈禧叩了三个头说道："谢谢亲爸爸不杀之恩……"

慈禧将身子扭向一旁，双目紧闭，似在思考，又或不忍睹此情景。光绪心灰意懒地从地上爬起来，在几个戈什哈的搀扶下走了。

荣禄说道："侄儿即时去安排皇上在瀛台的一应用度。"

慈禧点点头，并未睁眼。

几日后，台湾会馆众人才弄明白长夜隆隆炮声，原是慈禧发动了政变，囚禁光绪于瀛台，捕了维新派杨深秀、林旭等领袖人物，支持维新的汪春源、叶题雁等焦急万分，却毫无对策，急得打磨圈儿。汪春源欲往浏阳会馆打探谭嗣同的消息，被一旁与李祖业斗牌的谭禄滢阻了。谭禄滢劝慰汪春源，此时风声正劲，帮不了忙反而会受到牵连，沉静些时日是为上策，汪春源听着言之在理，怏怏作罢，只得心煎火燎地在会馆干熬着。

冯氏惦着当家的没消夜饭，便打发竹娘会了几个佐酒小菜送往会馆，竹娘走到台湾会馆前刚要叫门，只听得身后有人喊她："李妹子，还晓得哥吗？"

竹娘回头瞧时，暗影里站着两个人，听声音似曾相识，不拿准问道："你是哪个？"

一个身影橐橐向前几步，从暗影处走到会馆的街门前，竹娘近瞧原是几月前寓于克鲁斯诊所疗伤的张三保，他夜来的情状，虽然诧异，却并不十分震惊，只是说道："大哥，几月未有音讯，稀罕碰面啊！"

"嘘——"张三保压指噤声，希声说道："此缘由委实繁杂，现实难说清楚，只一时误打误撞见着了你。"他摆了下手，另一身影从暗影里悄然而来。

张三保说道："妹子，这是隆源镖局王镖头，我的结拜大哥。"

王致揖手，压着粗重语气说道："在下王致，幸会！"

竹娘回了礼，看着王致手心里的大刀晃明晃暗地闪着，说道："早闻王大哥侠名，只是二位为何携器甲夜滞在暗处？"

王致不作声，张三保答话说道："我们兄弟是……"

"三保！"张三保话到嘴边，却被王致制止了。

张三保翻着眼睛，在暗处只见眼白在动，说道："大哥，这位是小弟常给您提起的李竹娘，我的救命恩人，现世活菩萨。"

"噢——"王致点点头，不容张三保再张口，他便急急说道："误会姑娘了。我们兄弟正被官兵追拿，但兵痞并未瞧清我们的真容，躲过一阵子即可平安无事。"

竹娘问道："你们杀了洋人?"

王致微微一笑，神情松弛，只留双眼睛保持警觉，说道："非也！朝廷缉拿新党一事姑娘想必已有所耳闻?"

竹娘点点头，王致下意识地摸了摸腰间，一边警惕着四周动静，一边娓娓道来："实不相瞒，我与谭嗣同先生是生死不渝的挚友，昨日丙夜我们兄弟二人在浏阳会馆见了先生，原本想着带他一起走，可惜谭先生执意留下，他说'大丈夫立于天地之间，遇知己之主，结骨肉之亲，托君臣之义。皇上尚在图圄，作为臣子的岂能一逃了之，如此有违天道，决计不可'，我们也是苦心相劝。正在此时，官兵突然闯进会馆，我二人只得抛下先生，抢步离开，却还是被官兵发现，只得昼伏夜出，路过此地才巧遇了姑娘。"

竹娘听罢问道："如此说来，谭先生定是被官兵捕去了。"

王致悲戚点头，举目望天，长叹一声说道："谭先生是剑胆琴心、昆仑良知，可惜了——"

竹娘指了台湾会馆的街门说道："会馆的汪进士对谭先生的主张行止向来支持仰慕，他正为谭先生的安危忧心无从，不如二位大哥进来一叙，尔后再作打算。"

张三保说道："妹子，这样你会牵连其间，哥就欠下你两条命。"

竹娘没作答，只是说道："汪进士整日捧着谭先生的《仁学》阅不释手，对《廖天一阁文》也是常读的。"

王致与张三保对望一眼，王致又瞧了眼空无一人的荡荡寂街，说道："既是谭先生莛谊之交，也算我王致的朋友。这台湾会馆的司事曾与我王某打过几次照面，是个宽厚仁义之人，遵姑娘的意思，我二人大可进得馆内一叙。"

竹娘叩开街门，三人进了会馆，借着灯影儿她才看清隆源镖局王致镖头的真容，三四十岁的样子，外套石青色长衫，内着玄色武士装，上罩黑缎珊瑚套扣巴图鲁背心，浓眉俊目，闪闪似电，有一种立如山岳、傲视群雄的凛然正气。

竹娘向谭禄滢、汪春源引见了王致和张三保，并吩咐蔫果到院子里看风。李祖业斗牌正兴，见来了陌生人，只得作罢，见女儿拿来佐酒小菜，眉眼间喜色涎涎，在一旁独自吃起酒来。

汪春源听闻谭嗣同被捕讯息，眼圈红着说道："我与谭先生曾有促膝之谈，先生的思想主张让汪某受益匪浅，是我汪某最为敬仰之人，看这朝廷缉告苛责甚笃，此次先生身处阶笼，怕是凶多吉少了。"

谭禄滢问道："谭先生是大学问家，二位侠士全力解救，先生为何自弃脱困？留得青山在，他日再东山，这个道理他比我谭某可要洞悉万乘的。"

王致一脸的惋惜愧疚之色，沉吟一阵说道："唉——当时先生说'各国变法无不从流血而成，今日中国未闻有因变法而流血者，此国之所以不昌也。有之，请自嗣同始'。现在想来，先生是以血祭轩辕之决勇，引吭世人之觉醒，是我思虑不周，早知如此，我一掌打晕他背走便是。"

汪春源捶胸顿足说道："先生糊涂呀，他生而教化众生比

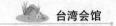

他死而遗言警世更有价值啊！……”

王致抬头看着墙壁上噗噗跳动的灯焰，身子剧烈抽动一下，声音变得有些涩滞：“先生应是早有预备，我们与他会面时，他满脸笑容，目不斜视，悠然慢斯地打开他的红漆枕箱，拿出卷子札来，我们一瞧是他老父寄来的书信，他模拟老大人的笔迹写起信来。与原家书不同的是，先生在信中写满了令尊对令子的斥责之词，他拟成一封模书，便烧掉一封原书，此时我们便知，他是怕牵累老大人啊！直至他拟写成最后一封家书，还没放回枕箱，兵痞已从大门、墙头涌来，我们只得弃他而去了……”众人心里一阵凄楚，不觉得落下泪来。

汪春源兀自泪眼迷离，怅望了王致一眼，忽尔说道：“先生尊公乃湖北巡抚，他出面周旋，或许还有转圜的余地。”

旁边独自吃酒的李祖业听了一阵，心里泛着苦味，兴酒吃成了闷酒，他咽下嘴巴接话道：“你真是书生见识呀，他干嘛拟模他家老爷子的信？还不是阻他爷们救他！”

谭禄滢点点头又摇摇头，叹息道：“慈禧对维新人士恨之入骨，瞧瞧谕告便知，已然到了食其肉、啖其血、寝其皮都难解心头之恶的地步，届时巡抚大人已是救无可救了，不株连其中便是万幸。”

张三保瞧见独饮的李祖业，心生疑惑，加之一句半哆的插话，更是疑心四起，生怕他口不掬风、四处张扬，于是打问竹娘说道：“这位老者在何处高就？”

竹娘看着吃闷酒的李祖业说道：“这是我爹，与汪进士、谭司事是熟友，吃吃喝喝也不忌讳。”

“啊？”张三保听罢，把长刀掼在地上，起身甩腿走了几步，扑通跪倒在地，叩头说道：“恩尊在上，受晚辈一拜。”

咚咚咚磕了三个响头。

李祖业被这突兀之举，惊煞得盏酒洒了一半，口中喃喃道："咻啊——煞是听哑巴唱折戏，莫名之谈。你叩哪厢头？"赶忙起身，本想跪下兑回头礼，却被张三保一把扶住。

竹娘却掩忍不住，扑哧笑了。李祖业怔怔地盯着闺女，不着边际地说道："汪进士，紧着把她娶了，这闺女再不嫁，怕是成了傻痴人儿。"

李祖业张嘴，臊得汪春源面红耳赤，竹娘更是止了笑，一脸的羞涩，谭禄滏站起身打圆场说道："李掌柜，你家闺女救了别人一条命，你却借酒尽说笑话，谁在面儿上能呆住，还不如我老材通事明理呢。"

瞧着，李祖业双颊泛着红晕，立着身把步不稳，准是自个儿吃酒吃多了，他两手虚抬着说道："惭愧，没把持住，吃多了些，大家莫要笑我。"汪春源走过去，把他扶坐在小机上，又给他斟满盅，附耳细语道："谢谢老人家直言。"

李祖业恍惚间，饮了口酒又道："儿女情长、酬谢恩主都不恰时，现实如何搭救那个谭先生才是正理，让他免受一番牢狱之灾介的……"他又指指谭禄滏说道："非此厢姓谭的老材。"

众人见李祖业吃得满，也不介意。汪春源安坐后问道："二位仁兄侠肝义胆，虽未保谭先生全身而退，但剑胆雄心行迹可斑，足令汪某悚然动容，不知接下来如何打算？"

张三宝的方正脸立时涨得血红说道："我掐了运数，观了天相，这几日便是营救吉日，胜算在握。"

王致沉默片刻，昂起头面无惧色，从容冷峻说道："相逢淡月梅花，风萍露柳荣华。不能眼看着生死挚友冤死刀下、血溅当场，我们使了银子上下打点，从理刑司到狴犴司狱、狱卒，谁也不肯通融方便，他们说这是极刑重犯，怎谁也不会拿自己脑袋开玩笑，生怕弄掉吃饭的家伙，打点了千余两银子，仅给先生送去点儿笔墨而已。看来，脱险于囹圄断无可能，只有在刑前劫场一条路可寻了，三宝兄弟指的就是这个意思。"

众人默默无言好一阵，谁也未曾闻过此等大事，不免心中慌乱，还是谭禄滢率先打破沉默说道："依王义士所言，这也是破釜沉舟不得已的法子，如义士瞧谭某还有用处，算我一个吧。"

汪春源道："较比谭司事，我年轻力壮，愿听义士调遣。"

李祖业晃晃悠悠起身道："劫法场这等罕事，我一把年纪还不曾试过，有诸位点卯报数，不能落空我李老材，我这闺女也不含糊，悉数算上。"

竹娘开口道："看来爹没吃醉，话说得仗义，请王大哥吩咐便是。"

王致仔细品味着众人的话，半晌才低头咬着牙说道："秦始皇一统六合，横扫天下，何等英雄？陈胜吴广两个高粱花子振臂一呼，就搅的局面稀巴烂。有各位扶持，我王某可放开手脚，拼死一搏了。"

行刑维新派骨干于菜市口的谕旨颁告天下，王致在隆源镖局精选三十名骁勇善战之士，展开舆图谋划布局一番，又带着张三宝到宣武门至菜市口沿路踩点，看上去只有在城门楼子才好下手，而汪春源、竹娘和谭禄滢、李祖业和周氏兄弟已然做好接应准备。申时初刻，王致和张三保跳上房顶向下望去，只见数路官兵从步兵统领衙门涌出，手持刀枪、旌旗猎猎，前不见头儿后不见尾儿，沿街两行三步一岗五步一哨都是布置的警踔，王致看着眼前戒备森严的阵仗，犹如夜半突然碰到鬼魅，登时心里凉了半截儿。

张三保看着底下黑压压的官兵，也不禁愕然，说道："大哥，敌我力量悬殊，强攻怕是不行啊?!"

王致握着腰间大刀发愣，他为了解救挚友，不知在其中绞了多少心血，千算万算也没算出官兵竟比凑热闹的百姓还多，他怅惘地望着街面说道："三保，将你牵连进来，是大哥对不住你，大哥虽然知道解救先生必有一番恶斗，却不曾想会是这般情形。下余三十几位兄弟皆追随先生甚久，自是不肯罢休，你却不一样，不必搅和进来，你且回了，大哥绝不怪你。"

张三保见他这样，也觉着心酸，忙敛了心神，从容说道："咱们是捻香磕头把子，且不说为先生，为大哥您，我也会不惜这项上人头，碗大个疤而已!"

王致突然觉得一阵鼻酸，拍拍张三保的肩膀不再说话。此时，木轮大车载着钦犯缓缓驶出来，六个人被束在铁笼里，双手双脚锁着铁链，谭嗣同伸在笼外的头颅，昂然挺立，像参加元宵灯会，面色平静毫无惧色。沿街挤满了百姓，有的扼腕叹息，有的指指点点，有的神呆色木，有的捂嘴偷笑。

谭嗣同站在囚车上，目光掠过人群，远远瞧见了他的挚友王致，王致也瞧见了他，便沿着瓦脊向前腾挪了几步，四目相对。谭嗣同不眨眼地定盯着他，像似有话，从隔空四目擦肩交流中，王致读懂了谭嗣同眼神里透出的舍生取义坚断意愿，王致犹豫了，他低头沉思陷入两难。

忽听远处谭嗣同大声呼喊："望门投趾怜张俭，忍死须臾待杜根。我自横刀向天笑，去留肝胆两昆仑。今日，嗣同以颈血刷污政，死得其所，快哉快哉!"

　　王致听罢，犹如耳边炸雷，立时泪如雨下，他闭上眼仰天长叹，挚友如此表明赴死之心，自己若还是一意孤行，便与逼迫挚友丢弃信仰无异！他瞪着猩红血眼，看着囚车渐渐远去，将拳头捏得咯咯脆响，却终没下令。

　　在旁的张三保焦急说道："大哥！再不动手怕是来不及了！"

　　王致满目热泪夺眶奔涌，无力地垂下双手道："先生方才所言，既是刑场明志，亦是对兄弟们的劝告，若不成全他'死得其所'，便妄言'知己'了。"

　　引刀待旦的众兄弟，见谭嗣同、王致所为，已是心明，个个垂目哀叹，拽着灌了铅似的步履，撤回隆源镖局。他们却不知，行刑刽子手用"大将军刀"残忍地割了谭嗣同三十多刀，生虐死磨之后才咽气。

　　朝廷贴出谕告，被斩杀的六人，严令暴尸街头，禁止收殓，王致则在行刑当日丁夜避开看守，将谭嗣同的遗骸运回自己府中。翌日，王致闭门谢客，盛棺装殓，设灵堂祭奠，密知先生昔日友人吊唁，台湾会馆众人焚香拜谒。七日后，王致辞别孕妻兰心，扶棺去了湖南浏阳，厚葬了挚友谭嗣同。

　　秋末正刻，万物萧条，李祖业咳喘的老毛病又犯了，常是满面潮红，一长一短喘吁吁地半躺在安乐椅上，闭着眼，不时发出"咳咳"的声音，两只眼干瞪着嗽盂，却一口痰也吐不出来。竹娘看着爹喘不透又咽不下的样子，便哄蒙着他到了克鲁斯的克氏诊所。李祖业见着洋人心里本就瘆症，克鲁斯医治的法子又与众不同，既不搭脉也不瞧舌根儿，他让李祖业学着他做动作，一会子伸胳膊、一会子把身子做成反弓形，折腾得他连吁带喘，使着性子不干了，扭身要走。

竹娘劝道："爹，您这老病落下了根，眼见要入冬，再不拾掇那还得了。"

李祖业怔忪了一会儿说道："哼，这个黄毛儿可比孙郎中差着两个街面呢，不拿脉尽拿你爹的胳膊腿儿，不定乘兴头再干出什么事来。"

克鲁斯使着鬼脸儿说道："老材，你要听话，不要五脊六兽的，好好配合我医治。"

李祖业听罢，顿时急眼了，骂道："什么？老材也是你这鳖孙叫得？"

对李祖业的怒骂，克鲁斯不解，圆着眼问道："别孙？孙武吗？孙权吗？噢！我喜欢三国，打打杀杀、足智多谋。"

竹娘抿嘴一笑说道："孙膑，孙武肖小玄孙。"

克鲁斯摇头，竹娘又道："田忌赛马。"

克鲁斯还是摇头，说道："赛马？白马非马吗？"

俩人七出八叉地说话，李祖业自觉先前言重了，觉着克鲁斯只不过不谙词意而已，便嘟囔埋怨闺女起来："瞧瞧，正事不过，拖着你爹来这厢扯闲篇儿。"

竹娘见爹嘴上怨责，笑道："爹的事最紧，哪厢比得您老身子康泰？"

李祖业愣盯着竹娘，微微抽着冷气说道："我已是瓤裹了，不打紧。你却年轻正劲，荒度得起吗？那个汪进士先前拧杆爬高癞皮狗似的破门提亲，如今中了进士却瓜清水白，莫非怕咱李家攀了高枝儿？"

竹娘看爹真是老糊涂了，克鲁斯在场，却不顾颜尊乱说一通，她像挨了爹一耳光，又不能发火，只得耐着性子劝慰道："爹，汪进士因谭先生及几位义士赴死，深受打击，心里还未

料理清楚，哪有闲情逸致提这仪程？"

李祖业听罢，吊着一副怅然若失表情，怔了一阵又说道："有些大事看大不大，有些小事看小未必小，我不寻仪程，便然递个话儿也行吗，不晓得这是什么兆头呦！"

克鲁斯听了半晌，一知半解地插话道："好兆头，李姑娘人见人爱，小的不才，愿做您的乘龙快婿。"

李祖业登时气得嘴撅得老高，斜着眼瞧着这个金发碧眼愣头青说道："混球儿——走了！"竹娘抓起克鲁斯丸药匆忙跟了出去，空留克鲁斯倚门而立嘿嘿直笑。

此刻外边天色阴着，带着凉意的风裹进街面，在墙角、照壁、铺口前卷起浮尘，打起一个又一个旋儿，陀螺似的满地乱转，时隐时现，给人一种神秘和不安的感觉。竹娘与她爹一前一后走着，爹的话让她心里一阵发沉，同样沉重的还有汪春源，他收悉家书表明，表妹阿纤不日便会抵达京师与他会面。

第十七章 樱花女井府受欺辱
痴情人失意紫禁城

天津码头在秋日映照下，潋水漪漪静波粼粼，来来往往的帆船荡舟穿梭其间，长长的桅杆倒悬在水面，交辉着奋力摇橹。渔家瘦瘦的光影，只这瞬间交汇重叠，一橹划过，在水面上碰撞着覆来散去，绘出一副自然而就、美不胜收的秋水图景。汪春源站在这秋日景象里手搭凉棚，正细细观察着从舱中鱼贯涌出的各色客众，他目不转睛地支手看时，突然心中闪出一个念头：三年有余没瞧着表妹阿纤的面了，不知道她长高了多少？脸盘子有没有变化？她即刻走到面前能不能一眼就认出来？细想想，心里头还真不捉底，不由得兀自无声干笑起来。

就在汪春源这样想的时候，一个甜丝丝的、带着几分不确切的声音从耳侧传过来："表哥！——是表哥吗？"

汪春源侧脸看时，眼前立着个正值晓梅翘春的花季女子，亮晶晶的鼻尖下鼻翼轻柔翕动着，一双圆圆的眼睛里瞳仁黑豌似的闪着光晕，似在滔滔不绝地说着话，脆梨一张脸白里透着春红，滟滟涟涟如纸样的皮薄儿。头上系着粉色寿纹浅露，外罩一件淡红夹缀貂毛边儿的昭君氅，正不眨眼地酥酥望着他，如粉似黛。

301

汪春源从往昔音容依稀辨出，眼前这位仙姑样儿的女子便是表妹阿纤，虽然略显陌生，但他确信自己的判断，于是说道："纤妹，我是表哥春源呐！这趟船才靠岸，你怎么变戏法似的立在这厢了？"

汪春源这一问，阿纤的情绪像开闸的洪水，未说话，眼里却先汪了水，扑扑簌簌往下落，昂然直入扑到他怀里，嘤嘤讷讷地哭起来，汪春源抚着她的肩一番安慰。

安抚了一阵子，阿纤情绪渐次收了些，汪春源接过表妹行裹，肩在自己身上，问道："久未来往，没向高堂叩禀请安，姨娘姨父还康泰吧？"

阿纤已抽身出来，拭着热泪说道："尊上身体欠僖，虽性命无虑，却常常服药，眼见着空乏抽丝的厉害，为此才命我急着与你会合呢……"

汪春源怔了一下，他心里知道事情原委，只是没往下接话，却改了心思说道："你也别着急上火，高堂已然徙安厦门，家尊与高堂既可以相互走动照应了，另有章兄从旁侍弄帮衬，应无作难的事牵扯了。"

阿纤闪着晶亮瞳仁怔盯着汪春源说道："哥，闻听你中了进士，尊上高兴得喜泪涟涟，夸赞甥儿有出息，还写了贺帖让我随身带来。"

汪春源说道："谢谢姨娘姨父牵挂，几月前托人给二老捎去的酒枣收到了吗？有一家的主母手艺甚是精湛，滋味很受用，百吃不厌。"

阿纤笑道："且说，他们拿罕物待呢，每日只捻上几颗，不舍得每餐享用。"

汪春源说道："这便好，若如此受用，我大可再请人做些孝敬二老便是。"

　　阿纤深情地看着汪春源，嘻嘻地说道："几年未谋面，瞧着哥愈发有男人气概了，你既是进士了，在人前我称你大人还是老爷呢？行前尊上教导我许多规矩，这也不行那也不可，他们说这是执帚旺夫的门道。"

　　汪春源一怔，看来他禀告家尊与竹娘缘定之事，阿纤并未知晓，于是莞尔一笑说道："你还当我是幼时每日带你下塘捉鱼的哥子便好。"

　　"嗯嗯。"阿纤烂漫一笑，一脸自得地说道："我想也是，我们幼时感情笃厚，成人了应不会疏浅。将在外，君命有所不受，打小就听你的，今朝还唯哥是从，仍唤你哥子。"

　　汪春源笑笑说道："你的性情没变，常常省错，却屡教不改，哈哈……"

　　阿纤晃着汪春源一条胳膊，噘着嘴说道："哥，你且容我便是嘛！——"二人边走边聊，自天津码头赶至台湾会馆已是戌初一刻。

　　阿纤居于会馆三日，对馆内人事、环境越发熟悉起来，她每日早起帮着下厨准备餐食，与蔫果一道清扫院子。谭禄滢从屋里出来点了一锅烟，站在院子当间看天，天不阴也不晴，蒙蒙沌沌，像块灰布挂在天上，他又瞧瞧檐下泥燕空凉的弃巢，立时醒悟过来，已然是要入冬了。他拍拍身旁的老树，心里唏嘘，这株老槐建馆时留下的，即使有碍起屋，也没舍得砍了去，倒是长得枝繁叶茂，夏日带来不少阴凉，他移目下看，落叶洒在地上焦黄一片，正欲张口唤蔫果清扫，却见阿纤提着扫帚过来。

　　不待谭禄滢张嘴，阿纤便浅福一礼道："司事早安吉祥！"

谭禄滢冒了一口烟儿，点头笑道："姑娘不必再客气，免去这些俗礼好了，咱们在一个屋檐下，日日见面，让我老材如何消受嘛！这几日皆不敢起早了，嘿嘿……"

阿纤道："司事算作长辈，早见请早安，午见问午安，晚见拜晚安这是我的本分，不敢僭越了礼数。"

谭禄滢又道："虽这南方与北方俗成一样，落在礼节上便大不同了，我来京师这些年，早已习惯了。若说这京师等级森严，繁文缛节最重，可到了百姓这地界儿，只肖一句'瓷器，这哪儿去呀？'比什么都亲近了。"

阿纤略略笑问道："我只知这京师乃天家禁城，想不到却如此新鲜骇人。"

谭禄滢吐了烟儿娓娓说道："姑娘，见面问安，这京师的东城西城的约俗也隔着楚河汉界呢！百姓讲'渴不死的东城，饿不死的西城'，在东城两人见了面，第一句话准是'喝了么您呐'，而西城百姓见面却不给'喝'的了，常常是'吃了么您呐'，见天儿把吃挂在嘴上，能饿得着嘛。"

阿纤执帚笑个不停，说道："司事提醒的是，这等行止，须待我慢慢适应才是。"

谭禄滢问道："没见汪大人出屋？这几年他可是日日起早功的。"

阿纤略带嗔怨地说道："哎——天不明就打我的门，隔窗嘱我说今儿个周氏兄弟家有喜，他要赶在筵席前写吉联儿，正巧周氏兄弟家尚有油毡子没处使，他便带荐果同去，拿了来糊咱这会馆窗棂，防冬初的风沙，权算作润笔了。司事，周氏兄弟是哪个？"

谭禄滢正要答，却听有人打街门，他便提高嗓子喊道：

"没拴门，进来吧！"

会馆的街门被人推开，谭禄滢一瞧是井口太郎，趋前几步说道："先生一早打门必是有要事了？"

井口太郎带着幽幽笑意，手往上一举，说道："司事明察秋毫，不早起哪能会到这等点心。"谭禄滢才瞧见井口是拎着两提早点过来的。

谭禄滢接过点心说道："消息灵通啊，知晓汪大人这里有人省亲，专心想着填巴点吃的。"

井口怔了一下，忽而拍下脑袋笑道："喔——汪兄已然是朝廷待拨命官了，道罪了。"

谭禄滢招呼阿纤说道："阿纤姑娘，这是井口先生，会馆的老朋友，谭某的师弟。"

阿纤挪了两步福了福说道："见过先生！"

井口撺手回礼说道："姑娘面带祥贵、气韵优雅，必是高门大宅的宝玉千金，幸会！"

阿纤笑而不语，只是默默从谭禄滢手里接点心，谭禄滢说道："阿纤姑娘乃是汪大人的表妹，近日刚到会馆投奔表哥，一应照顾汪大人起居。"

井口听罢，心中一阵狂喜，他偷眼瞧了阿纤，心想这姑娘便是我的福星了，他强压着喜悦，说道："汪大人好福气啊！阿纤姑娘也是命里主贵，哪日汪大人顶了实缺，姑娘便有享不尽的荣华富贵了。"

阿纤脸皮儿泛起红晕，不再接话，福了福，拿着早点奔后厨去了。谭禄滢瞧着井口望着阿纤的背影笑吟吟地发呆，于是便问道："先生此行，不专为送盒茶点的吧？"

井口收回目光，脸上仍带着笑意说道："师兄眼明通透，几日前小弟在这馆中吃醉了酒，不慎且把一个袖匣遗在这里，兄台可曾见到？"

谭禄滢吧嗒吧嗒抽了两口烟，笑吟吟说道："噢?! 可是个金镂八分紫妆奁？那日聚客众多，进士、举子、生甲，还有你这样的币客，我实是想不出谁会有此女人之物，原来先生还有这厢癖好。哈哈，恕我难猜到啊。"

井口的脸臊得通红，仍是硬着头皮说道："说来惭愧，我并非不堪之人，此物乃是予于李姑娘的赎礼，本想着聚会时能瞧见她，可惜她不曾露面，也只得作罢，后来酒便吃醉了。"

谭禄滢问道："嘀，看来必是吃罪不起的僭越之事，才能让先生如此大费周章、机杼劳神。"

井口歉着脸答道："师兄言重了，只是一时鲁莽出言不慎而已，如若是伤天忤地的罪过，凭李姑娘的性子，早已不依不饶的闹腾得满城风雨了，师兄您能不晓得嘛。"

谭禄滢点点头："这倒是，现实取了便罢。"

井口解释道："人生三千事，淡然一笑间。今儿个不求得李姑娘谅解，我这心里愧疚，吃睡都不得安生。可巳时有生意要谈，午时还要摆筵席为其接风洗尘，只得两头冒犯了，一早讨扰您，下黑还要亲自登门向李姑娘赔罪。哎——"

谭禄滢摆摆手，井口便相跟着取走了遗在会馆的金镂八分紫妆奁，约摸过了一个时辰，竹娘却提个点心盒子来到会馆。

竹娘轻门熟路直奔汪春源居舍，脚刚踏进门槛，只见一个女子自舍房内向外走，两人相见各自停了脚步，四目对愣一阵。愣神间，阿纤以居主的身份开口问道："这位姐姐您找哪个？"

竹娘瞧看了一下四周，心生疑惑，几日未来会馆，怎么忽地多出位妙龄女子，眉宇间细皮薄肉甚是轻甜，思忖一阵答道："哦，春源……汪大人在吗？"

阿纤盈盈笑道："表哥卯时已出门帮人拟联贴，一时怕是难以抽身，姐姐如有吩咐，我自当告之。"

竹娘放下点心盒子，盯着阿纤一笑说道："听来姑娘是汪大人的表妹，当真是胞亲如相，生得明眸皓齿、天生丽质。"

阿纤咯咯一笑道："姐姐说笑了，您才生就一副美人胚子呢，端庄雅致、荷淑惠娴，阿纤可比之不及。对了，敢问姐姐尊姓大名，表哥回转我好有个交代。"

竹娘依然笑容满面说道："我本姓李，你且唤我竹娘好了，只是襄事路经此处，顺便给汪大人、谭司事带些点心果子来，大可不必郑重其事地向汪大人通禀此事。"

阿纤摇摇头说道："怎能怠慢表哥的客人，听闻表哥说起他寄居京师这几年，承蒙诸位关照，照此说来，你们都是阿纤的大恩人呢。"

竹娘一双眼睛没闲着，她上下打量着这个阿纤，总觉着有什么地方不妥，于是问道："阿纤姑娘，古语曰：晚来天欲雪，且行百里无。眼瞧着入冬了，你却千里迢迢涉行至此，必是有紧要的事情要办吧？"

阿纤奉上茶，若有所思了一阵，说道："既是表哥的客人，定是相熟了。不瞒姐姐说，家中双亲久病羸弱，生怕自个儿哪日数尽天寿，便惶急着催促我过来，照应表哥衣食起居，了却他们的心愿……"

竹娘禁不住手抖动一下，盏里茶洒出一半来，烫得她龇牙咧嘴钻心的疼，急忙把手中的茶盏置到桌上，两手揪着自己的双耳，哂哂地呐凉气儿。

阿纤急急忙忙过来，掰着竹娘双手察看，满脸涨红说道："姐姐莫怪，是我粗心大意，茶不适口便端了来，伤着没有？"

竹娘轻轻抽回红肿火辣的双手说道："无妨，是我不经心，怨不得姑娘。"

阿纤额上已现密密细汗，紧咬着双唇自责道："我如此愚笨，这如何是好啊，表哥岂不是要被我烫上一辈子，真该死……"

竹娘听罢登时打了个激灵，如坠云雾，心底凉了半截，觉着手不怎么疼了，心窝子却疼得厉害。她压抑着狂舞乱撞的心神说道："阿纤姑娘，告辞了改日再叙，我要回去敷药了。"

阿纤一脸的歉疚说道："好姐姐，我不强留，您这青葱玉指千万别让我伤着了，我知道女人最在乎的即是手和脸。"

午时正刻汪春源才从周家抽身回到会馆，周家帮着套车且把油毡子一并送来，他招呼闲余馆众，拿了油壶墨斗裁量整齐，缮在棂窗上，开了风口、留了雪斗、缚上沙兜，弄齐这一切天色已下黑。表妹阿纤见表哥劳累，待他回转房内便给他打茶消乏，在旁边且把一天的见闻悉数报了。汪春源听闻竹娘来访，又瞧见屋角食盒子里放着的半盒点心，登时心里一阵发紧，他咽下半口茶，起身便出了门。待他行至李家门前，恭迎他的却是李家豢养的一条大黑狗，瞪着一双雪亮的狗眼望着他，并未吠叫只干干地摇着尾巴，在暗色里看上去，与他头顶上粗黑油亮的发辫无二。他抚摸黑狗脑袋，轻推下门，街门还未拴，他进了院子拧耳细听一阵，只听得李父李母道些家长里短的闲话。他又蹑着脚出来，又抚了下黑狗的头，他在黑狗犀利目光注视下，奔李家绸布铺面而去。

绸布铺面眉头高悬的风灯依然亮着，铺面内油灯也未熄，竹娘还在灯影下忙活，汪春源一脚踏进来，吓得她浑身一擞，定睛瞧见是汪春源，便笑道："还以为是哪厢鬼怪，原是汪大人驾到，你这行踪，失了朝廷待拨命官的体统。"说着，在吊子上沏了茶递给他，又点上了两支蜡烛，把小屋里照得通明。

汪春源接过茶饮了小半口说道："饿得腔膛子发慌，再喝下去怕是我要晕倒在这里了。"

竹娘看着一脸无辜的表情，心里惜疼得不行，拿出几块双色马蹄糕说道："到周家吃筵没得饱，听闻席面儿大着呢，这可是乾隆爷爱吃的点心，爷吃这果子不算怠慢吧？"

汪春源捏起一块糕送到嘴里，又喝口茶送下，说道："写得手酸，给会馆挣下几方油毡布，空着肚子也值了。晌午你送的点心也这么金贵吧？"

竹娘又笑笑说道："瞧着，举了廷内郎，连吃食也挑剔上了。爹娘都不舍得进嘴的东西都给你送了去，枣泥鲜、糯米热、金京团，你说金贵不金贵？你只肖得不嫌我不孝便是了。"

汪春源边说边吃，不多时已是半饱了，他望着竹娘又道："表妹阿纤匆匆赴京师之事，我未向你提起过，只因我只视阿纤为亲妹妹，并无他图。若我郑重其事向你通禀，反而会把事情弄得更糟。"

竹娘点点头说道："自古红颜妒蛾眉，妒花风雨便相催。要说完全不在意我是哄骗你，只是你我之事尊上还未俯允。"

汪春源说道："自变法失败后，我便意志消沉不问他事，向伯父提亲之事拖之日久，愧对你的深情。当初，因我客居京师无根无落，若不是你的坚持，咱们已然各奔东西，又因庆弟之事，你我几乎缘尽，回望过往，你我二人如此修好，实属来之不易。有道是'莫怕长洲桃李妒，今年好为使君开'，你是

台湾会馆

我今生唯一的眷爱，我即向表妹讲明个中来龙去脉，并说服令尊俯允，成就你我佳缘。"因太过用情，汪春源眼圈儿潮红，殷殷带泪。

竹娘柔声道："有此初心便好，不枉我对你一往情深，执着相随。"

汪春源站起身，上前几步抓住竹娘的手说道："莫让心爱之人等太久，须时既向李伯父提亲。"竹娘羞涩地轻点了下头。

汪春源将她揽入怀中，竹娘且把头轻靠在挚爱之人的肩头，这对心印之人陷入甜蜜的憧憬之中，窗外皓明半月已悬在当空，光亮水银般地泄在地上，点点星斗时隐时现，像为人间施放的灿烂烟火。不过，这斯情温馨的场面盘棋，却被门外怀揣金镂八分紫妆奁的井口太郎窥去了概貌全局。

井口太郎满腹雾水瘴气地回到府上，脚还未落稳便垂丧着头命春僖拿酒。佣人春僖端来清酒和几样佐酒小点，他盘腿坐在卧居的榻榻米上独自饮了起来。

春僖把东西摆上三宝茶桌小心翼翼说道："先生请慢用，若有事唤铃吩咐就是了。"

井口一扬脸，双目凶光毕现，大声吼道："滚——多嘴多舌的东西!"春僖跪退了几步，喏着身子退了出来。

春僖低头走在厅廊正遇山崎幸子，她侧过身让路，致安道："小姐晚安——"

幸子问道："先生怎么了，檐上的瓦片儿都要震掉了。"

春僖满眼含泪，哽哽咽咽答道："不知为何，回来只是干吃酒，却不见进食，夜饭已热了两回。"

幸子吩咐道："先生一向待你不薄，无须为偶然的斥责苦

310

恼，怕是今日遇到难题，你也不要记恨。且把饭菜端了来，我去送给先生吃了。"

俄而，幸子拉开障子门，轻轻走进卧内，井口太郎已约七成醺醉，他抬眯着醉眼只肖瞧了一下，便默然无声又低头干饮起来。幸子将托盘轻轻放下，柔声细语说道："井口君，幸子不知您为何事烦心，想必已是苦不堪言，无论到了何种境地，您保重身体对幸子来说无比重要，饭菜已侍在您面前，请多少用一点吧……"

井口太郎怔怔看了幸子一会儿，又抬眼看了看天棚，长长地吁了一口气，直愣愣地说道："看……看在天皇的份上，给我倒杯酒吧！"

幸子跪在井口侧旁，颔首点头，把尊斟满，井口太郎持盏一饮而尽，又醉眼迷离地示意她再倒上，幸子顺从地又满了酒，井口太郎又一口酎尽。

这回井口却没有放下酒盏，只是用手捏转一阵，扭头睁着瞪迷的眼睛问幸子："我们大日本帝国樱花美吗？若是把它揉碎了再踏上几脚还美吗？"

幸子心头一紧，只是嗫声道："国色——天香——"

井口又问道："幸酱，你是樱花吗？"

幸子的心已经提到嗓子眼，她从未想到，也从未思考过这些古怪的问题，想着他也许是吃醉了，于是答道："井口君说是便是……"

井口听罢，一阵肆意狂笑，他放下酒盏，两眼直勾勾盯着幸子说道："斟满……斟满我告诉你答案……"

幸子此时已不敢直视井口那双猩红的眼睛，垂着目为他斟了酒，井口握盏灌进口中，咕咚咽了下去，说道："你……你不是樱花，你只是一枚叶片，她……她……"井口眼前浮现出竹娘的影子，时远时近飘忽不定，他拿指头在空中胡乱地指指戳戳，神态似荒野里疯狂奔跑的独狼。

幸子听罢，难过地低下头，受辱的心让她失望至极，她莹莹说道："井口君，我该回房休息了。"幸子欲起身，却被井口一把拽倒在榻榻米上。

幸子登时花容失色，睁大眼睛惊恐地说道："井口君……"

井口太郎未言声，他跪在幸子身边，眼神里射出道道寒光，让人不寒而栗，不敢直视。他带着万分噬威，伸手"刺啦"一声把幸子的和服扯开了，幸子想用力推开井口太郎，却怎么也推不动，像座冰山一样横在面前。

幸子说道："井口君……别别……你别那么性急……今晚不行，我……我身上不干净……"刚说到这里，她自己先就流出了泪水，忙又说，"我早晚都是你的人，哪在这一日半日呢？除了今晚……你想怎么做，我全都依着你好吗？"

"啪"的一声，幸子的哀求换来的却是一记响亮的耳光，井口又伸出一只手稍一用力，便又扯下了幸子的白色小衣，全身只剩下一层薄如蝉翼的羞纱。两只鸡头小乳似两颗红豆，镶嵌在薄纱里，粉红欲滴、楚楚动人，肉体的缕缕馨香飘然播散。他脸色狰狞，欣赏着目及之处，抚琴般弹拨着她的丸香、谷实，幸子此刻却没有感受到欢爱的蜜意，却是被暴敛的深深刺痛。只听嗞得一声响动，幸子身上的薄纱已不见了踪影，雪脂般的净身呈现在井口面前，他蔑着星星醉眼，愣盯着幸子的金光封纪，像狞猫在欣赏自个儿的猎物，既不想立即吃掉，也不想旁落其他同类，只是戏耍到心满意足、残破不堪之时，才

312

权作饱腹食物。幸子且把头扭向一旁，任泪水汩汩流下，井口"啪啪"又两下重重打在她娇嫩光洁的皮肉上，看似戏弄乏味了，他去下幸子屐履分开金莲，玄圃直入，麦齿撕裂且让她一声尖叫……

天刚破晓，佣人春僖便匆匆过来敲井口太郎的房门，诺诺禀道："先生，黑木君登门来访，正在厅房候等您，看上去先生满脸正色。"

井口被春僖敲醒，昨夜吃酒过了头，脑袋还有些眩晕，他用手边揉捏着自己的双颊，沉着脸说道："你小心奉茶，我片刻即到。"

春僖在门外答应一声："是——"便踩着碎步走了。

井口扶身起来，猛然间手触到幸子，他先是一惊，尔后朦胧记起昨夜的情形，他嫌恶地侧目瞧了她一眼。看到幸子半边脸肿得老高，嘴角还挂着丝丝血迹，他猛然把盖被掀起来，幸子一丝不挂地反身侧对着他，身上青紫一片，股髀处血痂干瘪着贴在嫩白的皮肉上。自觉得肠胃一阵翻腾，于是说道："可以回你自己的舍房了。"穿衣起身走了。

幸子没作声，只是木然地盯着缀满樱花的墙面发呆，她觉得自己困顿乏力，只耳听着井口的盥洗声及尔后与黑木五郎笑谈声，她感到自己的人生走进了死胡同。此刻她像一只受伤的小鸟泪眼盈盈，心中怀着无限怅惘，回忆着她的思念，她的恋情，和她这个苦命女子对人面兽心的井口以往的深情挚爱，然如一柄折扇，井口亲手把它狠心地、粗鄙地一条条撕开，撕成了永远再也不能合拢的扇骨，然后，就把它扔进了火炉里，看着它化成灰烬。此时，周围没有一点动静，太阳却升了起来，用它那惨淡的光辉，照着这间死寂的小屋。阳光映照下，她又想起了自己生命过往，真可是生在浮华中，活在悲惨里。在不到十岁最烂漫的年纪，她认识了井口，崇拜痴迷，她想象她与井口二人之间，会发生人间最美好的事情。她依然记起读过的日本古书《枕草记》录有：金针欲刺桃花蕊，不敢高声强皱眉；可怜数滴菩提水，倾入红莲双瓣中；粉荷玉壁得滋润，泉水汩汩涌不停。这是多么美好的欢爱之景，不曾想昨日的凄风苦雨，一切凤愿化成了他股掌间横征暴敛的玩婢泄物，她像凋零的樱花，被路人用木屐来回践踏，碾碎在污浊的泥水里……

正厅内，黑木五郎肃着表情饮茶，井口暗自点头，愣思一阵说道："黑木君，除了上述严令密办的事外，内田良平先生再无其他吩咐了吗？"

黑木五郎脸上显出一丝不快，不耐烦地说道："井口君，内田先生交代，事关上层机密，打听甚细对你我都没啥好处，你且办好分内之事便好吗。"他略一思忖又道："如果井口君还存有疑问，大可亲自向内田先生请教，或者，直接向平冈浩太郎社长询问。"

井口兀自一笑说道："黑木君莫要误会，我只是为更好地完成先生和社长交付的任务而已，除此之外别无他意。"

黑木面色略有松弛，放下茶盏平和地说道："你我二人皆为平冈社长效力，内田先生是社长身边不可多得的襄助，做事自有分寸把握，无需节外质疑。噢，听闻近几年井口君与宗方小太郎先生走得很近，内田先生对您的社交手段颇为赞赏，因此，请井口君撰份文报，向内田先生详细述明个中来龙去脉。"

井口太郎听罢，内心生出几分不屑，自己年长内田几岁，概论才干能力，不在内田之下，却处处受他压制拿捏，于是暗咬钢牙说道："这是当然，我定会斟酌周全撰好文报，尽早儿呈给内田先生阅示。"

黑木五郎点点头，脸上泛着笑意说道："甚好。还有一事我要周知井口君，为保此次任务万无一失，不出现任何纰漏，我会暂时留在京师，助你一臂之力。"

井口笑道："感谢黑木君协助，若不弃，可在我府中安住，今后沟通起来也方便。"

黑木五郎笑了笑说道："这倒不必了，已寻好住处，我这武士身份，若引起你的那些中国朋友的注意，便得不偿失了。"

井口说道："只得悉听尊便了。"

黑木五郎站起身，揖手说道："今日匆忙而来，实在是迫不得已，现在事情商议妥当，我便告辞了。待安顿好了，会有人将确切住址传递给井口君的，今后商议事情，烦请您来我处便可。"

井口还礼，说道："此处并非禁足之地，黑木君无聊之时，井口定备薄酒一杯，恭迎黑木君登门把酒言欢。"

黑木五郎一脸得意之色，随口说道："吃杯清酒，畅谈故乡，没有比这更醉人了。"说话间，两人到了门口，黑木五郎摆摆手走了。井口太郎望着黑木远去的背影，心中五味杂陈，这个黑木在内田身边多年，如今遣派到我井口身边，说是协助，其实不如说压制更恰当罢了。

此时的台湾会馆内，已是人声鼎沸、鸡犬捂灶，只因来会馆才几日的阿纤失踪了。谭禄滢早起揽了一锅烟就蹲在槐下抽的滋味，忽尔觉着有什么不对，只见蔫果在扫院子里的落叶，却不见阿纤出来，等了一阵，待地上落叶扫得差不多了，还是没瞧见阿纤的影子。他缠了烟杆儿背起手到厨上瞧了一眼，又踱步到了汪春源的房内，却见汪春源正挥毫泼墨地练早功。

谭禄滢张口便问道："你家的小表妹可好，今早没见她在院子里拾掇，你支应到别处做事去了？"

汪春源握着笔杆，心里一阵发沉，皱着眉回道："昨晚我与她会明了一些事情，便回来睡下了，没嘱她特别的事。"

谭禄滢说道："她是个勤勉的人，往日这时应在厨上了，我也没瞧见。"他话说得很是平静，也很是随和。

汪春源一下子从晨功中醒过来，脸上满是惊恐不定的神色，他记起昨晚自绸布铺面回来，便将他与竹娘关系实告了表妹，不会是负气出走了吧？想到此他的脑子里在急速地转着圈，猜想着各种可能发生的事情。嘴上却说道："也许是病了，我去瞧瞧。"

谭禄滢像知道他的心思一样，还是用轻松的口气说道："她在这京师举目无亲，能走到哪儿去，除了这会馆，她出了门东西南北都辨不清，也许像你说的，可能病了没起身呢。"

汪春源扔下笔，匆匆到了阿纤的房间，整整齐齐像从来没有人住过一般，登进心里像翻江倒海一样，六神无主地嚷嚷道："司事，这下真完了，她不在屋里，我知道表妹的性子，怕是真的出走了。这可如何是好啊！报官，咱们报官吧？"

谭禄滢说道："哎呀，报官有何用？只有会馆众人识得她，官家也找她不见的。蔫果——招呼大家分头去寻阿纤姑娘，周遭这些客栈、车行、码头、商铺、钱庄，包括那烟馆子、赌馆、妓馆介的一个地方也甭落下，她一个外乡人，人生地不熟的，谁晓得她会撞到哪厢去！"

蔫果答应一声，便召集众人，嘱咐一番，人便撒了出去，既连后厨的周婶也一路寻找阿纤姑娘去了。汪春源思忖，司事的话不假，表妹除了他以外，在京师真是举目无亲，若是负气出走，最有可能回厦门，必是先寻码头，京师几个码头她能去哪个？他又琢磨一阵，想到了积水潭，虽此处掩了漕运，她却不知，他便知会了司事一声，直奔积水潭码头而去。

正如汪春源所料，表妹阿纤此时正在积水潭码头。昨晚她听表哥说不会娶她，中意的是白天送点心的竹娘，既然做不成表哥的发妻，再勉强留下来，无疑是自取其辱。她整夜都在思考，直至天麻苍时才决定回厦门，天还未亮，便急急地离开了。她一路走一路打听哪儿有码头，经人指点她来到了积水潭码头，又听闻此码头早已禁了漕运，顿时伤心无助起来。正在此时，一个拉车的男子，来到她面前。

男子用汗巾抹了把脸，顺手搭在肩上满脸堆笑地问道："姑娘，您是外乡人吧？要坐船？请回吧，这个码头早年间已停运，坐不得了。"

阿纤本想着打问能坐船的码头，一时却忍住了，只是盯着男子点点头。

男子看她不答，憨态可掬地又笑笑说道："姑娘甚是文雅，行不回头，语不掀齿，必是大家闺秀。小的不是高攀您，上杆子给您指路，只是觉着您像我以前奉过的主子，她也是一位千金大小姐，像您一样面善心慈。可是今日不同往昔，我的主子已然远嫁他乡，侍奉主子的活计丢了，小的我现已沦落成潦倒酸汉，小姐您要坐船请您先上我的车，让小的我弄几个养家糊口钱不是……"

一番说辞，阿纤动了心思，在光天白日的京师，劫匪流寇应是不多见的，她想了想便问道："码头远吗？车钱多少？"

"不远不远!"男子放低车把套,躬着身形说道:"在西直门外,距这厢也就二里地,小的腿脚利索,一袋烟功夫即到。车钱嘛——哎,算小的与小姐有缘,施舍五个光绪铜子儿小的便给您道福了。"

阿纤回头瞧了一眼来时的路,便上了车,男子起身驾辕,一溜儿小跑,七拐八拐来到一条僻静的胡同里。阿纤瞅着心里不捉底,刚要开口问,却被后面伸出的一只手,用麻布掩住她的口鼻,阿纤渐渐意识模糊了。

从背后掩住阿纤口鼻的是一个面色黝黑尖嘴猴腮的年轻男子,眼瞧着阿纤没了动静,便与拉车男子把阿纤的手脚缚了,装进一条早已备好的麻布口袋里。隔着一层麻布口袋,她与急寻她的表哥汪春源擦身而过。

阿纤昏迷了几个时辰,缓缓醒来,睁眼瞧见自己却已身在一间小屋里,四周黑黑黢黢。稍待片刻,她眼神缓慢地适应了周围环境,才知道这是一间柴房。

此时,外屋的木门吱呀一声开了,像似进来一个人。另一个人起身说道:"怎样?谈成了吧?"

刚刚进屋的人,带着股股凉气,嘴里咕哝道:"哎哟,逢这乱世,连他娘的皮肉生意也萧条了,价码低得吓死人,等于白送,那咱们岂不白忙活一场!"

另一个人又嚷着声说道:"衰世男人的球子都阉啦?待到盛世再长出来?逍遥快活也分个春夏秋冬?你别光顾着馋酒,多打问几家才是。"阿纤拧耳细听是拉她的车夫。

一个人又道:"听说了吗?这年月连宫里脱籍的婢女也不过五两纹银,更别提这贱女了,倒不如让爷逍遥快活一回呢!"说着欲往灶间里闯,却被车夫一把扯住。

车夫说道:"使不得!我瞧着她似处子,找到中意买家,还能撬个高价。你这厢破了瓜,咱们可要真真赔个底朝天了,到那时,杀也杀不得,按大清律当斩,扔也扔不得,一旦衙门查得线索,少说也得三年五载。"

那人问:"你如何断言她是贞雏儿?"

车夫又嗡嗡笑道:"打眼瞧时我便窥明,她的发质青涩,表明还未被撩拨出荡情;她瞳孔清澈,没有破瓜之妇的浑浊、贪婪;她双臂紧挟,没有人妇的开怀四甩;她腰胯紧凑,没有熟妇的松垮摇摆。最重要的,在缚她时,瞅着腕上未现朱砂,下颚却有淡淡的星星点点的红晕,俗称'处子晕'。这些还不够吗?兄弟,你还要再去打问,直至找到合适的买家。"

"大哥实是高深之人呐。"那人竖着指头,又道:"实不相瞒,并非没有买家,一家日本人开的'凤栖阁'价格倒是公道,只不过三日后才能一手拿钱,一手交货。我寻思着吃酒的大子儿没一个,哪待这些时日,便没再理会。"

车夫说道:"哟,早听闻'凤栖阁'出手阔绰,咱们手里又握着这上等货色,只要价格公允,等他三日又何妨!"

那人挠头说道:"大哥,小弟全听您的,我即刻去踩趟水,切把篱笆扎牢了。"

阿纤横身躺在柴堆里,外屋两贼人的对话她听得一清二楚,心里一阵凄凉,嘤嘤地抽泣起来。她感到手脚一阵麻痛,仔细瞧时她的手脚还被死死地捆着,她的挣扎都化作徒劳。屋墙上有一个十寸见方的烟窗,一束光从窗口照射进来,映在对面的墙壁上。光线激不到她身上,她的周遭仍是漆黑一片,这一切,都好像是在诉说着她心中无限的留恋、悔恨和失落,也像是在和未婚的丈夫做最后的告别。

第十八章

李标目雪山识灵祭
结盟约共同抗倭贼

山崎正雄如约造访井府，有意备了厚礼，若没有井口这个准妹夫牵线搭桥，凭他山崎正雄无论如何也与凤栖阁大掌柜中村贤二先生扯不上干系，这厢伎馆可是深不见底的聚宝盆，日进斗金、年逾亿计。现在好了，山崎已然是契约掌柜，年底可以分得不少红利，白花花的银子定会让他乐得耳热心跳、狂喜不止。抬足进得府来，只见府上佣人春僖正与一群小女佣聊着什么，个个粉嫩的面皮儿，约摸十一二岁的样子。

山崎正雄驻足轻咳一声，春僖见是山崎来了，忙施礼道："山崎君，请厅内品茶。"

山崎正雄跟着佣人春僖踱进正厅，落了坐，接过春僖奉上的茶抿了一口问道："井口君从哪儿买来这些个丫头，个个水灵得像熟透的蜜桃？"

春僖非常厌恶山崎的问话，但又不得不答，说道："山崎君，前会子打问了，有几个是宫里脱籍的小苏拉，有的是家道败落的富家千金，有的家贫苦寒食不果腹，人市上头插草标鬻了，既是卖身奴……"

山崎正雄眼里闪过一丝亮光，说不准是兴奋还惊悸，暗自唏嘘井口的老谋深算，这些买来的小佣哪里是人？只不过是这凤栖阁的底货罢了。山崎不谙政治，他却晓得这清国上至僚官下至属丁，都在混吃等死，快活一天算一天，而日本的伎馆在京师最受追捧，这一个个的女童，分明是一棵棵挂排的摇钱树呐。于是插话道："无论自哪处得来，只要是面秀身柔、水嫩可人便是，哈哈哈……"

听罢，春僖觉得山崎的嘴里长出了尺余长的獠牙，她像似被蝎子蜇了一下，嘴上却说道："山崎君说得是——"

"哦。"山崎正雄问道："井口君还在安睡吧？"

春僖回道："先生一大早便出去了。"

"什么？"山崎一时兴奋被愠怒掩埋住了，话音刚落，却见幸子步入厅来。

幸子边走边说道："哥哥来访，也不事前打个招呼？"

春僖见小姐进来，行了礼便退了出去。山崎正雄把茶盏往桌面上一放，自我嘲弄地说道："哼！井口君真是贵人事迟啊。你哥我两日前便约好登府拜会，可他径自出门去了。看来小妹还未拴住井口的心，否则哥既不会在这里枯坐久等了。"

幸子抬眼瞧了一下哥哥山崎，低下头没有言声。山崎觉着刚才对妹妹说的话太过苛责，于是改口说道："井口君不在府上倒不是坏事，咱们兄妹可以好好说个话了。"

幸子轻轻点头说道："妹妹一向知道哥哥的苦衷，为了家族生意日日忙碌，幸子十分惭愧，眼见哥哥日渐消瘦憔悴，却无能为力。"

山崎正雄勉强付之一笑说道："你是我的胞妹，说话总是这么客气，哥哥倒觉着欠着你很多东西。你就我这么一个亲人，我却对你照顾的甚少，心里别生怨气便好。"

幸子听到哥哥提起操劳而死的家父，不由得酸楚起来，眼角湿润，她抬手拭泪说道："哥哥也莫要自责，小妹尽知您维系家族生意千难万苦、实属不易，怎能说出让您眷爱照顾这些过分话来呢。"

山崎正雄撮盏喝了口茶，点点头说道："你能理解哥哥这最好不过了。前日，井口君帮忙引见了中村先生，不到两个时辰便签了投资凤栖阁的契约文书，我们山崎家也是这个名满京师伎馆的大东家了——"

幸子心中一惊，问道："咱们山崎家族一直做古董生意，哥哥又投资伎馆，是不是背了先父的初衷？"

山崎正雄一脸的得意说道："生意上的事情你自然不懂，衰世黄金，盛世古董，在这千疮百孔的大清国，古董生意萧条，只有多找些门路才能把生意做得红火。井口君在清国这些年风生水起，今后哥哥还要仰仗他，且把山崎家族的生意发扬光大。妹妹日日留在井口君身旁，俘获他的心，你要多用些心思才对，这也算是帮助我们山崎家族了。"

哥哥的话正中幸子心中痛处，她想起几日前井口太郎对自己的粗野施暴，太过变态，想到此心中一阵战栗，时下身体里还隐隐作痛。她不便告诉哥哥真相，于是说道："幸子以为哥哥把幸子带到井口君身边，全是为了幸子的幸福。"

山崎听罢妹妹暗含的责怨，心里不痛快，他摆出长兄的派头来说道："当然是为了你的幸福着想，但你作为山崎家族的成员，也应为家族事业尽一份力。"

幸子愣怔半晌，说道："若是井口君不喜欢我，应该如何应处？"

山崎正雄突然伸手抓住幸子，震怒吼道："他若嫌弃你，你更要设法让他爱上你，而不是在这里无所作为、自艾自怜麻醉自己，这是毒药——"他看到幸子半边脸上红肿一片，一时间愣在了那里，幸子扭过头去，只任泪水无声滑落。

山崎正雄慢慢放开幸子，轻轻长吁一口气，说道："哥哥相信井口君依然对你有怜爱之心，否则便不会撮合我签下伎馆契书，此事也是小妹为家族的付出。"顿了一阵又道："好好想想哥哥嘱咐你的话，时候不早了，我回了，井口若回府，向他通禀一声我来过了。"山崎正雄走了，幸子没有起身相送，只是默默地坐着，心底蔓延着丝丝寒意。

此时的井口太郎，正引着大清都察院的李提法使步入凤栖阁。李提法使乃是荣禄亲信，慈禧老佛爷的近臣，井口多次尝试接近未果。后闻听此人好色多情，独好流连风月之地，便投其所好，请来凤栖阁一叙。

凤栖阁实为三层西式洋楼，原为修筑卢汉铁路的英国工程师居所，只因清廷再无银子继续修建下去，而民间募资又无疾而终，英国工程师便相继回国，此楼便空置下来。两年前，被日商中村贤二购得，装潢一番，运作成一家伎馆，外观虽维持着巴洛克样式，里面却是另有乾坤，每个房间格调迥异，有西洋、日式、中式、犹太等风雅格调。大掌柜中村贤二，从日本国、朝鲜及大清国各地精挑细选买了数十女子，个个艳香似菊，此馆很快名誉京师，成为达官显贵趋之若鹜的高级伎馆，京城百姓唤作"凤栖阁"。

《大清律例》曰：凡官吏宿娼、狎妓饮酒者，杖六十，媒合人减一等。李提法使因甚得权臣荣禄宠爱，便恣意无拘，进得凤栖阁，他眼睛放着异样光彩，口中啧啧赞道："耳闻这'凤栖阁'为京师的天字一号，占着头把交椅，今日亲见，果然是名不虚传啊，哈哈哈——"

中村贤二引着提法使和井口来到一个房间，提法使端详一阵，不经意间皱了下眉，被井口看在眼里，于是井口提醒道："中村君，李提法使见多识广，多少金钗玉叶曾拜倒在大人的膝下，今日大人给先生面子，才揽足来到此地，没有些特别的东西，便愧对了大人的博爱了。"

中村会意，满脸堆笑说道："是是是！在下考虑不周，大人见惯了本地风月场面，自然是要享受一番异样风情了。二位这边请——"

中村将二人又引入一间日式厢房，提法使这才露出满意的笑容，井口于是说道："中村君，请挑选几位上等伎侍来，让李大人感受一下我们日本人的待客之道。"

中村应声去了，不多时两个艳姿绝色的日本艺伎，着一身和服，踩着木屐迈着轻盈的碎步进来，一左一右侍在李提法使身边。一个斟酒，一个喂食，酥臂环项抚慰缠绵，酥胸半露玉脂缭绕，使得李提法使目不暇接，一会儿撅着油哄哄的大嘴拱在艺伎的酥胸上讨要吃食，一会儿掀着艺伎低胸和服往内里瞧看。艺伎不着小衣是日本几百年来的行规，李提法使哪知这些门道，喜得着以为专为他备下的。他瞧着两座皙白小峰在宽松的和服里上下颤着，峰尖粉嫩硬挺，要跳将出来似的，他的馋涎便顺着嘴角拉着丝条流淌下来，艺伎便扯开低胸的衣衫抚胸兜住。

井口确没想到事情办得如此顺利，李提法使有问必答，大清国的军政机要和盘托出、悉数告之，不知是因艺伎的惑迷还是清酒的力道，李提法使渐渐地便有些醉意朦胧了。井口便命艺伎把李提法使扶至内室好生服侍，自己则起身到院子里透

324

透气。

凤栖阁后厅，劫掳阿纤的两男子，正与中村贤二做着交易。中村瞧着已灌蒙药的阿纤还未苏醒，虽双目紧闭，却掩不住她那婀娜姿色，便答应买下来，只不过在谈妥的价格上又压低了一成。两男子不乐意了，龇牙咧嘴地与中村争执起来，井口听到后厅吵闹，便踱步走来，见是寻常买卖没有在意，刚要转身，只听得一个女子惊吼着叫他："井口先生，救救阿纤——"

阿纤醒来，第一眼便见站在厅前的井口，便大声呼叫起来，井口心里一惊，中村和两男子也讶着表情。

井口定睛细瞧，眼前这个梨花带雨的女子，似乎眼熟，愣怔一下，想起此女子原是在台湾会馆碰过面，汪春源的未婚妻子。他思忖天下竟有如此巧合的事，一时间却不知如何是好。

中村问道："井口君识得这票奴？"

井口走到近前，面冷似铁地说道："她是我中国朋友的未婚妻子，此时相见虽不对地方，毕竟是友人的至亲，几位想必知道如何处置吧？"

中村问道："井口君有何定见？"

井口不着一言仍冷峻着脸，中村会意，对着两男子斥道："你们两个还不快滚，是要见官吗？"两男子对视一眼，摇着头，一脸自认倒霉的样子从后门溜走了。

井口把阿纤带至一间空室，给她撮了茶，寻问经过后，姑娘的情绪眼见着也平稳了些，他便说道："阿纤姑娘，我已派人租了软轿，立时送你去会馆。你的表哥想必已是急得满城折筋斗，你们早一会子见面，他便少受此煎熬。"

阿纤听罢，扑通跪倒在地，向井口叩头说道："大恩人，小女既直说了吧，今生今世我再也不回那个地方了！劳烦恩人给我送到往厦门的船上，一应费用开支您可找我表哥索要，我想这点情谊他还是有的，不会赖账。"

井口听罢，心里思忖：你走了谁还能在感情上让汪春源畏手畏脚？哪能轻易让你阿纤离开会馆，岂不白白救下你。他笑了笑说道："阿纤姑娘，作为汪大人无话不说的知己好友，姑娘的心愿我理应全力促成，可此事非同寻常，恕我难以从命。"阿纤一脸的心灰意懒，冷眼呆立着。

井口又解释道："姑娘见谅，我不是舍不得送你去厦门的银子，只是觉着你这样负气一走了之，怕是会给汪大人带来诸多麻烦。"

阿纤不解何意，只是冷着脸说道："依我看，我不走才真真地给他带来大麻烦。"

井口思量了一会儿，说道："我与姑娘讨论得并非儿女私情，你想啊，你的表兄乃进士之阶，如今已是翰林院庶吉士，过罢新正便要考核转任实缺，仕途前景光明。若此时跳出个嫉贤妒能的小人来，捏住他违背父母之命、抛弃未婚之妻的把柄不放，诬陷他孝不举、义不彰该如何是好？朝廷选拔官吏历来看重'孝义'二字，这等罪责若是落在你表哥头上，他便百口莫辩、有冤难诉了，断送掉大好前程不说，含冤入狱也未可知呀。"

一席话让阿纤的心提到嗓子眼，她拼命地摇着头说道："表哥向来敬亲孝老，怎能如此颠倒黑白？至于我……表哥视我如一奶同胞的亲妹子，自始至终并无娶我为妻的想法，岂能莫须有怪罪于他呢？"

井口太郎微微一笑道："姑娘有这般认识自是不错，可只有你是局中之人，你不到场哪个又能说得清楚呢？朝廷一贯重视史官清誉，你若此时走厦门躲闲清静去了，却给了搬弄是非者可乘之机，你表哥的罪责再也难以洗脱；若回馆内，随他身侧尽心照顾，流言蜚语便不攻自灭了。"

半晌，阿纤犹豫着说道："若是我回去了，表哥和李姑娘如何自处……"

井口太郎瞧着阿纤动了心思，趁热打铁说道："姑娘多虑了，你的表哥饱读诗书自是通情达理，至于李姑娘……时下我便答应你，自会帮着你疏解宽慰于她，绝不会置姑娘于窘境之中。论到底，洗脱罪责与难为情，这点儿薄面儿，个中孰重孰轻你自会揣度吧？"

阿纤点点头说道："洗脱不去表哥的虚罪，我一生难安。井口大恩人，我一刻也待不住了，想立时回会馆去……"

井口心中一乐，于是喊道："中村先生，遣人护送阿纤姑娘回府！"

台湾台中雪山，变质砂岩高砌，颗粒粗大、嶙峋怪异，在台湾百岳之中，雪山与玉山、秀姑峦山、南湖大山、北大武山合称"小伍岳"，与大陆之"大五岳"隔海遥相呼应、浑然一体。在雪山深入的一处山坳里，竹庆背着受伤的福来疾步前行，身后传来噼里啪啦村田式步铳、三十五年式海军铳的交叠声响，几个日本兵紧紧咬在他们身后。昨日天麻苍黑时，竹庆带领游击小队打了一场伏击，却没料到倭军早有准备，来了一个反伏击，打得他们措手不及。历经一夜鏖战，游击小队伤亡严重，为保存有生力量，竹庆和福来主动吸引倭军火力，掩护其他兄弟撤退。眼下，从身后传来的阵阵铳声可知，他们仍处在生死危险之中。

竹庆背着福来,至一棵穗花杉下,已是精疲力竭,双腿灌铅似的沉重。他把福来放靠在杉树上,自己却瘫坐在地上再也没有力气站起来。

福来靠着杉树,瞧了一眼血肉模糊的双腿,又看看竹庆说道:"哥——今儿个小弟算是交代了,玩儿鹰的被鹰啄了眼。想想这几年打倭贼,心里痛快着呢,也没什么留恋的,黄土中来,山林里去,多好啊!"

竹庆喘着粗气,打开林明登中针铳枪的匣子,里面只剩两粒黄子儿,他合上匣子上了膛,说道:"福弟,哥自海船上认识你,一眼便看出你不是孬种,不过现时不是泄气的时候,且把你船上偷人家银锭的贼性使出来,爬也要爬回到营地去!我这厢且能抵挡一阵,末了,我再拉上几个垫背的。"

福来微笑着说道:"哥,你甭唱曲儿了,弟弟让你逗得这腿抽冷子疼,把手铳给我吧,这腿不听使唤,可我的手灵着呢。哥,咱们虽没捻香磕头,可在小弟心中你早就是我的亲哥子了,看在这个情分上,别忘了来寻我!到那时我可能被倭贼祸害得不成样子了,我这身上的破洞,该缝的给弟弟我缝好喽,省得再把我爹娘吓出个好歹来。"

一个日本兵朝着他们的方向寻过来,在距他们约五丈之遥,竹庆举铳击发,日本兵瞬时栽倒在地,他把身子又往树后掩了掩说道:"福弟,你交代的这些话,哥记下了。不过,既是亲兄弟,那咱们就按道上的规矩办,不求同年同月同日生,但求同年同月同日死,哥跟你一道到天上吃包子,整天听你念叨,哥还没尝过呢,什么馅的来着?"

福来舔着嘴角,像似在回忆说道:"哥跟我一样,不是读圣贤书的材料,在你耳根上念叨了千遍仍是记不得,弟弟再给你念叨念叨：天津石头门坎的包子，有芽菜素包、茴香鸡子包、银耳香椿包，哥！——"他大喊一声。

竹庆一瞧，一个日本兵在三步开外正举火枪瞄着他们。竹庆一抬手扣动扳机，正中日本兵的眉心，日本兵扑通跪倒在他们面前，汩汩血流顺着脸颊淌下来，双目圆睁着死了。

福来看着跪着毙命的日倭，笑道："哥，你瞧这个贼子，自知罪不可赦，跪着向咱们请罪来了。"

竹庆说道："这些日倭在台湾烧杀淫掠的罪过罄竹难书，可惜我们现在已是有心杀贼、无力回天了……"

福来说道："哥，告诉你个秘密，听罢甭怪罪小弟就是了。我给你念叨石头门坎的包子，弟弟只是听闻，却当真也未尝过味道。"

竹庆笑笑说道："早知你是吹牛皮，一个闯关东的叫花子，哪吃过这般珍馐美味？"

说话间，又一个日本兵摸到近前，举铳瞄准了他们，竹庆拉住福来的手，平静地闭上眼睛说道："我的好福弟，哥现在即刻带你去吃石头门坎的包子。"

霎时，一枚牛尖快刀带着丝丝啸叫箭似的飞来，正中日本兵的心窝儿，日本兵像截子朽木，闷哼了一声扑倒在地，火枪弹丸擦着竹庆的额角飞过，嵌进身后的树干里。

他俩闭眼愣怔了一阵，只听耳侧传来一声柔和呼唤："二位壮士，起来吧？"

竹庆睁眼瞧见阿美站在面前，他知道他与福来安全了，阿美穿着钦黄细绫坎肩，天蓝色长裙，显得格外风姿绰约，神态俊逸，俨然一枝临风芍药，他不禁看呆了。他第一次想到，这个最初交面时冷峻泼辣的女郎，此时竟也如此温柔可人。他紧绷的神经豁然开释，只觉得浑身乏力难支，眼皮也跟着发沉，感觉身体慢慢向下坠去，空灵着从峰巅滑入渊底。她的欸黄坎肩，变成一盏透着暗黄色光芒的油灯，在雨幕中摇摇曳曳，忽明忽暗地闪烁着，借着点点灯光，他似看见了家里的绸布铺面，姐姐竹娘在忙碌，爹爹抽着烟锅子对他呵呵笑，娘却抚着爹的臂肘泪流满面叫他的名字，他在这似梦似呓的回思中沉沉睡去……

两日后，竹庆自沉睡中醒来，睁眼睃看时，自己身处在一间草房内，而非熟悉的宿营地。他慌然记起自己失去意识间，阿美风铃似的站在面前，此处应是她的部众聚居之所，侧脸看到福来兄弟和衣躺在另一张支板上，身下铺着缮实节蒿，身上盖着纤薄夹被，微鼾着睡得正香。他抽身起来，只觉额角隐隐作痛，便下意识地抚了一下，额上的伤已被人敷药包扎过了。他缓步出了草房，倚门瞭望，房前一片开阔之地，青青的嫩草如翠绿毡毯直铺到远处的密林，延展至天际，三五个儿童在嬉戏打闹，侧旁一个老妪在垒块中烤着东西。忽地一个五六岁瘦弱的男童撞到他身上，他趋身扶住，男童怯懦的看着他，手里半个饭团掉在草地上，他刚要伸手去捡，却被一只暴着青筋的糙手摸了去，抬眼看原是烤东西的老妪。竹庆笑了笑，老妪瞥了他一眼没作声，回身拍了男童两个巴掌，叽里咕噜呵斥男童，男童连惊带疼地咧嘴哭个不停。

竹庆说道："老人家，给他口吃的便不会哭闹了。"

老妪看了他一眼，却无笑意，说道："叫我阿姆便可。你非我部众，哪知道我部对粮食的依崇！"

竹庆问道："老阿姆，我游击时瞧着这雪山下有大片良田，还没到采收的时候吗？"

老妪闭目念念有词一阵子，睁开眼撇着嘴说道："天杀的日本狗，妈祖娘娘恩赐给我部茂密的山林、健硕的羚羊、灵动的马鹿、欢快的山狍、美丽的雉鸡，对了，还有丰沃的水田，全都被日倭掠夺去了！把我们赛夏众人自新竹五峰山一路驱赶至此，现已逼上绝路，部众饿死的事天天发生啊！"

　　竹庆又问道："老阿姆，您还没回答我的问话呢！"

　　老妪说道："你这个汉家郎儿，跃山涉水助我部打日倭，实属不易，却又生就一副敦厚痴相，阿姆已然明了，你却浑然不知呐——"她闭起眼，嘴里又念叨起来。

　　竹庆凝思一阵，面色沉重说道："对不起啊老阿姆。我明白了，若你们拥得山下这良田万顷，还至于饿死部众吗！哎……都怪我辈无能，虽竭力拼杀，倭贼却像蚁窠里白蚁，孵之无穷。"

　　老妪仍闭着眼，双手合十，向上苍做着手拜礼说道："愿妈祖圣母保佑你们……"

　　他抬眼眺望天际，一道霞光在薄雾中穿行，此刻远处传来悠扬涤耳的娜娜之声：

　　　一拜天清地灵灵，
　　　二拜清香跟诚心，
　　　三拜圣母显圣明，
　　　天下太平万事成，
　　　妈祖娘娘救众生，
　　　天上圣母现真灵，
　　　神来慈悲为世人，
　　　扶为解厄镇太平，
　　　家家安乐福满庭……

　　天籁之音，余响绕林，袅袅于世间天壤之中，百啭千声似眉鸟振翅翱于际空，此下气怡声，问衣燠寒，风风韵韵，捻捻悲悲，济济楚楚，由远及近。竹庆沉浸其中不能自拔，胸中涌起万千慨叹：这真如汴泗交流郡城角，筑场十步平如削，短垣三面缭逶迤，击鼓腾腾树赤旗，分曹决胜约前定，百马攒蹄近相映，发难得巧意气粗，欢声四合壮士呼，此诚习战非为剧，岂若安坐行良图，当时驱俘不可等，公马莫走须杀贼……

　　竹庆正闭目凝听得出神，悦耳之音却戛然而止，取而代之的是一声脆脆的问候盈在耳际："你醒啦？若再等一天你还未醒来，我正寻着哪处葬了你最好。是这雪山的峰顶，让你天天与朔日清风作伴，还是这山脚，天天与花簇鸣蝶为伍呢？"

　　竹庆睁眼一看，立时惊呆了，双脚似钉在地上，一动不动愣盯着眼前的恩人阿美，突然觉着耳后一阵赤热。他一个机灵醒过来，瞬时拢聚精神，忙不迭紧着一揖到底，说道："恩公在上，请受在下一拜！"

　　老妪也睁开了眼，双手合十说道："公主万福了。老身便不扰您与公子叙话了。"又朝着阿美挤了下眼儿，轻声道："憨痴一人——"说着转身走了。

　　"阿姆康泰！"阿美送走老阿姆，转身笑吟吟得问竹庆："你是哪家公子呀？"

　　竹庆桩子似的仍站着不动，说道："恩人说笑了，我乃平凡人家，哪来的什么公子呀！"

　　阿美圆睁着一双杏眼说道："你大难不死，瞧着比那些高门阔府的公子还有福分呢。"

　　竹庆挠挠头说道："我福分不济，可与姑娘的缘分倒是不浅！我们兄弟二人若没有恩人的及时搭救，怕是早已听了西风，届时是埋在山顶还是山下，姑娘还真要费一番心思了。"

阿美撇着樱桃小口嗔道："哼，就你嘴里机巧，哪个与你有缘了？"说话间，一群赛夏老少，抬着两头野猪、一只马鹿边跳边唱从身旁经过，阿美又说道："你瞧，我们在云林山中初见，我便邀你参加部中的祖灵祭，你却失约了。现在你受伤来到这雪山之上，又赶上我部的矮灵祭，岂不是比公子哥还有福分？"

竹庆讶着表情说道："矮灵祭？这么邪乎？你们赛夏人真的很神秘，若不弄清原委俗习，即使山珍海味摆在面前，也惶恐难咽呢。"

他俩儿席地而坐，阿美挑着弯眉说道："没什么神秘的，这与你们过元日相仿，意在团聚。"

竹庆摇头，他目不转睛地盯着眼前这个早已令他暗生情愫的姑娘，赔着笑脸说道："请姑娘详细教授才是，免得我前后不知坏了部里的规矩，只当咱们叙话解闷了。"

阿美瞟了他一眼，心中暗生喜色，心想这个看似愚钝之人，却不同于老阿姆口中憨痴之相，古灵精怪着呢，她笑笑说道："矮灵祭是我赛夏人的重要祭仪，每年开祭一回，此祭仪源于一个传说，相传在我赛夏人更久远的时候，你若问我始于何年何月，我也不清楚，你只晓得赛夏人的先祖便是了。"

竹庆点点头说道："我记下了。"

阿美继续说道："我们的先人与矮人为邻，相传矮人身高仅为三尺，但能歌善舞，特别擅长施法巫术。据说中了巫蛊的人，浑身僵硬，不久便会在痛苦中死去；中了巫蛊的人也会传染给他人，部众只要与他对视一眼便会染上蛊邪；即便避而不视，只要在三丈之内也会中蛊；巫蛊便会一传十，十传百，最终部众老少都会狰狞着死去。"

竹庆眼中炯炯闪着光说道:"喔,听上去让人悚然难耐,是否有破解之法?噢——应是有的,你们赛夏人现如今不是活得好好的。特别是你,如芙蓉出水一样清新脱俗,且文武双全,初次见面我便唤你女英雄,又见面你却成了我的恩公……"

"你别岔开话题,扰了我的思路,待哪一天你中了巫蛊可怨不得我阿美了。"阿美两腮微微泛着红晕,又满带笑意地说道:"我们先祖深知这蛊邪的厉害,为避免被矮人施蛊,便决心铲除他们。矮人常常在枇杷树上睡觉,于是我们的先人待他们外出觅食时,便把枇杷树砍断一半,再用泥巴遮掩起来。等到夜晚归来,矮人一个一个爬到树上休息,来不及反应,枇杷树便瞬间倒下,这些矮人便跌落深渊淹死了。"

听罢,竹庆长吁一口气说道:"死了便死了,为何还举行祭仪,巴望着他们回来?"

阿美大概从未与男子如此近切的交流,说不清他身上有某种东西吸引着她,她不出声地笑笑说道:"虽然我们祖先除去了心头大患,但矮人也曾经教授我部舞蹈、赠予我部猎物,矮人的死去让我们先人内心感到不安,于是开始祭祀他们,安抚他们的灵魂,以解彼此的仇恨。从此以后,在稻粟成熟收获之后的初冬月圆之夜,我们赛夏人便跳着矮人传授的舞蹈和慰歌,邀请矮灵归来,与我们赛夏人同乐……"阿美深情地望着远方,眼里却充满了仇恨。

竹庆瞧着阿美表情,不知为何故,于是问道:"公主,祭仪本为团聚,大家高兴才是,可你的眼里却是愤怒,是我哪里做错了吗?"

334

阿美转过头来，已是满目泪水，说道："自日人来后，强令我部的祭仪由一年改为两年举行一回。不准我部制作大祭旗和招魂幡，说是会伤害他们的天皇，岂有此理？"

　　竹庆说道："日倭就是吃人的厉鬼，乃魑之幽冥。强令你们改了传袭风俗，只不过色厉内荏心里恐惧罢了。"

　　阿美拭了泪，点头称是，说道："你们赴台地抗击倭贼，吃了苦、受了累，有的还丢了性命，是台湾的功臣亦是我赛夏人的恩人。所以，你今后莫要叫我'公主'，直呼我阿美的名字，心里还安受些。妈祖超度众生，各家谱记子孙，可谁又能记得你们这些为台湾百姓解除劫难、复苏民生的人呢。想想我的外傅孔如先生说得对'外患乃天下第一祸'。"

　　竹庆不由得心中升起一股兴奋之情，盯着阿美看了又看说道："听闻孔如先生乃江南大儒，文武兼具，号称孔双绝，你有如此思谋机变便不足为怪了，还望多多赐教。"

　　阿美叹息一声说道："学艺不精，生怕辱没了师门，不足为外人道也。还是说说祭仪吧，届时你万不可出了差错。"

　　竹庆点头说道："这倒是。"

　　阿美说道："我部的矮灵祭有五仪又叫五谷，分作迎灵、俸灵、娱灵、逐灵、送灵。迎灵、俸灵时你还在昏睡，今晚的娱灵是本祭，部众会身插芒草，在象征矮灵的臂铃的引领下，与部众共舞。部众也会唱起最悲怆的《雷女之歌》对矮灵忏悔，并请出无神鞭，由长老训勉部众，常思矮灵的帮助和对我部的馈赠，部众还要相互慰劳，企盼风调雨顺……"

　　竹庆插话道："你爹是长老，还训诫我这个外部人？"

　　阿美眨了一下眼睛说道："这个你不必担心，我部一向宽容善良，非我部众均奉若上宾，不过芒草系身还是要的，可祛病驱邪，到时巫蛊便侵你不成了。"

听见这玩笑话，他抬头一看，却又与阿美的眼睛碰到了一起，吓得他慌忙又低下头去。阿美也被他炽热神态羞红了脸，把头埋得很低，此时虽默默无言，但两颗欢跳的心，正彼此温暖着对方。

天布暗幕，月朗星稀，山风劲起，竹庆带着一瘸一拐的福来来到祭场。赛夏人已于高高树起的大祭旗为中心，里三层外三层地圆围席坐，其中一个头戴羽饰冠帽，着红黄黑三色相间袍衣的中年男人，显得格外与众不同，他想这便是阿美的爹、赛夏人长老了。

正思忖间，阿美走到近前，又看到长老在人群中蹿身起来。阿美将两把芒草递给他和福来，说道："愿矮灵保佑你们——"

竹庆和福来还了礼，欲张口回敬祝语，只听胸前贝珠唧响，长老已至眼前。待长老站定，身上的项串才止了声响，不等阿美介绍，长老双手合十，张口说道："我乃赛夏人长老达鲁·乌茂，铃儿的阿爸，听闻二位小英雄从日本人那里夺得秝粮，献给了本部，拯救了我部老弱部众的生命。小英雄来此养伤，本应亲自到草房探望，并雕木樽供于祭台，无奈这几日为祭仪忙碌，怠慢了二位英雄。"

竹庆双手合十，恭敬地说道："长老客气了，令女文武出众，论说夺得粮食以养部众，她才是首功，晚辈不敢应承。"

达鲁·乌茂看了看女儿，仰天闭目长叹一声说道："小英雄，你有所不知，她虽得孔如大师真传，可我部势单力薄，她由着性子带部众袭击日倭，待日倭发觉是我部所为，必然会对我部下狠心、用辣手、施毒计。我部面临的将是灭顶之灾，作为部中长老，我要为部众身家性命负起责任，我已严令部众今后不许再袭日人。"

阿美说道："阿爸，有此灾祸是躲不过去的，树欲静而风不止，是日倭占了我赛夏人的良田牛羊，强暴了我部倮妇，弑杀了我部丁壮。"

女儿顶嘴，达鲁·乌茂却没有生气，一脸祥和地说道："铃儿，妈祖无处不慈悲，多行不义必自毙，子姑待之。阿爸想这些日倭罪孽深重，也猖獗不了几时了，赛夏人有句谚语'弱草不争顽石之硬，日久可覆焉'，所以阿爸以为戒急用忍方为上策。"

阿美涨得满脸通红，说道："阿爸，您带着部众一忍再忍，最终我部还是被倭人从五峰山驱逐到这雪山之中，限了部众的自由，勒令我部易了几百年的祭奉习俗吗？咱们赛夏人还有句谚语'乌龟缩头须用棒击'您忘啦？即便等那要等多久？十年八年，还是一百年？"

此时，祭司走过来说道："禀长老，妈祖恩泽的吉时到了。"

祭仪在严肃庄重中进行，到了相互慰劳时，竹庆左右张目，却不见阿美的身影。他便起寻到一处崖边，阿美正望着远处群山出神，他走到近前，在她身旁坐下来。

竹庆轻声问道："铃儿，为你阿爸不让部众抗击倭人而苦恼？"

此时天上月朗星灿，阿美眼眶却红红的，她正为阿爸阻止她袭击倭贼而苦恼不堪。耳侧有人说话，转脸瞧时，见是竹庆，她赶紧偷偷拭去泪水，掩饰道："铃儿是我的乳名，只有阿爸姆妈叫得，你且叫不得呢。"

竹庆不置可否，转而说道："今晚瞧着你们部众个个开心地笑，我也被这一派祥和之气感染了，且把他乡作了故乡，吃了不少的酒。"

　　阿美说道："记得日倭未侵掠我们之时，部众每天这样开心，无拘无束地享受着妈祖赐予部众的一切，今晚的场景我也几年未见了。"

　　竹庆透过薄雾笼罩的山林望向远山，声音低而坚定，说道："等赶走了倭寇，便还给你们部众渔猎耕种的幸福生活。"

　　阿美惆怅地叹了一声说道："可阿爸他——等日倭自省如痴人说梦……"

　　竹庆呵着嘴说道："我倒是认为你阿爸的话有些道理。"

　　阿美听罢心烦意乱，说道："你若劝我放弃抵抗，咱们的谊缘便一笔勾销，只当我阿美今生从未识过一个叫李竹庆的人。"

　　竹庆笑笑说道："你别恼，我只是听出你阿爸的弦外之音，他不想带领部众抗倭吗？非也。只是你阿爸忧虑势单力薄，不仅杀不了倭贼，反而被灭了全部。他了解日倭，作为部中长老，这种担心是自然的。"

　　阿美问道："如何劝说阿爸带领部众击杀倭贼？"

　　竹庆借着酒劲壮胆说道："你若让我今后叫你铃儿，我才拿出这锦囊妙计。"

　　两相处来，阿美对竹庆生出不少的好感，借四处寥廓，只有星空林山作伴，便说道："只允你一次。"

　　竹庆说道："铃儿，打消你阿爸的顾虑只需一条：结盟，联手抗倭。"阿美侧过脸微笑着瞧他，他又道，"你们部众熟悉这里的山林地势、一草一木，深谙其中的隐藏之法，在林中山涧穿行如履平地家常便饭般自如。而我们游击小队则训练有素、枪械齐备，人数虽与你们差不多，但战力惊人。咱们双方可取长补短、互通有无，定能杀得日倭片甲不留。"

　　阿美听竹庆一番分析，觉得很有道理，脸上露出开心的笑容："那就一言为定！"

第十九章　感忠良结义打虎将
弑人命嫁祸义和拳

　　光绪二十五年除夕之夜，台湾会馆张灯结彩，喜气洋洋，显得十分热闹。馆内正厅连着东西厢房，一拉溜摆开了六张八仙桌，桌上各种菜肴琳琅满目，时鲜瓜果堆满桌面，冬酒、莲花白溢出扑鼻的清香。几十名身份不同的客人纷纷来到这里，欢度除夕，同守岁末。有的是台地客居京师翎顶辉煌的仕子、待拨；有的则是穿着长袍马褂的一大群币客、艺匠；有的是与会馆来往的文绅耆宿；更有左右近邻、知己好友也前来贺节捧场。院子当间还有会馆司事谭禄滏专司奉邀的一个精干戏班子，锣鼓锵锵，丝弦悠悠，生旦净末丑，一人多饰，二人和弦，三人闹个全台。什么《鸿鸾禧》《庆顶珠》《乌龙院》《岳母刺字》，挑拨勾画、板眼合辙，还有一些酬神戏也应时当令，让人眼花缭乱，绝不造次。牵来的小童，穿插跑跳，嬉笑玩耍，真有春风如意、祥和福瑞之感。

　　谭禄滏、汪春源等人挨着桌敬吃了酒，便匆匆会聚到南罩房内，众人各寻位置安坐，谭禄滏点了一锅烟，问道："陈老弟，此厢一番铺排，筹银几何了？"

　　陈顺龙挽了袖口，露出里面白衬，兴奋地说道："司事高明啊，既谒了众乡亲的愿，又皆遂随了贴己，济济团聚，安抚恰当。今后这会馆便叫作'聚义厅'再适合不过了，邀来的乡谊文绅耆宿也只能唤作'香客'了。此次筹资粗算已有二百二十两，冯掌柜和张老板虽没来吃酒，也各应了五十两，李掌柜应了五十两，前几日已交到在下手里，这前前后后加起来，已有三百七十两之多，购得饷械援台算是最厚实的一次了。"

李祖业打着哈哈插话道："我老材再应上五十两如何？"

谭禄滢吐出一口烟儿，眯着眼问他的老伙计道："咦？听你老小子这口气，像似还留有后手，为何不一块堆儿捐了，怕记你的花账不成。"

陈顺龙也纳闷说道："兄台既然有所打算，为什么还推着驴磨儿往外拿？"

李祖业起身且在谭禄滢荷包里锅了碎烟末儿，点着抽了一口，不急不慢地说道："我不像你谭老头儿，尽知道搜刮着弄钱，我老材仁义不占人便宜，这项是贴补陈老板的盘缠。我给犬子拟了家信，请陈老板亲自送到我儿手里我才放心，有这些银子，陈老板即便九死一生也不会负我了。"

冯氏听罢，立时急了，嚷嚷道："老糊涂啦，一个纸片子要值五十两？"

陈顺龙笑笑说道："是啊！是啊！老嫂子说得是，愚弟此行筹送援台物质，还连带着自家生意，不是专为一个纸片儿跑趟腿儿，这送信钱委实不敢收噢。"

谭禄滢故意装出一副刻薄相笑道："嗬——你撅我一锅烟算作五十两吧，谭某还额外奉送专司送信一趟，信拿来我瞧瞧！"

李祖业龇眼儿瞧着谭禄滢说道:"我信不着你这老瓢瓜。"

谭禄滢控制不住一口烟呛了肺,一边咳嗽着笑,一边说道:"甚好,总信得过白纸黑字吧?陈老弟,记账,兹有李姓祖业义士,自愿捐白银五十两,以资助台抗倭。"

李祖业嘴叼着烟杆儿幽幽说道:"只要家信能到我儿手里,想怎么记你们请便吧,我儿还能多嚼巴个馍呢!"

一番插科打诨,大家才进入正题,汪春源说道:"此行陈兄运送诸多饷械物资,如何顺利送抵台地?家父来信表明,听闻由台地逃难到厦门的乡亲口传,日倭锁了与内地的所有水路,在台湾各处还施了律条,叫作'六村连座、五户共保'。是凡有一人反抗,五户老小都要活埋,各村公所捕人无数,不给饭食,每日限一碗菜汤,天天都有饿死的人往外运。"

陈顺龙说道:"此前会馆一度断了与台地运送通路,如今竹庆的义勇游击小队已与厦门的一个襄助点联络通畅,可通过庆弟这个渠道运至台地,再由他们分发到各民间抗日力量。"此时,李祖业眯着眼瞧众人,一副洋洋得意之色。

汪春源说道:"那便好,庆弟实属不易,一边抗倭一边还打开了通路,真当刮目相看了。"

谭禄滢磕着烟斗说道:"说得是啊,论说会馆哪有心思办这聚会,还不是念及在台地抗倭的勇士,今儿个可是'一夜连双岁,五更分二年'辞旧迎新的大年夜,在台地苦斗的勇士能不能吃上口热饭都难说呀!咱们再不济,倒还轮不上真刀真枪豁着命去博弈,也只能尽些绵薄之力,让前方御敌之将士不至于食不果腹、赤膊上阵罢了。"

冯氏听罢,眼泪簌簌往下落,竹娘帮着拭泪,劝道:"娘,今儿个是月穷岁尽的大日子,您别伤心难过,是然整年都不得安生，您多想想庆弟为咱们争光，为台湾乡亲争气的事。"

陈顺龙也说道："老嫂子，您真不该哭，应该笑，开心地笑，如有敬仪，正是给您全家披红挂彩的正日子！贤弟在前方为台湾乡亲舍命抗击倭贼，李大哥身子骨不好，不舍得瞧病，却紧着捐银子，您和贤妹又为这聚会张罗个不停，今晚的筵席，十之八九出自您手，也不取会馆一文钱……"陈顺龙眼眶湿润，有些说不下去话了，于是起身便拜。李祖业伸手相扶，不料陈顺龙又把另一条腿收过来，齐齐地跪在地上行大礼。汪春源也起身跪在地上，两个人泪珠子从眼窝里掉下来，陈顺龙跪着又说道："今日谁也别劝，这个头必定是要叩的。大哥、老嫂，还有二位贤侄儿，你们一家人是台湾乡亲的大恩人，这个礼你们受得起。"说罢，与汪春源一起重重地叩了三个响头。

在场的人无不为之情动容啜，沉静了一阵，谭禄滢问道："陈老弟，何时动身南下？具体行期定了，知会一声，给你饯行，再请老嫂子为你拾掇些好吃的。"

冯氏抹着泪说道："这是自然。"

陈顺龙拭干眼眶泪水说道："手里的杂务处理得差不多了，近日便可起程。用银子购得饷械还尚需时日，再交割一些生意上的事，这一趟少说也得四五个月，再回来怕是入夏了。"

谭禄滢嘱咐道："天下正处多事之秋，有拍案而起的真英豪，也有乱世混魔的假道义，时运如此疏忽不得。你是生意人，机变转圜倒不必多虑，可咱们购的东西非同一般，陈老弟你记着，凡事只可曲中求，不可直中取啊。"

李祖业插话，正色道："是呀陈老板，还有我家那万金之书呢！甭管七尺还是九尺男儿，该折腰时既折腰，走走门路，送送礼物我们是理解的。"

陈顺龙微笑着说道："诸位的嘱慰，陈某记下了。虽说拔山扛鼎我不能，舞枪弄棒我不会，但我自幼跟随家父走南闯北，也经过一些风浪，对潮汐人事、天象时局还是略知一二的。哪怕四面烽烟缭绕，八方画角悲凉，我自会谨慎处之。"

此时房门被人推开，大家凝目瞧时，见阿纤和蔫果各手捧着一个托盘，上面放着几只装了热汤的碗。阿纤进门便道："大家知道有要事在议，听了一会子戏便各自散了，命我跟主顾打个招呼。瞧着你们辛苦，便熬了几碗花菇汤，权当宵夜吃了。"

竹娘趋着步子上前，要接汤碗，二人四目碰个正着，阿纤焚然低下了头，眼神儿睋向别处，竹娘神定气平，边接过托盘，边化解尴尬说道："阿纤妹子心思细如青丝，知是表哥劳神伤身，便亲自熬了菇汤奉来，真个中表不疏，我们也跟着叨光，刮了地皮填肠胃了。"她这话与其说给阿纤听，不如有意说给众人听，李祖业斜了阿纤一眼，眼皮子突地跳了一下，没言声。

谭禄滢说道："姑娘支应得周全，人辞干净了，也没见来拍门。"

阿纤说道："也没做什么特别的，只是笑脸迎送罢了。"

大家闷头呼啦呼啦喝着菇汤，竹娘握着阿纤手低声道："妹子，你刚脱离险境，连惊带吓病一场，前几日我去瞧时，吃得喝得倒不少。可你表哥再通学问，毕竟是男人，男人难免想不到这一层，所以姐姐便做了几件新衣送你，不知是否可身。"她伸手摸出一个绸面裹袱，打开来，几件簇新衣裳带着绸绫的香气，还有件狐皮滚边儿的缎面披风，都一一呈现在阿纤面前。

阿纤鼻头一酸，泪珠子也跟着掉下来，嘤嘤说道："姐姐有心了，我遭了劫，至今还心有余悸，哪有心思想别的，除了这身上穿的，再无应急衣裳了，谢谢姐姐了。"

竹娘说道："说谢字就外道了，你去内房试试，不如适我再改改针脚。"阿纤接过袱包，如获至宝，急着想换掉粘在身上的旧衣，福了福便走了，二人私语，却被汪春源看到眼里。

议完事众人欲各自散去，汪春源执意要送竹娘回李宅，出了街门才瞧见满街灯火闪烁，一座座各色铺面，装点得如天华雍府、龙楼凤阙。或风马灯高挑较比平常亮出几分；或圆圆的红灯笼高挂，劲风吹来，似朵朵行走于云间的红霞；有几家酒肆还吊起了走马灯，有玲珑剔透的兽走灯、吉祥如意的荷花灯、舞姿婆娑的仙女灯、色彩浓艳的孔雀灯……气象万千、霓虹彤彤、眼花缭乱，像似一脚踏了乱世之中的童真桃源。

李祖业与冯氏前面橐橐促行，汪春源与竹娘后面旖旎漫步，不多时，四人前后拉开几丈远，汪春源看了眼闪烁的街灯说道："表妹得此新衣喜不自胜溢于言表，我的粗心大意自不必说了，这事虽不大，可它足见你的心田，你的关爱之情我领受了。说实话，今夜伴你回去，不全是顾及你的安危，更想与你说说话。"

竹娘瞧着他被灯光映红的脸膛说道："阿纤妹妹寻你至京师，并非出自你的本意，这个不用多猜。只是，她天生纯善，稚气未泯，一路上餐风宿露，忍饥挨饿，却虽苦犹乐，眼见得京城在望，能过上几天无忧无虑的舒心日子。可又遭贼手遇了劫难，对她照顾疏忽，想想这心里便不痛快，甚是惭愧。"

一席话，婉转明了，大方得体，汪春源知是再说其他的已无补益，于是直言道："我再说什么全都是多余的，这件事我不会再优柔寡断了，到了该了结的时候了。前日我已向家父修书一封，尽述了我的决意，禀明了我的态度。皇考之后，我便送表妹回厦门，交给姨娘姨父，这样我与表妹再无婚约羁绊牵扯了。"

竹娘说道："那就偏劳娘再多备些酒枣便是了。"

时光飞逝，转眼已是二月中旬，温热的湿气自大甲溪越雪山主棱往北涌入大安溪的崇山峻岭。北棱素密达山北麓白眉谷，团雾缭绕、浩如烟海，静流的雾气中，没有一丝声响，偶然之中，玉山噪鹛两声嘹唱，啼音在谷间萦绕往复久久不退。

几月间，竹庆的游击小队与阿美的赛夏勇士配合密切，忽南忽北，忽左忽右，神龙见首不见尾，给日倭带来不小的麻烦，倭军恨得咬牙切齿。前面集结队伍再战却屡屡扑空，而后方的军队粮秣却又遭突袭，损兵折将哇哇得直叫唤。这次伏击连竹庆也记不清是第几次了，探子放出去五里，此刻该有消息了。

竹庆正闭目养神这样想着，只听几里外传来布谷鸟的叫声，他知是探子发来的信号，表明倭军即刻就跳进他们事先设好的伏击圈。他睁开眼朝对面坡地上看了看，只见阿美立起身，来回摆动了两下黄旗，她也接到了信号，这边的福来也站起身拿着黄旗回应。

竹庆又闭起眼睛，这会儿功夫，他脑子也没闲着，他在回忆战前部署是否还有疏漏，设伏前他让部下和赛夏兄弟饱餐了一顿。他立马阵前，如同即将离弦之箭，威风凛凛地对大家交

346

代："咱们对日倭的作战，之所以屡屡得手，最重要的一点每战必全歼倭贼，让他们找不到任何线索，此战如临阵不力，使倭贼漏网，休怪我李竹庆军令如山，也休怪我不给赛夏兄弟面子!"他又安排了弩弓手，挑选了几乎弹无虚发的火铳手，近中远梯次配备，除了弓箭和铳枪，每人还配备了弦月弯刀和短刺，随时准备与日倭肉搏。

此时，一支四五十人的倭军队伍携着辎重进入视野，竹庆把握时机大声喊道："七尺男儿，建功立业，就在此时，兄弟们，打啊!"

箭铳声交织响起，如雷惊雨，震得大地都在颤抖。日倭慌忙还击，渐渐地双方胶着在一起，弩弓、铳枪失去了作用，战场上突然平静了许多，只是刀剑撞击的声音，和被杀的人的惨叫声不断传来，令人听了悚然心惊。竹庆带领的游击小队，训练有素、士气旺盛，又有竹庆沉着指挥，所以个个奋勇，人人当先。这支日倭队伍看上去也是骁勇善战，而且，倭军也知道，此一战的胜败，关系重大，胜则站稳脚跟，尚能喘息一时，败则绝无生还之路，所以也是拼死力战，毫无退缩之意。双方人马搅在一起，只能从头饰来区分，着清一色法式檐帽的是日倭，盘着辫子或肩上束着月光旗的则是义勇和赛夏兄弟。只见战马奔腾跳跃，弯刀闪光飞舞，刀剑碰撞，火星乱迸，被砍掉的人头，在马蹄的践踏下四处乱滚，鲜血汩汩，流成了一片片的血潭，又迅速凝固。此时阿美带着一支骑队，从山坡上横冲下来，有的手持马刀，有的手里甩着铰刀软索，只需瞄着目标将铰刀放出去，用力回拉软索，一颗人头便齐齐地被绞了下来。

竹庆的心提得更高，他心里很清楚，这一时刻是双方的最后决战，战场形势，瞬息万变，倘有怠慢，就要遗恨千古。突然，他灵机一动，大声喊道："为你们死去的父母、被凌侮的姐妹报仇啊！万不可留下活口，否则后患无穷啊！"喊完，他又挥舞马刀杀了上去，游击义勇和赛夏部众听到李标目的命令，士气大振，一边高喊报仇，一边猛劈猛刺，且又见生杀来一支援军，日倭见势不妙，遂撤了旗，下令后退，欲往谷外跑。兵败如山倒，日倭这一跑，可把后面的日倭给坑苦了，在义勇和赛夏部众的包围之下，没用一顿饭工夫，一个个被砍了脑袋。紧接着，他们又乘胜追击，见倭贼就杀，有几个腿脚利索的倭贼眼看就要跑到谷口，阿美见状带领骑队紧追过去，立时便把几个倭贼斩杀在地。

此刻的白眉谷一片肃静，雾团却氤氲不散。众人掩埋了日倭尸体，清点了缴获，又和阿美一起察看了义勇和部众的伤情，除十余名挂了红彩，还有四名重伤人员，其他的人则安然无恙，算作一场完胜。为绝日倭寻踪觅迹，穷追不舍，竹庆命人仔细搜寻整个战场，只要是他们带来的，哪怕是一支轻若的翎羽也悉数拣起带走。

阿美暗自佩服眼前这个心细如丝的男人说道："伯阳曰：慎终如始，则无败事。你倒果真是活学活用呢，为之于未有，治之于未乱，让我真个领教了你御战的本领了。"

竹庆嘿嘿笑道："实在不敢领受这褒奖，记得爹打理铺面生意时常讲'不敢暴虎，不敢冯河'，耳朵听出了茧子，时下抗击倭贼，也只是叨光了这一句古训罢了。"

"嗯嗯。"阿美桃花绽放似的一笑说道："行谨则能坚其志，言谨则能崇其德。此战伤亡较小，缴获颇多，还震慑了敌胆，与我出生入死的部众都暗自叹服你智勇双全，你果真是条

348

汉子。"

竹庆说道："几月以来，咱们并肩作战，闲暇时你又教我习文，若说我智勇兼备，还不全是你的功劳？"

听罢，阿美脸上少些英雄气，却多出了些少女的羞涩，说道："男人善战也许是天生的，时下你不觉着自个儿青出于蓝且胜于蓝了吗？特别是今日一战的布阵，你让我带领着骑队出奇兵，是我没有料到的。"

竹庆说道："咱们的火器弩箭配备，不如倭贼强大，你在两军胶着时冲杀出来，敌会误以为我们的援军到了，从那一刻起，倭敌心里已不战自溃，便不敢再战下去。若没有骑队的当头棒喝，此战怕是要打成拉锯战，胜负结果很难定夺，既无从实现速战速决，伤亡也会大大增加。哎——两军阵前，本应胜不足骄，败不足辱，但我身为标目中军，如果虑事不周，便会功败垂成。这些跟着我们的义勇和部众，他们都有父母家庭、妻儿老小，不到迫不得已，我便不会让他们舍命争胜的。"

一番言说，阿美深受感染，点点头说道："是啊！一将功成万骨枯，人人都想天下太平，可日倭不让，妄杀壮丁、掳淫妇幼、抢夺土地，全台已是火烟覆天、尸积遍地、鲜血滚滚、腐肉白骨纵横……"

两人正伤感沉默，福来带着满脸血渍跑过来问道："大哥，今个杀得痛快，明日在哪里设伏？几个兄弟央求我要打头阵，卖我个面子，我已经答应他们了。"

竹庆心头一紧问道："福弟，你受伤啦？清点伤号时没有你呀！"

福来揩了把脸说道："嘿嘿！倭贼的狗血溅的。"

竹庆便说道："噢，还没收到小股倭贼活动的探报，再说

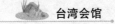

眼下雨季快到了，天气变化无常，粮食、火器也要补充一下，休整几日再作打算。"

刚说罢，只听身后有人瓮声瓮气地说道："李标目，无事可干倒不如去你的营盘吃酒庆功一番来得痛快啊！"

竹庆转身见是高大黝面的纳鲁，笑道："好啊！今儿个犒赏三军，让纳鲁兄弟尝尝我们的般若汤，可比你们赛夏人的酒水醇烈得多呢。"

纳鲁抱拳道："既然李标目有令，先让我吃上十碗，品鉴一下再论说了。"

竹庆嬉笑着摆出请的姿势，对阿美说道："公主，请吧！"

阿美格格一笑，说道："李标目，那就恭敬不如从命了。"

福来一高兴，嘴里又嘚啵起来："不瞒各位，我福来可是见过大世面的人物，什么罐儿鹌鹑、锅烧海参、蜜蜡肘子、醉卧熊胆、玉皇三宝，还有焖白鳝、马牙肉、卤斑鸠，这些只不过是小的我平常下酒小菜……"话没说完，引来众人一阵嬉笑。

几人抬腿正走，一个坚守营盘的义勇迎面跑来，还未收住脚便气喘吁吁地说道："标……标目，大事不好了，饷械让人截了胡，这可怎……怎么是好……"说着从怀里掏出封书信递给竹庆，自个儿则大口喘着气。

竹庆接过信打开来看，瞧了半日却没有说话。

福来急着问道："大哥，哪厢贼子扣了咱们的饷械？"

大家瞪目看着他，竹庆说道："从信上看，的确是有人扣了从厦门运来的饷械，既连负责运货的陈家公子也捉了去。"

阿美一把抢过信，仔细看后说道："望夫坳？——这个地方断崖沟壑纵横、古苍荆棘丛生，三尺不见人，五尺有深渊，虽富有野物，但我们部众也鲜有踏足，太危险了。依作战视之，是设伏和安营扎寨的好地方，让你只身前去讲和，个中必定有诈。”

福来支着耳朵听了半晌，略一沉思便嚷嚷起来：“什么？什么？让大哥单刀赴会？日他娘的，真刀真枪打不过咱们，丢人现眼玩起阴谋来了，这必定是日倭的诡计。”

阿美摇头说道：“此望夫坳似人间绝境、人迹罕至，日倭不熟悉地理环境，不会轻易冒险涉足此地，最有可能是山匪或者散卒所为。”

竹庆也说道：“是啊，对方探明了我方营地，若是日倭要么当场屠了营，要么设下圈套候等我们钻进去了，何必绕这么大圈子！望夫坳距这里远吗？”

纳鲁说道：“五六里地吧，只不过山路难行，脚力好的也尚需两个时辰。”他又噙着声气说道：“依我看，人和货不会藏在那个鸟不拉屎的地方，标目即便去了，也不会寻出什么踪迹。”

竹庆点点头说道：“陈家公子和饷械都在他们手上，我定要去会他一会，至少要弄清真假虚实。若陈家公子为此丧了命，到那时后悔也迟了。”

福来说道：“哥，你执意要去，自有你的道理，我带兄弟们紧随其后，做好接应。”

竹庆摆摆手说道：“你带兄弟们回营，我只身前往即可。”

福来一听急了，说道：“这怎么行，我和大哥从未分开过，即便睡觉也是倒在一个炕头上抵足而眠。让纳鲁兄弟带人回去，我跟着大哥，要死也死在一起。”

竹庆说道：“不许胡吣。你既然要跟着我，不拦你。纳鲁兄弟你带大家回营，记着要把眼线多撒出去三里地，防着让敌人包了饺子。"纳鲁无奈，只得不情不愿地说了声"是"。

阿美说道："你俩是生人，去了也怕是找不到，不如我带两个熟悉此地的人，前后也好打个照应。"

竹庆点点头说道："这样也好，不过你们拖在后面要扯得远远的，省得他们挑咱不守信用的理。"

送信的义勇此时已气息平稳，接话道："标目，我也随你一道过去。"

竹庆眉毛一挑说道："不可，你助纳鲁兄弟带大家回营。"

事情商定，各自分头行动，约摸两个时辰，他们便来到望夫坳。竹庆回头看了看，他们四人正蹑着身子在后面远远地跟着，竹庆又环视了这望夫坳，果真如阿美所讲，荆棘杂生，古树苍凉，兽迹可循，人迹难觅，山风拂过原始萃林呜呜沙沙作响，让人毛骨悚然、不寒而栗。

竹庆站在坳口，拍拍身上的灰土，稳定下心神，气沉丹田朗声道："未曾谋面的大英雄，我李竹庆赴约到此，请现了真身叙话吧——"

竹庆的喊话在山坳间回荡，却无人应答，回应他的只有山风吹过棘草苍萃的嘶鸣。他左右睥睨了一阵，又换了口气说道："是真龙即请吐九州之音，是虎豹即请啸声山林。我李竹庆还要抽身去打倭贼，没时候在这厢费嘴——无声无影的算作什么英雄好汉？"

话音刚落，只听古苍后传过来一阵洪钟笑声："哈哈哈……李标目来迟了一刻，还以为吓破了胆子呢，哈哈哈……"

竹庆支耳细听，却一点端倪也察不出来，心想不如激他一激再作应对，于是说道："本人识过缩头的王八，见得佝偻的虾蟹，也听闻过藏于茅房嚼屎的蛆蠕，请问贵尊算作什么行止？"

竹庆话说得刁毒刻薄，掩着身形的人听上去未生气，说道："算了吧！我知道你机灵得很，很会做戏，我且让本尊只身前来，你却不干不净地拖着四条尾巴，是算作王八还是虾蟹呢？"

一言既出，竹庆无不心中一惊，仍镇定自若说道："不知贵尊何方神圣、哪路道行，怎敢掉以轻心？我的四个朋友乃抗倭英雄，绝不会对良士下手，随我前来，只是凑个热闹，瞧验贵尊是否真的扣了我们的饷械和陈家郎君而已。"阿美等四人知是暴露，不再踡身，便大步流星地走到竹庆身后。

树后掩形之人说道："瞧验？好啊，哈哈哈……那就请李标目亲自验证吧！"只听"嗖"的一声，一支箭带着透骨寒气飞射过来，硬实实地扎进竹庆身侧的大树上，足有寸余深，后羽上还扎着封信。竹庆走过去，取了信只看了一眼，便知是姐姐竹娘手书一丝不苟钟王小楷的笔迹，确定是家书无疑。

竹庆揖手大声道："这位英雄好汉，千里送来书信，能担我李竹庆一个谢字。敢问尊姓台甫，若他日相见叫不出名字，那就是我的失礼了。"

那人说道："李标目乃抗倭奇才，谋略谁人不知，本人也甚是仰慕，却不知阁下身手如何？"

竹庆冷哼一声答道："好汉一试便知——"

那人说道："爽快！请你的朋友退后吧。"

阿美提醒道："小心有诈！"

福来悄声说道："大哥，这厮在装神弄鬼、故弄玄虚，不如咱们杀将过去，擒了这杀才。"

竹庆密语说道："咱们在明处，他们在暗地，谁知道有多少人马，我自会见机行事，你们退后吧。"几个人正往后退，只听树后呼哨一声，忽地从四周窜出八九个青壮汉子，脚步极轻，手里握着晃眼的云头刀，把阿美等四人往后面一点点逼退，却未有立时拼杀的意思。

此时，从树后转出一人，看上去略长竹庆几岁，黑红面膛，方方正正，双目炯然，怎么瞧都不像打家劫舍的贼人，着一身汉人打扮，可见并非当地土著。来人距竹庆七八步之遥站定，揖手道："李标目，久仰大名，只是我还有一事不明。"

竹庆观察着此人举动，还礼道："请讲——"

来人说道："很简单，今日李标目与饷械、陈公子之间，你只能选一样，要么我对陈公子及饷械网开一面，让你的朋友带走，把你的性命留下；要么我留下饷械，杀了陈公子，你可以全身而退，想听听你的决断。"

竹庆哼笑道："慷慨殉节易，从容赴义难。此时好汉若让二者只能选其一，这是在逼死问杀、威胁无辜，非真英雄本色。"

来人不答话，只是目不转睛地盯着他。

竹庆见来人默不作声，思忖一阵又道："那好，既然好汉不肯抬手让路，就请放了陈公子，陈家与我李家素有往来，我不能见死不救；饷械也可商量着留下部分，其余让我的朋友押送回去。好汉只要信守承诺，我李竹庆的性命便交与你处置如何？"

来人终于说话了："千古艰难唯一死啊！大丈夫能屈能伸，你李标目若能跪下来求我，说不定……"

竹庆哈哈大笑打断他："哈哈哈……我李竹庆不是贪生逃

遁之人，更不会向奸佞失信小人哀求。陈公子只要能好生活着，又得了抗击倭贼的饷械，我算是死得其所了，死不足惜!"

来人又冷冷说道："我若改了主意，一个不放呢?"

竹庆看出了其中的尔虞奸诈，说来言去，站在面前的这人，原来是个毫无江湖道义的泼皮无赖，于是说道："你是哪个庙的神，口气大得能把天吹破，如此贪得无厌，就看你有没有这个能耐了。"

说罢，抽出随身短刀，一个箭步冲了上去，锋刃直逼来人喉管。来人身手倒也敏捷，一个跳步闪躲，双方均使出浑身解数，几个回合下来，一时难分胜负。就在这个空档，竹庆捉到一个机会，刀尖抵住了来人喉管，正欲用力让其殒命，只听远处一声凄厉吼叫："刀下留人——"

竹庆擒住来人，使他动弹不得，抬头看时，只见树后又飞奔出一人，这不是陈家公子嘛! 正纳闷，陈家公子陈广道已疾步到了近前。

陈广道惊恐失色道："竹庆兄弟请放手，误会! 误会! 全是误会呀!" 又说道："丁兄，此番试探，我早已表明利害，弄不好要出乱子的，你却不听劝告，今儿个搞成这个局面，真的让人揪心吊胆啊!"

竹庆松开来人，收了刀，问陈广道："兄台，这做何解释?"

"这这⋯⋯"陈广道转目愣盯着来人，带着责怨的语气揶揄道："丁兄弟，冤有头、债有主，个中原委，你亲口给李兄弟解释清楚吧。"

来人拍拍身上的灰土，慨叹一声，双手抱拳旅礼："在下丁成虎，虎中之白丁，本是厦门赴台地抗倭义勇，不料运气不好，年余间已死伤大半，现余众兄弟势单力薄，已无力单独与日倭血战。久闻李标目骁勇善战，遂想投您标下继续为国效力，又怕手下兄弟不服，所以才出此下策，见见您的真章。哎——说到底这都是机缘弄人……"

不待丁成虎言毕，陈广道接话道："竹庆兄弟，说来也是巧合，为兄押运饷械一路风尘仆仆前来与你会合，哪曾想却被日倭的探子咬上了，幸好丁兄及时出手，斩杀了探子绝了后患，才保全了饷械无恙，否则后果不堪设想啊。"

竹庆把丁成虎扶起来，说道："所以，你便扣了这抗倭饷械，遣信邀我过来试探虚实？此法也太过凶险了，丁兄弟大可到我营中坐下来慢慢了解嘛，都是怀揣抗倭大志的人，怕我慢待了你不成？"

丁成虎摇摇头叹道："惭愧！惭愧！李标目果然名不虚传，是值得众兄弟托付之人。"他又喊道："兄弟们，事已言明，都过来吧，参拜李标目！"

握着云头刀的兄弟刀已入鞘，正与阿美等四人唠话，闻听头领喊话，众人呼啦全过来了，这时又从树后转出几个人，腰上同样挂着云头刀。

丁成虎招呼手下兄弟一字排开，单膝跪地双手抱拳，对着竹庆字正腔圆地说道："日倭犯我，辱浃中华；台地板荡，生灵涂炭；孤灯暗焰，民不聊生；誓驱倭虏，还台升平；愿投标目，共赴战场；骤平狼患，符民之望……"

丁成虎誓一句，众兄弟跟着誓一句，言词铿锵，铁骨铮铮，竹庆等人深受感动。他趋步上前，把丁成虎扶起来："成虎兄弟快快请起，说得好，说得好呀，我李竹庆生平之愿，即是杀尽倭贼，你们都是我志同道合的好兄弟，即刻跟我回营，咱们痛饮它几大碗。"

陈广道笑笑说道："竹庆兄弟莫急，丁兄早已备下了野味席面，静候你的大驾呢！"

丁成虎说道："是啊，若是李标目一刀下去，我便无法吃酒嚼肉了。"

竹庆歉意说道："怪我眼不明朗，没能识得你这金镶玉。"

众人来到一处溪边，瞧见正燃着几处篝火，火上架着几只野物，黄灿灿得油亮解馋，旁边放着几坛老酒，丁成虎说道："标目，吃罢喝罢，我便拔了这营，归你调遣。你瞧，饷械完好无缺，有了这些称手的家伙，还怕斩不尽倭贼吗？"

竹庆瞧着密林之中的饷械隐匿得很好，不细瞧还以为只是一个个柴堆，于是笑道："我更看重得是众兄弟的凌云志向。"

畅饮间，福来梗着脖子问阿美："公主，此处为何叫作望夫坳呀，听着甚是不吉利。"

阿美放下酒碗说道："百年前，这里还住着赛德克人，一个叫之妙的年轻妇女，无意间窥见了部中大户扎卓奸污了自家儿媳。心怀叵测的扎卓，怕家丑外扬，便指示家中的仆丁，在一个月黑风高、雷霆暴雨的夜里，把之妙绑起来，吊在坳上的树林里，要借之妙之身杀人灭口。之妙手脚被绑死了，嘴被堵上了。雷鸣电闪，暴雨倾盆，山风凛冽，虎啸狼嚎。这个年轻的之妙没有恐惧，没有眼泪，两只明亮的大眼，穿过电光雨幕，怒视着坳下的扎卓家的宅院。之妙的丈夫听到此事，急忙到坳上寻找自己的妻子，不曾想之妙不见了踪影，之妙的丈夫每日不吃不喝，站在这坳口等待自己的妻子归来，直至死去。所以此地便叫作望妇坳，后人口口相传，却误成了望夫坳，且把妇人的'妇'传成了夫君的'夫'了。"

福来沉思着说道："噢，原来是这样啊!"众人也跟着唏嘘不已。

三月初的京师，各处依然是寒瑟瑟、冷凄凄，偶尔还有白毛风震慑人心，沙尘也随风卷来，天气无常险风恶沙，一下黑。街上行人稀廖，各家商业铺面生意不好，也早早打烊。汇集在京师的外国人天生不是安分守己的种，不像大清国的顺民上炕安眠了事，即便在这骤风急沙的黄天，也是四处游走，饮酒取乐，英吉利人、法兰西人、美利坚人、邪马尼人、瑞丁人、佛郎机人、红毛番人、罗刹人、丹墨人、日人……

子正时分，两个佛郎机人自东交民巷半闲居酒馆里出来，酩酊着身子，在巷子里胡乱高谈阔论了一番，尔后拥抱告别，一个偏瘦的去了东边的梦春楼，另一个偏胖的则奔着西边的怡香院而来。走到拐角处准备出小恭，只听头顶檐瓦响动，他抬起头想看个究竟，却见一个黑影从檐上飞下，扬手间寒光一闪，这个佛郎机人没来及哼一声，脖子已被人割断，像个口袋闷声倒地，鲜血汩汩喷溅，裆下焦湿一片，这才算出了恭。

杀手拉下脸上面罩，原来是黑木五郎，他掏出一块红头巾，冷静地擦拭短刀上的血渍，顺手扔在已毙命的佛郎机人身侧。他静待一阵，挪动了几步，又不放心地并着两指，在佛郎机人的鼻孔处探了探，这才放心地消失在巷口。

第二日，天还未亮，一个小贩模样的人，发现洋人僵硬的尸体，遂及报了官。顺天府遣了两个仵作来勘尸，此时陈尸旁已聚满了看热闹的百姓，井口太郎和黑木五郎也隐在人群之中。

报官的小贩指天画地对两个仵作说道："下夜虽看不分

明，他们的头巾小的还是识得的，您瞧这杀了人，慌不择路，遗下了这头巾，这是多好的证物啊！"

又一个小二模样的人也站到近前，说道："对对对！小的也做保，定是义和拳干的。他们砍杀这个洋人时，我虽未敢近身，离得老远却听他们口中念念有词，什么'见洋人就杀，见洋货就烧，不杀洋人没饭吃，不烧洋货气不消'。"

小贩又接话道："爷，我当时也吓糊涂了，且把他们念咒的事忘了，小的想起来了，他们念叨说'练好义和拳，洋人变泥滩'，小的琢磨此话倒不假，这个洋人真变成了死泥一摊。"

年纪较轻的仵作附耳老仵作道："大哥，我也听闻，义和拳在天津卫杀了不少洋人，说不准已流窜至京师。不过，单凭一个头巾实难断言此命案为义和拳所为，再瞧这冤魂颈项刀口，义和拳的大刀片子哪有如此精准，个中尚有疑团待解，看来一时半会儿难以查实啊！"

老仵作点点头，又附耳年纪较轻的仵作说道："兄弟此言甚是，近几我历经命案百余起，义和拳若开杀戒，十之八九与教堂有牵连，这半路杀人确有蹊跷。可有人证在此，此案该如何关照？处置不当，老百姓岂不看你我的笑话？"

年纪较轻的仵作暗笑道："这京师哪天不死人？依通常命案流水办理总不至于被问责，尔后再拾疑补缺，记入命档即可。这厢是个洋鬼，再给刑部递个折子，顺天府也就太平无事了，干嘛耗在这里吃苦头。"

听罢，老仵作面色沉重，指着小贩和小二模样的人说道："你们二位，刚才的证供本差已记录在案，尔后要随时听堂传唤，画个押吧！"

两个人鸡啄米似的点头称道："是是是！这是小民的本分。"

仵作便唤人张罗着找了一领破席将死人卷起来，装到车上，他们押着车，奔东直门外左家庄的化人场去了，围观的人群也摇头叹息地散了。

不远处的影壁后，小贩模样的人，对井口太郎谄媚笑道："这位爷，小的苟韩见给您请安了——按您的吩咐，该讲的都讲了，您看小的这身着烂衣、脚拖破鞋，多赏几个大子儿呗！"

井口摸出约摸十来个光绪铜子儿，蔑着眼丢到他手里，厉声说道："要知道避嫌，不许尽数使了。"

小贩模样的人满脸谄笑道："哎哟，您老这么破费，小的谢赏了！"说着打了个千儿。

井口又摸出些光绪铜子儿，丢到小二模样的人手里说道："下余的全赏你了！"

小二模样的人笑逐颜开说道："啊，好好！爷就是小人麦果啊的财神，小人也按您的吩咐，指天顿足起誓，绝不会露白，免得坏了爷的大事。"也打千儿谢了赏。两个杀才走后，井口去拜会了几个洋访员，不日，被弑的洋人尸照，出现在各国的报纸上，并指出幕后凶手即是义和拳。朝廷的邸报说得却模棱两可、似是而非，鲜有明指。

第二十章 　情所致翁婿诉衷曲
　　　　　重仁义相约查暗魅

　　自除夕夜筹银以来，谭禄滢很高兴了一阵子，借着新正的喜庆，拜文绅，拜耆宿，拜知己，整天不落屋，不知时运不好还是太过兴奋奔波，害了几个月的风寒，现在病体渐渐痊愈，身子仍十分虚弱。几个月中全亏了汪春源和蔫果两个人轮番侍候，竹娘和阿纤煎汤熬药十分方便。

　　这天吃罢早饭，看天色沉沉得，也没个地方可去，眼下更无急事可办，谭禄滢觉得无聊，便叫了汪春源来，笑道："竹娘去了绸布铺面，阿纤姑娘在绣女工，小蔫果到前头街面上还篾席，你有何事要张罗？若没事你我摆上一局如何？"

　　汪春源笑道："司事好兴致，不过我的棋艺不高，怕扫了您的兴。"嘴里这样说着，却趄转去捧了棋盘进来，先抢了黑子儿，齐齐整整在天元和四角星位布了五个子儿，说道："饶五个子儿吧，司事手下留情。"二人一笑落座。

　　弈至中盘，谭禄滢已略占上风。汪春源右边数子被谭禄滢镇封，如不逃必被吃掉，苦思很久，也想不出对策，只好"尖"顶出头。谭禄滢道："岂不闻'随手而着者，无谋之人也'，难道角上大块棋子都不要了吗？"

汪春源看了看笑道："这个角司事夺不去，须得先逃这几个子。"忽听背后有人说道："汪兄这个角须补一着，不然司事就要在里边做'牛头六'了！"

二人专注下棋，根本不知道什么时候进来了人，倒吓了一跳，抬头一看，却是井口太郎手里拿着东西站在汪春源身后。

谭禄滢说道："咦？井口先生快请坐。"

汪春源起身笑道："你们二位才是将遇良才，来来来，您请。"

谭禄滢也说道："有雅兴的话，来对弈一局吧。"

井口把手里的东西放到桌面上，笑着摆摆手说道："今儿个真没工夫陪师兄玩，商社生意逢衰遇难，忙得焦头烂额，闻听汪兄要回厦门省亲，急急地备了点薄礼赶来，且还惦念着师兄的身子骨，算一道瞧了。"

三人落了座，汪春源给大家撮茶，井口忙起身接过了茶壶说道："汪兄即将远行，师兄身子不便，今日就不分主客了，没那么多讲究，让我给二位仁兄看茶吧。"

谭禄滢饮了口茶，立时浑身通热，精神也清爽许多，便想起了井口刚才的话，于是问道："井口先生，你一向善于经营，天和商社的生意也是顺风顺水、兴隆鼎盛，如今为何低迷惨淡？"

井口听罢，收了笑容，心情瞬时忧郁起来，沉寂了一阵便长叹一声说道："我天和商社向来信守承诺、物美价廉，与各国商家水乳交融，利益共享、风险共担，这几年还算红火。可近日来，义和拳闹到京师，在东交民巷大开杀戒，杀了个佛郎机商人，还扬言'练好义和拳，洋人变泥滩'。与我商社有生意往来各国商家，惊恐作色，吓破了胆子，不敢再来商社上货，致使商社货囤仓房，腐废大半，损失惨重，债主又上门催债。真是应了中国的一句俗话：福无双至，祸不单行，唉……"井口长吁短叹说得凄惨，泪眼迷离，二人也跟着唏嘘慨叹。

过了一阵，谭禄滢捋着胡须说道："为兄虽不谙经营之道，可怪诞不经的稀奇倒也见过，偌大京城横死个半人伍的，也不算什么咄咄怪事，先生的生意戕害得如此严重，这是我没想到的。"

井口又道："师兄乃菩萨心肠，哪里知道生意场上的血雨腥风啊！生意本来既是一手买一手卖，得的是差利。如今义和拳闹腾得欢，生意做不成了，我寻死的心都有啊！"

汪春源思忖半晌说道："先生切不可悲观，顺天府的通告上没见明颁义和拳，我也未闻义和拳进京的消息，这个洋人或许被什么人误杀了。"

井口抬着泪眼望着汪春源说道："汪兄，您有所不知，为了让商社起死回生，不至于就此败了，这几日，我拜僚官走使馆，也得了不少内幕消息。听闻博尔都葛尔雅国已派使臣与朝廷交涉了，各国报纸也指出义和拳是幕后真凶，各国使节也给清廷递呈了照会表书，要求严惩义和拳，这沿街的百姓亦议论纷纷，一口咬定乃义和拳所为。愚弟想，朝廷对义和拳进京滥杀无辜之事，之所以秘而不宣、禁颁明旨，怕激化与各国的矛盾，引起更大的乱子。"

汪春源点点头，担忧道："若真如先生所言，如今天和商社该如何保全呢?!"他目光一闪，又补了一句："若春源能为先生做点什么，请直言便是。"

井口又悠悠回道："感谢仁兄挂怀，世道艰难我自会处之，只是您近日便要省亲，若择天津水路南下，已不再安全。传闻义和拳在天津屠戮了很多西洋人，即使信仰西教的中国人也不放过，为防不测，届时我在商社挑选一些武艺高强的伙计护送仁兄。"

汪春源摆摆手说道："这倒不必了，先生已是自顾不暇，我不能再给你徒增烦恼。"

谭禄溎握着茶盏若有所思，尔后道："你也不要推辞，届时我自会安排得力人手护送的。着实令我担忧得，倒是这些寓居会馆的客众，有些人信奉西教，如果这个时候去了教堂，岂不白白丢了性命？唉——"说着便急急起身往外走，说道："我要叮嘱一声才是……"

谭禄溎走后，井口与汪春源又闷头饮了会子茶，井口抬起头忽而问道："汪兄，愚弟此行还有一事相求，甫时师兄在面前难以启齿，所以……这……"

汪春源见井口吞吞吐吐的样子，张口说道："先生的商社正处在危难之中，你就不必客气了，如需春源出力尽管开口。"

井口眼巴巴地看着汪春源，像似下了很大的决心，深吸一口气说道："仁兄理解商社处境，愚弟感激涕零……可是……唉！……"

汪春源看他犹犹豫豫、欲言又止的样子，登时急得额上直冒虚汗，说道："先生别绕弯子了，你真想急死哪个？"

井口瞪大眼睛张口说道："李掌柜家二百匹绸布的货银，时限已过却还未兑付，愚弟知道您与竹娘姑娘感情笃厚，能说得上话，请她网开一面，再宽限些时日，至多两个月，不，一个月，一个月之内定连本带息还上。"

364

汪春源顿感似遭雷殛，他的脑袋像突然增大了好几倍，千想万想，也没想到他会提出这套托词来。甭说一个月了，即便是十日没了活泛银子，绸布铺面也支撑不下去，这不是把李老伯往火坑里推嘛！他的话若出口，非气得李伯当场吐血不可；心心念念的她如何看待自己，岂不视他如狼心狗肺、薄情寡义、恩将仇报的李甲？她性情刚烈，再弄出个好歹来，我汪春源即使碎尸万段也补不上这个情债啊！更怜那顾着自个衣食的冯母，一个慈爱的文瞎子，若没了李伯，没了竹娘，她一天也没活头儿了。更对不住在台地抗倭的庆弟，他誓死抗倭，台地父老乡亲避免了多少生灵涂炭！冤魂有了慰藉，活人有了希望。

　　想到此，他一阵眩晕，身如飘九重跌渊池，他似乎看到了李家惊心动魄的惨景，喃喃自语道："这……这……这……"

　　此时井口默默审视了汪春源许久，尔后问道："汪兄！您没事吧？"

　　汪春源点点头，又摇摇头，口里含糊不清絮叨："能有什么事呢？不能有事，真的不能再有事了……"

　　井口又道："好，此事便仰仗汪兄出面了。汪兄此行路途遥远，请擅自珍重，这桌上摆着的是愚弟俸送令尊的上等灵芝仙草，权作尽点儿孝心，请兄务必代弟叩安二老，祝二位老人家福寿绵长，慈容常乐。愚弟我还有要务缠身，就先行告辞了——"

　　汪春源的魂魄似被井口摄住了，着了魔魔似的，脑袋里不着边际地胡思乱想，腿脚也跟着鬼使神差地抬步往外走，他深一脚浅一脚懵腻着急步前行，不知不觉来到了李家铺面。他一抬头见是小伍立在门楣下正笑着瞧他，刚要张口询话，小伍却满脸堆笑地紧着近了几步先开了口，打问道："汪老爷，您是寻我家少掌柜吧？不巧，我家少掌柜不在，她去克郎中那里给老掌柜抓药去了，爷，要不您到暂间里等会儿，我给您沏壶酽茶，少掌柜至多巳时便会回来。"

听着小伍的话像是报丧一般，什么"不在"，什么"抓药"，什么"斩监"，什么"严查"，什么"逝"呀"死"的，他浑身抖了一下，满身的鸡皮疙瘩起来了。他一刻也不愿多待，回道："什么时辰的事？"

汪春源回得含糊，小伍就更不明白了，他愣怔想了一阵，以为汪爷寻问少掌柜什么时候出了门，于是回道："少掌柜一大早就去了！"

"啊！——"他的眼前一阵错乱恍惚，像万只蝇虫在乱舞，此时有人在他肩膀轻轻拍了一下，他转身一瞧是李祖业，汪春源登时吓得腿脚发软，一屁股坐在地上。

李祖业看他脸色难看，上前摸了下他的额头，又试了试自个儿，纳闷自语道："且不热嘛，怎么癔症了？"

汪春源坐在地上，晃晃脑袋，苦思一阵说道："伯父，我要吃酒！"

李祖业想，这小子一夜入青云，成了朝廷待拨命官，这次去厦门省亲，是不是金蝉脱壳都很难说，那我的宝贝闺女怎么办？这几日正欲寻他问个究竟，不料自己却送上门来，于是笑道："好啊，你不找我吃酒，我还想找爷们酌口交心曲居士呢，你有心，我有意，那就走吧。"李祖业嘱告小伍，他要与汪老爷到天福瑞吃酒，你且好生照看铺面，小伍撇嘴应了一声。

二人在天福瑞推杯换盏、交心置腹一番，两人均非"大户五"，很快已是朦胧"中圣人"了，李祖业问道："贤……贤侄儿，今后作何打算？"

汪春源他端起面前酒杯一饮而尽，且把酒杯翻个个儿，倒扣在桌面上说道："真人面前不说假话，我也向您老交……交个底，明日我便带表妹回厦门，亲手交到姨娘手上，回转时您便不是李伯了……称您岳丈了，哈哈哈……"他笑得前仰后合、酣畅淋漓。

李祖业听罢，自个儿都觉得难为情，一脸酒色说道："贤侄儿，千万不敢大喊大叫地呼岳丈，这不是在家里，多……多少双眼睛盯着呢，有辱斯……斯文呐。"

汪春源翻了酒杯倒满，一口饮干，说道："不称岳丈才辱没斯文家风呢！我与令爱情深意浓、佐命而行，虽不青梅，但……但可竹马，迟早要过……过门儿的，尊您一声岳丈大人错在何处？"他打着酒嗝，一副憨态可掬的样子。

李祖业瞧他虽现了迷离恍惚的醉态，话说得倒贴耳顺心，也不觉笑出声来，他身板挺得笔直，底气提得十足："既然你不避讳，我这个老头子有什么可担心的？你已然叫我声岳丈，我只好称你贤婿了。既是一家人，有什么话我便搬竹竿进胡同——直来直去了，我且问你，令尊给你定的亲事当如何处置，我闺女难不成过门做个妾？"

汪春源持壶晃晃悠悠给李祖业斟上酒，通红的双眼望着李祖业道："岳……岳丈大人，令爱在小婿心里是……是荣耀秋菊、华茂春松，皎若太阳升朝霞，灼若芙蕖出渌波，我……我怎么舍得让她做妾呢？虽自古就有父母之命，媒妁之言，这天下的女子也千千万万，可我只独钟令爱。小婿已是翰林院庶吉士，虽未补实缺，但也是朝廷命官了，言出既守，小婿不日便面见双亲，陈述非令爱不娶的决心，我想尊上看我如此痴情的份上，定能收回成命，圆了我与令爱好合百年之愿望。若……若岳丈大人信不过小婿，小婿即刻行翁婿大礼……"他话未说完，欲起身行跪叩之礼，却被李祖业一把按住。

汪春源这一通表白，真可以说是淋漓尽致了，李祖业激动得老泪纵横，他说道："贤婿万万不可，我无此险恶居心，你也不要妄加揣度，你言之凿凿，我信了。来来来，吃酒！"

两人二度推杯换盏，捧杯尽饮，半个时辰不到，已是醉透了，伏在桌上昏昏欲睡。天福瑞的掌柜呵了几个伙计过来，吩咐把两人送回去，竹娘却一脚踏进来，见着爹和汪春源已醉得不省人事，怨又不能怨，怒又不能怒，只好把这股怨气藏在心里。

李祖业被伙计唤醒，见是女儿立在面前，登时又来了精神，他挣脱开一条胳膊，指手画脚地对女儿道："闺……闺女啊，贤……贤婿起誓让你做……做正室，这天昏——地旋得，你……你且惜待他啊……哈哈哈……"竹娘羞得满面绯红，气得说不出话来，只是用眼神怒视着爹，直到李祖业被伙计搀出店门。

竹娘回转身搀汪春源往外走，他睁眼睨了她一眼，便倚着她蜗行牛步前往会馆，嘴里还不停地梦呓般地唠叨："秾纤得衷，修短合度，肩若削成，腰如约束，丹唇外朗，皓齿内鲜，明眸善睐，靥辅承权……"第二日他便带着表妹阿纤启程去了南方。

春意渐浓，已交三鼓，蔫果刚侍着谭禄滢喝了药汤，他便吹熄了悬在会馆院子里的灯，伸着懒腰给街门去上栓，嘴里还哼着小曲儿：

这份情意说与你你不信，

总疑奴的心不真。

手拿着红汗巾儿拨灯芯，

谁说奴家等的是旁人？

调皮赖脸的小郎君，

不许你再来敲奴门！

冤家呀，

你若不是我心头肉，

我早就抬手扎你一银针！

　　他哼着曲儿，正要抵门栓，只听"扑通"一声，倒进一个人来，蔫果吓慌了，语无伦次地喊起来："来人噢，快快来人啊，遇着鬼了呀——"

　　谭禄滢和衣躺着，还没睡着，听到蔫果在街门口大呼小叫，赶紧蹬上裤子，趿拉着鞋就往外跑，一些听到喊叫的伙计、居客也迷迷瞪瞪往外走。有人过去掌了灯，谭禄滢一看地下躺着个人，还是个浑身是血的洋人，看他的脸色，像生姜一样黄中带紫，双目紧闭，人像死了一样。

　　看到的居客叹了口气说道："罪过，这也是常事，送到城外化人场去吧……"

　　有的伙计摇头说："啐，今天真晦气！"便张罗着找来一领破席要卷人。

　　谭禄滢说道："慢！"他用手在洋人鼻子下试了试，拉起手来搭上脉摸了摸："人还没死哟！快抬到屋里去！"居客和伙计们面面相觑，站着不动，蔫果连忙说："司事已经吩咐了，还不快点？"

　　这时人们才七手八脚地把洋人抬到屋里，谭禄滢说道：

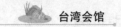

"先弄点热酒来。"

一碗热热的莲花白灌下去，约莫一刻时分，那洋人眼睛微微地睁开了一下又闭上了，谭禄滢说道："看来还有救，去请孙郎中来。"

洋人忽地又睁开眼，断断续续说道："炭儿……胡同……克……克鲁斯先生……救我……"

蔫果自惊魂中回过神来，惊奇地说道："哎呀，他说得许是克郎中吧！李姐姐的朋友。"

谭禄滢一摆手，说道："小蔫果，那就照他的嘱求，你快去请克郎中来。先生，别动，你就好好躺着吧。"

约莫一个时辰，克鲁斯提着药箱进了门，瞧见躺着的人，立时惊呼道："天啊，上帝！我亲爱的艾达尔，怎么会是你？"

艾达尔睁开眼见是克鲁斯，泪水瞬时涌了出来，喃喃道："哦，克……克鲁斯，我有救了……"

克鲁斯摇摇头，示意他不要说话，艾达尔轻轻地闭上了眼睛。克鲁斯用剪刀轻轻剪开他的血衣，两个暗红色刀口像盛开的血莲，深不见底，仍在殷殷地渗着鲜血。在清理伤处时艾达尔昏迷了过去，克鲁斯忙碌了几个时辰，直至辰时正刻，艾达尔才算熬过了危险。

克鲁斯松了口气，问道："爷们，我朋友为什么受伤？"

谭禄滢模棱两可地回道："遇上了强盗？参与械斗？自个儿运气不好吃醉酒脚下不稳摔了？"

克鲁斯摊开双手说道："不不不！你的话太不负责了，这两刀很致命，不像闹着玩的。爷们，老实说吧，你们对我的朋友到底做了什么？"

谭禄滢盯着克鲁斯，眼都不眨一下，说道："你说什么？

我们对他做什么了？你红口白牙瞎咧咧，好心救人却活活被坑了，天下哪有这样的道理。实话告诉你，我们没把你的朋友怎么着，倒是他一头撞进这院子里。"

克鲁斯耸着肩膀又问道："他受了伤来到这院子，还是来到这院子受了伤，我问你爷们？"

谭禄滢看他吞云吐雾、不明就里，只得点点头："就算是吧！"忽尔又改口道："绝非此情！哎呀，跟你也说不清西混东青了。"

蔫果在一旁耐不住插话道："哟哟哟，许了身子还挨嘴巴，真个太冤枉了……咦！这回总能说得清楚了。"蔫果正争辩，忽见竹娘朝这边来了，一溜烟跑出去，且把竹娘拉到近前："姐姐，这是你的朋友，你跟克郎中解释吧，我们救了人还落了不是。"

克鲁斯见是竹娘进来，原本囧目斜眉的他，忽尔变得笑容可掬，张开双臂要拥抱竹娘。竹娘正尴尬间不知如何处置，蔫果上前一把挡开："你这是作甚？男女授受不亲，抱我吧！"

竹娘"扑哧"一声笑道："先生，要入乡随俗才是嘛！"

克鲁斯抱着肩膀无奈地点头问道："朋友，请你问问这些爷们，是谁把我的朋友搞成这样。"

谭禄滢捋着胡须不说话，蔫果说道："死偓！"

竹娘瞅了一眼躺着的艾达尔问道："克鲁斯先生，你的朋友伤得很重？"

克鲁斯听罢，一副伤心落泪的样子，在胸前不停地划着十字说道："上帝啊，我朋友艾达尔的刀伤，就像俄瑞斯忒斯扎向克吕泰涅斯特拉和埃吉斯托斯胸口的两刀，能活下来，是上帝救了他，如果死了，说明上帝也无能为力了。"

371

三人正听得一头雾水，只听躺着的艾达尔气若游丝般地说道："水……水……"

蔫果说道："咦？他睁开眼要水喝，是不是酒吃多了口燥啊，嘿嘿。"

克鲁斯深吸一口气还愿道："噢！我的朋友，你总算醒了。无所不在，无所不知，无所不能的上帝啊，感谢你让艾达尔朋友浴火重生。"

艾达尔湿得眼眶，嗓子嘶哑着哀吟道："感谢……伟大永恒的上帝，感谢我的朋友……克鲁斯先生，真幸运，上帝又让我……见到了你。"

蔫果和克鲁斯给艾达尔喂了几口水，克鲁斯说道："朋友，你如果死了，我会内疚一生的。"

艾达尔含泪挤出一丝笑容说道："上帝创造万有，统管宇宙，启示真理，拯救选民，我是选民，上帝不会抛下我的。"

克鲁斯说道："上帝也审判罪恶，告诉我艾达尔，谁干的?"

艾达尔眼神里掠过一丝惊恐，沉默一阵子，张口道："不知道谁犯下的罪恶，我比查理斯幸运。我和学徒查理斯先生从病人家里出来，准备返回诊所，一切都很正常。半路上却跳出一个人来，刀子很锋利，上帝啊，这人一下子就把查理斯先生杀死在我的面前，噢——上帝……"

蔫果问道："赶紧跑啊——你咋不撒丫子跑呢?"

艾达尔又沉默一阵，幽幽说道："我试图跑开远离危险，可我没跑赢这个魔鬼，他缠上我割了我两刀，我是医生，知道他下刀时伤到了我的要害，我疼痛难忍便晕了过去。不知什么时候，我醒过来，去寻找上帝，噢——他像似我濒死时，看到的上帝面孔，多么慈爱，多么无私。"艾达尔的眼神温和地盯着蔫果看。

"哈哈，我是上帝吗？"蔫果指着自己的鼻尖，又道："昨个儿夜里我正要抵街门儿，'扑通'倒进个人，吓得我魂都飞了，我便唤了人来。若不是司事瞧出他还有一口气，或许他已在化人场成了一把灰烬了，嘿嘿，司事才是你的上帝。"

克鲁斯在胸前画着十字，双手合十说道："噢！爷们，你们是真正的骑士，我为刚才的话向你们道歉。在艾达尔最艰难的时刻，你们没有无视他人的怀疑和冷漠，而是伸出了真理之手，今后的每一天都因你们而美好起来。爷们，你们也和竹娘姑娘一样，是我的朋友了，待艾达尔康复后，你们接受他虔诚的亲吻吧，上帝保佑你们。"

听罢，蔫果吓得捂住嘴巴，嘴里嘟哝道："娘的，这不成了狎男妓……"

"住口！"谭禄滢斥止他，说道："小小年纪不学正道。"蔫果倪了司事一眼，不再作声了。

竹娘问道："先生可记得凶手有何特别之处？"

艾达尔凝思了一阵，说道："恶魔身材中等，穿着平民衣服，要说特别的地方，不是这个魔鬼本身，而是他的一件东西。我倒地昏迷前，看到他腰上挂着一个铁牌子在我眼前晃动，上面画有符号，上帝指示我，死了也要记住它。"

竹娘和谭禄滢听后，心里一惊，二四目相对无言，蔫果嘴快，张口道："会馆走水那年，咱们也拣到一块牌子嘛！"

谭禄滢眼瞧着事情掩不住了，于是顺口说道："你且取了来，让先生辨认一下，看看有何迥异。"

不多时，蔫果取来铁牌，交给谭禄滢，他接过来置在艾达尔面前说道："先生细瞧，这可是你识过的面相。"

艾达尔双眉紧锁，由远及近，愣盯了半日，忽地二目恐睁着，显得很兴奋，攒足气力大声说道："是它！是它！纹路样式，图形符号，尺寸大小，就是同一个东西……"他紧紧地闭起双目，像刻意回避当时的惊悚情形。

克鲁斯惊诧问道："朋友，你们怎么会有这个东西？难道你们知道这个杀人恶魔是谁？"

在生死之际，艾达尔却记得如此真切，众人不得不佩服他用心之深，这也许是出于一个医者究细入微的职业习惯使然。艾达尔印证了这并非一般的抢劫杀人，而是有人预谋撒开了一张大网，谁是这网中之物却未从可知，想想便让人倒吸冷气。

竹娘摇摇头说道："若知道凶手是哪个，艾达尔先生便不会有此劫难了。克鲁斯，三年前你初来京师时，还记得全台会馆那场大火吗？"

克鲁斯耸着肩膀，笑容可掬地说道："噢，真是刻骨铭心，在那里我认识了你，我来中国的第一个朋友，回忆起来总是甜蜜的事情。很遗憾，那场大火的见面礼太过隆重，一夜之间，你们成了无家可归的人。后来听说，大火烧得蹊跷，有强盗在故意纵火。"

竹娘点点头说道："我们在废墟里拣到了这块牌子，这就是当年纵火犯留下的，不过至今也未查出幕后真凶。"

克鲁斯愣怔了一下，叹道："天啊！太可怕了。"尔后合上双目，指头在胸前画着十字，嘴里念念有词：

爱我们的主耶稣基督，
孩子们感谢赞美你奇妙的救恩，
世界万物都会改变，
唯有你对我们的爱永不改变，

主啊!

你升了高天，掳掠了一切仇敌，

把践踏蛇和蝎子的权柄给了我们，

把攻破魔鬼撒旦的武器都给了我们，

我们可以拿起圣灵的宝剑，

砍断魔鬼撒旦的一切锁链，

天父啊!

求你怜悯我们吧，

求你恩待我们吧，

让我们倚靠你的大能，

不再软弱，不再退缩，不再害怕，不再愁烦，不再忧虑，

让我们天天喜乐的与主同在，与主同工，与主同行，

啊! 哈利路亚……

克鲁斯在一旁默念，蔫果也学着他的样子，念道:

法会因由，善现启请，大乘正宗，妙行无住；

如现实见，正信希有，无得无说，依法出生；

一相无相，庄严净土，无为福胜，尊重正教；

如法受持，离相寂灭，持经功德，能净业障；

究竟无我，一体同观，法界通化，离色离相；

非说所说，无法可得，净心行善，福智无比；

化无所化，法身非相，无断无灭，不受不贪；

威仪寂净，一合理相，知见不生，应化非真……

谭禄滢和竹娘见二人念词，甚是无趣，相视一笑，谭禄滢说道:"当年纵火焚馆，戕害王将佐的凶犯，如今又跳将出来，接连弑了几个洋人。所谓争头觅饱暖，作计相啖食。不乏

375

此同啊，这应是同一伙人所为无疑了。"

　　竹娘点点头说道："您的见地与我谋同，三年前的往事历历在目，因府衙无所作为，错失良机，如今这隐凶又再度现身。仰箭射空力尽，依然坠地何言。此厢必有蛛丝马迹可循，若我们顺藤摘瓜，当年无妄之灾的真相定能大白于天下。"

　　谭禄滢听到这里，不及细语，一巴掌拍着桌面说道："甚好，既然如此，我等一不做二不休，竭力察寻这歹人，以慰王将佐冤灵。"

　　克鲁斯虽是闭目默念，耳根子却没偷闲，一直听他们聊话，被谭禄滢的一巴掌惊醒，干脆收了神道，回归人道，他皱着额头问道："朋友，我们只有这块牌子，这北京城熙熙攘攘，不能见人就掀衣翻口袋吧？"

　　谭禄滢笑道："西人性耿，不晓得落叶知秋的道理，嘿嘿……"

　　竹娘说道："夺洋人之性命，乃义和拳所为一说，坊间流传甚广，虽无凭据，但也绝非空穴来风。若此事果真与义和拳有瓜葛，那就应该问个真白，或许能寻出些线索来。"

　　谭禄滢听罢，知是她要去隆源镖局查证，担忧道："此事若当真是义和拳所为，料他们也不会和盘托出，坦诚相告的。"

　　竹娘笑道："天雨墙坏，不筑，必将有盗，一语成戒，因而起疑于邻人之父。且不说因噎废食，我更相信张义士等人的处世节操，且他们与我还有着过命缘分。一句话，既在塘田里，不愁找不到蟛蜞籽儿，司事大可放心。"

　　谭禄滢点点头说道："闺女堪称玄圭经笥女杰了。"蔦果在一旁拍手称是。

克鲁斯似懂非懂地听了半晌，忽尔两眼放光地说道："可将这铁牌拓印描画下来，我去找使馆的朋友打听一下，我的朋友见识广博，或许对我们有帮助。"

谭禄滢揖手说道："这样再好不过了。"

蔫果捧着笑问道："司事大人，我做甚？"

谭禄滢眯起眼说道："你且去抵了门栓，生人一概不见，二位先生怕是在馆内要住些时日，恙养身子，共商大事，去吧——"

谭禄滢又问道："闺女，你此次前来，还有要紧事吧？"

竹娘一愣怔，尔后笑道："您不提醒，我倒是忘了，今儿个过来，是浆洗些衣被的。"

谭禄滢微微一乐说道："春源这一走不知何时回来，借此春暖花开，是该捯饬一番了，这事我嘱咐周婶去办。"

竹娘道："嘱周婶代劳总有些难为情……"谭禄滢没说话，只是冲她摆摆手。

日上三竿，竹娘来到落于西半壁街的隆源镖局，见六路馏金涿戈大门紧闭，她正要叫门，两扇门"吱嘎"一声开了一条缝，从里面探出个脑袋，她定眼一瞧正是张三宝，此时张三宝也瞧见了她。

张三宝把门又开了约两人宽窄，揖手笑道："哎哟，真巧啊！开门见得恩人来，今儿个真是天降祥瑞呀，快快里面请——"

竹娘笑道："弁冕副镖头，舌也随着巧长三寸。"

张三宝把竹娘让进门，昂声说道："江湖里来，复又江湖里去，常与达官显贵打交道，伴风弄雨的时候久了，苦咸嘴巴怎么也能沾层子蜜蜡油不是嘛。"

"嗯嗯，三日不见当刮目相观了。"竹娘又问道："你们这镖局，大白天闭着门，不走镖啦?"

"嘿嘿!"张三宝咧嘴一笑："恩人有所不知，开门迎客，闭门送镖，是千年来承袭下来的老规矩。现如今世道纷乱，为了镖局的安危，王大哥便立下逢单开门，逢双闭户的规矩，走不走镖均按此办理，防着别人端了我们的老巢。"

竹娘点点头笑道："噢，以真示假，以假示真，真真假假，假假真真，让图谋不轨者摸不清虚实。我只见你们舞枪弄棒的，原来个中有这么多门道!"

张三宝又笑道："恩人，这只是坐盘子的规矩之一，还有其二、其三……镖行天下，规矩更多的没法提了，嘿嘿……"

竹娘说道："说来听听。"

既是恩人想听，哪怕是秘而不宣的行规，张三宝像倒豆儿似的说道：

镖行天下义当先，江湖人缘是饭碗；
单日只行六十里，护镖上道四宝全；
打尖当须住老店，晓行夜宿记心田；
酒色赌膏必误事，心明眼亮保平安；
路遇滋扰气要平，主顾镖物命不换；
来路不明货不接，不义之财莫要沾；
穷苦病残咱必保，生死危急咱要管；
南行不过清浦江，西行莫出玉门关；
北行不过山海关，东行可到大海边；
镖不离人刀随身，谨慎行得万年船。

竹娘边听边"咯咯"笑，说话间来到正厅，张三宝说道："恩人，还没完呢，得闲了再禀不迟。您请安坐——"

"哟，还真是的。"王致的内贤兰心怀里抱个一两岁婴儿，笑嘻嘻地立在正厅桌旁："老远只听人咯咯笑，猜着是姑娘您来了，可不是嘛，您可有阵子没来了。"

竹娘浅福一礼，说道："嫂子万福了。"

兰心一只手揽着孩子，一只手死死拉住竹娘说道："折寿了。您是三宝兄弟的恩公，三宝和当家的是把兄弟，您也是我们的恩公，哪能受您的礼呢？真是大不敬了。"

竹娘笑道："嫂子言重了。咦？几个月未见，乖猴儿似的窜儿。记着侄儿抓生那天，斧钺钩叉、鞭铜锤戈不摸，末了还是抓了青龙偃月刀，长大了像王大哥，爱使大刀。"

张三宝说道："嗯嗯，看这秉性、这五官貌相，跟王大哥就是一个窑里的套娃儿。"

兰心笑道："兄弟，差辈分了，忌儿岂不是虚长了一辈儿嘛。"

张三宝笑道："嘿嘿，嫂子净挑理。我去请王大哥了——"

张三宝去请王致，兰心看了茶问道："找他们有事？"

"嗯。"竹娘浅饮了一口说道："有事垂询王大哥，也稀罕忌儿，今儿个得空过来瞧瞧。哟，啃自个儿手呢？饿啦？小姑给侄儿带了点心果子……嫂子，如今这世道乱如麻团儿，镖局生意也不好做吧？"

兰心干笑着说道："与往年比要冷清些，养家糊口不成问题。前些日子，还辞了几个没用的趟子手和杂役，你大哥和张兄弟即是镖头，又着镖师，还担着趟子手，这样便省下一笔不小的开支。"

竹娘点点头："两头挤倒是个办法，家里的铺面也是精打

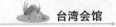

细算，既连柜上的蜡台也节俭着使呢。"

"李姑娘驾到，有失远迎了。"王致脚还未跨进门，洪钟的声便传进来，接着他与张三保一前一后进了正厅。

竹娘起身说道："王大哥依然声震四野，神揽五洲啊！"

"恩公谬赞了。"王致又道："昨个儿自天津押镖回来，今个儿还觉着劳乏，身子骨糟糠喽。"

竹娘假嗔道："今后二位哥哥再不许张口恩公，闭口恩主了，妹子哪能消受得起，仍依畴昔以兄妹相称，心底倒爽快些。"

兰心接话道："好好好，依了你。今儿个相完事，妹子别走了，我和冯婶张罗一桌席，久未与妹子吃酒唠话了。"说着抱着忌儿走了。

王致坐下问道："妹子，知是你有事要议，但凡大哥知道的，没甚缠个不清的。"

竹娘欲言又止，心里觉得还有许多话要问，却只是说不出来，她愣怔一阵，干脆简短截说、单刀直入说道："妹子与二位哥哥相识之初，便知你们是大刀会弟子，现如今听闻大刀会名存实亡，悉数加入了义和拳，今日垂询之事便与义和拳有关。"

王致点点头说道："妹子，实不相瞒，我和三保兄弟既是大刀会坎门弟子，也算义和拳成员，不过，义和拳内部也分门分派，不知小妹问得是哪门哪派？"

张三保也说道："妹子，王大哥虽身处京师，倒是与天津、山东、河北的义和拳相熟，若有事情尽管吩咐便是。"

竹娘说道："近日来，京师出了几起洋人被杀的案子，二位哥哥可有耳闻，你们能不能直告于我？"

张三保听罢，急急地说道："妹子啊，岂止是听闻？洋人报纸我和大哥也看了，洋人被杀指责是义和拳所为，这是栽赃陷害，是给义和拳头上泼脏水呢。"

王致说道："现在国家危难，四海凛冽，义和拳已内俱名为'虎神营'，旨在保清安民。自去年接慈禧太后密旨，禁止义和拳进京，各营遵从太后密令，从未召集团众进京。现京师固有团众不足一营，仅十余众，尽在我的掌握之中，的确没有弑杀洋人行止。即便山东、天津杀了洋人，多因民教相争，所杀之人往往咎由自取，而京师这几起暗杀的案子非同一般，个中确有诸多蹊跷。"

此时，竹娘拿出随身带来的铁牌交与王致手中，且把铁牌来历的前因后果述了一遍，说道："一个幸免于难的洋人，瞧见凶手腰间挂着同样的铁牌。"

王致拿着铁牌反复看了看说道："噢，原来当年全台会馆走水，还藏着秘闻。不过，此铁牌并非义和拳所持之物，莫取笑大哥孤陋，我今世从未见过这等物件。"

张三保说道："不管凶手是人是鬼，我定要揪他出来，还义和拳清白。"

竹娘长叹一声说道："张大哥，我又何尝不想呢，只是找到幕后黑凶并不容易。"

王致在屋内度了几个来回，峻然定在那儿说道："妹子，不如咱们联手查找凶手，你有物证，我们有眼线，只要查到杀洋人的真凶，也便捉住了焚烧全台会馆的案犯。"

竹娘心下蓦地一惊，说道："若能与隆源镖局合力追查此事，再好不过了。"当日，竹娘留下来吃酒后，便匆匆赶到会馆，且把与隆源镖局合力追查凶手的事，告知了谭禄滢和克鲁斯。

第二十一章　除隐患棒打鸳鸯鸟
　　　　　　刁公使矢口否真相

　　这次汪春源带着表妹阿纤回厦门省亲，和以往可大不一样了。以往省亲图个散心解闷，了却游子思乡之苦，心里并无挥之不去的愁绪累思，只要登了船，心性便惬意不羁起来。遇着感情投缘的便在一起吃吃酒、聊聊天，消磨南行途中的闲暇时光，远自古代圣贤，近到当今朝政，上至日月星辰，下至民俗习惯，没边儿没沿儿地随便谈。如今南下谒见尊上，心里却压着千斤顽石，洒脱尽失、诗意全无，另有几分"人寿几何？逝如朝霜，时无重至，华不再阳"的惶恐。登了船他便有意无意地劝慰表妹，争取表妹主动退了婚约，这事就好办了。表妹阿纤通理明事，虽有不甘却未表现出对他有一丝一毫的不敬，没有死缠烂打不依不饶，只是偶有垂目拭泪、自我排解，这便少了诸多阻力。船行数日，终见竹芋芦荻、鸡冠旅人，花红柳绿、生秧如漫，厦门到了。

　　汪春源与表妹阿纤刚踏进家门，便收到姨父初终命赴的焦头信，阿纤哀恸无着，汪春源即刻与尊上一起，马不停蹄改道泉州吊丧。

　　世事动荡不安，一切从简办理。汪春源同好友章浦和一起前后张罗，迎送吊唁、沐浴洁净、饭含设重、小殓大殓，直至发引，一切都进行得简朴有序、料理得当。丧事办完，家父汪从兴和家母袁氏随着章浦和先行回了，汪春源又在泉州多留了几日，将姨娘家里的大事小情打点停当，才动身返回厦门。

刚到门上，脚还未立稳，却被好友章浦和拉了去，二人边说边走，转过一道青墙碧瓦，见前边有一凤求凰雕坊，牌柱上藤蔓四攀，坊边老树婆娑。牌坊正中"黄胜记"三个泥金龙翔大字分外引人注目，原来这是一个老字号饭庄，汪春源还没回过神来，就被带到二楼的雅间里，这里早有人等候，见二人进来，纷纷起身行礼，二人回礼入座。汪春源细瞧时，来人均本地清流，还有个别属僚打扮的人，算作本地头面人物，他本是懒于应酬，苦于拘束的人，此时也不敢怠慢，只得面色微笑着，正襟危坐在那里。

章浦和揖着手说道："诸位，汪大人赴厦省亲，是台地寄厦众乡谊的一大幸事，今儿个诸位故交捧章某面子，齐聚这黄胜记，望借筵席薄酒，大家开怀畅饮，再续机缘。"

既是同乡，虽初次见面，却无隔阂陌生之感，也便免了许多俗礼客套。当下众人揖让安座，众人轮流把盏劝酒，叙乡谊、叙别离、叙寄难，枵腹论政。继而划拳拇战吆五喝六，一时间丁零作响，莺莺而语。

三巡五味一阵后，一个年约三十多岁，身材瘦削，面孔发红，留着一撮山羊胡子，像是一位纯朴、古拙之人，这时像刚想起来自报家门的样子，举起杯盏朗声说道："汪大人，敝人姓谭，单一个'章'字，在厦门同知署寻了个落脚的地方，是李同知帐下的听差师爷。早闻足下棘城青云，给台厦众学谊争了气，今后巴望汪大人多多教诲提携啊！"他本名为"章"，又暗合汪春源好友章浦和之"章"姓，一官一商同为"章"，看汪春源如何捧话，这是师爷们常用的察人之巧，合意则攀附拉拢，不合意则正眼也不瞧，他眼神闪烁，举杯饮尽。

汪春源也跟着饮干，说道："谭兄过奖了，单从名字讲，以后还要仰仗于阁下这个富家翁帮衬呢！"

谭章捋着细长山羊胡子笑道："噢？汪大人乃正身之人，难道还兼通风角六壬、奇门遁甲、鉴相岐黄之术？"听此话，大家且把目光聚到汪春源身上，饶有兴趣地盯着他。

汪春源摆手道："愚下未曾深山求师问道，对风鉴一窍不通，只不过日日拜读圣贤之书，偶有心得推推休咎罢了。"

众人来了兴趣，齐声道："愿闻其详！"

汪春源说道："谭师爷单取一个'章'字好啊，此字形体端正，无枝无蔓，下有'早'上有'立'，有早立中正之气，又含自立于晨的勤勉之相，左加人为偅，仓皇之意，一生尽在忧患之中，难得安宁，这点倒像我朝欲坠之象；右加三鼓则为彰，表示显扬，文采美盛鲜明，圣谟洋洋，嘉言孔彰。思于忧患才能作彰善福，足下前途可喜可贺，来日定是富家翁而非帐之中军。"

谭章皱眉说道："我专心为朝廷效命，最不耐钱财之事，请汪兄再断。"

汪春源摇头说道："'章'乃乐书之篇章，从音十，十为盈数，要论说我大清算气数尽了，可放在谭兄身上却有十全十美之意，足下终生必得上官宠信无疑。"方说至此，汪春源哈哈一笑道："这些玩意儿，酒余饭后可作谈资，茫茫天书贤者尚且难测，岂在我汪某口舌之间。但愿谭兄修德自固，对于这'休咎'二字，也不必太认真了。"章浦和见汪春源口似悬河滔滔不绝，不再似上次见面时那样拘谨，在这里议论朝局世尘，谈笑自如，心想，人随名升一点不假，若补了实缺，也算朝廷用了一个好官。

谭章细品汪春源为自己所测的字，觉得暗寓讥讽之意却又抓不到什么把柄，只得干笑一声说道："若似这等测字，兄弟也可尝试尝试。请汪兄也赐下一字。"

汪春源笑道："好，就以敝姓'汪'字罢。"

"汪?"谭章一边眨动着双眼一边说道："拆为'水''王'，水，准也；准，平也，天下莫平于水，凡平原出水为大水，又曰患，足见足下心怀天下而有所希冀哉！王，三画连其中谓之王，王为爵，同类者居首位，名始于乱矣，预示足下将悠游于浩浩乎江河湖海之间哉！'水''王'合之为汪，深而广之义，亦为'患乱'也，吠吠之声皆为汪，古语云：舒而脱脱兮，无感我悦兮，天使龙也吠。也预示足下虽以加官晋爵，却无缘奔走于殿阁之内，只得远远眺望涿郡哉！哈哈哈……"

听他这一连串的"哉"汪春源惊出一身冷汗，连酒都随汗浸了出来。章浦和听了这番话也是怦然心动，见汪春源很不自在，遂笑道："二位的话倒使我想起了两句古诗，'戎马不如归马逸，千家今有百家存'。不过，即或当今师爷也好，庶吉士也罢，均是扶江山于危难之人，都是为朝廷效力，论功劳却也分不出先后远近的，暂且安坐畅饮，不要尽把公事挂在嘴上，罢了！罢了!"

章浦和的这些话，对谭章既有针砭，又不伤大雅；而对汪春源大有解脱之意。因此三人不由相视而笑，却又不便再往下深说。

此时，一个配着黄蜡脸、三角眼、扫帚眉，颇为滑稽的人说话了："汪大人借谭兄之字，敢于针砭时弊、坦露真言，也算作当朝清流了，有道是唯大英雄能显本色，真名士自露风流。几年间已闻听大人的表兄方昆参将，原为刘总督手下佐将，是轰轰烈烈抗击倭贼的英雄，深得台地百姓爱戴，如此说来，汪大人可算满门忠烈了。"汪春源在对饮中悉知此人是泉州道台府厦门巡员苏泊，虽貌相猥琐，心道却密广。

谭章瞪圆了双眼问道："是吗？当年方参将可算大名鼎鼎了，刘永福退遁之时，方参将独领兵马杀倭，直至血染疆场。惊破天的方英雄原是汪兄一门，怪我昏聩至极、有眼无珠，委实很惭愧啊！"

章浦和灿然笑道："谭师爷，不尽然啊！你只知其一，却不知有二，天下只晓得康梁名士反对《马关条约》之'公车上书'，却不晓得还有我台地士子僚官泣血'五人上书'，若抒史此举必留青册。春源贤弟既是'五人上书'衔领，后又捉命'公车上书'，乃为当朝上书第一人。"

众人顿现惊异之色，无不拍手称叹，谭章为挽回失了的颜面，又含亲近意味地说道："汪兄多日舟车劳顿，甫时拆字太过劳神，不如我们以诗佐酒来助兴惬意，如何？"众人称好。

汪春源笑道："又落我头上了，哪还有轻松可言啊！"

一个张姓举子红着脸兴奋地说道："进士及第，诗词歌赋必在尔等之上，汪公权作解乏消遣了。既是以飞花令助兴，第一轮便取'花'字了，敝人打头，献丑了。"他眨下眼慢条斯理地吟道："花近高楼伤客心——"他吟了子美的《登楼》，吟罢看着众人。

接下来，泉州道台府厦门巡员苏泊抢了一句子美的《江南逢李龟年》：“落花时节又逢君！”“花”嵌在二格。

章浦和接道：“春江花朝秋月夜……”此句虽非子美所作，但属唐篇，“花”嵌在三格，合行令规则，他吟完抹了把额上渗出的细汗。

汪春源刚要张口，却被不善言辞的蔡姓举子接了去：“人面桃花相映红。”蔡举子接了第四句，花在第四格的位置上，合规。

又一个杨姓教习接道：“不……不知近水花先发。”接着又嘟哝道：“感谢张谓先生啊！”

教习话音未落，谭章吟道：“出门俱是看花人！哈哈。”也是唐人遗作名篇。

汪春源接道：“霜叶红于二月花。”杜牧名作，执功执令。

汪春源刚吟罢，谭章便一拍额头连声喊道：“哎呀呀——失策，真个儿失策噢，汪兄已进士出舍，论文采我们哪是足下的对手呢！”

汪春源笑道：“若谭兄有雅兴，奉陪便是，如对失了只怨我春源读书不精勤，莫怪朝廷提点进士偏颇就好，丢了朝廷的脸我可是吃罪不起。”

张举子摆手说道：“老师多虑了，这只是一时雅兴，谁还会真的去告官呀，岂不败兴损誉伤了乡谊的和气？”

谭章睨了眼张举子道：“此话是说给在下听的吧？我身为师爷，不会把什么话都秃噜给李爷的，这叫音落声止。”

张举子揖手道：“只是随口一说，师爷切莫当真。”

谭章捋着山羊胡子，思忖了一阵，忽而朗声吟道：“厦屿岛，台民苦难寄生，惶惶浪击龙宫鼓，苦苦苦！”

满座的人全被这副对子难住，都蹙着眉头苦思下联。汪春源暗吃一惊，心里想：好厉害！若论字数相等，节奏一致，词性相对，结构相同，平仄合律，声调和谐，实属不易。他立起身来，在席外踱了两步，几次张口欲言又止。此时日影西斜，席前绿荫斑驳，静得一丝声音也没有。良久，他眉头一展，仰首朗声对道："五峰山，日倭恃强掳掠，棘棘风敲梵刹钟，恨恨恨！"

"汪兄高才！"谭章一笑转而双目泪流，他想到故园如画，乡愁如诗，却惨遭倭敌践踏蹂躏，满怀尽是悲怆之诗。众人立时也情绪低落，饮酒对句兴趣索然无存。

过了许久，章浦和一看天色，说道："怕是将到酉时了，咱们出来大半天，该散了。"众人也觉得应该收场了，章浦和便叫掌柜的来会了账，众人步出楼外，拱手道别。

汪春源回到家中，尊堂正围在桌旁等他，晚饭已摆在桌面上，却还未动箸。汪春源饮了一肚子酒，口中乏味，他站在正厅揉着眼说道："孩儿今儿个头脑发昏，请二老自用罢。"说着便往里屋走。

汪从兴见儿子要走，张口叫住了他："慢着——你今儿是怎么闹得，章贤侄儿说去一会子就能回，你到哪儿又打了闲结，纠缠不清到此时才回来？"

汪母袁氏也叹道："到了家也不见影儿，你现已是朝廷命官，诸事要有所顾虑才是，像串馆子听戏、踏青郊游、作诗会文、吃酒高歌的事少做些为好。"

闻听尊堂此言，汪春源回转身，寻座坐下，说道："章兄相约了几个情投的乡谊吃酒叙旧，没做什么荒唐事。"

汪家父母最看重儿子的德性人品，在婚姻大事上更是循章就古，来不得半点差池，家风甚严，汪春源自小就知礼守节，一贯没有小公子的泼性。见他如此，汪从兴语气温和许多，说道："你表姨丈子然溘逝，下余这孤儿寡母，真个是悲歌可以当泣，远望可以当归。两家本是故交，且你母亲与姨母为同族姐妹，较之平常友人又多着层至戚，待你表姨丈过了头七，便把她母女二人接过来吧！"

汪春源点点头说道："嗯，遵您老安排，侍奉姨母也是我这个做甥儿的本分。明儿我着人把西厢三间屋收拾清扫出来，再置些妆箱架镜伍的，届时我接她们过来便是。"

袁氏拭了把泪插话道："这些倒不用我儿劳神了，你姨丈仙逝太过突然，你与纤儿的婚事定仪还未议妥，我们去吊唁，你姨母就有话，全凭汪家一手操持，你专注着采办大婚用度即可。按俗成纤儿要守孝二十七个月才可奉婚，现如今兵荒马乱的，我与你参酌定，缓事急办简成。当下纤儿守孝一日当一月，二十七个月，折成二十七天便可与我儿成婚，总归能给死了的活着的有个慰藉交代了。"

汪春源听罢，酒醒了一半，奉尊慈之命成婚这本无错漏，可他的心里早有所属，并非表妹阿纤，而是远在京师的竹娘，可到了厦门便风雨疾行地去奔丧，没有闲暇空当向尊上解释，这可如何是好！他只得越过缘由以拖待变了，说道："孩儿想，这事无须急于一时，表妹要规守约礼，守满孝期再作打算最为合适。不能为了大婚而缩减丁内艰之期，这不是孝子该做的事情。"

汪从兴微微一笑说道："我儿果然是清白君子，通事明理，泽泽框法。不过凡事都有悖理，与纤儿早日成婚，不全是我们的主意，你姨母也是再三嘱咐，让你们尽早完婚，以此洗刷掉这几年的霉晦。再者，你告假省亲也有时限，哪能烦误这

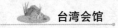

些时日？"

袁氏也说道："前儿请朱先生打了风角爻，当下完婚既不折阳寿，也不会损阴骘，我儿还有什么顾虑呢！明日我便差人去送信儿，你姨母闻听准是喜泪涟涟的。"

汪春源听罢，心里陡然一惊，以拖待变显然行不通了，无论唐突与否，情急之下也只得和盘而出了："与表妹阿纤成婚之事，恕儿实难从命。"

汪家父母愣怔半响，才瞧明白儿子的意思，袁氏递个眼色，示意老头子问话。汪从兴早已气急败坏到了极点，不肖地瞥了眼拙妻，正色道："纤儿哪点对不住你，让你如此毁信弃约？"

汪春源说道："表妹端庄贤淑、情义诚厚，没有对不住儿的地方，但儿万不能娶她为妻。"

汪从兴冷哼一声道："这是为何？难不成你着了朝廷待启命官，想另觅高枝儿不成？"

汪春源说道："儿自束发修孔孟之学，从不做诰谀逢迎之事，婚姻大事更不会当作政治筹码，行乱心错性之事。"

袁氏耐不住了，她用冷得让人发噤的语气说道："这也不是，那也不妥，我瞧着似嫌弃我娘家女子了，真是白生养你一场啊。"

慈尊一语既出，汪春源惊出一身冷汗，他怎么没想到这层，阿纤系慈母娘家族裔，若让母亲大人误会，岂不伤了慈母的心，只得硬着头皮说道："表妹人虽好，可儿不喜欢，儿心中已有意中之人，她注定是儿今生的红颜知己，还忘二老成全。"

汪家父母异口同声问道："哪个？"

汪春源小心翼翼地说道："此前曾向二老提及过的李竹娘儿与她情投意合、心意相通。此次省亲之前，我们二人已表明心迹，今生今世我非她不娶，她也非我不嫁，望尊慈就成全儿的这片痴情吧。"

　　汪从兴冷眼看着儿子，他不相信一向顺从的儿子，竟然闹出私定终身的笑话来。对他来说见所未见，闻所未闻，顿时觉得如芒刺在背，"啪"得一声，拍案而起说道："国有国法，家有家规，你别想和我打马虎眼！自古父母之命，媒妁之言，单凭你一句情投意合，她便成了汪家儿媳吗？胡闹——"

　　袁氏更是气不打一处来，接着汪从兴的话说道："这是哪个野女人，也敢与纤儿比较，你趁早断了这个念想、死了这条心。哼，你姨丈已然驾鹤西游了，这个婚约即已成了钉子约，悔无可悔了。"

　　汪春源见母亲把他的心爱之人比得如此不堪，心里登时不是滋味，说道："您怎么能如此贬损儿的悦目之人，她虽说不是什么名门望族，可也算清白规矩的商贾之户，家风门俗一点都不少。我在京师受李家诸多恩惠照应，若没有他们侍弄衣食，说不定今科便失手了。再者，我已向表妹言明，我们只做兄妹，而非夫妻，她既然通情达理，便会明白我的心意的。"

　　袁氏仍不依不饶，说道："真是儿大不由娘，为了一个小妖精，竟然与父母反目成仇，我倒要看看她是何方神圣，用什么调唆你迷了心窍。"接着又气丢丢地说道："纤儿要是有个三长两短，我那苦命的妹子也就活不成了，她一家人全死了，我哪还有脸再活世呀！"

　　袁氏的一通气骂，倒让汪春源冷静下来，表妹京师遇险的一幕，仍让他心有余悸。汪从兴见儿子不言声，自己也跟着冷静下来，劝道："物不可以苟合，必受之以贲。你与纤儿早有婚约在先，若逆了此约，汪家便失了节，为父也便成了不仁不义之人，会被世人所不齿的。"

汪春源说道："尊上的颜面固然重要，可儿子已与李家姑娘山盟海誓，若言而无信，岂不也成了那不仁不义之人?!"

"你!"汪从兴刚坐稳，又霍地站了起来，说道："何作嗟迟疾，从来有后先。纤儿与你有约在先，你再谈什么盟誓，岂不笑煞人也。"

汪春源据理力争地说道："无论如何，李家姑娘儿定是要娶的，即便泰山崩于前，论说我不孝通天，儿心也不会动了。"

袁氏一看到手的姻亲彻底让自己的儿子毁了，这无论如何向娘家也交代不过去，再者纤儿是她自小看着长大的，人品样貌秉性颇让她满意，想到此便有些慌不择言了："你这个不孝子，今儿个你逆家严，明儿个便敢逆了朝廷，说不定哪天全家还会引来杀身之祸啊——"说着便情不自禁地叹息流泪起来。

汪从兴见拙妻动了真气，心里五味杂陈，他生平第一次拿起藤条，喊道："跪下!"条鞭抽在儿子的身上，却疼在他心里。汪春源挨了藤条，胆子反而大了起来，他拧着脖子说道："您今儿个打死我，我还是要娶李家姑娘的。"

汪从兴听罢儿子添油加醋的话，顿时火冒三丈，停住的藤鞭又挥了起来，一下比一下子重，袁氏见当家的动真格的，心一下子便软了下来，她上前劝道："我儿一时着了魔怔，打死了我也不活了。"

这边聒嘴，那边劝慰，汪从兴心想，火是你俩拱起来的，我倒成了罪不可赦之人! 夹板气一时没上来，两眼一翻白，手一软藤条掉在地上，人也跟着栽了下去，汪春源紧眼疾手快一把扶住父亲，忙唤管家去请郎中。

汪从兴病倒在炕上，数日却不见好转，汪春源整日煎药喂汤，不离左右。袁氏也不催促儿子赴京，借机把儿子拢在身边，她相信有朝一日源儿便会回心转意。姨母二人也搬来与他们同住，汪春源只得向翰林院告假，在表妹的帮衬下继续照顾着家父。

陈顺龙在厦门打理生意，得知汪父生病，便来汪家探视，进门便揖手赔礼道："闻听老伯贵体欠安，专程过来问候，还望老伯安心静养，早日痊愈。"

汪从兴知道陈顺龙是儿子春源的好友故交，笑笑说道："贤侄儿劳神惦念了，老夫我只是沉疴旧疾，身子还算硬朗，不误春秋更不扰饮食，无大碍的。"

陈顺龙接过下人奉上的茶水，饮了一口说道："给老伯道喜了，春源贤弟进士及第、光宗耀祖，连我这个朋友也沾了不少彩头。"

汪从兴说道："贤侄儿谬赞了，独木不成林，一手难遮苍天。若没有朝廷的恩典与你们这些好友不懈怠的帮助，我儿断然是没有这个福分跳过这龙门的。听源儿讲，在京师你们这些知己好友没少襄衬他，老夫在此一并谢了。"说着便拱手致谢。

陈顺龙忙起身抚住汪从兴的双手说道："噢，老伯啊，侄儿可担不起呀。运有人兴，厚德才能载福，早年间就听闻老伯教书育人的佳话，在台地广为流传，古语云老干壮正，枝丫生发，春源有今日之成就，还不是老伯您得荫佑嘛！"

汪从兴听罢，长叹一声道："唉，不提也罢。往事如烟，已成废去，倭贼欺人甚巨，妄杀无辜、辱人妻女，真是擢发莫数、罄竹难书。现今家园已是烽火燎苍，国不成国家不是家，云众百姓诉苦无着，申冤无门，我们这大清简直成了混账世界了。哼——岂能容此辈猖獗？"汪从兴边说着，眼泪就扑扑簌簌地流下来了。

陈顺龙苦笑了一下说道："老先生您不要太过伤感，这倭盗不比一般的蟊贼，狂妄至极，我们若以慈悲为怀，倭盗不会网开一面的。只有多些像春源贤弟这样的人才，早晚会翻个儿的。"

汪从兴沉默一阵，幽幽念道："倭匪之来吾乡，叫嚣乎东西，隳突乎南北，哗然而骇者，虽鸡狗不得宁焉……"

陈顺龙见他仍沉浸在痛苦之中，没敢再往下接话，他瞧了瞧四周问道："老伯，为何不见贤弟出来叙话？听说他告了假，专俸您老康泰，十年生聚十年教养，这回算是得儿子的济了。"

提到儿子尽孝，汪从兴心头喜忧参半，喜的是他多年苦心孤诣的教养终于不算白费，儿子高中进士，抬高了汪家门楣，如今是青云得志；忧的是一向顺从的儿子为了一个八竿子打不着的女子，硬是与他们拧着来。不知京师的李家用什么法子，拿捏住了他，儿子不在身旁，不如打探下虚实再说。

汪从兴说道："源儿到街面的万福堂给我抓药去了，我差人寻他回来？"

陈顺龙笑道："这倒不必了，我们回京再叙不迟。春源贤弟的诗文书画自不必说了，这几年他对药理片饮也颇有研究呐。"

汪从兴说道："嗯，用了源儿的调理方子，身子骨清爽了许多。听闻他这些养身补气的方子，是从京师李姓人家学来的，这个李姓人家是悬壶济世的郎中吗？"

"姓李的人家？"陈顺龙忽尔意识到汪老伯打问得是李姑娘一家，于是又笑着开言："喔，侄儿自然认识，哪是什么悬壶济世的郎中，只是普通商贾。老伯，提起这李家，我倒要多说上几句，李家与台湾会馆渊源颇深，一家人为人诚实和善，会馆诸事都热心帮忙张罗。为助台地抗倭，这家女子李竹娘将自个儿的嫁妆当了出去，这李家的男儿叫李竹庆，如今在台湾正带着队伍打倭寇。犬子不久前去襄助军械粮饷与他接过头，这李家小子可不简单，已是声震台地的抗倭名将了。我与贤弟在京师，曾蒙李家照顾支应，倒是省却诸多麻烦，是难得的仁义之家。"他边比划边滔滔不绝，语气中透露着十二分的赏识。

汪从兴听罢，捋着胡须点头说道："如此说来，确是一户有情有义的人家，今后若有机缘，老夫定要当面致谢。"汪从兴嘴上附和着，心里却开始犯愁，盘算着儿子与这李家姑娘一时半会儿怕是难以断绝。

袁氏在内堂听了半晌，此时已是耐不住了，匆匆走到正厅，手里还捧着一盘子喜饼，陈顺龙正要起身行礼，袁氏却笑道："免了罢。陈掌柜难得来一趟，尝尝我亲手做的喜饼。"

陈顺龙一惊，问道："伯母亲劳侍厨，不必问，定是鸿福大喜呀！"

袁氏又笑道："陈掌柜果然是经世之人，我便不讳直言了，待过了忌期，我儿便与他表妹阿纤成婚，届时陈掌柜定要来吃杯喜酒啊！"

汪从兴听罢心里一阵嘀咕，这原本是章浦和贤侄儿续弦的

395

喜饼，怎么成了源儿大婚之物？他不知道拙妻葫芦里到底卖的什么药，也不便多言，只是点着头干笑。陈顺龙也觉着纳闷，这几年汪春源与李姑娘感情甚笃，怎么转过脸却要与他的表妹阿纤成婚？他心里糊涂，嘴上却说道："恭喜恭喜！贤弟大婚的喜酒兄弟我还是要讨一杯的。"

袁氏捏了块饼递给陈顺龙说道："源儿大婚，本不打算张扬，可我儿在京师承多位恩公照应，我已备好喜饼，拜托陈掌柜回转时向诸位恩主禀明，汪家诚意邀各位来厦门吃酒耍乐，万不可失了礼数。"

陈顺龙坠入云雾，舌头迭迭打战说道："伯母放心，晚辈定不辱使命，悉数告之。"他推说码头有货要装，便带着几盒子喜饼离开了。

陈顺龙走后，汪从兴不解地问袁氏道："你这老妇，张冠李戴瞒天过海的使招法，这是何故？"

袁氏嘿嘿一笑说道："此举，我要让李家姑娘知难而退。"

汪从兴没有说话，待汪春源回到家，他们也只是泛泛提及陈顺龙访疾之事，并无多言。

台湾会馆内，艾达尔的伤势好了大半，可以下地走动了，克鲁斯便脱开身来，便来到御河西岸的英国公使馆，寻公使窦纳乐打探消息。

英吉利国驻清公使馆，原是淳亲王府，又称梁公府，康熙第七子允佑府邸。自咸丰十年二次鸦片战争，清廷被迫签了《中英北京条约》，补充了《中英天津条约》，其第二款便约定了修缮梁公府并为英国使臣馆办。时首任驻清特使额尔金原中意朝阳门内的怡亲王府，但遭恭亲王奕䜣婉拒，后几经会议，商定梁公府为英使办公之所。每年一千两耗资，额尔金以府邸年久失修以资充缮为由，赖着不缴租银，清廷无奈，只得作罢。

修葺后的公使馆，仍沿袭原王府前公后寝布局。前殿，覆绿色琉璃瓦，檐下单翘重昂七踩斗栱，大殿内为井口天花，中绘团龙图案，东西有翼楼各一座，大殿之北为二门，二者之间连以月台，二门三间，歇山顶建筑，左右各带顺山房三间。后院寝殿五间，左右各带顺山房三间，在殿身与顺山房之间分别搭接了半间门道，后院东西两侧各有配殿三间，覆灰色筒瓦，绿琉璃瓦剪边，与北侧翰林院、西侧兵部、工部衙署连成一片。

使馆书办通传后，不多时便把克鲁斯请进大殿。克鲁斯家族在英国为上流贵族，其父罗伯特公爵与公使窦纳乐曾同为皇家陆军效力，窦纳乐出任驻华公使前，克鲁斯常随着家父与窦纳乐到郊外狩猎，他与窦纳乐也成了无话不谈的好友。

窦纳乐看到克鲁斯，满脸笑意，张开双臂迎上去说道："噢，亲爱的克鲁斯，好久不见了！"

"啊——窦纳乐叔叔，您依然那么光彩照人。"克鲁斯与窦纳乐拥抱，送上问候，他又道："很久没来看望您，不会怪我吧？"

窦纳乐耸耸肩，打趣道："不不不，我这个老头子没什么好看的，脸上爬满了皱纹、头发也掉得差不多了。可是，我亲爱的蒂亚娜还年轻，没有你她会寂寞的，多看看我可怜的孩子吧。"

克鲁斯笑道："叔叔还是这么有趣，您的风采正如我蒸蒸日上的英吉利大国，容光焕发气宇轩昂。上次给蒂亚娜开的药，效果如何？"

"喔!"窦纳乐不移目地盯着克鲁斯一本正经地说道:"蒂亚娜服用了两天就全好了,我想,你是上帝带给她的最好的礼物,她只要能见到你,病魔便离她而去,你就是她心中的良药。"窦纳乐知道女儿蒂亚娜爱慕着克鲁斯,一有机会他便乐此不疲地撮合二位年轻人。

克鲁斯避开窦纳乐灼热的目光,他坐下来说道:"我愿意为蒂亚娜的健康负责。"

窦纳乐依然兴致勃勃地说道:"有公爵这个朋友我很荣幸,能认识你这个晚辈我和可怜的女儿都很幸运。哦,罗伯特公爵身体还好吧?"

克鲁斯回道:"信中说一切都好,只是没有您相伴狩猎,他失去了很多快乐,枪法也生疏了许多,他向您问好呢。"

窦纳乐嘻嘻笑道:"人生难得一知己,我也很思念亲爱的罗伯特先生,我了解他,上帝赐予他善良乐观包容,他是世界上最快乐的公爵。"

克鲁斯无奈地摇摇头说道:"我却不快乐,他信中催促我回国,我倒不这么认为。"

窦纳乐收住笑,一本正经地说道:"公爵的心情可以理解,毕竟你是他唯一的儿子。当初你放弃优渥的一切,远涉重洋来到清国,公爵以为你只是贪恋一时的浪漫,不久就会回到他的身边。你却在这里逗留三年多,像一粒埋在地下的种子,他怎么能不着急呢!"

克鲁斯愣怔一阵子,说道:"我来这个东方国度,最初的确是因为神秘和好奇,来到这里一年后我才发现它的魅力,直到现在我也没有离开它的想法。这里虽然有醉人的魔力,可医学观念太落后了,我想,我要用我学到的知识帮助这里的人,这是我的信念，而我们英吉利人不缺少这种信念，他们更需要我。"

　　窦纳乐点点头，问道："你今日过来如果没有特别的事，就去看看蒂亚娜吧。她欣赏你的一切决定，她也会全力帮助你实现你的任何想法，我想是这样的孩子。"

　　克鲁斯说道："窦纳乐叔叔，我今天过来不只是来探望您和蒂亚娜，还有一件重要事情向您咨询。"

　　"噢?"窦纳乐又道："叔叔的心扉向你敞开，对亲爱的克鲁斯我会知无不言的。"

　　克鲁斯问道："窦纳乐叔叔，这些天来陆续有西洋人被杀，您肯定知道吧?"

　　窦纳乐点头说道："嗯，最初是佛郎机人无缘无故被人杀掉，后又有法兰西人、瑞丁人、邪马尼人陆续被杀身亡，前几日又有我们英吉利人遇害，各国使馆都很在意这件事。听传言，幕后凶手是反清国的义和拳所为，他们一直在山东、天津等地烧教堂、杀传教教士，这个清国朝廷很无能，多次派兵围剿都未能平息。这几日，我正准备照会他们，向清国政府提出严正抗议。"

　　克鲁斯压低声音说道："窦纳乐叔叔，这件事恐怕并不像表面上这么简单，义和拳虽与我们矛盾重重，可之前并没有在他们京城无缘由的杀人。关于这件事，我跟几个朋友找到了一个关键证据。"

　　窦纳乐一惊，坐直了身子，克鲁斯起身，将铁牌照片递给了窦纳乐："这是凶手身上携带的腰牌，我的朋友艾达尔先生是受害者，幸运的是他没有被杀死，在凶手持刀刺向他时，他看到了这个。我们研究后得出结论，这铁牌应是某个组织成员的身份象征，不知您知不知道这个组织？"

窦纳乐拿起照片仔细端详了一下，摇了摇头："我没有见过类似的东西。"他看了看克鲁斯又道："你的意思是杀害我们英吉利人的不是义和拳，而是这个组织？"

克鲁斯点点头说道："我们思考的结果是这样的。"他不甘心地又说道："窦纳乐叔叔，您是公使，与各国素有交往，见多识广，请再仔细看看，或许会在什么地方见过。"

窦纳乐又拿起照片看了看，说道："这样吧，这张照片暂时留在这里，我问问其他朋友，或许有人见过。"听罢，克鲁斯有些失望，也只得如此了。

窦纳乐看了看克鲁斯，转移话题道："孩子，这件事我会放在心上。留下来共进午餐吧，我们很久没有一起品尝威士忌了。"

克鲁斯站起身说道："窦纳乐叔叔，您的邀请我感到非常荣幸，可是我的朋友艾达尔还未伤愈，需要有人照顾，我改天再来拜访，一定陪您和蒂亚娜喝尽兴。"

窦纳乐见状也再坚持，嘱咐道："我亲爱的孩子，以后你尽量不要出门，保护好自己，我和公爵才能放心，你出现意外蒂亚娜会伤透心的。"

克鲁斯走后，窦纳乐又拿起照片端详半天，陷入沉思，副使约翰走到身边，他却不知。约翰见窦纳乐拿着一张照片发呆，便从他手里拿过来，看了一下说道："公使先生，这是哪儿来的，怎么会拍下日本玄洋社标志？"

窦纳乐一愣神儿说道："噢，约翰先生，一个朋友给我的，这段时间我们西洋人屡屡被杀，据说凶手身上就带着这个牌子。"

400

约翰挑了挑眉说道："消息可靠吗？如果属实，凶手便不是传言中的义和拳了。"

窦纳乐说道："一个没被杀死的同胞亲眼所见，我认为这件事若真的与玄洋社有关，事情就没那么简单了。"

约翰挑着嘴角轻蔑地说道："先生，我做副使前就对这个玄洋社有所耳闻，他们在朝鲜用卑鄙手段杀死明成皇后，被宫中的美利坚教官发现，向世界通报了此事，在国际上闹得沸沸扬扬，玄洋社可谓是臭名远扬了。""玄洋社"由武士出身的头山满一手创立，以"玄海怒涛，势可捣天"自诩，成员遍布了日本各界，也影响着日本对外的军政战略，以暗杀及间谍窥探见长，对东亚诸国形成颠覆之威胁。

窦纳乐说道："先生只看到了硬币的一面。各国之间的往来，向来是有了利益才有了立场。人道主义？哈哈，那只是一种不切实际的想法而已。这个世界上，有人爱好和平、有人喜欢战争，可是人类的历史最终都是通过战争来改写的。很多时候，一些伟大的事业，需要一些极端的手段和方式去推动。"

约翰意味深长地看了窦纳乐一眼说道："窦纳乐侯爵并不打算把这件事宣扬出去了？"

窦纳乐意味深长地说道："公开此事并不能给我大英帝国带来任何利益，反而会使日本与我为敌，不公开此事，倒是一次为我所用的良机。"

约翰点点头："公使先生，我明白您的打算了。前段时间佛郎机人、邪马尼人、法兰西人被杀，这几个国家的公使已向清朝政府提出抗议，接下来就轮到我们大英帝国大显身手了。"

窦纳乐点点头说道："所以，我们的抗议要更加激烈，既然日本人已经把目标引向了义和拳，争端已经挑起来了，我们就要再加把火。各地的义和拳杀害了诸多忠诚于上帝的传教人士，清朝政府虽进行了剿杀，结果却令人失望。这一次会引来各国更强烈的愤怒，如此说来，清朝政府还能宽容义和拳吗？"

约翰点点头，与窦纳乐相视一笑说道："不久我们将会看到自己想要的结果了。不过，给您照片的人，会不会有什么麻烦？"

窦纳乐摇摇头说道："他叫罗伯特·克鲁斯，是罗伯特公爵唯一的儿子，他是个医生，对政治向来不感兴趣。如果不告诉他真相，他永远也不会知道是玄洋社所为，先生不用为此担心。"

门口传来一阵声响，窦纳乐问道："谁在门外？"

"是我。"蒂亚娜推门进来，"亲爱的父亲，我听说克鲁斯先生来了，他为什么不在这里？您为什么不让他见我？您伤了女儿的心"。蒂亚娜来到窦纳乐旁边坐下，不满地向父亲撒起娇来。

窦纳乐哈哈笑了几声说道："亲爱的孩子，我向上帝发誓，我已极力挽留了克鲁斯，可他有病人急需照顾。等上几天，我让克莱德秘书专程请他与你共餐品酒好吗？"

蒂亚娜脸上露出满意的笑容，说道："您是公使，说话要算数。你让克莱德先生告诉他，我的病又加重了，请他早一点过来，我爱您。"

窦纳乐笑道："看来克鲁斯先生比我重要。"副使约翰也笑了，蒂亚娜羞涩得一溜烟儿跑走了。

第二十二章　克鲁斯甘心当诱饵
　　　　　　黑木贼失策反被杀

　　克鲁斯到英使馆调查铁牌之事无功而返，另一头王致等人也是无果而终，寻找铁牌的主人成了众人的一块心病。人人都觉着这事像茫茫天水间的一叶扁舟，明明看到些眉目却始终抓不到手中，只得从长计议，再把以前的细节一一掰开来、合起来，揉碎了、再捏起来掂量。这日，众人齐聚台湾会馆，商量对策，外面春光明媚、轻风拂柳、燕语呢喃，屋内少了往日的清静轩朗，显得晦暗沉寂，人人面面相觑，一副垂头失措的样子。

　　谭禄滢一口接着一口地抽着闷烟儿，过了一阵子，抬头看着众人说道："自古彩云易散、好事多磨，不要打盹似的不出声，千万不可气馁，看看还有什么另辟蹊径的好法子？"

　　王致来回踱了几步，忽尔停住脚正色道："诸位！事至于此，可谓覆水难收，不接着追查下去，之前的努力算付了东流，有道是：当断不断，反受其乱；天予弗取，反受其咎。接二连三的几起命案表明，凶手不会就此罢手，还会有所行动，既然隐侧查不出个因果，不如去繁就简痛快些，当场拿下凶犯，一切便大白于天下了。"

张三保听得留神，于是问道："大哥的意思是我们来个螳螂捕蝉黄雀在后，让兄弟们撒下大网，静待贼人来钻？"

王致没有立即回答，坐下来，只半闭了眼陷入了深深的思索。谭禄滢却摇头说道："人多了难掩百舌之声，也免不了会打草惊蛇，可能事与愿违。另则，我想朝廷对此事也不会无动于衷，说不准已暗修甲兵，我们本就出师无名，若与朝廷的布置碰巧搅到一起，即便浑身是嘴也难从容脱身。更难应对的是你和王镖头，你们身为义和拳勇，一旦将事情败露，义和拳便牵连其中，更是百口莫辩了。"

王致站起身来说道："司事言之有理，贼人既能布弑杀之局，必会有退身之法，我若一味率人待机围堵，如被贼人侦破，且把我们引向朝廷布设的圈套里，这是天大的失着，后果不堪设想。论说京师洋人聚集之地少说也有几十处，设伏确有难度。"

张三宝有些情急地问道："议来论去还不是原地转圈儿嘛，这种事下手要快最怕慢，慢则有变，要先贼人一步才能成事。"

竹娘坐在一旁，听过众人议论，忍不住开腔说道："敌暗我明倒不怕慢，只要布置机巧，看准时机一举而成。从几个案子看，贼人犯案都在东交民巷洋人使馆附近，只要我们重点围绕这个地方做文章即可。"

谭禄滢笑道："办法倒是可行，可近日洋人个个自危，平日在酒馆、烟馆、妓院吃五喝六的洋货，天擦黑便当了缩头乌龟，见不着人影儿了。没了仓鼠引着，贼猫出不来就难说了。"

张三保顿了下脚，说道："这个好办，吩咐几个身手不错的兄弟，走上两遭，不信贼人不着道。"

周家兄弟周雄自告奋勇，抱拳说道："我们兄弟二人虽无倚马拟诏之功，又无撰道德文章之能，要说扮上个把洋人，兄弟便当仁不让了。"

王致点点头说道："久闻周家兄弟武功不凡，又与义和拳没有瓜葛，在下看二位仁兄倒也合适。"

听罢，一直默不作声的克鲁斯，突然大笑起来，众人集目望去，见他起身指着自己的鼻头儿说道："哈哈哈！噢——上帝，你们的脑袋看似坏了，放着一个真洋人不用，非得强扮我们这金发碧眼，若是假纸包不住邪火，露了馅，往后再捉他们就难了。"

竹娘摆手阻止道："先生，没有金刚钻不揽瓷器活，您身上没有功夫，只身犯险只能作他人砧板之物，性命堪忧。"

克鲁斯神秘一笑道："李姑娘，我身上没功夫，我手上是有功夫的，看看！"说着从怀里掏出一把快枪，又道："贼人再快，也快不过我的枪，上帝保佑我马到成功。"他虔诚地在胸前划着十字。

谭禄滢也笑道："拿个铳枪就能把人喝住？我劝你万不可逞一时之勇。你介是个郎中，寻医问药可以手到擒来，遇着真正的战阵怕是不行。镖局的兄弟个个武功卓绝，即便遭遇险境亦可灵活应付，你是聪明人，好自为之吧！"

克鲁斯一听便沉不住气了，说道："爷们，谁不燃烧，就只有冒烟儿了。我的心如烈火，愿能照亮那个凶手的面孔。"

王致也劝道："先生，在下知道你很勇敢，但不到万不得已，不要做无谓的牺牲，此事不必劳烦先生，我自会妥善安排的。"

此言一出，克鲁斯便嚷嚷起来："不不不！爷们，你们清国有句话叫'贵人多忘事'，我亲爱的艾达尔还躺在病床上，在捉拿凶手这件事上，我比你们任何人的愿望都迫切，我要为我的朋友报仇。爷们，你们若不答应我做这诱饵，今后我拒绝与你们合作。"

众人见克鲁斯动了真气，看来一时很难改变他的想法，沉默了一阵，张三保上前拉着他的手，改容笑道："先生意志如此决绝，没二话，我张三保定会护先生周全。"

克鲁斯听罢，咧嘴笑道："哈哈，你是真朋友。"他在张三保的额上噮了一口，又瞧向众人说道："爷们，我看咱们可以好好合作了，祝合作愉快。"

王致笑着自言自语说道："嘿嘿，洋人怎么吃拉全是一个道儿！"

谭禄滢接话说道："我老材前阵子刚领教过，这些个洋人是袖筒里揣棒槌，直来直去，倒是对我的脾性。"

亥时二刻，克鲁斯背着药箱伪装成出诊的样子，强自按捺住心头的惊惧，穿梭于东交民巷附近的几条胡同，周家兄弟、王致和张三保带着镖局的两个兄弟远远地隐在暗处，一路相随。克鲁斯的手始终攥着怀里的快枪，手心里都捏出了汗，警惕的眼神在暗夜中搜寻着每个可疑的角落，这样来来回回走了几趟，他的心情也慢慢地放松下来，双手也放松了警觉。身上挎着的药箱，像面破鼓来回晃荡，嘴时也打起了呼哨，悠然而行，躲在暗处的几人不禁哑然失笑，直到东方渐白却一无所获，凶手始终没有露面。接连几日，他们如法炮制，却屡屡扑空，一时间京师再无弑杀洋人的发案。

克鲁斯每晚招摇过市吸引凶手，已然有了瘾头，这日天刚擦黑，他便装扮停当早早地出了门。街面上行人三三两两，他才意识到与王致等人的约时还早，心里暗自嘲笑一番，便抬腿奔了李家。李姑娘自铺面没有回来，他倒不客气，兴致勃勃地与李祖业攀谈起来。

李祖业瞧着眼前这个没大没小唤他"老材"的洋人心中掠过一丝不快，问道："你不好生地去当钓饵，跑我家作甚？"

克鲁斯却满不在乎，大大咧咧一屁股坐下来说道："阁下康泰啊，大人不计小人过，上次叫你'老材'，后来才知道这是骂人的话，怪我有眼不识泰山，您就将就一下吧。"

李祖业扑哧一声乐了，心想这个洋人倒不见外，并无低瞧他的邪念，于是问道："你见天儿在街面上晃荡，冷不丁贼人现了身，不怕伤了你？"

克鲁斯哈哈大笑："阁下，我是上帝派来的骑士，我认为凶手害怕了，不会再出来作恶了。"

李祖业不解地问道："为甚？"

克鲁斯敛了笑容，正色道："阁下，你看，我有这个！"正说着嘭得一声拔出了快枪，登时把李祖业吓得一抖。

克鲁斯笑道："阁下，您也怕枪子吧。不用害怕，我手指不动，它是不会响的。"顺手把枪塞到椅后。

李祖业心有余悸地说道："这火铳可不是闹着玩得，朝廷有禁令，老百姓不得使这家伙，按大清律要吃上一年牢饭呢！"

克鲁斯笑道："阁下，我不是大清的子民，我是英吉利人，我有豁免权，用你们的话说这叫'法外开恩'。"

听罢，李祖业有些不高兴了，说道："你是甚么人我管不了，可怎谁也不能滥杀无辜、恣意妄为不是。"

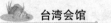

克鲁斯笑道："阁下说得是，我是正义的化身，是来擒拿凶手的。以暴制暴生乱，以慈制恶生善。"

李祖业说道："知道得不少啊。"

克鲁斯洋洋自得说道："蒙李姑娘赐教，她是个有耐心的好人，我也依葫芦画瓢学着做个好人。"

李祖业说道："平生不做亏心事，半夜敲门心不惊。死生常理，天下不讳，只要不作恶既可安稳了。"

克鲁斯朝门外看看天色，起身说道："哎呀，与他们约定的时辰到了，告辞了——"他挎起药箱匆匆而去，消失在茫茫夜色之中。

不多时，竹娘从铺面回来，一进门却见爹手里捏着一柄火铳发呆，自觉心头一惊问道："爹，您这是作甚？"

李祖业见是闺女回来，瞪着惊恐的眼睛瞧着她，牙齿迭迭打战，忙又颤声说道："闺……闺女，你爹可是坏了你们的大……事？"

竹娘见爹口中吃吃作响，脑子里飞快地闪过几个念头，问道："爹，在哪厢得了这个？这原本是谁的东西？"

"哎呀——"李祖业顿足而叹，又道："那个洋郎中的，他须时来访，又说引那贼子出来，匆匆走了，却把这火铳丢下了。没这玩意儿防身，看来今日必死无疑了……"

竹娘从爹手里拿过火铳，斯摆着找了块麻布包了，说道："爹，您也别上火，我现在即给克鲁斯送过去，兴许无大碍。"

李祖业伸手拦竹娘说道："闺女，这黑灯瞎火的你若出了乱子，爹心里如何安受，这是爹的疏漏，让爹把这火铳交与那个洋郎中。"

竹娘说道："爹，您且安坐，他们引贼的路径只有我知道，您老人家即便去了也趸摸不着，我且去去就来，不会有什么麻烦。"

李祖业正欲张嘴说话，竹娘已挑盏风马灯出了门，他观望着门外黑暗夜色一边往厢房走一边高声嘱咐道："诸事小心呀，闺女！唉——"

约摸半个时辰，竹娘来到东交民巷附近，突然发觉身后有人若隐若现地尾随着她，不由得暗自心惊，脚下也加快了步子。行至一个转角处，竹娘吹熄了灯头，屏息躲在暗处，静观胡同的动静，不多时一个人影儿像似在寻找什么跌跌撞撞走过来。竹娘举起马灯刚要打过去，定睛一看，原来是家里的长工老顾，她突突狂跳的心才算稍有平复。

竹娘悄声问道："顾叔，怎么是您啊？"

老顾冷不丁听到有人叫他，先是一惊，顿住风急的步子，一手抚着胸口说道："哎哟——你这丫头，吓死我了。"

竹娘看着惊魂未定的老顾又问道："顾叔，我出门时见你房里熄了灯睡下了，您怎么又跑到这厢来了？"

老顾嗄着嗓子说道："嗨——让你爹打醒的。东家大巴掌打在我脸上，说闺女只身犯险去了，让我去护着。好歹我比东家身子骨结实，你顾叔还真怕丫头出事呢，我就摸了把劁猪刀远远地跟着你，哪曾想你鬼机灵地不见了。"

竹娘瞧着老实巴交的老顾，紧张得且把刀子捏反了，刃口对着掌心，还渗着血。分明自个儿割到了手，心里一阵犯酸，说道："顾叔，您老连刀也不会拿，怎么能护住我，前边就是我们的人了，您老赶紧回家吧。"

老顾疑惑地问道："丫头别哄我，东家可是咬碎了后槽牙交代下的。"

竹娘说道："我怎么能骗您老人家呢，我这里准保没事，回吧。"说着擦着火镰点了灯。

老顾只得点点头，这时才觉着自己的手一阵钻心的疼，他把刀插到腰上，捏着受伤的手，吸溜着嘴走了。竹娘放眼四望，只见月色昏暗，寒星闪烁，四周一片死寂，便埋头向伏击地的方向继续前行。

另一条胡同里，克鲁斯背着药箱悠然而行，他却没有觉察自己防身的快枪没在身上。他依往日行素打着呼哨趋步慢走，只听到身侧的房檐上一阵瓦片轻碰的窸窣声，抬头间一个黑影从天而降，克鲁斯怔愣之际，飘然而下的人影手中寒光一闪，直奔他而来。克鲁斯下意识地握紧药箱，伸出一只手去拔枪，却摸了一个空，先前还悠然自得忽尔显得手足无措起来，原来他走得太急，快枪落在李府他却不知。情急之下，他抬脚便跑，却万万也没料到，黑暗中的人影比他想象中的还要快，他刚转过身，黑影已立在前面，健步上来欲取他首级。寒气逼人的短刺距他的脖颈毫寸之间之际，锋刃却被人挑开，他定睛一看，王致、张三保等人已将黑影儿团团围住，黑影儿见中了别人埋伏，自知不便得手，一个旱地拔葱，纵身跃上房顶，消失在暗夜之中。王致等人也纷纷跃上房顶，紧追不舍，追至一条胡同时黑影儿却消失了，他们便展开身形四处搜寻。

竹娘提着马灯正走，耳听远处传来叮叮当当的打斗声，正欲抬眼张望，一个影子像个幽灵来到眼前。她手忙脚乱地拿出克鲁斯遗落在她家的快枪，慌乱之中马灯掉落在地上，灯槽油溅在地上，顿时腾烧起来，像燃了一堆旺火。

竹娘虽不知手里的家伙如何使唤，但她还是颤巍巍地举了起来，嘴里喊道："贼人莫动——"

这个贼人不是别家，正是日本玄洋社的黑木五郎，在玄洋社内田的授意下，井口太郎与黑木五郎密谋：以弑杀西洋人嫁祸义和拳为突破，燃起西方诸国对清廷的愤怒之火，逼迫朝廷出面围剿义和拳，把本已风雨飘摇的大清国运，进一步推向内忧外患的无底深渊，进而达到完全控制清廷，成为日本藩属之期望。

　　借着火光，双方均看清了对方面容。从握枪的姿势黑木五郎瞧出眼前这个女人并不善使枪械，胆子大了起来，他把短刺收起来，伸手从背上抽出武士长刀，狞笑着一步步向竹娘逼来。竹娘已慌得六神无主，她闭上眼混乱间扣动了扳机，只听"嘭"得一声，弹丸出膛正巧击在黑木五郎持刀的左臂上。他伸出右手并拢两指，击向自己的臂膀处封住了穴道，血流得不多，他用力举起长刀，疾步向前对着竹娘面门便劈下来。此时，一只镖带着啸音从头顶飞来，只听"当啷"一声，正打在黑木五郎持刀的手背上，举在半空的长刀落了地。正待黑木五郎弯身捡刀之际，王致等人已飞身到了近前，黑木五郎见形势不妙，提起刀脚下轻点便跃上矮墙，遁逃于苍茫夜色里。

　　第二日天刚放亮，井口太郎踏着晨曦来到风箱胡同的一处宅院，大门虚掩，他闭了门径直来到内室。见黑木五郎正警觉地盯着他，他走至榻前打量着黑木五郎的伤处，黑木五郎收回目光，紧闭双目，不易觉察地叹息一声。

　　过了一阵子，井口平静地寻问道："看来，黑木君昨日行动未果！您这伤？……"

　　井口关心的问候，让黑木五郎不禁想起了昨日的狼狈：昏黄的灯盏下，他咬着木屐，持刀向己，眼睐着剜进自己皮肉的情景，带着血肉的弹丸被取出来的那一刻，他不由得一阵凄凉失落。那个女人举枪时的样貌又浮在眼前，他暗自咬着牙，眼睛却没有睁开，说道："感谢井口君还记挂着我黑木，只是伤到些皮肉罢了，几日后便可行动自如，还不至于让我剖腹谢罪。"

井口太郎轻吁了一声说道："喔——这便好，您还是黑木家的英雄。"他怔了一会儿又道："内田先生号令黑木君来清国，应随带几个佣人过来服侍左右，哪怕只有粗茶淡饭，也能吃上口热的。若今日我不登门，黑木君怕是连口水也喝不到嘴里，更别提慰藉您的伤势了。"

听罢，黑木咬紧牙关强撑着坐了起来，用手挡开了井口的帮助，他双手置于腹下，仍紧闭着眼，冷冷地哼了一声说道："我武士世家自江户时代始，便向往毫不留念的死，毫不顾忌的死，毫不犹豫的死，讲义德、崇勇德、惜仁德、重礼德、怀诚德，且把名誉、忠义、克己奉为神旨，我五岁习练杀狗，十岁习练斩女流，十五岁已可取壮男首级了。我有八咫镜、琼曲玉、草稚剑为伴足已，有什么孤独可言？——倒是井口君，乃温山上的一枝棠花，常娱于暖袖柔香之间，身边若无三五红粉服侍，便觉得孤独难耐了，这只是你的孤独罢了，井口君焉知我尔？"

井口没想到，自己一张口便换来一顿数落嘲讽，心里窝火，便厉声驳斥道："黑木君，武士之名誉乃是正确价值的自觉，你的任务是为天皇陛下福泽天下扫清障碍，而非专属于你的清规戒律；忠义即是对内田先生的命令恪守一切，而不是你个人那至高无上的内心；克己是克制你有悖于侍奉君主的欲望，断不是你不近女色的愚痴，只要有利于天皇陛下抚慰世界，你的戒规便一文不值了！"

412

黑木心里一沉，没想到眼前这个瞧不起的人，竟然驳得他体无完肤，若再争论下去，本来貌合神离的两个人，真的便撕破了脸。他睁开眼，看着井口说道："井口君，此次弑杀未成，并非我功夫不及，是有人早已布下了圈套让我钻。"

井口太郎问道："你身在其中，认为是哪个布下此局？难道是清廷所为？"

黑木皱着眉凝思一阵，摇头说道："与他们交手，觉着不像清廷暗防，兵器各异、打扮不伦不类，有男有女。噢——有个麻烦要急需处置，我昨日与人打斗时，有人识去了我的相貌，此人不除，必定后患无穷。"

井口太郎心里一惊："啊！黑木君被人识了相，若不尽快灭口，今后再无完成弑杀的可能了。你可曾记得那人？"

黑木五郎沉着脸说道："照面时我便觉得眼熟，我想了整晚，那女人应是在几年前的义卖会上见过，也就是我们焚烧全台会馆的那天晚上，井口君不会是忘了你我联手俸给天皇的杰作吧？"

黑木又指手画脚地比划了一番，井口太郎听罢，心里倒吸一口凉气，黑木所说的照面之人正是竹娘，他不由得陷入沉思，竟忘了黑木正端详着自己。

黑木见井口不言声，心里登时疑心泛起，他神色严厉地问道："井口君，您这是怎么了？"

井口回过神来，支吾着说道："哦哦，我怎么能忘记那美妙的时刻，那年是我们献给天皇四十三岁生日最好的贺礼，不过，究竟是哪个女人却一时难以断定……"

黑木诧异地看着井口，冷冷地说道："几年前我仅与那女人有一面之识，却印象深刻。井口君乃台湾会馆的老朋友，且有过目不忘的本事，怎么会对区区一个女人毫无头绪呢？"

井口不禁莞尔一笑道："黑木君此话，我甚是理解，因为此人太过凶险，一日不除，你我当一日难以安枕。只是当年全台会馆义卖，来往人员众多，若说把所有人都记下，黑木君便是强人所难了。不过，黑木君若没有记错，确定这女人与此馆有瓜葛，我定能查个水落石出。"

黑木愣怔一阵，忽尔哑然失笑道："哈哈哈，我相信井口君不会为了一个女人，而毁掉天皇的宏图大业，拜托阁下了!"

井口太郎站起身，弹弹衣角，说道："黑木君稍安勿躁，只管安心静养，届时我加派人手，细细查访，若有消息我自会亲自登门告知。你这里衣食不便，我即时着人挑几个嘴严的佣人服侍你。"井口不再理他，只是瞥了一眼，转身大步走了，黑木看着他的背影陷入沉思……

井口没有食言，当日午时便从府上挑选了两名佣人，从凤栖阁借来两个本国伎侍，一并送到黑木五郎身边。黑木五郎虽然日日与艺伎寻欢作乐，逍遥自在，他却一刻也没忘记寻找那个识去他相貌的女人。可接连四五日过去了，井口那边好吃好喝供着，但追查之事却迟迟没有动静，他更坚信了对井口的怀疑，他决定亲自去暗查此事。

翌日一早，他乔装成商贾，潜到台湾会馆对面的茶楼里，时近申时终见击伤他的女人出入会馆，他一路跟踪行迹，最终确认了这个女人的身份，原是锦绣绸布铺李掌柜的长女李竹娘。他倒吸一口凉气，对井口感到失望，为了一个女人，竟然背叛了玄洋社和天皇，他胸中翻涌起阵阵杀气。

黑木五郎翻墙跃进宅院，两脚刚落地，便见井口太郎端坐在自家正厅内，两个伎侍正一左一右服侍他。不待他说话，却见井口一扬手，屏退伎侍问道："黑木君伤未痊愈，却急急地改头换面去应酬，必是要做大生意了！"

黑木的脸绷得紧紧的，像是刀刻木雕一样。他走进正厅，一把扯掉身上的长衫扔在地上，在井口对面坐下来，接过佣人奉上的茶，饮了一口，突然狂笑起来："哈哈哈……井口君别来无恙啊，不瞒阁下，我确实做了桩大买卖，击伤我的女人原来是会馆的熟客，您这位自称与会馆过从甚密之人，却为何杳无音讯？"

井口没想料黑木这么快就查出结果，心里责怪自己粗心大意，幸而自己留了一手，他表面上却显得平静似水，微笑道："黑木君智勇无双，乃是我大日本帝国武士的表率，有神道之予取予夺之威，从您身上我看到了宫本武藏、织田信长之遗风，又似瞧见了中国之毛遂、项燕的神魂，在下无能，今后还要仰仗阁下成就。"

黑木冷冷盯着井口，厌恶地说道："哼——井口君不要再口舌了，我的问话你还没有回答。"

井口思忖了一下，说道："噢，我已言明，在下不及黑木君。"

黑木啐了一口，呵退了佣人，瞪着眼一字一顿地问道："井口君，你要背叛天皇吗？"

"黑木！"井口听罢，立身站起，愤然说道："不要信口污蔑我井口家族对天皇的忠诚。我来问你，你知道这个女人行踪规律吗？几时起床几时安歇？哪里又是弑杀的最佳地点？"

黑木瞧着井口的阵势，一下子愣在那里。转而嘿嘿冷笑道："井口君，你——还是没有回答我的问题。"

这时，井口从怀里摸出一张纸笺递给黑木："自己看吧！"

黑木接过来仔细看着，笺纸上对李竹娘的生活起居，行踪路线，都做了详细描述，对三个可能的伏击地点也都有说明。他一时弄不清井口葫芦里到底卖得什么药，对天皇是效忠还是背叛，他拍拍脑袋却终也理不出个头绪。

黑木几欲张嘴却说不出话来，只是讷讷地问道："井口君，这……这……这……"

井口平静地说道："黑木君，今日专为周知与你，今后有些事也好商量。既要劫杀成功，又要确保全身而退，两者必须兼得，才不会让内田先生失望，更别提平冈社长了。"

黑木由冷转热，满脸带着笑意说道："是是是！井口君深思熟虑、计划周密，不愧为我大日本帝国的荣耀家族。"

井口担忧地说道："黑木君，你的伤还未痊愈，行动不便，劫杀一事，我替阁下办了。"

黑木且把笺纸一摁，立刻摆手说道："已经烦扰井口君够多的了，一个纤弱的女人而已，何时何地除掉她，我自有打算。"

井口瞧得出黑木已对自己信不过，也不好太勉强，于是站起身笑道："有劳黑木君了，须时我打好侧应便是。商社还有一些事务等着处理，告辞了。"说罢，便大步流星地走了。

只听黑木在身后喊道："井口君，恕不远送——这两个本国娘们很受用啊，哈哈哈……"

黑木要着手弑杀竹娘灭口，这让井口感到棘手。他匆然回到住处，便着手布了一批暗哨，日夜盯着黑木的行止，又思谋着如何不着痕迹地化解此事，最终决定还是亲自约竹娘谈谈，尽力设法劝竹娘暂避锋芒为宜。

这日隅中一刻，井口太郎来到李家绸布铺面，却不见竹娘踪影，听店里的伙计小伍说，少掌柜去了花市大街的索记裁缝铺汇账。他心里暗自吃了一惊，暗线报来消息，近两日黑木五郎在花市大街转悠，他耐不住与小伍多叙话，抬手雇了辆车，奔花市大街去了。

　　此刻，竹娘已在索记裁缝铺汇完账，欲赶往自家绸布铺面。刚转进胡同口，却见墙根底下，三三两两的流浪汉这里聚一帮，那里聚一团，有的高谈阔论，有的窃窃私语，还有的用贪婪目光追着她的脚步，竹娘轻抚一下裙袋里汇银，脚下加快了步伐。正匆忙而行，忽尔一个衣衫褴褛的老妪颤巍巍行至巷子中间，拦住了她的去路，这老妪双目浑浊，头发凌乱，枯瘦如柴，还长着一副似有若无的冤相，若人瞧见定会顿生怜悯之心。

　　竹娘愣怔地盯着她，却见老妪张口说道："救苦救难的活菩萨，行行好吧——我那福薄命苦的小孙子快死了，奴家一文钱也没有，求您救救他吧。"老妪说着便跪了下来，又道："他才三岁呢，没经世就这么走了，做老家的折寿哟——活菩萨慈悲，请您开开善恩吧。"

　　竹娘瞧着老妪像似逃难来的，他将老妪扶起来问道："老人家从哪厢来？"

　　老妪抹了把昏花的双眼抽泣道："奴家本在保定乡下，去年秋天遭了灾，房倒屋塌、薄田绝收，便来京师讨个活口。谁曾想去年冬天我那不孝子和儿媳先后跑了黄泉，剩下我们孤儿寡母，如今我这孙儿又病成这样，若不怜着他是个黄口，奴家早就头撞南墙了，死了倒干净。"

　　竹娘问道："老人家，您没到高门楼子拜拜？"

老妪抹了把鼻涕说道："奴家领教了，踩破了门前石也没人搭理，为富不仁呀，甭提了……"说着便又抹起老泪来。

竹娘点点头又问道："老人家不要太过伤心，我找个郎中给您孙儿瞧瞧，您孙儿在哪厢？"

老妪顺手一指，说道："奴家的孙儿病得人事不省，我给他放到那边的巷口了。"

竹娘抬眼望了一下，说道："走吧，带我过去瞧瞧，届时叫辆车给您孙儿看郎中。"

老妪又抹了把泪说道："您真是活菩萨，我孙儿有救了。"说着便转身往前走，竹娘扶着老妪慢慢吞吞往巷子深处，老妪又道："奴家已七十有三，已是古来稀，孙儿如果救活了，我便送于您这个活菩萨，老奴便咬舌自尽，一了百了。"

竹娘说道："老人家，别往死处想，再苦再难日子还要往下过呢。"

老妪说道："哎——现世活着同死了一般，我看这年月死了的人倒比活着的有福气喽。"

竹娘见这老妪不知不觉带着她走过一条巷子，又拐进另一条更深的巷子，问道："老人家，还有多远？"

老妪歉意地笑笑说道："老奴老眼昏花，记错了路，好像就是前边了。"

"李竹娘！"前面一声断喝打断了她与老妪的谈话，竹娘抬眼一瞧，原来是自己击伤的那贼人，也瞬间醒悟过来。再寻那老妪，老妪已掩在贼人身后，用双浑眼正心惊地瞧着她。

竹娘骂道："你这个贼妇，蛇蝎心肠也不过如此。"此时那老妪接过黑木给她的碎银，踉跄的身子跑走了。

老妪没跑多远，刚转过一个街角，却被井口一把拉住。原来，井口太郎到绸布铺没寻到竹娘，根据小伍的指点，便来到花市大街的索记裁缝铺，正瞧见街对面的竹娘携着一老妇进了巷子。他连喊几声，人声吵杂间竹娘并未听见，于是井口扒开人群追了过来，却见这老妇踉跄着从里面出来。

井口厉声问道："我问你，先前与你一道的年轻女子去了哪里？"老妪眨着双眼死不开口。

井口手上用力，老妪咧嘴连声求饶，结结巴巴说道："青天大老爷啊，奴家带着姑娘见个人，只想赚几个碎银子花，再没有其他心思。"

井口喝道："你这老妇，真是昏了头，得了把碎银，却葬送了别个一条命，从实招来！"老妪已吓得是魂不附体，战战兢兢指出了竹娘的位置。井口飞起一脚，正踢在老妪的肋腔上，只听得"嗷"得一声，一口气吸进去，再也没有吐出来，扑倒在地不动弹了。

巷子内，黑木五郎冷笑着对竹娘步步紧逼，说道："贱女人，见了本尊的面容，就要付出代价。"

竹娘边往后退身边道："你这个恶魔，他们与你有什么瓜葛？那些洋人挡了你的黄泉路吗？你非要杀他们。更惜那王将佐，刨了你家祖坟吗？活活得被你这个恶魔烧死了。"

黑木五郎满脸杀气，咬着牙吊着嘴角恶语道："贱人，死到临头不妨告诉你吧，我黑木五郎从不滥杀无辜，这些人都统统该死，金发碧眼的洋鬼、台湾那个死卒，都是我大日本帝国统治世界的绊脚石。更可恨那个王宗宪，已是我大日本帝国的奴仆，却与我至高无上的睦仁大帝对抗，这叫以下犯上。还有你这个贱妇，天堂有路你不走，地狱无门你闯进来，看来我火烧会馆的事你也知晓了，你便又多了条死罪，我要宰了你这个事妇。哈哈哈，杀女人，回忆起来已是几年前的事情了，我这手里的刀已急不可待地想喝女人的血了。"

竹娘冷冷说道："呸！——你这个信口雌黄的妖魔，闻听你的荒诞之语，岂不笑煞人也！"说完转身便跑，可前边是条死巷，待她转过身寻路时，黑木五郎双手持刀已罩在眼前，她紧闭双目，只等手起刀落。此时耳边却传来一声枪响，她睁开眼，见黑木大刀高举怔在那里，又听几枪响过后，黑木脚下的泥尘溅起阵阵狼烟。

黑木知是有人阻止他杀死眼前的女人，他明白若手起刀落，他也便殒命此处，他牙齿咬得咯咯作响，慢慢放下刀，瞪着血红眼睛说道："贱人，'耶律楚材'来救你了，我黑木暂且饶你不死，不过，我早晚会宰了你的，走着瞧吧！"他收了刀腾身而去。

戌时时分，井口太郎在二层洋楼正若有所思地擦拭着一把崭新的菊刀，这是临行前家父赠送的。这菊刀虽锋利无二、削骨如泥，若用不好会反噬主人，他已很久没有舞弄这个心爱之物了。他闭起眼，像似又回到十年前，净桶大佐教他习练的招式历历在目、娴熟如初，脸上现出得意之色。此时，佣人春僖来报黑木君来访。

井口太郎斜睨春僖一眼吩咐道："你告诉黑木君，今日我周身不适，请他回去，改天我会亲自登门致谢。"春僖应声正欲退下，只听有人朗声报号。

"井口君，依我看阁下倒是琴瑟调和，神清气爽啊！"黑木五郎踩着靴子橐橐已到近前。

春僖正要阻拦，却被黑木一把推倒在地，春僖挣扎着爬起来又欲上前。井口见状，摆手示意春僖退下，说道："黑木君

420

对下人如此鲁莽，不给主人一点薄面儿，有失您武士身份。来来来，昨日友人新赠了些胎龙须，去肝火明八目，请阁下品茗一下如何？"

黑木余愠未消，狞笑道："井口君乃簪缨之族，我黑木只是一介武夫，哪懂得什么拈花弄蕊之道？"

井口看似并不介意，只是笑道："此茶与常茶不同，一遍冲下味淡明洁，二遍清香色郁，三遍冲下旗开叶展、红云漫杯。不过，此茶只此三遍最为佳口，再饮第四遍也就无趣了。"

黑木一阵狂笑之后，愣怔地盯着井口说道："这就对了。我黑木左思右想，怎么与井口君越来越不对付，百闻不如一见，今日我算弄明白了，原是你与清人纠缠厮混久了，脑子里只有吟诗作画，却独忘了玄洋社的使命与你来清国的重任了。"

井口身子猛地仄了一下，脸上闪过一丝阴冷，他强压着怒火，开口缓缓说道："黑木君受伤未愈，应在府上安心静养，又有美女侍候左右，何乐而不为呢？一切事务只待阁下康健再说不迟，何必怒冲霄汉地跑到这里来撒气？"

黑木五郎冷笑一声，忽尔又开怀大笑起来："啊哈哈哈……井口君绕弯子的本事恕我难以相背，你揣着明白却装出一副糊涂虫的样子，可枪响的那一刻阁下却是清醒无比啊！"

"噢？"井口抚摸着菊刀，装作若无其事一般："阁下此言何意？"

黑木见井口并不坦言相告，心里委屈，鼻子一酸几乎落下泪来，他强忍愤怒提示道："记得玄洋社通传的档案里，提及井口君善用枪械和徒手对决，没提到阁下擅长武士打刀，哪怕

421

是防身的胁差也只字未提。今日阁下怎么兴致勃勃地摆弄起菊花打刀来了？"

井口心里盘算，黑木已然发现巷子里的端倪，他不露声色地起身踱着步子，顺手将两扇门轻轻合上，转身笑道："黑木君，此菊刀乃家父所赠，见物读情，偶尔摆弄一下，权作对家父的遥念罢了。若黑木君喜欢，拿去便是。"

黑木目光如灼碳，紧盯着井口说道："阁下的东西我怎么敢动？今日不慎动了你的心爱之人，我险些丢了性命。"一瞬间，空气似乎凝固了。

过了一阵子，井口默然回到案前落座，淡淡地说道："阁下何意？"

黑木的肺要炸了，他深吸一口气，站起身向前走了几步，居高临下盯着井口，两人的额头几乎碰在一起。黑木说道："我要查那女人下落，你却推三阻四，今日你又在巷子里阻止我杀了那女人。井口君，人非草木孰能无情，几年与会馆交谊，你对那个女人显然生了暧昧情愫，才致使你头昏脑胀，敌我不分……"

井口插话道："阁下所言只是你的臆想猜测，无凭无据，恕我难以担此罪责。"

黑木又道："凭据？哼——天皇佑护让那老妇没有当场毙命，你的妇人之仁换来了我的凭据，老妇指认了你，她就是再好不过的凭据了。若内田先生和社长知道了此事，他们又将如何看待此事？"

井口顿感冷风刺面，脸色变得苍白无比，愣定在那里不再言声，黑木嚣张得意地又道："听闻井口君离开我大日本帝国之时，曾跪在令尊的面前发过血誓：大日本帝国之伟业一日未成，便一日不回故乡。今日看来，只是句玩笑而已，怪不得令尊男爵先生对你的弟弟更加器重呢。"

听罢，井口一阵钻心刺痛，他虽为长子，却并未让身为男爵的父亲所待见，这是他内心埋藏已久的隐痛与耻辱，今日黑木又在他的伤口上割了一刀。他缓缓站起身来，盯着眼前这张讥讽嚣张的面孔，脸上挤出一丝干笑说道："佩服——黑木君思谋缜密、勇谋过人，阻止你弑杀那个女人的不是别人，正是我井口。"

黑木得意地直起身来，咆哮道："好啊！你井口从今天起便是我大日本帝国叛徒，是玄洋社的罪人，看阁下如何向社长谢罪吧！"

井口丢掉伪装，双目炯然盯着黑木，嘴角挂着一丝轻蔑的笑意说道："至于如何谢罪，我自有打算。阁下若消失得无影无踪，一切便平静如初了，社长的全盘计划也不会暴露给世界了。"一抬手，菊刀已割断了黑木的脖颈。

毫无防备的黑木大惊失色，怒道："你……"他的话还未说完，只觉颈上一阵凉意袭来，继而是钻心刺痛，接着鲜血喷溅而出，黑木下意识地捂住脖子，却止不住汩汩血流，二目圆睁栽倒在地上。门外的山崎幸子，看到这惊心动魄的一幕，紧咬着手指，尽可能不让自个儿弄出声响来。

第二十三章 羞辱劫怒砍敌首级
终不负迷案天下白

    端午节就要到了，五月在民间又叫"毒月"，百事禁忌。无论是皇宫还是民间，节前全都忙得很。被褥帐幔要拆洗换新，蒲草艾蒿要采集编辫，还要做香荷包、缝长寿线，买避瘟丹，浸雄黄酒，食豕子肉，贴天师符，挂钟馗像……可台湾中部合欢山密林深处，竹庆和阿美却为了一只野物正游射追猎。他们静伏在林间的矮丛中，屏息静观远处一头双耳耸立的野鹿，野鹿惊兀地站在原地，身上挂着斑斑湿痕，四下警惕张望，一只前蹄悬在半空，正欲蓄力狂奔之势，不时喷出几声啾叫。

    他们已追了这头跑鹿几里山路，耗磨了两个时辰，眼见着猎物到手，竹庆掩不住内心的兴奋，他边瞄准边说道："铃儿，这月份搁在京师，正是张口吃乍肉的时令。眼下虽说这鹿肉更香，可较比大块的猪臁子来，总还差点油滑润口，顺嘴直冒油啊。"

    阿美聚精会神地引满了弓，不敢有半点儿松懈，只得依着牙缝往外挤话："你别乱提，我都馋得流了涎水——嗯？不对头，你这厢是着我胡思乱想，失了准头吧？你这个人真狡猾……"

424

只听"嗖"得一声箭已离弦，与此同时竹庆的铳枪也响了火，只见远处的野鹿惊厥着应声倒地。

他俩站起身，才发觉全身已经净湿。昨夜一场大雨，让整座山林碧绿如洗、簇新繁茂，他们只顾一路狂追，哪顾得上草木间的水露，又出了一身热汗，这里里外外算是湿个净透。竹庆把铳枪搭在肩上笑眯眯地说道："铃儿，这猎物算你的，告诉你的堂哥子札木，我竹庆不会少了他的大贺。"

阿美抿嘴说道："我不沾你的光，别以为一句馋话即让我分神，我没那么好欺，压底是谁猎下的瞧看了才能知道。"

"对，我做见证，定是阿姐的箭射穿了它的心肝。"他们身后尚未黥面的部落里少年达多颇为自豪地接话。

竹庆回头笑道："哟，还傍着呢？我以为早把你丢落远了。"

阿美也转头说道："他溜儿得像只小山猴儿，甩脱了他你不就成了老猴儿啦？"阿美转头的瞬间，竹庆才发现这铃儿出落得越发水灵标致了。她上身的盘蝴蝶结扣儿绣花水红小褂儿，外套杏黄薄丝坎肩，显得格外惹人疼爱，下头穿的百褶裙却是葱绿的，与天地之色融为一体，若隐若现的像个精灵。他心里暗忖：论身份，她只是山野部落的一个平凡女子！说到风流小巧，却足强过世上千万秀女百倍！呸，什么大家闺秀，什么国色天香，哪比得上这小家碧玉、聪慧灵动的铃儿呀？

想到此，竹庆脸色现出红光，说道："几年抗倭若不机变如猴儿，哪还有机会在这里与你同猎。只是巴望着有只母猴儿就伴再好不过了……"

达多接话道："阿哥，阿姐即是母猴儿。"

"净胡扯!"阿美假意嗔他，又斜睨着竹庆对达多说道：

"你这阿哥是京师来的，现在又是标目英雄，我这乡野之女哪有福气攀上这等贵胄哟。"

这几声莺语燕呢、娇婉春啼，再加上笑靥如晕、流眄似波，几乎酥倒了李竹庆。他一边打着主意，一边装着若无其事的样子说道："札木兄大婚……他冠喜我忧愁，真让人羡慕不已……"

阿美早已明白了七分，她扯绢帕出来说道："浸了满身的汗，我这浑身不得劲儿。"边说着，举着绢帕却没往自个儿脸上擦，单往竹庆额上抹，达多在一旁看得直嘿嘿乐。

说话间，他们走到近前，见野鹿的脖颈被箭镞射穿，箭头从另一侧冒出来，身上也中了弹丸，伤处鲜血还在慢慢细涌，已然气绝。

达多高兴得手舞足蹈，拍着手说道："妈祖保佑，阿哥阿姐共同猎下这野吃，札木哥喜得双倍的福报。"他说着便取出腰间短刀，在余热的鹿身上又划了一刀，伸手且把鹿血涂在面上。

竹庆啧啧赞道："铃儿一箭封喉的本领实是了得，我甘拜下风。达多——回去告诉部众，这野鹿是你阿姐一人之功。"

阿美笑道："这句话倒有大丈夫风采，可我非贪功之流，这弹丸应是先到一步，你让它重伤不动，我才得以箭穿咽喉，你当是头功才是。"

达多扬起红脸儿龇着白牙笑道："阿哥阿姐一会子斗嘴，一会子互让，倒把我搞糊涂了，你俩真是好生一对冤家。"

竹庆说道："不是冤家不聚首，达多小弟，你就耐心等吃喜筵吧。"

阿美脸上红晕飞颊，眼中却焕然闪光，抿嘴说道："你还是想想如何应对我阿爸，现作打算哟……"

竹庆眼似流火，咧嘴笑道："请公主放心，这事交由小的一应办了。达多，这野物交与你了——"

达多应了一声俯身下去，拎着两只鹿蹄两臂用力，且把这只死鹿扛到身上，三个人沿山道径直而下。雨后初晴，光影万道，草叶生辉，他们边走边说笑，阿美心中喜悦，轻张小口唱道：

> 今夕何夕兮搴洲中流，
> 今日何日兮得与王子同狩，
> 蒙羞被好兮不訾诟耻，
> 心几烦而不绝兮得知君子，
> 山有木兮木不枝，
> 心悦君兮君不知，
> 明月亮兮涯不织，
> 蒹葭染兮飒不辞……

悠远一曲，激得竹庆心里感慨澎湃，觉得眼前的心爱之人，更比八方闺秀更是多出几分天灵地气来。他催促达多走在前面，他拽着阿美拖后旖旎而行，三人刚下到山脚，却见福来在一棵大树下搓着手四下张望，福来见他三人从山上下来，又急又喜，唓唓地跑过来说道："哥，猎个野物用了几个时辰，可算等到你们了。"

竹庆问道："营里有事还是催我去札木婚宴上吃酒？"

福来说道："都不是。哥，我长话短说吧，今日一早撒出去的兄弟回来禀告，发现一支进山伐木的日倭小队，成虎大哥让我请您示下，打还是不打。"

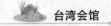

竹庆身子一仰笑道:"兄弟,送到嘴边的肥肉,哪有不吃的道理。"

福来提醒道:"虽说只有二十几个日贼,可兄弟们观察,他们手里的家伙却是精良,有好几个歪把子机铳,不好对付。"

"哼!"竹庆说道:"惧他作甚?这倭贼即便有红衣大炮也定打不饶。"

阿美紧攥刀柄,眉头一皱说道:"这些倭贼抢了我们的神木,掘了我们的地藏,惊扰了我们赛夏人祖灵,今日我要用这弯刀为部众讨回公道。"

达多把野鹿往地上一扔,怒气冲冲地说道:"我也去,倭狗掳走了我阿姐,至今也没有消息,她才十五岁啊,我要为我阿姐报仇。"

阿美抚着达多的脑袋说道:"达多,你还小呢,籽妹妹的仇阿姐替她报了。"

竹庆笑道:"你阿姐说得是,待你长大了再打倭贼也不迟,阿哥命你把猎物带回寨子,告诉札木筵席吃不成了,这头鹿算作他的贺礼。"

说罢,竹庆和阿美、福来折转回了营,达多却不情愿地背起猎物回寨子……

寨子里一片欢乐祥和的景象,赛夏人围坐的草地上,有的欢快地起舞,有人弹拨着弦丝琴乐,也有人在畜棚里杀羊宰鸡。今日是赛夏长老达鲁·乌茂的侄子札木与布希达雅社部落头目巴万的妹妹素拉大婚的日子。

达多无精打采地扛着野鹿回到寨子,新郎札木见达多只身一人回来,迎上去便问道:"达多,阿美妹子和李标目他们去哪儿了？"

达多少气无力地说道："阿姐打倭狗子去了，这是她送给札木哥的礼物。"说着便扛着野鹿径直往宰棚走去。

札木虽然有些失望，但还是把消息禀报了叔叔达鲁·乌茂，长老听罢，向部众宣布道："妈祖娘娘眷顾，小女阿美猎得这善灵之兽，鹿鹤衔芝，寿僖双至，愿神灵保佑我们……"人群中发出一阵欢呼声。

新娘的哥哥巴万站起身来，高声说道："我要亲自取下这灵兽之皮献给素拉，愿我妹子素拉与札木的爱情绵延千古万世。"把杯中酒一饮而尽，便往宰棚去了。

札木牵起素拉的手，在口弦、鼻笛和木鼓的伴奏中跳了起来，达鲁·乌茂看着部众欢快起舞，笑意绽满面膛。只听"砰砰"两声枪响，寨子突然安静下来，部众回头张望，却见两个挎着长枪的办务署日人走了过来。

达鲁·乌茂仔细一瞧，这两人他见过，不待他搭话，身如瘦鬼、鼠目尖嘴的冈村鳖二呵斥道："你们这窝生番，吵吵嚷嚷的作什么？想闹事吗？"

达鲁·乌茂见势不妙，迎上前来满脸堆笑解释道："二位巡查大老爷，今个儿是我们赛夏与布希达雅社部落结亲的大喜日子，部中长幼只不过是吃酒庆贺，我们怎么会闹事呢！此项婚仪已向公所报了备，请二位巡查放心。"

冈村鳖二转任台湾不久，没听懂达鲁·乌茂的话，他看了看身侧的上川土八，上川土八已与台湾各部落打过三年交道，听出了七七八八，上川附耳向冈村嘀咕了几句。冈村点点头，用手指着达鲁·乌茂吼叫道："番猪，老实听着，无论你们这些野蛮人做什么，绝不许在此饮酒作乐，下作人是不配饮酒的。"

　　达鲁·乌茂遭此无端辱骂，心中愤怒难耐，他强压怒火正欲解释，已是微醺的新郎札木拨开部众，手持银碗晃悠着身子走到冈村面前，他笑着说道："尊贵的客人，我们赛夏人一向热情好客，今日是我札木大婚，来来来，请二位吃碗喜酒，讨个好彩头……"他说着便一把揽过冈村，酒也强塞到他嘴边。

　　被札木揽住肩膀的冈村，吓得一个机灵挣脱出来，伸手啪得打落了酒碗嚷道："畜生，想要造反吗?"说着便举起长枪瞄准了札木的脑袋。

　　黑洞洞的枪口对着自己，札木酒已醒了大半，退也不敢退，进更不敢进，愣怔地僵在原地。新娘素拉挤进人群见此阵势，吓得也一动不动，部众见状也围拢过来，个个瞪着眼睛盯着冈村。达鲁·乌茂上前轻轻按下冈村的长枪，谦卑地双手合十笑道："官爷误会了，我这侄儿酒吃多了，惊扰了大驾，我向二位赔罪。"

　　上川来此三年，一向横行霸道惯了，本想让二杆子冈村教训一下这群"生番"，见他们人多势众，真打起来怕是要吃亏，心想早晚会宰了这群畜生，也不在这一时半会儿，于是说道："冈村君，他们连基本做人的礼仪都不懂，还是一群没驯化的野人，何必大动肝火呢，不值当!"

　　冈村慢慢放下枪，向地啐了一口，嘟哝着骂道："下贱的蠢货!上川君，请相信我，我冈村迟早会让这群生番知道怎样做人——"

　　"是是是!对付这些野人，冈村君有的是办法。"上川又转头向达鲁·乌茂说道："达鲁，新郎无知鲁莽，得罪了冈村上官，让新娘过来给冈村君敬上一碗酒，算是赔礼了。"达鲁·乌茂听罢没言声，上川向前凑了凑又恶狠狠地说道："达鲁·乌茂，别不识好歹，这位冈村先生可是我们课长大人妻子的弟弟，得罪他，你想过后果吗？"

在一旁的新娘素拉听到了，她斟满银碗，走到冈村近前，双手把酒举过头顶，细声说道："请尊贵的客人饮了此酒，愿妈祖保佑您长生不老、福寿绵长……"

冈村不屑地瞧了瞧眼前这群"生番"，并未接过酒碗，只是满脸得意地命令素拉："把头抬起来！"

素拉抬起头，冈村狞笑着细瞧她脸上的黥面纹饰，端详一阵，便伸手抚摸着她下巴上的纹饰说道："这东西果真洗不掉吗？岂不可惜了你这张脸蛋儿。"

素拉吓得起身欲往后退，却被冈村一把扯住，他淫笑着说道："不要慌张，我冈村不会吃了你这美人，我只是想知道你身上有没有……"说着一只手已伸进素拉的罗裙里摸索起来，素拉用力挡开，一口啐到冈村的脸上。冈村一惊，抬手一巴掌把素拉打倒在地，骂道："你这母狗，敢如此不敬！"

札木见冈村羞辱妻子，冲前两步，挥拳砸在冈村的面门上，部众见素拉吃了亏，一齐嚷着涌过来，七手八脚就把冈村按倒在地。

"住手！"达鲁·乌茂大吼一声，众人寻声观望着长老，听他又道："大家要冷静，这几年我们部众每日生活在虎口狼窝里，经历多少磨难和忍耐，才换来今天这点儿安宁。我部命里多磨难，若不想再遭更大的劫难，还要继续忍耐下去……妈祖保佑，大家放手吧……"

部众听了长老的一番话，霎时间，愤怒、悔恨、茫然、惆怅全都涌上了心头。日人占了他们的土地，圈了他们的猎场，鞭笞了阿姆老人、刺刀挑破了只有两岁的阿仔的肠肚，强掳走了籽妹阿妹，都一一重现在眼前，部众不都是"忍"下来了吗！想到此，在场部众心乱如麻，像电击似的一阵惊悚，不由得放开了手。

冈村从地上爬起来，抹了一把脸上的鼻血，恶狠狠地骂道："八嘎，你们这群生番狗！我冈村会让你们付出代价的！"他在上川的搀扶下，一瘸一拐地走了。

新娘素拉的哥哥巴万听到消息时，事件已经平息，他听布希达雅社部落手下描述，自己的阿妹蒙辱，顿时火冒三丈，指着札木的鼻子怒斥道："你应该当场砍下这厮的头颅，以慰藉素拉受伤的心灵，这才是一个丈夫对妻子的忠诚，你没有做到，不配做素拉的男人！"札木闭着口不言声，只是用力紧捏着拳头。

达鲁·乌茂劝道："哎哎，巴万头目这事怪不到侄儿头上，是我阻止了他申冤平辱，千错万错都是我的错，您要有什么怒气，就冲我来吧。"

巴万仍是一脸怒火，他蔑了眼达鲁·乌茂说道："我们布希达雅社部落曾口口相传，称颂乌茂长老是个大英雄。哼——今日得见也不过如此，倒像他的侄儿一样是个无能之辈罢了。"

"巴万，你莫要含血喷人！"不知什么时候，阿美已来到近前，她欲抽刀，却被达鲁·乌茂强按着止住了。达鲁·乌茂微笑道："巴万头目，您部落传说中的英雄并非是我达鲁·乌茂，则是我的阿哥、札木的阿爸达鲁·乌索。三年前，我阿哥乌索带领部众抗击日人，可到了最后，我的阿哥连同他的长子赫卡多等部众，上下五十二口，惨遭日倭屠杀……自那刻起，我达鲁·乌茂既立下誓言，再也不要做阿哥乌索那样的英雄了……"

巴万听罢，沉默不语，三年前日倭对赛夏人屠杀他是知晓的，他还知道自那次屠杀以后，赛夏人被日倭驱逐到这雪山之中，苟且偷生至今。过了一阵子，他说道："长老的意思我巴万听得明白，我不强求你们赛夏人被磨灭的血性再重新捡回来，可我们布希达雅社部落的血性尚在，我不能忍受我们布希达雅社部落的女人受辱，更不会让我阿妹嫁给一个保护不了她的男人，今天我要把妹妹素拉带回部落。"

札木一听要把自己的新婚妻子带走，登时急了说道："巴万，我和素拉乃是妈祖赐婚，不是你一厢情愿想悔既能悔的。"

巴万耻笑道："我说过，你不配做素拉的男人。"

阿美嗖地抽出腰刀，杀气腾腾地说道："巴万，她已然与我阿哥札木成亲，成了我长公主的嫂子，素拉便是我们赛夏的女人了，你想强行掳掠我部女人吗？"

素拉也央求道："阿哥，妹子已为人妻，应是生留夫家、死安夫灵，今日若相跟你回去，阿妹今后哪还有脸面、哪还有指望活着呀……"

巴万没有理会素拉的哀求，只是冷森森地一笑道："我巴万想走，谁能拦得住？"说着起身，牵起素拉要走，阿美和札木见状，趋步向前，持刀挡在了巴万面前，巴万的几个宗亲也仗刀怒目护在他和素拉左右。

见双方怒目圆睁、剑拔弩张，达鲁·乌茂说道："札木，你们闪开，让巴万头目他们走……"

札木一顿足说道："叔叔，素拉是我的妻子，若就这样走了，我札木如何面对我部众人尔？"

巴万冷哼一声说道："在我面前使刀弄枪耍什么威风？你若有真能耐，且把羞辱素拉的那倭人的狗头割下来见我就是了，我巴万包皮儿把素拉分毫不差地再送到你的面前。"

"你——"札木紧握刀柄，立在原地仍不让路。

达鲁·乌茂脸一沉喝道："札木，你让开路且让他们回去罢了。我们还没被日人杀光，这世代友好的两部却互相残杀起来，给世人留下多大的笑柄？你今天定要干亲者恨、仇者快的事吗？真是糊涂呀……"

听罢，札木、阿美他们只得退到一旁，眼见着巴万拉着泪眼婆娑的素拉头也不回地走了。当夜，月朗星稀、万籁俱静，札木和阿美简装潜行至七里开外的日人办务署。门卫在打盹，他们越墙而下进得屋内，札木与阿美寻着鼾声蹑脚摸到了冈村鳖二的榻前，这倭人睡得正香。札木从怀里掏出已浸透迷药的麻布，一把捂在他的口鼻上，冈村鳖二还未来得及挣扎，即从酣睡进入昏迷，札木俯下身形脚下用力，即把这只瘦猴搭在肩上，与阿美又悄无声息地跃出了办务署。

他们把冈村鳖二带到离寨子不远的一处山崖上，一阵冷风吹过，冈村鳖二清醒了过来，他发现自己手脚已被缚住，借着月光抬眼望去，眼前立着两个人，手里刀光闪闪。正思忖间，有人伸手把他提了起来，四目相对，他终于看清眼前这人正是白日里喂他吃酒的新郎札木。

冈村登时来了底气，大声吼道："下贱的畜生！还不放我下来。"

札木揪着冈村鳖二的衣领，像拎只小鸡子儿，他咬着牙不紧不慢地说道："你们这些日倭才是真正的畜生，你们像一群

434

令人作呕的蟑螂，所爬之处火烟覆天、尸积遍地、鲜血滚滚……"

冈村脸憋得通红，像只煮熟的鸭子，只剩下嘴硬了："札木，你……你这个不知好歹东西。我警告你这个生番，我是警察课长的妻弟，你若伤了我，办务署定会屠戮你们整个部落，一个也跑不了。现在把我送回去，我自会向课长担保，饶你们不死。"

"啪"的一声脆响，阿美一个巴掌重重地扫在冈村脸上，怒斥道："你们这些倭狗的杀戮还少吗？屠我壮丁、淫我妇幼、掘我宝藏、毁我神木，天地间的坏事做绝，人神共愤、天地共诛，你这还在这里胡嚼舌头。"

冈村被打得两眼直冒金星，他磕巴着嘴狡辩道："我大日本帝国天……天皇授意，教化万民，天下安乐……"

阿美气得浑身颤抖，呵斥道："在你们土地上也是横征暴敛、烧杀抢掠、奸淫妇幼、弒杀无辜吗？"

冈村翻翻眼皮道："这……这倒没有……哈哈，你这下等人脑袋真不好使啊，我们怎么会杀害自己的同胞呢？"

阿美道："哼——己所不欲勿施于人……"她还未说完，却见寒光一闪，冈村已是身首异处了。

札木擦擦刀上血迹说道："阿妹，对这斯倭贼余孽有什么道理可言？"他将冈村的头利落地塞进身后的布袋里，抬起一脚将冈村的无头尸身踢落山崖，又道："明日我且把这贼头往巴万门前一摆，素拉自会回到我赛夏寨子的。"

阿美点点头说道："巴万头目是个重诺之人。"

翌日，办务署警察部召集会议，课长宫本仓介放眼一瞧，自个儿的妻弟冈村鳖二和上川土八两个人不在，心中不快。于

435

是问道："昨日委派冈村君和上川君去生番部落巡查安防，难道他们留宿了荒落？"

日警记事官小心翼翼上前禀道："课长大人，上川巡查昨日安防回来便告了假，说是他的妻儿已从基隆港登岛，要四五日才能当值为课长效力，这假还是您签批得呢。"

宫本拍着脑袋说道："呃！我倒是忘了。那冈村人在何处？"

日警记事官又回道："大人，冈村君昨晚还在，一早却……却不见了踪影……"话还没说完，室内众警捂嘴一阵呲笑。

宫本扫了一眼众人，心想自己的小舅子寻花问柳的瘾头也太大了，他敲着桌面说道："考纪官，他是不是又去了烟花巷？"

日警记事官收了笑容说道："冈村君一向不让我插手他的行考，他到哪儿属下实在不知。"

宫本皱着额头说道："查纪不避亲，冈村向来我行我素，违命不遵、缺少管教，命你以后要如实考察记档，不得因私情徇舞弊之举。"

记事官站直了身子回道："嗨！属下明白。现在我便差人寻他回来。"

宫本摆摆手说道："不必了，我倒要看看他何时回来，届时我会秉公执法、严惩不贷的。"

记事官献媚道："课长英明，此乃我大日本帝国的荣幸！"

众警齐呼："课长英明！"

转眼间已是七月，艳阳似火、万物蓬勃、碧云蓬天、黄花铺地，京师台湾会馆也格外热闹，谭禄滢邀约好友给自厦门返京的陈顺龙接风洗尘。酒至微醺，谭禄滢映着一张红脸，轻拍桌面打着节律张口唱道：

> 昨个儿得了一喜宝；
> 高兴得我郎儿打着朴楞儿就往家里跑；
> 躲在炕头仔细瞧儿；
> 这里外五层裹得紧，急的心里千抓挠儿；
> 待等剥了里层绕儿；
> 鲜白粉嫩像笋似藕又如那沾蜜的包儿；
> 小郎我张口便咬儿；
> 哎呀呀怎个憨孙啃我这三寸金莲脚儿？
> 什么动静？
> 小郎我不过是吃口肉馅包儿！
> 旁人咋个鬼哭狼嚎？
> 负心汉，瞪眼瞧儿，
> 你解了奴的裹脚布带啃了婢的娇粉脚儿——
> 噢哟哟，呸！只觉着臭烘烘咸不唧，滋味没有肉包好；
> 小冤家，不得了，转日你中了状元榜，
> 奴家连皮儿带肉也不够你二两香。
> 懵语话，莫要讲，
> 吕蒙正还要过饭，薛平贵住过寒窑，
> 涎你的三寸丫子是我啼饥号寒不得腹饱，
> 来日高了门楣，求圣上恩典，赐上金丝银线各二两，
> 缠了你这吕后莲花脚儿……

待谭禄滢收了势，陈顺龙拍手叫好笑道：“司事果真宝刀未老，字正腔圆进退裕如，余音绕梁久也不散。”

谭禄滢摆摆手说道："逊迎我老材了，已是日近黄昏之人，力乏心衰气儿也续不上，难免荒腔走板，逢陈掌柜喜归，权当逢场随个热闹。"

叶题雁呷了口酒，心神怔忡地说道："记得几年前，司事唱《四郎探母》中'悔不该'那场戏吗？真是直透心神、感人肺腑，传进宫里的戏班子倒不如司事那般情真意切呢。现在想来，果然应验了，人为刀俎我为鱼肉，放眼各部，都失去了斗志、失去了信心，个个都成了混虫，现如今安心办差的剩不下几个人了。"

谭禄滢嘿嘿笑道："想不到我这几句唱词儿，却勾出主事诸般思绪，单丝难成线，这大清的船什么时候翻，怎么翻，不是你一个六品差官能左右了的，今儿个不议也罢，免得唏嘘伤怀，我这把年纪动不得激情喽。唉⁈！李老顽今天也能来这里吃酒，该多好啊，他定不像主事这样失落，一定还是那种满不在乎的神气，一定还要在你这里捋胳膊、卷袖子地大喊大叫、划拳闹酒。可惜，他跑到涿州吃黄风、喝沙土去了！"

竹娘答道："前日亲戚报白办丧，爹不得不去吊唁。不过，他料定今日有此排场，特嘱我做下了芙蓉糕、杏仁酥和豌豆黄佐酒。"

谭禄滢笑笑说道："哈哈，知是你爹这老材惦着我，来而不往非礼也。周婶，你把那厢房榐下窖了三年的秌黄取上一坛，让闺女给李掌柜拿了去，不然他又吹胡子瞪眼地跟我撕掳不清了。"

厨娘周婶应了一声便出去了，突尔，陈顺龙吁声道："哎呀——只顾吃酒，却把受人之托的事忘个干净。"说着他起身拿过一个木盒来，又道："此次赴厦我专程拜访了汪老先生，他托我把这合衾之喜的春饼分食给大家。不日汪贤弟便要与阿纤姑娘缔结秦晋之好，汪老先生知晓台湾会馆众乡谊，对春源照护有佳如同亲骨，特意命我周知众人同喜同乐。”

竹娘听罢，一阵耳鸣目眩，心神煞煞难平，她抬头瞠目望着空洞洞的房顶，强忍着不让泪水夺眶而泄，这些天来，汪春源的影子时刻萦绕在她的心头。结识几年，风雨同舟，几多患难，几多欢乐，他们都是在一起度过的。昔日，如果不是爹的百般阻挠，如果不是他的优柔寡断，如果不是自个儿的含羞矜持，也许，现在他们二人正在新婚燕尔之际呢。唉，一切都是这样地不可思议。往日过隙，岁月匆匆，浑浑噩噩，如痴如梦，今生既不能与他自由自在地邀游林泉，也无肖与他相敬如宾举案齐眉。时也，运也，命也，天意也，既是天意便不可违，她突然清醒过来，又觉得万念俱空，看看这周围一切，都失去了往日的魅力。她摇摇晃晃地站起身来，说了声乏了，先辞了。

见竹娘失魂落魄地走了，陈顺龙倒显得有些不知所措，他盯着空荡荡的大门不禁问道：“莫不是我失言得罪了李姑娘？”

谭禄滢长叹一声说道：“唉——这怪不得你陈掌柜，是汪老先生存心要棒打鸳鸯噢……”

陈顺龙恍然悟道：“喔，原来如此，我……我岂不做了回掌灯黑婆？”

炭儿胡同克氏诊所里，伙计乙贵正帮着克鲁斯给一个着青布截衫的病人上药，只听门外一阵喧嚷，接着一个尖细声音传进来：“克鲁斯——克鲁斯——克鲁斯在吗？”

乙贵本是克鲁斯托竹娘引荐来的打杂伙计，他家境贫寒，却极其聪明伶俐，加上他不怕吃苦，下死功夫地练习，医术竟是大有进步，诊所里的大小事务，也帮着克鲁斯打理得井井有条。他听到外面有人喊自家掌柜，于是问道："先生，只怕是又来了瞧病的人，小的去看茶。"

克鲁斯边包扎边说道："解人病痛，万不可三心二意、心神不定，这个还没完，怎么能看下一个呢！呃，我教你的骨头歌记下了吗？"

乙贵眼神一闪，吐了口舌头说道："您提点得是。先生教的小曲儿，小的全记到肠肚里了，我背给您听：上帝赐骨不容易，信徒终生要牢记；头颅躯干加四肢，二百零六分开记；脑面颅骨二十三，躯干总共五十一；四肢一百二十六，全身骨头基本齐；还有六块体积小，藏在中耳鼓室里。先生对吗？"

克鲁斯点点头没有说话，待处理完病人的伤处，正欲起身理会门外的事，却觉得一阵风袭来，抬头一瞧，两扇门已洞开。蒂亚娜正笑吟吟地跨进屋里，她身后跟着使馆秘书克莱德，克莱德手里拎着鼓鼓囊两大包东西，汗汾汾的脸上显出一副实属无奈的样子。

克鲁斯歪起身来，不待他招呼，蒂亚娜却笑逐颜开的开口便道："噢，克鲁斯，见到我惊喜吗？"

乙贵看到来个金发碧眼的洋女人，嘴里小声嘲弄道："李姐姐可没这张牙舞爪的癫狂劲儿，嘻嘻——"

克鲁斯瞪了乙贵一眼，怔怔问蒂亚娜："你怎么找到这儿来了？"

克莱德在后面伸着脖子扮无奈相，又朝手里的两个大包努努嘴，像似在说，包里没什么稀罕，她只是找个借口来看你。蒂亚娜却一本正经比划着说道："今天带来许多稀奇的东西，这是表哥哈里专程从我们英吉利买给你的。"她回头摆手招呼克莱德："克莱德先生，请放到这里。"她轻敲着身侧的桌面。

克鲁斯与哈里是要好的朋友，于是说道："噢，代我向哈里问好，谢谢他珍贵的礼物，也谢谢你蒂亚娜。"

蒂亚娜凝眉蹙额凝视着他问道："怎么谢呢？"

克鲁斯说道："嗯，改日我精心挑选些礼物送给你。"

蒂亚娜娇嗔地摇头说道："不好。你今天陪我一起出去走走倒觉得有趣，怎么样？就当是谢我了。"

克鲁斯笑笑说道："我这里还有工作要做，你随性待会儿，转日我会抽时间到使馆去看望你的。"

蒂亚娜显得有些委屈，她嗫声说道："克鲁斯，我的心意你是知道的，这次我只是交换而非强夺。我想，你即使去了使馆也不会见我的。"

克鲁斯说道："蒂亚娜你不要这么悲观，人人都有罪，但并非人人受惩罚，这段时间，我没有完全考虑你的心情，真诚地向你道歉！"

蒂亚娜思忖一阵说道："克鲁斯，我想这也不能完全责怪你，我知道你整日在为日本玄洋社的事而心情低落，哪还能在乎到我的情绪呢。"

克鲁斯愣怔一下问道："蒂亚娜，日本玄洋社？你还知道些什么？"

蒂亚娜若有所思地摇摇头说道："几个月前，你从使馆走后，父亲和约翰叔叔说你带去的照片图样，是日本玄洋社的标志。我是偶然听到的，也就知道这么多。"

克鲁斯哑然说道："窦纳乐先生真的欺骗了我？……"

不待克鲁斯说完，蒂亚娜便急切地矢口否认道："天啊，我亲爱的父亲怎么会欺骗我最心爱的人呢！克鲁斯，绝不是这

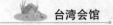

个样子的。"

克鲁斯冥想一下，尔后笑道："也许是我多疑了，正如你所说，他怎么会欺骗我呢！不过，蒂亚娜，现在我需要你的帮助，即刻带我去使馆见窦纳乐叔叔，我认为应该当面澄清这个误会再好不过了。"

蒂亚娜听罢登时喜上眉梢，她想，终于可以与亲爱的人一路相随了，若与父亲消除了误会，说不定还能和克鲁斯一起共进晚餐呢！她像夏日晴朗的天空多变而美好，爽快地答应下来。克鲁斯吩咐乙贵小心照看诊所，三人便折转而行，因有克莱德做引导，便免去了通报、盘查等诸多繁文缛节，他们径直来到了窦纳乐的房间。此时窦纳乐正盯着一幅画作出神，见三人悄无声息地闯进来，先是一惊，聚目凝视一瞧，见是自己熟悉的人，便放下了芥蒂，并报以莞尔一笑。

几人入了座，克鲁斯便开门见山问道："窦纳乐叔叔，请问上次我送您的照片，您早已知道这图案代表着日本玄洋社，当初为什么故意隐瞒我？"

窦纳乐一愣，目光游移不定，接着沉思一阵反问道："我亲爱的克鲁斯，你是怎么知道的？"

蒂亚娜插话道："父亲，我听您与约翰叔叔交谈时提到的！请原谅，我不是故意的。"

窦纳乐看着女儿，说道："我亲爱的孩子，此刻你应该亲自去准备切肉了，你不想与克鲁斯共进晚餐吗？父亲却很期待与他碰杯的。"蒂亚娜会意，一阵耳热，好像有点克制不住，笑靥激扬地向克鲁斯瞥了一眼，便一溜儿小跑着出去了。

窦纳乐说道："蒂亚娜既然告诉你了，我也没有继续隐瞒下去的必要了。克鲁斯，你给我的那照片，这上面的图案的确是日本玄洋社的标志，当初我之所以没有及时向你说明真相，只是不想让你处于危险之中，这是对你的保护，傻瓜！"

克鲁斯耸着肩并不打算领情，他质问道："所以，您选择向阴谋低头？"

窦纳乐缓缓说道："噢，孩子——你不要这样咄咄逼人，我是大英帝国的公使，之所以这么做，也是为了我们所有英吉利人在世界的利益着想。这件事情，不管是日人的阴谋，或者是法兰西人、美利坚人、邪马尼人、瑞丁人、佛郎机人、红毛番人、罗刹人的诡计，总之，不管什么人拨动了这条敏感的神经，只要符合我们大英帝国的利益，真相便微不足道了，不是吗？"

克鲁斯立身起来，直愣愣地盯着窦纳乐说道："窦纳乐叔叔，玄洋社杀死了我们英吉利人，您不仅不追查凶手，还在这里帮助肮脏的刽子手们掩盖罪行？"他又摇着头说道："不不不，这还远远不够，我想，按照您的逻辑，接下来您一定还要跟杀人凶手合谋的，天啊，太不可思议了，上帝会惩罚这一切的。"

窦纳乐却冷冷一笑顶了回来："我亲爱的克鲁斯，想想上帝的惩罚是多么令人沮丧，我更相信这个弱肉强食的真实世界！当然，杀人这笔账我会跟他们清算，但不是今天，不是现在！"他也立起身来，凑近克鲁斯的脸又道："孩子，我很欣赏你的正义和善良，我为罗伯特公爵感到高兴，也为蒂亚娜的眼光感到欣慰。你是一个非常了不起的医生，一个聪明无比的年轻人，可你不懂政治，不懂战略，更不明白我们大英帝国的宏伟目标。你知道吗，眼下这清国是世界政治的漩涡、各国争相分食的面包，就像蒂亚娜刀下的那块切肉，世界各国都闻到

443

了这诱人的香味，接下来就是享受烹饪的快感。我亲爱的孩子，你是上帝的好信徒，我希望你保持这种天真和纯洁，把蒂亚娜交给你我才放心。听叔叔一句劝告，这个地方不适合你，带着蒂亚娜回到你父亲身边，回到我们美丽而伟大的英吉利，过你们想过的生活吧！上帝会保佑你们的。"

克鲁斯低头沉默了半晌，抬头时眼神里一片暗淡，他心乏力竭地说道："窦纳乐叔叔——我想，您不是上帝的忠实信徒，我相信上帝自会分辨是非对错的，您就不怕黑斯廷斯战役或唐斯之战再次降临到我们英吉利人的头上？"

窦纳乐的身子猛然栗悚一下，怒不可遏呵斥道："诅咒！你这是诅咒！克鲁斯，我明确地告诉你，今天与你碰杯的兴致全无，请你立刻离开这里……"他捂着胸口颓然而坐。

克鲁斯看了看窦纳乐痛苦的样子，说道："我也没什么可说的了，再见窦纳乐叔叔。"说罢，他转过走了，窦纳乐漠然看着他的背影，眼神里流露出丝丝忧虑。

克鲁斯自使馆离开，并未到诊所，他匆匆来到台湾会馆，把事情经过叙述了一遍，谭禄滢、竹娘、王致、张三保等人听后，个个捶胸顿足，愤怒得五脏生烟。

谭禄滢悲叹自责道："当年王将佐身上携带着日人间谍网络详情，这玄洋社正是为杀人灭口、销迹毁证而来，又不想被官府捉赃，便伪装成意外走水。哎呀！我老朽无用，疏忽大意让人证物证毁于一旦，罪无可赦啊——"

竹娘宽慰道："叔叔不必苛责，当年此事过于隐秘，真是防不胜防，即使神仙也算不到有此劫难。不过，现已查明真相，待尔等公之于众，也算是告慰王将佐的在天之灵了。"

谭禄滢摇头说道："谈何容易！我们虽有玄洋社的铁牌和

克鲁斯的证词，却不足以让官府重查会馆走水的陈年旧案，更奈何朝局动荡、世事混乱，哪个还理会这等事呀！"

王致点点头说道："是啊，社会传闻弑杀洋人是义和拳所为，谣言已成风行，朝廷也正为此左右为难、摇摆不定呢。前阵子，山东巡抚毓贤对当地义和拳施以剿抚并用之策，却被西方各国视为纵容之举，已向朝廷多次施压，此事寄望于朝廷已无可能。"

张三保也道："方才依克鲁斯先生所述，西方诸国的野心可窥，即便朝廷彻查个水落石出，西方诸国断然不会认可的。"

克鲁斯说道："如果找几个熟悉的记者朋友，通过报纸来报道此事。我愿意出面做此证人。我是英吉利人，我的证词应更有说服力。"

竹娘说道："克鲁斯，这样固然好，可你便落下了把柄，也与使馆闹成了僵局，自身安危也会受到威胁。"

克鲁斯笑道："你放心吧，窦纳乐公使与我父亲是很好的朋友，不会加害于我，也许他从此不再与我干杯了而已。哈哈！"

第二十四章　清心榭豺狐酿孽蠹
　　　　　　秋雨倾真爱两茫茫

　　黑夜即将降临，京师的宽街窄巷，仍是一派虚浮繁华的热闹景象，无论大清的江山如何风雨飘摇，老百姓的衣食住行、生老病死的烟火味儿却是照旧。熙熙攘攘的人群中夹杂着高低错落的叫卖声，沿街西瓜灯高挑，人流悠然、车马穿梭，克鲁斯走在川流不息的大街上，却无暇驻足放眼四顾，他一心想着尽快会见昔日老友卡尔。

　　卡尔是英帝国在京师开办的《伦敦新闻画报》的记者，自半年前他来到这异国他乡，便蜗居在距离东交民巷仅一箭之遥的两进院子里。这处宅院是《伦敦新闻画报》办公所，几年前从一位告老还乡的清廷官员手里买下的。

　　克鲁斯过街穿巷，来到这处院子门前，抬手欲要打门，迟疑间手却悬在半空僵住了，他忽尔想起临行前竹娘交代的话：欲速则不达，凡事不能喜怒形于色。他一边暗叹竹娘的持重，一边整理起衣裳，其实他的穿着很得体，可以说是一丝不苟，只是借此压抑一下自个儿激动的心情。能不激动嘛！日人这个刁毒的连环阴谋即将在他的操办下大白于天下。

　　他仰脸观星，天空星月朗明，一片宁静，接着又深吸一口气，抬手"啪啪"打了几下门板，又"哐哐"叩了几声耳环，不多时便听到院子里有脚步声往大门这边来。

门开了，借着月光他们互相看清了对方，卡尔惊愕道："噢，我没看错的话，眼前这个星光灿烂人，就是我的三明治朋友克鲁斯先生吧？"

克鲁斯摇着头一本正经地默然答道："不，先生您认错人了。"

说罢，两人热烈拥抱在一起，卡尔激动地说道："感谢上帝，你还是那么机智幽默。"

克鲁斯问道："很久没来看望，你不会责怪我吧？"

卡尔拉着克鲁斯的手，边走边说："亲爱的克鲁斯，朋友是用来相互谅解和彼此思念的，来此清国京都后，常常梦到我们儿时在一起，共享火鸡腿的快乐时光。"

克鲁斯笑道："不仅有快乐，还有悲伤，我们打破了跛脚托尼的彩窗，据断了迪克大叔的牛栏，弄坏了阿瑟女士的新鞋子……受到众人的责骂，当时我是悲伤得、可以说是痛苦不堪。"

"哈哈哈！"卡尔一阵爽朗大笑说道："噢，上帝！当时只是懵懂无知，出于好奇和怀疑，并无恶意。怀疑是知识的钥匙，艰难困苦出能人，所以才成就了你——受人尊敬的克鲁斯医生，嗯？"

克鲁斯耸着肩膀笑道："你说话还是那么讨人喜欢，会说甜言蜜语的人，是睿智的人。你借鉴了我的好奇心，成就了你今天的荣誉，做所有英吉利人的眼睛，来观察清国和世界。了不起，我的朋友。"

说话间他们来到正厅，克鲁斯见厅中间站着一个戴着礼帽

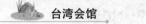

的人，正用眼睛睨着他。这人约三十出头，八字胡两边分开，清瘦的脸庞上，有着两只明亮的大眼睛，透着对什么都看得穿，又对什么都不在乎的神气。

克鲁斯正愣怔间，却听卡尔说道："克鲁斯，我给你介绍一下，这位是日本记者小野一真先生，文采飞扬、笔下生花。"他又道："小野先生，这是我多年的朋友克鲁斯先生，我们大英帝国非常优秀的医生。"

小野一真移步上前，满脸堆笑，谦恭地伸出手来："克鲁斯先生，很高兴认识您，承蒙卡尔先生关照，今后也请您多多赐教。"

克鲁斯伸手握了一下，两手接触的瞬间，他感觉到此人的手不像卡尔这类文人绵而无骨，却像王致、张三保那帮武人坚硬如铁，他抽回手说道："很荣幸，能认识你这样出类拔萃的日本朋友。"

三人各自安坐，克鲁斯心里有了几分忌惮，绝口不提正事，只是有一搭没一搭东拉西扯起来："来的路上，我看到一个乞丐偷了主家的几个包子，当街被打得头破血流、死去活来，看来这京师'夜不闭户，道不拾遗'的风闻并不属实。卡尔，作为朋友我提醒你，不要什么人叫门都给开，今日若不是凑巧我来了，换作歹人岂不伤害了你，那样我会伤心的。"

卡尔笑道："克鲁斯，你来清国这几年，虽然医术大有长进，却消磨掉了我们英吉利人无所畏惧的骑士精神和处变不惊的绅士道。"

克鲁斯摆摆手说道："不不不，他们有句话叫作'此一时彼一时'，我在英吉利时感觉自己天下尽知、无所不能；来到这个东方之国，才真正让我大开眼界。当下看似清国羸弱破

448

败，却掩盖不了她深厚的文化底蕴，她的文明不在其表，不是人为的强制规范，而在其内在的灵魂，更是一种骨子里的自觉自愿。噢，我亲爱的卡尔，我讲这些你不一定立刻明白，其实我也不完全明白，这个东方之国为什么如此令我陶醉？这几年我的医术有所长进，是我借鉴了他们中医之道，我们研究的医术可攻明伤，而他们医道可除隐忧，我们头痛医头、脚痛医脚，殊不知此乃弃本攻末，有时竟都成了毒药，他们称之为'虎狼之药'。"

卡尔半张着嘴，聚精会神地听克鲁斯一通谈说，惊讶道："克鲁斯，照你的理论，我们的医学研究岂还不如这个羸弱国家吗？这倒是一个值得研究的问题。"

克鲁斯粲然一笑说道："就医学而言，我认为我们研究的是'术'，而他们研究的是'道'，至于他们古籍中的'道可道，非常道'做何解释，我就不知道了。"

小野一真在一旁干坐着，插不上话，只是眼神在卡尔和克鲁斯之间来回游移，兜底也没听出门道来。此时，克鲁斯转脸霍然问道："小野先生，您与卡尔有要事要谈吗？若是这样，我就不打扰了，夜黑路远不安全，该走了。"说着便要起身。

小野一时愣了，想了半天才道："克鲁斯先生，是我考虑不周，扫了你们谈话的兴致，该回避的是我。"他站起身，脱下礼帽，深鞠一躬，转身去了后院。

克鲁斯盯着小野消失的身影，不禁叹息一声自语道："卡尔，人是有两副面孔的，白天像上帝，夜晚又似撒旦。清国朋友教我一首诗'小人无节，弃本逐末。喜思其与，怒思其夺'。也许说的就是这日人的嘴脸吧，这个小野也是你的朋友吗？"

卡尔猝不及防，也许是惊讶于克鲁斯对异域文化的痴迷，于是摊了摊手笑道："他不像个好人吗？对此我不予妄加评价，我和他又算不上真正的朋友，只是未来可能的合作伙伴。"愣了好大一会，他又道："克鲁斯，你今日前来，不仅是向我展示你学习到的异域文化吧？一定还有更重要的事，这里没有别人，请说出来听听。"

克鲁斯点点头说道："嗯，你果然嗅觉灵敏，这件事你一定会很感兴趣的。"他把事情的前前后后详细地说了一遍，其间还夹杂着自己的想法，诸如：天理不可泯灭，人情不能欺侮等等。

卡尔听得神采焕发，不禁欣赏地看了克鲁斯一眼说道："这个玄洋社早已是恶名昭彰，没想到时至今日还阴魂不散、兴风作浪。由此看来，他们比杀戮机器昔拉还凶残、比欲望恶魔撒斯姆还危险，是悬在所有人头上的达摩克利斯之剑，若不把他们的罪恶揭示出来，世界各国都会跟着遭殃。噢，谢谢你告诉我这一切。"

克鲁斯说道："卡尔，你遍访各地见多识广，请想想可怜的佛郎机人、邪马尼人、瑞丁人吧，还有惨死在玄洋社刀下的英吉利同胞，若继续掩盖下去，人间还有什么正义可言？"

卡尔点点头说道："我会认真考虑的。只是……这个公使先生想把此事隐瞒下来，必然有他的考虑，我们既不能与窦纳乐先生对立起来，又要把玄洋社的罪恶告诉世界，要使这件棘手的事情做的两全其美，必须要动一番脑筋。嗯！我亲爱的克鲁斯，相信我，我会有办法的。"

克鲁斯相信卡尔是靠得住的，不由得心头一热，一腔兴奋化做了感慨："你来清国只有短短半年时间，却把《伦敦新闻画报》办得有声有色，说明我亲爱的卡尔先生强过我好多倍，期待你的好消息，祝一切顺利。"

小野一真并未走远，他被克鲁斯支开后，又折身回来，躲在门后且把他俩的交谈尽数听了去，待克鲁斯走后，他却装出一副睡眼惺忪的样子，慢腾腾地走了进来。他捏着两颊问道："克鲁斯先生走啦？近几日我失了味觉，想让他给我诊断一下，可坐在椅子上无聊至极便睡着了，醒来后急急地赶来，可克鲁斯医生还是走了。今天我一眼便看出，他是个高明的医生。"

卡尔笑道："小野先生，他是我最好的朋友，可他对你的印象可不怎么好。不过，他天生悲天悯人心怀仁慈，改天我约他，专门为你诊治，保证药到病除，一定会的。"

小野点点头说道："噢，卡尔先生，这不是克鲁斯先生的过错，非常抱歉，我不会逢迎别人，也太过古板，这是我的问题。天照大神保佑，我会无比虔诚地等待克鲁斯先生为我诊治疾病。"

卡尔犹豫一阵说道："小野先生，近日我和朋友有更重要的事情要办，我们的合作恐怕要推迟一段时间了。"

小野不动声色地说道："啊……啊！朋友的事情更重要，我们的合作可以以后再谈。我能为你们做些什么吗？"

卡尔摆摆手说道："不必了，谢谢！"

小野顺水推舟说道："既然这样，我只好说再见了。"他摘下礼帽，绅士地鞠躬离开。

卡尔将小野一真热情地送到门外，直至他的身影消失在昏暗的胡同尽头。小野一真并没有回家，走到街上，他叫了辆车，直奔井口太郎的住处。

门人通报后，不多时，佣人春僖垂手而来，把小野一真引进井口的书房。井口已在书房等候，见小野一真进来，便忙着起身寒暄问道："小野君甲夜来访，不知有何贵干？"

小野一真拱手施礼，一脸伤怀说道："多有打扰了。近日家人病重久治不愈，听闻井口君门路甚广，想请您帮忙找个高明的医生，以解决病人之痛苦，安慰丁室诸亲之愁绪。"

听罢，井口面露难色说道："这个嘛……虽说清国的郎中倒是认识几个，能不能帮上小野君的忙，我就说不好了，我逐个介绍一下，看是否对症……"

待春僖捻好茶分别斟了，便退了出去。小野一真站起身来，拉开门伸头瞧了瞧，又轻轻掩上，回过身来说道："井桑，大事不好了。"小野一真原是玄洋社安插在京师的间谍，平时以记者身份掩人耳目，井口太郎是他的顶头上司。

井口说道："我知道，你这时候过来，非同寻常，说吧。"

小野把偷着听来的耳详，尽数报告给了井口，井口边听边若有所思地点着头，末了小野说道："井桑，在下实在搞不明白，我们玄洋社是如何暴露的？这个英吉利医生为何关注玄洋社？他们向世界披露我们，对他们有什么好处？"

井口沉思片刻说道："这事若是个人一时气膺，倒还好办，若是英国公使馆在背后暗驭，便有些棘手了。目前我大日本帝国还未与西方诸国撕破脸皮，所以绝不能摊牌硬来，此项要动一番心思去斡旋，社长先生不会放任这种事情发生的。"

小野恭肃地说道："井桑，在下在报界的朋友中，与英国使馆能搭上话的只有那个叫卡尔的记者，可他又是当事人，很难说服其改变想法，倒不如把他们……"小野做了个砍头的手势。

井口轻轻地摇头说道："掩一人恶，倒不如劝息一人争。事情可能没你想象得那么严重，明日正是哈王爷的六十大寿，这王爷要在府上大摆筵席，我想那个窦纳乐公使应在受邀之列，是杀是和，我去探个底细再做决断。"他闭起目往后一靠，又道："没人能阻止我天皇陛下施恩天下臣民的……"

　　小野陡然肃立说道："嗨！井口君深谋远虑，在下唯您马首是瞻。不过，英吉利人向来爱管闲事，不太好对付，请您保重。"

　　井口睁开眼，伸手端起茶饮了一口说道："请小野君放心，我自有打算。届时，你要以合作为由，盯紧了那个卡尔，再安排人调查那个叫克鲁斯的医生，做好这两件事就算为天皇尽忠了，除此之外不要再有其他的举动，以免节外生枝。"

　　小野凝神静听后即道："属下明白，缠住卡尔，摸清克鲁斯的底细，随时向您禀报他们的一举一动。"

　　哈王府的寿宴吉时开筵，宾主齐欢，觥筹交错，井口太郎端着酒水一边与人寒暄，一边观察着不远处窦纳乐的动向。他瞅准机会，便来到窦纳乐跟前打招呼："公使先生，还记得我吗？天和商社的井口太郎。"

　　窦纳乐打量了一下井口，忽尔笑道："哦哦——我亲爱的井口社长，记得上次聚会，先生可是风头正劲、独领风骚，让各国公使刮目相看啊。哈哈……"

　　井口笑了笑说道："公使先生言过其实了，井口只是博诸位公使一笑而已。若论雄才大略，还是公使您首屈一指、无人能比啊。昨天，我与一位记者朋友品茗叙旧，他见了一位叫克鲁斯的医生，听闻克鲁斯先生要与《伦敦新闻画报》的记者卡尔先生合作，撰写一篇轰动世界的报道，想必公使阁下要一

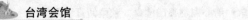

鸣惊人了……"

窦纳乐看着井口虽一副慢条斯理的样子，话里话外却隐藏着一股杀气，他压抑着心头的波涛变化，试探地问道："噢，请原谅我没听懂先生意思，也许是你的朋友喝醉了胡言乱语，请你不要当真。"

井口脸上仍堆着笑，可语气变得更加犀利严峻："公使阁下，您真的没听懂，我与朋友饮茶而不是饮酒，茶是不会醉人的，却能让人耳聪目明。他不仅亲眼看到克鲁斯去了报社，还听到了他与卡尔的对话……这难道不是公使先生的授意？又或是维多利亚女王的旨意？"

窦纳乐看着他那寒光凛凛的眼神，不觉心里一颤，他低下头怔了一阵，抬头笑道："井口先生，我是个喜欢安静的人，在悠雅静谧中品味酒的甘烈醇香，那是多么令人陶醉的感受啊！"

"哈哈哈哈……"井口放声大笑，随即又悄声说道："尊敬的公使阁下，您请——"二人会意，起身持酒离开筵席。

他们兜兜转转来到王府后园中的重檐六角亭上，檐眉悬着镏金魏笔而就的"清心榭"三字，亭侧有黝黑如漆的英德石堆砌而成的假山径阶，山石之上澜水汩汩、婉转径流，涓涓汇于下方鱼藻池之中，池水清碧，莲拂袖舞，生香动人。

两人站立亭台之中，井口抬眼四望，前院一片喧嚣，后园静谧无比，真是个雅集之所，含着水气的凉风穿亭而过，他微笑说道："孤亭突兀插飞流，气压元龙百尺楼。我井口已经记不得来清国多少时日了，可我大日本帝国明治天皇'勘与强者为伍'的昭谕却铭记如新。"

窦纳乐却没心情欣赏眼前山影莲姿，此时脸色也变得非常难看，他说道："井口先生，请你不要再绕弯子，我并不喜欢含蓄的年轻人，有什么话直说吧。"

井口收了笑容说道："阁下，我们两国都是为利益而来，您不反对我这么说吧？现在有人破坏我们的共同利益，相信公使先生不会视而不见的。"

窦纳乐轻蔑一笑说道："当然，维护大英帝国的利益是我的首要使命。克鲁斯去报社，没有伤害到任何人，不是吗？"

井口说道："公使阁下，您不允许我绕弯子，请您也不要再兜圈子！克鲁斯去报社企图会同卡尔先生，向世界揭露日本玄洋社莫须有的罪行。"

"哼——"窦纳乐斥责道："我们英吉利人有句谚语：谎言短走不远，诡计需要伪装，真理喜欢阳光。井口先生，你不要为玄洋社开脱什么，你们无故杀死了佛郎机人还有我们英吉利人，这不是犯权挑衅吗？"

井口长叹一声说道："公使阁下，我要说此举是为了我大日本帝国和阁下的大英帝国在清国的最大利益，而非有意冒犯，阁下能接受吗？"

窦纳乐想，表面上看，眼前的井口说话彬彬有礼，但对于玄洋社的恶名，他还是一清二楚的，既无诚信可言，又歹毒无比，心里不免一阵发紧。转念又一想，虽然日本国一时还无法与大英帝国相提并论，但他知道，日本帝国的四代第一百二十二位的这个明治天皇是个野心家，如果稍加利用，对大英帝国而言有益而无害，或者是得大益存小害，这种合作倒不妨一试。于是说道："井口先生，作为一国之公使，公务繁忙，不是事事都要亲自过问，更有一些事情也不便过问。"

井口揖手笑道："阁下是我大日本帝国永远的朋友，既是同盟和朋友，我们就应该共同阻止不利于合作的事情发生。"

窦纳乐面无表情，只是捋着胡须不说话。井口心知肚明，赶紧补充道："我们今后会更加重视和尊重贵国在清国的所有利益……"

窦纳乐低头看着手里杯酒，轻抿一口，缓缓说道："这清国地大物博、奇珍无数、万国垂涎，确实是让人惊心动魄，也确实是让人目眩神迷。"

井口嘴角闪过一丝不易觉察的冷笑，转而正色道："大使阁下，我即刻知会大日本帝国公使，在万国议会上，他会代表我大日本帝国，全力支持贵国对清国的所有想法。"

"噢？"窦纳乐打趣地一笑说道："井口先生真是神通广大啊！"

井口看他不信任自己，于是又说道："公使阁下，我井口只是个生意人，这一切全凭平冈先生的精心安排。"

窦纳乐知道，平冈浩太郎是玄洋社社长，在日本政界、军界、商界具有很大影响力，是日本幕府举足轻重的人物。他来回踱了几步，驻足说道："井口先生果然不简单……这样吧，我去找那个记者谈一谈，克鲁斯先生就交给你了。只是我要提醒井口先生，克鲁斯是罗伯特公爵的独子，在清国我对他有照顾保护之责。"

井口立即回道："请阁下放心，我自有分寸，井口只是阻止这件事情发生，不会伤害任何人，特别是克鲁斯先生。"

窦纳乐一扬手说道："干杯！"

井口太郎举起杯也道："公使阁下，合作愉快，干杯！"

一连几天克鲁斯却始终没等来卡尔消息，他有些坐不住了，决定亲自登门问个清楚，不料却吃了闭门羹，他的心情低落到了极点。他提醒自己不能气馁，否则便会前功尽弃，再想从头做起也不可能了，他便下定决心一定要当面找卡尔问个清楚。功夫不负有心人，克鲁斯终于在雨后初晴之日，拦住了外出采访的卡尔。

不待克鲁斯说话，卡尔却带着一脸的尴尬和无奈先发话了："噢！我亲爱的朋友，你怎么会在这里？"

克鲁斯面色铁青，问话也显得有些沉重："卡尔先生，儿时我就认定你是个信守承诺的人，或许在这件事情上你遇到了一些小小的阻力，我并不怪你。到目前为止，你仍然是我最信赖的朋友，我只想听你说句实话，对于那件事，你到底有什么想法？"

卡尔眼神躲躲闪闪，半晌才道："对不起，是卡尔辜负了朋友，现在乞求你的谅解是愚蠢之举，请你相信我，我为此做出过努力，我向上帝起誓！"

克鲁斯冷笑一声说道："你的努力对我来说是杳无音讯、闭门拒客和极度的失望。噢，我的朋友，我不知道你前后判若两人背后隐藏着什么，可你连为真理战斗的心也停止了跳动吗？你的昔拉之恨、撒斯姆之怨、达摩克利斯剑之忧都是梦话吗？"

克鲁斯的埋怨和谴责，让卡尔陷入痛苦之中，他最不愿失信的人，却被无情地辜负了，几日以来，他都在自责艾怨中度过。面对窦纳乐阴森恐怖的威胁和暴跳如雷的恫吓，他退缩了、绝望了，他在性命与守信之间做出了选择，他的良知、正义、真理统统被"大英帝国的利益"葬进了坟墓。

卡尔红着眼眶喃喃说道："克鲁斯，我的朋友……你还拿我当朋友的话，听我一句劝告，不要再参与玄洋社的事了，你或是我都做不到，永远都做不到，个人的力量是渺小的、微不足道的，我们所有的努力只能是徒劳。亲爱的克鲁斯，我亲爱的肉，做好你的医生，精进你的医术，让更多的病人尽快解除痛苦，对你来说，这已是上帝布撒到人间最好的福音了……我真害怕失去你这个朋友……"他拭去泪水，长吁了一口气。

此时，克鲁斯什么也听不进去，他只觉得头脑发胀、双耳鸣响，他像个泼妇指着卡尔大声咆哮道："卡尔——是我有眼无珠看错了你，你太让我失望了。没有你这个英吉利人，我还会找法兰西人、邪马尼人、佛郎机人，一定要把玄洋社的罪恶告诉所有善良的人。"

克鲁斯说完，一甩手转身便走，却见三个持刀日本武士挡在了他的面前，正愣怔间，立在中间的武士狞笑道："克鲁斯先生，您太固执了，怎么不听从朋友的劝告呢？"

克鲁斯后退几步厉声说道："我是英吉利人，是受豁免保护的，你们要干什么？"

立在中间的武士又道："我知道你是英国人，还知道你是一个医术精湛的医生。先生不要害怕，我们不会伤害你，只是辛苦您跟我们走一趟，我们的社长先生要见你。"

克鲁斯警惕地说道："我不认识你们社长。"

"克鲁斯先生，见了面就认识了。"那武士使了个眼色，其他两个武士走上前来，把克鲁斯的两条胳膊缚住了，他试着挣脱，却被武士死死拧着，动也动不了。

克鲁斯大声喊道："你们这是绑架，绑架！"

那个武士又开口说道："克鲁斯先生，不要这样，你完全可以选择更体面、更舒适的方式与我们社长会面。"

克鲁斯扭头找卡尔，见卡尔站在原地一动不动，只是用眼

458

睛无耐地望着他，他大声说道："卡尔！卡尔！卡尔！救救
我，他们这是绑架，光天化日之下赤裸裸的绑架——"

卡尔并未有出手相救的意思，只是无可奈何的摊着双手讷
讷说道："亲爱的克鲁斯，请原谅，对此我无能为力，这也是
窦纳乐公使的意思……愿上帝保佑你，我的朋友！"

当克鲁斯又要质问抗辩之时，一个满面络腮胡子、凶神恶
煞的武士，忽然上前，卡住了他的脖子，顺手将一团破布塞到
他的嘴里。与此同时，一方黑布套，兜头盖脸地蒙了上来，他
就这样被架着带走了。

从光绪二十五年九月入秋开始，整个京师，乌云遮天，秋
雨连绵，像是有人把天河捅漏了似的，雨水一个劲地往下泼
洒，而且又专门下到京城里。永定河河水猛涨，上游日升三
寸，下游更是每天涨出二尺有余，为防河水漫堤危及京师，永
定河河道把治河总署搬上了永定河堤，带着人日夜守护"京
南泄水第一要路"——金门闸。风雨中，河道及随从浑身透
湿，头发一绺绺地贴在脸上、脖子上，他狼狈不堪地宣令：提
闸，分水减洪——

金门闸建于康熙四十年，原为草闸，用以引荞牛河之水入
永定河以此借清刷浑，经多年过水，永定河河底淤滞，治理不
力，慢慢地抬升为"天河"，有河水漫堤之势。永定河自古有
保东不保西之说，遂乾隆三年几经履勘，拨银十八万六千两重
修减水石坝，建有石闸龙骨、坝台、金墙、海墁、石籛箕……
将永定河洪水分流于涿州小青河，今秋经这几场泼雨，河道下
令开闸泄洪，永定河东堤的京师保住了，可西堤外的村庄、百
姓、房屋、牛羊却只好付之东流了。

雨过天晴，烈日炎空，河水蒸腾，今年的秋汛，成了震动

朝野的一场虚惊，对西堤外的百姓来说却是一场大劫难，朝廷颁旨：着万民生产自救，以养生息。台湾会馆把连日大雨阴湿的被褥、衣物晾在当院，挂得满满当当，蔫果在院子里清扫雨水打落的树叶，这七横八竖晾晒的衣物，让他心里犯别扭。他边扫着地边唧唧歪歪地瞎嘟囔，他左躲右闪地绕过条夹被，抬头间眼前却站着个人，像斗败的公鸡正无精打采瞧着他。他先是一愣，接着惊讶问道："哎呀——汪老爷，您几时到的？我也没去码头接您，得亏吉祥着呢，您要是事先传书来，咋着也紧着接老爷一趟去。"他不禁跌脚懊悔。

汪春源敛起了疲容，强打着精神说道："不碍的，两手空空勿需相迎，诸位都好吧……"说到这里，他停住了，下头的话竟没说出口。

自今年春天汪春源赴厦省亲，表姨父先逝，接着令尊病倒在床上，他不得不留下来照顾双亲，待家父身体渐渐康复，已是九月初。他本想把他与竹娘的婚事与尊慈商量一下，可又惹恼了双亲，二位老人知道儿子的性情，便倚老逞强，软硬兼施、苦苦相逼，定要他与表妹阿纤成婚。他虽誓死不从，可也拗不过双亲，最终两边各退一步，他虽暂不与表妹成婚，却已成定局。表妹阿纤与姨娘已经搬至汪家共同居住，只待汪春源补了实缺后再行大婚，他才得以脱身，回到京师。

蔫果瞧着汪老爷落寞的样子，一时不知道怎么回答他，虽自知应该说点什么，安慰几句眼前这个像换了个人似的主子。他愣怔一阵子，竟然一句囫囵话没说，急赤间灵机一动张口喊道："汪老爷回来了，汪老爷自厦门回来喽——"

谭禄滢、陈顺龙等人闻声而来，把汪春源迎至厅内，众人只顾沉浸在久别重逢的欣喜之中，没人留意汪春源焦灼异常的

460

心情。连着几日心悸昏沉，更是五内翻腾，推枕难安，一闭眼浮出得尽是他与竹娘过往的桩桩旧事。连篇回忆与潸然而落的泪水绞在一起，心底那股真心爱意，抽刀难断，辜负一个人原来是如此的心如刀绞、难舍难离……

正当汪春源左右为难、辗转反侧、亦梦亦真之际，竹娘却来到了他的面前。约一个时辰，两人静静地各自发呆，汪春源几欲张口却不知从何说起，还是竹娘开了腔："一路车马劳顿，应安心地静养几日再做打算才是。"

"啊！嗯嗯。"汪春源像被钢针猛地扎了一下，手足无措地答应着。

竹娘轻点了下头，又说道："汪老先生久病，如今调治得如何了？"

汪春源讷讷回道："家父一向身子硬朗，只是偶然中了湿邪，我自厦门返回时已无大碍。"

竹娘又点点头，吃了口茶就一言不发了，汪春源觉得身有芒刺，坐立不安。半晌，才听竹娘说道："你……汪老爷，几时启程南下？"

汪春源知是寻问赴任的事，又听竹娘称他"老爷"，他连忙起身一躬答道："不敢，近几日吧，吏部已布发掣签结果，出任江西乡试同考，这你是知道的，届时只等朝廷'给凭'便可起身了。"

竹娘起身说道："竹娘乃微末女子，有缘与汪老爷相识，老爷的一片深情我当永记于心。从此海角天涯，人各一方，望老爷善自保重……"

话犹未完，汪春源打断了她："我不要你叫我什么'老爷'！来京师几年，我已渐渐明白了，你对我寄予的深情厚

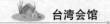

意，我刻骨铭心终生难忘。"

竹娘此时也是感慨万千，幽幽叹道："唉，人非草木，孰能无情。你这样待我，我心里不能无动于衷。但老爷细想，假如我真的嫁了你，是我随你南下，还是你随我留在京师照护我爹娘？老爷不能忘了为国尽忠，我竹娘又一心想着在家中尽孝，天下的事没有十全十美的——至于曾经的海誓山盟，竹娘已经忘了，就是面对爹娘挚友，也永不提起一字！请老爷放心好了。"

竹娘这话说得如此决绝，使汪春源张口结舌，却无言可对，因为他辜负她。房里死一般的沉寂，外面，秋风渐起，墙边的藤蔓在风中轻轻摇曳，发出沙沙的声响。

竹娘心中一阵凄楚，慢慢起身走到窗前，怅然地看着冷风飘摇中的花草，又缓缓说道："老爷，你说过你喜欢我，要娶我，我李竹娘又何尝不爱你？但是，你我身份、根底、志向、阅历相差得这么远，唉……自上次陈掌柜从厦门回来，我就知道咱们是没有结果的，亦然之，没有结果对你我来说便是最好的结局了……"

汪春源慢慢走过来，与竹娘并肩而立，望着窗外。天上的云压得很低，搅成一团雾似的，蒙蒙细雨渐渐沥沥地下了起来，墨兰叶上沉重的水珠像泪一样一滴滴重重地落在地下。他心中一酸，早已泪如雨下，说道："此生最恨，是我汪春源负了你……"

竹娘没有转头看他，只听她说道："我们的事，好比奈河，你听说过吗？奈河不为生人搭桥，那是人死之后才能渡过去的。如今你我各站奈河一岸，又怎能……"她哽咽了一下，没有再说下去。

听着竹娘凄凉悲怆的语调，才知道她的心胸竟是这样的博大深沉。他的心碎了。

　　几日后，汪春源接到朝廷"给凭"，并着令即刻赴任，汪春源与众人一一作别。谭禄滢忍不住老泪纵横，拖着长长的鼻音说道："此时分别，不知何日再见，老材我日渐衰老无用，再想与贤弟把盏叙谈不知要等到何年何月了……"

　　汪春源抚谭禄滢臂弯红着眼眶说道："远走他乡，寄之篱下，巴望着有杖扶持，谭老便是我汪春源的铁骨杖头，替我遮风挡雨、疏导心结，没有您的眷顾，哪有我汪春源的今日！日后待安定了，我会着意谋个赴京办差的事，专程看望您老人家——"

　　叶题雁嘱咐道："贤弟此次签分江西，山高水长，各地纷乱甚巨，一路麻烦很多。自涡阳造反事发以来，朝廷急调苏、皖、豫三省兵力围攻，至今还未完全扑灭；继而山东朱红灯联合心诚和尚揭竿而起；还有贵州陈玉川、四川张立堂、廖子香也纷纷效法，波及仁怀、铜梓、绥阳等数省三十余地。放眼大清江域已无宁地，因祸而废治理，盗匪猖獗蝨贼遍地，望贤弟日行夜宿，不可贪功冒进，要把个人安危摆在前面，哪怕迟上几日，朝廷也不会怪罪的。"

　　汪春源点点头说道："叶兄提醒的是，我在厦门既已风闻，既拿莒州、沂州、兰山、泖水等处也接连起事来说，他们举得旗帜是反对侵略，这样看来，朝廷的决断不免糊涂啊！竟然与德意志的军队共同弹压，势必会越剿越多、永无宁日。不瞒仁兄，此次赴任，我并未有多少为国尽忠、为民效力的欣慰与喜悦，倒是满腹的忧虑与惆怅。"

　　叶题雁摇摇头说道："真是天下大乱，朝廷也是急病乱投医，前阵子各国公使要求撤换山东巡抚毓贤，朝廷竟然命毓贤来京陛见，大有唯命是从之意。愚兄在朝堂当差，真是百味难咽，太后及诸重臣得罪不起，各国公差更是不敢惹，弄得我是左右不是人，尽受夹板气，倒不如贤弟利索，远离朝堂，眼不见心不烦。"

汪春源叹息一声说道："哎，普天之下莫非王土，说句大不敬的话，如今这个'王'这个'土'已非我主，而是美利坚人、德意志人、英吉利人……长江以北为罗刹国势力范围，长江流域由英国把持，福建已落日人之口，法国早已视广东为私宅……我大清全然被瓜分殆尽了——在朝在野屈辱难避，哪还有什么分别啊……"

一旁的蔫果听罢，嘤嘤的一声涩出声来，他抹泪边说道："老爷，今后咱这大清都成了洋人的天下，更难得见上老爷一面了，看在主仆一场的份上，让我给您磕个头吧……"说着他要跪下行礼，却被汪春源一把拉住："小老弟，虽说你是长随，可在愚兄眼里从没把你当下人，不仅是我，你瞧这叶大人、谭司事、陈掌柜哪个也没小瞧了你，大家都盼着你有出息，将来给你的老娘争气呢！"

陈顺龙也劝道："蔫果啊，你聪明好学，眼里有活儿，这几年成了大家的忘忧草、开心果，你问问哪个能离得开你噢……"他拍拍蔫果肩膀，蔫果看着汪春源恋恋不舍地点点头。

陈顺龙从怀里摸出个帖子交给汪春源说道："这是我们商会的名帖，你带上它，这沿路都有商会的分号。现在官家驿馆也不安全，一些匪贼专打当官的主意，各地商号见了这名帖，自会照顾你的。"

蔫果急急地问道："当了官就该死吗?"

陈顺龙笑道："不该死，他们认定当官的身上有银票，老百姓连顿饱饭都吃不上，身上哪有钱啊!" 蔫果不好意思地埋低了头。

叶题雁说道："送君千里、终有一别，时辰差不多了，贤弟也该起程了。"汪春源朝众人揖手，回身又看了眼会馆，便钻进了马车，车夫扬鞭催马，车轮"吱呀"碾过会馆门前的长街，颗颗热泪从他的脸颊上滑落下来。

当汪春源在车内独自叹息感慨之时，竹娘正孤零零地站在长街的角落，满含泪水、饱含深情地，目送着这个曾经让她深爱的男人，直至马车渐渐消失在视野里……

悄然送走汪春源，竹娘神情恍惚地来到铺面，正想静下心来梳理自个儿意乱情迷、起起伏伏的心境，伙计小伍却跑过来禀告，克鲁斯诊所的伙计乙贵已在后房等了她几个时辰了。

小伍比比划划的还未禀完，乙贵却从后房跑了出来："李姐姐，您可回来了，我家先生丢了……"囫囵话未说全，便开始抹起泪来。

竹娘安慰道："乙贵，你别急，有话慢慢说嘛。"

乙贵擦着脸上的泪水，显得很无助："几天前先生出门再也没回来，我在诊所等了他两天也不见影儿，我想，是不是让雨隔住了，我又等了两天，还不见人。我便坐不住了，披着油衣到处找，能找的地方找了个遍，实在是没辙了，才来寻姐姐帮忙的。"

竹娘听得有些茫然，于是问道："克鲁斯先生捉底几天不见人影儿?"

乙贵抓挠着头凝神静思一阵，扳着指头说道："六七天吧，噢，七天，整整七天! 记得他出门那天，雨歇了，第二天

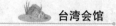

又下了起来，正是两场大雨之间的那天。"

竹娘听罢，点点头说道："嗯，你说的时辰倒是对得上，这样吧，你先回去，每日吃住在诊所，吃不准克鲁斯先生什么时候就回来了，下面的事我去办。"

乙贵作了个揖说道："谢谢姐姐，小的听您吩咐，每天吃住在诊所里，等先生回来，我现在就回去。"

竹娘摆摆手："回吧。"乙贵又作了个揖走了。

竹娘心里猜测，克鲁斯可能出了意外，这阵子连绵秋雨下个不停，差点现了洪灾，加之与汪春源纠葛的情感，倒是把克鲁斯托人揭露玄洋社的事忘得一干二净，不能再耽搁了。想到此，她如被电击一样身上一抖，她马上动身去了隆源镖局，她将克鲁斯失踪一事简短截说，王致和张三保即刻把人员撒了出去，各方探查克鲁斯的消息。不到一天工夫，克鲁斯失踪便有了线索，他们相约台湾会馆，商议营救克鲁斯事宜。

还未坐定，王致便把寻查克鲁斯的情况一吐到底："我们把兄弟们撒出去之后，他们各显神通，既连蟊贼和乞巴也派上了用场，又使了些银子，终于查到口信。有人见到克鲁斯先生被几个日本武士绑走了，他们便顺藤摸瓜，追查这几个歹人的下落，原来这些武士竟与天和商社有关……再往下线索就断了！"

竹娘问道："他们把克鲁斯带到何处了？"

王致摇摇头说道："为兄无用，近日接连降雨，目击人实属难寻，时隔又太久，真的难以……"

谭禄滢听着两人问话，沉着脸儿插话道："天和商社的掌柜是井口太郎，难道他……"

王致问道："司事识得天和商社？"

竹娘正欲接话，却听谭禄滢又道："认识，这天和商社的井口太郎，是日本贵族，几年前来京师经营，此人酷爱钻研书画，曾拜在家师名下研习书画，从这儿论与我也算同门。不过，此人虽彬彬有礼、待人实诚、心思缜密，也为会馆尽过微力，这些年总感觉他有什么不对的地方，却又言无可言、论无可论，也抓不住什么把柄，所以就这么不温不火地交往着，论交情还是有的，细想想倒算不上亲密。"

张三保说道："这便好办了，司事何不找个理由，亲自去天和商社跑一趟，查查克鲁斯先生失踪与他天和商社透底有多大关系。即便一时难以摸出个子丑寅卯来，能嗅到个风吹草动也成啊，后边的事就交给兄弟们办就是了。"

竹娘摇头说道："不，这事太大了，牵涉的人肯定很多，司事的身份办不下来。一，果真是那井口一手操弄，司事贸然登门，反而打草惊蛇。二，司事鲜有拜访井口，不年又不节，又没有生意上的往来，此行本就自带破绽，难以自圆其说。至于怎么办才好，容我想一下。"她思虑一阵又道："我去会会他，天和商社与我家铺面有生意往来，到现在还有五十匹布银未兑，大不了算我亲自登门催他还钱罢了。"

谭禄滢头摇得像拨浪鼓说道："闺女莽撞了，万一出了差错，恁谁担当不起这个责任。"

王致也说道："我知道妹子是个热心肠，言必行，行必果，泾渭分明，恩怨不爽，最有恩德的……若真是井口做下此事，那个天和商社就成了龙潭虎穴，万一失手，追悔莫及啊！"

竹娘笑道："克鲁斯先生生死未卜，一刻也耽搁不得。你们别不放心，我敢打保票。这事我要弯刀对着瓢切菜，办得让它滴水不漏。"

张三保说道:"左右思量,催账是再好不过的理由了,至少不显得唐突,届时我会带几名护卫跟着,遇有什么可疑形迹,我自会舍命相救的。"几人缄默不语,即算认同此举。

第二十五章　困囚笼竹娘遭摧残
　　　　　　赛夏人强咽霸凌苦

　　此时正值辰牌，丽日当空，微风轻拂。距英国大使馆不足半里的一处宅院，绿竹掩映，大门紧闭，院内立着几个日本武士，手持乌冷长刀，个个峻着脸如丧考妣，神不交、鼙不闪，显得一片阴森狰狞。这宅院原是被井口引颈弑毙的黑木五郎的旧宅，现如今克鲁斯被关押在这里，四周戒备森严，如临大敌，既连一只飞蝇也难靠近。

　　日本武士像钉子似的把着院子四角儿，只听屋内传来"喤啷"一声响动，靠近门边的两名武士警觉地对视一眼，迅速打开门锁，冲进屋内。见碗盘碎了一地，到处溅落着汤水菜叶，一个留着一字胡的武士瞧瞧克鲁斯表情，又看看地上，立时会意，他强压着怒火说道："克鲁斯先生，不要不识抬举，你死了没关系，我们会受处置的，请你配合。"

　　克鲁斯冷笑道："哈哈，天大的笑话，你们绑我到这个暗无天日的地方，整整过去了七天七夜，你们的社长呢，不是要见我吗？是不是自愿做了缩头乌龟，压根儿不敢来见我？"

　　一字胡武士瞪眼说道："克鲁斯先生，请你切勿口出狂言、恶语伤人，社长不是你要见就能见到的。"

克鲁斯又道:"那好,既然你们社长不见我,我也没功夫跟你们耗下去,马上放我回去,诊所里还有很多病人等我医治。"

一字胡武士冷冷地说道:"休想!克鲁斯先生,我奉劝你别在我面前要小聪明,你只要好好地待在这里,我不仅不会难为你,还会好吃好喝地款待你的。"

克鲁斯讥讽道:"绑匪也会说人话?倒要请教,这清平世界,朗朗乾坤,京师重地,天子脚下,你依的《大清律》哪一条章程把我绑来?"

一字胡武士咧着嘴角轻蔑地说道:"克鲁斯先生,你还不明白,这大清国马上就要成为我大日本帝国的囊中之物,这个国家的律条就如僧侣的经语,一纸空文而已,哈哈哈……"笑罢又道:"你只要痛改前非,写个悔过书,自然会有人带你回去的。"

克鲁斯心头一惊,武士之言让他想起了与卡尔分开的那一刻,卡尔说到"这也是窦纳乐公使的意思",难道此劫与窦纳乐叔叔有关?回想几日来,绑匪对他虽谈不上彬彬有礼,但也没有拳脚相加,且一日三餐、热菜热饭毫不含糊……想到此他说道:"请转告你们社长,我要见大英帝国公使窦纳乐先生!"

一字胡武士先是一愣,继而又冷言道:"我们从未与你说的什么窦纳乐公使打过交道,我更无权答应你的无理要求,我劝你还是省省力气,安静地闭门思过,才是先生要做的。"

克鲁斯一回身坐下,一副死猪不怕热汤浇的样子,大声说道:"好啊!从今天起,我开始绝食,滴水不进,等我饿死了或者渴死了,我看你拿什么给你们社长交差。"

一字胡武士站在原地,两眼直盯着克鲁斯恶狠狠地说道:

"吃不吃由不得你，是死是活也由不得你，撬开嘴往里灌时，先生就别怪我做事粗鲁了。"他又吩咐身边的另一个武士："把地上的杂碎捡了，再给先生另外侍候一份饭菜过来。"俩人捡完碎片径直走了，且关门落了锁。

约摸过了两个时辰，克鲁斯听到开锁的声音，抬头一看，窦纳乐已踱了进来，原来真的是他在作祟，克鲁斯夸张地展着双臂说道："噢！我亲爱的窦纳乐叔叔，原来是您的杰作，这里臭烘烘的环境太差了，您应该把我关在使馆里，那样我会感激您的！"

窦纳乐冷着脸，语气阴沉地说道："克鲁斯，我不是来听你的冷嘲热讽和怨天尤人的，若不是你的父亲，还有我那可怜的蒂亚娜，我才不会纵容你这个不知轻重的年轻人！"

克鲁斯一眼不眨地看着窦纳乐说道："窦纳乐先生，您的宽宏大量真是让我大开眼界，即便在大英帝国，也没有哪个人在没有任何证据的情况下，而随随便便威逼绑架限制他人的自由。您坐上了公使的宝座，却丢掉了我们英吉利人的原则、道义、公平和良知，我没记错的话，这些是您上任之时在上帝面前、在女皇御前发过誓的，您现在是谁呢？"

窦纳乐抚着胡须怔了半晌，转头不无责怨地瞧了克鲁斯一眼说道："克鲁斯，你的举动差点儿惹下大祸，还好有人及时给我通风报信，才保住了你的性命，假如你把这件事情做成了，我也救不了你，把你关在这里，是对你的保护。克鲁斯，想想我和你父亲的友谊、蒂亚娜和你的情分，听我一句劝告，不要再参与这件事了，我会派人保护你和蒂亚娜安全地回到英吉利，到那时，你想要的原则、道义、公平和良知都会有的，包括自由。"

克鲁斯轻蔑地一笑说道："哈哈哈哈——您讲了半天，最终还是让我回国，我说过，我是不会回去的。我现在只想让您放我出去，回到诊所就好了，以后也请您不要再打扰我的生活，我与您今后各不相欠，再无……"

"住口！"窦纳乐大吼一声，又自觉失态，接着沉默一阵，声音显得有些沉重，语气却柔和了许多说道："我亲爱的克鲁斯，我向来看重你的正直、善良，对此我已表达过多次。可是，可怜的孩子，这个世界上有许多的事情，不是你认为的那个样子，现实是残酷的、冰冷的和毫无生机的，不会像天鹅的绒毛般温暖，让你每时每刻都能体会到它的温存、柔软和美好，有些真相永远也不会揭开。孩子，你只当站在你面前是一个无能的、长着大胡子的长辈对你说话——回去吧，回到我们伟大的英吉利，她会让你施展才华、实现做一个好医生的理想，如果你执意留下来，我只能告诉你，你不会有任何长进，特别是你的医术，相信我孩子。"

克鲁斯听罢，思索许久轻声问道："为什么？"

窦纳乐没有看克鲁斯，他抬头望着屋顶，像是想象着一个跌宕起伏的宏大场面，长长吁了一口气，显得有些兴奋："不久之后，这里，可以说是整个清国，将是另一番景象了……"

克鲁斯听着窦纳乐梦呓般的语气，不禁问道："另一番景象……是什么景象？"

窦纳乐在地上来回踱着步子，边走边说："有人笑，有人哭，有人似笑而哭，有人似哭而笑，有人觉得笑比哭好，又有人觉得哭比笑好……"他突然止了步，似乎一下子想到了什么，盯着克鲁斯说道："我现在比任何时候都忙碌，在你身上浪费时间，就是对女皇的不忠、对大英帝国美好未来的亵渎。

你想回英吉利我现在便放了你，你不同意，就在这里好好享受圈禁之苦，若一时难以决策，等你想明白了，让他们告诉我。"说罢，三步并作两步地走了，空留克鲁斯在房内怔怔地发呆。

天和商社内，井口正坐在椅子上听一字胡武士禀报窦纳乐见克鲁斯的经过，他边听边点着头，尔后吩咐道："冥顽不化之徒。外松内紧，严加看管，绝不让他出来碍手碍脚，但无论如何也不要对他动刑，也不能让他饿死在里面。否则，无法向窦纳乐先生交代。"

"嗨！属下明白。"一字胡武士凛立着身形又道："请井口君放心，先寄下他的狗头，好吃好喝地侍候着，加派得力人手，让他插翅难逃。"转身从后门走了。

一字胡刚走，天和商社的老门子一瘸一拐走进来禀道："先……先生，门外有位叫李……李竹娘的姑娘请见，先……先生见还是不……不见？"

井口先是一愣，接着改容微笑道："有请！"说着站起身来，随着老门子一同出门迎接。

把竹娘迎进房内，井口太郎说道："实属失礼，商社乃铜臭世俗之地，非会客品茗之所，你若约我见面，大可着人知会一声，我会另挑个地方，与你闻香趣谈。"

竹娘听他话里有话，便灵机一动，抓住他的语病说事，于是咯咯浅笑道："先生此言看似责己，实已累及无辜，我家铺面虽不及这商社气派，小本买卖也是生意，你我皆为铜臭，这一点恕我难与先生苟同了。"

一句话，引得井口哈哈大笑："你的睿智无人能比，挑我的失口，我却无话可驳，看来在你面前来不得半点虚伪，惭

愧！惭愧——唉？你一向无事不登门，今儿个找我什么事，尽
管开口。"

二人落座，井口亲自撮了茶，竹娘持盏饮了一口说道：
"我若说出口，恐怕先生就笑不出来了。"

井口心里咯噔一下，他知道竹娘非一般女子可比，她一向
想得深远，心里装着什么未曾可知，必要时可以试探一番，他
心里这么想，嘴上却说道："为你效劳，是我井口的荣幸。我
猜想，你此次前来是追讨五十匹布银的对吧？本打算这三两天
便差人送过去。"他顺手拿过一个银匣，又赔笑道："若不是
铺面银根吃紧，你不会亲自上门讨债，是我井口虑事不周。这
一百两银子你先拿去应急，随后，布银连本带息我会亲自送到
府上。"

竹娘一瞧，慌忙用手推匣，急急说道："这怎么是好，五
十匹布银也不值这个价，实是受之有愧，这……这断断使不
得。"推搡间，两人的手触碰在一起，井口定眼瞧她，才发现
她脸生红晕，身上的水红绫坎、藕荷色百褶石榴裙如仙女入
凡，满头乌云叠翠，鬓如刀裁新鸦，支颐而坐，竟然满室
生辉。

井口暂时压下突突狂跳的心，掩着情绪问道："汪兄加官
晋爵，离京赴任，你没随去侍应？……"

竹娘沉默半晌说道："认命罢了，各自安生就好……"

井口听罢，眼里闪着光芒，心里某种情愫显得更加强烈，
他想找回先前电击一样的感觉，于是起身说道："这一百两银
子不算什么，请你务必收了。"竹娘也起身推托，不知是有意
还是无意，桌面上茶盏被她连带着打翻了，茶水溅得井口前襟
尽湿。

竹娘张口道："对不住，粗手笨脚的这可如何是好！"

井口露出灿烂的微笑，只要某些事让他安下心来，他才能放心大胆地追寻属于自己的仪情，他说道："不怪你，是我执意而为，才造成这个结果，您安心吃茶，我去去就来。"说罢离身去换衣服。

井口离开，竹娘细瞧起来，厅内的陈设也不甚豪华，靠墙一溜儿俱是楠木书架，大厅当中只摆一张檀木长儿，周围散放着几张椅子，只门后不显眼处放有一人来高的镀金自鸣钟，算是室内最气派的奢侈品。迎门放着一张大木榻，铺着大红猩毡，两头压着两个泥金红绣毡枕，可依可靠、可坐可躺，无论何种姿势，都可看到室外的全景。眼风扫处，却见西边墙上有个带把儿的抚握，觉得有些异样，疾步上前用手一摸，一道暗门无声徐徐打开了。她顾及不到那么多，一头钻进暗室里，里面真是别有洞天的一个大宽间，沿墙边四周摆个几排明柜，挂着百件簇新日本军人武士服，中间是几排刀架，一把把泼风长刀冷飕飕，寒光闪闪，咄咄逼人，下面格断里摆着一把把铳枪，散着油光，让人看后不寒而栗。她立刻明白了一切，便转身走了出来，回身伸手去摸抚握，暗门却纹丝不动，她接着又按了两下，依然如此。

慌乱间，她听到身后传来一个声音："果然不出所料，原来是来查我的。我想，你为了区区五十匹布银，才懒得见我呢！"

竹娘心里一惊，转身过来，正与井口冷若冰霜的眼神碰在一起，于是强装镇定说道："井口先生，您不要误会，这只是出于好奇。"

"哼哼，真是妙不可言，据实说，我也对你好奇已久了。"

井口说着便冲了过来，竹娘抬腿便跑，却被井口一只手拽了回来，他伸出另一只手取出一块麻布，捂到她的口鼻上，竹娘挣扎了几下便失去了意识。

张三保带着属下，在天和商社大门口守了一个多时辰，始终不见竹娘出来，便带人持刀往里硬闯，奇怪的是，竟然无人阻拦。他们搜遍了所有房间却不见竹娘的影子，只得幸幸而回，殊不知，在井口的安排下，竹娘早已被人从后门拉去了井口的府邸。

井口府内，一间清雅的日式房间里，竹娘缓缓睁开眼睛，她环视了一下周围陌生的环境，忽尔记起天和商社发生的一切，她强撑着绵软无力的身子坐起身来。正瞧见井口着一身和服，手里端着一个水杯，笑眯眯地看着她，她在榻上蜷缩着往后退。

井口向榻前移了两步说道："你醒啦？不要害怕，我不会伤害你的，只是暂时昏迷。来来来，我喂你喝口水，压压惊。"

竹娘抱着肩缩成一团，二目圆睁厉声道："小人！"

井口微笑问道："什么是小人？什么又是君子？"

竹娘欲言又止，愣了一阵，强装笑脸说道："君子似水，小人似油。水味淡，其性洁，其色素，可以洗涤衣物，沸后加油不会溅出，颇似君子的包容之度；而油则味浓，其性滑，其色重，可以污染衣物，沸后加水必四溅，又颇似小人无包容之心。"不待井口说话，她又道："井口先生，你我也算作朋友，在我心里你是真正的君子，我只当你一时头脑发热，让我回去，我只当什么事也没发生。那五十匹布银不用还了，算我误闯天和商社的赔偿，好吧？"

井口把杯盏放到一旁，悦颜笑道："讲得好，君子和小人相处之道，比作水、喻作油。饱读圣贤传略，遍览八洲要闻，你的见识和睿智，想必汪进士也自叹不如吧？哈哈哈……"笑罢，他脸色陡变，凝眉喝道："五十匹布银？那叫什么惩戒！我大日本帝国要称霸世界，俱要从严，方能教化于后世。对于你，我还是网开一面的，只要你……"井口边说边宽衣，终于露出淫恶真容。

　　"呸——"不待他说完，竹娘凛然道："放我回去——你这个人面兽心的东西！想不到你人前莫不是温文尔雅之士，背地里却是寡廉鲜耻之徒，枉我口称你君子。"

　　井口听罢，哈哈地一阵狂笑，尔后沮丧着脸说道："骂得好，许久没听到这么大快人心的叫骂声了，特别是出自我心爱之人的口中，更显得与众不同了。自明治二十五年来到此地，我忍辱负重、委曲求全、遍访名师、广交朋友，为的是把我井口家族的荣耀发扬光大，为我大日本帝国霸业尽一分力。为荣耀我不得不附庸风雅，为霸业我不得不左右逢源，我是多么的豪情万丈、意气勃发……"

　　竹娘怒视着井口说道："所以，你在京师造谣生事，挑拨离间，煽动民怨，惹起事端。哼，这等心机，这等手段，普天之下还有第二个人吗？"

　　井口冷冷地盯着竹娘说道："无论是心机还是手段，无论残忍还是仁慈，这一切终将会成为过去。因为，自从认识你，我心里便乱了方寸，心猿意马间丧失雄心壮志，满脑子都是你的尊容，还一味沉浸在争风吃醋中。是你差点毁了我的一切，我要让你加倍奉还。"说着便扑了上来。

　　竹娘一闪身，顺手从发际拔下银簪，抵住咽喉，厉声说道："井口，我要不顾一切地刺死自己，你会怎么样？"

井口愣定在那里，因为他从竹娘眼神里看到，她拿定了主意，准备承受一切酷刑，拼上一死也得保住自己的节操，他嘴角露出一丝苦笑："你是聪明人，岂不闻'留得青山在，不怕没柴烧'吗？你落入我的掌中，不顺从于我，谁能救你？再说，你是我日思夜念之人，噙在口里怕化了，托在掌上怕破了，我怎么舍得让你自裁呢！今天你依了我，我会带你回大日本帝国，我是贵族之后，享不尽荣华富贵，你的一辈子都不用愁了。为了表达我的诚意，我现在把你想知道的统统讲明；为了诛杀台湾的王宗宪，我们里应外合一把火烧了全台会馆；为了让世界各国痛恨你们清国朝廷，我们弑杀了几个西洋人，嫁祸给义和拳……你还想知道些什么，尽管来问——"

竹娘依然用发簪抵住咽喉，厉声斥道："你背恩义，卖友朋。可怜谭司事他们，用你的计策，信你的誓言，可你却一步步把他们推到了这荒漠之地，推到了这叫天天不应，叫地地不灵的绝境。你的种种千奇百怪，人所不齿的行为，就是古往今来的元凶大恶也无法与你相比。衣冠禽兽，我不会让你得逞的——"她闭上眼，用力刺下。

井口眼疾手快，飞身上去一把夺下银簪，因用力过急，划伤了自个儿脖颈。他把银簪甩手扔到地上，伸出手指抹了颈上流下的血迹，放到嘴里吮吸着，遂及狞笑着说道："想死！没那么容易，活生生得才有味道。哈哈哈……"

被井口骑胯在身下的竹娘奋力挣扎，他伸手卡住了她的脖子，恶狠地说道："我喜欢你这桀骜不驯的模样，想你太久了，发泄一番不足以表达爱意，我会让你体味引人入胜之境……"井口边说着边伸手从榻侧取出一团麻绳。

478

他不紧不慢地捆住了竹娘的手脚，又各自绑到床榻的四个角上，竹娘气得浑身发抖，却无法挣脱，咬牙切齿骂道："恶魔！畜生！丧心病狂——"

　　井口又顺手扯出一块黄绢，塞到竹娘嘴里说道："小美人儿，不要再骂了，否则就破坏了眼前的浓情蜜意……"

　　井口一点点去了竹娘的水红绫坎、藕荷色百褶石榴裙和内里的小衣，他伏下头，哼哼唧唧吮吸着她的全身，又捉住下面一阵舔吮，竹娘屈辱的泪水夺眶而出。过了一阵子，井口抬起头讪讪地说道："世间无限丹青手，一片伤心画不成。小乖乖，哪个惹了你，怪怜人的。"说着便伸着舌头舔舐竹娘眼角的泪水，忽尔又一口含住她的娇嫩小乳，接着便狂飙般地肆虐起来，一时间，竹娘像活在残酷的梦魇里。不知过了几阵子，外面响起敲门声。

　　门外佣人春僖低声说道："先生，内田君派人过来传话……约您到凤栖阁一叙。"

　　听到叫门，井口这才慵懒地、满足地、恋恋不舍地从榻上下来，他拿出一条薄毯给她盖上，顺手摘了塞在嘴里的黄绢，她的手脚依然绑着，看上去没有任何生息。井口吩咐春僖将门锁好，并安排人看守，他简单包扎了伤口，才匆匆赶往凤栖阁。

　　此刻，竹娘头枕一席迎枕，昏昏沉沉地睁开了眼。偏西日头从屋顶上透下光来，亮晃晃地刺眼。周围是一片死寂，不时听到大雁凄婉的哀鸣，她试图挪动一下身子，但没有成功，双手麻木，下半身已完全失去知觉。

　　此刻躺在这里，她想起这可怕的一幕，还觉得心头突突乱跳。天啊！我已经被井口这个禽兽玷污了，当初我为什么没用银簪刺死自己，刺死不成为什么不咬掉自己的舌头呢！在幻觉中，她似乎看见所有人轻蔑的目光，看见汪春源、阿纤、谭禄滢、陈顺龙、王致、张三宝、周氏兄弟、小伍、乙贵，还有自己的爹娘……都带着冷笑逼过来。当初，如果我刺死了自己或者咬舌自尽了，也许汪春源会临风长啸，作一首悲壮的诗来挽悼自己；娘亲会黯然神伤地坐着垂泪；王致、张三宝、周氏兄弟他们将咬牙切齿地发誓为自己报仇；清明时节，也许弟弟竹庆自台湾回来了，会到自己坟头上默默地添土推泥或者肝肠寸断地扑上来，薅坟上的青草……

就这样，竹娘愁肠百结，思虑重重，觉得自己好像掉进冰窟窿里，自思进退维艰，心力交瘁。又一想，如果就这样死了，谁又能代替自己奉孝爹娘？更不能与弟共仇敌忾，也没有机会与谭司事、王大哥等先长怒揭日人漫天难赦、旷古少有的罪恶……真是望天啸叹，徘徊无计，禁不住悲从中来，便瀴瀴潵潵地哭出声来……

悲切的哭泣声传来，府上的山崎幸子觉得奇怪，她侧耳静听了半晌，像一个女子的声音，似哭又似笑，不甚真切。她便沿着梯阶下来，隔着长长的廊道，老远瞧见有守卫立在井口内室门前。她若无其事地款步走过来，两个守卫朝她点头示意，但仍似两颗钉子立在原地不动。

幸子见门已落锁，便问道："何等要犯，还煞费苦心地关在主人的内室。"

两个守卫交换了一下眼色，其中一个说道："幸子小姐，井口君早有训示，在下不便言明。"

隔着一道门，哭泣听得真切，像似李家绸缎铺面少主子的声音，她并未声张，只是点点头说道："嗯，既然主人亲自安排，想必牵扯机事要务，勿需多言，你们切不可耽搁了正事。"

"是！"守卫毕恭毕敬地答应，幸子点点头，踱步走了。

凤栖阁内歌舞升平，粉黛妖娆，井口来到厅前，早有几个舞子迎在那里，一个十三四岁的御酌踮着脚引着井口到了靠里的一处雅室。井口推门进来，见内田良平正与中村贤二对饮，身旁几个半玉身份的艺伎正频频斟酒。

内田见井口进来，笑道："井口君，多日不见，你的眼睛更加有神了。哈哈哈哈……"

凤栖阁掌柜中村起身让座，满脸堆笑说道："井口君辛苦了！"

井口还未坐定，内田便发现了井口脖子的伤情，于是问道："哎呀！井口君几时受伤了？要紧吗？"

井口轻抚了一下伤处，笑道："皮肉之疾，实无大碍。"他举起杯又道："不知阁下到来，未能事先安排筵席，给您接风洗尘，请怒井口虑事不详之过。"内田良平作为玄洋社上层人物，派头很大，井口自然不敢怠慢，也正是这个内田，处处打压掣肘他，几年来他们的关系一直这么貌合神离、不温不火。

内田摆摆说道："唉！这怪不得井口君，是我自作主张叮嘱中村先生，不要打扰你的清静。"

井口思忖，自己作为玄洋社在清国京师的负责人，内田居然隔过他，直接联络中村，这无疑是对自己的羞辱，他强压着心头的不快说道："阁下此行是久住还是暂歇？我即刻着人安排您的榻所。"

内田又摆手说道："井口君，你多虑了。此处甚好，既可

481

掩人耳目，又可探听各路消息，几日下来颇有收获。不得不说中村先生对我大日本帝国的忠诚，没有他的辛苦，我们将会变得耳目不张啊！"

井口点头说道："看来中村先生对她们训练有素、调教有方了……"

中村接话道："井口君过奖了。我玄洋社耳聪目明，全靠她们的香乳软体和耳鬓厮磨，在下不过是略加引导而已。"他正说得起兴，伸手便把一个艺伎和服的领口扯开，从里面撩起她的雪乳又道："嘿嘿，她们是从家乡板仓来，尽是半玉雏儿，已经调教好了，可还未开脸儿，只待二君赏玩儿了。"他一撒手，艺伎的那枚丁香乳像变戏码似的忽地弹了回去。

井口听罢，便有心撩拨中村，笑问："中村先生劳苦功高。只是——内田阁下斩获甚丰，我井口却迟迟未见先生片言只语的线报。"

井口不凉不酸的话，似褒似贬似挖苦又似激将，说得中村一时无法应付。良久，他才不好意思地笑笑道："井口君，这……这绝非属下有意拖延，只是……这……"他斜眼看向内田。

内田见中村无言以对，干笑一声道："井口君切莫动气，情报交给你我二人有何不同嘛，难道井口君怀疑我内田处理情报的能力？"

井口见内田出面横挡，也只好说道："岂敢，岂敢。阁下的能力在下深感赞佩，一直以来是我玄洋社的楷模。只是一些无关紧要的俗务，动不动让您插手处置，岂不是在下的失职。"

内田不动声色地点点头说道："甚好。若论'失职'，井口君应对黑木先生失踪一事，给我个交代吧！"

井口猛地一惊，原以为黑木失踪已成往事，没料到内田旧事重提，明显是冲着他来的。深知这个人不好对付，他端起酒一饮而尽，一边从御酌手里接过壶斟满，一边温和地说道："阁下，时至今日也未查出黑木先生的下落，我为此深感内疚。不过……各种迹象表明，黑木先生最后一次执行弑杀任务，料定是遭到了义和拳的围攻，虽查无实据，但从义和拳一向仇外推测，黑木先生已被他们毁尸灭迹了。"

内田摇摇头，一派盛气凌人地说道："井口君此言差矣！据我所知，义和拳乃一群乌合之众，怎么能杀得了我大日本帝国守护代级别的武士呢？你耳目遍布京师，却查不到任何蛛丝马迹，实属遗憾。"

井口说道："属下无能，请阁下责罚！"

内田压低声音，浑重地说道："平冈社长明训，让我慎用玄洋社家法……"

内田说罢，室内瞬间安静下来，人人都屏息宁神。先前被中村示乳的艺伎小心翼翼向内田良平杯中斟酒，紧张地手一抖，酒杯倾倒，酒水洒在内田的衣襟上。

艺伎吓得伏在地上小声说道："对……对不起内田大人……婢……婢奴无用……"

话音未落，只见刀光一闪，血花四溅，艺伎的一只手被内田剁了下来，她先是一愣，接着倒地痛苦地哀号抽搐起来。在场的艺伎眼见这手起刀落的血腥场面，吓得失声尖叫，又看到内田冷峻地擦拭着刀刃上的点点血迹，纷纷闭口跪伏在地上，瑟瑟颤抖。中村贤二吓出了一身冷汗，愣怔地看着这场面，只有井口嘴角不易觉察地动了一下，又立时如常了。

483

内田慢慢收起刀，微笑着说道："中村君，非常抱歉，弄脏了你的凤栖阁。"

中村怔了半晌，才知道内田跟自己说话，他磕磕巴巴地回道："哪……哪里的话，这里的一切，都……都是内田阁下的。"中村朝其他的艺伎使了个眼色，她们便战战兢兢地拖着少了一只手的艺伎退了出去。

内田没有理会中村的阿谀之词，沉着脸又道："做错了事，是要付出代价的，这个道理，哪怕是一个小小的御酌也不例外。中村君，我说得对吗？"

中村抬手拭了把汗，点头回道："啊！是……是……阁下乃金口玉音……"他用眼角斜睨一下井口，便止了口，没再说下去。

内田编出杀鸡骇猴的戏来演，井口不用琢磨也心知肚明，他轻咳一声说道："循理之谓静，从欲之谓动。阁下做事向来'酬酢万变，皆静也'，在下自当顶礼膜拜，拒声色货利外诱于千里之外，愿为玄洋社勉力为之。"

内田狡黠地一笑说道："井口君果然英气蓬勃，敢说敢为，敢怒敢笑，是我玄洋社不可多得的干才，平冈社长也多有誉赞。嗯，既然井口君查不出黑木先生的线索，就不要在这里浪费时间了，请你随我去趟汉口，另有重要托付。这里的一切事务，由中村君接手，辛苦了！"

中村显得诚惶诚恐，又带着些许得意地答道："是！请阁下放心，中村定不负厚望。"

井口一怔，心想内田这一招够阴狠的，走了一个黑木，又扶持上来一个中村与自己平起平坐，以此来牵制自己。他定了定神问道："阁下，何时起程？"

内田手一挥说道："即刻!"他凝思一下又道："井口君在京师经营数年，家眷众多，安排妥当之后，到码头与我汇合。"井口应了一声，从凤栖阁回到府上，吩咐佣人看管好竹娘，简单收拾些随身衣物，便与内田良平同往了汉口。

　　近一个月来，办务署警察部课长宫本仓介有些坐不住了，如蒸锅之蚁，六神不安。原来，自己的那个半吊子内弟冈村鳖二失踪一月有余，原来以为他只是擅离职守，谁曾想到现在仍是活不见人死不见尸。内人天天哭闹，一边哭，一边用手抓挠他，又扑又打。他冷脸呵斥说，跑到别人的地盘上撒泼耍横难保不出个把意外，内人一听此话，更像触动了她的疼处，本来假嚎变成了真哭，伤肝动肠，十分凄惶。他只得向内人保证，掘地三尺也要把那小子找到，于是，又再次召集会议，安排寻找冈村鳖二。

　　会议开了两个时辰，在场的日警个个不是摇头晃脑，就是抚胸叹息，没谁能拿出个正主意。宫本瞧着这群抓耳挠腮、装腔作势的属下，气得七窍生烟，他勃然大怒，"啪"地一下拍在茶桌上，那个四脚不平的小茶桌，晃了一下，细瓷茶杯掉在地上摔得粉碎。在场的人吓了一跳，只听宫本厉声呵斥道："混账透顶的上川，平日你与冈村厮混最多，动动蠢脑子想仔细了，冈村失踪那天有何不妥?"

　　坐在角落的上川土八听到叫号，已是吓得变貌失色，他颤颤巍巍站起身，结结巴巴答道："报……报告课长大人，那天我与冈村君共……共巡视了三个部落，上午两个，下……下半晌儿一个，冈村君报怨太累，我们便回了，回来他要拉我去吃酒，我告了假没去，后……后面的事属下就……就不知道了……"

宫本见上川那心惊胆战的神情，猛然醒悟过来，意识到刚才自己在盛怒之下，有些失态了。他镇定了一下情绪，开口问道："当天巡视有没有不同寻常的地方？"

上川抓着腮回忆了一阵，低着眉回道："课长大人，生番是不懂规矩的，难免会发生一些冲突，当时属下已尽力周旋，双方都熄了火，也没闹出什么大动静来。"

宫本立起身子来回踱步，转悠了几个来回，他住步指着上川说道："怎么个冲突？你把当时具体情形说说。"

"嗨！"上川立直了身子，说道："大人，一个部落因粮食交易，在集市上与我发生口角，我亮出家伙，这些生番便一哄而散了。这第二个部落……当日吹吹打打正办大婚，冈村君要给生番立规矩，因而发生了冲突，生番还动手打了冈村君一拳头，简直是无法无天。冈村君真不愧我大日本帝国的警察，举枪即要毙了那个生番，部落的长老还算识相，出面服软，我和冈村君便凯旋而归了。"

宫本深感这个细节事关重大，他闭眼又凝思一阵，猝然睁开眼问道："那群生番是何部落？"

上川回道："大人，属下记得清清楚楚，是赛夏土著，他们的长老叫达鲁·乌茂。"

"嗯？"宫本一下子从椅子上弹起来问道："是达鲁·乌索吗？"

上川一愣神，说道："课长大人，是达鲁·乌茂。"

宫本嘴里不停地念叨："乌索！乌茂！乌索！乌茂……"他想到几年前大日本帝国军人对反抗者的一场屠杀，他作为指挥官之一亲历了那场屠杀，记得那个部落首领就叫达鲁·乌索。那个首领面对明晃晃的长刀毫无惧色，眼都不眨一下，脑袋砍掉了，还二目圆睁，眼面充满仇恨……

此时，一个其貌不扬的矮个子日警，扭着略嫌臃肿的身子站了起来，他眯缝着眼说道："课长大人，属下怀疑冈村君不是失踪，而是被人暗杀了。刚才，上川君提及赛夏部落，让我想起几年前我大日本帝国对他们的围剿，这些生番部落行为荒唐、装神弄鬼、放荡不羁，很可能是借机报复，杀了冈村君。"

宫本听罢，神色庄重地点点头："冈村虽不忍管束，可也不会弃家人于不顾，月余没有音讯必是已不在世间。酒井说的对，我们虽然征服了生番的土地，圈了他们的良田、森林，却不能摸透他们的脾气，驯服不了他们的心。"过了一阵子，他抬手轻轻弹了弹衣服上的灰尘，跷起腿，身子微微后仰，一副从容不迫的样子说道："酒井，你带人到赛夏的寨子，查个究竟，看看这些生番到底弄什么花招。若有异动，可采取雷霆手段，让这些生番断了反抗我大日本帝国念头，舍此别无良策。"

酒井三夫听宫本细述透彻，且把挟私报复用到了极致，心里暗暗佩服，他把脚下的皮靴踩得咔咔直响，略一躬身答道："嗨！请课长大人放心，属下定把此事办得明明白白。"

日警酒井三夫带人来到赛夏村寨，流匪似的一阵狂喊乱叫，部中老少不禁愕然相顾。长老达鲁·乌茂从木屋中走出，见二十多个日警荷枪实弹，知是来者不善，正意外时，一眼瞧见上川土八。

达鲁·乌茂迎上去，壮着胆子问道："上川先生，这么多人到我村寨，不知有何公干？"

上川说道："甭费话，听酒井先生安排！"

达鲁·乌茂没有说话，却见日警中间一个矮胖子说话了："你就是这部落中的长老吗？"达鲁·乌茂点点头。

"好！"矮胖子又说道："我是宫本课长派来的酒井三夫，我命令你把你们所有部众叫出来，每家每户都不能落下，老弱病残也不例外，抬也抬到这里来。"他眯缝着眼，手指着脚下的一片空地。

达鲁·乌茂看到这气势汹汹阵势，应是专为日警冈村的事而来，他登时出了一身冷汗，不过还好，札木和素拉已到布希达雅社部落哥哥巴万家小住，可以躲过此劫。女儿阿美与另十几个部众时常在外游击，上川与这些人很少碰面，压根本就不记得他们。心里一阵慌乱过后，他很快就定下神来，便着手安排周知簇人在空地上集中。

村寨里的老老少少陆陆续续来了，上川土八来回在人群里转悠了两圈儿，若有所思地摇着头问达鲁·乌茂："长老，部众都在这儿了？"

达鲁·乌茂点点头说道："上川先生，是的，全部老少一个不少。不过，头几日病死了三个，已经埋了。"

上川狡黠地眨着眼问道："达鲁·乌茂，你别想要花招，我问你，一个月前这里办过婚礼，那个新郎怎么不在？他去了哪里？"

达鲁·乌茂耳闻上川要找札木，他早有准备，只见他脸色一变，抚着额头，险些哭出声来，哀声说道："上川先生不提也罢，既然提到新郎，我可要替他讨个公道了——你可还记得，那日新娘遭到了冈村羞辱，主家嫌新郎无能，盛怒之下悔了这门婚事。我那个侄儿把面子看得比黄金还珍贵，哪受得了这等窝囊气，便上门讨要新娘，却被新娘的家哥砍伤，治无可治，残喘数日便死了。我说过病死了三个宗亲，其中就有他呀！噢，今天冈村来了吗？我要找他论个明白。"说着他便东张西望起来。

上川疑惑地瞪着眼珠子说道："怎么死了？嘿嘿，你们找冈村索命也迟了，我们还正找他呢！"

达鲁·乌茂又道："我知道你们都是日人，相互护着，他今天没来，过几日我便到办务署找他，你们不讲理，可妈祖圣明、苍天有眼呐！"

在一旁听了半晌的酒井耐不住了，气呼呼地走上来说道："你还想倒打一耙吗？我想，冈村君失踪，那个新郎脱不了干系，他埋在哪里了，带我去看看。"

达鲁·乌茂直视着酒井的眼睛，声音低沉地说道："酒井先生，我们部众归西之后，要跨过七险八难的彩虹桥，还经受神灵鞭打拷问、油锅煎炸，你受得了吗？即使你能忍受，也到不了那里，因为我们的祖灵不接待你这异类……"

酒井听罢，脸"刷"的一下白了，他牙关紧咬，伸手便薅住了达鲁·乌茂衣领怒吼道："死生番！你有两个脑袋吗，装神弄鬼，一派胡言。"他一挥手又道："搜——"日警便一拥而上，却被怒目圆睁，紧捏拳头部众排成的人墙挡住了，日警纷纷举起长枪。正对峙时，部中少年达多伸手欲抢夺日警铳枪，却被达鲁·乌茂的眼色制止了。

此时，流云飞渡，日影惨淡，黑森森的松柏发出低沉的涛声，白杨青枫树叶子一片山响，达鲁·乌茂伸手推开酒井抓他衣领的手，趔转身向部众说道："让他们搜吧……"

部众闪身让开，日警洪泄而入，一阵拆板倒灶、鸡飞狗跳过后，却一无所获，酒井脚步囊囊地踱过来，对着达鲁·乌茂

气急败坏地说道："看来你这个老狐狸早有准备。这倒好办了！来人，各户带走一个，对新郎病死细节分开盘问，若是一致我便信你，若有出入，你就等死吧！"

日警朝空放了两枪，便开始扯人，为了怕部众日后闹事，故意挑选青壮，剩下老弱。达鲁·乌茂忍气吞生地闭目仰天，他不愿与这群日倭发生争斗，否则，几年前部众血流成河的惨景将会重现。

酒井瞧着差不多了，便晃着矮墩墩的身子又巡视一番，突然用手一指吩咐道："把他带走！"

达多的阿叔见日警要把侄儿带走，上前一步护住达多说道："你们不能把他带走，他还是孩子，我是他叔公，我跟你们走！"

一个日警上前，用枪托用力捣下，达多的阿叔应声倒地，日警借机把达多拖到一边。酒井点点头，满意地一挥手，日警便押着十几个部众扬长而去。

第二十六章　同相怜借机救竹娘
　　　　　放眼量歃血洗外辱

　　时令已是初冬，道旁的杨柳暗绿，枫叶残红，另是一番景致，西北风吹来，遍地绛红色的落叶婆娑起舞。山崎幸子望着窗外景致，叹息一声，不留神间，已至隆冬了，山水萧然满天寒，自己心境也衬映得如寒紫冰霜荒淡冷漠。自被井口强暴那晚，昔日梦中谦逊儒雅的井口彻底死了，现在活着的、日日在自己残破皮肉上横行发泄的井口，只是一只薄情寡义青面獠牙的邪兽。现今这囚笼里又装入玩物，还是她熟悉的、曾经为她的衣物奔波无怨，为她的胭脂水粉精心尽力的人，回味起来，在异国他乡是她得到的唯一的一丝温暖了，她要把这个给她温暖的李竹娘救出牢笼。枉论是出于女人的天理同心，还是出于对井口的切齿之恨，总归不能让井口再残害任何女子了。可两天过去了，她却始终没有想到救李竹娘于水火的万全之策。
　　幸子思谋着，脚下却不由自主的款步来到廊前，远远见两个守卫只剩下一人，她便壮着胆子慢慢靠近，守卫正倚门打瞌睡。待她走近了，还未停住步，守卫一个机灵睁开眼，见是山崎幸子，疑惑着问道："幸子小姐，您这是……"
　　幸子轻牵嘴角含笑道："井口君不在，闲居两日心里发

491

慌，想找个人叙聊心境，这前后无人，只见你在，我便过来了。"

守卫听罢，又偷瞄了一眼幸子和服外裸露着的皙白肌肤，他干咽了一口吐沫，搓了搓手说道："嗯，哈……能与幸子小姐畅谈，是属下的荣幸……"

幸子温和地问道："你是哪里人氏？"

守卫回答道："属下家住北海道札幌郡。"

幸子点点头，谎称说道："好啊，真是巧呀，我也是札幌郡人氏。"

守卫二目闪着亮光，将信将疑地问道："幸子小姐府上雄踞在南郡还是北郡。"

幸子若无其事地反问道："你是……"

不待幸子说完，守卫便急急地说道："属下家住札幌北郡，先祖以渔业为生，现在以草扎为业。我十岁那年挽髻习武，去年冬日被派来清国听差，我姓月野，名单一'禾'字，家中有个姐姐叫月野纱织，长得美不胜收，我还有个相好的叫……"

幸子见他滔滔不绝的讲述，知是他离家遥远思乡心切且心火甚旺，于是插话道："罢了！罢了！我知道你久住异国他乡，想念亲人吧？哪日你轻闲了，我给你解解闷，也难怪，看着就顺眼，唉……谁让你也是札幌人呢。"

守卫眼里泪光闪现，连连点点头说道："幸子小姐，看见您我便想起了我的家人，我那相好的……"

幸子上前抚了抚守卫的肩膀，低声说道："渡边去吃酒把肉了，你即刻去找他，待你酒吃到飘飘欲仙之时，记得来找我，你要好生与我叙话，我帮你疏解心中的愁闷之苦，定会让你忘了烦恼和忧愁，忘了家人和恋人的……"

因为两人挨得近，守卫闻到幸子身上散发出来的，使人心醉神痴的淡淡幽香，又见她纤手如雪，酥胸似月，细瞧之下真有说不尽的娇媚，他顿时涨红了脸，一副血脉乱涌的样子。又一转念，便微怔一下，欲火凉了半截，磕磕巴巴问道："我一心想与幸子小姐……，可这……这……擅离职守……"

幸子接着说道："放心吧！我代你守住这门，你不回转，我是不会离开的，这里既然有人把守，怎么算擅离职守呢？难道你……你改了主意，不想清谈解闷了吗？"

"想，当然想了！"守卫被幸子拿话一激，登时来了精神，站直了身子说道："好，就这么办，渡边这个混账，他让我干守在这儿，自个儿却花天酒地去了。我即刻去找他吃酒，不过这儿……拜托您了，幸子小姐说话可要作数……"

幸子媚着眼，笑眯眯地摆手说道："你放心去吧！我知道内房里押着一个体弱女流，你瞧，尚有铁锁据门，她既有三头六臂的神通，也逃不掉的。"守卫点点头，躬身一礼，转身去找渡边吃酒把肉去了。

幸子见守卫走远了，此时已四下无人，她便抬手轻敲门板，小声唤道："竹娘！竹娘！您听到了吗？"

坐在榻边的竹娘，正洒一掬清泪，听到外面叽里咕噜一阵对话，又拧耳细听。一个守卫橐橐而去，尔后便有女声唤她，听过去像幸子小姐的声音，她抬足走到门边问道："是幸子小姐吗？"

外面传来一个轻柔的声音："竹娘姐姐，我是幸子。"

竹娘的身子猛地仄了一下，显得有些激动："幸子小姐！我……我是李竹娘。"她几度哽噎，强忍着咽了。

又听幸子轻轻叹息一声说道："那天我听到哭泣声像你，不甚确定，还真的是李姐姐。哎，井口这个人面兽心之徒，把你我都害苦了……"

竹娘说道："幸子，我知道你在这里度日如年，备受煎熬，我遭此冤劫不及细述，只想你帮我逃出这魔窟，你愿意助我吗？"

经此一问，幸子立时从痛苦的回忆中转圜回来，低声说道："李姐姐，我今日前来既是救你出去的，我已把守卫支走，请你耐心等待一会儿，待我寻得钥匙便可放你出来了。"

幸子欲转身离开，却被竹娘叫住："幸子，此事不妥，你回来。"

幸子听罢，抵着门缝问道："李姐姐，你不愿回家吗？"

竹娘说道："井口这条恶狼比你想象得更可怕，若你打开门锁放我出去，他会毫不犹豫地杀了你。"竹娘迅即从项上取下长命锁从门的缝隙间递了出去又道："拿上它，劳驾你走一趟台湾会馆，告知馆中的谭司事，我被关押在此，自会有人救我出去。"

幸子点点头说道："谢谢你替我着想，我定会按你的安排，明日一早去找那谭司事，细述这里发生的一切。姐姐还有其他交代吗？"

竹娘又问道："幸子，这里还关押着其他人吗？"

幸子摇摇头说道："没有。姐姐是说井口还羁了别的女人吗？"

竹娘说道："我有一个英吉利国朋友失踪了，我怀疑也是井口捣鬼。若这里没羁押其他人，可能另有他处。幸子，井口这贼还有其他私宅吗？"

幸子沉思半晌，犹豫着说道："我记得井口曾安排佣人去炭儿胡同的一处宅邸送药，此事过去了大半年，具体是哪一甲哪一牌已记不起来了。"

　　"嗯嗯。"竹娘听罢，已然忘却了自个儿身处险境，兴奋之情溢于言表，她喃喃说道："这便好！这便好！花些功夫即可找到。幸子，谢谢你。"

　　幸子答道："尽为痴心客，皆是苦命人。解救姐姐，幸子心里也得到了解脱，言谢便生分了。"

　　两人唇辅相连，共同的遭遇让她们的心贴靠得更近，都想着把一生的苦全倒出来。正投入地叙谈，却听外面有沉重的"咚咚"的脚步声传来，似醉汉般地深一脚浅一脚，幸子知是守卫回来了，她一惊说道："姐姐，就此辞了吧！守卫已酒足回来了。"

　　只听里面竹娘嘱了一句："幸子要多加小心才是。"

　　第二日天还未亮，幸子便找来一辆马车，催动车驾，即刻赶往台湾会馆。她说明来意后，蔫果便一溜小跑，禀给了正前俯后仰漱晨口的谭禄滗，他便肩上的面巾往蔫果脖子上一搭，抹抹嘴巴，出门便把幸子迎至内堂。

　　谭禄滗打量着眼前这个陌生女郎问道："听闻姑娘指名道姓地要见我，不知有何贵干？"

　　幸子问道："老人家可是谭司事？"

　　谭禄滗点点头催问道："正是老材我，这天儿刚交五鼓，你急着见我，到底为何事？"

　　幸子未答话，只是浅施一礼，尔后从袖中取出长命锁，交给谭禄滗说道："老人家可识得这个物件？"

　　谭禄滗拿过银锁，打眼一看便知是竹娘的随身之物，再仔细一瞧上面的生辰八字也对得上，确定无疑了。他难掩内心的激动兴奋，不由得老泪纵横，张口结舌地问道："这这……这……"

幸子见他又是垂泪又是激动，必是找对了人，忙解释道："老人家，李竹娘现在被羁押在一幢楼宇内，自天坛东行二里便何找到。昨日，她托付于我给您带个信，请您前去救她出来。"

谭禄滢问道："那个地方是公衙还是私宅？"

幸子说道："井口太郎的私邸。他现在不在府上，此时营救李竹娘是最好的时机，请老人家莫要错失良机。"

谭禄滢又问道："看家护院的家丁有多少？"

幸子答道："只有两个守卫，其他的尽是手无寸铁的佣人。"

谭禄滢拿昏花老眼不眨地盯着幸子问道："姑娘对井口的私宅如数家珍，看来道行不浅啊！"

幸子疑惑地看着谭禄滢问道："老人家，您这是什么用意？信不过我吗？"

谭禄滢说道："井口是你什么人？你此行若是井口有意设下的陷阱，我该做何感想？"

幸子有些急了，她涨红了脸说道："我叫幸子，我与井口什么牵连确实一口难说清楚，不过，我与李竹娘几年前便相识了，昨夜还隔门相谈许久。老人家，您若认为其中有诈，我可以暂时留在馆中作人质，待您救出李竹娘我再走不迟。"

谭禄滢又打量了一番幸子，闭了一会儿眼，一睁眼便道："甚好！既然幸子姑娘如此大度，便依你所言，只得暂时委屈姑娘了。"尔后他吩咐蔫果快去请王致等人商量对策，约一个时辰，王致与张三保带着七八个兄弟赶到会馆，谭禄滢便把事情经过细述一遍，王致等人也认为机不可失，看了一眼安坐于此的山崎幸子，便带人赶往井府。

他们来到这处楼宇，看情形与幸子形容得别无二致，便纵身跃入院内，经一番打斗，王致等人杀了两个守卫，破门而入，救出竹娘。从竹娘口中得知，克鲁斯可能被关押在炭儿胡同一处宅子里，王致认为事不宜迟，他命张三保护送竹娘回会馆，他却分道直奔炭儿胡同。

张三保带着竹娘回到会馆，竹娘连惊带吓，身子看上去十分虚弱，隽秀一张脸，愕然铺层蜡黄，虽几日未见，却恍若隔世。冯氏乍见之下，几乎没认出来，待她确认眼前这个失了精神的女子是自个儿闺女时，便撵着小脚几步奔过去，一把抱住竹娘失色痛哭起来。李祖业站在那儿盯着枯黄无神的闺女，又急又恼，一阵捶胸顿足，在场的人无不潸然泪下。

冯氏痛哭流涕，嘴里不停地唠唠叨叨，像千余年没逮着空儿说话了似的："你这不省油的瓦灯哟，这几天瞎摸到哪里去了，搅得哀家六神难安，七更不静，十精失散呐，寻思着我和你爹蹬腿儿那天，魂魄西游也不得见啦，孤苦伶仃的肉身长蛆招蝇也没人埋啊！我佛慈悲，佛门善哉，宽大为怀，赎了我这瞎婆子的罪孽，准我现世活着又瞧见闺女了，我的苍天啊，我的皇土呐，我那苦浸的闺女呀——"她边唠叨边胡乱地抓挠着闺女。竹娘只得把痛苦的经历、身心的磨难强咽回肚子里，她紧紧抱住娘亲，不着一言，任由屈辱的恨水簌簌下落。一阵风吹来，日隐云层之中，天色瞬间暗了下来，天际之中透着悲凄，充满无限惆怅和凄凉。路边的芳草，河边的柳枝，随风摆动，好像是向亲人的重逢表达致意，又像在倾诉着大地的苦难

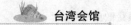

和竹娘的哀伤。

李祖业渐次止了顿首之态，变得神色黯然，枯坐愁城，他说道："哎，和尚打架扯辫子——本没有的事，你却惹出了事，爹是说你本事太大，还是怨你揽事太多？你弟在千里之外刀光剑影，朝不保夕，你在家里也不安生，你这是逼着我和你娘吊死在房梁上啊！"

竹娘流着泪终于说话了："爹，娘，是闺女不孝，让您跟着担惊受怕。我这儿只是虚惊一场，不打紧的，您二老可要注意自个儿的身子骨儿啊……"

"哎哟——"竹娘安慰话未说尽，冯氏端着闺女的双手，瞪大眼睛，痴痴地瞧着竹娘紫红於青，还沾着血渍的手腕，尖声叫道："那个挨千刀的欺侮你啦？娘泼上这条老命也得跟那贼子拼了。"

"要疯卖癫得弄甚？"李祖业边说边凑过去瞧了瞧，立时面如死灰，双目紧闭，两行热泪泣泣而出，仰天叹道："造化不济啊，怕是女红做不成了，今后哪个婆家能待见呐！"

一句话提醒了竹娘，忙说道："若婆家嫌弃，闺女便不嫁，干脆做姑子好了，爹娘最信仰我佛，常说一人得道，七祖升天！即使你们百年之后做了西土菩萨，身边也得有个亲近人焚香服侍么。"

李祖业被堵得无言可对，半晌才说道："哎，你这犟劲儿既不像我也不随你娘的性情，你却偏偏托生我李家，是我老材不度德，不量力。"他又把脚跺得山响。

谭禄滢见竹娘虽是搪塞戏语，却容颜惨淡，声音异常凄楚，知是她心里凄苦，不由得一阵翻江搅海的难受，便说道："闺女，你爹这样说，他是在责己，千万别轻信这蛮语。尚

498

且，留得青山在，不愁没柴烧。闺女要恙养些时日，自个儿的身家性命比天大比地厚，我替你做回主，铺面上的事你别先着急上手，可差使蔫果前去出把子力气。"

蔫果赶紧说道："万事都听姐姐调遣，不过，还是先请个郎中，给姐姐瞧病最打紧了。"谭禄滢点头称是，蔫果便跑出去寻郎中去了。

旁边站着的幸子把此情此景尽揽眼底，两下一比较，心里立时酸楚起来，看着他们团结和睦互为依靠，同样是亲人，可比自己那个唯利是图、心肠坚冷的哥哥要强过多少倍！自千里跋涉来到清国，这浑身上下的灵气与幻想，不知跑到哪里去了，余下的只是寄人篱下和任人摧残，心里好像翻倒了五味瓶，酸甜苦辣咸，什么味儿全有了，不知不觉间她已是泪流满面。

众人以为幸子是替他们的重逢感动落泪，单有竹娘心里明白，这幸子是在默默地想自己的心事。昨夜身处牢笼，却隔着一道门与她叙谈得深沉，才知晓她也是个苦命的女人，被井口这个畜生当作发泄的工具，一遍又一遍地，击溃了她作为女人的羞怯与自尊，他却并不爱她。据幸子讲，还有个投机钻营的哥哥，只是把她作为工具诱饵和发财的摇钱树，并未透出哥对妹的一丝理解宽容和同情怜悯，她原本冰清玉洁的心灵现已是疤痕累累。

竹娘强装笑脸，上前扯起幸子的手，陷入深深痛苦之中的幸子身子一颤才回过神儿来。只听竹娘说道："幸子，我的大恩人，随姐姐里面唠话，现在想想，昨夜没听够，再请妹妹赐言。"

俩人在内室榻角坐下，竹娘盘算了一阵，张口说道："妹子，我知道你在那幢房子里，几年下来，可也不轻松，井口是个什么东西，你比我更清楚。妹子是我的救命恩人，若不嫌恶，你便弃了那魔窟，来跟姐姐做个伴，虽锦衣玉食无法周全，可一日三餐粗茶淡饭还是能应付得来。"

幸子抬眼瞧了一下，顿觉春风扑面，她眼神里充满光芒，拭了一把泪说道："我单单随心了结个念想，想不到却换来如此恩德，能与姐姐朝夕相处，是幸子的福济，只当听听就觉得清冽明净、养耳润目，更让我的心性一下子舒展开了。我想起小时候，那些无拘无束的快乐时光，在瓜棚豆架里，在葡萄树下，在绿茵茵的草地上，我像一只自由的小鸟，看着母亲准备餐食，看着父亲岸边垂钓……"

竹娘抚着幸子秀发，乘机说道："妹妹是同意了？正好借此机会，不要再回去了，别人说你失踪也好、自杀也罢，都无关紧要了，要是你舒坦，姐姐会一直陪着你。我还要相跟着你学日语呢！"

"姐姐的日语与我不差，教不得了……"寒风飒飒，池水苍茫，幸子想起自己的身世遭遇，不禁悲从中来，心头刚泛起得种种希望，转瞬间陌生了起来。她不敢想，也勿需多想，想了也只能算作痴心妄想，她变得忧郁起来，脸上乍现的曙光转瞬已被冰霜消磨侵蚀，但觉百忧集结，万绪纷来："姐姐是菩萨心，让幸子怎么敢当？怕是要辜负了您这古道热肠。不隐瞒姐姐，自井口奸污我那天起，我已身心劳瘁，没有心力做任何徒劳的挣扎，细想想，怨不得任何人，这是我幸子的劫数造化所致。散处林泉，吟风弄月的快乐日子已与我缘尽，命运早已注定，我终其一生，只能是山崎家族利益的牺牲者。姐姐还不知他们的手段，提起来便让人毛骨悚然，是何其刁厉凶残，何其阴险歹毒，除我之外没人能参透这些，若幸子与姐姐牵手相依相伴，会害惨了你，包括您的至亲和好友……"

竹娘听罢，相对无言，只能是黯然伤神，默默流泪，许久她说道："幸子妹妹，有道是'心如量海，无枝无蔓，神往之处，豁然通途'。你不要悲观，更不能绝望，凡事都会有转机的法门，只要你敢想，再大的福气都不足为奇了，既拿我来说……"她差点把自己被井口糟蹋的事脱口而出，终还是没有说出口，其实，即便她不言明，幸子也是知道的。

幸子紧握着竹娘的手说道："李姐姐，他乡异客，还有你这个姐姐在，这是不幸中的万幸。可'高江急峡雷霆斗，古木苍藤日月昏'，我已经累了乏了疲了，况且弱女无势，既无城府又无韬晦，拿什么跟他们斗呢？"

竹娘安慰道："我会把妹妹带到一个密处，任何人也找不到的地方，你便可以安心度日了。"

幸子摇摇头说道："妹妹不愿此生客死他乡。"她抬起头又道："故乡的樱花很美……"说完便起身告辞。

竹娘给她叫了马车，幸子登上车，回头说道："姐姐是千百万樱花中最艳丽的那一朵……"说罢，她拭泪挥手告别。

幸子的车马刚去，王致便带着克鲁斯回到了会馆，一天之中便将两人救出牢笼。众人在院内迎接，真是可喜可贺，若不是机密，大可鼓乐高奏，颂歌扬起了。

张三保心中也是十分激动，这样的场面，他几十年也没经过，于是笑问道："大哥，累坏了吧？左等右盼你不回，我又从镖局调来几个兄弟，再等上不肖一刻，我便带兄弟们接应大哥去了。"

王致略一思忖说道："嗯，很好。只是对炭儿胡同门牌不熟，要挨门查找，耗费了些时辰。"

张三保又问道："有兄弟受伤吗？"

王致说道："有三个兄弟挂了彩，伤势不重，已命他们去医馆疗伤。幸而我们准备充分，人多势众，个个又身手不凡，尽管三个贼人拼死抵抗，还是被兄弟们结果了性命。"

身后的克鲁斯听罢，纳闷说道："我记得看押我的日本武士是四个，一阵搏杀之后，却只见三个人气绝身亡，另一个逃了？"

竹娘接话道："克鲁斯，枉论杀了几人作甚，把你相救回来不就结啦！"

克鲁斯拍拍王致的肩膀说道："我想说，当时我隔着窗子看着，真怕他们斗不过日本人。爷们威武，几个冲杀便结果了这些贼祸，谢谢诸位！"克鲁斯有模像样地揖手致谢，回过头又盯着竹娘说道："路上爷们说，你还为寻找我受了伤，差点丢了性命，都怪我计划不周，走漏了风声。有个法兰西的记者，差点病死，是我医好了他，他应该能帮上忙。"

竹娘说道："你也不必自责，只是井口那恶人太过狡猾，如今丑恶的嘴脸已被我们识破，已然是无处遁形，今后他那些肮脏的算计不会轻易得逞了。"

第二天，日本玄洋社弑杀西洋人事件曝光，并未像他们希望的那样——引起朝野震动、轩然大波。然则，其真实性反而遭到某些质疑和猜测。显而易见，清廷与各国的关系已水火不容，任何自证清白的论调，已被各国视为一种挑衅行为。

井府内，井口颓然坐在椅子上，短短数日他像做了一场噩梦，事情变化之巨，让他难以置信。看来，汉口之行，他失去的远比得到的要多得多。机关算尽方才掳来的竹娘，本打算与她日日共度良宵，眨眼间已是人去楼空，情恋之失如平空打起一个焦雷，让他身心颓废。煞费苦心圈禁的英国医生克鲁斯也让人劫走，还把玄洋社的事捅了出去，这也给内田了一个扳倒自己的借口，今后他在玄洋社的地位可想而知了。

在他看来，面前跪着的两个人，他一个都不想理会，可佣人春僖的话还是硬塞进耳朵里："先生，虽然未看清他们长得什么模样儿，可个个武功高强，两个守卫无论怎样勾刺劈挑，总占不到上风，最后被杀了。这事更不是我们这些佣人能阻止了的，请先生明断。"

跪在地上的武士，脸胀得血红，顶着一脑门子的汗说道："属下无言以对，既不知道何人所为，也不知道发生了什么。属下去给那医生去弄饭菜，回来一看，他们都死了，那个医生也不见了……请阁下惩罚！"

井口深知这两个人是说不得假话的，不再想听他们推责解脱的说辞，他清清嗓音问道："幸子小姐当时在做什么？"

春僖一边偷眼打量井口，边说道："幸子小姐当日一大早便去了'香水坊'浴堂，回来时瞧见这个场面，也是吓坏了。独自关在房里三天了，饭也不吃，茶也仅仅进了几口，想必是惊厥得耳目眩晕、神智失位。我一会儿再去瞧瞧，再不妥，我便请个郎中来。"

井口想了想说道："不必察变了，你立时去请吧！"他看着跪在地上的武士又道："你也起来，听候处置。"

俩人答应着离开，不多时，佣人春僖又回身转来禀道："先生，内田君来访，已在内厅等您了。"

井口一怔，心里想，自己前脚刚到，内田紧跟着找上门兴师问罪了，虽说吃相有些难看，毕竟把柄捏在别人手里，内田定会为此大做文章、先发制人的，看来我井口要吃大亏了，届时该如何收场？转念又一想，这个亏我井口吃不起啊！弑杀黑木五郎在前，克鲁斯被人劫走在后，再有玄洋社的事情被人捅上报纸大肆宣扬，这三条罪责加在一块，只要内田稍微做个手脚，一百个井口也得倒台。唉！不管怎么说，不能栽倒在内田手里，也不能让他太得意。想到此，他便信步到了内厅。

井口带着春风笑意进来，迎接他的却是内田冷若寒霜的一张脸，旁边还站着一个人，也是一脸肃穆，没待井口说话，内田便将一叠报纸摔在桌面上："井口君，这上面的文章如何解释？"

井口不用看便知道是有关玄洋社的文章，于是说道："内田阁下，是属下疏忽大意了，那个英吉利医生不知被谁救了出去，他们又是怎么找到此地，一切都是不解之谜。属下已着手暗查，待水落石出之后，再向阁下请罪。"

内田嘿嘿冷笑两声说道："我大日本帝国正处在关键之时，玄洋社也正是用人之际，像你这样再接二连三出现疏漏，须时，哪轮到我内田向你兴师问罪？说不定社长会亲自出面过问此事的。"

听罢，井口只得低头服软，说道："阁下教诲的是，井口一向得到您的宽容和佑护，感激不尽。时下，又惹出乱子，幸而未造成太大影响，请阁下继续包容属下才是。"

"哈哈哈！"一阵笑声之后，随着内田而来的那人说道："井口君，几年未见，除过清高峻冷姿态以外，却又多出了巧言令色的功夫。若没有我买通几个西洋记者，及时将此事压住，恐怕就不是现今这个结果了。"

此时，井口才正眼细瞧那人，恍然记起眼前这个三十出头的人正是多年未见的田中久光，一个粗鄙的投机小人，他怎么风光到如此程度，竟与内田混得滚熟？正疑问间，听内田说道："井口君办事不力，不得不请出田中君帮忙，才未铸成大错、酿成恶果。"

"是是是!"井口不知田中久光现今的深浅，也来不及多想，便打着哈哈点头说道："在下与田中君算是故交，此次出手相助，弥补了井口的过失，此乃我玄洋社中流砥柱啊! 叨扰一句，足下为平冈社长效力是什么时候的事？"

田中一脸风色，刚要开口，内田却说道："既然是湖海故旧，田中君的身世就无需多言了，他现在的身份是我的副手。自一年前田中家族助资玄洋社始，我便与田中君相见恨晚，认定他是难得的人才。不出所料，我内田没看走眼，此次弹压舆论，精准、到位，不利玄洋社的烈火没有烧起来，真正的大功一件呐。今后，你们二人要精诚合作，共为玄洋社出力。"

田中伸出手，笑眯眯地说道："井口君，请多多指教!"

井口瞧着田中久光小人得志的媚相和轻蔑的神态，只是轻触了一下手说道："请多海涵!"

"喔——"内田又道："井口君，黑木君失踪一事交由田中君专办吧，免得各自心存侥幸，彼此推诿，倒误了事。你且集中心思查办那个英吉利人被劫的事，看看谁在背后施了手脚，天皇雄霸天下的大计，万不可在这些琐事上翻船。"

井口心里猛然一惊，却不露声色地说道："全凭阁下安排，此事虽田中君专办，我也会尽力协助的。"

内田良平和田中久光辞别已是日夕时分，井口太郎攒了一肚子愤懑无处发泄，他借酒浇愁，不时发出阵阵狂笑，佣人们个个听得毛骨悚然、胆寒肉跳。

赛夏人被日警带走之后，长老达鲁·乌茂立即遣人到布希达雅社部落给侄儿札木送信，让他带着素拉离开此地，避开日警的搜查。札木得知事情原委，把自己痛骂了一阵，他怎么能一走了之呢，他要报仇，即使不能成事，也要让日倭知道他札木也是有血性的人。当晚思谋了许久后，这才带着妻子素拉回到了自己的寨子。

札木一脚踏进叔叔达鲁·乌茂的屋门，抬眼看见巫师库玛、小妹阿美等人都在，把不大的屋子挤得满满登登，看来他们在议事，札木想，正好借此机会把事情说清楚。让部众跟着受牵连，算怎么一回事？也非我札木所为。

札木还未来得及张口，达鲁·乌茂借着灯光一看，是侄儿进来了，一下子就火了："你中了什么邪气，还是被妖魔鬼怪迷住了，你不去暂避一阵子，拧着劲儿地硬是不听劝，是想自投罗网等着日人来杀吗？"

札木铁青着脸说道："阿叔，我知道您一心为侄儿着想，可那个日贼是我亲手所杀，大丈夫一人做事一人当，我不能连累部众，伤害无辜。我想好了，明天一早我去办务署自首，把部众换回来。"

札木是个孝子，因阿爸被倭军杀害，阿妈终日以泪洗面，阿妈上了岁数，身子骨一下子就不行了。又遇上大风天儿在海水里给家人趸摸吃食，双手日久浸泡，便出了毛病，骨节肿得老粗，痛入骨髓，连缝缝补补的活也干不成。还好，阿叔达鲁·乌茂对他视如己出，及时接济、替他们家分忧担困，不然哪里能够活口。到了年纪，阿叔还张罗着给他娶了妻子，他知恩报恩，本打算与阿叔及部众就这么相亲相爱、和和美美地过下去，这也是他想要的生活。谁曾想，自日倭来了，打碎了这里的一切：先是把他们部众像牲口一样，驱来赶去；接着便强抢部女，肆意杀害、奴役部众；圈地砍林、没收良田；把他们世代生活的家园据为己有。他们倒像外来的奴隶，日倭的淫威让这块天蓝水清的土地，陡然间变得暗无天日，部众手无土地，更无猎场，一步步把他们逼上了绝路。阿爸被割了脑袋，阿哥被活活埋了，阿妈也郁郁而亡，素拉被日倭无端羞辱，部中青壮被杀了大半，还有那些数不清的部中年轻的女孩子……札木自幼跟随阿爸、阿叔、阿哥骑马、射箭、打猎、争斗，什么没见过、没经过，他多想为这国恨家仇放手一搏啊！

此时，阿美站起身来说道："阿哥，我们正商议营救部众的对策，你若明日去了办务署自首，不仅救不了任何人，还会害了他们。日倭想杀了我们，正愁找不到一个冠冕堂皇理由，你却急着给日倭递刀子，这不是逞匹夫之勇吗？"

札木脖子上青筋暴起，霍霍乱跳，挺着胸脯说道："阿妹，我自有盘算，即便崩碎了牙，我也要蜇他们一下。"

达鲁·乌茂峻着脸说道："札木，你莫要冲动，日人没有你杀人的把柄，仅仅只靠猜测而已。现在十几个人还在他们手里，是死是活全看你怎么做了，你要为这些部众的身家性命着想啊！"

听罢，札木这铮铮铁骨汉子也落下了眼泪，迷离恍惚，目眩神移地问道："这可怎么办才好呢？我去自首，日倭不会放过部众们，我不去自首，部众们一样遭殃。哎——"

达鲁·乌茂又道："札木，只要你不节外生枝，横插上一杠子，我想，被捉去的部众暂时是安全的：一是日人正砍伐桧树樟木，他们需要我们去搬运，杀了我部众苦力便没了，对他们没有好处。二是若是没有任何理由便杀人，各部落会联手反了日人，这是他们不愿看到的。即使日人无端杀人，也得要奸用计，偷偷摸摸地干，十几个人呢，明目张胆地就给杀了？"

阿美说道："阿爸，日倭的凶残难以想象，捉去的部众在他们手里，还不任由他们宰割？要尽快想法子营救才是，夜长梦多，备不住日倭已经对他们下了毒手呢。"

达鲁·乌茂点点头说道："明日我便去办务署要人。"

札木担忧地问道："阿叔，您说我死了，若倭贼察觉您说了谎话，又该怎么办？"

一旁的巫师库玛微闭着眼睛，喃喃自语祷告着："伟大的祖灵快快赐予部众智慧吧，指引部众做出正确的选择，仁慈的祖灵快快降下幸运吧，免除部众眼前的血光之灾。万能的各路神灵，快快赐福给达鲁·乌茂吧，愿我部的英勇智慧集于他一身，逢凶化吉，遇难呈祥，转危为安，愿妈祖保佑你……"

达鲁·乌茂合掌致谢，沉吟良久，尔后说道："人定胜天是小，天定胜人乃大；不顺天应情便是因小而失大，苍天睿明，自有授意。若是被揭穿，就让他们冲我来吧，我已做了准备……"

阿美耐不住说道："阿爸，我即刻去找竹庆商量一下，届时让游击小队随行，隐在暗处，以防不测。"达鲁·乌茂用异样的眼神看着女儿，女孩儿在一些事上，有特殊的敏感，她早已从阿爸宽容满意的目光里，看出了题外的意思，便羞涩地低下了头。

达鲁·乌茂轻咳一声，点点头说道："这样也好，不过，你要与李标目……哦哦，与竹庆贤侄儿会意详尽，这关系到十几个人的生死，不到万不得已不能动手的。"他又道："札木，你带着素拉即刻返回布希达雅社部落，这里的事你就不要参与了，日人见不到你，一切都还好周旋。"

札木长叹一声说道："阿叔，我听您的，我现在就和素拉回去，若有什么意外，您要记着遣人通知我啊！"此时的阿美，已急不可待去了竹庆那里。

翌日一早，达鲁·乌茂带着几个部落宗亲到了办务署门前。看门的两个日警见迎面走来一群"生番"，腰里挂着弯刀，一脸的怒容，知是来惹麻烦的，于是警觉地端起了枪喝道："站住！再往前一步，就要了你们的命。"

达鲁·乌茂伸手止住他们，高声说道："我是赛夏长老达鲁·乌茂，请向宫本先生通报一声，我今日前来，是接部众回家的。这不，为了表达我们赛夏人对警察部的敬意，我带领部众专门为宫本先生还有诸位长官，猎下了一头马鹿、十只山鸡，让诸位尝尝鲜。"他一挥手，命人把猎物抬到前面来。

两个日警听罢，露出了笑脸，将枪往背上一挎，迎了上来。其中一个日警说道："哈哈，还是头目识相，往后，孝敬野味要多多益善。"

达鲁·乌茂强装笑脸说道："那是！那是！现在我们帮长官抬进去，剥好洗净，只等长官下锅煮吃了。"

日警一摆手说道："站着甭动！这些野物自会有人来取。"

达鲁·乌茂拱手道："劳驾长官给通传一声，也许宫本先生正等我们来呢！"

"你与宫本课长约好啦？"日警问话，达鲁·乌茂点点，日警又道："好吧，我去报告课长大人。"说着转身进了办务署。

看门的日警进到室内，见宫本仓介正与酒井三夫说话，他唯诺道："报告课长大人，门外赛夏人的头目到了，还带了马鹿、山鸡，说是孝敬您的，您见还是不见，请大人明示。"

宫本先是一怔，顿了一下，突然纵声大笑说道："你过来，本课长告诉你。"

日警脸带谀笑蹑着脚走过来，待他走近了，宫本抬起手用力刮了过去，这日警挨了一个大耳贴子。顿觉耳鸣目眩，原地转了三个磨圈儿才停住，帽子也不知飞到哪里去了，两个鼻孔冒出鲜血，顺流而下，扑通一声跪倒在地上，只听宫本骂道："混蛋！那些生番把你卖了，你还帮忙数钱呢，我大日本帝国怎么会有你这等废物！滚——"

日警嘴里吐着血沫说道："是……是……"一溜烟不见了。

宫本仓介扭头问酒井三夫："拷问得如何？这些生番招供了吗？"

酒井说道："课长大人，这群生番不开窍，打个头破血流也不吐露半字。属下以为个个都是哑巴，谁知道打痛了也叽里呱啦骂人，原来不是哑巴，就是嘴太硬，怎么也撬不开。"

宫本又问道："你不是捉了个小生番嘛，从他嘴里也掏不出有用的东西来？"

酒井垂丧着脸说道："属下无能。原以为一个小孩儿，恐吓一番或者抽上几鞭子，连哄带吓什么都能嘟噜出来。唉——没想到这个番崽也是软硬不吃，属下只好下令给他上刑，先是拶指，后来改为皮鞭，接着又是老虎凳、夹棍……"

宫本狰狞着脸，狡黠说道："此次生番明目张胆地来要人，看来他们已做好了鱼死网破的准备，说不定我们办务署四周埋伏了人，正虎视眈眈地盯着我们的一举一动呢。"宫本不愧为一只狡猾的老狐狸，此时，在距离办务署二里之遥，竹庆和阿美带着游击小队埋伏在丛林里，正居高临下地观察着这边的动静，遇有风吹草动，他们随即驰援而来。

酒井问道：“大人，这该如何处置？”

宫本冷笑一声说道：“既然查不出结果，只有放人了！杀几个生番，就如同捻死只蚂蚁一样容易，可要引起生番的连锁反应就比较棘手了。啐，下贱的生番狗，走着瞧吧——”

达鲁·乌茂若无其事朝对面山上瞧了瞧，女儿的软鞭挂在高高树杈上，鲜红的流苏正随风舞动。他正欲举刀示号，却见部众相互搀扶着自办务署内走出来，达多却被人抬着，血肉模糊，奄奄一息。

在回寨子的路上，达多一阵清醒，一阵迷糊，清醒时他问阿美：“姐姐，我不会死吧？我还想跟着姐姐去猎山鹿，我还想猎下属于我自己的猎物，献给我阿妈……”

阿美含泪笑道：“达多最勇敢，不会死的。我答应你，等你养好伤，我天天带你去打猎，直到达多阿弟鲸面，成为部中最彪悍的男人。”

达多挤出一丝开心的微笑说道：“姐姐真好——”

三日后，达多带着梦想和遗憾死了。他的死震撼了全部，让他们认识到，即便苟且偷生地活着，也难以为继了，也并不现实，一个个生命含冤而去，连苍天沃野也为之哀伤。就在那个晚上，部落中长老达鲁·乌茂，主持了图腾祭祀和祖灵祭拜，歃血盟誓：以日人之血祭祖灵！刹那间，电闪雷鸣，狂风大作，雨泄倾盆，瓢泼如注，块块黑云，像柄柄利剑，把黑暗的天色劈裂，闪闪电光把这个雨夜照得通亮，如炽焰白昼。

第二十七章　雪旧耻番民闹起义
　　　　　　仪鸾殿后心难改变

　　一夜风雨，急骤茫茫，嶙石之上苍松翠柏历经风吹雨打，在层峦叠嶂之中越显高傲挺立，山间云雾缭绕，若薄纱似厚毯，一直罩到山顶，晨光已熹微，万籁俱寂。森林之中，赛夏长老达鲁·乌茂跚蹰而行，他透过一片寂静望去，雾中景色尚不分明，唯见近处枝叶上的露珠泫然欲滴，稍远处便只剩下朦胧剪影，混混沌沌交相缠绕、百结不清。他又抬头望天，霞光透过树枝的鳞隙扑泻而下，像繁星在空中闪烁。他站住脚，定神凝思，一副沉重难语之相，他要去布希达雅社部落，说服巴万共御外敌。他能否带领部众相随，他想，哼，若不随，他便把拼命三郎侄儿札木带走，他可是部中不可多得的力量。可是，他又摇摇头，马上就否定了自己的念头，达鲁·乌茂心里竟这般一阵接着一阵地忐忑着，这御敌洗辱虽为大义，可毕竟连着各部老少的身家性命，生拉强逼可不行。

　　达鲁·乌茂连着翻过了两道峻岭，又走了一段平坦的山道，这才望见藏在山坳里的布希达雅社部落，依山而建的棚居，屋顶连着屋顶，檐角挨着檐角，看上去似一片繁盛茂密的蒲桃林。他又紧走了一阵子，便到了布希达雅社部落的寨门前。

达鲁·乌茂定了定神，正要一脚踏进寨门，札木在身后叫住了他："阿叔，寨子里出事了？"

达鲁·乌茂回头瞧看，札木全身精湿，瞧着即是刚从林子里钻出来的，一根棍子上挑只胡羊，胸前还挂着两只山鸡。他把整个身子转了过来，说道："噢，刚猎下的吧！寨子里没事，我来找巴万头目，他在吗？"

札木把胡羊换了肩挑上说道："阿叔，我带您过去吧。"

达鲁·乌茂看着侄儿身上正往下滴水说道："噢，不用了，你快换了衣裳，粘在身上滋味不好受。"札木没言声，跟着阿叔进了寨子，走了几步，又听达鲁·乌茂说道："呃，你也来吧，这事跟你也有牵扯。"

三个人围坐在巴万家的火塘边，巴万把吊子上熬好的热茶，给他俩斟了说道："听长老一席话，我巴万也是热血沸腾，两部已然联姻，我也随着素拉称您声叔公，您说怎么干吧！"

达鲁·乌茂饮了口茶，直愣愣地瞪着眼说道："首先要做得是烧了办务署，杀了宫本这个祸害。"

巴万问道："叔公，据我所知，日人办务署方圆半里之内，没一个闲人，单凭部众手里的弯刀弩箭，怕是难办到。我揣摩着，倒不如趁月黑风高之夜，着精练部众先潜进办务署警察部，且把日人的铳枪火器借出来一用，火力够猛，哪怕是强攻，也不在话下。叔公意下如何？"

达鲁·乌茂到此时才有点儿笑模样，他点头说道："巴万贤侄儿所言极是，不过，我们不用冒着打草惊蛇的风险去抢日人的火器库，阿美已联络了抗击日人的义勇游击，他们那边提

供火器，此事侄儿无需担忧。"

巴万笑道："叔公，看来您思谋已久，誓死对抗日人暴行。恕我直言，耳闻此地义勇首领是一个汉人，到了十万火急时刻，他变卦了怎么办？"

不待达鲁·乌茂解释，札木插话道："阿哥，起初我也不信，一个汉人怎么会帮咱们部落报仇呢！一个月前的那个晚上，我和阿美把羞辱素拉的冈村擒到后山悬崖给杀了，贼头放在了阿哥你的门前，这件事你是知道的。在回寨子的路上，我从妹子口中得知那个汉人的很多风行，有大义、讲诚信、敢拼命。还有一事，我必须讲明，那个汉人说不准将来还是阿叔的小婿，我的妹丈夫呢！"

巴万瞧着妹夫札木若有所思，尔后哈哈大笑："噢，这便好，看来是我多虑了。"

达鲁·乌茂说道："若论这个人，确也算得上一个人才，他带领标下的义勇从未吃过日人的亏，这个只是阿美亲眼所见，我不敢就此下定语。不过，他说无论哪个部落，总归是华夷之天下，他万里跋涉至此，就是把日人驱逐出去，让各部世代友好，和睦共处。这句话倒是点醒了我。"

巴万问道："叔公，其他部落怎么办？我们这儿起事，会不会殃及无辜？最好说服他们与我们一起干，这样也会相互有个照应。"

达鲁·乌茂沉默了好大一会儿说道："阿美已去罗多夫社商议，他们与日人积怨已久，与我们一起出草不是问题。其他三个部落，我会尽力游说。"

三人议定后，巴万起身去部落动员部众，札木则带着素拉赶回赛夏寨子，达鲁·乌茂分头到了其他三个部落，结果只有波阿仑社答应随他起义。

第二天定昏之时，各部落头目集聚赛夏寨子，达鲁·乌茂坐在中间，依次是巴万、札木以及罗多夫社的头目鲁赫、波阿仑社的头目格墨尔。此时，阿美与竹庆进了门，鲁赫、格墨尔见有汉人造访，腾地站起身来，伸手握住腰间佩刀。

达鲁·乌茂安坐着笑道："诸位不必惊慌，这是我请来的客人，是帮着我们出草的将军。今日约几位过来，有几处尚须未雨绸缪。一是部中人多嘴杂，千万不可声张，今日各部落要共同发誓；二是慎选勇士，宁精勿滥，坏了大事；三是要周密策划，一旦时机成熟，则以迅雷不及掩耳之势，从速杀了宫本这个异族祸端。来来来，二位头目，坐下说话——"

鲁赫和格墨尔仍手不离刀，鲁赫脸有愠色说道："长老，邀约出草，你可没说有汉人掺和进来……"

竹庆见二位头目对自己还没放下戒心，他上前走了几步，从桌上捡起三支木箸说道："二位头目，我是奉妈祖之命，共商大计，扫除日贼，匡扶各部，共享太平，若有异心，犹如此箸！"说罢，"咔"的一声折断了筷子，将断筷蘸了烛油焚着了。二人愣神间，阿美也如法盟了誓，他们呆呆地看着地上的筷子燃成灰烬才放松了戒备，缓缓地坐了下来。

这时，巴万击掌笑道："这几年，在合欢山一带，只听说有个让日贼头疼的义军首领，今日一见，果然不同凡响，不仅会打仗，还讲了一口流利的部落语言。"

达鲁·乌茂站起身来，借机说道："事先没给二位头目讲明，生怕你们顾虑重重，现在他也起了誓，你们放心了吧？李标目李将军可……"

竹庆打断了达鲁·乌茂说道："阿叔，您直呼我竹庆

好了。"

达鲁·乌茂满脸笑意说道："好好好！竹庆这几年带领义勇军与日人周旋，作战经验丰富，今日请他过来，就是帮助咱们排兵布阵的。"鲁赫和格墨尔朝竹庆揖手致歉。

竹庆还了礼，便从衣襟掏出一卷纸，把蜡台往后推了推，便把纸展开来，大家一瞧是张日人办务署的地舆图，竹庆用手指划着。他把日人办务署的兵力部署、人员配备、军械装备，包括警察部内部房舍结构布局、宫本仓介指挥作战的习惯、如何以最小的代价换取对日倭最大的杀伤和震慑等，侃侃言来，说得条理十分清晰。鲁赫听着不由得佩服："以前听说李标目骁勇非常，钢刀挥舞之处，日敌无不当场毙命，我还不信。这机断权谋，这聪明睿智，我算瞧见了，真个好口才，好心计！"

大家个个托着下巴据案而坐，边听边点头。待竹庆把攻打办务署的大略形势说完，达鲁·乌茂方道："知晓宫本异贼反复无常，他打起仗来还阴险狡诈、刁钻毒辣，办务署还真是块难啃的骨头，万不可小觑呢！"

竹庆摇摇头，小声说道："阿叔，您说得不无道理，可还是错看了宫本这个日贼。"

达鲁·乌茂毫不理会，身子一倾，盯着竹庆说道："你说细点！这贼人一边命人三番五次来寨子找茬，意在残害部众；等我找上门了，却把部众没有任何缘由地放了。虽说部众个个伤得不轻，但总归是放了，一抓一放，这难道不是反复无常吗？"

竹庆看着达鲁·乌茂，断然说道："阿叔，宫本绝非反复无常之人，他对各部落用的是分而役之的诡计，这里面大有名

516

堂。您看，他对各部烧杀抢掠，凶残蹂躏，却又将菽米一篓一筐的送给各部，目的是驱使部众帮助他们运送山中的古木；他派遣属下捉了部众，不但没杀，您去要人，不着一言地给放了，这是因为他还没有摸透各部族之间的联系，待他掌握了各部的实际情况，他便会露出锋利爪牙，分而灭之。"

听罢，达鲁·乌茂暗暗赞叹眼前这个年轻人，说道："嗯，我还真小看了这日贼，明晚这个时辰即是他的死期。"巴万等人也跟前点头。

竹庆愣盯了地图一会儿，说道："阿叔，各位头目！取宫本的人头也不在一天半日，我以为最迟不过后天晚上动手最为合适。再过一天，就是日人的皇灵祭，他们定会聚众夜饮，待他们酩酊大醉、麻痹大意之时，便是我们攻取之时，须时吹角为号，个个争勇，定能大获全胜。"

"好！"札木拍手叫好，说道："后天袭击办务署，由竹庆兄弟全权统领好了，我札木举双手赞成。"鲁赫和格墨尔也跟着开怀大笑，表示赞同。此时，达鲁·乌茂偷眼瞧了女儿阿美一眼，只看她对着竹庆二目闪光、神采飞扬，仰慕之色溢于言表，一个劲儿为竹庆叫好，心里顿感一阵宽慰。他早已对竹庆"再三验试"之念抛之脑后，恨不得现在就招竹庆为自己的东床快婿，能亲耳听他叫自己一声"阿爸"是多么受用的一件事呀！可大战在即，自己不切实际的幻想，来得真不是时候。达鲁·乌茂一脸的机密情绪，尽被侄儿札木看了去。

就在这时，众人又听竹庆说道："阿叔，诸位头目！还有一事要诸位急办，部中勇士将要出征，浴血进攻办务署，生死只在呼吸之间。其妻子老小，倚门而望。但，家无继炊之米，人少遮体之衣。如此，前方勇士，怎能安心杀敌？诸位头目，应把各部屯粮、衣物尽快分发给部众，并着老幼病弱者悄悄转移至山深崖陡之处的安全之所，至此，勇士了断后顾之忧，才好安排下一步行动。"

众人点头称是，波阿仑社的头目格墨尔说道："李标目，你放心吧！我格墨尔知道，安抚好宗亲，也是头等大事，再难、再急我们也会办好。"

至此，起义的战前会议暂告段落，众人还未离开，札木恰到好处地张口了："阿叔，刚才我与巴万阿哥私议了一下，竹庆兄弟说得是，恶仗一起'生死只在呼吸之间'，真是刀枪无眼啊，有件大事，不如借此机会办了，免得您老人家留下遗憾。"

众人一愣，眼睛都瞄着札木看。只一瞬，达鲁·乌茂便明白了侄儿所言，他看了阿美一眼，讷讷说道："大战在即，哪顾得上儿女情长啊！"

巴万说道："叔公，竹庆兄弟身怀家仇国恨，万里迢迢来到台湾，真是举目无亲，这，终究不是长久之计。他和阿美相处甚久，早已情投意合，您不会视而不见吧？知道您爱女心切，且胸怀开阔，今天就让他俩变闺房为洞房，成就了这对好鸳鸯，不知叔公可肯俯允？"

阿美一听，登时激动得泪如泉滴，几近哀求地说道："阿爸，您是天下最善解人意的尊长，您就……"话还未说清，竹庆一个举动倒把她吓了一跳。

竹庆几次恳求达鲁·乌茂把女儿嫁给他，达鲁·乌茂始终不置可否，今天众人又把此事抬了出来。他灵机一动，扑通一声跪在地上说道："岳父大人在上，请受小婿……"

"哎哎哎！"鲁赫说道："李标目，跪可跪，叫可不能这么

518

叫。依照我们的规矩，你应该喊一声'阿爸'，哈哈哈……"

竹庆扯了把阿美，阿美会意，紧着也跪了下来，竹庆又道："阿爸在上，请受小婿一拜。"和阿美一起磕了头，他接着说道："阿爸，您把宝贝女儿交给我，我会拿生命一样待她，任凭世事百转千折，我定会和阿美生死与共，此生不改初衷。"

此刻，达鲁·乌茂已是老泪纵横："你与铃儿结百年之好，设身处地地为她盘算，我感激不尽，咱们也算有缘分，我便依了你的请求。其实，你在寨子养伤时，我就知道阿美对你情有独钟，只是日人到处烧杀抢掠，兵荒马乱之际，我部亦居无定所，东迁西移，哪能静下心来思谋你们的事呢！现在，你阿哥建议，二位头目见证，你我成了一家人，客套话不说，哪天我死了，你只要善待她，我也就瞑目了。"

深夜，竹庆和阿美躺在床上辗转难眠，新婚燕尔，没有庆祝的美酒佳肴，没有祝福的欢歌笑语，没有四壁挂红的烛台纱幔，但他们是甜蜜的、幸福的。睡不安稳，只为了即将到来的一场恶战。

暗夜里，阿美仰脸望着天窗，她柔声说道："相公，你……"

竹庆伸手掩住她的嘴说道："铃儿，你我二人虽喜结连理，今后你且唤我竹庆即可，我也不称你'娘子'，只在床榻唤你'铃儿'，平日里还叫你阿美。"

阿美问道："为甚?"

竹庆说道："我也理不出头绪来，只是恍惚记得，初见你第一眼，便爱上了你，当时我便叫你阿美姑娘，也许'阿美'两个字已经刻进我的生命里了。"

　　"嗯——"阿美答应着流下两行感动的热泪。只听身侧的竹庆一阵窸窸窣窣，也正欲问何故，一条热乎乎的东西套在自己的脖子上，只听他说道："铃儿，这是我爹用三两银子打下的平安锁，我与姐姐各持一枚，现在，我把这枚平安锁交给你，定能化解世间七灾八难，保你今生平平安安。若我战死疆场，你守着这枚平安锁，上面篆刻着我的名字，就如同我在你的身边。"

　　阿美抽泣着一手抚着竹庆健阔的胸膛，一手捂住他的嘴巴说道："洞房花烛之夜，不允你讲这些丧气话——"

　　"好，不说这些了。"竹庆又道："铃儿，你知道吗，这平安锁里暗藏着玄机呢。"

　　"什么玄机？"

　　"我的名字。"

　　"名字？李竹庆？"

　　"嗯。"他握住她的手，用指肚儿试探着说道："这儿，我的名字用小篆书写的，藏在这些水纹里，如同在水波里找涟漪，不仔细辨认是很难分辨的。"

　　阿美说道："想不到，一个平安锁还有如此机巧门道。"

　　竹庆笑道："我自小淘气，爹是怕我丢了。"

　　"谁能料到，淘气鬼变成了大英雄。"她咯咯笑了一阵，又说道："攻打办务署，你安排得足够详尽，勿要再多花心思了。"

　　竹庆轻吁一声，说道："这次各部揭竿而起，前所未有，不深思熟虑哪能行，我琢磨着，下面我们还要走好三步棋：一是采取声东击西之策，才有胜算。各部勇士虽善于狩猎，与打仗是两码事，初战只有让他们兵不血刃地尝试一下，以后才能把争胜的信心树立起来。二是以破袭为主，以杀伤为辅。若此仗变成了拉锯战，死伤会大大增加，对我方不利。三是善后处理要得当。此一战，必然会遭到日倭报复，战后要及时转移，最终转移到何处，还得向阿爸讨教才是。"

阿美说道："你的专心缜密，便是部众的福气。"过了一阵子，她嘴唇又嚅动了一下，似乎是还有话要说，竹庆用指尖儿压在她的唇上："嘘——铃儿，下边该是相公教娘子如何排兵布阵、捉对厮杀的时辰了……"两个有情人干柴烈火，情缭意绕，顷刻间便坠入精彩绝伦的爱河……直至外面天色彤云四散，星斗满天，山风劲起，阿美脸贴着竹庆的胸膛，带着心满意足的笑意，沉沉地睡去，细听起来均匀的呼吸，带着丝丝甜蜜。

日人办务署里，今天晚上彩灯高挂，觥筹交错，十分热闹。当院，一拉溜摆开了十五六张八仙桌，桌上各种菜肴应有尽有，一堆堆日警围坐在桌旁，推杯换盏，共度皇灵祭。日本天皇在遥远的富士山祭祀祖先，身在台湾的日倭也借机来一场鹰蛇舞动的狂欢。请来的歌伎穿梭其间，不断地向席上飞着媚眼，惹得那些酷爱寻花问柳的大小日警眼花缭乱，心神不宁。宫本仓介地位显赫，他既是警察课长，又管理着办务署的一切，理所当然地坐在正中的位置上。他的身边，也围着几个妖艳绝伦、腰风肢浪的歌伎，有的为他斟酒，有的陪他说笑。这歌伎专门从日本运来，本乡本土的佳丽，宫本很是稀罕，左揽右抱，嬉笑玩耍，真乃春风得意、飘然欲仙……凡是过来敬酒的，宫本都来者不拒，一饮而尽。

此时已至中夜，但见明月如辉，光照大地，吃酒祝贺皇祭的日警眼却迷离恍惚起来。一向敢称海量的宫本，也在绚丽缤纷的歌伎面前头重脚轻、摇摇晃晃起来，被人搀着进了内室，享受歌伎给他带来的比美酒还浓烈的馨香。其余日警见课长大人走了，也纷纷各自散了。

卧房内，宫本仓介与三个歌伎玩儿得正欢，歌伎扭动着光不溜丢的身子，像三条水花蛇缠绕在宫本矮粗臃肿且毛密如熊的肉身上，宫本哼哼唧唧、腻腻歪歪，淫威酣畅、兴浓意旺。只听"哐"的一声房门被人撞开，三条"水蛇"出溜着滑了下来，宫本一瞧，一个口歪眼斜的日警，站在地当间，眼直勾勾地盯着一丝不挂的歌伎愣怔不动，二尺多长的涎水流到地上。

宫本登时火冒三丈，破口大骂："混蛋！此处是你这等下贱货色乱闯的地方吗？"

如雷骂声，醍醐灌顶，日警一下子醒过神儿来，连声说道："禀……禀告大人，有人偷……偷袭办务署……"

宫本一个机灵，立时索然无味，他把赤条条的歌伎扒拉开，提拎着裤子问道："谁？哪个胆大包天，敢来偷袭？"

日警吞吞吐吐说不出所以然来，正在此刻，酒井三夫从门外气喘吁吁跑进来说道："不好了！不好了！课长大人，生番造反了——怎么办啊！"

宫本心里狂跳不止，瞪着猩红的一双眼睛，恶狠狠地说道："死生番竟然敢来偷袭！好……都反了……反吧！酒井，立即集合队伍，镇压贱民——"他顺手拿起铳枪，冲出屋外。

此时，外面月隐云中，星光羞闭，且听万箭齐发，火枪施放，一队日警正伏在办务署大门口的沙包上，漫无目的的进行还击。宫本抬眼望去，距大门不远处，星星点点密密麻麻的火把，连成一条火龙，在黑夜之中闪闪烁烁地不停移动。更远处像燃起千万只火把，四周火光通亮，号炮连天，喊杀声此起彼伏，不绝于耳，像埋伏着千军万马一般。

酒井已集合了队伍，宫本一声令下，便率领属下朝着火把的方向冲过去，待他们冲到近前，却空无一人，眼前是一堆堆燃得正旺的篝火，移动的火把此时也不见了踪影。正愣神间，只见带着鸣镝的火箭，流星般地、铺天盖地射过来，中箭的日警痛得倒在地上四处乱滚，嘴里不停地喊叫，真是撕心裂肺，鬼哭狼嚎。达鲁·乌茂站在山岗上，眼见日贼要跑，又拼命地挥动令旗，又是一阵密不透风的箭雨倾泻而来……

酒井喊道："课长，咱们被包围了——"

宫本望着噼里啪啦竹节炸响的篝火，啐了一口说道："生番太狡猾，撤退——"

此时竹庆和阿美正带着义勇和部众，神不知鬼不觉地，从后墙跃进办务署后院。他们找到了警察部的火药库，一个人手起刀落劈开了门锁，又点燃了两支火把，掷进火药库，只听"轰隆隆"几声巨响，库房的火药连着屋顶一起飞向了天空。顿时烈火熊熊，狼烟滚滚，烧着了被装，烧着了粮草，发出红的、黄的、蓝的、紫的火焰，映红了神秘的夜空，燃烧的飞灰，随着阵阵山风四散飘舞，空气中弥漫着一股浓烈的硝烟味。

竹庆和阿美带领义勇和部众正要赶往前院，正巧遇到上川土八衣衫不整地从一间屋子里仓皇逃出来，后面还跟着一个祖胸露乳、瑟瑟发抖的歌伎。札木提着弯刀过来，上川后退两步，一屁股坐在地上，张口结舌地问道："你……你不是已经死了吗，你……你到底是人是鬼？"

札木嘿嘿笑道："你瞧啊，爷不是活得好好的？现在爷就告诉你什么是人，什么是鬼！"他双手用力，刀光划过，上川土八的脑袋被削去大半，一股鲜血带着白色的脑浆喷溅而出，溅落在身后歌伎的白乳上，那歌伎"呕"的一声昏死过去。

另一间屋子，又窜出两个五迷三倒的醉警，阿美举枪"砰砰"两声，便结果了性命。一个刚从茅房出来的日警，见势不妙，悄悄地掏出枪来，瞄准了阿美。

福来见状，大喊道："嫂夫人小心！"

阿美一惊，只听身后传来"嘭"得一声火枪声，日警还未来得及扣动扳机，便应声栽进茅坑里。她回头见是竹庆，笑道："有劳相公了。"

竹庆打趣道："娘子不必拘礼！"

此时义勇来报，后院的日警已尽数肃清，竹庆一挥手，义勇与部众便奔了前院。透过两尺多高的沙包向外看去，宫本正带领着日警边打边退，离办务署大门不足一箭之遥。竹庆迅速组织义勇，在沙包后面一字排开，同时开火，顿时颗颗弹丸闪着红光，飞向门外的日警，日警腹背受击，死伤无数，阵脚大乱。

宫本情急之下大声问道："酒井，生番到底有多少人？"

酒井胳膊上也挂了彩，垂头丧气地说道："属下哪里知道有多少生番，您看这四面八方全是他们的人。课长，生番来势凶猛，忍得一时之气，免得百日之忧，属下以为先避其锋芒，再从长计议为上策。"

宫本气得双眼闪着绿光，暴跳如雷地说道："你想逃吗？临阵脱逃者，切腹自杀向天皇谢罪！"

酒井哭丧着脸央求道："课长大人，属下死不足惜，现在办务署已经被生番占了，我们退无可退，再不走，属下难保您周全了，请课长定夺！"

此时，只听一阵马嘶长鸣，又见几匹马夺路而来，原来，这是办务署放夜草的战马，被震耳的爆炸声和冲天火光惊得四散而逃。宫本见此情景狞笑一声说道："天不灭我啊！酒井随我快走！"他们伸手紧勒马缰，拢住惊马，纵身跳上马背，催马而逃。

黑暗中，巴万与鲁赫、格墨尔远远地见一小队人马狂奔而来，鲁赫高兴得哈哈大笑："宫本果然来了！"

鲁赫接道："李标目真乃神机妙算啊！"

巴万高喊道："杀了宫本，为部众报仇——"部众纷纷拉弓搭箭，可箭未离弦，这队人马已从眼前飞驰而过，消失在茫茫夜色之中，气得巴万等人直跺脚。

天近拂晓，竹庆和阿美带人打扫战场，顺带把仓库的铳枪、粮末，搬运装车。达鲁·乌茂巡视战场回来，显得十分兴奋："贤婿智勇双全，让我脸上有光彩啊！"

阿美说道："阿爸，您也功不可没呢。"

达鲁·乌茂满面春光，摆摆手说道："我不过是摇摇旗罢了，有什么战功可言。"

巴万靠在石墩上闭目养神，一副惨淡无着的模样，札木劝道："阿哥，没杀死宫本，人人都有责任，不要把过错揽你一人身上。"

巴万睁开眼，苦着脸说道："唉！我忧虑的不是宫本异贼逃了，愁得是自己倒不如叔公会打仗——"众人听罢，哈哈大笑。只有鲁赫、格墨尔手按腰刀，垂下头去，沉默无语。

宫本仓介带着残部一路奔逃，到了日倭军驻地已是日上三竿，倭军少佐安藤长秀看着狼狈不堪的宫本仓介说道："我料

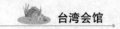

此刻，宫本君心里别有一番滋味吧！"

宫本浑身上下，直冒冷汗，连忙颤声说道："安藤阁下，我，我，啊您，您是知道的，我对天皇陛下可是忠心耿耿啊！"

"哼！"安藤踩着皮靴咔咔踱了几步说道："要说你这几年来，身为课长，办理治安、粮务，也算尽心尽力，倒也不错。可是，你身为办务署统领，受天皇之托治理生番，你不思报我对你的知遇之恩，秉忠大日本帝国军队之志，却置军国大计于不顾，助纣为虐。时至今日，你将天皇经营外域之韬略毁于一旦，落得个群起而攻之的下场，你该当何罪？"

一番话，说得宫本如五雷轰顶，他顾不得尊严和身份，拉着安藤的衣角几乎要跪下了："阁下，您，您要救救我呀！"

安藤话锋一转，又冷冷地说道："你借我的那八个歌伎，想必也一并香消玉殒了吧！"

宫本浑身一个机灵，鸡皮疙瘩也起来了，他深知弄丢了上官的宠伎，比他打一次败仗的后果还严重，这回他真得跪下了："阁下，只此一条属下就该千刀万剐，军中是少不了女人的，她们是我大日本帝国军人的心骨脊梁。请阁下放心，虽来不及自帝国寻觅，我会遍访台地，捉一批貌美少女，尔后再精挑细选，加以训练，充实到军中，让她们为我大日本帝国军人效力。"

安藤见宫本一副可怜相，口气也软了下来说道："宫本君，你起来吧！"他抬头望着赤焰日光，轻声吟道："滞雨长安夜，残灯独客愁；故乡云水地，归梦不宜秋……"

宫本想，这安藤是在敲打自己，台地女人再好，也不如家乡的女人忠诚可靠啊！想到此，他说道："请阁下放心，帝国正在台湾推行奴化教育，这些女人同样受用。"

安藤点点头说道："宫本君，见你诚心一片，这事我再徇情一次。不过，生番起义之事，除了你自己，谁也救不了你。"

宫本一愣怔说道："啊……阁……阁下，请您再说明白点。"

安藤身形一低，盯着眼前的矮胖子说道："不如借此机会，把这些生番以山匪之名，尽剿之！"

"啊……是是是！"宫本像抓住了一线生机，连连点头说道："阁下，他们不是生番，是山匪，是真正的山匪，匪首叫作李竹庆。属下请求军部派兵援助，我要亲手割下匪首李竹庆的脑袋，给死去的帝国警察报仇。"

安藤点点头说道："届时我自会拟发文书，由你统率进剿，给宫本君一个戴罪立功的机会。"

宫本激动得脸红心跳，头似捣蒜地说道："谢谢阁下不杀之恩！"

安藤愣思一阵，问道："反抗我大日本帝国的山匪有多少人？"

宫本掰着指头细思一阵说道："安藤阁下，少说也有一百多人。"

安藤神秘一笑说道："宫本君，据我所知，怎么也得有五六百人吧？"

宫本一愣，尔后满脸堆笑道："阁下，您真是智者千虑无一失呀！属下明白，宁可错杀一千，不可放过一个。"

安藤又道："宫本君再往深处想想，这几百人的匪徒，天天吃什么？喝什么？这可是一笔可观的供给呀！"

宫本突然拍下脑袋，点头称是说道："哎呀呀！我怎么没想到呢，若没有当地的富绅及百姓资助，这山匪会困死、饿死，死无葬身之地！阁下，我会拿针眼细箩儿，好好地筛上一遍，保证我大日本帝国的江山，在台湾稳若泰山。"密议之后，宫本点兵率队，开赴"生番"的几个寨子，只见人去寨空，气得一把火把寨子烧个净光，只得扫幸而归，另做打算去了。

转眼之间，到了光绪二十六年四月末。昨个儿谭禄滢借着月末时分，花枝正翘，发请柬约李祖业来会馆吃酒赏花，李祖业也不推辞，抬腿便去赴约，二位老友相见，以花佐酒，酣畅对饮，直至中夜。第二日一大早，李祖业口干舌燥，起身饮了盏隔夜的茶汤，顺手摸烟杆儿，想咂摸两口，左找右寻不见了。情急之下他把女儿竹娘唤起来，埋怨女儿把爹带回了家，却把爹的命落在了会馆，催促女儿快去会馆，把他的烟袋杆儿寻回来。竹娘知是爹老了，脾性古怪，忘性大且倔强，辩不得口，她一言不发拧身出了门，李祖业盯着竹娘的离家背影，咧嘴一乐，心想这闺女越来越好使唤了。

竹娘走在路上，正遇一队清兵巡街，她赶紧退至路边，抬眼看去甚是奇怪。清兵队尾还整整齐齐跟着一队人，头上系着红巾，身上未着差服，手里家伙也不甚威武，有的持着戟，有的拿着刀，还有的举着矛，有的干脆拎着根大花棍……她转念一想，噢，这是义和拳的人。现在义和拳得了势，先是占据了涿州，听闻知州大人龚荫培无计可施，抱着三个月大的幼子叹道：我儿呀，别怪爹无能，义和拳打进这涿州城，欺男霸女、捕杀教徒，爹是百姓的衣食父母，却无力阻拦，只有绝食以慰百姓了。爹跟你嘱咐一声，我不能陪着你长大成人了，生死由命，富贵在天，儿啊，就看你的造化了……龚荫培毙亡，朝廷便派兵镇压义和拳，没料到，这"扶清灭洋"的义和拳像雨后春笋，越剿越多，诛不胜诛。无力又无奈情势之下，朝廷颁谕承认义和拳为"民团"，他们一下子便有了官方的合法身份。

扫街的清兵过后，竹娘迈步往前走，老远就见一家人的门口围了一群人，在交头接耳窃窃私议着什么。还有女人在嘤嘤哭泣，嘴里念叨些什么却听不清楚。

再走近点儿，竹娘已听出是死了人，她径自挨着人堆儿挤了进去，见几个妇女正在房里扎纸马、糊纸轿，摆设祭奠等物品。一个眼晃熟的中年妇女走了过来，低声问道："是来瞧兔爷家的小妇么？她……已经成仙了。"

竹娘一听，立时惊呆了，双脚好像钉在地上，动也动不得——房内素幔白幛，香烟缭绕，中间桌上供一牌位，上写着：涿州韩营子村烈妇张氏秋芝之灵位。旁边两幅素练，上边斑斑点点皆是血痕：

上联书：既不忠夫，安可偷生？秋回潭柘弄清灯；

下联书：已难守节，孰堪安静？芝归地狱望前门！

旁边一行小字，书：秋芝泣血自挽。

更可惊的是，那秋芝身穿盛妆，黛眉、胭脂脸，双眼微闭，面带微笑，端坐在牌位后的椅子上！

好一阵子，竹娘如同在噩梦之中。这个秋芝是长得像兔爷的一老夫的小媳妇，兔爷常在天福瑞吃酒，她爹李祖业也常去此处酌杯，竹娘也常去天福瑞侍弄吃醉酒的李祖业，一来二去，竹娘便认识了兔爷，见面唤他一声兔叔公，他也不怪，总是笑呵呵地应着，竹娘知道他有个癖好：偷女人的绣花鞋。为此，不爱搭理他，但自把这个小他两个轮回的女人秋芝娶进门，偷绣花鞋的癖好便戒了。秋芝正是涿州人氏，家住韩营子村，嫁过来后，闻听竹娘女红好，常上门讨教。就在几天前，她还为一帧萝织不如意，请教过竹娘，活脱脱的人，为什么要死呢？

正思忖间，眼晃熟的中年妇女又在她耳畔低语道："造孽哟——自那义和拳进了这京城，枉论洋鬼子还是自个儿人，凡是信教的，见人就逮儿。妇道人家可就惨了，先奸淫再游街示众，她是被人污了身子，无颜再活在世上，谁知就服了水银，坐在椅子上坠得不能动了，真是烈妇啊！"

竹娘心中陡然升起一股恐怖感，想移步退出，又有一种奇怪的力量吸引着她不肯离开，不由自主地问道："秋芝怎么就信了教？"

那中年妇人撮着脸说道："哎呀！我这个半老婆子说出来都脸臊。她那相公，老得不中用了，下黑间只知道掐她拧她，身上青一块紫一片的，她有苦说不出，便信了教。义和拳一来，她就遭了殃呗……"说着，那妇人从腰间抽出一方素帕拭泪。

竹娘心痛着颤声说道："这事太出意外，怎么好好的就……"

那妇人边拭泪边从怀里取出一封书信来说道："秋芝临终前，嘱我把信交给李姑娘……"

竹娘接过看时，是一封街市上常见的通用书简，中间端正地写着：骨肉爹娘亲启，下款为：秋芝椎心书。竹娘想，秋芝是想让我走一趟涿州韩营子村，把书信亲手交给她的爹娘。她见未封口，小心翼翼地取出书简，抽出里边素笺儿，只见上面写道，父母大人鉴：鹃声雨梦，从此与双膝为隔世游矣！贱女非轻生而重死，只因遭难不殊，自思羞愤难当，无妄活生，决以自残而报先恩后夫。茫茫苍冥有灵，来世再报二老养育之情。女儿秋芝泣血于夫家。

见罢香魂缥缈的秋芝，竹娘身上像散了架子一样，神魂不安地移步会馆。不知不觉，手里素笺儿掉落在地上，正巧被私服暗访的总理衙门大臣、工部右侍郎许景澄拣了去。

竹娘脚还没踏进会馆大门，只听身后有人唤她，回身看时，王致与张三保正架着一个百姓过来，这个人浑身血迹斑斑，戴着顶篾编大帽儿，瞧不见面目，于是问道："二位大哥，你们这是怎么了？"

张三保喘着粗气说道："唉！克鲁斯先生受伤了。"

竹娘惊了一下说道："看样子伤得不轻呢……"

王致架着克鲁斯边往会馆当院走边说道："我与三保想了半晌，也只有这里安全了，暂时避一阵子再作打算吧。"

谭禄滢见克鲁斯这伤情，平常人处置不了，便吩咐莴果去请了孙郎中，克鲁斯却挣扎着说道："我看街上到处是缠红头巾的人，知道的人多了，爷们也跟着受牵连。到我的诊所找乙贵，告诉他我受了刀伤，他知道该用哪些药，乙贵的医道长进不少。"

莴果飞似得出了门，不多时，乙贵带着创药来了，在克鲁斯的指点下敷上，待克鲁斯在东厢房里沉沉睡下，此时众人才放下心来叙话。

竹娘回忆着先前浑身是血的克鲁斯，不由打了个寒噤，忍不住问道："二位大哥，克鲁斯怎么受了伤？"

张三保抬眉张目，有劫后余生之感，一拍腿说道："唉——搭救克鲁斯先生，也是碰巧撞上了，只能说他命不该绝。今儿个义和拳烧了东华门外的教堂，还砍杀了没跑脱的数名基督教徒，闹得满城皆惊、人人唯恐避之不及。正当他们烧杀得兴起时，克鲁斯先生恰巧经过这里，义和拳一瞧，又来个洋毛鬼，岂能有不杀之理，于是大喊大叫杀过来。我和大哥定眼一瞧，这不是克鲁斯先生嘛，便冲上前去把他救了下来，身上还是挨了几刀，好悬啊！若再晚一步，眨眼工夫他就没命了。"

听到这儿，竹娘愣住了。她无不凄然说道："商女不知亡国恨，隔江犹唱后庭花。义和拳闹得欢，这大清国真个吉凶难料了。在来的路上，见到一民妇被义和拳逼得走投无路，吞了水银自杀了，像这样无辜而亡之人，又何止这个民妇……"

王致也忧虑之情，溢于言表，他说道："此前听闻，驻清各国公使照会总署衙门，凡参加习拳、传布揭帖者，尽行诛戮，将团众聚会之处住持屋主，也一并正法；将拘办拳众不力的官员也概行拘办收监，这是逼着朝廷对拳众下毒手啊。正值势同水火之际，德国公使克林德又大肆拘捕屠杀拳众，局势便一发不可收拾了。自古甘蔗没有两头甜？朝廷一瞧，义和拳越剿越多，这股熊熊燃烧的烈火难以扑灭，转头便发了上谕，承认义和拳为民团。义和拳便成了义和团，义和团有了合法的身份便开始疯狂泄愤，难免殃及平常百姓啊！"

张三保说道："我与大哥带人赶往东华门，本是想避免事态扩大伤及无辜，到了才明白，这种局面哪是我们能控制了的！个个都红了眼睛，烧杀淫掠无事不作，我们虽为义和团成员，得到消息时为时已晚……"

谭禄滢静听半晌，终于开口说道："义和拳与洋人洋教积怨已久，才在京师酿下祸端，现今又在朝廷的加持下，必将会越演越烈，你们二位身在其中，不知作何打算？"

王致冷哼一声说道："慈禧这恶妇，上头一脸笑，脚下使

532

绊子；明是一盆火，暗是一把刀。名为'招抚'实为'利用'，她欲借义和团之力牵制洋人，以此施翻手为云覆手雨之策，假以时日，待他们朝局稳定，必然对义和团反戈一击。再想想我那生死挚友谭公嗣同，冤魂仍在，投鼠尚知忌器，我王某今生今世与他们势不两立，怎会甘作朝廷的投石问路之饵？"

张三保连连点头说道："我们怎么会与狼心狗肺的贼子同流合气呢，要我说，宁可带着兄弟们自立门户独抗外侮，也断然不会投靠他们的。"

谭禄滢神情严峻，低语道："纵观朝廷收编义和拳众，到董福祥率领甘军入京勤政，昨个儿在永定门外甘军又着意诛杀日本书记官诸事，真有黑云压城城欲摧之势。想必朝廷对咄咄逼人的西洋鬼刻时不忍了，下一步要有所大的动作，二位身在局中、诸事攸关，需更加谨慎小心才是。"

王致疑惑地望着谭禄滢问道："难道朝廷要对各国宣战吗？"

谭禄滢点点又摇摇头说道："此事谜团难解，我也难下断言。不过，据我分析，若朝廷苟合，两边已是剑拔弩张、骑虎难下；若是开战，我大清将一人难敌众手，形势岌岌可危。决断无论是战是和，全然是拿国运赌博。"

京师西苑仪鸾殿，一尊鎏金宣德炉内，细如游丝的青烟缭绕在殿内。丹墀下，参加第四次御前会议的载漪、荣禄、他塔拉·刚毅、崔佳·联元、王文昭、许景澄等王公大臣，一个个沉着脸垂手肃立，显得十分庄重肃穆。光绪皇帝也应宣列席，他在一侧座椅上锁着眉、冷着清瘦一张脸，一言不发。

慈禧端坐上元，眼风扫过，见众臣缄默无声，便说道：

"既然诸公再无异议，哀家便廷发诏谕，向诸国宣战！"

内阁学士、礼部侍郎崔佳·联元，也忘顾了君臣之礼，抬步出了列班说道："且慢！臣有话要说。"在前三次的御前会议上，因他出言与慈禧太后旨意相忤，差点儿掉了脑袋，此刻他又站了出来。

慈禧蔑了他一眼说道："仙蘅，你有何话要讲？"

联元又揖手说道："太后，臣一再奏陈，战端万不可开。非臣贪生怕死，而是以一国之力，向十一国诸强开战，臣遍查史章典籍，自古闻所未闻啊！"

慈禧冷笑道："这僵古之法何如匡今，这种混账话你也能说得出口？没看到列强得寸进尺，无耻至极吗？无视我大清国威，竟然威胁恐吓朝廷，若不刀兵相见泯灭了他们的威势，我大清国的颜面何在？威严何存？"

联元听罢，双眼含泪，据理力争说道："太后息怒。臣以为若要举兵，须天时、地利、人和三相俱备。论天时，西方诸国士气正旺，而我朝赋税不济，国库亏空，民不聊生、民心士气萎靡不振。论地利，列强横行于我大清疆域，无论胜败，破坏消耗的仍是我大清的坛坛罐罐、民生福祉，而洋人则轻装上阵，毫无顾忌。说到人和，微臣实是难以启齿。太后圣明，详参万事，可据臣看来，从朝堂至府衙，结党营私，门户众多；一人得道，鸡犬升天；一方有难，八方呼应；可以说是盘根错节，攻之不破，无不令人触目惊心，何谈人和啊！太后，纵观三相，我大清并非开战的最佳时机呀！"

一番言谈，众臣听后怔而不语，只听慈禧哈哈大笑几声说道："如你所言，我们只好待敌兵临城下之时，尽管把我大清三百年基业拱手相送了？真是奇谈怪论！既然你开口闭口史章典籍、祖宗之法，今儿个哀家也讲讲。自盘古开天辟地以来，世袭罔替，而最令人所不齿的当属宋之钦宗皇帝，大敌当前禁动刀兵、跪地求和，换来的却是靖康牵羊之耻；前朝思宗面对列强毫无惧色，不也被逼着赔了英国两千五百两银子吗？仙蘅啊，你与哀家不同，哀家之所以不杀你，念得是你的一片忠心赤诚，不过，你也过于愚拧了。"

慈禧给他送了梯阶，联元却视而不见又道："太后，臣仍以为，若保我大清尊颜不失，予动刀兵，可选首难我大清的法兰西一国开战，而不能与诸国同时开战。甲午之役犹如昨日，一日本国且不能胜，况十一强国焉？太后，向诸国轻起战火，后果真是不堪设想，恕臣斗胆直言，到那时我……我大清就完了……后悔晚矣呀太后……"

端郡王、总理大臣载漪站了出来，怒不可遏地骂道："联元，你这个大逆不道的东西，谗言惑众，此话当诛！"说着又朝慈禧叩拜道："太后圣明，微臣请旨，立时杀了这个逆臣！"

这个载漪，乃光绪堂兄弟，自慈禧册立他的儿子溥儁为大阿哥以来，他便着手煽动慈禧废黜光绪，因溥儁未获外国公使承认，慈禧被迫停止废立计划。载漪一计不成又生一计，义和团进京后，他利用义和团排外的心理，频频入奏慈禧力主对外宣战。见慈禧犹豫不决，三次御前会议均未决断，他又急调董福祥甘军进驻京师，作为抚拳灭洋、助长声威的依靠，以此来达到儿子溥儁登上大宝的意图。

被人称作"搜刮大王"的兵部尚书、协办大学士刚毅，与载漪沆瀣一气，上前一步说道："臣附议端郡王！"说罢，拿眼恨恨地看着联元。刚毅与毓贤皆是刘鹗《老残游记》中清官比贪官可恨的代表，刘鹗曰：赃官可恨，人人知之。清官尤可恨，人多不知。盖赃官自知有病，不敢公然为非，清官则自以为不要钱，何所不可？刚愎自用，小则杀人，大则误国，吾人亲自所见，不知凡几矣。这些是后话。

此时，庙堂不倒翁军机大臣王文昭也看不下去了，他移步上前说道："端郡王，请息怒，仙蘅也是一时情急，口不择言，并非蓄意为之。"他又揖手道："太后，臣下以为西方诸国为虎作伥、率兽食人，是可忍孰不可忍。臣斗胆进言，西方列强为虎狼之师，环伺我朝已久，诡变多端且装备精良；反观我朝既无兵可用，又无将可派，既连地方上的张之洞、刘一坤二位总督致电亦极力反对宣战。太后乃万圣至尊，雄才大略，务以江山社稷为重，忍常人所不能忍，在敌强我弱、内忧外患之际开战，这必将导致我首尾不得相顾，此战必败！"

慈禧听罢，怒斥道："哼——哀家刚收到捷报，我大清神兵天将已在大沽口把诸国联军打得落花流水，看来洋人也不过尔尔。汝乃政务老臣，一向悉通国事运筹，怎可替外人言乎？"慈禧并不知道，她手里的这份捷报，是大沽口炮台守军的邀功谎报，大沽口炮台于三日前已被联军攻陷。

慈禧一句话噎得王文昭无话可说："太后，这这……这这……"

载漪讥笑一声，振振有词说道："夔石公，你也老糊涂了吗？什么叫无兵可用？什么叫无将可选？我西山健锐营五万精锐、煤渣胡同神机营三万雄师、禁卫虎神营两万将士都是白给的废物吗？董福祥大将军率领甘军已入京勤朝，又作何讲？他们不是能征善战的军队吗？还有，朝廷刚刚收编了义和团十万之众，他们可都是万死不顾一生，以赴国家之难的义民，刀枪不入，个个神勇，他们不算兵士吗？"他一转身向慈禧禀道：

"禀太后，我通州、虎枪、丰台三大营，已整军备战，上至提督，下至士卒，个个摩拳擦掌。我前锋、护军、步兵、健锐、神机、火器、虎神、善扑八大营，也已刀剑闪光，铳火入镗，专候洋鬼来犯。"

载漪讲得理直气壮、唾沫乱飞，一直沉默寡言的总理衙门大臣、工部右侍郎许景澄听了脊背一阵发凉，他上前两步跪叩在地说道："太后，臣微服察访，偶遇一事，不知当讲不当讲？"

慈禧抿嘴一笑说道："既是顶职察访，岂有不讲的道理，你说吧！"

许景澄从袖管里抽出一笺儿纸来说道："一民妇蒙冤而亡并不足奇，可是，她的死既牵扯义和团，又与洋人有关，这便不一般了。为此，微臣想到，现在朝廷要动枪炮抗击外侮，必将生灵涂炭，请太后多为百姓思虑，太平盛世百姓的日子尚且难挨，战事一起就更加苦不堪言了。请太后三思啊……"了了数言，却字字情真意切，说罢，他把一笺儿纸高高举过头顶。

载漪一瞧，又一个劝太后止戈求和的，他一把抢过许景澄手里的书简，大概浏览了一遍说道："这里面明明写着自残，没人逼她，跳河的、上吊的民间怨妇哪天没有？哈哈，一个贱妇死了，值当你这个总理大臣大惊小怪、铺排文章吗？请太后明鉴。"

慈禧默默地点点头，显得很无辜说道："哀家为江山社稷，不得已而宣战，顾事未可知，有如战之后，江山社稷仍不保，诸公今日皆在此，当知哀家苦心，勿归咎于一人，谓皇太后送祖宗三百年天下。唉——"她把战前战后的话一并说了，责任推得一干二净。长叹一声，又道："竹筼啊，我大清光明磊落，勿做不宣而战的龌龊之事，你是总署大臣，去向各国宣诏吧！"

许景澄无可奈何地答道："臣领旨……"

呆坐一旁冷观一切的光绪皇帝，听到慈禧下了谕旨，突然间像变了个人，他从椅子上霍地站了起来，急忙上前拉住许景澄，百感交集、泪光闪闪地说道："爱卿，请留步！"

许景澄在对光绪的举动感到惊诧的同时，见他在大清生死存亡的关头，还试图阻止开战，不由得眼角湿润。他停住脚步，君臣二人拉着手相对垂泪，这一幕是大清三百年江山未有之场面，在场的诸臣不知如何是好。

只听光绪又道："许卿出使外洋多年，又在总署当差，外国情况，卿最知晓，卿以为大清有无与外国一战的实力啊？"

这一问，许景澄立时激动不已，于是说道："圣上垂问，臣就据实而言，依大清目前的实力，似难敌其中一国，更不用说数国联军了。臣以为和为上策……"

光绪扭头声泪俱下地向慈禧喊道："亲爸爸，您听到了吧？许卿经务外事多年，连他的话您也听不进去了吗？"

慈禧气呼呼地把头扭向一侧，不理会光绪。

光绪见慈禧不言声，转头又问道："许爱卿，朕一人死不足惜，如天下何？"

许景澄说道："圣上，臣思谋久已，当……"

正当光绪问计于许景澄，许景澄刚要张口，只听殿内一声断喝："许景澄无礼！"听到太后呵斥，许景澄拭着泪，赶紧退了出去，只留下光绪顿首流涕。

慈禧余气未消，又指着光绪说道："你既不是言官，又非议臣，如此插言，甚是荒唐!"

　　殿内肃然宁静，过了一阵子，慈禧也感到自己的情绪有点激动，她看了一眼从始至终没有表态的荣禄又道："诸位枢臣，若有谁想求和，可以自己去与诸国谈判，哀家不会怪罪，否则只有拼死一战，强于受人欺侮……"众臣无语，此时，流涕劝谏的光绪也只剩内心的悲凉了。

第二十八章　东单坊恩海杀公使
　　　　　梦魇近百姓离京师

　　六月夏季入暑的第三天清晨，一顶轻便凉轿自总理衙门南门蹴踏而出，后面紧随着几个挂着腰刀的戈什哈，一行人朝着东交民巷的方向促然而行。一轮血红的朝阳，给人与轿镀上了一层紫红的颜色，一阵风吹来，城墙上黄龙旗伏波摇曳，在晕红的光影儿里影影绰绰，给人一种神秘莫测的感觉。轿内的许景澄低着头，双眉紧锁，手里捏着朝廷向诸国宣战的诏书，心神不定，局促不安，他常夜推枕、参详已久，深知此行甘苦滋味，布谕诸国，连着他的身家性命，又系着大清的国运。

　　待许景澄宣谕归来复命已是戌时三刻，各国使馆像炸窝的蜂巢，上蹿下跳，四百多人的使馆卫队火器上膛。一队义和团勇经过使馆，卫队不分青红皂白，一顿猛烈击射，可怜的义和团勇还不知道怎么回事，月夜军旅便戛然而止，当场毙命。使馆内更是灯火彻夜不熄，各国公使碰头开会商议对策，尤其对清廷照会"二十四点钟离开北京赴天津"的最后通牒满腔怒火。他们密电联络了联军总司令西摩尔，收悉联军正在围攻天津城，指日可进攻清廷京畿，便采取以拖待变之策，照会清廷：难保安全，延期赴津。

540

第二日一早，德意志公使克林德不等清廷复文，也罔顾清廷禁止洋人出入的禁令，便带着翻译柯达士乘坐一顶小轿去寻访清朝王公大臣，欲要争辩清廷要求各国外交人员限二十四点钟离开京师的照会，迫使慈禧让步。克林德和翻译等至东单牌楼时，正巧遇上驻防巡逻的神机营霆字队枪八队章京恩海。

　　恩海喝住轿子问道："落轿！此乃非常时期，何人到处流窜？"

　　轿内的克林德听到有人拦轿，脸上露出一丝狞笑，他一掀帘子露出脸来问道："你是何人？竟敢拦本公使的轿子？"

　　恩海身边的禁兵上前一瞧是洋人，便说道："这是哪国的官差，没收到朝廷谕令吗？不许洋人离开使馆半步，您请回吧！"

　　克林德立时瞪目，伸手"啪"地给了那禁兵一记耳光，骂道："撒野的奴才，让你的上官过来询话。"

　　禁兵捂着腮帮子退了回来，一脸委屈地对恩海说道："爷，他说我不配给他过话。嘻哟——"禁兵说完一阵龇牙咧嘴，看来克林德那一记耳刮子实属打得不轻。

　　恩海早已把这一切看在眼里，对挑帘下轿克林德说道："闻听您是公使，枉论哪国公使，您这样做太孟浪了吧？"

　　克林德一双蓝眼睛里翻着白斥道："我乃德意志国公使克林德，我有治外法权，无论哪个地方都能直出直入。你们的什么狗屁禁令与我无关，我要见慈禧太后，光绪皇帝也可以，快闪开，不要耽搁本公使办务。"

　　恩海揖礼说道："哦，原来是克林德公使，失敬失敬！本官奉朝廷特旨，在此巡逻街禁，闲杂人等不得随意走动。敢问公使大人有没有觐见的牌子或者路条，若有请出示给下官，若没有就对不住了。"

克林德吹着胡子喝道："放肆！我堂堂一国公使，岂是你这等杂碎阻拦得了的！"

恩海又道："公使大人，你嘴巴放干净点儿。尔等今日擅闯禁地，应该扣下。放你过去，我先就涉罪了。来啊！请公使大人打道回去——"

听到吩咐，两个禁兵上前欲调转轿头，此时，克林德伸手从怀里掏出铳枪来，指着他们说道："大胆！擅动本公使的轿子，不想活命了吗？"他用枪逼着两个禁兵往后退。

恩海两手摊开说道："公使大人，请您冷静——"他努努嘴，两个禁兵会意，退了几步隐在牌坊一侧，见禁兵已退，恩海也借机隐在后面，他喊道："克林德先生，你是一国之公使，尔等也不会为难你，我们不过是奉公办差，请你自行回使馆了事……"

"砰——"的一声，打在恩海身侧的石墩上，激起一股青烟儿，只听克林德歇斯底里喊道："我要杀了你们这群懦夫，杀了你们，一个不留——""砰砰"又是两枪，恩海悄悄瞭看，只见从轿子里又钻出一个人，手里持着枪，正和克林德一左一右朝他们包抄过来。

一个禁兵说道："爷，再不还击，咱们的命怕是丢在这牌楼了。"说着便顶上了火。

恩海说道："勿要乱来，上官怪罪下来吃罪不起。"

又听克林德喊道："中国懦夫！杂种！出来——"边说边"砰砰"地射击，朝他们围拢过来。恩海见已无处藏身，忍无可忍，遂及起身还击，一枪正命中克林德眉心，克林德一头栽倒在地，当场毙命。柯达士见公使被枪杀，吓得转身便跑，还不断回身射击。恩海又开了一枪，只见那人中了弹，趔趄着逃走了。

克林德被杀一事传遍各国使馆，各国公使眼见形势恶化，等不及联军到来，于是他们一边递交措辞严厉的照会，一边集合四百余人的使馆卫队。在英吉利公使窦纳乐的指挥下，攻占了使馆区域的肃王府，以便占据有利地形，固守待援。

慈禧闻听联军不宣而战，已进攻天津，又接奏报使馆卫队已经攻占了肃王府，于是拍案而起、怒不可遏。她立即召集战前会议，听从了载漪攻击使馆的建议，立调武卫中军及董福祥所统甘军围攻使馆，遂命荣禄为主帅，全权指挥攻击事宜。许景澄见光绪皇帝没有参加会议，心里多少没了底气，只是力劝慈禧"攻杀使臣，中外皆无成案"，在载漪、刚毅等主战派的攻讦下，慈禧以"任意妄奏，语多离间"的罪名立时把许景澄羁于死牢。须时，御前会议提出针对洋人实行悬赏捕杀，规定杀一洋人赏五十两；洋妇四十两；洋孩三十两。清兵和义和团勇，闯入东交民巷附近，一通耀武扬威、刀剑闪光，高喊"捉洋鳖"，自然有敲山震虎的功效，各使馆陷入一片恐慌之中，惺惺相觑，门庭紧闭。

荣禄作为攻打使馆的总师主帅，心里还是愿意与各国讲和的，但碍于他与慈禧的关系，不情愿地领了谕令。他心里早有盘算，只是竭力使各国使臣无伤，或许谈和还尚存转圜。

攻打使馆的清军，哪里知晓坐纛中军指挥的荣禄主帅的心思，此时士气正盛，铁骑铮铮，铳枪嘶鸣，很快便攻克了比利时使馆，奥地利守卫也不得已退至法兰西国使馆。随后清军开始向使馆核心区进攻，得此消息，荣禄心情十分沉重。

此时，前线的将军递来战报，并听取主帅的下一步作战安排："总师，按照预想作战计划，已肃清外围之敌，接下来如何布阵，请您示下！"

荣禄心事重重地问道："啊，甚好！将军有什么高见，说出来，让我听听。"

那将领不知荣禄的真实想法，不敢贸然回答，沉思了一会儿，才小心翼翼地说道："帅爷，依下官看，各使馆卫队已龟缩防守，已然是惊弓之鸟。不如我们采取正面佯攻，调集主要兵力从左右两侧夹击，两面互相呼应，他们将死无葬身之地。"

荣禄点点头又问道："肃王府的战况如何？"

那将领又道："禀帅爷，属下已命神机营右掖、左哨、右哨三军火枪队分兵理藩院，肃王府这块骨头再难啃，属下当下可立军令状，天黑之前，定能拿下！"

"不不不！"荣禄换了副口吻说道："老弟啊！依我看，军士连日冲杀，虽说精神可嘉，可都已精疲力竭、强弩之末了，若不能一鼓作气拿下使馆，遇到敌人反攻之时，我们便一溃千里啊！到那时，你不但不能勒石功德碑，反而有罪，我也不好向太后交代呀！我来问你，你能保证一个时辰结束战斗吗？"

那将领一愣，结结巴巴说道："帅爷，您您……我……我说得是天黑前……"

荣禄突然打断他的话："不要再往下说了，我令你通传各营，全体将士立即撤出战斗休整，次日拂晓再战——"

那将领说道："是……听帅爷您的便是了……我是怕部下不服啊！"

荣禄笑道："哪个将士没有妻儿老小？谁又把丢命当好玩呢？今儿个杀鸡宰羊，犒劳三军，待将士们养足了精神，斗志

544

昂扬，擂鼓再战。敌人已是苦苦支撑，即便是这样耗下去，他们也要不战自溃了。"

此刻，左镇协统张怀芝马刺叮当、佩剑铮铮地走了进来，那将军见状，只得悻悻离开。张怀芝单膝跪地禀道："禀帅爷，大炮已架好，只等您一声令下，便可万炮齐发。"

"哦……"荣禄听了这话，打了一个寒战，不知说什么好："你起来吧!"接着问道："现在那边有什么动静?"

张怀芝试探地问道："帅爷，您指的是使馆里面吗?"

荣禄不置可否说道："本帅驭军，向来是知己知彼，方才百战不殆。"

张怀芝会意，马上笑道："王爷，据探报，使馆区仅遭受了区区损失，各国公使随从、传教士、商人及家眷均安然无恙，只是四百余人的武装卫队的死伤不明。不过，属下以为，您击而不取的战法，应不会有太多伤亡。"

荣禄点点头，一副欲言又止的样子，张怀芝又道："不过，大炮一响，使馆便会在顷刻间化为齑粉，一个也跑不脱……"

荣禄听罢，双眉又缩成一团，说道："孙长卿有言：是故百战百胜，非善之善也；不战而屈人之兵，善之善者也……隆隆炮声，可扬我国威，可震慑敌胆，'烂柯真诀妙通神，一局曾经几度春'……"他停住口，愣愣地看着张怀芝。

张怀芝心领神会，单膝又一跪地抱拳答道："帅爷，属下领命!"

随后，只听大炮隆隆作响，各国使馆却无死伤枕藉的惨景，慈禧攻击使馆的谕令，却成了一场闹剧。炮声响起，各国公使便窝在使馆内聚会品酒，炮声一停，便走出使馆购买所需，只要掐着时辰，安全无虞，这样的戏码连演了几日。可这几日联军并未闲着，已攻陷天津，一路势如破竹，直奔清廷京畿，慈禧收到奏报，后悔不已，但为时晚矣。

还未掌灯，慈禧就把自己关在奉先殿，她看着殿内正中的祖宗灵位，这位发髻高耸的老人，整整一天一夜，一阵一阵心潮起伏。她想起咸丰二年五月初九进宫，那年她才十七岁，赐号懿贵人，历经四年才诞下皇长子爱新觉罗·载淳。在这四年的时间里，她在储秀宫丽景轩，与夫君奕詝琴瑟和鸣、无忧而祥和，常代他批阅奏章，常提出自己对时局的看法，奕詝总是含情脉脉地望着她，或亲切地唤她的小名"杏儿"，那是多么美好的时光……惜奕詝体弱多病，驾崩于热河，朝中危机四伏、杀气腾腾，是她力挽狂澜，借梓宫回京之机发动辛酉政变，擒肃顺，羁载垣，摄端华，一举击溃八大臣集团，弭平内部反叛势力，解除了朝廷危机。又想起，为扶植自己的爱子载淳，她于养心殿临朝而治，花费了无数心血，整饬吏治，重用汉臣，亲视洋务，平定捻军、苗民起义，收复新疆，收回伊犁，造就了"同治中兴"的政局，遂及卷帘还政。她又想起为辅佐年幼的侄子兼外甥载湉，万不得已再次垂帘听政，组织对法兰西国作战、勇于对日本国作战，发动甲申易枢朝局之变，彻底铲除恭亲王奕訢等人把持朝政，挟天子以令诸侯的局面，以清明之气还政于光绪……可令她始料不及的一些人竟然以"清君侧"之名要弑后，在万般无奈之下，发动戊戌政变，只好让载湉居瀛台自醒，第三次垂帘听政……对于一个六十六岁的女人来说，曾经的跌宕起伏、漩涡激流，她信心十足，但作为一个有胆有识的女政治家，她不能不想到，万事有不测，何况向十一国宣战！将来派谁去斡旋，又将让谁去统帅大清，如将开始，怎又善后？想到此，她热血沸腾，仿佛又见到了当年万马奔驰、血肉横飞的新疆战场……仿佛又回到了当年万寿寺的大雄宝殿，李莲英首喊老佛爷，文武大臣跪伏高呼：恭迎老佛爷……

盛夏酷暑，炙热难耐，天空没有云彩，头顶上一轮烈日，蒸烤着大地，没有一丝风，一切都显得无精打采、懒洋洋的。北京西河沿一带是个纳凉的好去处，一排排倒垂老柳，树大根深、枝繁叶茂，遮得河岸一通溜儿阴凉。竹娘到下柜铺面兑账，一路急走，已是满头大汗，路过此地正好纳凉歇脚。

竹娘刚寻到坐处，却听一棵百年老树下，一群人轰然喝彩，她便起身过去看个究竟，原来是一男一女两个江湖卖艺的演武。那男的有四十出头，打了赤膊，在走场子。他划开了人圈子，将辫子往头顶挽一个髻儿，就地捡起两块半截砖，五指发力一捏，"嘎嘣"一声，两手的砖头立时粉碎。众人立时大声叫"好！"

那汉子发髻儿一抖说道："小老儿俺乃山东马坡人氏，初登贵宝地，人生地疏，全仗各位老小照应。在下虽有几手三脚猫功夫，并不敢在真人面前夸海口，有个前失后闪，还望看官海涵啊！"

说罢，他指着站在一边的女孩子说道："这是小女春姑，今年整整十七岁，尚未聘下人家。不是小老儿俺海口欺人，现让她坐在这墩麻荆上，有哪位能将她拉起来，便奉送君子做妻做妾做奴做婢，悉听尊便，决不反悔！"

围观的人群一下子看呆了。但见那女子娇艳中带着几分泼辣刚强，虽无绝色容颜，却也楚楚动人，她手握发辫站在一边，抿嘴含笑，并不羞涩。听得老父说完，便在场中走了一个招式，细步纤腰如风摆柳丝，进退裕如，似水上行舟，内行人一看便知，她的轻功非凡。她扎了一个门户，便分腿蹲坐在那墩麻荆上。

这时看热闹的人越来越多了。人们你推我搡，就是没人敢出头一试。半晌，忽见一个精壮汉子跳进圈子，红着脸说道："兄弟不才，俺来试试！"他一边说，一边抢上前去挽起春姑臂膀，运力就拉，不料春姑将臂一甩，那汉子立脚不住，竟一个筋头栽出五六尺外。

他爬了起来，拍拍身上的土说："这……这不能算，她用的是巧劲儿！"

春姑爹笑道："这位好汉，不妨再试。"

那汉子便又走上前拉春姑，谁知任凭他怎样使劲，春姑虽是来回转动，身子却像粘在那墩麻荆上。汉子挣得满脸通红，春姑却在顽皮地笑。他正待松手认输，春姑爹却说道："好汉如有朋友，不妨两个人合力来拉。"

汉子见他如此说，将手向人群一招，喊道："哥，你来帮俺一把！"

话音刚落，人群中走出一个膀宽腰圆、虎气生生的硬汉，约有三十多岁，见到此人，人群中有人叫"好"，竹娘却替那个唤作春姑的姑娘捏了一把汗。

此时，春姑从怀中扯出一根彩绳，手握中间，露出两根头来交给那两人，这等于是两个人合拉她一只手。正待要拉，那年轻人说道："这不成事，她若手一松，俺们都得跌个鼻青眼肿。"

春姑爹哈哈一笑说道："松手者为输。"

一场角力又开始了，两个壮汉各拽一个绳头，使足了劲儿

548

朝一个方向拉，那势头真有千斤之力。但见春姑坐在那墩麻荆上纹丝不动，任凭两人左拽右拽，全不在意。三个人僵持了一会儿，只看春姑将彩绳慢慢向怀里一收，又猛地一抖，两个壮汉把持不住，一齐松开了手，跌得人仰马翻。众人又是一阵叫好声，竹娘悬着的心一下放了下来，春姑爹满脸笑意地翻过铜锣收钱。

正在这时，圈外忽然大乱，两个彪开大汉一边推人，一边用刀把儿捅着看热闹的人，嘴里喊道："闪开！闪开！"

春姑爹一瞧，来者均是头缠红巾，腰系红带，这不是义和团勇嘛！赶紧抱拳问道："足下可是义和团英雄？"

其中一位刀疤脸，将手里刀抱在怀里，不直接回答，却眯着眼儿，吊儿郎当地问道："老头子，这是你的女儿？"

春姑爹又作了揖说道："回爷的话，这是小人之女春姑。"

刀疤脸又道："听说两个壮汉都拉她不起，还算有两下子功夫！"

春姑爹说道："承爷夸奖，她不过练了几天内功，让爷见笑了。"接着套近乎似的又道："我儿春姑功夫还算凑合，去年间参加了义和团。"

"好啊！那咱们是一家人。"刀疤脸把春姑上下端详了一阵，咧着大嘴又道："既然是一家人嘛，不说两家话。这小娘子长得满俏的！让俺拉她下来做媳妇如何？"

春姑爹忙说："这位英雄，强扭的瓜不甜。小老儿与闺女撂地在此，只是混口饭吃，爷若看着不顺眼，小的这便就走。"

刀疤脸把刀给了另一个团勇说道："我还没领教她的内功，哪能走。"说着便伸手拉春姑，二人刚一搭手，只见春姑

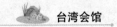

将手一缩，从麻荆上滚了下来，怒斥道："别耍歪门邪道，拿出真功夫来！"

春姑爹眼尖，见女儿手上滴血，向前跨了一步说道："爷的手段高强，我们服了，求爷高抬贵手放过我们！"

刀疤脸哈哈大笑："你怎么说话不作数？是我拉她下来，她就是爷的娘们了。"

春姑爹说道："爷，你用硬功拉她下来，小的没得说，可你使了毒针暗器……"一语未终，众人听了立时大哗，纷纷指责刀疤脸不地道。

刀疤脸怒容满面说道："没工夫听你老杂毛啰唆，走！"伸手又去抓春姑。

"且慢——"此时，人群中有人高声说道："这位爷，在下并不懂武功，但这女子是自行起身的，你并未将她拉起！这且不说，即便是迎亲嫁女，也要择个良辰吉日，你这般行径，与抢亲何异？"竹娘听上去，像是陈顺龙陈大哥的声音。

刀疤脸把来人上下一打量，呵呵笑道："你一个臭病秧子，趁什么热闹？老子有神功护体，一根指头既要了你的小命，这儿有你说话的份儿？"

竹娘定眼一瞧，确实是陈顺龙大哥，她往前挤了过去，只听陈顺龙说道："堂堂皇城，天子脚下，正是讲理的地方。樵父贩夫，皆可声音，凭什么我就说不得？我偏要管！"话未说完，只觉得肩头猛地一疼，早着了那刀疤脸一掌。

竹娘见状，一把扶住陈顺龙问道："陈大哥，你没事吧？"陈顺龙见是竹娘，忍着痛摇摇头。

竹娘看着盛气凌人的刀疤脸说道："这位爷，你用暗器伤人，算得上光明正大吗？"

"哟嗬——"刀疤脸满目淫色说道："又来一个，这个更俊，爷今儿个可是煞了桃花劫了。正好，我们兄弟二人可抱得美人归，哈哈哈……"说着，他便伸手去抓竹娘，却感觉腰际一阵钻心麻痒，定在那儿不敢再动。

　　另一个义和团勇见兄弟吃了亏，正欲上前，却被刀疤脸阻了："兄弟，莫要乱动，这老杂毛封了我的脉穴，小心着了他的道。"

　　春姑爹说道："好汉，出门在外，路见不平，人人皆可相助，这二位不过是说句公道话，你且要强抢民女，江湖上没这般规矩吧！"

　　刀疤脸眼球一转，心想京师重地，不宜风高举火。在这人事繁杂之处，说不定会碰到哪个网上，不如一走了之，于是哀求春姑爹道："算我有眼无珠，不识泰山北斗，你且放我一马，虽今生无缘报答，到了阴曹地府也不忘你的好。"

　　春姑爹说道："想做混毛猪，俺还不稀罕你这条命呢！"

　　另一个义和团勇说道："哎呀——我这兄弟此言不假。都怪我们穷蘑菇，琢磨着人要快死了，找个娘们快活快活，想想真下作。"语未了，脚跺得山响。

　　春姑爹问道："好汉，你把话说分明了，好端端的，谁要让你们去死？"

　　团勇说道："实不相瞒，洋毛子的联军已攻陷了天津城，正往京师而来。从半道儿跑来的兄弟讲，洋毛子太狠毒了，沿路正见血肉残骸，今儿个这京师看着花团锦簇，明儿个即会横尸遍野。我们是义和团勇，还要阻击洋毛子，我劝诸位赶紧走吧！"

　　刀疤脸已是满头大汗，斗大的汗珠子噼里啪啦往下落，他使全力扭了下头说道："诸位老少爷们儿，我们有神功护体，刀枪不入。你们就不成了，洋毛贼来了，非得把你们剁成肉泥，快跑吧！爷啊！给我解开穴道吧，受不了了……"

围观的人群听了二人言说，一下子炸了窝，有的连连叹息，有的怨声载道，有的干脆骂骂咧咧地走了。春姑爹在刀疤脸身上轻轻一摸，像打开闸门似的，刀疤脸的身子一下子活泛了。

刀疤脸伸胳膊展腿儿，感觉身体无碍，便忸着脸揖手道："多谢手下留情。看来，要逍遥快活，届时只得向阎王讨要了。"说罢二人走了。

春姑爹上前在陈顺龙肩头摸索一阵子说道："足下并未受伤。今日若非二位出手相救，只怕我父女难逃毒手，感谢你们的大恩，小老儿桂柱儿这里先施一礼！"又道："闺女，还不谢过恩人！"那春姑立即弯腰要拜。

陈顺龙慌得赶紧上前，用双手虚扶说道："岂敢！听上去老师傅并非本地人，来此卖艺，必是家乡遭了灾荒吧。"

春姑爹说道："多蒙您惦嘱，小老儿家中甚安，只是我的堂姐，出阁京城数年无音讯，太公重慈年事已高，想念孙女，命我寻她，见上一面，回去好向大父大母报个平安。"

竹娘说道："偌大京师，又逢这乱世，寻个人似大海摸针，这待何年何月了？"

"唉——"桂柱儿长叹一声说道："俺知此事渺茫，所以，便带上女儿长长见识，算没白来一回。俺连堂姐桂凌儿的模样都记不清了，十几年前只收到她的一封报喜的家书，说是有了儿子，小名叫小伍，旁得就不知道了。"

竹娘笑道："天下竟有这等事，我家铺面上的伙计叫小伍，不知是不是你那堂姐所生。"

陈顺龙摇头说道："天下同名者何止千百万，且是乳名，更不可能了。"

春姑笑着接话道："我与爹来此地，遇着好几个小伍了，都不是姑的娃儿。"众人相视而笑。

竹娘又道："也不差这一个，不过，瞧瞧也不费眼，我听说他娘是山东人氏。"

桂柱儿说道："也好！请姑娘引个路。春姑，收拾家什。"爷俩三下五除二收拾好东西，便跟着他们往回走。

竹娘问道："依陈大哥看，这阵子联军能打到京师吗？"

陈顺龙道："千真万确，那义和团勇并未说谎。我生意上的朋友已惨死在天津，他的妻儿来京师找我，我已打发他们去了南方。今日我也启程到厦门，你这儿早做打算才是。"

竹娘点点头说道："看来朝廷是拦不住这联军了，我与爹娘也打算暂时出去避一避，只是有事绊住，行程未定。提起这话，倒让我想起一件事，还请陈大哥帮忙。"陈顺龙点头看着她。

竹娘又道："上个月庆弟信上说，他那小娘子已是六甲在身，家父慈尊听此喜讯，似咳了癫药，一会子兴奋，一会子紧张，一会子又嗟吁慨叹，一会子又情不自禁地哧哧流泪，折腾得一夜未合眼。天儿还未亮，便起身出门去，到街上银铺给孙儿打了长命锁与逢凶化吉的项圈。我这儿且分不开身，还请陈大哥代劳，也算了却爹娘的一番苦心。"

陈顺龙说道："无妨，五文凤自云间落，一角麟从天上生。自古就有'人老隔辈亲，爷奶疼小孙'之说，放心吧，令尊的美意我自会带到，李大英雄见到此祥瑞之物，也自是喜悦了。"

"也是的。"竹娘又笑道:"我娘在佛前打坐,听她说,佛祖对她讲了'孙儿两只小手又白又绵,小胳膊儿像藕节儿似的。两只小眼睛黑豆似的,虎灵灵的。爱煞个人!'娘还在佛前给孙儿记了名儿,推了格儿,佛又对她说'孙儿是大造化命'。咯咯咯……"

说话间,一行人来到李宅,见李祖业带着小伍下通州还未回来。陈顺龙在李家捻茶叙话一阵子,便带着装有李家满满祝福的长命锁与银项圈的锦盒走了,临出门,冯氏又是一通千恩万谢才算了事。约摸两袋烟工夫,只听到李祖业在门外头嚷嚷:"拜堂听见乌鸦叫——真个倒霉透了。小伍,把车卸了,租个驴车够买半个驴了,立时还了那杜腌臜,别忘了讨个价啊……"

竹娘听见爹在说话,分身便出来了,见他脸色阴沉,知道事情办砸了,问道:"杀将了吧?这年月坐地起价是常事儿,您也别往心里去。"

李祖业看看女儿说道:"哼——那王八羔子比你想象的绝情,给老子来了个釜底抽薪,毁了约,租给了别家。我和小伍到了,张罗着卸车,谁知打里面出来个半吊子,把定金往我身上一甩,背手走了。"他又嘟囔道:"东家没露脸,露了面我臊死他!"

竹娘说道:"看这情势,只有到别处再寻仓库了。爹,听说洋毛子已打下杨村、河西务,很快就要到通州了,迟了怕是来不及。"

李祖业长叹一声说道:"爹比你还急呢!井口那个贼子抓不住影儿,布银打了水漂,若不把这点儿底儿藏好,回来全家就得喝西北风。咱大清的官兵也不是纸扎的，少说也能挡个十天半月吧！闺女，至多三两日，若真找不着仓房，须时咬牙跺脚也得走，成不？小伍，赶紧还了这破驴车——"

竹娘说道："爹，车我去还。小伍娘的老家来人寻亲了。"此时，桂柱儿和女儿春姑已经出来了，李祖业心里不痛快，只是点个头打了招呼。

竹娘把小伍叫过来，小伍看了直摇头，桂柱儿说道："俺问你，你娘是不是姓桂名凌儿？"

小伍又摇头说道："我娘叫吴桂氏，不叫什么凌儿！"

桂柱儿听了激动不已说道："带我去见见你娘吧？"竹娘在一旁咯咯笑，春姑也笑，只有李祖业疑惑不解地抚着趋亮的脑门子发愣。

竹娘说道："几十年，人都移了模样，答对一下亲戚便知道了。"桂柱儿兴奋得来不及告辞，拉着小伍便走了。

李祖业见此情景，忽然想起了什么，说道："下黑我到会馆与谭老材道个别……"

西时初牌，竹娘陪着爹去给谭禄滢告别，刚踏进门，却见谭禄滢与厨娘周婶在当院一人捧个海碗吃菜粥。

谭禄滢见李祖业进来，一抹嘴巴，取出火楣子点着了旱烟说道："怪不得食之寡然，色淡味谬，原来有人踩门，快请进来吧！"此话阴阳怪气中带几分怨叹，可见他们之间是老友情深。

李祖业在谭禄滢的荷包时挖了半锅烟点上，浓浓地吐了一口说道："窝里的金丝雀们飞走啦？倒少了些热闹哩！"

厨娘周婶收拾碗箸，嘴里说道："李爷，您有所不知，这馆里常年住着几十口人，奴家在厨上常埋怨填这些嘴，磨不开手脚。陈掌柜午时也走了，这阵子倒是一干二净了，奴家这心里登时空落落的，瞧着谭爷也更凄凉了。这几日都是我陪他吃碗粥、捻口点心，不然谭爷一口也不进……"

谭禄滏出神地望着天色，说道："山中相送罢，日暮掩柴扉。春草年年绿，王孙归不归。你李老鬼是来辞行的吧？"

李祖业不说话，眼眶子发红，他呼哧呼哧紧吸几口，半锅子烟抽尽，摸出剔勺一点点挽着烟泥，过了许久说道："跟我一道走吧？保定府有我的远房亲戚，早已书信过去，那边一切布置停当，屈不着你，周婶子也一起过去，照应你的起居。"

厨娘周婶听罢说道："李爷成全，奴家这心里热乎。不过，这里总要有人守着，我一个寡妇，联军来了能奈我何？奴家瞧着你们二位爷，谁也离不开谁，谭爷跟您走且罢了。"

谭禄滏磕着烟斗，又瞧瞧李祖业说道："我虽不拿朝廷一文俸禄，可我却吃着众乡谊的季例，这半官半民的身份我纠结了一辈子，最近才想明白'受人之托、忠人之事'必在危难之时，这个节骨眼上，我岂能半途而废？我哪里也不去，守得云开见日月，待'金丝雀'都扑回窝来，再辞了这差，过几天逍遥日子算作罢。"

几人相对无言，又过了一阵子，李祖业从怀里取出一绢布来放到方桌上说道："我老材知道你的脾性，劝你不动的。人都走光了，哪个再给季例？这里有十两银子，你和周婶且能对付一阵子。"他愣怔一下又道："这里我李宅的锁钥，缺什么尽可去取，对了，当院大枣树东三尺还埋了几坛老烧酿，寂寞了就取来吃了。"

谭禄滏的泪水在眼窝里打转，久久无言，二位老友只是含泪相视而笑……

父女二人心情沉重地回到家，一家三口连夜又泡了几坛菜，打了几十个烧粟饼，这才和衣而眠。可一连三日，李祖业也未寻到合适的仓房，又听闻联军即将攻城，也顾不得那几车布，三口人简单收拾行囊，匆匆赶到城门才知道，京师已是九门紧闭，兵丁林立，隔着老远持刀守军便骂骂咧咧吓退了他们，只得白着脸又返回家中。

　　香山脚下，田中久光与井口太郎二人骑马并辔而行，自内田良平离开京师后，他们二人无话不谈，田中常以"老友"自居，与井口对酌畅谈，心有觊觎。井口向来以儒雅自诩，却不得不面对眼前这个与他平起平坐的粗鄙小人。

　　见山色青翠，绿草如茵，流水淙淙，远处缕缕炊烟升起，田中马鞭一指说道："井口君可知此处？真是个厉兵秣马的绝佳之地，险峻开阔，屏峪方山，这清国京师紫城一览无余，可虎视，可泄冲！"

　　井口看着远处若雾似纱的袅袅青烟说道："此处为黄叶村，几年前来此拾文赏诗，雍乾朝时，此处曾住有一落魄文人非常了得，名曰曹霑，著有《石头记》奇书，堪与我大日本帝国之《源氏物语》比肩。此君警示之语'远富近贫，以礼相交天下有；疏亲慢友，因财绝义世间多'。田中君来此坐镇，你我二人均为天皇效命，应以礼相交、因财近义才是，若井口有怠慢之处，还忘海涵啊！"

　　"哈哈哈……"田中坐在马上仰天大笑道："早闻井口君杀人不见血，果然名不虚传，不愧为福岛先生的得意门生啊，左手吟诗作对，右手冷剑封喉，真乃儒雅武君，墨客之中的杀士，杀士之中的伶流。若哪一天冒犯了阁下，您不会不念你我故交的情分吧？"说罢，现出一副泼皮之相。

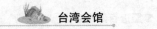

井口微笑道："田中君此言过甚，你我本就是故交，哪来的冒犯之说。"

田中立时坐直了身子说道："既然这样，莫怪我直言了……"他盘算着如何启齿更为合适。

井口说道："田中君切莫打哑谜，我洗耳恭听！"

田中左右一瞧，四下无人，只有他们二人端坐在马背上，于是说道："据我所知，井口君既未娶妻，也未有同胞姐妹，可府上却有一位绝色女子，这从何说起？"

井口思忖一阵，原来田中在打幸子的主意，于是说道："哦，田中君描画的一定是幸子小姐吧？她是我同窗好友山崎正雄先生的舍妹，山崎君事务繁忙，自顾不暇，便把舍妹托居府上，您这是………"

"啊！啊！啊！"田中支吾着说道："原来如此，井口君莫要多想，我只是好奇而已……听闻山崎家族一蹶不振，没落夕山，实在令人扼腕，同为日人寄居清国，我……我田中也是个怜香惜玉之人，若有机巧，邀约幸子姑娘到我府一叙，略尽绵薄之力，不知井口君可否赏光？"

"哈哈哈……"井口昂声大笑，真没想到巨奸大猾的田中久光，软肋竟在女人身上，他遂及说道："同力协契是人间美德，有何不可！只要幸子姑娘不弃，随时可到贵府畅酌赏月……"

田中听出井口语风中的阴阳怪气，看来此事硬来不妥，他知道井口是个权欲极强的人，必须拿出点干货，对等交换，才能让他在此事上睁一只眼闭一只眼。于是他点点头说道："井口君快人快语、一轨同风，我田中也无需矫饰，今日与井口君郊外放马，专为转告足下一些机密事宜……"

558

"哦？"井口装作若无其事地说道："尊驾不是想说我玄洋社的人事安排吧？"其实，井口对此一无所知，只是拿话唬他一下。

听井口一语道破了他的行藏，再机密的内幕，也只有装作风闻道听之说了，他咧嘴一笑说道："井口君耳聪目明，早已知道我玄洋社要更名，据闻叫作什么'黑龙会'是吧？头山满导师与平冈社长正在物色新的掌门人，在下以为井口君的希望很大，可内田先生也是个有力的竞争者，不是吗？"

井口虽然不知道玄洋社要更名为黑龙会，但他知道玄洋社意图在清国的黑龙江流域开疆拓土，至于接班人选，定是那内田良平无疑。田中之所以把他摆进去，无非是让他与内田鹬蚌相争，他可从中渔利，自己怎么能轻易举动，进而全盘皆输呢？他宁作渔翁，也不为鹬蚌。

于是，井口笑道："田中君轻轻张口，却道出了我玄洋社泼天秘密，将来无论是玄洋社或是黑龙会，凭足下的智慧，定能大展宏图。不过，我一向谨慎自足，对高层权力不感兴趣。不过，我玄洋社若意图东北，俄国倒是横亘在面前的一座大山。"

田中神秘一笑说道："井口君近日可得到什么可靠情报？"

井口说道："俄国借联军与清国开战之机，调集军队集结于伯力和双城子，随时可拿下哈尔滨与牡丹江，一旦先于我大日本帝国强占东北，天皇陛下天下一统的大业将为此受阻。"

不愧在清国经营多年，对世界各力经络方要了如指掌。田中心里暗叹井口精明，论韬略，真有相见恨晚的感觉，田中道："是啊！我玄洋社若实行兴隆东亚的经纶，挫折西力东渐之势，必须把满洲、蒙古、西伯利亚连成一片，若俄国从中作梗，天皇定会下决心与之一战的。"

井口点点头说道："田中君分析得不无道理，英吉利国对俄国一向忌惮，而美利坚则反对俄国，纵观国际时局，回头看看，当年头山满导师的远见卓识，令人当头棒悟。先生认为我大日本帝国羽翼未丰，需得借势发力，方能成就大业，介于时势，定要对俄国实施强硬外交，一则可以与亲近俄国的伊藤博文内阁较智比慧，获得天皇信赖；二则定要祭出'保全支那'之口号，在任何时候，会确保我大日本帝国出师有名。"

田中狡黠一笑道："不仅如此，近日针对俄国之举动，头山满导师与平冈社长已开始操作，正秘密组织国民同盟会，即将以'保全支那，扶掖朝鲜'为口号，集结精英人士，反对俄国。"

井口说道："功名成败，就看天皇陛下如何决策了……"

田中笑道："你我二人权当闲聊了。"

井口马鞭一指说道："田中君，此山名为香炉山，据说最高处有两块大石，壮如香炉，又似蛤蟆，故名'香炉山'。山上尽是古苍、绿荫、沟壑，可览四时之胜，又曰'翠微山'。此山在前明时，有杏树十万株，开花时节，杏花天，十里一红白，游者鼻无他薄，经蕊红飞白之旬，又俗称'杏花山'。田中君若有雅兴，即刻踏访一番如何？"

田中笑道："悉听尊便！"二人打马扬鞭，飞驰上山。

第二十九章 　斗群狼意解广济寺
　　　　　　　淫威狂联军终破城

　　光绪二十六年七月二十，八国联军调集几万人马，兵临北京城下，在城外集结一天，海吃大嚼了几餐，诸国约定第二日拂晓发起进攻。罗刹国军队按捺不住，于当日夜里急不可待地向东便门发起了猛攻，霎时间，枪声大作，炮火连天，其他几国将领见有人攻城，也纷纷下令夺城。城墙上三大营清兵、甘军和义和团勇拼命抵抗来犯之敌，数门红衣大炮装药点火，轰隆隆往下施放，两扇城门被震得"吱吱呀呀"作响，兵士持着火枪装药、摁捻儿、点火、击发，手忙脚乱。联军的大炮对着城门轰击了几个时辰，城门十有八九被炸成了一片废墟。有的联军借机发起冲击，刚到城门口，城内弓箭机弩，射得飞蝗激雨一般，联军士兵被箭雨击得哭爹叫娘，退潮的水一样狼奔豕突掉头往回跑；有的联军从城墙的缺口往里冲，眼见就要得手，突然城墙上噼里啪啦到处响起火枪声，已经攻上城的几十个联军士兵猝不及防，被守城清兵和义和团勇刀劈斧剁，卸得一块一块扔下来。此时，联军又加大了炮击火力，城头的红衣大炮被炸得东倒西歪失去了战力。清兵、甘军和义和团勇成片连排地倒下，这些兵士宁肯战死也无人投降，无奈联军火力强

561

大，守城的兵士火器太过落后，此刻已是精疲力竭，勉强扼守。攻防持续了一天，日近黄昏时分，罗刹国军队率先攻取了东便门，其他几个城门也陆续被攻破，联军进了城，分成小股游击，东捣西撞，见人就杀，见房就烧，四面八方硝烟弥漫，遮天蔽日，灰蒙蒙的直冲天际。

王致和张三保带着镖局勇士已拼杀了一夜一天，死的死，伤的伤，从城墙上退下来时，只剩下三十几人了，多数受了伤。

王致还真是悍勇，他甩掉七零八落的破衣打了赤膊，手提大宽边刀，红着双血红的眼睛呼道："哪个婊子养的敢退一步，老子结果了他狗日的！"

此时，一小股联军向他们奔来，张三保啐了一口血唾沫命令道："杀光砍净毛鬼子，冲啊！"他们又一次振奋精神，在城内与联军厮杀起来。他们与联军绞作一团，联军的火枪失去作用，一阵刀砍匕刺、嘴啃手扯的肉搏乱战，不到一个时辰便消灭了这股联军，他们也都新伤叠着旧痕。

王致带着人边走边打，顺着长安街一路向西，又从西单牌楼北上，所行数里，皆空空荡荡。一个昼夜，他们水米未进，个个饿得前胸靠着后背，他用生白布揩拭着伤口上的血污泥渍想，这个打法不行，要先休整一下，否则，不待敌人来攻，自个儿便率先垮了。他们行经广济寺，王致上前打门，半晌没有一丝动静。

月亮出来了，像半个被撕开的烧饼，在缓缓移动的云层中半隐半现，与城里的浓烟连在一起，把天空映得一片苍暗，穹窿罩着一摊一摊的泥浆潦水，还有略略起伏的野草一直向黑暗中延伸去。随着微风荡来荡去的黑雾暮霭，略略带着腐草烂根的臭味和血腥气息，显得无比荒寒凄迷和沉雄悲壮。

张三保看着身边刚刚从刀丛剑树中出来的勇士，伤痕累累地坐在地上，说道："哎——大哥，莫要敲了，僧侣也是凡胎肉体，怕是人去寺空了，不会留下来干等死。"

王致问道："兄弟们伤势如何？"

张三保凄惶一叹说道："大多挂了彩，有些兄弟弹丸还嵌在身体里，不割挖出来，浸泥泡水久了会有性命之忧啊。最可怜李甲兄弟，满手的指甲剩下俩儿，瞧见了吧，疼得钻心挠肺，浑身抖个不停。"

李甲听到了，他抬起满是汗粒子的脑袋，忍着钻心剧痛说道："大镖把子，这仗打下来，小的明白一个道理：时势造英雄，英雄也能造时势，这话一点不假。小的手无寸铁，扑上去便啃，狭路相逢勇者胜，那狗日的洋鬼子，当场吓尿了裤子，一股骚臊气儿，呸——呸——"众人哄然大笑。

王致说道："兄弟好样的，是个爷们，我王致心目中的大英雄！不过，今后若要再战，拿好称手的家伙，愣靠一口一口啃，何年何月才能将洋毛子赶出去？"

坐在地上的勇士听罢，又一阵哄笑，只听一个喊道："镖头儿，不啃不成呀！小的手里的刀片子，早已钝了刃，还不如花子打狗棍儿。与洋毛子扭打在一起，连啃带挠倒也痛快，李甲兄弟闻着洋毛子骚，小的却闻见洋毛子臭，屎都屙下来了——"此话一出，大伙击着掌叫好。

王致抬眼望着蒙蒙天色，听着远处隆隆炮声，知是联军已大批涌入城中。兄弟们虽是一句戏谑之言，却也道出了器劣国弱之悲，任由这样下去，要降至人间几许感伤？平添多少冤魂！

正思忖间，却听张三保说道："大哥，太玄了，也太神了！"

王致不解其意，遂问道："庆幸捡回条命？"

张三保唏嘘着表情说道："兄弟的意思是，您提前安排兄弟们的眷属卷包回了沧州，躲过这场劫难不说，兄弟们相跟着你杀毛子也了了后顾之忧。"

王致沉默了一会儿，说道："并非有什么先见之明，据我所知，面对外强侵略，朝廷惊慌失措，在战与和之间只作口舌之争，不见守国护民之举。朝中大员在朝堂之上欺世盗名，卖一阵子狗皮膏药，回家照样珍馐美味；若不然，我大清占兵要枢密之利，兼山川关河之险，何至于落到这般境地？"

正在此时，只听两扇斑驳的寺门"吱吱呀呀"地开了，自里面走出一个鹤发童颜的老和尚，木杖拄地，步履轻盈，身后跟着一个十多岁的小沙弥。

老和尚见王致等人手持刀枪、衣衫不整、血迹斑斑，遂把拐杖交与身后的小沙弥，双手合十说道："阿弥陀佛，施主纳福！丙夜造访敝寺，不知为何际缘？"

王致揖手说道："阿弥陀佛，善信深夜叨扰佛修，实有难言之隐，兄弟们都受了伤，又无落脚之地……请师父海涵！"

借着暗色，老和尚又瞧了瞧或坐或卧一干人，又道："阿弥陀佛，万事都有定数，来者皆有缘分，施主请随我来吧……"

王致又揖礼说道："谢谢师父！"他一招手，众人相扶着进了广济寺，见人都进得寺来，小沙弥又"吱吱呀呀"地关上寺门。

寺内，一片宁静祥和，天井大炉内仍香烟飘渺，暗红色的香头若明若暗地发着红色的光，似乎提醒来此的信众，人一生的明暗与得失，如这香头，起起伏伏飘忽不定。经堂内一众僧侣还盘坐在蒲团上，闭目禅定如常。老和尚径直把他们引到寺内最后一排禅房，请来知客把众人分别安置在房内，又命小沙弥请来汤药侍者给伤者处理了伤口、敷了药，安排典座备了斋饭。

王致安排张三宝带上几个未受伤的兄弟在寺院门口警戒，自己则由小沙弥引路转身去见方丈，王致一瞧，原来方丈即是先前那个慈眉善目迎接他们的老和尚。

王致抱拳说道："多谢方丈搭救之恩！"

方丈正闭目禅定，见王致来访，虚抬一下手，示意他坐下，王致坐定后，只听方丈说道："三千大千世界，一切法无我，不应贪著。众生结佛缘，乃前世注定，老衲只不过把你们引至佛的脚下而已，施主勿言谢字。"

"净慈，施茶——"方丈轻声呼身侧的小沙弥。法号叫作净慈的小沙弥给王致酌了热汤茶，王致接过来品了口说道："方丈乃参透万物极事之人，应是早知今日之京师兵荒马乱、生灵涂炭的祸乱，为何不早早离开这是非之地？"

方丈言道："施主，所有一切众生之类，若卵生，若胎生，若湿生，若化生，若有色，若无色，若有想，若无想，若非有想、非无想，皆入无余涅槃而灭度之，须在，皆静也！"

王致双手合十说道："方丈，真是惭愧，善信修行尚浅，德行不具，难参其意……"

只听方丈又道："阿弥陀佛——净慈，你代师父以解施主之惑吧！"

"是！"小沙弥净慈说道："施主，师父有言：一切有生命的东西，如卵生的，胎生的，潮湿之处腐烂而生的，其他物质幻化而成的，有形的，无形的，有思想的，无思想的，没排除杂念的，排除了杂念的，都应灭度而入无余涅槃的境界。只要心中达到无余涅槃的境界，在大千世界的任何地方都是一样的。阿弥陀佛！"

王致说道："多谢小师指点迷津。只是，八国联军辱我大清，善信以为泱泱中华之地，再也难有宁静了。"

方丈须眉一动，布施说："佛所得至高无上、大彻大悟的大智慧，也就是什么也没得到。诸国之敌犯我疆域，尔汝非善之法，是人行邪道，不能见如来。"

王致又道："敢问方丈，善信当如何自处？"

方丈说道："阿弥陀佛——世尊曰：人间有果报，世事有轮回，诸恶莫作，心存善念，积不善者，必有余殃。施主正济国土危脆，民陷四大苦空之时，举义生灭来敌罪薮，久之必获喜庆，善哉，善哉！"

王致揖手说道："多谢方丈点化善信，尔等届时再赴战场，为国除祸、为民摘害，在所不辞！"

正说话间，张三保自门口进来，王致见他吞吞吐吐，心里越发生疑，他不敢耽搁，便辞了方丈与净慈小沙弥，便跟着张三保去了。

王致以为兄弟们身负重伤，现在不知道死了多少个，于是干着嘴问道："不治而殇的兄弟有多少？"

张三保说道："大哥，兄弟们倒无大碍，只是听小伍说联军毛子已打到东单了，兄弟们请你拿个对策。"

一句话说得王致犹如半夜惊雷，这下了真急了："你说的小伍，可是竹娘妹子家的长工？他是怎么知道的联军动向？"

566

张三保说道："我也一时难以说清楚，他人现在在禅房，你去问他便是了。"

王致越发纳闷，遂问道："他怎么找到广济寺了？"

"我带着几个兄弟在寺院门口警戒，正见他惊慌失措着经过，我便把他拉住，想问个究竟。谁知他连惊带吓癔症了，嘴里不断唠叨'全死了，全死了'，我赶紧把他带进寺来，刚才灌了些斋食，似乎魂又回来了。唉——"

说话间二人来到禅房，王致见兄弟们眼睁得溜圆，竟然彻夜未眠。唉，他知道众人心里忐忑、吉凶难定，怎又能安若当枕啊！又见小伍红肿着双眼，呆呆地望着禅房的天棚，王致说道："小伍兄弟，你把洋鬼子的行踪再细说一遍吧！须时往哪儿冲杀，要合计个对策出来。"

此话一出，正戳小伍的痛处，只见他霍地站起身来，大声哭叫道："可怕、可怕，太可怕了！我一生一世也不会忘记此情此景，也不会饶了那些洋毛鬼……"

张三保忙走近炕边，又拉又劝地稳住了小伍，小伍哽咽着说道："几天前我随着舅舅加入了义和团，我们几十人被遣到神机营打洋毛子……"

张三保插话说道："小伍，你这话实是荒谬，没听小老弟有个老舅爷！莫非你是让人拐带进了队伍？"

小伍抹了把鼻涕说道："刚认识没几天，我娘是山东人氏，舅爷千里寻她，见了面核对了老家亲戚之后便抱头痛哭，他们正是失散多年的堂姐弟，错不了。我的那个舅爷叫桂柱儿，一身的功夫，随他一起来的表姐叫凌儿，会轻功，尽说踏什么，游什么……"

张三保插言说道："莫非是踏水神行、游壁神功么？这些个皆是九宫步、梅花桩习练所得。"

"是是是!"小伍半张着嘴,一脸的惊异之色。

王致说道:"小兄弟,你身上三脚猫功夫没二两,莫再阔论什么功夫长短了。你还是讲讲义和团这档事罢!"

"嗯。"小伍点点头又说道:"舅爷有个儿子,当属是我的表哥子,几年前入了义和拳,舅爷想寻儿子,问我入不入,我点点头,便跟着舅爷入了义和团。到了他们那里学了请神咒:弟子在红尘,闭住枪炮门。枪炮一齐响,砂子两边分。习练咒语还不到一个时辰,神机营带着我们去了东单,当时炮声震天响,义和团也有胆小的,听到炮声便往回跑,却被神机营的官兵结果了性命……"此时,他像有天大的冤屈,又似乎带着幽幽怨气,禁不住满脸热泪又流了下来。

张三保又抚慰了一番,过了一阵子,小伍这才镇静下来,又道:"神机营拿着鸟枪顶着大家的屁股,我们只好念着请神咒硬着头皮往上冲,眼见着一排排倒下,有的被炮炸上了天。正往前冲,我脚下不知被什么绊了,一头栽倒在地,就什么也不知道了。"

王致问道:"你是怎么跑回来的?"

小伍默默地望着前方,似乎在努力回忆着什么,眼前又浮现出血肉横飞的战场,怔思了一会儿,他低下头说道:"我醒来的时候,好像很静,一丝响动也没有。我骨碌着起身,往四周一瞧,到处是死人,一层压着一层,一堆挨着一堆,缺头少腿的,脑浆迸裂的,大火烧焦的,还有个少了半张脸,咧着两排大牙像在讥笑我……当时,我什么也没想,只知道要离开这个坟场,我也不知道要往哪里跑,到什么地方,正跑呢让张大哥拽住了……"

王致沉寂一阵子说道："看来洋毛鬼已打过东单了，此事关系重大，如何才能替天行道，截杀这些恶鬼呢……"他又放眼伤痕遍体的兄弟们，顿生有心杀贼、无力回天的挫败感，不由得暗自长叹一声。

小伍说道："大哥，我舅爷、表姐不会死吧？对了，还有我那东家，他们也不会死吧？李姐姐还不知道我入了义和团……"

张三保安慰道："吉人自有天相。你以后别再寻义和团了，跟着我们，相互还有个照应。那些咒语是诓人的把戏，既遮不了雨雪，更挡不住刀枪。你的舅爷、表姐我们想办法寻找，李姑娘一家想必已躲在会馆，依你描述，洋毛子还未打到那里，暂时还是安全的，我们也会设法保护他们。"

同样牵挂着竹娘一家的还有克鲁斯。接连几日外面枪炮声不断，街上的队伍来去匆匆，忽东忽西，尔南尔北，也分不清是冲锋还是撤退。为了安全起见，克鲁斯月余前已把诊所的匾额摘了，找人写了一个大大的"醫"字，挂在门帘外面，自此再也未遇到无缘无故的骚扰，他为此举着实高兴了一阵子。

天已黄昏了。落霞缤纷，彩云辉映，一抹夕阳透过门帘和大大的"醫"字斜照进来。克鲁斯抬眼望着斜阳，听着外面炮声渐稀，枪声零零星星，他沉默思忖一阵子，决意冒险去寻找竹娘一家。出门前，他刻意乔装一番，从头到脚，一身黑衣、黑帽、黑布鞋，这装束，衬着那粉白的面庞、悠闲的举止，活脱脱一个秀才模样，他上下打量着自己，觉着有什么不对劲儿，于是他又摘下黑帽，换上个斗笠，把整张脸遮得严严实实，这才放心地准备出门。一回头，却见蒂亚娜掀起门帘，火急火燎地进来了，后面还跟着几个使馆卫兵，蒂亚娜的突然

而至，倒把克鲁斯吓了一跳。

克鲁斯还未弄清原委，蒂亚娜眼里泪花闪现，拉起他的手便往外走："亲爱的克鲁斯，没时间向你解释什么，你必须跟我回到使馆去！"

克鲁斯还未曾见蒂亚娜如此形迹，他抚住蒂亚娜的肩膀，一脸疑惑问道："蒂亚娜，你这样慌张的神情，我还第一次见到，出了什么事？"

蒂亚娜见克鲁斯挣脱了手，显得又气又急，挡开他，冷峻着脸说道："克鲁斯先生，你想死在这里吗？"她不再优雅，顺手一把从头上抓下勃艮第礼帽，甩在桌子上又道："好吧！就让我陪你一起到天堂罢！"她的泪水无声潸然而落。

克鲁斯看着蒂亚娜赌气的样子，改容说道："蒂亚娜，我知道你一直在背后默默支持我、关心我，我若是那飞翔的青鸟，你就是永远不离不弃的锦丝青巢，你是我最信任的人。请告诉我到底发生了什么，好吗？"

蒂亚娜抹了一把泪问道："亲爱的克鲁斯，你不愿意到使馆避难，还在与我的父亲赌气吗？可亲爱的父亲对我说，把你羁押起来，他已经懊悔不已了。你还企盼一个长者低三下四地对你说声对不起吗？如果这是你想要的，我会请求我亲爱的父亲向你道歉的。"

克鲁斯见她哭得凄楚，伸手挽住她的双手说道："蒂亚娜，我是认真的，为了你，我不会把窦纳乐叔叔所做的事放在心上。"

蒂亚娜转悲为喜说道："你肯原谅父亲了？"

克鲁斯微笑着点点头说道："蒂亚娜，看着我的眼睛，告诉我'避难'的真相——"

蒂亚娜一时性急说走了嘴，被克鲁斯一问，不知如何作答，只得支支吾吾说道："哦哦，你的安全无比重要……我接你回去得到了父亲的许可，只是……只是……克鲁斯，请相信我所做的一切都是出于对你的保护……"

克鲁斯说道："亲爱的蒂亚娜，你能看着我的眼睛吗？"

一句话滋润了蒂亚娜的心田，她又反手抓住克鲁斯激动地说道："亲爱的，我的梦想变成了现实，亲爱的，你的甜言蜜语，我期盼了很久，太感动了亲爱的克鲁斯……"她瞥一眼几个卫兵说道："请你们到外面等候好吗？我要开始与克鲁斯先生畅谈爱情了……"几个侍卫点头致意知趣地出去了。

克鲁斯见卫兵出了房间，满目含情地说道："亲爱的蒂亚娜，我宁肯血液中毒，也不让'真相'受玷污，我想，你与我是一样的人，这里别无他人，说吧！"

此刻，蒂亚娜脸色变得清冷煞白，几欲张嘴又几度咽下，她不知所措地抬头望着冰冷的手术台架，显得无限哀伤，喃喃说道："亲爱的克鲁斯，我想……上帝把我放错了地方……让我与恶魔为伍，我真得很难过……"

克鲁斯怔怔地看着她，没有说话，只是用眼神鼓励她继续说下去，又听蒂亚娜说道："今天，就在是今天，父亲接见几位将军，他们亲口告诉父亲，联军总司令西摩尔将军……不不不，西摩尔恶魔答应联军，攻下清国京师后，不受任何国际约束的、毫无法律顾及的……烧杀抢掠、淫威施暴三天，这恶魔说，这三天不受上帝的惩罚……亲爱的克鲁斯，这是我有生以来听到最振聋发聩、最愕然无望的消息，对我来说这是噩耗……对清国百姓来说，他们走过的街道、去过的店铺、游玩过的景致，都有可能成为联军的屠宰场；他们的餐桌旁、卧房

571

内、院子里，随时随地都可能成为自己的坟墓……亲爱的，自我听到这个消息，我的脑海里一直浮现血流成河的大屠杀现场，上至七旬蹒跚的老人，下至未断乳的六龄幼童，像我一样的姑娘，像你一样的青年，一人死而三人亡，都会惨死在联军的手上……噢，天哪！我为他们的行径感到羞耻，我快要崩溃了……"她抽咽着，已是泪湿襟袖。

克鲁斯眼前一阵眩晕，愣愣地怔定在那里，过了很久方才一字一顿地说道："傻瓜总是成群结队，联军的兽行终将会受到诅咒，得到最严厉的惩罚，也许是明天、后天，也许是十年、二十年，也许是一百年、二百年……"

蒂亚娜又哽咽着说道："亲爱的，跟我回去吧！"

克鲁斯颓然不语，过了一阵子，他有气无力地说道："联军已然是没有灵魂的疯狂行尸，看来没人能阻止这一切的发生，虽然我不能救下所有人，对于我的朋友，我不能见死不救。"说着，他站起身说道："亲爱的蒂亚娜，你有卫兵保护，我无需担忧，我的朋友却置身危险之中，我必须尽我所能保护他们，你在这里等我，我很快就会回来。"

蒂亚娜也站起身来说道："亲爱的，我说过，即便上天堂我也要陪着你，这不是玩笑话。你去帮助朋友，请带上我好吗？"

看着蒂亚娜诚挚炽热的眼神，克鲁斯心里不禁一颤，未再拒绝，拉起她便往外走。见蒂亚娜的车停在外面，他们上了车，赶往李府，却看到大门紧闭，已落了锁，此时已是定昏时分，家中无人，想必是去了台湾会馆。克鲁斯轻车熟路，又带着蒂亚娜来到会馆，他让卫兵留在外面，便自顾上前打门，过了一阵子，门开了，门内站着的正是竹娘。

竹娘惊讶道："久违了克鲁斯先生，外面兵荒马乱，乙夜到此必是有要事?"

克鲁斯并无笑意，只是摆摆手说道："进去说罢!"

竹娘引着克鲁斯和蒂亚娜来到正厅，谭禄滢、李祖业、冯氏和厨娘周婶正为山河破碎、民不聊生唏嘘慨叹，见克鲁斯进来，众人一脸的默然。他们痛恨侵略的联军，可对眼前这个与联军有着千丝万缕联系的人，却怎么也恨不起来，看来，他们早已把克鲁斯归到"好人"堆儿里了。

克鲁斯站在厅内一时有些尴尬，紧张、内疚、激动、焦躁，各种情绪在内心搅动。沉默了一阵子，他打破了尴尬，伸出手介绍说道："诸位，这是窦纳乐公使的千金，她叫蒂亚娜。"他回身对蒂亚娜说道："蒂亚娜，给大家打个招呼吧!"

蒂亚娜一躬到底说道："诸位吉祥，按照清国的习惯，我是父亲的掌上明珠，小棉袄，丫头片子，大闺女，小乖乖……"她把能想到的词儿说了个遍。

不待她介绍完自己，满堂人像暂时忘却了烦恼，笑声不断，李祖业和蔼地说道："嗯嗯，嘴倒是讨巧，想必女红也差不到哪里去? 同我闺女好有一比，一个半斤一个八两。"

竹娘顺着爹的话茬说道："爹，我们不是一类人，她是洋……"话到嘴边又咽了回去。

众人虽听了一半去，却已是拉回到眼下的忧愁之中，脸上的笑意转瞬烟消云散，个个像霜打的茄子蔫头耷脑。克鲁斯见状说道："蒂亚娜似竹娘一般心地善良，我们见外面炮火连天，很不安全，今天过来，是邀请各位去英吉利使馆暂时避一避，以防出现什么意外情况。"

听罢，李祖业立时便攒眉痛心地说道："意外! 什么意

573

外？怕是克鲁斯先生早就知道有这档子事了吧？唉——这个不说也罢了。你让我们去元凶大恶的地界儿躲灾避难，甭说去了，听这话，我这老脸都臊得生疼，大丈夫宁可站着死，岂可跪着生？我这把老骨头不值钱，想要让他们拿去好了。"

谭禄滢磕着烟斗说道："金窝银窝倒不如自儿个的狗窝，这里既不是官衙，也非兵营，那洋毛子还能跑到百姓家里闹事不成，打死我也不信！"

克鲁斯见劝不动，有些急了，摇头叹息说道："爷们，你们不懂人的本性，人若杀红了眼，什么事干不出来？我相信你们平日遇到危险不会害怕，可这次不同了，他们真的很残忍，请跟我走吧！"

李祖业梗着脖子说道："不去！若去了，我就成了认贼作父卖国贼，这好比桥孔里插扁担，担得起吗？真担不起哩！"

谭禄滢也说道："克鲁斯先生，你也别再相劝，我们断然不会去的，看来你不了解我们什么样的人！我就给你唠唠，据闻，廷茂将军自安定门退下来后，阖家自焚；户部尚书崇琦一家，礼部侍郎景善，工科给事中恩顺也都殉了国；尔等一介草民，虽不能今日立时横死阶前舍生取义，但绝不会自取其辱的。"

蒂亚娜不明就里，失望地说道："你们这是怎么了？难道你们都不要命了吗？"

一旁的冯氏听了一阵子，不由得担心起来，嗫嚅地说道："人到了这把年纪，吃东西也口淡，是死是活不打紧，可我那闺女还正水灵，人间的甜咸且没够呢，这可怎么办呀！"

"老娘们唧唧得！瞎咧咧什么？"李祖业虽然呵斥冯氏，内心还是忧心女儿，继而又说道："闺女，你跟着克鲁斯先生去吧，爹给你作证，你不是卖国贼。"

"爹——"竹娘听爹心热言糙之语，忙说道："虽说王大哥留下几个鸟枪也阻止不了贼子杀人放火，只要我们不主动招惹是非，不犯夜，关起门来过日子，当是不会有什么意外发生。周婶，吃得喝得都安顿好了吧？"

厨娘周婶点点头说道："嗯嗯，原有约五斗粗粉、五斛糜子，算上姑娘您又拿来的十五斗粳米、六斗黄米，三缸腌萝菜，两缸脆丝儿，还有六十挂京丝面，粗略算下来，够大伙儿撑上个把月还要多呢！"

克鲁斯见说不通，见大家并没有要走的意思，他便急地拉住竹娘说道："攻打京师的总司令叫作西摩尔，他就是个禽兽不如的东西！他承诺所有军队，打下这座城，可以肆意烧杀抢掠三日。何止三日啊，一旦他们疯狂行动起来，局面根本无法控制，你以为联军的士兵能放过这里吗？"

此话一出，像晴天一声炸雷，个个泥雕般哑然惊色，过了好一阵子，李祖业才失声说道："这不是拿我们当牲口宰嘛！倒行逆施，天理难容啊！"

谭禄滢突然熄了闷烟，像似突然苍老了许多，颤巍巍地说道："六月飞雪、血溅白练，叹天叹地叹人间，老材堪无用，使不得刀枪棍棒，驱不走这炼狱的豺狼了……"

冯氏与厨娘周婶长吁短叹，泪水涟涟自顾着悲天悯人，见此情景，蒂亚娜也跟着抹泪儿。克鲁斯又扯扯竹娘说道："既然老人家不愿去使馆，倒不如去艾达尔的诊所暂避，他就在东交民巷附近，虽然谈不上绝对安全，联军士兵应会有所忌惮，不会贸然搜查，相比会馆要安全许多。"

竹娘听罢，看着爹娘，又瞧瞧谭禄滢和周婶，见他们面面相觑、不着一言，于是说道："克鲁斯，也只好如此了！还得请你与艾达尔通禀一声，几个人吃住，日子长短也没定数，这可是一笔不小的开支。"

见大家同意了，克鲁斯与蒂亚娜相视一笑，克鲁斯说道："大可放心，现在跟我走便是了。"

蒂亚娜也道："诊所里留下两个卫兵，若有意外情况便于交涉，我会向父亲解释的。"几个人匆匆收拾了些生活必需的零七碎八东西，跟着去了艾达尔的诊所。

此时，联军已攻入内城，慈禧有些坐不住了，她先后五次召见军机处大臣，商议走留问题。觐见的大臣一次比一次少，最后一次会议，大臣之中也仅有刚毅、赵舒翘、王文韶三个属僚，见此情景，慈禧心里更加慌张了。戊夜时分，一颗炮弹落在了乐寿堂西偏殿的房顶上，彻底击碎了慈禧对诸国宣战时的勇气和胆魄，于是下定决心"西巡"。临行前她垂见后宫众嫔妃，当众宣布裕隆皇后和瑾妃随着她与光绪皇帝"西巡"，其余嫔妃各自回宫，留守京师；又命内务府大臣恩铭且把颐和园中之珍宝，密送至热河。一切安排停当，慈禧还是合不上眼，她独坐静思，忽尔心里一惊，只因千头万绪、彷徨烦乱，差点儿忘了一件大事，若此事不妥善处置，哪能安心"西狩"呢！想到此，她一刻也坐不住，腾地从软榻上站起身，唤了人，便匆匆赶往北三所。

六宫副都太监崔玉贵带着宫女，在前面给老佛爷执灯引路，慈禧一行在漆黑的夜色中步履匆忙，绕过钟粹宫，很快来到北三所。崔玉贵亲自动手，打开了锈迹斑驳的三把铁锁，用手轻轻一推，紧闭已久的房门"吱呀"一声开了。他刚瞧了一眼，一股霉臭扑面而来，他攒气屏息退了出来，看着跪在地上的两个宫女，他拿手在面前扇了扇，呵斥道："哟！下贱的奴才，这是怎么办的差？珍娘娘乃是金尊玉贵之体，怎么连一口茶水，一碟子点心也不备呢？混蛋不是！"他这话是说给慈禧听的，他心里清楚，珍妃平日吃的连下人都不如。

冷宫中的珍妃早已失去往昔雍容华贵，披头散发下一张脸蜡黄干瘪，她见是领侍崔太监，攒足了一口气骂道："崔玉贵，你这个五音不全、六根不净的死太监，你少给姑奶奶装神弄鬼地来这一套，我疑你每日来此训诫，是假传圣旨。快去给姑奶奶传话，就说我要见皇上。不见到皇上，我就不吃不喝也不睡，直到死为止！"

太监最怕别人提到自己残缺，是个净过身的阉人，崔玉贵溜光的下巴不易觉察地动了一下，强按住心头蹿上来的无名火，冷笑一声说道："珍贵人，您要是能安分一点，我就把您当成姑奶奶看；您要是想发疯，我就把您看作是疯子！您从这里朝外边看去，那边不远就是景祺阁，再过去一点儿就是钟粹宫，隔着便是仪鸾殿，我敢到您这儿来假传圣旨吗？您要是想验旨，请您亲自问问老佛爷吧！"

珍妃一听慈禧来了，忙颤颤巍巍支着身子往外看，外面夜色很浓，除了两盏微微晃动的宫灯，什么也瞧不见。此时，一个宫女进来，点燃了一支蜡烛，在难熬的黑夜中，两边灯光一对照，她似乎看到了慈禧的身影。听任命运的拨弄两年之久，这一次，是她离幸运最近的一次了，"亲爸爸"来看她了，她索性静下心来，抛开一切体面，匍匐着往门外一点一点地爬动……

"成何体统！"慈禧见珍妃自门内像个没了筋骨的残废人往外蠕动，冷冷地又说道："把她扶起来！"

　　崔玉贵带着两个宫女上前拉拽珍妃，自光绪二十四年九月的一个黑夜，她被打入北三所冷宫以来，每日在暗无天日中度过，受尽精神和肉体的双重折磨，她已是奄奄一息，哪有力气再站起来说话？在宫女的帮助下，她才勉强坐在地上。

　　又听慈禧说道："你可知罪？"声音像天外传来的。

　　听了慈禧的质问，珍妃的脸色马上变得雪似的惨白，她答道："儿臣知罪，撺掇皇上改革，干预国政；逆言亲爸爸，实属不孝；排挤皇后，长幼无序……"

　　"哼！"珍妃像背文似的数落自己的罪状，却被慈禧打断了，只听慈禧说道："每日着嬷嬷和监事向你训诫，看来你一点没听进去，罔顾了哀家的一片苦心啊！"

　　珍妃只穿了一件薄衫，浓重的夜色里吹来一阵凉风，她不禁瑟瑟发抖。她像一只受了惊吓的野兽，缩作一团，她透过散光的缝隙看到慈禧的神情不同寻常，眼神冷若冰霜，眼角微微深陷，幽幽地闪着鬼火一样的光。嘴角微翘，似哭又像笑，似讥讽又像是在发怒。过了很久，她才想起来还没向亲爸爸行礼请安，便伏身一趴叩头说道："儿臣参见亲爸爸，刚才是儿臣糊涂了，亲爸爸的训诫，儿臣每日倾情伏地聆听，字字写心入肺，不敢有丝毫怠慢。"

　　慈禧回过头来对崔玉贵说道："你们先退下！"她也感觉自己的声音像是有点儿颤抖，身子也在不停地抖动着。崔玉贵应了一声，带着宫女退至丈余之外，本不明亮的两盏宫灯撤到远处，眼前更加黑暗。

　　慈禧镇定一下说道："你抬起头来说话吧！"

　　珍妃听着慈禧的口吻没那么严厉，中间还夹着平日里少有的温和，她的心稍微放宽了些，又叩了个头才抬起来："儿臣聆听训诫——"

慈禧又带着干涩的语调说话了："听你的口气，好像并不知罪，甚至还有点委屈是吗？"

珍妃一心想着，早一些争取到解脱牢笼的生机，她看着慈禧气若游丝地说道："是，儿臣确定不知道为何被打入冷宫这么久，自问也并没有什么大错，但雷霆雨露皆是亲爸爸恩赐，儿臣并没有生出怨怼之心。"

慈禧心头的火气一下子被撩拨起来了，她用冷得让人发噤的语气说道："什么？到现在你还敢如此大言不惭地说没有大错？你使过黑心吗？"

听罢，珍妃只得顺着慈禧的话辩解："儿臣自感敬上爱下，并没有什么大错，更没有变成黑心妇，请亲爸爸明示……"

慈禧截断她的话说道："你并非一个出淤泥而不染的贤妃，我要问你，你是不是在变法中充当了夺权、篡逆的角色？你出手阔绰打赏宫女太监，是何图谋？你靠着载湉对你集千般宠爱于一身，却做着卖官鬻爵的勾当，收了多少黑心银子？"

珍妃顿时觉得如芒刺在背，她硬着头皮说道："这不过是儿臣当时的一些愚蠢想法。儿臣想着恢复祖制本是堂堂正正的事情，亲爸爸要是不说，至今儿臣还不明白这样做是错的呢。至于打赏奴才，只是求他们对亲爸爸侍候得好些。还有，儿臣对天起誓，从未有干过卖官鬻爵的事。"

慈禧闪着刀子似的目光说道："一派胡言！哼哼——不过，你如何申辩，如何打马虎眼儿，这些都不重要了。哀家今天来，是告诉你洋人打进城了，你可知洋人的残暴？我们要到外面躲躲风头，不能带你一起走，否则，你又会逮住机会蛊惑皇上。把你留下来，哀家实在不放心，你还是皇家的人，不能辱没了宗室颜面。哀家左思右想，给你找了个好去处，你就安心去吧！我会照顾好皇上的。"

慈禧的话，就像是天上的闷雷，一声声地猛击到她的身上，她那本就脆弱的心，早就支持不住了。她知道大祸临头了，她张目四顾，想找个什么可以依靠的东西，可空荡荡的地面上什么都没有，却听慈禧声音又嗡嗡的在耳边振荡："崔领侍，执刑吧！"说罢一阵风似的消失了。

只听黑暗中崔玉贵答道："嗻——奴才这就去办！"

突然，珍妃发出一阵像野狼嚎叫似的悲啼，边哭边叩头说道："亲爸爸，儿臣知道，您一向是圣明的……您刚才所说，都是别人制造出来的谣言，他们这是在陷害儿妃的呀……亲爸爸，您难道不知道吗……"

崔玉贵带着两个宫女，把珍妃架起来，珍妃已无力挣扎，只是口中念叨："亲爸爸，您是仁慈的圣母……善心永驻的佛爷……人祖女娲的化身……"

他们把珍妃带至井口边，崔玉贵伸手薅住她的薄衫，一用力提了起来，另一只手按着她的脖颈，说道："你千万别找咱家索命啊——"一撒手，珍妃头朝下栽进深井里，只听"咚"的一声，再也没了声响，崔玉贵弹了弹衣衫上灰尘，一摆手走了。

东方破晓，慈禧把自己心爱的指甲剪去，命李莲英给自个儿梳了汉妇发式，以乡下老妪的衣裳替下锦衣华服，这才命人去找光绪皇上。此刻光绪不明情理，还穿着黄袍马褂，戴着丝绒瓜皮小帽，依老佛爷谕旨，李莲英、崔玉贵忙上前七手八脚为光绪换上了跑堂伙计的衣裳。一行十几人分乘三辆马车，自神武门出发，匆匆向西行去……

同样匆忙的还有井口太郎，他闻听老师福岛安正已率领军队攻入城内，并洗劫了清国的户部衙门，得银三百万两和数不清的金玉宝器，便马不停蹄地赶去祝贺。

刚进门，见福岛安正一身戎装站在当院，他紧走几步忙施礼赔笑道："老师安好！见您依然精神健硕、神武挂冠，学生自感欣喜之至。"

福岛安正看见学生到访，双眉一挑，笑容可掬地褒扬道："天皇诏令，勉强为之罢了。要论神武，还要数你孤胆率众深入紫禁城深宫大院，搜罗古籍典藏。据闻还有诸多传世孤本，爱徒此举，为壮大我大日本帝国之文脉立下了汗马勋功，友生甚慰啊！"

此人原是陆军情报官，精通多国语言，善于情报之术，培养情报人员撒向世界的各个角落，井口太郎便是他的得意门生之一。在他的授意下，玄洋社这才派井口到清国京师经营外务。

井口谦逊地回道："尚比功劳，当属老师您功高盖世，为我大日本帝国东征西讨、所向披靡，是学生仰望而不及之太岳峰峦。"

"哈哈哈……"福岛安正一阵开怀大笑说道："你在清国经过几年磨砺，羽翼已是丰满，日后可堪大用了。正好，我要参加各国在清公使、联军将军的会谈，你也一起去吧！"

"嗨！"井口又施一礼说道："老师抬举了，学生不才，能陪同您前去会谈，甚是荣幸。"

"嗯。"福岛安正点点头，若有所思地说道："诸国在此分区占领上倒是没有分歧，只是如何处置紫禁城，还没有统一的

581

意见。唉！各国虎视眈眈，谁都想吃下这块肥肉……"

井口见老师为此事愁眉不展，便试探地问道："老师以为当如何发落紫禁城？"

这一问，福岛安正显得心思更加沉重，他轻吁了一声冷冷地说道："哼哼，常言道，客大欺店，强奴压主。眼下，西方诸国满嘴仁道正义，骨子里却巨奸大猾、阴险狡诈，嗜血成性。若紫禁城落到他们手里，便负了天皇圣意，我即是奉职不力……"

井口这才明白福岛安正的心思，于是说道："老师的意思，尽力说服各国，不要打京城帝阙的主意？"

福岛面色沉重，皱着眉说道："紫禁城庄严肃穆、金碧辉煌、异香扑鼻、光彩夺目，我大日本帝国至高无上的天皇陛下，对那镶玉嵌宝、雕龙涂金、至尊至贵、神圣无比的御座向往已久……内阁曾开过一个重要会议，决心让这片土地归我大日本帝国所有，让天皇陛下在这里头戴金冠接受万国朝拜，一个残破的紫禁城和凋敝的广袤土地，是天皇陛下及内阁不乐见的。"井口看着老师的深邃眼神，暗自盘算了一番。

诸国会谈在英国公使馆进行，英国公使窦纳乐见诸国到齐，站起身来致意说道："诸位公使、将军，经连日征战，清廷京师已在联军的控制之下，各国据守区域已经划定，军队也得到妥善安置，今日诸位公使、将军荣至，只为商议如何处置紫禁城。"

满脸黄针须的罗刹国将军胡拉列夫咧着嘴说道："这没有什么可商议的，我们既然武力占领了这座城，清国皇帝的宫阙理所当然是我们的战利品。如果胜利者失去处置自己战利品的权利，这样的胜利是没有价值的，也毫无意义！"

582

不曾想，窦纳乐冷冷一笑给顶了回来："胡拉列夫将军，若我们果真毁了象征清国的紫禁城，清国中央朝廷便不复存在了，到那时，诸国向谁攫取源源不断财富？向当地的每一个百姓吗？"

　　胡拉列夫眨巴着眼睛说道："难道我们夺在手中的不是财富？"

　　窦纳乐轻哼一声说道："诸位是文明世界的文明人。让清国朝廷把数不清的真金白银装在精美的盒子里，且谦逊有礼地主动送到我们手上；或是我们割下一个百姓的头颅，从身上搜出带着血迹的一文钱，将军以为哪种方式更绅士呢？"

　　法兰西公使话音虽不高，却声色俱厉："窦纳乐阁下，你不要忘了，贵国西摩尔将军曾允诺各国，打下清国京师便可无拘无束享受三天的胜利成果，难道紫禁城不在此列吗？还有，任何文明都是建立在野蛮之上的，只有让清国人人享受残暴，这些下等人才会想到试图做个懂规矩的文明人，不是吗？"

　　联军统帅瓦德西轻敲着桌面，接话道："公使先生所言颇有见地，这象征权力的紫禁城若是毫发未损，愚蠢的清国人只会认为有神明庇佑，并不以为这是联军法外施恩、宽大为怀。我们要彻底粉碎清国人的幻想，摧毁他们的信念，让他们像羔羊一样温顺臣服，给那些不远万里来此，为信仰而战的士兵一个交代，上帝也会宽恕这一切的。"

　　瓦德西的话，煽动性强，立时激起多数人的响应，他们纷纷站起身来，喊叫着、怒吼着，有的敲打墙壁，有的拍桌打椅，狂躁得如同旷野群狼同时盯上了笼子里诱惑的腐肉。窦纳乐见场面即将失控，他伸手掏出枪，向空中"砰砰"开了两枪，大声喊道："诸位，我们是商议如何处置紫禁城，而非如何分食整个清国，不要再大呼小叫了！若是诸位公使、将军带着强烈情绪讨论此事，会影响我们的判断和最终的决定！"

听到枪声，众人立时冷静下来，窦纳乐转头瞧见日本司令官福岛安正面如平湖、一言不发，于是问道："福岛将军，日本国作为此次联军参战兵力最多的一方，您对紫禁城一事，有何高见？"

福岛安正解下佩刀，置于桌面，高傲得兀自闭目养神起来，井口见老师不凡的举动，立刻会意，他站起身笑道："福岛将军偶感风寒、略有不适，我代表将军回答窦纳乐阁下。"

窦纳乐与井口曾有合作，对他并不陌生，于是点点头说道："好吧！请井口先生直言。"

井口太郎用目光扫视着众人，忽尔说道："诸位公使、将军，若是我们把紫禁城一把火烧了，清国上下一定会殊死抵抗……"

见井口话语不善，胡拉列夫硬生生地打断了他："抵抗又如何？一群乌合之众、溃不成军，本将军并不介意一直打下去！"

井口见有人反驳，他面带微笑说道："将军谋略战法，在下佩服。可是，继续作战绝非上策，我们联军之所以势如破竹、节节胜利，所遇清国军队看上去不堪一击，其实不然。原因有二：其一，清国朝廷虽已宣战，但许多手握军权的大臣却不愿打仗，导致人心浮动，作战意志不坚；其二，清国在东南还屯有数十万精兵强将，此役东南几省均未参战，有的不愿听从慈禧太后的调遣，一直按兵不动；有的虚张声势，借故拖延。诸位思量一下，若毁了象征清国威严的紫禁城，清国上下定会同仇一心、众志齐聚，誓报亡国之仇，届时将会毕其功于一役。反观我们联军，兵力人数有限，粮草补给困难，若不幸被在下言中，到那时，联军还有必胜的把握吗？可以断言，那将是联军的一场噩梦，天降的灾难，须时何谈真金白银的财富？"

联军统帅瓦德西听罢，思忖了一阵子，然后轻轻地点点头，说道："嗯，诸国士兵的生命是宝贵的，我们想获得财富，也并不想以过多失去士兵的生命作为代价。现在看来，如何处置紫禁城还真是个棘手的问题。"

井口笑道："将军阁下，对待紫禁城说起来也简单，只有四个字'不抢不烧'，唯此一法，别无他焉！"

诸国代表听完翻译后，低声私语了起来，似乎对此有些不满，瓦德西也怔怔地看着井口，却听井口又道："诸位，联军要显示各国的无比强大和征服这片土地的骄傲，必然要给清国一点颜色看看。各国可选派代表，组成一支联军纵队，在紫禁城中检阅行军，这样既可震慑清国朝廷，也可彰显诸国军威，岂不是两全其美的事？"

满堂人听罢，又交头接耳地议论一番，此刻，福岛安正也慢慢睁开眼，带着一副安详的神态，轻轻地点着头，看来他对井口的提议十分满意。井口在清国多年，已牢牢掌握着清廷及各省衙门的心思及动向，井口此策，有理有据。这样一来，既打消了他国继续作战的念头，也可使清国朝廷保住了最后的颜面，给日后和谈留下空间，特别是今后大日本帝国对大清国的亲善方面大有裨益。

诸国经过讨论，同意日本国的提议，并迅速与留守宫内的禁军接洽，迫使他们放弃抵抗，打开城门。随着震天动地的三声炮响，回荡在紫禁城上空，壮丽巍峨的紫禁城，正门大开。

各国精挑细选了几百名仪仗士兵，手持火枪，腰悬刀剑，高举旌仗，排成了整齐、庄严、威武、雄壮的队伍，由南至北检阅行军。

紫禁城虽侥幸逃过一劫，可除紫禁城外，京师各处却无一幸免，自皇宫、官衙、王府、官邸，到商所、当铺、民户皆被几万联军洗劫、屠杀一空。自元明以来之积蓄，上自典章文物，下至国宝奇珍，扫地遂尽。凡设过拳坛的王公府邸、寺观、民宅，皆举火焚之。联军还到处强奸妇女，有的还将其所获妇女作为"官妓"，任联军随意奸宿。有许多妇女因反抗而惨遭杀戮；因受辱羞愧而自尽；或为免遭奸污而跳井悬梁……一时间，北京城内火光烧天、多日不灭，遍城腐尸，堆积如山。昔日金碧辉煌的北京城，变成到处是破墙残垣、满目萧条的荒野，位于皇城西北的圆明园自咸丰十年以来，再遭浩劫，最终化为了一片废墟……

第三十章　逢乱局会馆为义所
　　　　　真英雄慨慷昭后人

　　艾达尔的诊所里一片嚎天喊地之声,等待救治的百姓越聚越多,东倒西歪满院子都是人,黑压压一片。厨娘周婶催了几次,忙碌的几个人,谁也不肯去吃上一口饭,克鲁斯和艾达尔忙着给火枪致伤的百姓施术,取出伤弹丸;遇着刀伤的便交给竹娘敷药包扎;李祖业、谭禄滢则挨着个扶着伤号交给克鲁斯和艾达尔手术,李祖业边往里抬人边流泪,眼见这些血淋淋的枪伤、刀伤似在自己身上;冯氏却忙着安抚女眷,有一对母女哭得死去活来,冯氏口干舌燥地劝不动,便吆喝李祖业。

　　冯氏喊道:"当家的,这娘俩实属可怜呀,男人让洋毛鬼杀了,她们又贪了孽,你快来瞧瞧啊!"

　　李祖业正唉声叹气地抹泪,听老妻唤他,心里不高兴:"妇道人家的事,唤我顶什么用!"

　　冯氏听罢,气不打一处来又道:"人都要死了,枉论男事女事!"

　　李祖业扯谭禄滢衣襟说道:"到那边看看去!"

　　待他们走到近前,见一个三十上下的妇人,抱着一个十岁左右的女孩儿,瘫坐在地上,哭得伤心欲绝,鼻涕口水不断线

587

地往下流。怀里的女孩儿面色苍白,紧闭双眼,瘦弱的身子不停地抖动,身上的象牙白萝裙染成了血迹斑斑的暗红色,下面还有鲜血正慢慢渗透出来。

那妇人见又有人来关注她们,边哭边哀求道:"大老爷,活神仙啊!几寸长的大口子啊,快救救她吧,眼瞅着我这心尖尖要断气了……"

谭禄滢看着妇人怀里纹丝不动的女孩儿问道:"这位大嫂,闺女受了刀伤还是枪伤?"

那妇人翻了一阵白眼,前俯后仰地晃着身子,吼哭着说道:"你是郎中吗?瞧不出来她是让洋鬼玷污了吗?说出来不怕你笑话,一队洋兵冲过来,杀了她爹,瞪着吃人的蓝眼睛按住我闺女就那什么呀,我跪下求那些禽兽冲我来,莫要动我闺女,那些个没托生好的洋鬼哪个肯听招呼呀……三十多个哟……老娘我把自己脱光了才摊上十个。她爹还躺在当院没人收尸呢,我这闺女也要不行了,全家让洋鬼祸害光了啊,这是大清朝吗?这是什么世道呀……"

李祖业自言自语嘟囔道:"洋鬼真个是韩卢托生的!既连倒钩那玩意儿也不差分毫,不然怎么把闺女祸害成这样?"

谭禄滢听李祖业嘴里嘀咕,一下子愣了神问道:"李老头儿,你叽咕什么呢?"

李祖业瞥了他一眼,轻哼一声说道:"你个鳏夫子,咬耳说与你听,也枉知个中机巧!"

谭禄滢被噎得满脸通红,独自生起闷气来,他默然地向远处望去,到处浓烟滚滚,像是整座城能点燃的东西都被烧着了。隔着老远都能听到那火噼噼啪啪的声音,火星直冲,冒出几丈高,一片片灰烬在烈焰上空乌鸦似的盘旋着,飞起又落下。他的心倏地一紧，忽然想到会馆此时会不会也化为了灰烬，越琢磨心头越不是滋味，越不是滋味还越乱猜疑，一时间拨弄得心神不宁起来。一个念头也慢慢在心里逐渐清晰，他决定要去查看一番，正犹豫间，见一个后生灰头土脸地朝这边跑来了。

乙贵从伤号中间一跳一闪地穿过来，他倒了口气说道："哎呀，总算找到你们了……东家在这里吧？"

谭禄滢瞧着眼前汗津津的小伙子有些面熟，盯着他的灰脸想了半晌，忽尔一拍脑门问道："咦——这不是克氏诊所的伙计嘛，你找克鲁斯先生吧？"

"嗯嗯，您老贵人多忘事，我就是诊所的伙计乙贵啊！"他又喘着粗气说道："我在诊所等了几日，不见先生回来，我怕又跟上回似的让别人捉了去，便急着出来寻他。见李姐姐家遭了贼，我又折转去会馆，也未寻见，心里想着，到这厢过来碰碰运气……"

谭禄滢听说他到过会馆，便急赤着脸问道："这么说你到过会馆？给我说说，我那会馆成了什么模样了？"

乙贵听到这里，想了想说道："我见会馆的大门让人推倒了，想必里面不会有人，就再也没往里走。"

谭禄滢急得有点喘不过气来，瞪着眼问道："你怎么就不能瞧仔细了？"

乙贵皱着眉无奈地说道："街面上到处杀人放火，这种事小的既不敢打听，也不能露风声，真怕惹下什么祸根儿……"

谭禄滢急得又是跺脚又是拍掌的，打了一个磨圈儿说道："你来得正好，帮我抬人吧，我要去会馆瞅上一眼。"

此时，李祖业才迷瞪过来，心里想，家里遭了贼，不知道破落成什么样！又听到谭禄滢要走，凑到谭禄滢面前说道："一搬三年穷，破家值万贯，我也要去家里看看。"

冯氏见二人要走，也顾不得那哭天抢地的妇人，站起来说道："奴家也去！"

李祖业嘴撅着说道："你这是应哪门子景色，还嫌不乱吗？乙贵啊，这里就拜托你操劳了。"

就在诊所外闹得不可开交之时，诊所里面也是七零八落、混乱不堪。一个四十多岁的汉子肚子和腿上中了枪，刚从昏迷中醒来，看见克鲁斯、艾达尔立在面前，顿时惊愕失色地喊道："洋鬼子！洋鬼子！"

竹娘见他丧魂落魄的样子，上前劝慰道："这位大哥，你不要这么激动，也不用害怕，他们是郎中，与外面拿枪的是两回事儿。"

汉子忙用手捂住伤口，痴眼看着克鲁斯和艾达尔，似又勾起了他的回忆，片刻之后，他发疯似的说道："打死我吧！不治了，不治了……"边说着挣扎着要起身。

竹娘用力按着他劝道："好不容易才从死人堆里捡回条命，你伤成了这样，若不治怕是性命不保了。"

汉子指缝里渗出了血，痛得浑身直抖索，他嘶哑着嗓子说道："我爹让洋鬼子打死了，红红白白的脑浆子就溅在我脸上……我那襁褓里的乳儿让他们摔死了，像掼在地上的菜坛子，一声没吭就断了气，死了还翻着眼瞪我呢……还有我那拙荆，被洋鬼子押去了裱褙胡同，此时说不定已经被那些畜生糟蹋死了。我这辈子活着也吃不上四样菜，生死又能如何？"冷不防，他伸出血手一把抢过克鲁斯手里的剪刀，反手扎在自己的胸口上。克鲁斯和艾达尔见状，飞身去抢，为时晚矣，他早已

590

鲜血迸流，灵魂出窍，再也醒不过来了……

大家正为此扼腕之时，见冯氏、乙贵和一个不认识散着发的妇人抬着一个女孩子进来，乙贵说道："东家，她快不行了……"

克鲁斯来不及与他打招呼，只是问道："这是怎么了？"

乙贵抹了把汗："您自个儿瞧吧！这些天杀的畜生——"

克鲁斯掀开血渍裙摆，只瞧了一眼，泪水便涌入眼眶："上帝啊！"艾达尔闭起眼，在胸前划着十字。

冯氏悄声告诉闺女："你爹回家去了，不许娘跟着……"

竹娘听罢，脑袋嗡响，急得团团转，克鲁斯看着她急得火急火燎，停下手说道："艾达尔，您来处理百姓的伤情，我要把爷们找回来，不过，即使这样，也赎不回来我们的罪过！"艾达尔点点，克鲁斯向竹娘交代一番，便带着一个卫兵出了门。

此刻，李祖业和谭禄滢正东躲西藏地走在街上，丝毫不敢大意，二人专拣泥淖小巷猫行，搁太平日子，他们的举止算得上蟊贼行径。二人一个挥手，另一个前行，交替摸索前进，四目只顾瞪摸前面，却忘了脚下，被腐败尸首绊了几个跟头，一路上吓得二人数次失禁。终于摸到会馆门前，他们瞧瞧四下无人，趔趔趄趄爬过残垣断墙进入院子，只见当院角落让人掘了个大坑。

谭禄滢呷巴着嘴，咬着牙恨恨地低声说道："娘的，抢我谭老材的酒，老子抓住了定要严刑拷打，凌迟处死！"

李祖业见谭禄滢一脸懊丧失望的神色，心里暗自好笑，忙附耳道："几坛子酒比命还金贵？快到里面看看吧！"

二人对视一眼，便往里走，脚刚踏进正厅，登时傻了眼，只见地面上大大小小七八坑，香案条几七颠八倒地翻在地上，有的缺了腿儿，有的残了面儿。谭禄滢瞬时老泪纵横，这十来年，他吃了多少苦，受了多少委屈，担了多少风险，东奔西跑，才攒下这点儿家底，才有了今天哪！

正待谭禄滢黯然神伤之际，李祖业轻拍他的肩膀，一脸惊色地悄声道："老伙计，这会馆之中贼人尚在！我分明听到了动静——你附耳细听！"

谭禄滢立时心头一紧，他顾不得伤心落泪，拧耳细听起来，果真隐隐约约传来声响，似呻吟又像嬉戏，又如窃窃私语，好像从东面厢房里传来的。他朝李祖业使个眼色，二人轻手轻脚在地上摸索一阵，各自拣了根马凳兀子残腿儿握在手里，蹑着脚慢慢行至窗下，又屏息静听。此时里面又有声音传过来，全然捏着嗓子说话。

一个说道："哎哟哟，您老人家……轻点儿！"

另一个说道："摸一下都不许，接下来又该如何侍弄是好？"

一个又道："我疼得受不了了，您老且慢慢来试好吧？"

另一个也道："这等事慢不得，不然用些药膏把这厢麻醉了？"

一个接话道："不不不，您老轻省用力便是，我且忍上一时罢了。"

"痛吗？"

"不痛！啊……啊——受……受用啊——再快点……快点……天爷，真……舒坦透了……"

"受活吧？我要用力啦，你便更舒坦了——"

"唏唷……啊——"

一声撕心裂肺的惨叫，惊得窗外的谭禄滢、李祖业立时站起了身，手里的家伙"嘡啷"掉落在地面上，发出几声脆响。

　　只听里面的人壮着胆子问道："哪个在此作妖？"

　　这一问，倒让谭禄滢的胆量陡然增加了几分，原本鬼鬼祟祟的作派，此刻一扫而光，他答道："哈哈哈，作风流苟且之事，脏了我谭某的会馆，你却倒打一耙，岂有此理？"

　　"哦——"屋内的人像似听出谭禄滢的声音说道："足下可是谭兄？愚弟冒昧了，借贵馆问疾，未事前打个招呼，真个是无奈之举，实在有愧得很哪！"

　　谭禄滢一怔，话音语气听起来似孙郎中，还未来得及接话，李祖业却没听真切，高声说道："偷情便是偷情，作哪门子脉象先生的腔势，扮得像个郎中，哄骗谁呢？若识相出来说话……"

　　李祖业话音未落，门"吱呀"一声开了，孙郎中自门内走了出来，二人吓了一跳。惊愣一闪间，见这二位招呼也不打一个，拨开孙郎中径直往屋内闯，像似咬定要捉奸拿双了。走到近前定睛看时，他俩全傻了眼，只见长得像兔爷的鳏夫绣花鞋满脸痛苦地躺在榻上，举着两条胳膊，皱着脸儿，一副苦不堪言的模样……

　　二人欲转身找孙郎中问个究竟，不料孙郎中已紧随其后进来了，面沉似水站在他们身后。二人不知说什么好，见李祖业指指他，又指指绣花鞋，孙郎中说道："尊驾的娇妻让义和团羞辱致死，他便去找人家寻仇，还好没让快刀抹了吃饭的家伙，只把两条胳膊掰脱了臼，乖戾之气要不得呀！"

　　二人这时才对孙郎中的猜疑一扫而空，谭禄滢问道："汝不在药铺灸治，为何专意到敝馆来行医？"

孙郎中揖礼说道:"谭兄啊,我那孙家药铺让洋兵给烧个干净,若不是小弟早已打下埋伏,那些药材此时早已化为灰烬了。现如今,洋人作孽死伤无数,医者仁心呐,哪有眼睁睁看着百姓肝胆俱裂、伤心欲绝而置之不理的道理。你我是老相好,小弟见馆内已遭洋兵洗劫,掘地三尺也未寻到宝贝,想必洋毛鬼就此作罢,这样一来倒也安全,所以……先斩后奏、自作主张在这里救治百姓了……"

谭禄滢透过窗户扫了眼外面残垣断瓦、一片狼藉的景象,长叹一声说道:"真难为老孙了,外面道路阻塞,伤号如何运得进来?"

绣花鞋接话说道:"周氏兄弟本事大得了不得,硬是把伤号从这瓦砾堆儿上背过来,若不是周雄兄弟把我背到孙郎中这里,这两只胳膊说不定成了废物,只能搭在肩膀上当摆设了。"

孙郎中伸手让座,李祖业划了火镰点烟,抽了一口说道:"老孙,你在这厢一天能救几人?"

孙郎中说道:"不敢闹出大动静,一天下来,至多救治三五个百姓。"

李祖业吐出一口烟,眼里亮闪了一下说道:"我们下一盘大围棋如何?且保证只能赢,输不得。"

孙郎中的两只小眼黑豆一般嵌在脸上,骨碌转了几下说道:"好啊!这盘棋还得咱们共下才行。"

这"围棋"笑语,他们二人身上还有一段掌故。孙郎中下得一手好棋,那李祖业却是臭棋。李祖业沉疴旧疾老犯,孙郎中常去诊治,一来二去,两人便成了棋友。一日他们二人联手与南城棋中高手对弈,竟把对方杀得中盘推枰认输。

二人的典故，谭禄滢也是一清二楚，遂笑道："老材也是三十多年的老棋手，若说今日之举，于洋毛鬼对弈言，算得上中盘胜负生死劫，于象脚！是杀将！李老材说得是，绝大的一盘棋，可不能输给洋毛鬼。"

孙郎中揖手笑道："有劳二位仁主，我便敞开了医治。立时联络周氏兄弟，今夜把埋在寒舍后院的九死还魂草、观音莲、紫牡丹、蛛丝卷绢等上乘草药，尽数贡献出来，铺排出个大场面，凡求医者绝不言拒。"

李祖业指着谭禄滢说道："我们二人不才，愿做沛郡萧酂侯，当好孙郎中的粮道首辅。"

计议已定，几人连忙分头办事，李祖业与谭禄滢到李宅查看动静，还指望着在地下挖些黍子回来，见门锁已被撬开，四壁本无罕物，也仅少了些零碎家什，并无挂碍，李祖业悬着心这才放了下来。他们正要回转，恰巧克鲁斯带着卫兵寻了过来，他们把心里想的与接下来要做的分说了一遍，归结一句话：辟馆为医、救死扶伤。克鲁斯听罢连连点头，并按照他们的请求，连夜护送竹娘、冯氏、周婶到了会馆，附带赠送了些临危挽命的药物。当夜他们便收拾宅院，埋锅造饭，急救伤者，没曾想到，台湾会馆在悠古历史的长波细浪之中，又沉淀出别样名分……

王致与张三保带着三十多名受伤的勇士，在广济寺休顿了两日，内服良药，外用气功，众勇士的身体恢复得很快，虽一时还难以健步如飞、持刀拼杀，但已无大碍可以行走正常了，便不愿再耽搁下去。又听走街化斋扫风的和尚讲，京师已被联军占领，洋鬼子还在紫禁城耀武扬威检阅了军队。他们见大势已去，再留在京师已无意义，二人与众兄弟商议后决定，先回沧州寻找众兄弟家眷，尔后再折转北上盛京，抗击占领东北全境的罗刹国鬼子，以报东便门破城之仇。此时，已是子夜时分，风停雨住，偶尔月亮从云缝中洒下一片清光，照着阒无人声的街巷。他们隐了刀枪，乔装一番，带上老方丈嘱咐典座备下的远行斋食，一路步履匆匆。绕过清军与联军驻防，半月余，他们便来到了沧州八角村，这是王致与贤妻兰心约好的避难之地，王致在这里出生长大，对这里的一草一木都牵肠挂肚，有着更多的特殊情感。

此刻，正值午时二刻，烈日当空，热浪翻滚，天上云卷云舒，远远看去，村中并无异样，偶有村民三三两两走动。王致却一摆手，止住了众人，张三宝问道："大哥，您还犹豫什么？我们跋涉至此，不就是想早点瞧见妻儿嘛！"

王致说道："我自此地而去，一晃数年，虽天各一方，可对这里的一人一物却是记忆犹新。我记得村口有一座瞭楼，自前明初建，距今屹立了几百年，临走那天，我还恋恋不舍地抚摸这瞭楼的青苔石砖寄托情丝，这才多少年功夫，忽然不见了。"

张三宝说道："大哥多虑了。"转念一想，又长叹一声说道："也难怪啊，这半月余，我们东躲西藏、人鬼无着，路过保定府更是让人痛恨。朝廷豪言壮语誓死抗击洋毛鬼，可那个直隶布政使廷雍，却率领城内官绅大开城门降洋'迎客'，据闻还是李鸿章那老狐狸下的军令，这朝廷都靠不住了。可我们呢！识大体、顾大局，不计较自己的得失，一心想着为国分忧，竹娘妹子夸我们此举叫作气吞千古，可如今却落得这般穷途落魄。"

王致冷笑一声说道："兄弟，发牢骚何用！我们是什么人，不足为外人道也，只要中华版图一统，百姓莫再受煎熬，你我便自心平。"又道："现在想想，那广济寺老方丈真乃大慈大悲、高僧大道之人啊！"

张三宝不解地说道："出家之人本应慈悲为怀，我倒没看出他有何特别高深之处。"

王致抹了把头上的汗珠子说道："本以为方丈话里话外透着撵我们走的意思，当时我想，也许是嫌弃我们扰了僧宗的清静，或者怕自身受到牵连，辞行时我才恍然大悟，老方丈真若世尊在世。兄弟，你一看便知，这是我在老方丈静修处顺手拿来的。"说着从腰间抽出一卷子报纸来，递给张三宝。

张三宝打开纸来瞧，看了一阵子，脸色由热红变得煞白，不由得念出声来："太后上谕：洋人攻打我大清圣国，此案初起，义和团实为肇祸之由，今欲拔本塞源，非痛加剿除不可。着命直隶地方诸命官，速将义和团严行查办、务净根株……"他又哆嗦着嘴问道："大哥，若不是方丈催促，我们毫无准备，待全城拿捕，半月前兄弟们便已成刀下之鬼啦？"

王致点点头，抬眼看了看当空烈日说道："三保兄弟，天有不测之云，人有旦夕之祸。哪一天大哥不在了，老方丈坐化之日，代哥哥给高僧奉上一插明沙安息香，叩上三个响头，了了哥哥对高僧至道的一片敬仰之心。"

听到这里，张三宝出了一身冷汗，烈日炙烤下又觉得头昏脑胀，高声说道："大哥谬言啊！要亡一起亡，要捻香咱们一起去，你我二人虽不同生但愿同死……"

王致插话说道："兄弟莫要再说了。慈禧太后这老娘们下令剿杀义和团之日，也正是洋毛鬼飞扬跋扈、疯狂报复之机，更是我们的艰难之时，幸好我们没有走官道，否则后果不可想象。看来，这八角村白天不便进出了，只有等到下黑再作打算，我记得距这里不足一里有一片山林，枝繁叶茂，我们先去那里歇歇脚，山上野果甚丰，也可稍作充饥。"

张三宝不再言声，他转头向后面看了看，一挥手，带着众兄弟向着山林奔去。时至中夜，他们二人带着兄弟潜入村内，王致凭着记忆摸索到自家宅院，尚有衣裳晾在当院，灶台下火炭余烬新鲜，看来近日有人做饭生活过，掀开锅盖，锅内馊饭气味扑面而来，他们找遍了所有房间，却始终不见一个人。

张三宝悄声问道："确定这是您家的旧宅？"

张三保这一问，一种不祥的预感升腾在王致心头，他说道："我闭着眼都能摸着每个房间，家里还是老样子，不会有错的。告诉兄弟们，莫要掌灯燃烛，我去去就来。"说罢，飞身而去。

约摸一个时辰，王致自檐上纵身跃下，张三保等人围拢过来，不待众人问话，王致一把扯下蒙面布巾便道："事有不妙！兄弟们的家眷几日前已被洋毛鬼押赴京师，他们张贴了我的画像，看来洋毛鬼算计着用家眷性命相要挟，逼我就范。"

李甲年轻气盛，一脸盛怒地说道："大镖把子，还等什么，一不做二不休，您率众兄弟杀回京师，救出诸位嫂夫人及嗣侄儿。尔后您与二镖头带着大家占山为王，逍遥春秋，过咱们的神仙日子，不去理会什么狗屁官府的通缉。"

王致心沉郁地说道："唉！小兄弟，人逢乱世，天理不存，公理蒙羞，这倒是条不错的求存自保的路子。可是家眷是哪路洋鬼子押去？又关在何处？这些无从知晓，如何营救？看看众兄弟，寥寥数人，大多还未痊愈，即便寻到家眷羁禁之处，即使大家人人神勇，倘若真去了京师，猛打硬冲，靠我们

598

这些人，犹如飞蛾扑火。家眷尚且营救不下来，我们也会白白丢了性命，正中了洋鬼子与官府的下怀，兄弟万不可冲动，上当受骗。"

此时，张三宝问道："大哥，我在想，家眷自京师悄无声息来此，兰心嫂子更是谨慎周全，怎么就让洋鬼子盯住了呢！"

"唉——"王致在黑暗里长长叹息一声，如暗夜之中又布了一层浓重的黑幕，显得无奈而压抑，他又道："人生无常，时起时落，半世缘际，半世沧桑。前会儿出去，我到了几个亲眷家中打探消息，才得知兰心及诸家眷，是村里一个叫作闫四儿的信徒告发的，此人曾被义和团剜去了一只眼珠子，为此怀恨在心待机报复，真是冤家路窄啊……"

李甲说道："大镖把子，您告诉我那个叛贼家在何处，我立时宰了这王八羔子！"

王致轻哼一声说道："不用了，回来的路上，大哥我已顺道给他寻了个清静的地方。"停了一下，又听他说道："兄弟们，我已嘱咐村中亲眷准备了饭菜，须时便会送来。这些天以来大家风餐露宿，没吃过一顿饱饭，是我这个当大哥的无能，今晚兄弟们可以敞开肚皮，再好好地睡上一觉，养足精神，明日再听候安排吧！"

他的话音刚落，院子外面传过来两声猫叫，王致说道："派几个兄弟过去，热菜热饭送来了。"

张三保欲亲自过去，王致却一把拉住他，静待了一阵子低声说道："三保兄弟，再叮嘱你一遍，万一……我是说，万一大哥遭遇不测，兄弟们的安危就交给你了……"

张三保分明看清了王致流下的两行热泪，他也哽咽地说道："大哥，你不要太悲观了，能有什么万一啊，小弟也说过，要亡一起亡呀……"

又听王致道："兄弟，为将之道日必三虑，若无三策，追悔莫及。凡战之道，未战养其财，将战养其力，既战养其气，既胜养其心……"说罢，紧紧地抓住张三保的手，久久不愿松开……

第二天清晨，张三保一觉醒来，感觉神清气爽，浑身的筋骨像挪了位置，透着从未有过的舒坦，似乎是几年来积聚的疲惫一夜之间尽扫而光。昨晚大快朵颐饱餐一顿，又酣畅淋漓地睡了一整夜，他长长地伸了个懒腰，转过头看时，同枕而卧的王致大哥却不见了踪影。他伸手摸了摸被褥，一点温热都没有，显然已经离开许久了，枕侧放着一封书信，他信手拿过来读，只是一首小诗，接连读了几遍：

天下云际出吾辈，一入江湖岁月摧；
振衣南北千仞萃，濯足江河万里挥，
数年揽髻肭如映，鸿志未酬人悲催；
万众岳川似病猿，中华处处有啼痕；
金银玉翠若粪土，耿耿此心昭初晕；
今宵醉卧问苍天，东洋仇雠何时决？

张三保盯着书信，凝思半晌。他抬头望着窗外，一轮红日正冉冉腾起，光影里，他似乎看到方圆千里的大地上，旌旗舞动、号角齐鸣，山谷响应、草莽起伏，一时间搅得他踌躇满志、义坚如铁、热血沸腾……眼见大哥囹圄望天、泣血泪干，他们也该上路了……

自台湾会馆权作医馆以来，受伤的百姓络绎不绝。闻风而至的伤者，乍一瞧，这哪是什么医馆？一片萧杀败落，冷冷清清，还以为自己走错了门呢。正纳闷时，断垣间却走出一个干瘦的老头上前问道："找郎中医伤？"

来者见老者叼着烟杆儿慈眉善目地看着他，倒不像奸佞之徒，于是说道："风闻台湾会馆义诊，遭洋鬼子弊害者优先？"

老者问道："你伤在何处？"

来者撩开衣衫，咬着牙又取下敷在伤处散着腥臭味道一团麻布，尺把长的刀口淤血流脓还未愈合，老者点点头，指着一截矮墙说道："从这厢爬进去吧？"

来者瞧瞧残垣，又看看老者，老者笑而不语，来者便一扭身，吃力地自矮墙上爬了过去。老者四下张望一眼，又蹲在断垣下抽起烟来，一口烟还未吐尽，又有来者。老者又立起身来，走过去打量来者，正欲开口问话，来者却率先开了口："爷们，近日可好？"说着便摘下帽子。

"哦！原来是克鲁斯先生啊？"老者李祖业磕着烟斗，干枯的脸上堆满笑容。

克鲁斯心思沉重地问道："竹娘在里面吗？"

李祖业点点头说道："忙得不可开交呢！一整天仅进了一碗菜粥，你也帮我劝上闺女几句，伤号又不顶饥饱，身子垮了怎么办嘛！我这当爹的也揭锅不动她了。跟我走吧！"

克鲁斯笑道："还是我扶您老过去吧！"

"嗬——"李祖业带着愧色说道："真是老糊涂了，我倒是忘了，你几次送药过来，都是自这厢翻过去的，当是熟门熟道了。"

二人来到西厢房，李祖业又嘱咐周婶唤来了谭禄滢和竹娘，克鲁斯带来了王致及镖局家眷被羁押回京师的消息，众人听后不由得怒气填胸。

谭禄滢说道:"听闻庆亲王奕劻和首辅大臣李鸿章已照会各国公使,已经着手议和。慈禧这只老狐狸若不拿出点诚意来,怕是要大权旁落了,她知道洋鬼……洋人痛恨义和团,便只好拿义和团开刀,欲尽速除之而后快,抓不住义和团首领,羁拿家眷撒气。"

竹娘接口说道:"这沿街贴满了缉拿义和团首领的告示,我瞧着王致大哥的画像也在此列。呃,克鲁斯,兰心嫂子关押在什么地方?"

克鲁斯说道:"有没有个叫兰心的人,蒂亚娜倒是没说,只是说家眷被联军羁在六里桥的教堂。"

李祖业趁空抢先问道:"这个蒂姑娘机灵劲儿倒是有,可这种性命攸关的大事,来不得半点马虎,却不知此消息是否属实?"

克鲁斯笑道:"爷们,非常时期,蒂亚娜远比您想象得机智,但凡她的父亲与人议事,她便守在侧室细听。她还听到看守教堂的是联军英国士兵,她的父亲窦纳乐公使曾说过,只要王致投案,家眷自会释放。"

"好!只要能保家眷无恙,我投案便是!"房门被推开,王致一身乞丐打扮自门外进来。

众人一愣惊,王致已闪身坐下,竹娘带着众人的疑问说道:"王大哥,你已出走京师,几时又回来了?"

王致要了茶,端起来一饮而尽,他放下茶盏抹了抹嘴说道:"诸位叔伯、仁兄、贤妹,真是一言难尽,联军破城,我带着众勇士退至广济寺疗伤两日,便又南下沧州老家寻找家眷。到了老家八角村才知道,我们来迟了,家眷已被联军挟持到了京师，我把兄弟们交由三保镖头，只身来到京师寻找她们的下落。刚才我在门外听到了，联军和朝廷要拿的人是我王致，只要我主动投案，他们释放了家眷，我王致死而无悔……今日与诸位见了面，算是诀别，今晚我便去与他们交涉……"

谭禄滢摆手道："王镖头，且慢！我们的对话你也听了去，那六里桥教堂羁押的是否是镖局的家眷，到现在还没有定数，如果你冒冒失失地去投案，岂不赔了夫人又折兵嘛！依谭某的愚见，现在大家要做的无非两件事，一件，查实教堂关押的是些什么人；二件嘛，若里面果真是镖局的家眷，即要思谋营救的对策了。"

众人点点头，只有王致不置可否地冷峻着一张脸，克鲁斯说道："查证起来倒是不难，只是需要竹娘与我配合即可。"众人疑惑地望着他，他略一思索，又用手比划着如此这般地解释一番。

听罢，李祖业说道："无需再斟酌，此计甚好！不过，再找几个帮手就周全了，谁知道能出什么意外情况？"

王致站起身来说道："无需旁人，我一人即可保二位安然无恙。"

谭禄滢摆手说道："不不不！王镖头虽武艺高强，但万不可前往，你的画像贴得满城都是，如此张扬露面，说不准有人辨识出你来，与当前情景实在没存好处，本是前去打探虚实，若演变成一场恶战，他们二位果真危险了。我即刻去周家知会一声，周氏兄弟有恩有意，请他们出来办这趟差便是了。"

当夜，克鲁斯和竹娘乘坐马车，一路飞驰赶往六里桥教堂，二人又针对可能出现的意外情况认真研究一番，竹娘坐在车上，一张俊脸上时而绯红含羞，时而桃花满颊，两只眼睛看

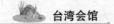

着克鲁斯不住地点头，周氏兄弟等人坐在另一辆马车上，不远不近地跟在后面。甲夜时分，他们便到了教堂，下了车，克鲁斯和竹娘径直朝教堂走去，周氏兄弟等人则撒在教堂四周，手不离刀，警惕地盯着二人。

教堂门前的两个英国士兵见有人靠近，远远地喝止，二人停住脚步。克鲁斯略一思忖，看了一眼竹娘，一个人继续往前走，士兵见状警惕地举起枪，克鲁斯摘下礼帽，绅士地致意，英国士兵慢慢放下枪，问道："你是何人？"

克鲁斯微笑着说道："勇敢而伟大的士兵，你是我们英吉利帝国的骄傲！"脚下不停，继续往前走。

一个士兵又把枪举了起来问道："不要过来！"

克鲁斯停住脚步，站在阶下说道："噢——你的警惕让我感到非常安心，但是，请你不要用枪指着你的同胞，更不能这样对待英吉利帝国使馆的克鲁斯督办，这样很不礼貌。"

士兵又慢慢放下枪说道："先生深夜来此，不知有什么事情要办？"

克鲁斯显得有些不高兴问道："你们的将军和窦纳乐公使没告诉你我要来吗？"

两个士兵听到他提及自己的上司和公使的名字，立刻肃然而立，其中一个说道："督办先生，对不起，我们没有接到任何命令。"

克鲁斯摇摇头说道："将军和公使一定是喝醉了，两个时辰前我还陪他们饮酒呢！这怪不得你们，我自会责备他们的。亲爱的同胞，这里是我与妻子举办婚礼的教堂，明日我们就要启程返回祖国，今晚想做最后一次祷告，把这美好的时刻永远留在记忆中。"

这个士兵有些犹豫说道："这里面……羁押着清国叛民，此刻先生进去，或许……或许不大方便……"

　　克鲁斯笑道："亲爱的同胞，关押这些妇幼叛民，是我这个督办给你们的长官传达的命令，若你们不相信，可去里面察看一番，叛民中有没有一个叫兰心的妇人。若是没有，我转身即走，若情况属实，你们仍然把我和妻子阻在门外，长官不会饶恕你们，上帝也不会宽恕你们，看着办吧！"

　　两个士兵交换一下眼色，其中一个转身进了教堂，不多时又折转回来，给另一个士兵耳语一番说道："督办先生，请进——"

　　克鲁斯转身招招手，竹娘快步走过来，克鲁斯又轻描淡写地对士兵说道："我如果满意，可能要带走一两个孩子，让这些叛民终生都见不到自己的骨肉，这是上帝给予一切反叛者的惩罚。我要把他们的亲生骨肉，培养成虔诚的基督教徒，终生代替他们的亲人向上帝赎罪。"

　　"这……督办先生，叛民您不能带走，我们会受到责罚的。"一个士兵伸手挠头。

　　克鲁斯说道："我看你们还是个孩子，孩子是没有错误的，即使错了也是不受责备的。你们来到清国杀过人吗？我想你们一定剥夺过他人生命对吧？这一切上帝还是会宽恕你们的。"

　　两个士兵点点头，克鲁斯又道："出来久了，思念亲人吧？有什么话请写在纸上，我会亲自送到你们亲人的手里。上帝就在面前，我发誓，此刻，你们的亲人在万里之外，已经感受到了你们最炽热的情感。"两个士兵虔诚地在胸前划着十字。

一个士兵睁开眼说道："督办先生，您是我见过最善良无比的贵族，愿我的亲人不再遭受饥饿与瘟疫。"

克鲁斯说道："我回到了英吉利，一定会抚慰你们亲人的心灵，让他们远离灾难与疾病，上帝自有福音。"

士兵放行，克鲁斯与竹娘进了教堂，他们很快找到了兰心，她散着发，精神似有些恍惚，她只是紧紧地握住竹娘的手，话还未讲，已是泪如雨下。

竹娘小声说道："嫂子，此刻不是伤心难过的时候……"

兰心努力地稳定了一下情绪说道："妹子，你是救我们出去的吗？你见过你大哥吗？他身在何处？没让洋毛鬼抓去吧？……"

一连串的问话，竹娘闪着泪眼一片茫然，不知道如何作答，又听兰心说道："洋毛鬼狗彘不若，全无人性，家眷自沧州至京师一路上受尽折磨和凌辱，我们现在已是半人半鬼了……见了你大哥，告诉他要多杀洋毛鬼，替我们报仇……是我……是我没能顾护好她们，有两个姐妹不堪受辱，自缢而亡了，洋毛鬼不齿于人，若不是忌儿我也就……嘀嘀嗒嗒，呜呜呜呜……"她断断续续，哽哽咽咽。

此刻，克鲁斯说道："我们把忌儿带出去，交给王镖头，您愿意吗？"

兰心陡然一惊，似清醒了许多说道："克鲁斯先生，再好不过了，您是忌儿的大恩人呐！忌儿偶发小病小灾，是您登门问诊，现在他身陷囹圄，跟我吃尽苦头，又是你们保全了他，大恩难言谢……"

竹娘说道："嫂子，长话短说，我与克鲁斯说了谎，才得以进来见您，时间长了怕是遮不住。王致大哥很安全，就在台

606

湾会馆，您还有什么要交代的请尽管直言。"

也许是过于凄怆，兰心反而显得很平静："这便好，要说嘱咐什么，我也没有更多要说的，告诉你大哥，让他多杀洋毛鬼！这教堂南侧不足二百步，既是洋毛鬼驻军的地方，你们也不用冒死相救，即使搭上性命也是枉然。你们疑或我是怎么知道的，请不要揭底盘问，我们既连掺过屎尿的吃食都咽下了，给我们姐妹留下最后一点颜面吧。嫂子有一事相求，不知……"她的泪水又如泉涌般流下。

见兰心半晌不言声，竹娘问道："嫂子，有什么事尽管开口，即便千难万险，我们也会设法去做。"

兰心拭着泪水，说道："你大哥置身杀场，刀剑无眼，朝不保夕，难护忌儿周全。竹娘妹子，嫂子知道你至今还未婚嫁，真是让我难以启齿，可事到如今，我又不得不说，你若不弃，就让忌儿认下你作他娘亲吧……"

兰心俯身欲跪，竹娘急忙扯住了她，不待复坐，又听兰心说道："忌儿，叫娘——"忌儿脆声声地叫了声娘。

兰心指着竹娘对儿子说道："这个娘，叫娘，快叫娘——"

忌儿闪着澈清如水的双眸，又脆声声地喊道："娘——"

此时，竹娘已泪流满面，紧紧地把忌儿揽在怀里。

台湾会馆西厢房内，王致一边看着熟睡的忌儿，一边又看看手里捏着的报纸，纸面儿上的几行字，是对他的最后通牒，限他十日内主动投案，若不现身束手就擒，所有家眷将斩首示众。生别死离的痛苦一直纠缠百结，想想抗争半生，顿觉尘世白驹过隙、人情浮云苍狗。自从束发受教，即知君子立命之道，便抱定大丈夫马革裹尸的志向，幻想着与英主际会风云，披肝沥胆，立功疆场，效命朝廷，助国家扫清狼烟，惠及万世，泽被千秋。数年间，他行程万里，历尽艰辛，洞察各地民情、山川险阻，实无奈，以一介微末，却胸有大志可难以抒怀，这让人生而郁结、死不瞑目啊……转而，他想到了妻子兰心，初嫁时爱妻如待绽花蕾，貌美才高，是他王致的解语之花，又是全家的忘忧之草，如春天的茫茫草原，草树连绵、百草伏波，狐兔竞跑，真让人耳目一新！哪怕粉身碎骨、碎首縻躯也不足以报答她对自己的似水温情之万一！眨眼之间，他将走向生命的末日，一如突然变色的天气，白毛风裹着雪粒，时而如骤沙狂奔，时而如玉龙柱天，铺天盖地降落下来，如他心中烧灼起的国恨家仇……想到此，心中翻腾滚沸，不知什么滋味，扑扑簌簌热泪奔流而下……

两日后，报纸登出义和团"匪首"王致被缉拿的消息，并于当日午后在崇文门行刑。此刻，竹娘等人这才知道，王致已去"自首"。前日夜间，见忌儿一个人独自留在西厢房内又哭又闹，才发现王致已经不见踪影，众人分头去寻，隆源镖局早已焚为灰烬，最终无果。

一群蓬头垢面的家眷自教堂驱赶出来，押往崇文门行刑场，联军要逼着她们给自个儿的丈夫视刑。竹娘等人赶到时，刑场周围早已是万头攒动，人山人海了！王致已被绑在一根柱子上，不远处便是众家眷，这些家眷不知让联军过了多少次堂，也不知受了多少酷刑，瘸的瘸，拐的拐，一个个面无血色，半死不活地委顿在地下。她们衣衫褴褛，早已不能遮体，汗污血渍，浊臭不堪。有的尚且能跪，有的却连趴都趴不住了。王致看后，心中一阵哆嗦，他不敢与她们照面，更不敢与她们说上一句话。

王致扭过头去，声嘶力竭喊道："诸位父老乡亲，无能的朝廷和这些洋毛鬼曾向我承诺，只要我投案，他们便释放家眷。我王致听从了一个叫克鲁斯好心人的劝告，今日我已主动投了案，请诸位作个见证，待我王致含笑九泉，监督洋狗当场释放家眷。拜托大家了——"

围观的百姓中立时响起呐喊声："英雄无罪！英雄无罪！英雄无罪！"

王致气宇轩昂，双眉高挑，目光闪闪，啐了一口血唾沫，又道："我王致逾今在世三十二载，生死有命修短在天，不足挂怀！让我王致最为憾愧的事，仅有一条，我在有生之年，不能将侵略我中华、辱杀我百姓的洋狗们赶尽杀绝，为千万冤魂报仇雪恨……"

此时的百姓，喊喊喳喳的议论声，挤挤轧轧的喧闹声，痛恨洋人的叫骂声，被挤得受不了的求救声……此起彼伏，乱成了一锅粥，砖块、瓦片也向联军士兵扔了过来，兰心见状趁乱憋着一口气，起身跑向刑台，想见王致最后一面。一个联军士兵放了枪，兰心扑倒在王致脚下，王致惊呆了，巨大的悲痛让他一句话也说不出来，只是双眼含着血色，深情地望着奄奄一息的爱妻……

兰心气若游丝间挤出一丝笑容说道："生——同枕……死——同冢……"便慢慢地闭上了眼睛。

王致昂起头，振声高喊道："苍天无眼啊——"

英国公使窦纳乐嘴角上吊着阴狠狠的微笑，把手一挥说道："行刑——"

七八个联军士兵火枪齐发，王致身中数枪，一腔热血，激箭般地冲射而出，呛人耳目，连刑台前面的白石灰线都溅满了殷红的血迹。洋人在大清国的地界上，光天化日对清国百姓行刑，此情此景，百姓一时看呆了，刑场上立时变得死一般寂静。只肖短暂瞬间，成千上万的百姓一阵骚动，接着便沸腾了，全都冲上前去，欲徒手与洋人厮打。窦纳乐吓得脸色煞白，他惊恐地又狠狠地挥了挥手，所有联军火枪响了，冲过来的百姓成片成片地倒下了，血海漫地。在当空阳日照射下血光粼粼，一时间崇文门尽显淋淋红色。

第三十一章　义勇军歼敌黑森林
承欢色笑易享幸子

　　警察课长宫本仓介奉少佐安藤长秀之命，进剿李竹庆的义勇军队伍，年余的时间过去了，他连义勇队伍的影子也没寻着，几个"生番"部落也在一夜之间消失了，似人间蒸发一般玄妙无比。宫本整日推眉捏腮，即便在卧房内与歌伎行鱼水之欢，心中仍是缠绵悱恻不得尽兴。他常想，莫非这"生番"队伍果真有神灵相助？立时，他又摇摇头否定了自己。这一年来，他的队伍无论欢天喜地的去劳军，还是奉命押运粮草，屡屡遇袭，跑回来的属下报告称是李竹庆的队伍，这件事扰得他愁心劳肺，食之乏味、推枕难眠。

　　这日，他正思忖间，猛听到外面门帘一响，一个五短身材的军官大步走了进来，黑红的脸膛上精光四射，一望着装打扮就知，这是安藤长秀的副手。这副手也不打招呼，脸上冷若冰霜，看不出一点表情，宫本心头不由得一阵突突乱跳。

　　"宫本课长，今日本官不请自来，多有打扰了。"副手仔细打量了他一眼说道："嗯，好悠闲呀！你从大日本帝国千里迢迢跑到这里来，只知道玩儿歌伎、品茗茶，不容易啊！"

　　宫本突然醒过神来，连忙起身致礼说道："不知阁下到来，有失远迎。属下正定神分析剿匪之法，少了礼数，请阁下见谅啊！打问一下，上次给安藤阁下送过去一批台地美貌女子，诸位上官可曾受用。"

"呃——"副手面无表情地略微点了下头又道："一个蔡姓女人卖弄风情了一阵子，便无影无踪了，课长可知其中的奥妙？"

"啊！"宫本一愣说道："竟有这等事？阁下的军营戒备森严，如何让一个弱女人逃了出去？属下这便差人去寻，待捉住了那贱人，第一时间送给安藤阁下。"

副手冷哼一声说道："宫本课长，你满脑子尽是女人，除去女人你还剩下什么？"说着便从口袋里掏出一封信与一张地图来说道："安藤阁下懒得见你，便命我走一趟，你切莫一再错失良机了，若不然，你今生便与女人阴阳两隔了。"

"嗨！"宫本小心翼翼地接信和地图，他打开地图来看，没看甚明白，于是他又抽出信笺来，刚看了一眼，就吓得机灵灵打了个寒战。当着副手的面，他不打算细看，可那个副手正在目不转睛地看着自己，他又不得不把这信看下去。这封信写得很长很长，安藤在信中痛斥他的种种失职，又谈到现在遭遇反叛者多次袭击，他在其中的不作为，贬损得他一无可取、荒谬绝伦，骂得他狗血淋头、猪狗弗如。他看得心惊胆寒、头晕脑涨、眼花缭乱。再往下看，就更不得了。像"履职不力，必将严办""尔拥警众多却终日养尊处优，办务署焚俱前车之鉴，即为你宫本今日之覆！"这些话语中的不管哪一字，都是咄咄逼人，杀气腾腾，宫本竭尽力气把信看完，早已是大汗淋漓了。

宫本定了一下狂跳的心，又对照着信，细看了地图，尔后说道："属下真……真是无能至极！安藤阁下神通广大，利用区区一个臭婊子……不不，是共荣亲善之妇人，即把属下千方百计、绞尽脑汁没办成的事给办妥了。请转告安藤阁下，属下即刻集合队伍，定把那李竹庆等番匪一网打尽！"

副手这时才算恢复常态，微笑着点点头说道："只要课长有此心意，且把部署筹划定下，照着信上说的去办，应是天应人归，马到功成，我再给你拨五百兵士，策应此次行动。"

宫本谄媚奉承地说道："阁下运筹万全，这样再好不过了，真是智无遗漏、计无隙际，属下再修炼千年，也不及您万一呀！将来安藤阁下高升之时，凭您的智慧，定能取而代之啊！"

副手仰天大笑道："讥笑？哼，宫本课长，你不觉得自己太嫩了点儿么？你还是老老实实把安藤阁下交办的事，一无错漏地办好就是了。"说罢，拂袖而去。

宫本马屁没拍对地方，一时呐言怔在那里，见副手出了门，这才想起来去送，口中说道："这……这……阁下您这就走啊……"

副手走后，宫本立即召集会议，部署剿灭李竹庆义勇军事宜，宫本端起茶盏呷了一口，用余光扫视着仔细瞧看地图的属下，嘴里吹着浮茶沫问道："你们看清楚了吗？本课长费尽了九牛二虎之力才把番匪的藏身之处搞清楚，你们都说说，这仗该如何打法？"

酒井三夫犹犹豫豫问道："课长大人，此图来源是否可靠？雪山黑森林距我们办务署还不足二十里，怎么袭击我们的生番却在五十里之外？难道这些下等人放着近处的便宜不占，却远涉关隘险道、躲过路卡盘查，舍近求远冒着十二分的危险

去打劫，这不是瞎折腾嘛！"

宫本把茶盏往桌上一掼说道："放肆！此图标注的番匪位置千真万确，不会有假！酒井，你在怀疑本课长的能力吗？本课长在征询诸位的进剿之策，而不是让你们揣度此图真假。"

酒井听罢，立时站了起来，毕恭毕敬地鞠了一躬说道："请课长大人息怒！属下以为，若不弄清楚此图是真是假，即使排兵布阵再缜密，到头来还是一场空。这一年多来，我们数次扑空，均是消息不可靠所致。课长大人，属下实在是让这些番匪折腾怕了……"

宫本的眼珠子在眼眶里骨碌转了几圈，一副神秘莫测的样子说道："诸位，番匪也是血肉之躯，他们看见玉体生香的女人能不动心吗？实不相瞒，为此，本课长心生一计，早已密派了一个宠伎，打入番匪内部，现在时机成熟了，我才摆在桌面上与大家共同商议。"

众日警个个伸长了脖子，瞪大了眼睛，哦，原来课长大人在女人身上玩出了新花样，不仅受用，还很有用，真是闻所未闻呀！一个腮带暗紫红胎记的日警说道："课长大人真是深谋远虑啊，不过，听闻雪山黑森林一带荒凉寒漠、人迹罕至、崖陡沟深、易守难攻，连飞禽走兽都绕道而去，不如我们把这些番匪引出来，再一决高下如何？"

宫本听罢，气得一拍脑门子，两眼冒着绿光骂道："我大日本帝国怎么会有你这样的破烂玩意儿？滚出去——"抓起茶盏甩了过去。

胎记日警被宫本的一声断喝，吓得"嗨！"了一声，一溜烟逃走了。

宫本扫了一眼剩下的几个人，气呼呼地问道："还有谁要成心搅和，不如像那个废物，趁早滚开——"

酒井此刻又站了起来说道："课长大人，剿灭匪患是属下们职责所系，既可为安藤阁下解忧，也可报焚烧我办务署之仇，可是要靠这警察局三百余人，恐怕难以扫除悍匪。"

宫本嗓门一吊说道："酒井，你是让他们吓破胆子了吧？我们的枪械是那些下等生番比得了的吗？我可以向安藤阁下请求，调拨几百士兵，可是，你想过没有，若此次一举绝了匪患，我们只能算作配角，仍是寸功未立，办务署这一年多的苦心孤诣便付之东流了。"

酒井这时才听出来，原来宫本这老贼早有盘算，况且言语之中透露出安藤长秀愿意出兵，却被他婉言拒绝了。哼，哪个愿意当宫本的邀功棋子？想到此，于是说道："课长大人，依属下看，雪山黑森林沟壑纵横，不利于大部队展开，不如我们兵分三路，以精悍之兵打番匪个措手不及。这三路精兵，一路进剿，一路侧应，还有一路可以作为预备队，遇有意外情况可随时增援。"

宫本听罢，两只肥嘟嘟的手掌，拍得啪啪作响："好好好，此策甚好！酒井，就由你来带兵进剿吧！"

酒井连忙说道："大人，属下一向善于迂回侧应，正面进剿番匪，还得是课长大人您呐——"他把大指一竖，众人也纷纷点头称是。

宫本想了想，有些事他不便揭破，于是说道："就这么办吧，都散了！"

雪山黑森林南面一处圈谷之地，蔓草连衬、冷杉笔挺，一副似春如秋的景色，几个部落的部众迁居于此，寨子毗邻而建，寨子东、西、南三面由高山峻峰环绕，形成巨大天然屏障，显得隐蔽而神秘。阿美已身怀六甲，拖着慵懒的身子，正吃力地提着水桶欲伸手摇水，不远处一个女子见了，抬脚快步过来。

"哎哟哟——"女子接过阿美手里的水桶说道："妹子，这可使不得，这般娇身贵体，切勿如此作贱使唤自个儿。俗话讲，手不拿重，脚不踏坑，还不是讲给妹子你这样的重身人听的嘛！"

此女子姓蔡名盈雯，屏东迁人后裔，只身飘零至"番寨"，自述日人登岛那阵子，尊慈双双投井而亡，她上无兄姐可依，下又无弟妹要养，无亲无挂，孤身一人。她到寨子那天晚上，只因义勇队长丁成虎殷勤地递了碗解渴的清凉，她那双会说话的杏眼便牢牢地盯上了他，此后的每一天，她便晃着风摆柳的身姿，一趟趟往丁成虎那里去。众人一瞧，男未婚女未嫁，也纷纷帮着添柴加火，千方百计促成这桩姻缘，蔡姑娘当是千恩万谢自不必说。可丁成虎却不这么想，他一心一意抗击倭贼，哪有心思成家！可一来二去，怎么也逃不过她那双流波荡漾的眼神儿，两个人就这般忽冷忽热地僵持着。

阿美莞尔一笑说道："阿姐，你有所不知，我们与你们汉家女人不同。记得我拜师启蒙受教之时，倒是见汉家重了身子的女人，地不扫，碗不刷，茶也不倒，讲究个手不沾露、口不衔苦。可我们赛夏的女人自小起，便与山狍、雉鸡为伍，与弯刀、弓箭相伴，一向野惯了，哪有这么多的讲究呐，不瞒姐姐说，我阿美就是阿妈在狩猎的林阔里生下的。"说罢，又一串咯咯笑。

蔡盈雯也陪着笑了一阵，尔后说道："如今姐姐来了，便不能再依着你的性子舞刀弄枪了，自今日起，你要稳稳地坐着享受。想吃什么东西，我就做给你吃，根本用不着忌口，这也忌，那也忌，都是我们这些汉人庸医们的胡说八道，姐姐保你一根汗毛也伤不着，直到诞下龙子凤孙才作罢。"

"嗯嗯——"阿美点点头说道："自从有了姐姐照护，我倒是省了不少心事，可我阿美天生不安分，赋闲不得，也坐不踏实，总是想着跟他去打倭贼，可是他死活不同意，我拗不过他，只得作罢。哎哟！这心里真个闷得发慌，若不与姐姐说话解乏，这日子且难熬呢。"

蔡盈雯满脸的羡慕之色说道："俗话讲嫁得鸡，逐鸡飞；嫁得狗，逐狗走。李标目是汉人，依着汉人的规矩办，才是正理儿嘛。姐姐没瞧错眼儿，你男人不许你迈出门去，安心在家里养胎，他这是疼你噢，你要真闹，他也没法子劝，你要真干，他也没法拦你。你俩儿终归是周瑜黄盖，一个打一个挨，夫唱妇随多好啊！"

阿美的小心思一下子被她识破，不由得羞红了脸，轻声说道："姐姐见笑了。我也知道，虽然咱是小门小户，免不得闹家务，可若是一两天瞧不见他，我这心里便七抓八挠的，今世算把我拿捏住了，也许女人命数本该如此罢。"

阿美的话像似戳中了盈雯痛处，眼泪一下子掉了出来说道："妹妹，依我看，女人命数真没个定数，姐姐也想遇个如意郎君，得到他的温存和安慰呀！我可以为他拥膝操琴，为他挑灯刺绣，陪他对月吟诗，哪怕凄风苦雨、生离死别我也不悔。可是，姐姐命里注定凄苦无常，一生无人疼爱，虽说受尽凌辱，已非女儿之身，可还是好端端的女人。丁大哥看上去是多么仁义多么厚道啊！却怎么对我如此冷漠呢？我死皮赖脸使尽了办法，他还是不拿正眼瞧我，有时他看惹缠得紧了，才夹上一眼半目的，真个是急煞死人了。"

阿美看着眼前这个痴情的女子，从心底发出一声叹息，于是宽慰道："我知道姐姐的苦衷，这些年孤苦无依、鲜有伴靠，想尽早找个归宿，可安余生，但一味地着急、烦闷总归不是办法。妹妹以为，丁大哥是个怜香惜玉的人，这种事姐姐心里急不得，还须从长计议。你如此痴情于他，相信丁大哥耳聪目明，自会铭记于心，他没有轻言承诺，或许是出于某种顾虑。姐姐再耐着点儿性子，稍加时日，丁大哥即使是块石头，放在心头久了，也会焐热的。"

盈雯抬起头来，看着安抚她的阿美，她的眼睛里有诧异，有痛苦，有内疚，也有忧伤，却没有一丝一毫的悔意，同样是女人，却有着各自不同的命运。不过，这种眼神稍纵即逝，她行所无事地点点头说道："妹妹所言极是，我既逃出了倭贼布下的天罗地网，怎么连这点儿时日也忍不得呢！想想也是如此，这里既不是囚坑，也非牢笼，我是自由的，且不能贪婪索取太多，灾星自然就会退了。唉！且不论我了，还是谈谈妹妹腹中胎儿吧，老话讲，酸儿辣女，妹妹最近是嗜酸还是喜辣？"

听此话，油然而生的幸福洋溢在阿美俊俏的脸上，她微笑着说道："听闻姐姐学问不浅，请你猜个诗迷如何？"

盈雯说道："妹妹过誉了，我不过是闲弹乱拨、粗弄笔墨，怎比得上妹妹师从名士，文武兼备、琴瑟双绝。不过，妹妹尽可说与姐姐听来，权当解闷了。"

阿美说道："昨个儿在梦中作了这令诗，没曾想，一觉醒来，却还真切记着，倒新鲜呢！此诗题目睡梦中没想好，醒来也没再费心思，我念与姐姐听：天池锦鳞跃云影，击破春晓欲出形。为问苍阔造化数，划出紫波是金龙！"

"妙哉！古有娄昭君梦托青龙降天子，今有阿美妹寄思金龙现紫气。"盈雯说道："都说母子连心，这是你在梦中与儿相遇，必定是男儿无疑了，未来还是大福大贵且了不起的一个人呢。"

两个人正说得起劲儿，竹庆自外面一脚踏进来，盈雯赶紧起身蹲了个福说道："李标目万安！我正与阿美娘子拉扯闲篇儿，看李标目掩不住的喜色，想必已听去了我们妇道人家的混话，让您见笑了。"

竹庆支吾着不知如何回答，妻子阿美含着微笑，也带着娇羞，目不转睛地盯着他问道："粮秣办得还算顺利？"

竹庆点点头说道："百余张皮子让厦门的客商收了去，兑了十几石粮和两斗粗盐。那些新鲜的猎获，七八家馆子的掌柜抢着要，眨眼之间全出了手，余下的钱又置了些下料秣壳，够马匹嚼上一阵子了。"

盈雯插话问道："哎哟哟，这漫山遍野的肥草绿叶，哪里不够那些牲畜啃上一口，人尚且还饿着肚皮呢，为何专意去花冤枉钱置秣料饲喂它？"

竹庆看看盈雯笑而不语，阿美接话说道："姐姐有所不知，人强精神，马壮筋骨。牲口与人一样通灵着呢，仅给它肠胃里填些草料怎么行，待上了战场就见了真章，四肢绵软无力，哪还能驭着它冲锋陷阵？若兑些秣料，拌上盐巴，再加些豆壳喂了，夜行百里山道气不喘、汗不出。"

盈雯自顾笑笑说道："真没料到，这里面还有这么多肠曲门道呢！"

竹庆又道："阿美，那十几石粮里，除了人吃之外，还有种子粮呢，待会子你布知几个寨子的部众，辟出些荒地来，以备粮荒。俗话说'饿死老子娘，不动种子粮'，没有种子，上千口子人，那可不是说着玩儿的。依今天的情形看，日倭查禁甚严，内外都断了粮道，今日约了二十个相熟的掌柜，却才到了几个人，其他人害怕杀头没敢来。"

阿美点点头说道："嗯，看来抗击倭贼不是一天两天的事，要做长远打算，我这就去动员各寨，近日便屯出些良田来。"

盈雯起身说道："姑奶奶，小心着身子。"边说着边扶着阿美要出门。

此时，一个义勇暗探火急火燎跑了进来，见李标目之外还有旁人，便嘴巴闭着不说话，竹庆明白这是日倭有了行动，他之所以这么想，自有他的道理。之前，打探日倭的动向依靠附近的百姓，随着日倭的步步紧逼，他们的队伍只能深藏在山中，远离村舍，隔绝了与百姓的联系。他不得不抽出部分兵力，扮作百姓打探日倭动向，日倭何时运送粮械，何时围攻他们驻地，这些消息的获得全要依靠自己。

竹庆看看阿美和盈雯，对暗探说道："无碍，有事尽管讲吧！"

暗探说道："标目，大事不好了，日倭办务署又来围攻我们了。"

竹庆问道："多少人马？距此还有多远？"

暗探答道："不足三百人的样子，约一个时辰就要到了。"

竹庆说道："看来垦荒的事只能作罢了。阿美，你把这个消息尽速告知各部，给阿爸讲，让所有部众穿过雪山黑森林转移至西棱一带，暂时用不着的家什，就不用带了。唉！这东迁西移的，各部也没什么家当了！"

阿美问道："你们不一起转移吗？"

竹庆说道："打完这一仗我们自会去西棱会合。日倭不足三百人，而我义勇兄弟加之各部勇士也近三百人，与当前之敌旗鼓相当，况且倭贼仓促疲惫，我们以逸待劳，日倭在明，我们在暗，还可依仗山水之势，作为屏障。哼，这一次，不是打败，也不是击溃，而是要争取一鼓全歼来犯倭贼。"

暗探闻之振奋，附口又道："标目，来的路上我还琢磨，倭贼不足三百人的队伍，还分成三股，有的还走走停停，不知摆得什么迷魂阵仗。"

竹庆听罢，略一沉思说道："好啊！若真如你所言，表明倭贼内部有了分歧，倒是给了我们机会。兄弟，你去知会各部头领，带上勇士到营地集中，再去营地告诉福来标目和丁成虎队长，把我们平日舍不得用的铳枪尽数拿出来，我到各寨看看，略做布置即刻回营。就这样吧，咱们分头行动。"几人便分别去了。

竹庆出了门，又把阿美叫住说道："铃儿，留意着你的身子……"

阿美脸上泛出一阵幸福而又兴奋的红光。她微微地眯着双眼，流波一盼，一半娇憨，一半认真地说道："奴家遵命——无论娇儿在我肚子里待多久，奴家定会一心一意地侍候好的。"略一沉思又道："有时转念一想，真盼着他早点儿出来，我便轻轻松松跟着你去打倭贼，想想正日子还有月余，心里面真是着急呢！"

竹庆微笑着点头说道："莫急，莫急！今后打仗的日子还多着呢！"阿美听罢，嗔意做个鬼脸，自顾抚着肚子走了。

宫本仓介带着一队日警来到寨子的时候，已是戌初一刻，夕阳已从山顶慢慢滑落，天色暗得很快，山中一片空旷寂寥，此时只能影影绰绰地见到人形，却辨不清面目。

"课长大人，到了。"腮带暗紫红胎记的日警，眼看着一片黑魆魆的寨子愈来愈近，在马上用鞭子一指。

宫本身体肥胖，坐在马上浑身是汗，被风吹得又凉又湿，他手搭凉棚冷冷地望着圈谷之地上建起的错错落落的"番寨"，心里打了一个寒噤，暗暗慨叹这些"生番"的求生之心如此顽强，在荒无人烟的山巅谷地竟然起锅搭灶活得很好。幸而，他早有打算，临行前他犹恐激励不起士气，把搜刮来的银钱近一半分发给了属下，否则这仗还真难打呢！

宫本抬眼看了一阵子说道："我们这是偷袭，吩咐下去，谁也不准闹出动静，要慢慢靠近才是。"

"嗨！"拿了银钱的腮带暗紫红胎记的日警士气正旺，答应一声便命人向后通传课长的命令去了。

日警又窸窸窣窣地向前走了一阵，便到了"番寨"近前，从外边看去，谷地房舍倒也不少，四周却荒凉寂静。宫本用鞭鞘指着紧闭的各个房舍大声命道："一个不留，尽数剿灭——"

一百多日警摆开阵势，手里端着火枪，向着每家每户步步逼近。待走至门前，抬脚踹开，冲了进去，只听到"噗噗通通"一阵响动，接着从里面传出鬼哭狼吼的惨叫声，原来这些日警纷纷落入竹庆带人布置好的竹签陷阱里。

宫本正带着亲随站在"番寨"外面冷静观察，突然一个日警拖着火枪奔出来，歇斯底里大叫一声："课……课……课长大人，我们中计了……这……这屋内设了陷阱，前面的都掉进陷阱里去了，大人，咱们撤退吧……"

宫本陡然一惊问道："混账！死伤了多少人？"

日警回道："禀告大人，每个房内陷进去一两个吧！"

宫本见伤的人不多，便放了心，立即命道："看来这是座空寨，所有人都退出来，点上火把烧了它，烧它个火焰烛天。哈哈哈——"他又用鞭鞘指着两个日警说道："你，还有你，传达本课长的命令，酒井的侧应队，还有后面的预备队，统统向本课长靠拢，告诉他们，偷袭改为强攻。"两个日警"嗨"了一声，跨上马飞驰而去。

义勇营地上，福来用手一指说道："哥，火，起火了，看来宫本那个王八羔子已摸到寨子，很快会到这边来了。"

竹庆不紧不慢地说道："瞧好吧！丁大哥那边还没动静，说明倭贼还没有尽数钻进口袋，待他们那边铳枪一响，我们才能包抄过去，早了网不住，迟了网便破了。"

此时，一个义勇犹自微喘跑过来禀报："标目，是宫本……倭贼人数不足二百，他们烧了寨子，背着锅灶，还有驴驮着粮食，在山坳里整了队，趁黑往咱们这边摸来。还有，丁队长让我给您禀一声，他们已绕到倭贼的屁股后面，只待倭贼援军一到便动手，他是怕捞不住大鱼……"

义勇探报还没讲完，只听远处铳枪声大作，密密麻麻，如贝珠落玉盘，又似热沙里炒豆，竹庆脸上现出一丝笑意，他说道："福来老弟，该我们登台唱戏了，咱们要与丁大哥形成犄角钳攻之势，且看倭贼还能往哪里逃！"他一挥手，这些义勇们真是人人摩拳擦掌，跃跃欲试，凭借熟悉的地形，如下山猛虎急速前奔。

宫本分出的三路日警现已合兵一处，猛然一阵枪响，离弦之箭如骤雨蝗虫倾泻而来，日警立刻炸了营，人喊马嘶还夹杂着惨嚎声。受此重重一击，队尾的日警死伤无数，他们丢下锅灶，东逃西躲，四下乱窜，酒井三夫叽里呱啦喊叫一通，才勉强稳住了阵脚。就在这时，队伍前头又是一阵乱枪，较比队尾打得更猛更急，前面已有不少的日警已折转往回跑，又因山道不熟，个个绊得筋斗马爬、丢盔弃甲。宫本眼见山前山后都被堵了，便指挥着日警荒不择路径直往山下冲。

酒井大声请示道："课长，不能像决堤似的往下跑，万一中间再杀出一路番匪，我们可就真的死无葬身之地了。"

宫本咬着牙，一脸狞笑说道："唉！都怪我一时贪功，拒绝了安藤少佐的一番美意，现如今落得这般田地。传令，所有人都不要动，一枪也不许放，番匪能借暗夜伏击我们，我们照样能借这暗夜奇袭这些番匪。"

"属下明白！"酒井大声应道，他又犹豫一下，说道："那……课长大人，这里就剩不足二百军力了……番匪若是四面八方围过来，那可……那可……"

宫本没有马上说话，审视酒井良久，轻轻叹息一声说道："番匪不知我们身藏何处，他们现在也是瞎子聋子，朝哪里围拢？又朝哪里放枪？"

果然，不出宫本所料，一阵阵轻微的骚动之后，大山里寂落冷静下来，偌大的山巅峰峦黯黑不闻人声，幽深得像没有底的古洞，只受了惊扰的树鸟偶尔一声怪叫，刹那间又陷入更阴森恐怖的岑寂黑暗之中。宫本抬眼四下看了看，他们藏身的位置地势偏高，四面八方可通望，见北面是乌乌雪山黑森林，向东下去是山涧，西边稍缓，有一道被山洪冲刷下来的干河沟，南面便是壁立千仞、高耸云端的险峰。又见漫山遍野都是"番人"的旌旗，分青红皂白黄五色，旗上绘着太极图，看来他们已被围得密不透风，铁桶一般。宫本不禁浑身一颤，无论如何不能暴露指挥位置，只可派日警探哨出去侦探。事急关切，又不能亲自出去观望，宫本把心提得老高，万一"番人"觉察，一窝蜂围攻上来，五步之内便血溅当场。

此时，酒井转着眼珠子不停地打着主意，趁宫本抹汗时，赔笑说道："课长大人，在这里静待死等也不是办法，不如属下陪您去观察一下番匪的动向，再做偷袭打算如何？"酒井边说话，边朝西边的干河沟努着嘴。

宫本一门心思想着如何带着日警逃出包围，听酒井说话，半晌才回过神来，登时喜上眉梢，一偏头说道："嗯嗯！还是酒井君会用心思。我若不带头侦察，哪能体现出本课长爱兵如子之心啊！"又把头扭向另一边，对着腮带暗紫红胎记的日警说道："本课长要去侦察番匪动向，一刻钟的时间，我若未回转，表明我已效忠天皇。本课长现在委任你为冲锋队长，一刻钟后发起冲锋。"

腮带暗紫红胎记的日警听罢，感动得眼泪快要流下来了，临危受命、临阵擢拔安有不从之理？他"嗨"了一声说道："课长大人，您是我见过的最英明的领帅，我肝脑涂地也要完成大人交办的任务。可是……可是……大人您要诸事小心啊……"

宫本没有说话，只是轻轻拍了腮带暗紫红胎记日警的肩膀，便与酒井三夫悄无声息地朝着干河沟方向摸索而去。

经一夜激斗，几百个日警几乎被全歼。天光放亮，义勇查找宫本尸身，却未寻见，竹庆便带着众人把其他日警的尸体堆在寨子的余烬上，淋上桐油，又扔了支火把进去，算是给倭贼火化了，尔后才匆匆赶到西棱与部众会合。竹庆以为，雪山营地已然暴露，不是久留之地，定会引来倭贼更疯狂的报复，更是无辜牵连部众，便邀约各部头领商议对策，终为各部老少安危着想，遂然决定，去投奔抗倭盟主林少猫。

连日来，田中久光相思甚苦，日夜诚惶诚恐，幸子的影子时时萦绕纠缠，摘不去、抹不掉、挥不断。若是把她从井口那里生夺硬抢，他既没有这个分量，胆量也是不足，可是，不把幸子这个小娘们儿弄到手哪能心甘呢？每念及此，他食不甘味，夜不成寐，千蚁噬心般坐立不安。正巧，线报递来一条消息，让他喜出望外、惊喜万分，有了井口的把柄握在自己手心里，真个千载难逢，此时的田中自信了许多，也嚣张了起来。刹那间，虎口夺食的快感真往脑门上激涌，他一刻也按捺不得，旋即去了井府。

田中来到井府，佣人引他进了院子，却不见主人迎接，一股无名火立时蹿上来，他大大咧咧自顾进了正厅坐下。搭眼看时，厅内四五个佣人，他只认得春僖，于是低沉地问道："井口君不在府上吗？"

春僖恭敬地说道："田中君可是稀客呀！您请且待片刻，先生即刻就到。"

话音刚落，井口满面春风地自楼上下来，随他下来的还有五六人，田中并不认识，这些人也不与他打招呼，只是用余光瞧了他一眼，便径直走了，看这几人的脚力便知个个功夫了得。井口并未出门送别几位客人，却径直走到田中跟前说道："田中君，香山之聚，别来无恙啊！慢待朋友，有罪有罪！"

田中起身离座说道："岂敢岂敢！今日过府叨扰了。"

二人复坐，井口说道："唉——非我井口有意怠慢，诸事缠绊，实在是抽不开身啊！"

田中说道："呃！听闻我黑龙会又给井口君加派了人手，想必下一步要有大的行动了？"

井口点点头，又摇摇头说道："我与田中君在这清国京师一向配合默契，本打算你我共同努力，做出一番成绩来，以此表明，你我二人每时每刻无不尽责黑龙会，效忠天皇陛下。可俄国蛮族野心甚巨，我大日本帝国不得不防啊！"

田中脸现异色，不知是忧是喜，上次会议他也参加了，没想到黑龙会却把这个要务交给了井口，让他去清国东北独当一面，心里不禁泛起一阵酸妒。可转念一想，对他而言，这也绝非糟糕透顶，井口若离开京师，抢夺幸子的胜算岂不又多出几分？于是他接话道："井口君，恭喜啊！足下是黑龙会信赖之士，作为老搭档，我田中脸上也有光啊！哈哈哈……"

井口毕竟机敏过人，马上便转过神来说道："待天皇一统天下之时，我与田中君的这段经历，说不定还会传为千古佳话，万代颂扬呢！"

田中又问道："井口君何时起程？届时我要摆一桌筵席，为你设宴饯行。"

"何至如此繁缛。"接着井口又吩咐道："春僖，摆酒！这一别不知何时再见，我要与田中君痛饮几杯，算是与老搭档辞行了。"春僖应了一声，便带着佣人去备酒菜。

田中揖手道："井口君，我便恭敬不如从命了！"

不多时满满一席菜上了桌，二人移坐，推杯换盏，井口说道："俄国趁着诸国进军清国京师，无暇相顾其他之际，遂及占领了盛京，且挟持清国盛京将军增祺与阿列克谢耶夫敌将签了一个什么《奉天交地暂且章程》，不仅违背了国际公约，更与天皇陛下的心愿背道而驰。"

　　田中已是面带酒色，举杯让酒说道："这件事我是知道的，我大日本帝国已在事发当日，第一个站出来抵制与谴责，逼迫清国朝廷否认了这个什么狗屁章程。井口君，你想想，这清国的东北、东南、西北、西南，四面八方将来都是我大日本帝国的天下，怎可让俄国一口吞了，岂有此理。"他一仰脖儿，满盏酒下肚。

　　井口也接着饮尽，又斟上说道："清廷严拒此章程，要感谢我大日本帝国驻清公使小村寿太郎先生啊！若不是小村阁下从中斡旋，及时联合英、美、法、德诸国一齐声讨，让俄国成为众矢之的；又亲自登门施压庆亲王、震慑李鸿章；致电张之洞、刘坤一等督抚大臣，讲清利害关系，说不定这清国东北之三省早已易手他国了。"

　　田中说道："井口君，此次赴命东北，你身上的担子可不轻啊！据我所知，尽管俄国迫于压力，已宣布东北三省交地约章罢议，可俄国却没有撤兵的迹象，要摸清俄国宫廷底线和三省之兵力部署实属不易。"说完自顾自地摇摇头，端起门盅一饮而尽。

　　井口还是第一次听到田中有如此慰藉之语，便有点放浪形骸，遂举起杯子笑道："为社稷秉君子之器。我大日本帝国与野心勃勃的俄国，今后难免兵戎相见，再难再险也要办。"

　　田中望着酒杯愣了一会儿说道："不知足下的家眷如何处置？难道也要一并带到虎狼之地的东北去？"

　　井口微微一笑说道："大战在即，情讯第一，知己知彼方才百战不殆。事急地险，此行自顾不暇，家眷又碍手碍脚，哪能带在身边呢！"

　　田中话锋一转，接口说道："若是这样……不如把幸子小姐接至敝舍，由我来代井口君照护家眷如何？"

　　井口听罢，立时明白了田中的意图，但田中不耻而荣的嘴脸还是令他吃惊不小，同时又自觉好笑。他慢条斯理地饮尽盏酒，抬眼扫了一眼席面笑道："田中君，据实讲，幸子小姐谈不上是我井口的家眷，可应人之事，岂可失言？既然山崎君把她托付给我，平素我与幸子也以兄妹相称，怎可把她视为物件推来借去的，此事怕是不妥吧！"

　　田中抓过酒壶仰起脖咕咚咚灌了一阵，尔后往桌上一掼，抹抹嘴，且把撒手锏和盘托出说道："井口君，恕我直言，今日此次登门造访，不专意为你送行。我得到线报，有人亲眼所见，黑木五郎进了这府中，之后再也没有出来，井口君却禀告说黑木失踪了……我正是为此事而来……凭我田中的智慧，此事很快就会真相毕露了，须时我会给内田先生一个交代的，井口君相信吗？嘿嘿嘿……哈哈哈哈哈哈……"笑罢，他又提过壶豪饮一通。

　　井口听了这话心里暗自一惊，身子微微一颤，浑身毛孔张开，冷汗一下子渗了出来，忽尔想到"相鼠有皮，人而无仪！人而无仪，不死何为？"这么一句话来，可是，此刻重任在肩，万不可再招惹出事端来，他看了眼似醉非醉的田中问道："我以为盗耳之语不足为凭。不知先生如何看待此事？"

　　田中拉起台布，擦了嘴边和手上的油垢，冷冷说道："这要看井口君如何掂量两边的轻重了……"声音虽低，听上去却有山倒之势，像似整个厅中"嗡嗡"之声不绝。

　　井口听罢，眼神闪烁，哈哈大笑说道："有人在我井口背后栽赃弄鬼，田中君莫要上当受骗。既然足下倾心幸子小姐，应比我更会照护，她有了称心如意的去处，我远赴东北便可放心了。"说完立时收住笑，死死地盯着田中，等待下文。

田中给井口斟满又给自己倒上，把盏饮尽，这才狡黠地说道："井口君，你为我大日本帝国赴汤蹈火、以身犯险，真是让人感佩之至。我田中言而有信，保证就此了了阁下的一切后患隐忧，绝不食言，否则，便辜负你对天皇陛下的一片赤胆忠心。若食言……"他做了一个抹脖子的手势。

井口端起杯一口饮下说道："田中君高见！一会儿我让人引幸子小姐过来。"

田中手一挥，摇摇晃晃地站起身说道："不必了！我亲自过去探望幸子……"

井口喊道："春僖！扶田中君上楼去。"

田中晃悠着转过身子说道："止步！不要打扰我与幸子小姐的清静。"又道："井口君，在下要在贵府借宿一晚，明日便带她回敝舍，嘿嘿嘿……呵呵呵……"折身上了楼。

井口看着消失在阶前的田中，气得面色如土，瞪着一双血红的眼睛无处发泄，一眼看见愣怔站在原地的佣人春僖。一伸手把她薅到怀里。春僖惊恐地看着他，只听他说道："自杭州府把你买来时，你才十一岁，五年过去了，如今还未开脸，岂不亏欠了自个儿？"

春僖瑟瑟发抖地磕着牙说道："先生……我……我……"

井口脸上露出一丝狞笑说道："今个儿我让你做一回七仙女，看你这婊子怎样升仙界、下凡间……"双手用力，把春僖挟在腋下奔了卧房。

幸子正低头沉思，房门"嘭"地一响，洞然大开，她从凝思中回过神来，见田中正醉眼蒙眬盯着她，她惊立起身问道："你来做甚么？"

田中一脚踢关了门，斜楞着眼儿看幸子，见她通身穿戴是月白江绸，滚着梅花银线边儿，一舒皓腕，雪白晶莹，手指纤细如削葱，瓜子脸粉里透红，艳色诱人。他舔着有点发干的嘴唇说道："幸子，你每天都在我的梦里，今天终于见到了你，真是梦寐以求啊！来来来，让我好好欣赏一番……"

　　幸子羞颜似晕，越发显得面白如月，伸手在桌上抄起剪刀说道："你——你走开……"

　　田中走过去一把夺下剪刀扔到地上，钳住幸子的双手说道："你在我的梦里有挣扎、有反抗、有温柔、有淫荡，今日一见果然如此。你挣扎了也反抗了，我想，下面就剩下温柔淫荡了，小亲乖乖让我尝尝来……来吧……"他把臭气熏天的嘴凑了上去。

　　幸子扭动着身子大声喝道："畜生！我是井口的女人，你若再不滚，我便不客气了——"

　　田中一脸坏笑说道："哼哼，嘿嘿……甭给我来这套，大日本帝国的女人是不循伦理纲常的，你的哥子山崎君没给你开脸交媾吗？你是井口的女人，那又怎样？女人，三十如狼，四十如虎，过了五十还坐地吸土呢！你被井口操弄过，倒比黄花女儿好玩儿，今晚算你接客，待过了今夜，你会哭着闹着死跟着我呢。今后你我二人便可长相厮守了，我的亲亲骚蹄子，迎接我吧！哈哈哈……"

　　幸子一口啐在田中脸上大声喊道："春僖——春僖——"声音在房内飘荡，却听不到外面有所动静，她陷入绝望。

　　"嘀嘀嘀……哈哈哈……"田中一阵邪恶的笑声之后说道："叫呀！喊呀！不会有人来的，你若执拗不从，这可不是上策。不过，这倒合我的胃口，私底下发骚，面子上佯装贞洁。哦，你这娘们儿戏演得好啊，着实叫人心里犯痒痒，我赏你点什么呢？噢——听闻关羽灯下观春秋，我田中烛影观玉体……今晚你我二人鱼水之乐，自然要同舟共济、有福共享了。嘎嘎……哈哈……嘿嘿……”他像拎只小鸡似的把幸子一把甩到榻中央，一阵撕扯过后，幸子已是赤条精光，浑身雪练价白，肌肤柔腻如脂。她一只手护乳，一只手捂着羞处，红晕满颊婉温柔润，如同绰约处子，田中只肖一眼，顿觉浑身燥热，麻酥热痒难耐。刹那之间，欲火冲腾勃然而起，他怪叫着一把扯开幸子的手，粉滢滢的雪胸乍现眼风处，峰房温腻似脂，殷红的乳豆晶亮透红，嫣红雪白的大腿间微绒绒的隐处，足令人销魂……田中立时呆若木鸡。顷刻，他三下五去二把自己也撕剥得赤条条的，一头扎到雪乳上，呷吭起来，滋滋脆响，似猪舔食槽、如蛱蝶穿花，才向东来又向西……

第三十二章　世情焦竹娘失双亲
　　　　　　志堪合会兵桃花源

　　光绪二十六年隆冬，纷纷扬扬的大雪铺天降落，但见京畿大地一片苍苍茫茫，大小河道、湖泊，既连平日毫不起眼的一汪池塘也冻得镜面似的，冰上的雪尘像烟雾一样被风吹得旋舞着，飘荡着，池塘边柳枝少女一样婆娑起舞。被联军迫害的几十万百姓，死的死、伤的伤、残的残，有的已化作累累白骨，有的残着身子无家可归，最终因冻饿而死在京师的某个街角，成了同样无家可看、三五成群流浪野狗的果腹之物，这些残弱死了也没留下全尸。会馆诊治义所自开设以来，医治千余百姓，解除了诸多人的痛苦，成全了数百家庭，此时也告一段落。就在这天寒地冻、风雪弥漫的时刻，竹娘与爹娘带着忌儿自台湾会馆搬回了自家宅院，冯氏拿着笤帚除雪，李祖业在碎散的陶瓷瓦罐堆里淘换能用的家什，竹娘给忌儿又裹件粗布披风放在木墩上，这才去拿起木杆通风道、烧地龙。

　　李祖业扒拉着一堆烂瓦片稀里哗啦作响，过了一阵子，他直起身嘴里骂道："天杀的洋鬼子，比江洋大盗更歹毒，我李家七十年的家业，毁坏得一点没剩下，辱没了祖宗啊！"

　　冯氏执着扫把说道："当家的，你就安生吧！好死不过赖活着，你瞧这吴家，一家老小十三口大活人，还没出西直门，就被洋鬼子当街剁了脑袋，连个收尸的人都没有，家当没了算什么哟！"

李祖业瞅了眼隔壁空荡荡的吴家院子，身子一紧，打了个寒颤，他踢了一脚碎瓦说道："啐，死了倒干净！看着好端端的一个家让人糟蹋成这个样，伤天之和，比杀了我还难受呢！"

"烧起来了——"竹娘点了火龙自屋内出来说道："忌儿不用挨冻了。娘，吊子上加了水，过阵子烧响了记得往壶里灌，院里的雪我来扫。"她看着爹蹲在地上抽闷烟儿，又道："爹，烟是不能再抽了，孙郎中那里可断了药，若痨疾再犯，您只能干熬靠了，这不是跟我和娘惹麻烦嘛！"

李祖业闭着眼，一手握着大烟锅子嗞吧嗞吧猛抽，不看她也不接话，冯氏说道："倔种性子气不顺，闺女你莫劝，省得一天到晚地徒生窝囊闲气。"

"你想撕破面皮，让我恼火吗？"他用鞋底子磕着烟杆咂嘴儿道："难道全天下的百姓都是这样过得？记得先前相安无事的多好呀，至多出点口角是非，也不过是鸡毛蒜皮的事！如今邪气冲天，荤的素的、杀人放火全来了，天地之间翻了个儿，穷苦百姓坐在鏊铛上烫，两下一比还能活吗？"

冯氏哀叹道："怪我们前生有罪，本世又复造下重孽，才遇上这个世道。"

李祖业眼珠子瞪得溜圆喝道："你这是说的什么混账话？哪个又没生养这群洋鬼子的八辈祖宗，他们干嘛死乞白赖地跑到这厢打家劫舍、刨坟挖庙？"

冯氏又道："你也别咋呼，论抢论烧都是满人皇家的事，洋鬼子千不该万不该拿平头百姓撒气，怕是一时没托生好，不大分得清官家和百姓吧！不过，克郎中、艾郎中倒是通人性。"

"你这老娘们，干嚼柴禾满口乏味！"李祖业与冯氏辩得一脑门子光火，又道："有事三竿，没事也三竿地找麻烦，南方起义军可是说了，这叫什么？这叫……叫作'侵略'。你的娘家侄儿不也让洋毛鬼杀了吗？你如今尚有何说，不懂别瞎搅和。"

竹娘见二老你一言我一语争论不休，她想笑，可是却怎么也笑不出来，而是陷入了深沉的思索。坐在墩儿上正吃蛋叶子的忌儿泛着纯真的眼神儿说话了："姥爷姥姥，忌儿长大了杀洋鬼子……"

冯氏见状笑得合不拢嘴说道："乖孙儿，知道你疼姥姥，可不能学洋鬼子净做杀人放火的勾当。"

李祖业说道："哎呀，怎么教话呢。孙儿也是顶天立地的男子汉，今后洋鬼子再来，见一个杀一个，见两个斩一双，还要让洋鬼们赔姥爷的条桌机凳、瓦缸瓢罐，再把这宅院修葺一新，为我李家光宗耀祖。"

忌儿用手敲着膝头说道："忌儿全听姥爷的话，不过……"

一家人愕然，张大了嘴，像不认识一样，盯着这位几岁的娃娃同声问道："不过什么？"

忌儿揎着臂咯咯一乐说道："姥爷不许吹胡子瞪眼珠！"

听罢，冯氏一拍大腿，几滴眼泪立时洒落出来说道："哎哟，奴家的亲孙孙儿，乖把戏儿，宝玩意儿，全家人的毛头小子，现在这家里头只有你这个透灵精儿才能拿活住他噢！"

竹娘笑道："忌儿，你应说恭祝姥爷福寿康安!"

此时的李祖业听到忌儿一句话，不但没有起气，反而既连额上的几道深纹也绽开了花儿，他把烟杆往腰里一插，顿着脚下的残雪笑道："你的舅舅难指望，今后这李家全靠你这个乖孙孙了，姥爷全听你施号，今后不急、不恼、不吊脸、不瞪眼珠子——"

屋内茶吊子上的水"呜呜"作响，冯氏踮着小脚往里屋奔，竹娘又借着旺火做了热气腾腾的羊肉馅的头脑饺子，且又把水饺捞出来，浇上山药、红糖、胡萝卜、豆腐、青菜、粉丝所制的头汤，她又给爹倒了碗烧酒，李祖业吃了，顿时觉得身上寒气一扫而尽，暖烘烘的，没了半点劳乏。心想，自洋鬼子攻入京师以来，这是从未能领略过的风味，也很对自己的脾胃。

李祖业红彤彤的脸膛上泛着油光，他放下酒碗一抹嘴说道："方才，我细琢磨了一下，咱们家的铺面还要营务起来，从入秋到这隆冬，全家人吃的喝的，还有会馆购的一些药材，净花的闺女的体己钱，这哪成啊! 不为别的，今后忌儿的开支少不了。"

冯氏听罢一时竟伤了心，凄声说道："唉——这几年闺女一个大子儿也没落自个儿身上，一心扶持这个家，真是把她拖累苦了……"

竹娘放下箸笑道："二老说的这是哪里话? 不为这个家想着，难不成要让闺女失心疯帮衬别人家!"

李祖业揽了口菜放到嘴里，咕哝着说道："闺女就是活菩萨，几年间你襄助别个还少啊? 先前把嫁妆首饰银子捐给台湾，后又把铺面绸匹捐给了百姓，会馆义诊你又把体己钱全拿了出来，这左搜右刮的，你也没剩下什么了。哦，对了，闺女还只身一个呢，什么时候想着也把自个儿捐个好人家，我和你娘也能合目了。"

竹娘见爹揎臂捋袖、容光焕发，虽说沾酒乱秃噜，可听着心头热烘烘的，她抿嘴儿笑道："爹，今后这酒少把几盅，吃多了尽讲丧气话。有您有娘还有忌儿，虽不富贵倒也平安，不也挺好嘛！您瞧这北京城，自洋鬼子打进来，没一天太平过，人心惶惶，鞠为茂草，家难成家，城也非城，弄神驱鬼者有之，操汞炼丹者有之，避迹深山者数不胜数，今儿个一家人能聚着吃口热乎饭，这得是多大的造化呀。"

闺女一席话，李祖业顿觉颊上发热，刚要发话，却听拙妻言道："我和你爹一把年纪了，说不准哪天走了。你若再不寻上个去处，今后连个说话的人都没有。"

李祖业见闺女的脸色不好看，一眼便知闺女内心的苦衷，他给冯氏丢了一个眼色，遂改口风说道："几辈子的老账，翻出来有什么意思？方才爹说的也是酒话，不作数的。竹庆打信报喜，那个未谋面的儿媳阿美已经产了个大小子，还未合计好起个什么名字——是带官印的？大气派大福寿的？又响亮又上口的？不管了，反正李家有了亲孙子，身边亦有个小铃铛忌儿，人这一辈子也不过如此嘛。"

竹娘过隙一闪的脸色被爹看了去，她先惊后愧，此刻又复变成酸楚，有违二老凤愿，心里登时生出几番滋味，她不动声色地接话道："娘，您也学学爹，思虑得如此明白。再者，您老身子骨硬实康泰，擎等着做个老封君，爹既做个老尊公，我带着忌儿好生地侍奉二老便是了。"

李祖业又浅呷了一口酒说道："闺女的孝心我和你娘亲收

受了，不过，你只肖带拢好忌儿，其他的事别再操心了。既然司事把会馆交予你打理，就应好这个差事，昨个儿他还求告我允你搬过去住呢，方便理事儿。谭老兄也是老了，干不动了，你就多费些气力吧！明天一早我就去铺面拾掇，你去会馆张罗吧，乱世不太平，他怕有人放什么坏水儿。"

竹娘说道："明个儿会馆也没什么打紧的事，谭伯仍还坐纛儿摆布。铺面这边虽然没有房倒屋塌，凭您一人也倒腾不过来，待忙完铺面上的事，我再去会馆也不迟。"

次日一早，父女二人来到铺面，才看一眼便惊呆了，见铺面门板已被人卸了，七零八落地扔在阶下，还有几个生人自门内向外扔铺面里的东西，李祖业一股火气蹿上来。

他橐橐几步走至门前大声喝道："哎——哎——干嘛呢？东家还没绝户呢，贼摸地行这恶逆，上溯千古也是罕见。头顶上日月正明，还有没有王法了？"

几个生人见一个老头儿唧唧歪歪、骂骂咧咧，叫阵似的，个个弄不清原委，都停下了手上的动作，瞪眼往屋内瞧，只听屋内有人说道："什么人在此大呼小叫？"说着便走了出来。

父女二人定眼一瞧此人认得，这不是曾沽包竹庆的日本人田中久光嘛！

田中也认出他们父女，不待二人说话，他率先开口道："哟嗬！真是冤家路窄啊——你们二位有何贵干？有屁赶紧放，没事就滚开，别在这儿瞎耽误工夫……"

李祖业看着他一脸泼皮相，登时气七窍生烟，恨不得把这恶贼现实剁碎吞了，他气鼓鼓地骂道："倭贼子，睁开狗眼瞧仔细了，这在谁的家门？登堂入室明抢吗？"

田中被西风卷来的尘土迷了眼，他揉了揉，一脸讥笑地说道："哼哼！老头儿，这铺面原是你的呀，我还以为东家让联军打死了呢，这回害苦我又要破费。你们来得正好，且细听了，如今这个铺面，还有这半条街的铺面易了主，尽归我田中名下，今后这铺面再与你们没任何瓜葛了。"说罢他朝一个生人努努嘴，生人会意，便从口袋里掏出几个光绪铜子儿扔过去，撇着嘴角轻蔑一笑。其他几个生面孔的人便哈哈大笑起来，又叽里呱啦里说着什么，原来这几个生人与田中一路货色——日倭鬼。

李祖业听罢，脑袋"轰"的一声炸响，顿觉天旋地转，脸涨得青紫，他愣怔一会儿，神智稍微清醒了些，便指着田中怒喝道："狼烟鬼恸的东西，我家的铺面即便放臭了，也不会给你这条恶狼占了便宜，除非你拿拳头捣死我。"

"哟，老不死的，这老骨头还死硬呢！"田中咬牙切齿地说着，便上前欲薅李祖业的衣领，竹娘见状，情急之下冲上去"叭"得一声，给了田中一个耳刮子。几个生人立时从腰间拔出短刺，却被揉着腮的田中喝住了。

田中若有所思地点点头，狞笑道："你伸手打我，我不恼，一巴掌下去，既算把铺面的东家定死了。哦，怪不得井口君弄你不住，还真有股子野性啊！够辣、也够拧！我田中给井口君一个薄面儿，今个儿打不还手，骂也不还口，无论如何也要心平气和地与你讲讲道理。"

竹娘斥道："你这个强盗！与你无理可论。"

"你这样气恼为哪般啊？"田中一副遮凶藏狠的样子缓缓说道："几天来，我收这半条街的铺面，这些东家有哭的，有笑的，有说风凉话的，有寻死觅活的，有喃喃而骂的，有大吵大闹的，有阴沉个脸不言声的，有满面得意故作矜持的……像似炸了窝！结果咋样？还不是乖乖把铺面双手奉上嘛！我田中要做的事，哪个能拦得住？我今儿高兴，你若嫌少，我可再多赏你们几个铜子儿如何？"

"呸——"竹娘怒容满面说道："强占民宅，按大清律当斩！"

"噢？"田中讥讽地说道："你不提点，我倒是忘了，这是在你们大清国的地界儿，这儿还距紫禁城不远呢。哈哈哈……你太过虑了，睁开眼睛看看，大清国还是那个大清国吗？大清国肯施刑我们日本人吗？"

竹娘气得哼了一声说道："朗朗乾坤，泱泱黄天，自有神道圣裁。你这种人不得善终，会遭天谴报应，定能落个暴死荒野、野狗解尸的下场。"

"诅咒我？最毒不过妇人心，甚好！"田中露出一副凶狠狡黠之色，压低声音，沉沉地说道："我知道你们清国三教九流、七行八业都把贞洁看得比命值钱，你与井口的污龊之举若是宣扬出去，还不轰塌了天？"说罢，一手轻轻抚摸着竹娘的一头秀发。

刹那间，竹娘听着这沉重的、透着巨大压力的话，钉子似的钉在当地，清俊秀丽的面孔变得蜡黄，一句话也说不出来！她爹李祖业缓了会子愠气，又见田中趾高气扬蛮横样儿，还伸手调戏自家闺女，愤然之气又升腾起来，他跺着脚开口骂道："天杀的倭鬼，老子早晚会剥下你这张人皮，看你捉底是什么畜牲投胎转世的。"

"哟嗬嗬嗬……嘎哈哈哈……"田中噎噎一阵冷笑说道："老东西，你跟我叫阵，我也不恼，我向你透露个消息。"他用手指着竹娘，满脸怪笑道："你这个女儿，被井口君奸宿了多次，已非完璧之身，早已成了两头冒烟儿的破烂货色。过些时日，你见她肚子鼓胀起来，你这个老不死的万不可责备于她噢！乌嘿嘿嘿嘿，哈哈哈……"

"什……你说什么？"李祖业瞪着血红的眼睛，手指着田中哑然失语："你……你……这个王八羔子……"忽觉眼前一黑，咽下一咸，一口鲜血自腔里喷射而出，身子重重地摔趴在雪地里。

"爹——"竹娘见爹口吐鲜血倒地不起，她失魂落魄扑到地上，试图把爹扶起来，可此刻的李祖业已是不省人事了。

田中见状，他擦了擦身上的污溅说道："看来，老不死的真的快要死了——"然后一摆手又道："不要理会，我们走——"几个日本人跟着他扬长而去。

李祖业被抬进自家宅院时，已是奄奄一息，孙郎中和克鲁斯都来了，二位可没少下功夫，中医西医协力施治，日夜守在榻侧，一刻也不懈怠。克鲁斯的急救良方不起什么作用，孙郎中见李祖业阳明之气逆上，吐血不止，有翻天覆地之象，便制备了仲景泻心汤催喂；又见其气随血脱，喘满终不归根，又加杏仁、浓朴辅助，并以人参、生地、当归熬制血府逐瘀汤；调制琥珀报龙丸，护其气，补血虚，盈肾水，平心肌；又见大小便不利，又加茵陈、炒栀、大黄、藕节制成白虎汤服下，又着沉香、枳壳、半夏、苏子之类熏蒸。几日后，李祖业仍是神气不续，孙郎中诊着他的脉，眼见着脉搏慢慢地停止了跳动，恨魂一缕已升三界之外。

这几日，冯氏觉着当家的命在旦夕，侍在一旁干着急却帮不上忙，干脆心一横便禁了口，不再饮食，每日跪在香案前，求助佛祖保佑，惩谁好言相劝也不顶事。当家的刚刚撒手归西，众人一眼没盯住，她便打碎了佛像泥胎，扯了白绫悬在梁上，踩着一只倒扣的柳条笸头把绫子套在颈项上，尔后一脚踢翻笸头，也随当家的西游了。

眨眼之间，双亲谢世，与她阴阳两隔，真个命似三更灯油尽，身如五鼓衔山月。竹娘仿佛五雷轰顶，惊得两眼一片昏黑，悲极而憨，她只是干哭，却流不出泪来。她觉得一切都变得那么肮脏、丑陋，唯有爹娘在世，这世界才是美的。而现在，一切都过去了，爹娘已被无情的风雪催走了。她站在当院，仿佛又见爹心满意足地咕噜咕噜的抽烟儿，娘在枝繁叶茂的大树底下教她女红……一阵风吹过，几粒散雪飘洒下来，打在脸上，生疼生疼的，她不由打了一个寒噤，又回到屋内……

爹娘下了葬，她请一个画工绘制了爹娘的小像，除了每日捻香守孝，再就是一门心思打理会馆，闲暇之余便教忌儿识文断字和到克鲁斯那里习学医术。铺面让田中久光强占了去，可家还在，家里的一切，按照爹娘生前一样，正厅的条案上的瓷盘里摆着几个金黄的文冠果，依旧散发着淡淡的清香；一侧的墙上依然挂着李祖业用过的散发着暗红色光泽的烟杆儿，装烟的荷包是娘冯氏亲手缝的，上面的"喜鹊登梅"还是她绣上去的；卧房内，冯氏用过的卧凤银簪、木篦、拢头、盘镜、青盐、香胰都原样不动地摆着。她每日看着爹娘的画像，先是问安，再就是长久地发呆，忌儿叫她，她才回过神来，恍惚如在梦中……

光绪二十七年夏天，谭禄滢身患胸痹症，来势汹汹，厨娘周婶一个人应付不过来，竹娘便带着忌儿搬进了会馆，与周婶一起悉心照料谭禄滢的饮食起居。

这天晌午，骄阳当头，蝉鸣树静，家家都在乘凉歇晌，吃瓜、喝茶解暑。谭禄滢的精神也格外的好，用了整一海碗豆捞面，额上渗着虚汗，脸上也有了血色，看上去满面红光的。竹娘和周婶从内房把他扶出来，拿了竹椅放在当院大树下坐了，谭禄滢半坐半倚甚是舒坦。

周婶拿着谭禄滢用完的空碗笑道："嘿嘿，这一大碗汤水饭，吃个精光，三天的水米倒不如这一餐受用，看来老爷的灾星这是要去了！下黑想吃什么，您尽管吩咐便是。"

谭禄滢拭了把汗说道："要说谢你们，就外道了，多亏你们上心照料，若不是，我早已让阎王钦点勾划去了，还哪有机会听这蝉虫鸣叫、牛公嗡嗡啊！唉，我也知道，老病已至，无常渐近，吃一碗少一碗，这才是实情。"

周婶抻着衣襟说道："哎哟，老爷啊！奴家可是受了您大恩大惠的，听不得恩主说这厢丧气话。您今个大难不死，真是再世为人了。哎！再回想您老人家起死还生的情景，这比大书、鼓词里头说的事还热闹几倍。忌儿娘怕您躺下再也醒不过来，她用克郎中教的法子，顶着您老的背一天一宿不敢撒手，也不敢挪窝，我去代劳她，她还不应，真个孝顺人儿。"

谭禄滢笑笑说道："你也不含糊嘛！饭菜做得可口，不然我也进不了这么多。"

周婶瞧了眼在旁这给谭禄滢挥扇借凉的竹娘说道："您老抬举奴家了，作务厨上这件差事，我一向横的竖的不成模样，这几天若没有忌儿娘指点帮衬，打死我也做不出这合老爷胃口的饭菜来，奴家现实正敲鼓板、打镗锣地暗自跟着模学呢。说起来也怪瘆人鼓捣的，李家老嫂拾掇席面那叫一绝，忌儿娘算得了她的济，且把好手艺遗承的不含糊呀。"周婶忽尔意识到自己说走了嘴，吐吐舌又道："奴家嘴拙心笨，唠嗑不对地界儿，这便到厨上忙了。"

周婶趿身走了，谭禄滢说道："闺女，这阵子受苦了。有时想想，我这一病倒，牵累得你没黑没白的，这倒不必单说。最亏心的——自你把总儿掌舵这会馆以来，不但没有季例银子进项，你还搭进去不少，这修修补补亏了多少钱啊！会馆的体面尊荣都给足了，却委屈了你，我真个是老而无用，倒不如早点儿死了算拉倒。"

竹娘停了手里的蒲扇，笑着说道："谭伯，您这是哪里的话呀！有言'霞乃云魄魂，蜂是花精神'，您整日伤心挂怀，对您的病体可没甚益处，到了您这年纪要讲究提真气、养内神，您也常教诲我要乐和开心，怎么贪到您这儿全变了？不该的。接手作务会馆更甭提了，这是您老高看闺女，哪还有索银的道理嘛！"

谭禄滢没接着往下说，只是点点头，却口风一转问道："噢，对了，蔫果大喜的日子就在这几天吧？"

"嗯。"竹娘点点头又道："两年前便下了定，义和团在北京一闹腾，就给耽搁了，两家人眼都急红了，现在却也干脆利索，略去了俗礼，后天便亲迎过门。您老昏睡了几天，我琢磨着这种事延误不得，便擅自代您做了回主，喜礼、贺书一并发送去了。"

"这便好。"谭禄滢一用力坐直了身子又道："可老伯想说的不是他，是你呀闺女！蔫果和竹庆年纪相仿，现在他们都已娶亲生子，你这个做姐的，怎么还是一根筋？这终究不是长久之计啊！闺女，据实讲，你心里还念着那个宜春的汪知县呢？他已有家室，既连子嗣也有了，不信你且自己看吧！"说着从袖筒里扯出一封书信来递给她。

竹娘展信便读，只听谭禄滢又道："这笺来书，你读罢，便可从心魔中出来了。为了能让你看到这封信，我时刻揣在袖筒里，不敢弄丢的，生怕你瞧不见，误了自己个儿的终生。放在我身上，即便蹬腿死了，穿老衣裳时，也会有人发现的。想想半年之前，你一日之间父丧母失，胞弟又在万里之外，你伤心欲绝，我不敢提及此事。现在这大半年过去了，再不寻个女婿，待我阳寿尽了，哪还有人为你操这份心噢……"动情之处，不禁老泪纵横。

自爹娘故去，竹娘从未受人如此慈爱，听谭禄滢这番体己话，心里又酸又热，哽咽着说道："谭伯，您是积德行善的好人，闺女早已视您为至亲尊长，这半年来我沉浸在悲伤之中，是您冷了给我送衣裳，饿了给我送吃的……我虽未敢明言，可这些事我件件都记在心里呢！如今来到了会馆，这就是我的家，您是我最亲的人，今后我永远守在您的身边，哪里也不去了！"

谭禄滢伸出干瘦一只手抚着竹娘的头说道："傻孩子，叶落总得归根。老伯虽舍不得你，但大理还是明白的。你还是要嫁人的，这是天之所经、地之所义的事，不至于终生遗恨，只肖别忘了这里还有个老伯，时常派人捎个信我就知足了。"

竹娘任由泪水淌着，又喃喃说道："汪老爷成家传嗣，我自会为他祈福。实则，闺女至今未嫁，并非为他。如今容不得我多想什么，半年多来，日里夜里纺线、织布，给人家帮工绣花，洗衣裳缝穷，为了想攒下一点点钱，拿出来给您养老，供忌儿塾读，这会馆也要开支维持不是！"

谭禄滢说道："哎——闺女，你也是饱尝人情冷暖、世态炎凉的人了，可是你还这么年轻，不该背负这么多的苦啊！若

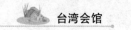

任你天涯漂泊，担风受险，届时我含笑九泉也难瞑目，更没颜面找你爹点卯啊！"

竹娘拭着泪水，摇头苦笑了一下，讷讷说道："谭伯，这也许是命……这是上苍排定的数……"

谭禄滢晃着脑袋，手也不停地摆说道："傻孩子，'纵敌患生，违命不祥'，是天子教化百姓的机弄。老伯我鳏此一生，见尽了风高放火，月黑杀人。依老伯之见，只因你几年间历经磨难太多，暂且被什么东西拿住了心窍，我亲眼目睹善人终得了善报，你的命里定数是儿孙盈堂，而非孤独终老。"

两辈人正专心攀谈，大门"哗"地被人推开了！克鲁斯携背个药箱子一脚踏进门来，见二位在树下纳凉，谭禄滢还有模有样地端坐在竹椅上，张口惊呼道："噢——爷们，谢天谢地，您转危为安了，还能晒阳光！哈哈哈……"

谭禄滢笑着歪了下身子，算是见了礼。竹娘手持扇面朝前一扇说道："这不是托了你的福气嘛！没有你十八般医术坐镇，哪能恢复得这样好呀。"

说话间，克鲁斯走到近前，放下药盒子，仔细端详了谭禄滢肤色，又拉起眼皮儿瞧了眼珠子，接着伸手在他腋下、前胸后背摸诊一番，说道："嗯嗯！爷们，您从鬼门关前转身回来了，不出三五日即可放开手脚舒展筋骨了。"

谭禄滢说道："这回你成了我老材的大恩公，这笔救命债，实在是思量不出如何还报呐。"

克鲁斯看了看竹娘，似真似笑地说道："爷们，我救了您一条命，总要图个回报嘛！把您手里的宝给我好吧？"

谭禄滢愣眼问道："什么宝？这会馆屋里屋外，看着顺眼的尽管取走便是。"

646

克鲁斯顺着他的口气微笑道："我想带走她做我的娘子——"

　　一句话没说完，竹娘已飞红了脸，她掠了掠鬓发，扭过脸去说道："立功打句赏便顺杆儿爬，让人面皮儿真难挨……"

　　谭禄滢听了一笑说道："罢罢去去！还有个粘巴人的绕膝儿，一并送你罢。"

　　二人没料到谭禄滢会如此接话，竟把他俩弄得神情尴尬，一时倒不知道说什么好。克鲁斯不作声抬眼直盯着竹娘看，几年来，他从未这么贴近地端详她。这是一张美丽的面孔，柔腻的肌肤犹如凝脂软玉，白皙中泛着浅红，眉睫秀韵、妩媚天然，给如花的面庞平添了一种朦胧感，像一朵鲜花在雾里展示神姿，容光中隐隐还透着少女的风韵。掠目之间，不禁让他为之心神摇曳酥颤。

　　忐忑不安中，却听谭禄滢说道："困头上来了，我要回屋睡会儿。"二人听罢，扶着谭禄滢回卧房内偏身躺下，谭禄滢半歪在炕上，目视着天棚又道："给我掩了门，你们到别处叙话去吧！"

　　因谭禄滢先前一番意味深长的言辞，把话挑在明处，两人已无往日的松意自在，既连走路的姿态都别扭了起来。克鲁斯更像中了邪似的，平常的通情达理、机智幽默尽扫而光，对搓着手、吊着肩，似个常随亦步亦趋跟在她身后往外走。

　　行至庭院，克鲁斯深提了一口气，快走两步横在竹娘面前。两个人都住了步，互相躲闪着目光，克鲁斯忽尔抓起竹娘的双手，埋着头说道："上次在诊所打碎了药瓶儿，割伤了你的手，是我照顾不周。今后……"

　　竹娘轻轻脱手出来，侧过身说道："无妨，是我粗心大

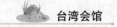

意，与你不相干的。"

克鲁斯垂下手，仍深低着头："我不愿听见你说这个话。"

"我知道……"

"我愿意听见的话，你是知道的。"

"我知道。"

"你愿意说吗？"

"我不能。"

"还记得我为你做的事吗？"

"……没法忘。"

"我已向蒂亚娜说明一切，她的父亲窦纳乐先生去了日本国，我劝她一同前往，她未同意，自作主张回英吉利寻找她的如意郎君去了。"

"嗯……"

"听我说，竹娘！"克鲁斯冲动地走前一步，想扳过竹娘的肩头，但竹娘的目光制止了他。他又垂下手，显得失魂落魄地说道："也许我不该，但我夜夜都梦见你。"

竹娘脸上泛出红晕，点点头道："我蛮高兴。真的，听见这话，不能有别的更叫我高兴了，不枉人间这一遭。"她抬起明亮的大眼睛，泪水在眼眶中滚动又道："……可我是个有罪难赎的人……不能玷污了你的名声……"

"别这样说。"克鲁斯的脸涨得血红又道："无论发生了什么，上帝都会宽恕你。"

竹娘狠狠地拭了把泪水，抿嘴轻声说道："难赎前愆，终生负枷……"

克鲁斯天真得像个孩子，赤着脸说道："我带你回英吉利，还有我的干儿子忌儿也一起走，忘记这里发生的一切……

好吗？"

竹娘闭上了眼，由着两行清泪滚落出来："是我自己赦不掉我的罪孽，走到哪里不都一样……克鲁斯，你对我好，我知道也很感激，越是这样，我越是不敢想、不能想、也不该想，能有一天毫无顾忌地嫁给你……"

克鲁斯吃惊地睁大眼睛讷讷问道："竹娘，你知道，我初来清国时，你是我的第一个朋友，后来我就慢慢地爱上了你，如今我越陷越深，无力自拔，为什么不能嫁给我？你不爱我，是这样吗？"

竹娘无声地叹息一声，自言自语道："无论在尘俗，还是在我的心里，此刻也许我比你还要更强烈……"她又凄惨地摇摇头："晚了……太晚了……两年前也是在此地，上天没给我机会，像这样与你谈谈……那也许一切都会不是这样……不过，我还是高兴，总算有人真心……爱我……"

克鲁斯翕动着嘴唇喃喃说道："竹娘，我知道你心里很苦很痛，我想做治愈你伤痛的良药，答应我的请求吧……"

一阵风过来，树叶飘然而落，撒在他们身上，像上天播撒的朵朵花瓣，竹娘望着远处的白墙青瓦，讷讷说道："有些东西比生命珍贵，一旦失去，就再也找不回来了……"她侧过身，抬手在颈上摸索一阵，取下一件东西来轻轻放到他的掌心里，她的手指有些发抖："克鲁斯，这是我爹用三两银子打下的平安锁，我与弟弟各戴一枚。现在，我把我的这枚平安锁送给你，让它每时每刻都护着你、守着你、紧紧跟随你，直至你娶妻生子的那天……"

克鲁斯流下泪水，看上去心里异常痛楚，他爱竹娘，竹娘却没有给他机会，或者此生都不会有了。而得到这枚代表着她全部相思和情愫的平安锁，觉得也是一种满足和享受——此刻，他把平安锁捏在手心里，突然觉得自己可恶，是个很坏的人，她本是女德贞淑自重庄端之人，是他揭开了她不愿示人的伤疤、深深的痛楚和最后一丝女人的尊严。

半晌，看了看闭目不语的竹娘喃喃说道："竹娘，对不起，或许我不该、或许我不配，请你不要再剥夺我们做友人的权利好吗？"

竹娘收着气息，仿佛在凝聚力量，抬头望向天穹说道："克鲁斯，不要多想，是我不配谈及此事。今生今世你……你是我李竹娘最好的朋友……"

台湾凤山后壁林，林少猫抗日的大本营圈建于此，李竹庆搭眼一看甚是巍峨壮观，不由得暗自折叹，林少猫不愧为全台抗日的盟主，看这排兵布阵、据险扼守之势真是煞费苦心了。壕深堑险、城坚堡固，一座座碉楼、瞭台、暗堡，或白墙遮挡，或绿竹掩映，依山势错落有致地散布在溪流纵横的后壁林半山间。放眼四顾，方圆数十里内云树葱茏、气象万千，弯弯曲曲的盘山道，环绕水田、麻园之间，一层层的大青石阶连着营盘，蜿蜒曲折直通云天。

正思忖间，只听三声炮响，丈余宽的吊桥缓缓落下，里面冲出一队人马。中间的高头大马上端坐着一个汉子，约摸四十岁上下，青缎开气袍上套黑考绸团花褂，方正脸膛，双眸炯炯，满脸针须一寸来长，修剪得刀削斧剁般。此人随着马背上下颠簸，有一种难以名状的气度风韵，似乎庄重沉浑，又似乎威严难犯。

人马过了吊桥，很快来到近前，打头的汉子勒住马缰，纵身跃下，他用眼扫视着众人，洪声问道："哪个是李标目？义成亲来迎接大英雄过府。"

竹庆迈出一步揖手道："在下李竹庆，足下想必就是声震全台的抗倭盟主少猫先生吧！"

林少猫一抖手，马缰甩上马背，快走两步抱拳道："岂敢岂敢！兄弟一介莽夫，只不过是这板桥之上三百六十钉中最平常的一颗，既非金银制，也非铜铁打，怎么敢妄称先生啊！"

竹庆听着像吊黑话切口，知他是绿林出身，心中暗自想笑。心里虚划几笔翻个筋斗再想，如今他可是振臂疾呼的抗倭名将，高举义旗杀敌救台，当属慷慨大义、国之忠良，为一方百姓之福星。遂哈哈一笑说道："兄台这些钉，一把撒向台南城，您也是日贼窝里敢摘星的好把式啊。"

听罢，林少猫先是一愣，尔后笑逐颜开，正要答话，又听李竹庆说道："小弟自入台抗倭以来，便听闻兄台与台北简太狮英雄、台中柯铁豪杰并称为'抗倭三猛'，今日得见，先生气度作派果真名不虚传，令小弟通体佩服。"

"哈哈哈……"林少猫一阵放笑说道："兄弟我浪得虚名罢了！听杨师爷说，竹庆老弟也不孬啊——杀敌无数，威震日倭，保台安民、名声显赫！信使递来老弟的手书，上面说要投奔于我，此理不通呀！凡是有心杀日倭者，均是我义成的亲眷，什么叫投奔嘛！咱们不过是兵合一处、将打一家罢了。"

竹庆听闻，接话道："虽小弟与兄台抗倭志向堪合，毕竟我们初来乍到，人物地理皆疏，还是听兄台调遣为妥，一防倭贼之蜈蚣蝎子伤命，二来为是兵严民安、莫生级乱。"

林少猫又哈哈一笑道："既然兄弟是个爽快人，我也就明言了。接到兄弟书信的当日，我们便召开会议，据你的威望、战功，还有不远万里来此抗倭的壮举，一致推举你为副盟主，

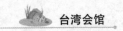

请兄弟莫要推卸。"

竹庆想要张口说什么，林少猫一摆手，现出一副极认真的模样，语气中还带着不容置疑又语重心长说道："大哥我识字少，心也直、口也快，今日你若推辞，那就……就吃罢这顿扫尘宴，我们便相安无事，尊佛请谋高庙吧……"

竹庆笑了笑说道："既然议罢，当不敢推辞，只是兄台如此抬爱，怕谬占高座罢了。溜鸟儿贴红禧，要择黄道吉日，得看山高水低，须懂阴晴圆缺嘛！"

林少猫昂身挺腰，哈哈大笑："好麻利一张嘴，古讲厉嘴连着机心，议择你做副统，倒是再合适不过了。"

竹庆拉着福来、丁成虎、达鲁·乌茂、巴万、札木、鲁赫、格墨尔等人一一向林少猫做了介绍，互相见了礼，林少猫亮开嗓门说道："诸位，敝城虽连山傍水，可空间局促狭小，几百部众实难安置。我即命人在城外五里密林深入的校场，连夜修造了几排大石屋和众多草房，暂作安顿之所，且供应了足够的粮盐及生活用具，诸位长老、首领可否中意？如不妥，待我再做安排。"

达鲁·乌茂说道："林盟主，什么城里城外，各簇众自由惯了，对我们而言，林野郊外、山水之间，便是各部安营扎寨的好去处了。"

丁成虎也揖手说道："我义勇游击，常常是天作被、地当床，如今有石屋草房栖身，如做梦海塞这满汉全席，一旁还有十几个丫鬟侍候着，想都不敢想呀……"

福来插科打诨说道："丁大哥，再给您招呼几个粉堂捧盒子的，唱上两支梨花带雨的酸曲儿，岂不妙哉？"众人哄笑。

林少猫笑罢说道："不嫌弃，这便好！这便好！"

尔后，杨师爷带着数十力工，陪着达鲁·乌茂送几百部众去校场安顿，埋锅造饭。竹庆等人随着林少猫进城。走在吊桥上，一阵风掠过，把众人的袍角撩起老高，风掠河面粼波闪烁，堤岸古榕老树风姿犹在，万千柔细如丝的枝条随风荡摆，习习拂面过后，顿觉心爽气畅，种种窒闷、郁抑、忧煎、沮丧心绪一扫罄尽。

　　进得城来，别有一番洞天，商行、药局、糖厂、肥皂厂比肩接踵，渔业、酿造、教坊百业兴旺。路边有人切磋武功，有使三节棍九龙鞭的，有使刀弄剑的，有赤拳对搏的，还有排戏唱曲儿的，练喉声此伏彼起。

　　只听琵琶声划空而起，大弦切切小弦嘈嘈，或如莺转春流，或似水滴寒泉，一时如雨洒荷塘，转瞬又若溪水婉转击岸漱石，清清冷冷、容容声声、荡气回肠。又见中央站着一个形容瘦弱的小姑娘，穿一件蜜合色枣花绸裙，上身水红滚梅边儿紧身偏钮褂，裙下微露纤足，缠得像刚出土的竹笋般又尖又小，瓜子儿脸上胭脂轻涂，两道细眉下一双水杏眼倒是乎灵流转有神，樱桃小口一张，和着韵律唱道：

　　日倭丧亲无良贼，

　　不义闯入百姓门，

　　哪有和颜悦色相，

　　全凭五字催命鬼，

　　恶、劣、奸、毒、狠，

　　靠着贼眉鼠眼的假亲近，

　　心里却藏着万根蛇蝎针哪……嘤……嘤……嗯哪……

　　可怜无辜众乡亲，

　　只除是——驴生角，瓮生根呀——

佛留下四百八十衣饭门，

百姓占着七十二位凶神！

才定脚，破衣烂衫迎亲人，

转回头，烂眼儿、罗腿儿的日霸又踏碎破碗盆哪，嗯……

投奔我的都是些矜爷、害娘、冻妻、饿子、拆屋、卖田、

提瓦罐爻槌运啊……嘤嘤……哎哎呀……

恨那日倭、日贼、日寇、日杂碎，恶劣为本，板障为门

呐……

这一板唱得抑扬顿挫，句句掷地有声、字字咬金断玉，毫无含糊矫饰，众人听得也是心里一阵发颤……

入夜时分，天上新月如钩，繁星满天。阿美躺在竹庆怀里，一侧的儿子天龙一岁有余，此刻睡得正酣。可她透过天窗望着天上如眉新月，心中却如荡过船的清波摇成一片碎银，像万马奔腾千绪纷来，心猿之锁既开意马之僵难收，又见竹庆似睡不睡的，不禁悄声说道："走山路又逢雨天，几天几夜辗转，这个罪让人受够了，虽说部中老弱孤寡，体残的、有病的有马骑、有车坐，可以蠲免一些，我都吃不消，何况其他部众，真个不易。不过，现在总算安定下来，这厢还果真是一番新天地。"

竹庆长吁一口气答道："铃儿，无欺无诈，人人都能吃饱穿暖，这样的太平日子，日倭能容下吗？这道理你未必能领略，只晓得恶战还在后面就是了。"

阿美嗔道："林盟主明里已归顺，只不过较使暗劲儿，倭贼寻不出理由捣乱啊！"

竹庆又道："唉——日倭若你这般心境，还怎么叫'贼'嘛！今日街面上小姑娘一板唱语，真个道出了实情，我们与日

倭不是邻里吵架，这是国家之间的战争，我们在日倭眼里是奴是妾，是猪狗不如的使唤畜生，他们能让你的小日子往好了过？"

阿美凝视外面月辉霜色，久久没有言声，过了一阵子，她忽尔说道："我思忖出两条，一个是打明天起把龙儿交予部众抚养，我跟你去打仗……"

话未说完，竹庆眯着眼便接话道："嗯，甚好！我也正有此意，既然林盟主给了我副座的差事，不是闹着玩的，总要做些事，正巧还缺个帮手。你也看了，林盟主偌大的院落里，照壁、大门、大堂、二堂、聚义堂自不必深究，可是两旁一个个廊房里，设着兵马库、火药库、盐茶库、慎刑库、铸造库等等，这些都太扎眼了，须另外起个名字。还有，这城虽说傍着三山五溪，壕深堑险，可通路太死太僵，必须要向四外延伸，使之四通八达起来，如此这样才能进可攻、退可守，否则便是死城。你的第二条是什么？说出来听听。"

阿美借着房内朦朦胧胧的暗色，脸儿一红，壮着胆子嗲声说道："二是我想为李家添枝加叶，劳驾夫君，放马过来哟……"

竹庆抚着她柔滑的肌肤，又做了个嘴说道："看铃儿如何扳倒我这座擎天塔？"此刻夜阑更深，山顶上，妈祖庙翘翘的飞檐，静静地矗立在藏蓝色的星空里，弯月将光洒落下来，庙宇四周银光灿烂……

第三十三章　西狩归慈禧开新政
　　　　　　龙吟峪成虎陷罗网

　　慈禧回銮已月余，几十天来，她一改往日行素，日日忙于在仪鸾殿接见各国驻清公使，安抚诸国，间或与闻内政。召见军政大臣，垂询在"西狩"期间她颁宣十二道懿旨有关经济、军事、教育等等"新政"推行情况，诸臣见老佛爷如此行端，纳闷归纳闷，可个个心照不宣，迎合着慈禧忙得不亦乐乎。一时间，储秀宫内请旨的、禀事的、谢恩的、嘘寒问暖的、逢迎拍马的，接踵而至、络绎不绝。可今日甚是冷清，一个请旨大臣也不见，她思量着抬眼看自鸣钟，才刚过酉时，便叫过总领侍李莲英来。

　　慈禧问道："莲英呐，今天是什么日子，没一个臣工觐见听谕，也不知择址新建仪鸾殿差事办得如何了。"

　　李莲英佝偻着身子打千笑道："主子，您国事操劳，倒是忘了，今个儿是元宵节呀，还是您体恤着让各部臣僚、各宫宫眷，今日非必专务，尽可松泛松泛。主子若是嫌寂寞，奴才陪您到外面走走？"

　　"呃——"慈禧在须弥座上寡淡地说道："外面有什么好瞧的，还不是和宫里一样！哀家记得，让百姓与朝廷共克时艰

656

的旨意已颁布，今年元宵节不准铺张的。"

李莲英似笑非笑地回道："哎哟，您还是移驾瞧瞧去吧——外面可新鲜着呢！"

"是吗？"慈禧起身，便坐着暖轿出了西苑水榭，一圈儿没兜完，便喝令打道回来。回到宫中，但见西苑各处，挂的都是一色黄纱宫灯，在料峭刺骨的寒风中摇曳不定，忽明忽暗，甚是凄凉。继而油然生出一股怒火，她刚踏进仪鸾殿，便气呼呼地嚷道："看看外头，赔诸国四亿五千万两银子，都像没事一样了——放鞭炮的、走社火的、耍百戏的、玩龙灯的花样百出！哀家以宽为政，并不要放纵，下头这么漫不经心，真是小人不可养也！"

她又指着垂手侍立的李莲英、崔玉贵说道："你们径自传旨给奕劻、荣禄、许景澄、王文韶、瞿鸿机、崑冈、鹿传霖来见哀家。对了，还有联元、袁昶、徐用仪，袁世凯也要来。"

"嗻——"李莲英、崔玉贵答应一声便退了出去。慈禧还是心神不定，信手从案头取过一叠奏章，头一份便是张之洞的，却是奏报湖广春荒灾民情形。"……臣实地查看各州县，实已荒园千里，岂止十室九空而已？今越冬衣、被虽经请旨从江苏调拨齐全，然灾民遍地，露宿荒郊严霜之下，时有冻饿之殍抛之荒野。外省绅富拥入湖广境内贱价买购奴仆。人市间黄口幼儿草标插卖，子啼母泣之声上闻于天，臣心恻然不忍闻。太后有如天好生之德，灾民如此惨苦，岂得不另加恩泽？"

接着往下看，张之洞又写道："赈灾粮食依原旨远不敷用。幸有臣及属僚同忾，遂在各乡设有义仓，尚可支撑至二月。谨遵赈灾旧制，千名灾民设一粥棚，粥汤插箸不倒，中栉裹粥不渗，凉粥手掬可食。且设赈以来，查处侵吞赈灾银两不法墨吏县令四人，胥吏一百二十三人，革职枷号处分不等，已另报吏户二部。惟太后默查臣心，洞鉴灾情，望速拨银二百二十万两，以备春荒。夏麦开镰，臣当归京报命缴旨，臣若不能使此地灾民遍泽皇恩，亦实无颜见吾圣明太后也。"

"哼！"慈禧看到这里，目光霍然一跳，不禁自语道："咬人的钱呐！哀家每日用项二千两，竟自缩减为五百二十两，现今又来个揩油仙翁。"欲将奏章甩在案头，见后面还有奏报，且忍着心火接着往下看，见张之洞又写道："另奏，臣已按变法谕旨，一体仿照北洋之武备学堂和山东随营学堂之规制章程，设法筹建湖广武备学堂，尚缺资银一百五十万两，非臣所力能自专，请旨办理。"

慈禧隔着案头且把奏章扔了出去，一转眼见隆裕皇后徐步进来，跟在隆裕皇后身后的一个宫女，手中端着一只景泰蓝大盘，盘中一个火锅正烧得翻花沸滚，嗤嗤冒着白烟。仪鸾殿大小太监、宫女立刻都长跪在地。慈禧见了问道："喜子，这么晚了，难为你想着请安。"

"起来吧。"隆裕皇后含笑看着太监宫女们，对慈禧蹲身一个万福，说道："一层念着给老佛爷请安，另一层，眼见老佛爷为国事劳神，正巧今个儿是元宵节，我的厨子刚刚炖好一锅野兔子鱼头豆腐汤，这是您最爱用的，火候也还罢了，尽您用上些，暖暖身子。"

"正想传点点心用呢！"慈禧伸箸从火锅里夹出一块细白如腻脂般的豆腐吹了吹吃了，又舀了一匙汤品着尝了，不禁大赞："嗯，好！"

隆裕皇后抿嘴儿笑道："姑姑颜容不悦，准是哪个不长眼的刁奴办事不顺，给姑姑添了堵，侄女儿驭宫不力，还请姑姑责罚。”

慈禧没言声，只用调羹舀着汤喝。外头李莲英进来打千禀道：“依主子懿旨，诸位大臣已经宣到，在殿外候旨。”

隆裕皇后见慈禧吃得香甜，忙道：“你也是老人了，怎么这么没眼色？叫他们等一会儿！——这么晚了，老佛爷叫他们有什么要紧事？”

慈禧吃了两个鸽子卵，又捡几块豆腐吃了，擦着额头上的细汗说道：“这豆腐汤真好用——是这样，国家正值蒙难之际，外面张灯结彩，人们怎么就乐了起来？叫他们过来，问问预约变法进展得如何了，哀家禁不掉民间，难道连自己奴才也管不了？说不准连这些臣子家里都放焰火摆酒请客呢，太不像话了！”

隆裕皇后慨叹一声说道：“亲戚或余悲，他人亦已歌。这是人之常情，可姑姑若气坏了身子骨，这倒不合算了。”

诸臣乙夜被召入宫，却又被挡在仪鸾殿外等了许久，不知出了什么事，心里一阵踌躇不安。他们在殿外各怀心思地望着星空，一件一件回想着自己近来经手的案子和交办的差使，兜着圈子反省，哪一件有什么疏漏，哪一件还有要请旨的地方，默谋着太后问哪件事，该怎么回话。忽然又想到该不是要交机密差使自己去做？也不对，这么多臣子，有什么机密可言，众臣五花八门的胡思乱想装了一脑门子。听见传叫，众臣趋步进得殿内，马蹄袖打得山响，伏身叩头齐声报说：“臣等奉旨见驾，太后金安！”

此时，隆裕皇后已带着宫女从后面出去了，只剩慈禧端坐在须弥座上，只听她说：“众卿平身吧！”

“谢太后！”众大臣起身列班候立听训。

慈禧环视诸臣说道:"你们不要张皇,要紧事是没有的。方才哀家出去走了走,外面张灯结彩,走社火、耍百戏、宴曲歌好不热闹,我倒问问,银两从何而来?哀家月余以来,殚精竭虑、通宵达旦,勠力推行新政,原为求治,可外面种种千奇百怪,众卿怎么看?你们且是鞭节枢臣,利大权重,若是不挥全力,一概奉迎粉饰玩忽懈怠,要你们何用?是朝廷为了落个政简讼平好名声吗?"

慈禧一顿夹棍,诸臣听罢,个个面面相觑,没有人敢站出来说话。奕劻是总理大臣,统理廷务,他愣了一阵子,见没人禀答,只好硬着头皮趋前一步伏身叩头道:"太后这些话警心激神,令臣无不动容感涕。据臣所知,这满殿臣僚,也是按太后懿旨,埋身行践,矫治时弊,力图振作,谋求富强的。自太后颁旨以来,臣也是谨遵'盖不易者,三纲五常,昭然如日星之照世;而可变者,令甲令乙,不妨如琴瑟之改弦'之上谕,举凡朝章、国政、吏治、民生、学校、科举、军制等通变革良,一日也未敢懈怠,请太后明鉴!"

慈禧略一思忖,点点头说道:"世有万古不易之常经,无一成不变之治法。卿为总理大臣,当思谋周全,不仅要详尽历朝历代之良策,也要参酌西人之治,以补新政。"

"嗻——"奕劻答应一声又道:"禀太后,自明诏改组总理衙门,臣等立行之,已与诸国照会。我大清已设外务部,班列吏、户、礼、兵、刑、工六部之前;剥工部之经营权,并入外务部;加设经济特科,专务与诸国商事,遇外务商协,由经济特科陈秉崧一体通办,减了枝节掣肘。臣虽为总理,生怕干扰太后决断,也只不过是视悉尔。"

慈禧呵呵笑道:"这样一来,哀家不就成了总理大臣了?

不妥。你身为总理大臣，总是要附上署理陈条，哀家也好斟夺嘛！"

"是！尊太后令，今后凡外务部涉经济疑问，臣定与同僚会商，拿出应对策条，禀附太后览断。"奕劻不再说话了。

慈禧又道："哀家见湖广张总督奏报，武备学堂已启，且还有声有色，堪力可嘉，可伸手要钱，哀家也是作难了。朝廷银库空虚，约签诸国的银两又拖欠不得，擢推新政银两若到不了各省府手里，政务只能是一句空话罢了。"

奕劻此刻朝会办大臣王文韶使眼色，意思是说，该你这个会办大臣说话。王文韶见状，向前急趋一步禀道："太后，自去年九月奉诏改革文、武学堂至今，臣等兢兢颤颤如履薄冰，一日不敢耽搁。筹建开设之银两，已悉数拨付各省，各省再酌情付分各府、各县，时至今日，朝廷已付银八千万两，这些银子一部分来于赋税，还有一部分是外务部自赔银中拆借出来的。至于湖广……天灾不断，所需赈灾银子缺口尚大，户、礼、工三部正急务协商，未敢延缓……"

"嗯。"慈禧点头说道："吏治清、黎庶宁，而天下平，众卿之忠国心皎然如月之辉，倒是没有辜负哀家。既是业办了学堂，不知成效几何？"

王文韶复又跪地禀道："禀太后，本月京师大学堂正式开复，同文馆业已交割完毕，总教习吴汝纶会同副总教习张鹤龄及总办于式枚、副总办李家驹、赵从番等，夜以继日、劳而不息，现已开办预科，分政科、艺科两门，第一科生员已肄业充职，近日将筹开速成科，分仕学馆、师范馆。臣等草拟《京师大学堂章程》《考选入学章程》《高等学堂、中学堂、小学堂章程》《蒙学堂章程》若干件。为变通科举，废八股，改试策论，另拟章程十三条，诸事体大，非臣所能自专，还请太后即行恩旨颁布。"他停了停又道："自李公避世以来，臣便奉旨与罗刹国交涉，尚已有初效，依太后懿旨，臣等约罗刹方草拟了《交收东三省条约》之款条。其一，东三省归还我大清；其二，罗刹国军队自签订之日起，十八个月内分三批撤出东三省；其三，罗刹国军队撤退前，朝廷不在东北另添练兵，退兵后，朝廷在东北驻防军队数额，要随时知照罗刹国；其四，罗刹国交还我大清山海关、营口和新民厅沿线铁路后，朝廷给予物耗补偿。概此四项核要，六部已通议，候旨待签。"

慈禧满意地绽出一丝笑容，遂说道："勉之勉之，今个儿哀家观之，众卿颇有建树，并无不足处可责。今天过节是喜日子，御膳房备了香丸，赐予诸卿，带话卿之家眷，朋喜了。"又道："若无启奏，大家都散了吧——"

众臣欲要谢恩，直隶总督袁世凯却打着马蹄袖伏身跪下说道："臣有事要奏!"

慈禧见是直隶总督，点点头说道："什么事？奏吧。"

袁世凯略一躬身，说道："太后，有起案子，臣早有奏报，请兵部予臣聚兵之权，可兵部以不敢擅断为由，驳了回来。臣手中兵少将寡，景廷宾反贼又气势汹汹，振臂一呼，这遍地干柴燃起来，扑灭何其难也!"

慈禧目光霍地一跳，盯了袁世凯一眼说道："你先前说是饥民闹荒，如今却成了造反？"

袁世凯脸上肌肉抽搐了一下又道："臣眼拙，形判有误，怒奴才失察之罪。这景贼甚是狡猾，从广宗逃至巨鹿县厦头村，一路上发展了数万之众，还起了个什么'龙团大元帅'名号，打出'扫清灭洋'的反旗。臣确有密报，响应的反贼多为义和团余孽……他们大败了鲍贵卿招募的新兵，又在威县鱼堤村处死法国天主教神父，臣想了想，这其中有好大一篇文章呢！"袁世凯说到这里，仿佛要嘘尽心中寒气似的透了一口气。

慈禧听案情如此之大，也不禁骇然，说道："要这样说，这个案子简直牵动朝局了！"

"岂止牵动朝局，而且牵动政局。"袁世凯仿佛是另一种思路，蹙眉挽首怜吟道："臣请太后下旨，予以臣调兵虎符，臣可聚近畿五省之兵力，誓把反贼覆歼之，永绝朝廷隐忧显患！"

慈禧听了一时没说话，矍然起身离开须弥座，在阶上慢慢踱步，袁世凯目不转睛地盯着慈禧，诸臣也目不转睛地盯着袁世凯。

慈禧竟一反常态绕室彷徨，可见心里极不平静。过了一阵子，她止步说道："卿替朝廷分忧，哀家心里是明白的。集五省之兵权予卿，自天命皇帝以来也没这个章程，即便是王爷也无先河，慰亭读书五车，不懂这个理儿？哀家万不能开这个先例。可反贼不能不剿……夔石啊，你去照会法、德、日诸国，请他们派兵，会同袁总督助剿吧！哀家有言'量中华之物力，结与国之欢心'，拿了我们的银子，出些力气也是应当的。"说完径自走了，袁世凯一反常态地失落，诸臣惊魂稍定。

王文韶跪地朝着空空如也的须弥座叩头答道："臣领旨，立等去办——"扭头看着正告退的袁总督，见他双腿像灌了铅似的，步履沉重而拖沓……

井口太郎自东北回到京师，便忙不迭地过田中久光府上拜访，他心里还怀揣着另一番心思。刚踏进院中，便被幸子瞧见了，这个抛弃她的男人又来了，她欲踅身回避，却被井口高声叫住。

"幸酱——"井口微笑着摆了一下手说道："岸芷汀兰郁郁青青——你仍旧那么标致！只是刚刚哭过，又像一朵带雨梨花。"幸子经几年凄风苦雨，苦水中磨泡得成长了不少，别人拿她当玩物儿，她视别个为豺狼，心里装着思量，逢场作戏也老道了，一切都是为了心里的愿望——亲手杀了井口。

幸子定了定心神，抿了抿散乱的鬓发，迎面走过来说道："井口君，年余一别实属罕见，幸子左思右想不得其解，且把我丢给田中君不得眷顾了？"

"哎呀——"井口是情场老手，见幸子有意套近乎，心里得意，以为幸子对他还心存惦念，便自去了些冷淡芥蒂，上前拉着她的手说道："此前应黑龙会差遣，走了趟东北，真是忙极了，每天的事搅缠不清，像似乱蜂蜇头。现在好了，清国正欲与俄国签订退兵协议，我就回来交差了，顺便过来看看你。"

幸子暗恨丛生，气晕满颊，表面上却换了副耳热心跳状，她顺势抽出手，咬着指甲只是作态扭动说道："井口君新欢无数，哪还记着我这昔花折柳啊！"

井口俯身把幸子抱起来，囊囊走到正厅，把她放在身上坐了，嘻笑道："东北之行，提心攥胆，哪有心思与女人亲近。"话未说完，便在幸子身上胡乱地抚摩起来。

幸子强忍着怒火，微闭着双眼，任由井口恣意挑逗，却怎么也不动情窦。待井口的手游走到隐处，她言道："井口君，别这样，被人瞧见……你别摸这里……"

"哪里？别摸哪里？"井口欲火中烧，埋头亲呷起来，嘴里含混不清说道："田中君不在府上，我才抽空过来与你一会……"

幸子迎合着哼唧几声问道："你暗查了他的底细？"

井口仍不抬头回道："我可没有那个闲情雅致去摸他的底，天皇陛下密派内阁将军，后天便到清国京师，于凤栖阁与清廷重臣密谈，那边人太杂，说不成事儿。他去凤栖阁扫场清人去了，本来我与他共办，为了与你在此幽会，便拖故没去。"

幸子问道："幸子能与将军见上一面吗？"

井口抬起头来说道："这怎么行？将军至此本是机密，且还吩咐撤掉所有警卫，在人神不知觉中完成清国之行。"说着便扯她小衣。

幸子用手隔着说道："既是代表天皇，又怎可不加强警卫，护将军周全？"

井口着实心痒难耐，没作深思便张口答道："你不懂。诸国对我大日本帝国严防死守，将军若是来去招摇，各国会对此大做文章，岂不丢了天皇的颜面？亲亲乖乖想死你了……"

幸子边轻抚着井口到处乱窜的手，边若有所思地说道："那是自然，来去不着痕迹，才是最高明之举……"

井口反身把她压在下面，喘着粗气说道："见见我的高明之举吧！将军要住凤栖阁，我且住在这燕窝儿了……"

幸子任由井口动作，她掩着仇恨，心里冒出串串如释重负的微笑，她暗自思忖一番，谋思着再挖出些机密事件来，至后杀他，便更游刃有余了……她忽尔一改嫌恶，装着一副兴致正浓的样子，一阵口吮舌舔腿夹足缠，牛喘娇吁淫喋浪呻之后，忽然一个翻身在上，将他压得紧紧的，自在上面急速纵送，颤声说道："好我的亲哥哥呐……十岁起便朝暮你，这次自东北转来，枪头冰雕般硬扎，这回可填足了我的亏空了……"

过了一个时辰，二人这才起身，井口整着衣说道："都说人有两头，上头生烦恼，下头解忧愁，果真如此。见你喝足了我的烦恼水，越发眼似汪泉、肤如滑缎了，今后还住在我府上吧，待我办完这档事即来接你过府！噢，忘了告诉你，我现在的身份是经营药材商号的老板，专意卖福寿膏给清国的达官贵胄与寻常百姓吃，也是解忧愁的好玩意儿！哈哈哈……嗬……"

幸子闪着眼眉问道："那东西不是戕害人的烟土吗？中村君且连凤栖阁的歌伎都不准吃呢！"

井口微笑道："我在清日人，有天照大神佑护，只做武斗士、钗头凤，怎么能食这种魂瘾神堕的东西呢。"

幸子说道："清国人吃了……"

井口一摆手说道："待办完这档事，你就搬我那儿去，我立时过去与田中君协商，凤栖阁还是要去上一趟的，否则他又要在背后使绊子了。"说着便带着十几名侍卫走了。

幸子学着像个歌伎似的，频频含笑点头说道："井口君，别忘了我……"见井口消失在巷口，幸子折身回房，待出门时已经是青丝高绕，布衣布鞋，分明是一位农家妇女，她匆匆叫了车，暗咬皓齿，往台湾会馆的方向驶去。

台湾会馆内，竹娘与周婶正助谭禄滢在厅内绕圈儿。谭禄滢经克鲁斯全力救治，竹娘与周婶的精心照料，身子骨恢复得极快，先前都以为他天数尽了，没曾想他又奇迹般地转世为人了。此刻天青云淡，老树婆婆，谭禄滢虽是满头大汗，脚下却走得踏实，他甩开二人，径自转起磨圈儿来。

周婶在一旁咯咯笑道："瞧爷这气色，鼎盛壮年也不过如此嘛！瞧爷这腿脚，像踩个风火轮那般快，身子骨结实得没得说呢！"

　　谭禄滢额上冒着热气儿，眼中闪着喜悦的光，止不住边噗噗走，边絮絮叨叨说起来："你们二位一个地藏孝贤下凡，一个观音慈悲入世，有菩萨左右捧着，阎王爷没来由收了我去？定数不由天，看来我的气数还会旺起来！"

　　竹娘笑道："到了五月端阳，怎么着也要多挂长青艾，多贮留春水，什么虎符香袋兰馥香麝一样也不得少，去灾免祸、镇宅驱邪。届时包肉粽子，灌雄黄酒，带着这一老一小到永定河岸采青茶、耨车前草，跳进清流里再打打扑腾，谭伯自会由老返童了。"

　　周婶高兴得直拍膝头儿："吉祥话说了一大车，老爷听去能顶个半饱……哎哟，老爷您慢点儿，正说着还起了疯，自个儿跑起来了，喜得奴家肋条子麻疹疹的……"

　　谭禄滢屁颠着小跑，嘴里喘着粗气说道："老朽要吃香粽——喝黄酒——身板不硬实，哪能压得住——多少圈儿了？"

　　三个人正说笑，只听忌儿自院中连哭带喊往正厅跑："娘——娘——娘——大灰狼，大灰狼吃人来了！"

　　三人一怔，谭禄滢也住了步，一起往外看时，却是忌儿手里捏个纸鸢正惊慌失措自院子往这边跑来，竹娘厅内迎住扑到怀里的忌儿问道："白日透亮的，哪来的大灰狼？"

　　忌儿带着泪痕，瘪着唇角往大门口指着说道："那边……大灰狼……"

　　竹娘抱起忌儿与谭禄滢、周婶一起往外走，果然，门外站着四个陌生人，个个灰衣灰裤，身背的鸣鸿刀囊也使灰布紧紧裹着，头戴六角斗笠，脑后发辫散乱地垂在耳侧，横立门前，凶神恶煞般让人不寒自栗。

竹娘刚要问话，不曾想打头的一人，手摘了笠说道："妹子，还识得大哥吧？"说罢，直直勾勾一双眼盯着她。

竹娘见披着发的人，右脸一道几寸长的刀疤像只蜈蚣蜷曲蜿蜒，额上一片白生生嫩肉，像一缕白绢，只端详一瞬，熟麻麻的一张脸不敢确信，于是问道："张大哥？真的是你吗？"

张三保点点头，又摇摇头，五尺男儿径自泪目垂涟说道："惭愧啊！这几年东奔西跑，自己个儿号称'金枪头'宁折不弯，蒙瞎驴的仗打得也不少，终还是周而复始一事无成。"

谭禄滢见张三保山川河流都改了向的脸，知是他吃遍苦头，竟也跟着落下泪来，净着嗓子说道："张英雄，请到内堂叙话吧！"

张三保一脸愧色抱拳施礼说道："谭司事海涵！扰了您老人家的清静。"

厨娘周婶见是熟客，忙说道："几位还未用饭吧？奴家这就去拾掇。忌儿来，阿婆抱……你的娘亲要和客人说话。"

忌儿在竹娘怀里早已吓得眼泪打转，见周婆要带他离开，张开双臂扑坠过去，周婶便带着他走了。几个人往穿院入厅，张三保说道："镖局的兄弟就剩下我们几个，其他兄弟……"

竹娘脸色阴沉着说道："张大哥，不提也罢。王镖头、王家大嫂死得惊心壮烈、百年沉冤……"

不多时，周婶便张罗出几道菜肴，几人围桌对饮，张三保满饮余盅，吁嗟道："我张老倌奔波半生，荒了薄田侍国为民，换来的却是危崖弯弓，家里的老娘也饿死了，亲离姊散……东北之行更让我参悟了时势，处处是荒芜殡野、人兽相食、白骨遍地，弄不清是人骨还是兽椎，大清国已是四海八方皆人间地狱了……我被命运拨弄到如此地步，也该大彻大悟了。"说到此，他一时满心凄楚，一时又血脉奔涌，一时又愤恨交加，真是百感交集万绪纷来。

几个人也跟前愁绪千结，一阵连着一阵哀叹，只见张三宝抹把泪又道："不过，我们兄弟还有心结未解，心结一解任其鬼神、佛道，便可心安自处了。"

谭禄滢与竹娘支目含问，接着谭禄滢说道："老朽也是存疑问，知道英雄心事重重，生怕再引你伤怀垂泪，所以再不打问为何此时辗转进京。"

张三保满含怒火，刀疤处微微抽动着说道："我们兄弟千里寻踪，风雨至此，就是为了要追杀一个人——井口太郎！这个日本狗在东北，把兄弟们的行迹出卖给罗刹人，众多兄弟为此血溅当场，几乎全军覆没。在奉天让他侥幸逃脱，不过我们拿了一个侍卫，从他嘴里才知晓，王大哥、兰心夫人惨死，都是拜他所赐，是这个倭贼向英军密告镖局家眷去处……自古血债血偿，不把这人间妖孽碎尸万段，如何祭慰众兄弟、家眷的在天之灵？"

谭禄滢与竹娘一愣怔，说不出是庆幸还是慰藉。谭禄滢端起杯酒，抖抖索索地喝了半盅，满脸青色说道："活剥了他也难解恨肠，倒行逆施无可复加，他……他……他烧了会馆，杀了王将佐，我老糊涂啊'认贼作父'，师门相称，若擒了那邪祟，代老朽刮上两刀岂不快哉！"

张三保揖手回道："谭公所托，足见我们郁气同结，晚生定不负尔，待擒住那日贼，我自会代公生刺上几刀。只是晚生

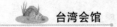

还有一事相求，不知……"

竹娘说道："此日贼是我们共同的敌人，真是国恨家仇俱在，若需协助，我们定会全力以赴。"

张三保摆手说道："小妹，查寻诛杀该贼，何需劳驾你们啊！我们兄弟四人，再加上桂柱儿老叔和小伍兄弟足矣！只是我们兄弟四人要暂借宝馆叨扰些时日，待杀了井口，我们即刻便走。"

竹娘眼里流火一闪问道："张大哥，你提及的小伍，可是我李家铺面的长工？"

张三保点点头说道："正是！这还未来得及细说，庚子年秋天，我们全力阻击联军，与他在广济寺际遇，他便随着兄弟去了沧州八角村救家眷，后又折北去了东三省打罗刹人。中途又巧逢他的亲舅爷桂柱儿和表妹春姑爷俩儿，今日一道疾行京师，小伍兄弟便先拉舅爷、表妹回府与他娘叙情去了，他有这份心，我也不便强留。"

谭禄滢与竹娘二人听罢，脸上终露出一丝笑意，谭禄滢说道："张英雄大可安住于此，每日好酒好菜支应，绝不怠慢！"此时，周婶用托盘又端来一盘子红椒炒素菜说道："爷们请！"

盘子还未放到桌上，突然自大门外传来"啪啪——啪啪啪——"一阵打门声，时急时缓，听起来像与里面的人对着暗语，却又似火急火燎、匆忙慌乱。屋内几位脸色一沉，周婶端着盘子滞在半空，张三保等人也握紧了刀柄，目光齐齐向大门环视。

谭禄滢脸上毫无惧容，扶着桌角站了起来说道："莫要惊慌，老朽是死过一回的人了，要死要活要打发，悉听尊便！他阿婆，再炒上一盘黄焖鸡，外加一个爆香菇，荤的素的都备

670

齐，我看来的是什么客！"说着起身欲离席，前去开院门。

厨娘周婶把手里的盘子轻落桌面，嗫声说道："爷，您要小心才是啊……"

竹娘自周婶手里接过托盘说道："谭伯，您老人家安坐。张大哥，你们进内室屈身暂避，我去会会来路，再行决断也不迟……"说着踅身向院子里走去。

厅内人噤口不出一语，寂静得一根针落地都听得见，个个支耳细听外面的动静。只听大门"吱呀"打开了，又"哐"的一声关上了，再听，却传来嘤嘤嗳嗳哭泣声，接着便是一阵窃窃耳语之声娓娓而来，说的什么却难听清。过了一阵子，大门"吱呀"一声打开复又关了。

众人听得耳花缭乱、一惊一乍间，竹娘已旋步进至厅内说道："张大哥，请派个兄弟，尾随幸子小姐，暗中护她周全。一身青衣，天足布鞋，青丝挽髻，此刻还未走远。"

谭禄滏听罢，指着竹娘对张三保说道："幸子姑娘可是闺女的救命恩人啊！"

张三保点点头说道："兄弟，有劳你去走一趟吧！"只见一个兄弟点头时，他已跃出厅外，飞身上了檐脊，顷刻间消失在众人眼前。

虚惊一场，众人复坐，竹娘眉目如画地说道："张大哥，您的心结，大家的心结快要解了。"她遂及把幸子来由细细地说了一遍，众人听着时而紧皱眉头，时而脸色阴沉，时而闭目沉思，时而喟然叹息，愈听愈是颜色霁和，开心欢畅。

张三保仰天长叹道："苍天有眼啊——"

周婶问道："爷，您指教的那些荤的素的还拾掇吗？"

谭禄滏慈眉善目说道："统统上来，再加个妙鸡丝儿，今儿要尽兴一醉！请周氏兄弟过来一起热闹！"说着，他手打桌面唱了起来：

朝元路，朝元路，同驾玉华君，
十乘载花红一色，人间遥指是祥云，回望海光新。
春风起，春风起，海上百花遥，
十八风漫云欲动，飞花和雨著轻绡，归路碧迢迢。
帘漠漠，帘漠漠，天淡一帘秋，
自洗玉杯斟白酒，月华微映是空舟，歌罢海西流……

　　李竹庆带着义勇和部众驻进凤山后壁林，接连打了几场极其干脆漂亮的截杀战，义勇与部中勇士人人士气高昂，个个沉浸在杀敌立功的兴奋之中。然而，天列北斗七星，地分金木水火，凤山一带看似风拂柳动、芳草如茵，可当值沼泽多雨的季节，毒虫、水蛭、蜈蚣渐多，有的地方已经出了烟瘴，不但瘴气，树林子里蚊叮毒虫咬——二百多义勇士兵，已经有五十余人犯了疟疾，有几匹马被银环蛇咬死了，急需木叶草、水薄荷、败毒散这些药品救治。福来、丁成虎等几位义军头领见病得起不了身的义勇，面色枯黄、羸弱不堪，一时间急得团团乱转圈，李竹庆也是束手无策，只得求助于盟主林少猫。据林盟主讲，上个月儿玉源太郎签署手令，凤山办务署早开列药单通告，凤山各处药铺、制厂严禁售卖、制备药单开列的药品，木叶草、水薄荷、败毒散等驱恶毒、聚丹气的药品居于首列，有私熬、藏匿、囤积居奇者一律就地正法。大本营圈建之城虽有商行、药局，也在凤山办务署的管制之内，既不能制备诸药，又堪于原料稀缺，即便放手制备，也是无材取制。

　　营地瘴疾肆虐，众人无计可施，正一筹莫展之际，阿美带

672

着扎木的妻子素拉和盈雯姑娘匆然来到营地。阿美挺着肚子说道："闻听军营染疾，无药可用，见看这药如何？"

竹庆听得专注，却不答话茬，只是打量着阿美说道："莫谈药效。你须抬头看天，这半阴半晴的，团团云块吞吞吐吐托着太阳，像一轮冰丸子似的，风气飒凉，怎能顶着五个月的热身子出来受冷？！"

阿美打个腼腆，微笑着不言语，一阵温暖享过说道："听得义勇兄弟躺倒一片，哪个不跟着心焦？昨个儿素拉阿嫂与盈雯小姐姐结伴去城里挑女红绒线，巧合碰面了姐姐的一个远房亲戚，缠磨着要了点儿药，你瞧对症吗？"

蔡盈雯嫚着身姿，自襟子里摸出三个荷包，递给竹庆说道："李盟主莫怪夫人随性，都是小女撺掇着来的。以为小女的七姑八姨都死绝户了，谁料到一个远房婶娘还活着，三躲四渡地跑到这厢营生了起来。"

竹庆接过荷包打开，福来、丁成虎也凑近了瞧看，三人拿在手里又捏又闻。福来伸舌尝了味道，他抬起头目光炯炯，连连点头叹道："木叶草、水薄荷、败毒散一样不少，既能治瘴疾，还能解虫蛇之毒，防毒避瘟有奇效啊……"

他们急不可待地拿了药喂给义勇，约摸一个时辰，病情渐次好转，众人脸上露出笑容。竹庆也难掩喜悦说道："蔡姑娘，这可尽是日倭明令的禁药，能淘换来实属不易。可我多个嘴，你那婶娘是官宦之第，还是富商之家？如此罕见之药却悉数拥之。"

蔡盈雯似气恼无着，在地上啐了一口说道："小女那个婶娘非富更非贵，反而一生穷寒。我是知道的，少时到她府上访亲，这老妇直盯着你看，生怕别个偷拿家里的针头线脑，去了一回，便嫌恶地再也没走动了。昨个抓了一把药，还追着屁股要银子呢！我呸，一文钱也未给她。"

丁成虎愣怔盯着刀栽鬓角，眉黛含烟，头发梳得光可鉴人的蔡盈雯问道："这就更奇了，无权无势一妇道人家，怎么营务起禁药，不怕掉脑袋吗？"

蔡盈雯显得一身轻松，满脸诚挚的笑容，口中娓娓说道："小女倒是问了，因她穷酸惯了，也不检点，还养个小白脸儿，梦想一夜暴富。据她讲，日倭禁什么，她便倒腾什么，这叫宣钱好挣，薄利煎人。她还说，这三味药她有的是，只要有银子，要多少供多少。您听听，她一个半老徐娘，心思钻到了钱眼儿里，越来越疯了……"

福来遂说道："好办！她图财，我们图药。几次劫杀下来，日倭白白送了不少银子过来，正愁没地方花呢！大哥，不如我挑上两个身手好的兄弟，带上银子去走上一圈，躺下的这些兄弟或许又能起身杀敌了。"

此时，丁成虎横挡一句说道："且慢！李盟主战事繁忙，福来兄弟要从中协助，不如我去吧！盈雯姑娘，不知你的姊娘在何处暗售？"

素拉插话道："倒是不远，凤山城西有一处荒弃的龙吟峪客栈，蔡姑娘的阿姊就住在那里，我们也是路过碰面的。晌午起行，黄昏便可回来了。"

蔡盈雯翘着嘴角边深深的靥窝说道："小女可以引路。不过，三位领军头目常年打仗，久居山林，好歹没窝出病来，但也是百无聊赖，如今借买药之机何不一道出来散散心？"说罢，嬉皮笑脸地晃着眉眼瞧丁成虎，弄得他手足无措。

"是啊！"怔愣间，丁成虎涨红着脸说道："三人同去，有

674

说有笑，且还能商议谋略战法，两不耽搁嘛！"

　　竹庆沉思一阵，摆手说道："丁兄，此事不妥！军中一日不可无帅，我与福来兄弟要布置明晚的偷袭，只有劳驾兄台走一趟了，带上两个顺手的兄弟，快去快回。"

　　"好！"丁成虎点点头说道："想必也不是什么难事，上次劫击日倭我们曾路过龙吟峪客栈，请盟主静待好消息吧！"转头又道："盈雯姑娘，你也不用辛苦引路，照护李夫人回寨就好。"蔡盈雯听罢翻翻眼皮，体态玲珑一摆，不再作声。

　　丁成虎带着两名义勇，不到两个时辰，龙吟峪客栈便遥遥在望了。凤山城外，正是春夏交际时，客栈河边柳绽鹅黄，白絮如雪，一湾碧水清澈可见游鱼，一轮阳日缓缓往西流动，鸦雀倦鸟翩翩归林，正是凤山城最美的时候。在潺潺流水岸边，妇人们揎袖挽裤，裸露着藕段儿似的雪白小腿，站在水中阶石上，有的淘米，有的洗菜，有的浣布捶衣，顽童戏水，绕膝奔跑。

　　三人边走边暗自心乐，顿觉通体舒畅，心里各自乐和着，不知不觉便到了龙吟峪客栈门口，还未站定，果真见一半老徐娘立在门前，肩头上搭个烟袋，想必就是盈雯姑娘的婶娘了。丁成虎打量着这家客栈，满院卸的都是货，大小麻袋垛着，只有一个白生脸伙计，手提个大茶壶正在烧水，一切并无异常。

　　丁成虎更觉放心，站定笑道："这房屋倒是轩敞，只是门面楼太旧了！"

　　"爷看得不错！"这位半老徐娘笑道："这店是才从张痞三手里盘过来的，姓张的是个败家子儿，除了嫖女人，什么也干不成。奴家五十两银子就买下了——几位爷，造访敝店不知为何事，奴家这店虽为客栈却从不接宿客，要打尖住店去别处扫听吧!"

丁成虎抱拳说道:"夫人可知盈雯姑娘?"

半老徐娘一愣怔,转而面色冷峻说道:"哼哼,碎成灰都认得,妮子是奴家的远房侄女,一个疯丫头,打听她作甚?"说罢,她从肩头扯下烟袋,剜上一锅烟沫儿,白生脸伙计眼尖,三两步跑过来,划了火镰点上。

丁成虎又道:"噢——不是找盈雯姑娘,是蔡姑娘介绍在下来此处趸摸些散毒药物。"

"嗯!"半老徐娘吁出一口浓烟说道:"这妮子老婆舌头嚼得够快,她为何不亲自过来?"她抽了一口又道:"不来也罢,免得给老娘还价码。敢问爷要买什么药,只要奴家有的,价格又合适,这生意就算成了。"

丁成虎说道:"夫人,在下要买木叶草、水薄荷、败毒散三味药,至于价格,好谈!"

"噢?"半老徐娘脸上肌肉抽筋似的颤了一下,点点头说道:"挺阔绰呀!今儿爷算是对山倒,拜对了庙门。"

丁成虎听罢,心头涌着惊喜说道:"夫人,这三味药能否各抓一点,在下先验看一下成色,再论价格。"

"这位爷,对不住!"半老徐娘收了烟袋说道:"奴家做生意,向来是货不离店,店不跑货。除非当面货银两清——这几味药金贵着呢,一百斤东西值上千两银子!"

丁成虎点头同意,半老徐娘便带着他们上了楼。楼上三间通房虽然陈旧,却很宽敞,地面上铺一张簇新的青色毯子,占了两个房的地方,他看后禁不住一阵暗笑,破陋屋子摆给谁看,现富人家也不会这么铺张摆弄!西墙沿着毯边扯了一道帷帐,帷帐透亮,后面摆着个大卧柜清晰可见,其余几乎没什么

676

东西。

毯面上却一码齐摆着三个麻袋，半老徐娘边解麻袋边道："药是上等货，从总督府的大库里套购出来的，不然也不敢张口要大价钱。"

丁成虎带着两个兄弟走过去，分别从麻袋摸出药来查看，颜色、气味都对，的确是上等货。正欲询价，突然楼下一阵喧哗，唧唧啾啾一片嘈杂，好似店里伙计在与一伙子什么人争争吵吵，丁成虎等人相顾失色，警觉地伸手把住腰间的铳枪。

半老徐娘倒是显得镇定，她紧锁着眉宇，显得很不耐烦的样子说道："诸位爷，莫要惊慌！都是'客栈'二字招牌惹下的根祸，许是哪个拧筋种死活要打尖留宿，岂不知奴家是挂着羊头卖狗肉呐！各位爷，请暂候一时，我下去回了这些拧种便是。"气丢丢地把烟袋锅子掷在地上，烟杆折断处还硬生生地冒出一股青烟儿来。

听罢，丁成虎紧绷的神经稍稍放松下来，他点点头，用眼神示意她去，半老徐娘款步而行。房门刚掩上，脚下的青毯倏然间变成一张牢不可破的千结丝网，吹着呼呼风声连人带货兜悬在半空之中，网口还径自收紧了，丝丝扣扣密密匝匝，像一颗熊胆倒悬在房梁上。丁成虎知道大事不妙，登时心里凉了半截，他由怒生恨，由恨生骂："盈雯——你这个小狐媚子，爷错看你了……"须臾间三人便失去知觉。

第三十四章　人间妖殒命估衣巷
　　　　　　张三保南渡归道行

　　丁成虎醒来时，见自己被五花大绑在屋内的一根石柱上，脑袋昏昏沉沉，他知道这是迷魂香的余毒还未散尽。他强支起眼皮打量着周围，室外没有一丝光亮透进来，只一盏油灯噗噗蹿着火苗，燃得正旺，灯捻儿上灯花时断时续炸响，似竹节折断的声音。这是一间不大的斗室，墙面斑驳陆离，两边墙上挂着皮鞭、拶指、夹棍……污秽不堪的地面上还摆着老虎凳，角落里有个炭火炉子，上面横着几个烧红的烙铁，他意识到这是间刑房。他想起了龙吟峪客栈，客栈里的半老徐娘，继而又想起了蔡盈雯。噢！这从头至尾就是一个圈套，这毒计布置得如此精巧，不知是哪条道上的，是图财还是索命？他一时理不出头绪来，一同钻进圈套的两个义勇兄弟此时不在身边，看来有人是冲他来的。

　　丁成虎正混混沌沌乱思忖，刑室的铁门"咣当"一声开了，自外面走进来几个人，他抬眼看了看，走在前面的是办务署警察课长宫本仓介。他登时明白了一切，不由得闭目一阵懊恼，自己磊落半世，身经百战，竟然让这下三烂手段给蒙蔽了双眼，阴沟里翻了船。

宫本晃着矮矬臃肿的胖身子，鼓着腮肉奸笑道："失敬！失敬！丁英雄受苦了，哈哈哈嘎嘎嘎……"

丁成虎看着宫本一脸的奸猾之色，不懈地冷哼道："保国者，其君其臣肉食者谋之；保天下者，匹夫之贱与有责焉耳矣！敝人不过秉忠承义，捍国为民罢了，何谈英雄焉？"

宫本听得"哧"地一笑说道："无论如何，本课长还是敬重你的不屈，惯闻天下民以食为天，知道你此时已是饥寒交迫，本课长特意给英雄备下了好酒好菜，请英雄赏脸，你我二人把酒叙谈，丁英雄意下如何？"他双手一拍，两个日警抬进一张小桌，什么烧鹿肉、清蒸鸭子、宫保鸡丁、糊猪肉、葱椒羊肝、炒鸡丝、海带丝诸如此类堆了满满一桌面，中间还放了一个炭窝子挂炉火锅，旁边一个盘子里还装了满满一盘儿象眼小馒头。

丁成虎眼风扫过，哈哈大笑道："宫本，你真是用心良苦啊！这一桌子虽说大筵不足，可也校臂有余了。你自雪山一路追踪至凤山，只为给老子奉上这桌筵席吗？据实讲，我李爷我见识浅薄，口福不至，受用不起这带血的脂膏。"

"嘀嘀嘀……哈哈哈……"宫本一阵狂笑说道："你已是本课长瓮中之物，还能如此豪言自若，不是英雄是什么？本课长一向最敬重英雄了。丁英雄，听本课长一句劝，识时务者当属俊杰嘛，来来来，今儿本课长愿以朋友之礼待之，何不借着丰盛的席面，大家化干戈为玉帛，当是多么尽兴的一件事啊！"

"嘀嘀嘀……哈哈哈……"丁成虎也是一阵大笑，转瞬敛起笑容，冷冷地问道："你笑里藏刀也好，佛口蛇心也罢，我且问你，这样不遗余力苦劝于我，想得到什么？"

"聪明人面前不兜圈子，本课长是在劝降英雄啊！"宫本
叵测着眼神又道："当然了，也是有条件的，说起来简单，仅
有三条，一是登报声明你丁英雄知过悔过，甘愿在我大日本帝
国治下；二是讲出尔等队伍兵力多少，火器配备如何；三是实
举林少猫抗日援叛的证据。"

丁成虎直笑得气喘手颤，满脸不屑道："笑话！看来，你
宫本的胃口果真不小啊！你七拐八绕、口蜜腹剑一番言词，怕
是连我抗日义勇军的影子也摸不着吧？真是可笑至极！哈哈哈
……"

"不不不！"宫本强压着怒火说道："你们的营地，还有几
个生番部落的落脚之地，本课长一清二楚。看来，丁英雄却空
有一副尚武皮囊，机断谋略还差得远呐！"

丁成虎咬着牙说道："你说的是蔡盈雯这个骚娘们吧——
她就是你们日倭豢养的一条骚母狗而已，凭她一己之力，料也
翻不起什么风浪。"

宫本仰脸闭目一阵子，笑中带着愠怒说道："此言差矣！
我只知道她是个婊子，安藤阁下胯中玩物罢了，娼妓之流不足
道尔。也罢，你已然是笼中之囚，说出来也无妨，她只肖完成
最后一个使命，便可归来。丁英雄若做到上述三条，她就是你
的了，要杀要剐由英雄做主如何？"

"呸——"丁成虎轻蔑地笑道："娼倭沆瀣、蛇鼠一家倒
也合适，你可知'倭'字作何说道……"

"八嘎！"宫本激怒吼道："敬酒不吃吃罚酒，来啊！用刑
——"几个日警"嗨"了一声，挽手撸袖，便跳将过来。

丁成虎拿定了心思，双目一闭，准备承受一切日倭的酷
刑。可那都是些什么样的刑罚啊！先是拶指，后来改为皮鞭，

接着又是老虎凳、夹棍……他曾几度昏厥过去，又被日警盐水泼醒。他一醒来便又听日倭问道："归不归顺我大日本帝国？"

"反贼李竹庆手下有多少人？"

"林少猫是如何反抗我大日本帝国的？"

"哈哈哈……"丁成虎喷着血沫子说道："自古以来……侵略者的下场只有一个——必亡！"

坐在一旁观刑的宫本冷笑道："本课长读书不多，可对你们清国酷吏传略倒是略知一二，本课长要以其人之道还治其人之身……"

他站起身从炭炉上取过烧红的烙铁，慢慢踱至丁成虎跟前说道："别说是你，就是神仙金刚到此，也是要开口的。"说着，举起烙铁烙他的前胸，丁成虎急痛之下大叫一声："倭贼——会遭报应的……"挣扎了一下，便昏了过去。

宫本命人用盐水激醒，见丁成虎苏醒过来，他又说道："你落入我的掌中，不说实话，谁也救不了你！你若从实招来，你我便是一家人，本课长即刻命医官给你疗伤，丁英雄还是招了吧！"

丁成虎似出现幻觉一般，可他却强支起眼皮说道："一家人？爷是炎黄子孙，你不过是偏安劣族，你不配……"

宫本倒吸一口冷气，牙齿咬得咯咯作响，强颜作笑道："好——真乃铁骨英雄！可惜啊，不能为我大日本帝国所用！你这样的英雄，我怎肯用刀来杀？本课长给英雄吟诵一首诗如何？"

他命人又拿来烧红的烙铁说道："一去二三里……"烙铁又烙在丁成虎的胸膛上，滋滋作响。

宫本瞪着血红的眼睛又道："烟村四五家……"他发疯似

地烙在丁成虎的臂上、腿上，满屋尽是皮肉焦煳的味道。

"亭台六七座……"背后看去，宫本像一头怪兽，握着烙铁在丁成虎周身各处横烙竖烙，炽炽作响、烟雾四起，口中仍念念有词："八九十枝花——""噗"的一声，烙铁扎进了丁成虎的胸膛里，升腾起缕缕青烟……

一连两日不见丁成虎，不但李竹庆心里犯了嘀咕，连义勇兄弟及各部人心里也觉得闷闷不乐。这几年来，竹庆与丁成虎朝夕相处，感情笃深，互相视为异性兄弟，在抗倭的风云际会中，一路携行，共担荣辱，共赴时艰，在竹庆看来，丁成虎机智多谋，豪放爽朗，浩浩乎如江河之水。现如今，日倭渐据上风，各地抗倭力量势微，几乎到了金尽裘敝的绝境，丁成虎更是义勇队伍少不得的人。

竹庆正在遐思神想，福来探头进来说道："大哥，兄弟把那个贱人绑了，您一起过去会审吧？要我说直接砍了算了，尊夫人心软，让我问问您的意思。"

竹庆点点头说道："福来兄弟，大哥知道你心里起急气愤，不过，要有真凭实据才好办，单就风闻，岂不错杀了好人。"

"这有什么错？"福来满脸鸡飞狗跳墙又道："看着就不检点，整日描眉画眼、搔首弄姿，冲她那风流性子……"

竹庆摆摆手说道："甭提这个！说说你的疑处吧！"

福来又道："好，不谈色相，只谈伎俩。药品是她拿来的，又是她拉着二位夫人到营地宣传，还是她力劝我们去买药，就凭这几条杀了她冤吗？丁大哥诸般事务办理练达，特别是在这档事上，绝不会节外生枝招惹事端，若不是她与人私下勾当，上下其手、设计陷害，丁大哥怎么会活不见人、死不见

682

尸？再退一步，丁大哥果真巧遇捻秧匪盗，就他们的身手，脱困还叫个难事吗？"

二人说话间便来到寨子的空地上，蔡盈雯被绑跪在那里，周围聚集了诸多部众，有的指手画脚，有的喋喋谩骂，有的鼓鼓怒视，有甚者还朝她吐口水。竹庆走到近前，见她一副楚楚可怜状，正啜啜犹自垂泪。

蔡盈雯见李竹庆到来，抬脸哭诉道："李盟主救我！小女冤枉啊！"

竹庆不动声色，冷冷地问道："冤有头、债有主，人证物证俱在，何谈'冤枉'二字？"

蔡盈雯声泪俱下说道："丁大哥买药品两日未归，打因起是小女的'错'，而非'罪'。的确，药是小女拿去的，到营地也是小女张罗的，消息门路也是小女提供的，这些都是小女的错，要打要罚小女挨着，没有怨怼。可小女与那远房婶娘多年从未有交集，这可是千真万确的，素拉嫂子也可见证，那天是误打误撞遇见，谁料到这个老妇嬗变个包皮骗子。小女曾说要引路来着，丁大哥未允，这样一来小女跳进黄河且洗不清白了。李盟主，求您开恩明断。"她哽哽咽咽、泣泣嗾嗾讲了一通，兀自成了泪人儿。

竹庆说道："义勇需要木叶草、水薄荷、败毒散，你那个婶娘一样不缺，天下竟有如此巧合之事？你硬说不是合谋，天下人岂不捂嘴偷乐。若你如实供了，或是谋钱财，或是是别的，只要丁队长安然无恙，也许会放你一条生路。"

蔡盈雯身子浑身瑟缩颤抖，泣声说道："心心念念的男人若是因我而殒，不求李盟主开恩，小女再活下去也没意思，当自会了断的。小女是说，千年难遇的巧合，也是巧合，辩无可辩，若为此逐出寨去，只能任由自生自灭来赎罪。若李盟主佛天慈悲，我情愿跟尊夫人当个粗使丫头，送箸斟酒，捧盂递巾服侍，侍候得不好，做错了事，打罚都由着您!"她似哽咽强忍，最终还是放了声悲号，呜的一声哭出来，匍匐着向前，拉扯着阿美的裙角声声求告。周围的福来、阿美、素拉都是心里一缩，不自主眼眶红了。竹庆心里也是一酸，眼中满是泪水，脸色变得异常苍白。

竹庆、福来等人并非行出吏使，哪知审案的个中机关曲直，问上问下，她都答对如流，也未端察出真凭实据，这件事成了棘手的难题，放也放不得、杀也杀不得。若逐她出寨，万一她是内应，营地、寨子让她一眼扫尽，报告给日倭难堪其果。思来想去，只得做禁足处置，不准迈出寨子，割断她与外界的联系，且她无缚鸡之力，想必也不会出什么差错。

第二日，至凤山城打探消息探子来报，丁成虎及两个义勇兄弟已亡，被吊在凤山城西门楼上。听此噩耗，义勇、部众无不潸然泣泪、泼天恸哭……阿美带着部众，净手焚香，跪叩拜别，超度英魂。据探子禀告，日倭警察厅贴出缉捕公告，宫本苍介在布告上口口声声吆喝着要讨伐李竹庆，此时，竹庆才知晓宫本仓介已然从雪山追击而来，看来大仗恶仗急在眼前了。

北京凤栖阁显得格外宁静，只见四角阁檐高矗在晚霞之中，翘翅飞檐似期盼等待着什么。凤栖阁周围掩映着一丛丛浓绿的垂柳，剪影似的在楼宇堞雉间摇曳，夕阳好像不甘心自己的沉沦，隐在地平线后，用自己的余晖，将一层层海浪样的云块映得殷红，将大地、房屋、丛台照得像镀了一层赤金。飞归的倦鸟，翩翩起落的昏鸦，鸣噪着在暗红的霞光中盘旋，使得这暮色及暮色中的凤栖阁平添了几分诡异神秘的色彩。更神秘处还数散布于凤栖阁四周，静观局变的张三保等人，他们看似漫不经心，实则二目如炬，炯炯神情之中，正电火石光般等待着一个良机。

天还未黑透，周氏兄弟在凤栖阁正门不远处房荫下头佯装纳凉，眼神时不时蔑着凤栖阁，见昨日檐下及明廊处悬挂着艳光交织的绣球灯、纱罩西瓜灯、串儿灯不见了，只是阁外不远处卖汤饼小吃的羊角灯、气死风灯、孔明灯像被一层雾岚笼了，若明若暗若隐若现的依旧幽幽闪烁。正纳闷间，却见三匹高头大马拉着一辆西洋轿子车，飞驰而来，停在凤栖阁门前，车上鱼贯下来几个人。周雄定睛一瞧，目标出现，正欲拔刀，又一思忖，向侧面观望，桂柱儿杀鸡抹脖子摆手势止住了他，他只得悻悻地松开刀柄，按原定计划，到后门与张三宝等人会合。

来人正是天皇陛下密派内阁将军，着一身黑锦缎子和服，一副不怒自威的样子，两撇八字胡须似鲶鱼须子两边分开，约有五寸来长，吴钩待月般，又似乎是时刻准备勾引什么东西。井口太郎、田中久光、中村贤二、《伦敦新闻画报》的小野一真等人簇拥着迈着四方步的将军上了楼。

在一间宽轩的雅室坐定，将军左顾右盼了一阵子说道："嗯！甚好，在异域他国却能找回家乡的味道，诸位辛苦了——"说罢，颔首致意。

众人纷纷点头还礼，中村贤二作为东道，见将军褒奖，眉梢激湃地说道："阁下，在下给上官备好了家乡的美酒，您一路劳顿，何不饮上几杯，以解路尘之乏？"将军轻点着头，胡须微微颤动着，久久不得复静。中村恭敬地伏起身，亲自备酒去了。

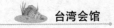

将军抱着膀子双目微阖问道："清臣何时赴约？"

井口正欲报告，没料到田中却张口抢在前面说道："阁下稍候片刻，今儿正值清廷朝会，约摸甲夜时分可到。"

将军轻嗯一声说道："俄国占着清国之东北三省，天皇陛下甚是焦虑，我此次闪赴，既是要借清国之名，以我大日本帝国之力，武力驱赶罗刹人退出东北。国内正加紧备战，诸位是我在清京师日人中坚力量，也不要闲着，时刻保持狡狼一样的警觉，不给罗刹人任何与清国私自和约的可乘之机才是。东北若易手他人，天皇会不高兴的。"

"嗨——"井口、田中、小野三人异口同声。井口张目斜睨了一眼田中说道："阁下教诲的是，尔等达旦废寝、宵衣旰食定然把清国事务办理好的。只是……今日会晤如此重要，侍卫却撤得一干二净，在下心里实属不踏实，时刻攥心握胆，担忧阁下的安危。"田中听罢心里一沉，这个井口，无时无刻不告自己的刁状，暗想，等着瞧吧！

将军无声一笑说道："撤掉警卫是我的意思，勿要迁怒他人，你们同属黑龙会骨干，连我的警卫都做不得吗？！"井口听了脸上立时一阵羞红。

"嗨！"田中说道："在下定当竭心尽力保护将军。"

将军伸手捻了阵子胡须又道："清国如此败落，要害之处在于内讧四起、派斗林立、首尾不顾。诸位同为天皇效力，更不能学清国之弊，横打窝里炮。"

三个人直身跪地道："我等愿为天皇陛下仁治四海、福泽八方，鞠躬尽瘁、死而后已！"

将军点点头，示意他们坐下，又沉吟道："台湾割属我大日本帝国已逾八年，反叛者仍络绎未绝，个中原因，乃是层层掣肘、将帅不和所致，内阁已向儿玉源总督发去天皇押玺玉碟，限他两年内尽数剿灭。诸位要铭记，禁搬官场房中秘，甚么造劫乘势、水漫金山、浪涌堆岸、一笑倾城、危崖弯弓等祸内诸法，要引台湾治理不愈为戒，精诚团结，切莫辜负天皇恩惠。"

此时，中村端着摆满酒具的盘子进门，盘子里一色的玲珑浮雕玉壶、玉盏，盘侧还放着两枚酒令隼骨骰子。他后面还跟着两个歌伎，身着粉色雾样儿薄纱，一头青丝松松挽了个苏州橛儿半垂下来偏在肩上，手持盒盘显得含烟笼翠，盒盘里装满了切卷、腌葱、鸡舌、打羔、肠饼等各色点心果子。歌伎小心翼翼侍候停当，挪姿跪坐在将军左右两侧，乳豆在薄如蝉翼的纱下盈盈楚楚，似隐还现，将军心知肚明，这是他们特意奉上的极品尤物！不由得深深透透长吸了一口气，品味着氤袭心脾的芬芳体香，空留两撇长须颤颤悠悠，似两只振翅交媾的蜓虫。

几个人以将军为中居，推杯问盏、撒骰执令，好不尽欢畅，此时中村涨着一张鸡血脸，手举着杯说道："将军，小的敬……敬您，还有好戏孝敬阁下您呢……"

将军此时已被身侧两个尤物左磨右蹭得早已心猿意马，持杯一饮而尽道："你在清国经营如此地道的帝国风情，实属不易，看来……你似乎是帝国不可或缺的人才呐！"

此言一出，中村贤二心头一阵狂喜，他把酒一口灌下，抬手"啪啪啪"连击三下，轩室之门大开，飘然而至十个绝色艳丽歌伎。不着一言，只听悠扬的芦笙、月琴和胡琴缓缓奏出，或如雨落秋塘，或似雹击夏荷，时而激流湍漱，候而一转幽咽，犹同寒泉滴水，曹溪婉转潜流，细碎如春冰乍破……随即，饰物叮当皓腕高舒，错脚随拍起伏舞出，虽然只有十个人，舞步队形时时变幻，时而如风送芦花，时而犹灵蛇弄珠，妖娆姿态不可胜言。

将军看得眼花缭乱间，一个歌伎婉转腾身出来，摆着修长的身姿唱道：

> 夫天地者，万物之逆旅也，
> 光阴者，百代之过客也。
> 而浮生若梦，为欢几何？
> 古人秉烛夜游，良有以也。
> 况阳春召我以烟景，大块假我以文章，
> 会桃花之芳园，序天伦之乐事。
> 群季俊秀，皆为惠连，
> 吾人咏歌，独惭康乐，
> 幽赏未已，高谈转清，
> 开琼筵以坐花，飞羽觞而醉月，
> 不有佳咏，何伸雅怀？
> 如诗不成，罚依金谷酒数……

清幽婉转的歌喉袅袅四散，举座都是倾神聆听——井口就坐在将军对面，听着清泠的月琴声，和着歌音闭目按节拍膝，眼中已是沁了泪水。中村却是张着口大睁着眼看姗姗歌舞，一脸呆相。田中、小野双手合节点头摇膝，傻着眼跟着姗姗转。将军却是双手按膝踞坐，他本就是个心雄万夫傲睨天下的人，在外是红极天下的内阁成员，又深蒙天皇陛下青睐，可内阁之中讲究门第传序，他在内阁中根基尚浅，面对着朋党营私，他的日子并不好过。这番奉命入清国京师，是天皇陛下对他的祖护，一路上，他满心的旋枢社稷，怀着置清廷于弃席之上的雄心大志，只要得此斡旋大功，在此后的内阁之中，虽不敢言一语九鼎耳，但也尽可不用瞧着他人脸色行事了。初到清国，屁股还未坐热，便开始狎妓行令听曲儿，跋涉途中乍起的勃然之向志，就此灰飞烟灭了……想到此，一个寒噤袭遍全身，将军嫌恶地看着眼前几个逢迎之人，兀自大声问道："清臣到了吗?"

将军问话，听曲儿入神的几人还未愣怔过来，这时只听门外答道："爷来也——"接着轩门豁然洞开，带进来的风把室内纱灯吹得一暗，少顷才又复光明。

众人别转脸看时，门口已然现出几个杀气腾腾人来，均未蒙面，带头的是个刀疤脸，这一突变起仓促，祸在肘腋之间，将军遂及大叫一声："八嘎，有刺客——还不快上!"将军说话当间铳枪声响了，一颗弹丸不偏不倚正击中将军的眉心，登时脑袋现鸽卵大血窟窿，血白浆子溅出。最先尝到白浆子味道的是将军身侧的两个歌伎，满脸满身白花花一片，粉色纱衣上点点星星，似绒花点缀，两个歌伎惊恐掩耳，直愣愣看着仰面气绝的将军，两撇须子依然健硕地挺着，白浆自上面滴下。

这一下乍然变起，毫无防备，又听噼里啪啦一阵枪响，室内像炸了营。众歌伎叽里呱啦乱喊乱叫，有的像无头飞蝇乱冲乱撞，有的尖叫寻找藏身之处，有的仆身向门口猛冲，几个男人酒也是吃多了，缺了不少的抵抗能力。田中情急之下好不容易拔出枪来，却被逃命乱闯的歌伎撞脱了手。小野也随身带着家伙，抽身摸了出来，举枪来射，弹丸却飞进自己的胸膛，殷殷鲜血流淌下来，细瞧时才知道，他醉意朦胧间把铳火拿反了。中村讨好将军，心思全用在了歌伎身上，自己手里却没有家伙，迅即间他思一思忖，趁乱把一个歌伎捉在手上作盾牌，兀自趴在地上瑟瑟发抖。此时，井口倒还算清醒，他拔出短铳，举手便开火，可接连三枪都打在癫狂自顾的歌伎身上。他便抬手打熄了纱灯，房内登时漆黑一片，所有人骤然一惊，响动也随之戛然而止，转瞬又现大呼小叫的惧吼声，撕心裂肺的求救声，失魂落魄的啼哭声，乒乒作响的铳枪声……桂柱儿眼尖，借着窗外月光，见有人摸到窗下，且伸手用力取下桄子，纵身跳了上去，他瞄着人形咽喉处，扬手打出一支镖去，饶是窗上之人见机躲闪得快，但镖仍像钉子似的扎进了那人右臂，只见他身子一抖，手里的铳枪掉落地上。与此同时，张三保也见窗口有人影晃动，抬手扣动扳机，没有击中要害，只是伤了腿部，再瞄准时，窗口的人影儿却倏然不见了。

周氏兄弟与小伍举着大刀片子，一阵砍杀，屋内渐渐地没了动静。周雄用刀挑下一盏熄了的纱灯，周力伸手从地上尸体上扯下几块布缚作一团，沾了灯油，高高地挑在刀尖上。小伍划了火镰点上，室内亮堂起来，几个人上前查看情况，见田中不知什么时候已死在乱枪之下，只剩下中村脸色青紫，索索抖动。周雄一把提他起来，刀架在脖子说道："你且活得自在啊！"

中村嗑着牙说道："好……好……好汉饶命！"

周雄憨厚一笑道："莫要惊慌，听我一言！我且不论，你打问一下，清国的百姓能饶恕你吗？"

中村又道："好汉爷，要……要钱吗？这里多得是……女人也有，仪……仪态万方……"

周雄嘿嘿笑道："转因你这里聚了横财，才致我清国百姓流离失所、衣不遮体；拢了魅女，才致朝廷达官贵人纸醉金迷、黑了心肝。祸因你起，乱由你生，留你何用?"说罢，刀柄顺势一转，中村被横脖子切断了头，身子抽动了两下便不动了。

随即，几个人翻找着井口的尸体，把死的伤的察看了一遍，却终不见井口太郎，看来是刺杀失败了。几个人追悔莫及，内里压抑着一肚子光火，他们便把这火气撒在了凤栖阁身上，几人联手将凤栖阁的楹柱、门窗、扶栏、亭柱、平座斗拱、外檐斗拱、槽升子等处都泼了油，打着火镰扔过去。登时，火像一朵朵绚丽的彩花，通楼上下闪烁着，忽忽跳跃着，忽然轰地一响，火焰连成一片，座楼变得火焰山似的，迎风飘动的日旗即刻被火舌吞噬，像一缕青烟孤魂化为了灰烬。冲天大火将周匝照得一片殷红，没死没伤的歌伎，群魔乱舞似的往外跑，争相逃命，周氏兄弟等人要上去砍杀，却被张三保制止了。

井口确实没有殒命凤栖阁，只是肩上腿上受了伤，他自窗口跳楼逃命，狼奔豕突跑出一里多地。此时才感到伤处一阵钻心灼痛，借着清亮月色，熠熠星光，肩上的镖伤还在渗血，腿上也是血流不止，半边身子已血透尽湿了。他抬头看看前面，是个死胡同，只顾逃命，慌不择路，却一头钻进这条死路里，他定了下神智，依稀记起几年前他到过这条胡同，若折转回去，择隔壁的另一胡同，只需一个时辰便可到家，那样就安全了。他扯下半条袖筒，把腿伤缠了，暂时止住了血，用手捂住肩伤，会心地露出一丝狞笑，正欲偏身回头，只听身后凌然喝道:"莫要动! 不然一枪打死你!"

井口石僵一下，细忖是个女人的声音，他慢慢觌面而视，见李竹娘正怒盯着他，手里端着家伙，黑洞洞地指着他。铳枪在月光映衬下乌亮亮的，他似嚼着一口苦药，皱眉说道："近来可好？"

竹娘容色惨淡、冷峻无二地说道："天道轮回，恶必遭报，冥冥中自有安排，让我手刃了你，真个苍天有眼。"

井口听得心中起栗，略一思忖说道："竹娘，你杀了我，这倒没什么……可是你别忘了，几年前，就在这条胡同里，我救过你一命，今儿你放我走，以后咱们大路朝天、各走一边，互不相欠。"

"不相欠！看来你仍是贼心不死。"竹娘极力压抑着自己的愤怒，咬着牙说道："你是谁？人间厉鬼，地府杂碎。今天杀了你，既报家仇也纾国恨！论国恨，你一个外夷，跑到我们这里杀忠良、蛊权臣、乱朝纲、吞海疆、凋民生、祸百姓，诛你千回也难愈国殇！论家仇，你欺男霸女、明抢暗盗、挟德行恶、人面兽心、心狠手辣，诛你万次也难解此愤，当时当刻既是你的死期！"

井口大约因为有预感，心里有准备，神态显得镇静，只是面色有点苍白，眼珠转着动起心思，似乎喝醉了酒般踉跄跌伏，竟自跪倒在地上，如泣如诉起来："竹娘，杀我之前，请允我说上几句话，这些话不说出来，即便死了心里都不会安生的……我自知罪孽深重，罄竹难书，天照大神也救不了我，死在你手里，总比乱枪弑毙或千刀万剐要强很多。我知道你心中真是悲苦难言，也怨愤已久……我井口也觉羞颜难当，无时无刻不在自责之中度过，我该死，死前拜托你一件事，能不能准允我，用日人的方式去死？我也有严父慈母，只有切腹自裁谢罪，才能不辜负尊慈生养一场……我这里还有一把刀，你不用紧张害怕，我立时自行了断！"他装着一副可怜相，边瑟抖着手自腰间拔刀，边暗自目测着他与竹娘之间的距离，盘算着用什么方式起身更为便捷，如何躲开枪口，飞身毙了她的命，不由得嘴里兀自叽里咕噜轻语一句。

正待井口拔刀之际，只听身侧一声大吼："孽畜——"话音未落，便是"啪啪啪"三声枪响，只见井口的身子颤动几下，竹娘却被凭空炸响的火枪声，吓得手一抖。接连击出几颗弹丸，正击在井口身上，井口受了两面夹击，身上早已是漏风的筛子，周身冒着烟雾，又是一阵抽搐，只听他轻哼了一声，栽倒在地，当场气绝，殷殷鲜血自筛孔里流淌出来。

竹娘还拿着铳枪发呆，耳听有人叫她："李姐姐，好险啊！您心慈手软，差点丢了性命。"

竹娘惊魂未定，恍恍惚惚见是幸子立在身边："幸子，怎么是你？"

幸子抹了把头上的冷汗说道："等得心里有点发急，想到凤栖阁去看看情况，没料到半路上遇到姐姐与这畜生对峙，我便躲在暗处观察，本想把机会留给姐姐，谁料到……"

竹娘抚养胸口说道："我与你一样，也琢磨着去察看一番，刚走到这里，便见这逃命的贼子。死到临头，还提个要求，切腹自裁！"

幸子说道："哎——他怎么会自裁呢！这畜生嘴里明明说着'杀了你'。"

竹娘心有余悸，缩着颈，手还在瑟瑟发抖说道："妹妹，什么样的乌鳖杂鱼贼我都见过，就没见过你这么胆大的！若不是你，我还真就上当了。"

幸子咬齿之声迭迭作响说道："始乱终弃、逼良为娼，积年沉愤，时至今日才得以释然。"她又长长叹息一声道："姐姐，幸子了此心愿，再无烦恼丝羁绊牵扯了……"

竹娘轻抚着幸子，微笑着不说话，二人不约而同望着凤栖阁的方向。不远处的凤栖阁大火燃得正烈，白赤红黄五色流金直冲九霄，爆然一声巨响，歇山亭顶坍落，高楼像被烧得稀软的红炭倾圮下来，下火上焰，爆着的火星在空中噼啪作响，灰烬像乌鸦一样在空中盘旋着翩翩起落。

亥初三刻，竹娘才回到会馆，见馆内灯火未熄，张三保等人正为她的迟迟不归而忧心急盼，且未能杀死井口正自责自怨。见竹娘回来，众人眼前一亮，转瞬又显得黯淡无光，满脸失落，竹娘便将她与幸子联手杀了井口之事交割了一遍，大家这才松了一口气。

竹娘又道："我已与幸子妹妹约定，明日她便搬进会馆安生息养，至此她与过往一刀两断，再无瓜葛了，午时套车过去接她。"

谭禄滢说道："好啊！幸子姑娘也是个苦命人，你多个叙话的知心姐妹，老朽跟着沾光，算是添了个闺女。"

张三保说道："如今这京城就是烂羊头关内侯了，须抱团取暖才能把日子过下去，且幸子姑娘还是妹子的救命恩人呢！明日我随你去请她过来。"

众人如偿所愿，你言我语兴致勃勃地折腾了半宿，终了人困马乏，浑身像散了架似的，这才各自安心倒头睡了。

第二日辰初时牌，山崎正雄到田宅来寻妹妹幸子，他一头扎进正厅，却不见幸子。佣人告诉他小姐在西厢，他推开西厢门时，见里面烟雾缭绕，一口烟儿灌进嗓了，他连咳带喘，待烟气散得差不多了，山崎正雄这才骂骂咧咧走进去。

山崎正雄见妹妹披头散发在火盆边烧纸，气不打一处来说道：“尊长过世多年，这时才想起来祭奠，晚了些吧？”

幸子未理会他，只是埋头烧纸。她自杀死井口回宅，一夜未曾合眼，今日午时竹娘姐姐要来接她过府，在这之前，她要把想做的事做完。她看着火盆里合约文本一点点化为灰烬，这才抬起头来冷冷问道：“找我有事？想必有事吧，你向来是无事不登门的。”

山崎正雄见妹妹灰脸示人，本想发作，转而又一思忖，还有求于她，于是压着火气，看着余烬问道：“昨日凤栖阁起火，听闻遭了刺客，田中君活不见人、死不见尸……”

幸子打断他说道：“他死了，尸骨无存倒是真的。”

山崎正雄抚着脑门，惊讶地看着幸子说道：“果然消息灵通！妹妹一定知道，我与他签立的约书放在哪里了吧？还有见票即兑的银票，也有数千两之多……”

幸子不看他，只是平静地说道：“知道。我做了他的玩物日久，不隔肚皮的，他什么话都对我讲了。”

山崎正雄一愣神说道：“你怎么这么不知廉耻，依我看，你堕落得如同凤栖阁的歌伎，让山崎家族蒙羞！”

幸子轻蔑一笑说道：“自来清国京师，你置亲情骨肉于不顾，用我当作筹码，做下肮脏不堪的交易，时至今日，我堕落的是肉体，你堕落的是灵魂，是谁让家族蒙羞？因缘际遇总有因果，你才是毁了我一生的始作俑者、罪魁祸首，你不以为耻反而为荣，兄妹之情早已尽逝，你我各安其好，既当陌路吧！”

山崎正雄没料到幸子会说出这样一番话来，咬着牙讥笑道：“好一张厉嘴，既连我这个亲哥哥也不相认了。甚好！甚好！你无情，我却不能无义，我要为家族功业前途算计，你只要把我与田中签订的合约拿来，还认你是山崎家族的一员，这个交易如何？"

幸子满眼噙泪，哈哈笑道："山崎家族？可知道我得了家族什么样眷顾吗？——身败名裂、人鬼打了颠倒！"

听着这毫不留情的质问和斥责，山崎正雄心胆俱裂，嘴唇剧烈地哆嗦着，浑身几乎都要瘫软下来说道："既然你要自绝于家族，我只当没你这个妹妹了……"他一把抓过幸子，提着她的裙襟说道："把签约给我……这可是山崎家族的全部身家，不允有一丝一毫的闪失！"

幸子攒眉不语，挣脱开山崎正雄钳子般的大手，目光熠然一闪，一阵凄然大笑后，垂下眼睑看着火盆说道："就在这里，你取走吧，小心侍奉，这不是灰烬，这是山崎家的亡魂呢……"

山崎正雄脸色煞白，身上忽尔热火中烧，忽尔冰冷刺骨，嘴里碎碎念念扑到火盆上一通扒拉，浑身上下沾满了黑灰余烬。尔后失魂落魄地站起身来，定怔一阵，倏地回身，背对着光，脸色显得又青又暗冷冷说道："山崎家的事业毁在了你的手上，从即刻起，你不再是山崎家的人了，任由你自生自灭吧……"他抬腿往外走，忽然又回转头，眸子闪着暗幽幽的光，像若明若暗的两团鬼火，阴沉沉一笑又道："若田中久光死了，我也用不着滚汤泼老鼠一样的着急了，大不了把他的置业尽数卖了，回家乡过我自己的生活去。"

幸子听罢，浑身一激灵，两腿一软，瘫坐在地，两行泪水无声地滚落下来，仿佛要把无尽的哀愁都融进热泪里。她长长吁了一口气，似一吐而尽说道："家乡的樱花开得正浓……"山崎正雄背着身只是停足一怔，没再理会，径自迈着大步走了。

约摸过了一个时辰，竹娘与张三保驾着马车，停在田宅门前，他们是来迎接幸子姑娘移足会馆的。一脚跨进厅来，竹娘不禁大吃一惊，简直不敢相信自己的眼睛，以为眼神恍惚错花了——幸子已经剪去一头青丝，换上了一身缁衣。

"妹妹，你——"竹娘一脸错愕："你不能这样，说好的要与我长伴，我……我也喜欢与妹妹在一起的……"她的声音有些哽噎。

幸子轻轻叹息说道："幸子前生有孽在身，降生错了家庭。斯然，家父家母殁故了，同胞哥哥亦断情绝义，一切负情幽怨业已清结，现世间对我来说已是了无牵挂，只愿长伴于青灯古佛之前，祈祷姐姐和一切人平安，了此余生，以修来世。"

张三保见幸子如此，知道劝也没用，遂说道："看来幸子姑娘出世之志已坚，我张某倒是有意成全姑娘，不知您要去何处修行？好送姑娘一程。"

幸子微微点头说道："张大哥劳乏了。这几年我常去通教禅林拈香礼佛，与那里的比丘尼相熟，高僧见我虔心礼佛，遂赐法名'慧真'，意在点化幸子从来处来，向去处去——"

幸子说得深沉，竹娘不禁伤感，觉得心口有一团气舒不出来。她捂着嘴直想放声儿，终究还是忍咽下去，只是省过去脸说道："妹妹慧根独特，佛缘通透，也是福气绵长了，咱姐妹俩儿，常常交际才是……"

幸子点点头说道："幸子与姐姐心意相通，谈心交情那是自然。"三人登上车，马鞭一扬，便奔了针线胡同。

竹娘与张三保安顿好山崎幸子，回转后又带上忌儿及镖局兄弟，桂柱儿也一同跟去，他们来到王致、兰心的坟前，除去荒草杂藤、捻香奠怀、摆酒拜祭，又折新枝插在坟前，待回到会馆时已是酉时正牌。一路上众人望着潺潺泾流的河水，山峰叠峦上的朵朵白云，都有一股说不出来的惆怅和凄凉。单有张三保目光流焕、毅然精往，像笃定了某种心思似的。

厨娘周婶已整治布下了一桌菜，众人入座，待酒斟上还未开筵，张三保笑道："如此珍馐美味，是给张某及镖局兄弟饯行的吗？"

谭禄滏摆摆手说道："小老弟，今儿可是桂柱儿兄弟的辞情，没论你的份，我们只是一旁攒口福的。桂柱儿兄弟要携小伍甥儿、吴桂氏这一家子回山东老家，明日就要起程还乡。你这位大英雄也要濯足而去吗？"

"谭翁莫言英雄，张某受之有愧，实不敢当。"张三保立起身来，恭敬抱拳施礼又道："诸位，我已与兄弟们私下合计过了，于我们而言，京师是险地，故乡亦不可倚，决议向南去，栖居自然门，诵经炼药，救济苍生。"

桂柱儿起语问道："俺们也向南行，不知张兄抬脚去什么地界？"

张三保微微一笑说道："桂兄，我与兄弟们此行要去武当山。"

桂柱儿咧嘴说道："哎呀，俺们可同行不少时日。张兄，路上吃的喝的、打尖住宿这些个事，俺小老儿包皮担了，表姐、小伍，还有俺闺女春姑正在家里烙饼呢！"

张三保说道："桂兄，那言说定了。"

谭禄滏闻听张三保等人要去武当山做道居士，扑哧一声乐了说道："张英雄，谓之道之有道，老朽敢问足下，你且连

《道德经》还未熟读，作何诵经修道？"

张三保笑道："谭翁，这几年我走遍了白山黑水、天涯海角，虽四海为家、风云鼓荡，却也潜心精研过《道德经》，还拜读过《万神圭旨》《奇门遁甲》《道藏》《黄庭》一类书。不为盘踞邪术，只以'平常心，平常人'面目济世救人，做个行善济贫的有道之士罢了。"

竹娘也笑道："自张士道陵在鹤鸣山招聚门人创教之始，便以懂命相、会风鉴、能医术为法器，为人间百姓降甘露、赐琼浆为己任。张大哥此番弃刀枪，拾药方，妙手回春接济天下，真个非大智慧莫为。"

张三保叹道："还是妹子懂我啊！这些年持刀仗剑、打打杀杀，本以为可绝外敌之患、可铲天下不平，怎料，外敌越打越多，普天不平之事遍地尽是。回想起来，倒不如自在蒲团上打坐，默会元神周天，以心会意，以意会神，瞑目搜求内丹要道，为穷者接济、为伤者治疗来得真实、活得自在。"

谭禄滢点点头说道："老朽真个没想到，张英雄竟然悟出真道，有道是玉炉蔼蔼腾云气，金鼎蒙蒙长紫芝，神水时时勤灌溉，留连甲使火龙飞嘛！悬壶济世、广布慈悲真是较比占山为王、刀光剑影强上许多啊！"

张三保说道："谭翁指点的是，随遇而安，物外无求，取水到渠成、刚柔相济之义，循乎天理顺乎人情，以此善缘济世，永与私利无涉。"

谭禄滢举起盏酒说道："什么是天道？天道即是水德，循河而行不出堤岸；天道亦是火德，水循河渠，火存金鼎勿使泛滥，水火既济，然后道成。张英雄去意已决，不便强留，来来来，为张英雄武当道成，满饮了此杯——"众人笑着将盏中

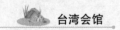

之酒一饮而尽。放下酒盏，谭禄滢曼声唱道：

乳燕非华屋，悄无人，槐荫转布谷阳春，
斟酒一杯细看取，君心千重似束。
在教人——辞别会馆旧厅窄台，却又是——风敲梅竹，
付浮花浪蕊都尽，远伴君幽独，
又恐被西风惊绿，苦待君再来，
向此君前，对酒不忍触……

吟唱至此，谭禄滢已是老泪纵横，泣不成声了。

700

第三十五章　后壁林忠烈殉国难
　　　　　　　生死谊会馆赠念物

　　光绪二十八年四月二十二，台湾台南天色如青石，大地若水毯，连日来沥雨淅淅，霡雾迷蒙，如千针万线洒洒落落，又似把筛漏的天空密密匝匝缝起来一般。台湾总督府民政长官后藤新平自台北赶赴台南，召集"文武官会议"。自台南、大目降二办务署撤署改并台南厅以来，会议规制之高尚属首次，总督府警视总长大岛久满次、第三旅团长山田保永坐在后藤新平左右两侧，安平、车路墘、大目降、湾里、关帝庙、噍吧年等支厅厅长也悉数到齐，还有凤山警务署长宫本仓介也来了，这些人安坐下位，个个横眉竖目，大大咧咧。距此一丈余的小木杌子上还孤零零地斜签着坐了一个人，本就不大的杌面儿还空出一块来，着青缎袍子黑马褂，略嫌大些，似提线木偶般两只手轻抚在膝上，表情僵谦谀媚，一呼一吸喋若寒蝉地虚屏着，生怕不小心弄出什么动静来，立时引来一场泼天祸水似的，瞧这模样真是有点可笑。

　　后藤新平弯眉下一双眼睛鬼魅幽深，不时闪烁着，似乎若有所思说道："诸位，自明治二十八年我大日本帝国雄治台湾以来，全岛各域叛者云集、匪患四起，历经数年反复讨伐剿杀，匪患基本平息。北部匪首简大狮、中部匪首柯铁虎都已伏法，大半个台湾的匪患基本芟除，可南部匪首林少猫却依然逍遥法外，大大延滞了儿玉源阁下驭台方略之推行！本官此行召集文武会议，即是奉总督之命，制定剿灭林匪少猫万全之策的。诸位都是厅目长官，为官一任，治平一方，继续让林匪猖獗，谁也脱不了干系！"

听罢后藤新平一席口风软实则杀气腾腾的话，宫本仓介小心翼翼地站起身，脸色显得有些苍白，含胸低首禀道："后藤阁下，林匪在属下治域之内，属下上任之始便着手剿灭之，可……可属下调任凤山警署尚不足半年时间，人文地理皆疏；且林匪狡猾，长于计略，有神出鬼没之妙术，又有指挥数千人马之雄才大略。据闻此匪曾任黑旗军左营管带，行军作战很有章法，又闻此匪还是南少林弟子，飞檐走壁、武功高强。我大日本帝国屯住在凤山、阿猴、下淡水、潮州庄、大埔寮等地军、警、宪屡遭袭杀，属下曾集军、警、宪一鼓作气剿灭之，可悍匪来无影去无踪，尔等人马还未到，悍匪已即先行逃匿了，搞得属下寝食不安、疲于挨打。阁下劳身南下、痛下决心、合议尽剿之策，真是圣明呀，属下举双手高呼……"

宫本仓介还未说完，噍吧年支厅长满留四郎急不可待地站起身来说道："后藤阁下，宫本君所言极是，不是属下奉职无状，只因这元凶巨恶太过彪悍，属下原以为这些叛匪是原为农民、商户的文贫武乏的乌合之众。可细查起来，并非如此呀，林匪手下之众匪，或曾为守军之将，或曾为防军勇兵；或精于文笔，或机警敏捷，拥有达见之本；或比肩作战不惜性命，有的还工于间谍；他们骄傲桀骜、胆大无比，毕集一处，盘踞造乱，真是难以对付啊……"

"啪啪啪。"警视总长大岛久满次听不下去了，他敲打着桌面说道："放肆！助长叛匪之威风，泯灭帝国之气势，宫本君、满留君，你们二位是被吓破胆了吧？叛匪大动干戈袭击尔等，猝然而来，捷然而去，你们事前却一无所知，这厅长、署长当得多么有趣啊！遇袭后，叛匪奔逃，你们为何不乘势捉拿，咬住不放？你们畏匪如虎却不自省，竟然把责任推给叛匪，真是丢尽了帝国的颜面。儿玉源总督曾告诫在台各级僚官'千里去做官，不为银子钱'，你们枪炮不响，手上不带匪血，这是违反总督训令，怠责渎职之举啊！哼哼——银子就比枪炮亮，黑眼珠对着白银子，哪里还顾得上叛匪呢？"

二人听罢，身上寒噤一闪，连忙说道："嗨！属下谨遵总长阁下训诲！"灰头土脸的坐了下来。

大岛久满次轻哼一声说道："听不听训诲，自有考功记档，秋后再论赏罚吧。"

后藤新平见二人失心疯似的道出一堆废话来，他冷冷地扫视一眼宫本仓介和满留四郎，似乎是说有你们这样的草包饭囊，肃清叛匪要到猴年马月，对于这种贪墨忽职者，也懒得再张口驳斥了。他出了好一阵子神，才转过脸说道："诸位同僚，帝国内阁之中，曾有人提议要把台湾转卖给法兰西国，是儿玉源阁下力排众议，据理力争，阁下言明台湾乃战略中枢要地，应惜售之，且向天皇陛下明誓，两年之内让台湾各界俯首称是、显现一派祥和之气。此刻，台湾若再不即时戡乱复平，彻底割断台地百姓与母国血脉骨肉联系，不仅帝国之'内地延长主义'遇挫失败，儿玉源总督也只有向天皇请旨谢罪了！"

车路墘支厅长祖原痔疠站起身来，点头致意道："后藤阁下，有道是福祸相倚，喜忧参半。属下治下凡豪绅或平常百姓，对我大日本帝国乃是俯首帖耳、唯命是从，车路墘辖域可算政通人和、悠悠文明世界，纯洁得如帝国富士山峰巅之瑞雪。"

"噢?"后藤新平没想到，一个小小的支厅长还有这么大能耐，脸上不禁露出满意的笑容又道："祖原君是如何做到的? 说来听听，若真如你所言，此法可推广至全台各地。"

祖原痔疥带着几分得意神色说道："阁下，属下以《台湾总督府条例》为旨本，以矫枉、抹史为宗旨，强行捣毁妈祖等诸家神灵，令百姓唯尊奉拜帝国之天照大神，不从者，偷奉他神者剜眼断手。取缔其春节习俗，强令人人过我魂祭节，不遵者火烙赤脸，加地狱水牢一百天。男人必着裙屐，女人和服裹身，违令者男去阴、女去乳；遇有婚嫁，必在花嫁神前才能拜堂，不从者鞭笞一百、复木笒篦体，新婚娘子充慰军宪，不得复还。老病死了的，殡葬之法按帝国大和式葬之，违者，眷属鞭笞五十，殁者暴尸一月，至蛆蝇喙食仅剩白骨，方可下葬。去其百家姓氏，新诞孺婴必取日名，违者掼地夭亡。阁下，起初以身试法者有之，宁死不从者有之，欺瞒糊弄者有之……此法推行二年来，当下，属下治理的一方贱民，祖宗也忘了，爹娘也忘了，天理良心都忘了! 哈哈哈……"

说罢，满堂响起噼里啪啦击掌声，后藤新平伸手止了说道："祖原君乃我帝国之楷模，为官场立了表率，待此法丰满之后，呈报总督府，迅即在全台各地推行之。大岛君，祖原君的考功档可记上一笔了。"

"是!"大岛久满次答应一声说道："祖原君，此法要与我大日本帝国在此推行的'保甲制'会合一处，贱民与我貌合神离，若无连坐之责，不足以震慑其心胆。"

祖原痔疥精神为之一振答道："嗨！属下立即去办。"

后藤新平仰着脸仔细听着，又咀嚼了一阵祖原痔疥的话，良久，一笑说道："仓促之间，能说到这个样儿，也确实不容易。不过，清国余脉，最好面子，今后剥皮楦草、活挖心肝诸事，还是掩点耳风为好，有时候需要哄他，又打又拉、刚柔相济才是上策嘛！哦，对了，向诸位介绍一下，这位是屏东阿猴厅参事兼区长苏君，他是忠于我大日本帝国的。"

坐在小木杌子上的人，听到后藤新平介绍自个儿，惊乍着腾起身来，恭恭敬敬烹虾似的一躬到底说道："诸位大人，小的苏云英，天皇万岁、万万岁，诸位大人福寿安康——"

后藤新平摆摆手说道："罢了，你们的繁文缛节就免了，诸位对林匪少猫还是很感兴趣的，说说吧！"

"是，大人！"苏云英拭了一把额上的冷汗说道："诸位大人，林匪少猫本名林义成，大陆广东人氏，乃阿猴一带旺族，名为商贾，实为守土，台湾南部对抗大日本帝国的盟主。凡响应此匪共同抗日的，与金二两，月俸银十两，坊间传闻他手下有万余子弟兵，实则不足两千人，匿踞于后壁林、溪州庄两处。匪众人数虽然不多，可他们并非草莽之辈，可算人才济济，如李竹庆、张管强、林金声、李福、郑乃吹、李猫吉、陈万发……"

"八嘎——"第三旅团长山田保永听得不耐烦，摆手说道："妈的，啰里啰唆的，真如老妪裹足布，又臭又长！简短截说吧，林少猫在哪里？"

"是是是！将军骂得是。"苏云英又拭了把满头的汗雾，颤着声又道："中华民族尊长敬母……不不不，这里的人最讲孝道，林匪少猫又是个大孝子，每年逢母生日，必大摆筵席为母祝寿。今儿正是他老母的生日，胞弟云梯备下厚礼，已赴后壁林为其母祝寿去了。"

"噢——"宫本仓介不明就里问道："你不该是左右逢源、两面吃好吧？"

苏云英立时针蛰般摇头摆手说道："小的不敢！宫本君明鉴呐，真是误会小的了。胞弟赴寿宴，专为探听林匪少猫的虚实，为诸位君上出力，为大日本帝国效命。待胞弟云梯回转，便会向君上禀明一切的。"

"吆西——"祖原痔疥点点头，接着起身向后藤新平致意献计道："后藤阁下，既然已知那个林少猫在后壁林，不如效仿几日前归顺式做法，传书招降此匪，以鸣炮为号，让叛匪血溅当场。"

后藤新平还未表态，宫本仓介却说道："后藤阁下，属下以为祖原君此计不妥！属下上任已始，便翻阅案件卷宗，见几年前总督府便与此匪达成并画押了《条件准许书》。若仿照林圯埔、土库、西螺、他里雾、内林、斗六等六处归顺式上当场屠之，会引起更大的民怨，怕是全岛贱民会以牙还牙、以暴制暴的。这与阁下近两年来施行的怀柔、诱骗、分化和各个击破的策略相左啊！"

第三旅团长山田保永咬着牙，一脸狞笑说道："宫本君，《条件准许书》只是权宜之计，若能武力消灭此匪，那些条件即是空文。怀柔？本将军手里有两万余枪炮家伙，岂不是没了用武之地，成了我大日本帝国的摆设？"

宫本仓介一偏脸盯着山田保永说道："将军乃我大日本帝国战神，可将军有所不知，此匪狡猾奸诈、诡计多端，坊间传

706

闻台湾抗日有'三猛'，且猛猛不同。北部简匪大狮乃粗犷之猛，中部柯匪铁虎乃威武之猛，这二匪在我大日本帝国军、警、宪之前还不足惧，却在捕杀二匪之时，也阵亡了约两万帝国精英。可这个南部林匪少猫乃迅捷之猛，自古猫有九命悄声走……"宫本仓介用余光瞧见山田保永脸色凝冷，急忙欲言又止道："属下自雪山一路追踪叛匪而来，多次与叛匪交手，吃了很多哑巴亏，将军阁下，属下敢打保票，未有一言虚张，句句属实。"

"唔哈哈哈……"山田保永放声长笑，尔后不紧不慢地说道："宫本君，你果真让叛匪吓破了胆，不如回家搂着女人睡觉去吧！哈哈哈……"

此时，苏云英见献媚之机千载难逢，又一躬到底，哈着腰一脸奸相说道："禀将军大人，小的曾到过后壁林，暗中留意过个中域形兵要。后壁林面山背海，绝崖峭壁纵横林立，据险可守、凭险可攻，且叛匪苦心孤诣经营数年，圈城之中，明碉暗堡高低错落。若拿下此地全歼匪众绝非易事……不过，大日本帝国军队一向是所向披靡的……"

山田保永不言声，只听后藤新平问道："依宫本君之见，林匪少猫该如何灭之？"

宫本仓介说道："后藤阁下，属下愿带领一骑人马，赶……赶赴后壁林，以诱降之法，把林匪引出来，伺机击毙。待叛匪群龙无首之时，再施以诱骗、分化，最终个个击而破之。"

听罢，大岛久满次满意地点点头说道："嗯，四两拨千斤！以最小的代价换取最大战果……"

宫本仓介一脸谀笑说道："属下还是有私心的，有个叫作李竹庆的叛匪焚烧了我的办务署，杀了数十名帝国精英，属下正是为报此仇而来的。"

后藤新平起身踱步到了临时摆放的沙盘前，一会儿仔细察看沙盘，一会儿闭目凝思。过了一阵子他又回原位张口说道："训令！"

满堂人立起身应答："嗨——"

后藤新平又道："本官命宫本君亲率一骑，诱降林少猫。山田君全权调集部署火炮兵力，若诱降不成，强取之，明日定要把踞于后壁林、溪州庄的林匪少猫及以下匪众全歼殆尽，以解帝国之心腹大患。叛匪若是察觉不对，找个理由稳住他们……噢，军营中疟疾肆虐，需要全面消毒，这倒是个不错的理由。"

满堂人又应道："嗨——"

苏云英赶忙跪地叩头说道："大人，小的对后壁林、溪州庄二处了如指掌，愿为帝国天兵天将引路，即使肝脑涂地也在所不惜，请大人恩准！"

后藤新平用眼角扫了苏云英一下说道："苏君，难得你有这份忠心，本官现在就答应你，若能助帝国一举全歼叛匪，屏东银行便交予你经营，尽忠职守为帝国厚积财富，你也可以从中间吃上一杯羹嘛。另外，此役帝国精英甚是辛苦，你要提供貌美女子慰劳三军，多多益善。至于如何让美人乖乖就范，那就全由苏君做主了。"

苏云英叩头说道："大人，您就是小人的再造父母，能为您效犬马之劳，小的荣幸之至，感激涕零焉！"

"起来吧！"后藤新平又沉吟道："真是为功名利禄不怕枪林弹雨啊！正应了一句俗语：人为财死，鸟为食亡。哈哈哈……"

后壁林圈城之中，林少猫正为母亲祝寿，林府上下喜气洋
洋，院子正当间，一拉溜儿摆着十几张八仙桌，席面丰盛，宾
客满座。靠北一个戏台子，顶上悬着二十几盏"气死风"大
红纱灯，虽是天光正亮，灯却还是点着，光晕灯影相互映衬，
照得满院子通明彻亮。戏台两侧各垂下两联五丈有余大红寿
联，描金大字透着灵动，右书：鸠杖引年椒花献瑞；鹤筹添算
椿树留荫。左书：寿酒盈樽春风满座，嵩山比峻南极增辉。

林家老夫人居中正座，一脸慈祥，满头银丝如初雪落地，
彩绣辉煌，恍若下凡老仙，头上戴着金丝八宝攒珠髻，绾有朝
阳五凤挂珠钗，项环赤金盘螭璎珞圈，裙边系着豆绿宫绦、双
衡比目玫瑰佩……

此时，戏台两边十二名女伶，分扮芳官、茄官、龄官、文
官、藕官、药官、蕊官、玉官、宝官、艾官、葵官、豆官，这
红楼十二官，六官执着笙笛箫琵琶等乐器，秀发长曳，明眸皓
齿；六官水袖长摆长裙曳地，粉妆玉琢，手挥目送，载舞载歌
逶迤而出，唱道：

　　牡丹竞放笑春风，喜满华堂寿烛红；
　　白首慈安庆长福，六女争来拜寿星；
　　福自天来喜冲冲，福禄善庆降玉瓶；
　　福如东海长流水，恨福来迟身穿大红；
　　禄星笑道连中三元，鹿叼灵芝口内含；
　　路过高山松林下，六国封相作高官；
　　寿星秉寿万寿无疆，寿桃寿酒摆在中央；
　　寿比南山高万丈，彭祖爷寿抵八百永安康；
　　喜花掐来插满头，喜酒斟来瓯几瓯；

喜鸟落在房檐上，喜报三元独占鳌头……

台上歌舞盈盈袅袅，台下却是觥筹交错笑语声欢。竹庆一杯不敢多饮，只陪着林老夫人略呷一口酒，拣着清淡的菜夹一口。福来不管不顾，却是举起杯来便见底儿，几盏过后已是醺醺而然了。林少猫望着慈祥泰若的老母，心里陡生出阵阵悲凉来，人生总有憾事扰心，自古忠孝难两全，或许以后再没机会在慈母膝下尽孝了。他又想起儿时在摇篮里听母亲轻轻唱起的客家山歌，不由得心头一热，兀自哼唱出声来：

催人出门鸡乱啼，
送人离别水东西，
挽水西流想无法，
从此不养五更鸡。

林少猫沉浸在自己的酸楚感慨中，却不料正与母亲目光碰在一起，兄弟姐妹也都怔怔地看着他，他扭过脸去揩把泪水，复又转头对老母亲笑道："吾敬吾生母，无母无吾身，吾更敬吾妈祖，无妈祖无吾族。今儿是您老的寿辰，儿子陪您唱几句客家山歌吧？"

林老夫人瞧瞧众人说道："有孝子贤孙，有忠国良将，老身足以——我儿难得高兴一回，今儿就唱上几句，算作我儿的出征令、行军曲儿吧！"

林少猫挽起兄弟姐妹的手，搂着儿女，簇拥在母亲的膝前，他又向戏台上的女官递了个眼神，旋即琴瑟悠悠、丝竹曼曼，祖孙几代合着节拍唱道：

入山看见藤缠树，出山却见树缠藤。

710

树先藤生缠到死，藤死树生死也缠。

哥摸狗来死哥摸，唔吠贼古吠亲哥。

同涯亲哥吠呀走，一杓沸水死过多。

日头一出照四方，阻那外贼路头长。

人人枕上矛双对，日里挂念夜思量。

鸭子细细敢落塘，鲤鱼细细敢漂江。

蜜蜂细细敢恋树，客家细细敢驱狼。

……

　　林少猫张一席生离死别的谢恩宴，更是一席满门赴义的忠烈宴！

　　正待满筵沉悲之时，札木匆匆走来，在竹庆身边悄悄说了几句话。竹庆小声在林少猫耳旁说道："盟主，寨子有要紧事等我处理，兄弟先行辞席了……"林少猫听罢起身，福来也跟着起了身。

　　林少猫说道："本来待筵席散了再找兄弟议事。我送你，边走边谈吧！"

　　竹庆起身大声揖手说道："感谢主人厚意！诸位——盛筵必散。我们有事，要先走一步了。没有尽兴的尽管接着乐，都不要送。"说罢略一点头抽身出席，福来也随着辞出。因竹庆说"不要送"，林少猫和福来又都一脸肃穆，众人都被禁住了，乱纷纷起身，有的打躬，有的作揖说着"李英雄请便……足下好走……"，四个人径自出来。

　　此时外面雨还未歇，连绵密织在灯影下簌簌而落，满院的水光倒映着红色的灯霓，似波光粼粼的湖面。林少猫止住步，自袖筒里抽出一笺纸来，递给竹庆说道："这是倭贼宫本给我林某人的战书……"

竹庆借着灯光展信来读，沉凝一阵说道："大哥，您莫要上当，这贼人明着是和谈，实则意欲诱杀于您。"

"我还不晓得嘛！"林少猫仰脸看天又道："坊间都说'狮、虎、猫'乃台湾抗日三杰，如今只剩下我这只'猫'了，深感独木难支……想想在抗倭的路上，何止三杰啊！远的不说，几日前，日倭在六处'归顺式'上'拔剑起舞'，黄茂松、林李成、陈鱼、柯万力……还有女中豪杰詹阿苍……四千余义军兄弟血溅'鸿门'啊……"

福来酒意已清醒大半，咬着牙关说道："这些义军兄弟死得惨烈，怎么就没识破日倭的恶魔真面呢！"

林少猫长叹一声说道："倭贼坚壁清野，屠村屠寨，许多地方寸草不生、荒无人烟，台湾百姓已是四十去一了。加之日倭的保甲之法，诸部义军已然是弹尽粮绝，接受'招抚'也是无奈之举。可万万没料到，日倭如此凶残，竟然肆无忌惮地杀戮手无寸铁之人。"

竹庆语气铅一般沉重说道："是啊！日倭行止令人发指，中华民族历来讲德重义，没有亲历之人，是无论如何也想不出日倭人皮狼性暴戾之深、罪孽之重、变态之妄。"

"哼哼……"林少猫冷哼几声说道："日倭手段层出不穷，到处安插亲信耳目，有些话筵席上未讲也不能讲。兄弟聪明绝顶、过目不忘，想必记起席间陈少山、苏云梯、林聪等人，这几人皆为日倭细作，他们不是来吃酒祝寿的，分明是打探我林某虚实的！"

福来噌地抽出短刀，说道："札木大哥，我们立时杀了这几条奸狗！"札木点点头，抽出刀来欲走。

林少猫一把扯住他们说道："大哥每日思量的就是把这几个吃里爬外的东西当盘菜做了。可是，杀人容易，恐怕又有上千百姓跟着连坐，日倭会活掏了他们的心肝，想想无辜的百姓，这几条狗不杀也罢。”

福来目光忧郁，透了一口气说道：“杀又杀不得，便放任这疯狗乱咬？”

竹庆不胜苦涩地咽口唾液，声气中带着颤音说道：“看看这天，会不会下雹子——苍天呜咽，自会为他们摆道场。”他又愣怔一阵说道：“大哥，探子已察明，日倭第三旅团长山田保永以染疫消杀为由，正频繁调动部队迫近这里。明日如何应对宫本？后壁林、溪州庄两处如何布阵？说来听听，小弟也好做个打算。”

林少猫已恢复常态，正色道：“这正是我与兄弟合计的事。宫本言明他只带一骑人马，大哥知道其中有诈，我想可借敌诈，周全我们的谋断，怎么着还是要会会他的，你可以带一哨人马在后，若情况瞬变，劳兄弟打个掩护即可。至于溪州庄那边，我已嘱咐胞弟林笔，还有林漏太、吴万兴二位仁兄据守，不会有什么差错。兄弟带着义勇与大哥一起守后壁林如何？”

“听大哥吩咐！”竹庆应了一声又道：“明日又是一场恶战，只可惜通海的密道还未修通，临角暗堡也未加固……大哥，兄弟命不足惜，可是林老夫人及众家眷，今夜还是撤离此地吧。”

林少猫干笑道：“大哥在此据守几年，已然是在明面上，日倭对这里的日常动向一清二楚，又能往哪里匿撤呢！不过，校场的几部百姓，日倭倒是不掌握，不如让札木兄弟带着部众先行离开为上策。”

札木粗重地喘了一口气，不假思索说道：“不不不！诸位还是另择他人吧！大战在即，我怎么能临阵……"

札木抢着刚说了半句，竹庆却截住了："札木兄，届时再相机论定吧。"札木张张嘴巴，却没说出声来，竹庆又道："大哥，待兄弟处置完寨子事务，明日平旦之时我便把队伍过来，咱们合兵一处，誓抗倭敌。"

竹庆、福来、札木辞别林少猫来到寨子已是亥时时分了，路上札木把大概情况说了一遍，竹庆低转了头，凝神思索了好一阵说道："又是这个女人——"福来只是支耳细听，一言不发，脸却憋胀得通红。

三人挑帘进门，正见蔡盈雯披散着发，被五花大绑在屋内石柱上，札木的妻子素拉正在怒骂她："养不熟的白眼狼，蛊毒烂肠的女人，还不如养个阿猫阿狗，待会子盟主来了，不生剥了你这张人皮才是怪事。"阿美双手揽着天龙，只顾在一旁扑簌簌垂泪。

素拉义愤填膺地数落蔡盈雯，扭脸见竹庆他们进来，遂说道："盟主，正等您定夺呢！这妖孽，趁着小公子熟睡之机，她竟敢拿刀要杀小公子，幸亏夫人眼疾手快，一鞭子打落了她手里的尖刀……"

"知道了。"竹庆冷着脸点头，又盯着脸色煞白的蔡盈雯问道："寨子被焚、义勇遭遇偷袭，是你向日倭告的密吧？各部年轻女子失踪也是你搞的鬼吧？丁大哥殒命凤山城也是你的杰作吧？义勇营地……"

蔡盈雯无声地嗫嚅了一下，细白的牙齿咬着嘴唇插话道："既然知道，何必再多此一问，杀了小女便是。"

竹庆讷讷说道："你的恶逆，以罪而论凌迟剜心，不如此，不足以泄民愤！不如此，不能告慰于忠魂！"

蔡盈雯见死到临头了，不自主浑身一颤，脸色由白变得绛紫，像个戏子瞬间改容，满眼含泪哽咽着道："求盟主开恩，小女也是一时糊涂，受了倭人的蛊惑，这才迷了心窍……小女……奴家还有个五岁的孩子捏在倭人手里，奴家也是迫不得已，方才做出下作事来……"

　　在场的人打了个寒战，素拉急急地问道："你家那口子也在寨子里吗？"

　　蔡盈雯转过脸道："奴家没有男人！"

　　"你这五岁的孩子打从哪里来的？"素拉又问。

　　"倭人的，捉底是哪个人的，奴家就不知道了。"蔡盈雯又乞求道："奴家已扯下脸皮不要了，什么都可以说，什么都可以做了……奴家的意思是……我能为倭人做事，也能为你们做事，你们只要不杀我，今后我……"

　　"骚货！你也配？"福来正说着，只见刀光一闪，蔡盈雯一缕青丝飘落下来，接着脖颈一道殷红渗流出来，她慢慢合了目。福来刀入鞘又道："权当为明日之战祭旗了。"

　　众人长吁了一口气，竹庆说道："为虎作伥，卖国求荣，咎由自取，埋了吧！"此时，自门外进来两个人，把毙了命的蔡盈雯拖了出去。

　　竹庆走过去抱起天龙说道："札木大哥，此地已非安全之所，请您带着各部众连夜撤离吧！阿美和龙儿就拜托您了。"

　　札木愣怔一下说道："我……我要留下来打倭贼！"

　　竹庆把天龙交给阿美说道："这几部百姓的性命不重要吗？各部之中，除过阿爸，就属你的威望最高了。阿爸年事已高，操前心忘后事的，眼下也只有你能把几部百姓护好。"

　　阿美说道："阿哥，你就应下吧，几百条性命全系在你一

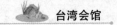

个人身上，这担子可不轻省，较比砍下几颗倭贼脑袋重要得多。"

札木挠挠头说道："既然这样，我就应下这差事。还有什么要交代吗？"见竹庆摆摆手，几个人没再说话，出门分头去知会各部去了，石屋内只剩下竹庆一家三口，此时的天龙连惊带吓、又哭又闹，累得已经睡着了。

阿美抹着眼角的泪水问道："我也要走吗？"

竹庆满目温情看着阿美，眼眶也觉红润，愣盯了一阵子才说道："铃儿，日倭第三旅团放弃了返回东瀛的打算，现正调动部署军队，明日必定是场恶战。你有孕在身，到了战场行动不便，会让我分神的，倒不如随着部众撤走，且能给札木阿哥做个帮衬……"

阿美忐忑不安地急问道："胜算几何？"

"来，坐了再说。"竹庆小心地扶着阿美炕沿儿上坐了，他咧嘴笑道："半年前，麻相先生给我推过数，说我能活到八十八，当时先生还高兴地说，足下能享五代同堂之乐。其实，寿命长短我倒不在乎，只是没想到，用了近十年的光景，还未把倭贼赶回老家去，即使百死也莫赎……"

阿美静静地听着，噤着口不出一语，心里却似江海逆流，只得让泪水默默咽到肚子里。她把头埋进竹庆的胸膛，接他的手放在自个儿的腹上，良久才道："取个名字吧——"

竹庆抚摩着她那隆起老高的小腹说道："前阵子说过一回，你忘记了吧？当时我讲，若是男娃叫天赐，若是女娃就叫天凤，你还说全依我呢……"

"嗯，先前记不真切，这回记下了。"阿美又嗔怪道："待打完这仗，你带我到婆家见见……并非我这做媳妇的不懂礼数，而是你这个做相公的太粗心了……"

"都怪我不好，爹娘离世，只剩姐姐竹娘了，早知这样，应早点儿带你去见公婆才是。我答应你，打完这仗，带你和龙儿回京师，届时去台湾会馆瞧瞧，那里是台众在京师的落脚之处。"竹庆又道："这边，阿爸身子骨越来越糟，今后端茶侍药的活计，你要多担待些才好……"

阿美一会儿如春风过心，满腹寒冰消融，一会儿心如刀割，满腹肝肠寸断。她没言声，只是不住地点头，竹庆缓缓扳过她的肩头问道："铃儿，你怎么了？"

"没什么……我只是想靠着你的肩头，静静地待上一阵子……"阿美并未抬头，只是埋得更深了。

第二日拂晓时分，宫本仓介亲率一队人马，一色的骠骑硬甲，人人手持火枪，悄悄出了凤山城，疾速向后壁林进军，约摸一个时辰，便到了距后壁林大桥约一里的地方。他勒住马缰，手搭凉棚往两侧的山上细瞧，只见线雨绵绵，漫岗笼林，掩映着满山苍翠，茫茫如漫漫海雾，什么也瞧不真切，心里不免叨登起来，山田将军不会言而无信吧！

正思忖间，旁边一个日警手指着两侧山上说道："署长您看——"宫本仓介又搭起凉棚观望，果见两侧山上各有十几面令旗在雨霭中若隐若现，挥鞭催马说道："走——"

林少猫带着精骑，已立马桥头等候，一柄宽大的腰刀上垂着一尺来长的赤红流苏，簇新的湖绸黑裤下套着马靴，一派威风凛凛、捣山翻海的气度。并辔而立的竹庆说道："大哥，探哨来报，距此不远的山上，日倭埋下重兵，您看……"

林少猫点点头说道："不要先于日倭开火，敌人包藏祸心，我们可将计就计，实在不行即死守圈城之中。"

　　竹庆提示林少猫说道："这可是十倍于我的兵力，若攻防起来，咱们会吃亏的，不如让家眷先撤离，还来得及。"

　　林少猫干笑一声说道："即便主动弃了这寨城，又能往哪里去呢！渡海潜回大陆，朝廷也会当作嫌犯羁押，迟早会交割给日倭的。噢，你那边的几部百姓走了吗？"

　　竹庆抬眼望着雨幕说道："昨晚杀了一个日倭细作，札木阿哥便带着部众走了。"

　　林少猫长叹一声说道："走了好啊！日倭悖理违天的残暴，若留下来，不知又有多少冤魂恸哭哀吼……"

　　正说话间，见一队人马划破雨帘急驰过来，在七八丈开外勒了缰，他们知道，这是宫本苍介到了，林少猫在马上揖手说道："足下可是宫本署长？"

　　"啊哈哈哈……"宫本狞笑道："林先生能来赴约，可见胆识过人呐，您是真正的大英雄啊！"

　　林少猫哈哈大笑道："岂敢！岂敢！我不过是营生混口饭吃的一介平民，怎可冠此虚名？"

　　"唉——"宫本堆着笑里藏刀的脸色说道："坊间传闻先生是台南对抗我大日本帝国的共主，是好是坏不论，既然是领头的，少了'英雄'二字多少有点逊色吧。儿玉源总督一向爱惜人才，深明大义，特派本署长招降先生。总督有言在前，先生若保证从今以后为我大日本帝国效力，对先生的过往一概不究了。"

　　"哼哼哼！"林少猫从靴筒里抽出一卷子纸来，蔑笑道："宫本署长，此言又作何讲嘛！我乃是凡夫俗子、草民一个，不图钱财，不害人命，不务加官，不贪俸禄，只为求生，安命过活，哪来的对抗你日本国的共主？'招降'二字更是无稽之谈、笑话连篇，三年前本人便与总督府约签了《条件准许书》，我林少猫开荒自治，与总督府、与你们日人秋毫无犯，各不相干，还要我拿出来读读吗？"

宫本一阵毛骨悚然的大笑，尔后面沉似水说道："其一，少猫占住凤山后壁林一带；其二，该地带垦地免除纳税；其三，少猫占住之地，官吏不得往来；其四，少猫部属犯罪时，可提诉于少猫，官府不得擅行搜捕……其十，官府发给少猫授产费二千元。先生，是这十条约书吗？"

林少猫哈哈大笑说道："难得记得这么清爽！本人向来一诺千金，这几年来也是按着约书办事的，难道署长此行还有新的条款？"

宫本冷冷地说道："那倒没有，不过，很遗憾，这张约书现已是一纸空文罢了。本署长给先生带了样东西，先生可肯接受？"

林少猫怒斥道："出尔反尔，小人也！告辞——"

只见宫本一挥手，随从着他的日警举枪便射，林少猫、竹庆等人还击，此时，从大桥两侧突然炸出噼里啪啦的枪声，早已埋伏在此的福来带着义勇冲杀过去。宫本见寡不敌众，打马回撤，万万没有料到，湿滑的泥地里瞬时弹起来数道绊马索，马失前蹄，日警纷纷栽落马下。福来等义勇边追边发火，待到了近前，十余日警已中弹身亡，福来一脚踢翻了宫本苍介，见他眉心处两个窟窿正在流血，脑后白色脑浆血红花白随着股股水流冲蚀而走。林少猫、竹庆等人也来到近前，看了看气绝的宫本，林少猫一挥手说道："听到枪声，日倭就要进攻了，回城——"

吊桥刚刚落下，只听城外炮声隆隆、响彻天际，不多时就在城内炸响，一霎时各处房舍，火焰冲天、浓烟翻滚，义勇、家眷死伤无数。众人正忙着扑火、救人，探子来报，日倭军已从南、北、东三面围攻过来，林少猫镇定地扫了一眼，又算计了一下兵力，说道："竹庆兄弟，你带上三百义勇，向城西运动，打通向海通道。若遇倭军抢攻夺取水路，可以后退，不许让路，能把日倭军粘在水道上就成！"

竹庆抹了把脸上的泥汗说道："大哥，放心吧，拼死也不会让日倭从水陆攻进来。"说着，点齐人马走了。

林少猫又道："福来兄弟，你会同郑忠清、林天福、吴万兴三位兄弟，切断南、北、东三面城门道路，日倭军无论攻哪个方向，不许出城迎敌，现在日倭军十倍于我，单论兵力敌强我弱，白天硬拼折损太大，只消挨到天黑即好。另外，派两百义勇沿城迂回待击，防日倭沿山中驿道顺流进攻。"

"是！标下遵命。"四个人引兵去了。

一时摆布停当，林少猫又安慰身旁的林老夫人说道："母亲大人，莫要惊慌，您老有火枪队护着，决计无碍的。"

林老夫人哈哈大笑道："儿啊，你就放心去杀倭贼吧！老身已是一把年纪的人了，还怕死不成，我身边一个不留，让他们去守城吧，杀一个倭贼算是扯平，杀一双那就赚了。"

林少猫犹豫半晌，又听林老夫人说道："儿呀，中华民族钢筋铁骨，钢筋是气，铁骨是神，讲究生生不息的精神意志，哪怕一时身子残了、性命丢了，可忠魂仍还在呢！你只管去迎外贼，老身还认你是普天下最好的儿子。"

林少猫含泪跪地朝母亲重重地叩了三个响头说道："儿谨记母亲大人教诲！"又对身旁的老弱家眷说道："护好老夫人，不要出一丝针头线脑的差错，少猫去了——"站起身来，带着火枪队匆忙走了。众家眷还未回过神来，只听阴森凄凉的画角声中，鼓声细碎得如万马踏蹄般响起，似乎撼得城土地皮都在簌簌抖动。

城外，第三旅团长山田保永集中指挥军、警、宪、海两万军队，全力围攻后壁林、溪州庄两处。自辰时至申时，战事焦灼，互有死伤，久攻不下，他在指挥大帐里来回踱着步子，脚下的皮靴踩得嘎嘎作响。

此时，一个日倭传令兵来报："禀将军，诸队长让属下请示您，叛匪彪悍，且城坚壕深，攻不下来怎么办？"

山田保永吹着山羊胡，咬牙切齿地说道："混账！漏一少猫，千万反抗军将起。告诉他们，本将军再次下令，复炮击一个时辰，一个时辰后若再攻不下来，就如他的下场。"他掏出火枪来对着身边的护卫击出一枪，护卫当场爆头身亡。

日倭传令兵吓得双腿抖个不停，脸色煞白连声说道："啊啊啊，是……是……属……属下马上去……去传令！"说着，连滚带爬地跑了。山田保永举起了望远镜急不可待地向后壁林、溪州庄探望，遥向犄角的两处仍是火烟漫天……

在熊熊烈焰之中，城内的义勇军顽强抗敌，洒血当场也不后退半步，因兵力太过悬珠，戌时时分城破。义勇军连呼喊带砍杀，与日倭搅成了堆、滚成了团……没了武器的义军手抓嘴啃，誓守阵地，伤了残了的义军死死抱住倭贼，宁肯让日倭踏尸而过，也绝不躲闪让路……

此时，林少猫、李竹庆、福来等人已经会合，林少猫看着浑身是血的义勇兄弟，眼下能提刀枪的与手无寸铁的家眷合算下来，已不足二百人。林少猫问道："竹庆兄弟，西边的水路不通了吧？"

竹庆说道："日倭几十艘蒸汽船码在海面，从水路出去不可能了。我估算了一下，日倭足有两万余人，有大炮、有排枪，火力在我们之上，从正门突围是没有可能了，倒不如把城墙扒个豁口，从驿道出去。"

"大哥小心——"福来眼疾手快，身形一转横挡在竹庆前面，身上中弹倒地，竹庆一边喊着"福来兄弟"，边举枪还击。前头有几个义勇兄弟倒下了，后头的义勇兄弟顶上来还击，他们护着家眷边打边向城墙边移动，眼见日倭军越聚越多。日倭军杀得两眼猩红，像自荒原上赶来的恶狼，不管老弱病残或妇幼相扶，只管狞笑着向有人的地方开火，几百条排枪一齐发火，打向密集的人群，火枪放得像燃起了爆竹；义勇军一个个倒下，家眷一个个倒下，一场战斗，刹那之间变成一场屠杀，余下的一百多人挨了不计其数枪击，被打得尸无完体、血流殷沟……

霎时，阵地岑寂下来，连持枪的日倭军也待着住了手，整座城阙无人声，一片死寂恐怖。最后倒下的百余人像是经历了一场"血雨"，衣袍头脸都染成了殷红色，袍摆上的血黏糊糊的已渐凝结，臂上脸上血色鲜亮，淋淋漓漓还在往下淌，几十名妇女手里还挽着几岁的孩子，那些尸体还在颤抖蠕动……

山田保永走过来，看着战场上的硝烟渐渐稀薄，打麦场似的一堆堆的尸体，褪褓里的婴儿被乱枪打得像个残破的枕头，周身尽是干窟窿，没剩多少骨肉了，他颤悸了一下，迅即又收慑心神。他眯起眼向外看，淅淅沥沥的凄雨，似苍天落泪，透过雨幕，但见沟壑纵横间万山峙立，一直绵延到极目不尽。昏沉黑暗的天际之下，似乎看到这些倒地的人，又纷纷活现起来，怒吼着向他奔来，要索他的命，他自己也像中了一刀似的踉跄了一步，脸色像死人一样惨白，心中迷惘得一片空白。倏地，他想起一件事，忧郁地对狰狞着脸的日倭说道："你们不要学其反叛心行，但要学其志勇……"

此刻，日倭军在奸狗苏云英、陈少山、苏云梯、林聪等人帮助辨认下，找到了林少猫、李竹庆、福来、郑忠清、林天福、吴万兴、巴万、鲁赫、格墨尔等义军首领的尸体，并拖到山田保永面前，他看着森森群山说道："打扫战场，清点叛匪人数，验明林少猫等匪首正身。"

进攻溪州庄的日倭军来报："将军，溪州庄叛匪已肃清，林少猫的胞弟林笔、儿子林雄等已被生擒，请您示下。"

山田保永显得心绪烦乱，只是摆手说道："本将军要回家了，交由厅署案结了吧——"

竹娘接到弟弟竹庆忠烈殉国的消息，已是光绪二十八年秋天的事了，噩耗让她肝肠寸断，几度悲痛昏厥，她抱着爹娘的小像在榻上痴呆着躺了五日。谭禄滢、厨娘周婶悉心照料，更上心忙碌的还是克鲁斯，闻听竹娘悲痛欲绝、卧床不起，他干脆闭了医所，搬进会馆西厢，住在竹娘隔壁，方便照应。

这天晚上，竹娘抱着爹娘的小像躺在榻上，依旧痴痴地望着天棚发呆，可是今儿一闭眼，就见金童玉女舞剑的场面，复睁开却只有空空如也的天棚，再闭上，舞剑的场面还能续上，两童各持一柄银光闪闪的宝剑，身随剑翻，劈刺旋削，两人手法各有不同，但均风疾雪飘般上下翻飞。她虽不会舞刀弄剑，可剑谱却读了不少，什么《轩辕剑》《太康剑》《越八剑》《昆吾剑》，或是《太极》《龙渊》《定秦》《赤霄》《神龟》《柔云》等，见金童玉女这剑法既非太极，也非峨眉，非柔云、非昆仑……以她腹笥之广，竟不知两童使的是什么套路。

723

她睁开眼复闭上，一眨眼间，金童玉女已变了身法，两把宝剑闪着点点寒光护住身子，陀螺般旋转成一团银球，一股股旋风阵阵袭来……她再也躺不住了，翻身起来，走到当院。天上繁星混沌不清，一轮冷月又圆又大挂在空中，依如星辰模糊着不甚清明，过了一阵月隐星掩，渐渐沥沥下起了雨，时密时疏不紧不慢。搁往年，这个时节应是"碧云天，黄叶地，秋色连波，波上寒烟翠"的一派秋骏模样，今年却大不相同，先是刮风，漠漠秋云将天穹染成一片灰暗，空旷寂寥的田野上西风肆虐，黄沙浮土一阵阵扑面而来，噎得人透不过气来，现在又是冷雨袭人，又多出几分惆怅。

竹娘站在雨地里，百结悲愁无处开解，不觉着吟出了声来：

初人双龙凤，盘空斗拿攫；
渐如银电练，旋绕纷交错；
须臾不见人，一片寒光烁；
直上惊猿腾，横来镇日倭……

"好诗啊——"不知什么时候，克鲁斯已站在她的身侧，说道："今儿是八月十五，见你未吃香饼，还傻傻站着淋雨，知道你去台湾寻竹庆骨肉的心意已决了。"

竹娘转头看着克鲁斯说道："可不是中秋节了，我竟忘得干干净净！"复侧过头，尴着脸一笑又道："其实何止清明雨叫人断魂，这中秋雨不也叫人落魄嘛！"

克鲁斯沉绪满面问道："打定主意不跟我回英吉利了？"

竹娘轻叹一声说道："克鲁斯，你我二人算生死之交，我的心思你是明白的对吗？伯父因瘟疫亡故，我跟你一样悲伤，人死不复生，你还是调整好自个儿，把庄园经营好，也是对伯父的告慰了。"

克鲁斯默默点头，静思一阵说道："走之前，能跟你换样东西吗？"

竹娘又微微一笑说道："不必客气，只要我有的，尽管拿去好了。"

克鲁斯从兜内摸索出一件东西，拿过竹娘的手，放到她的手心里，她低头一瞧，是那枚长命锁，她疑惑不解地说道："这这……这是……为何？"

克鲁斯眼眶湿红说道："这长命锁连着你的安危，寄托着父母对你的期望，你对父母的惦念，既然你我成不了夫妻，我拿着心里不安，像个索命鬼似的。且把你的发簪赠我吧，留个念想也是不错的。"

竹娘犹豫一阵，伸手兀自取下发簪，交给他说道："待我诸事办结，若没有早亡，我会去看你的。你若当了大爷，不用亲手经营庄园、儿孙满堂时，也可以再来京师，我想见见老年的克鲁斯是什么模样……"

克鲁斯一丝苦笑说道："你在我心中永远貌若天仙，我会记你一辈子的。"竹娘轻轻摇头，尔后两人会心相视而笑。

克鲁斯又道："我走了，诊所也就关张了，我无物馈赠于你，就把我的伙计乙贵，押在你这会馆如何？"

竹娘知道克鲁斯有意帮她，论医术，乙贵大可行走江湖了，让乙贵帮她打个下手，今后各房居客寻医问药便可省去跑街了，她笑道："是不是还要我管着给他张罗一房媳妇？"

克鲁斯两手一摊说道："这样再好不过了——今后且唤你'活菩萨'了，哈哈哈……"

第三十六章　应天道壤梓连根脉
　　　　　　惊澜事同宗复归一

　　光绪二十九年初春，京师依然是萧疏森肃、金风寒气迫人的景象，竹娘用了小半年的时间，把联军留给会馆的千疮百孔修葺一新，算去了一块心病，可另一个纠结，在她心里也盘桓数日，终打定主意，她要去台湾寻回竹庆的亲生骨肉。这天天刚平明，冷风拂树、晨炊袅袅，夜里的寒气尚未散尽，她带着忌儿登上马车，谭禄溁、周婶、蔫果、乙贵等人执意要到码头相送，竹娘无着，几个人便嘻嘻哈哈也登了车，幸好车舱够大，倒也将就宽裕，人人都有搁脚的地方。说笑间，便到了码头，脚刚落地，已见码头上人流渐密，小车推着胡辣汤锅子，毛驴驮着瓜果菜蔬，吹糖人儿的，卖油煎饸饸的，赶着驴群上牲口市的，还有说书的、打把式变戏法的、走江湖卖膏药的，东一簇西一簇人团团围着看。更有拆字算命的，高高挂着太极图幌子，端坐在木桌子旁给人推八字、看手相，说得唾沫星子四溅……

　　谭禄溁手杖杵着地叹道："瞧瞧，好了伤疤忘了疼，舔着伤口还得笑着活人呐！这就是老祖宗传给万千子孙的韧种呼？"

竹娘笑道："谭伯，您也甭叹吁，中国人就这点好，只要没有灾病，对付着总能过的。"

谭禄滢张望着又道："真个是熬不烂的老驴皮，烫不死的玄驹窝——对了，罗府的地址收好了吗？人未寻回来，且把自个儿弄丢了。"

厨娘周婶笑道："爷，您老真个糊涂了，忌儿娘识文断字的，若是不回转，保准不是迷了路，许是让哪个相公哥子迷了心，嘻嘻嘻……"

竹娘脸色羞红说道："净镲镲说笑——谭伯您就放心吧，闺女还要回来给您养老呢！"

谭禄滢又杵杵地说道："你不回来，老朽便不死，还巴望着见见天龙孙儿呢！"

忌儿第一次出远门，兴致很高，一边漫步听着大人们说笑对答，一边张目四下里瞧看，忽尔在一个驴车架子馄饨摊前止了步，扯着竹娘喊道："娘，我要吃饹饹！"

忌儿一嗓子，蔫果、乙贵听去笑了，蔫果说道："这不是你娘亲做的饹饹，这叫'馄饨'，小叔公买给你吃罢。"

竹娘见登船的时间尚早，几个人便围在摊上买了馄饨来吃，驾辕的黑驴扫着尾巴，转动着眼珠子正瞧他们。谭禄滢从袖筒里抽出一叠子银票递到竹娘面前说道："闺女，元日间你去通教院看望慧真法师，她赠你三千两银子，解了全馆上下燃眉之急，下余二千八百两。一路上你们娘俩儿少不了开销，再遇个头疼脑热的，手就更穷了，把这个拿了去，到了台湾还要穿衣吃饭呢！"

竹娘把银票推过去说道："我这里钱够使，整日坐在舱里，日不晒，雨不淋，尽吃尽喝能打发几个子儿？到了台湾也使不成，要那么多钱干嘛呀！"

谭禄滢点点头说道："噢，老朽倒是忘个干净，罗举人信上说，台湾使日倭票子兑东西，没料到血浓于水的一家人倒成了两种景色，唉……"他又道："这个……老朽先替你收着吧。"他把银票又揣进袖筒里。

周婶朝谭禄滢使着眼色，像似嗔怪他不知隐富，边吃馄饨边若无其事地搭话摊主："大嫂，你一个妇道人家赶车走这远的道儿，岂不太辛苦了？你家当家的呢？"

"呃嗬，夫人呐！"那女人牛高马大，眼神犀利，早把这一切映在眼里，她嗓门儿也响，十分爽气，说道："那死鬼的身板儿还不胜我呢！他起得早，割肉剁了一盘馅儿，剔骨头时削了手指头，寻郎中包裹去了，顺便再买些佐料——我们一家子的力气活儿都是我。您瞧，我没缠过脚，出了名的马大脚。嘿，得儿，笃！"她抽了那毛驴一鞭子。

厨娘周婶听闻抬举称她"夫人"，立时来了精神，又问道："马大嫂，你这馄饨架子，一天能有多少生意？养得住家么？"

马大嫂擦一把汗笑道："馄饨是零嘴小吃，见天弄好了能挣三百个光绪铜子儿，五口人吃饭穿衣，一天能余个五六十个光绪铜子儿，一年下来，盈余个二十来吊光绪铜子儿——我们那杀千刀当家的还算计着在城边买点地，觅个长工种菜。我说别做他娘的那种春梦了！你算算，城边一亩菜地卖到七十多两，折一百一十多串钱，买两亩地得四年，还得打井，侍弄园子还得付把式长工的工钱。如今闺女十五了，转眼就出门，还要接个媳妇，也要用光绪铜子儿！五十多的人了，还是守多大碗儿吃多大饭吧，还能升发成石崇、邓通不成？——我们那口子虽说老蔫儿，不知怎的私地攒了体己，他真的买了一亩，倒把我的兴头也勾起来了！"

厨娘周婶笑道："听得出你男人是个有心计的能干人，一定能升发的！"

"借夫人吉言！"马大嫂说着抬手向驴猛抽一鞭："——死畜生，怎么往人家菜担子上伸嘴？我抽死你这个鳖孙！"众人吃着馄饨忍不住"扑嗤"一声笑出来，一个乞丐模样的人，失手后张皇着跑开了，他们却浑然不觉个中异样。

大船只靠不停，月余时间便到了台湾，罗秀惠早已等在码头，见竹娘带着忌儿拾级上来。他从谭司事信上得知，忌儿不是她的亲生儿子，竹娘也尚未婚配，于是他迎上去说道："李姑娘一路上辛苦了，真没料到这么快，我才在码头客栈打尖住了一天，你们就到了。"

"按说也是快啊！"竹娘牵着忌儿，看着穿着开气袍子青缎马褂一脸谨严神态的罗秀惠又道："大船只在码头趸水囤粮，日夜不停赶脚划水，若不是这样，说不定还要待上月余才见面呢！"

码头在阳光下云蒸霞蔚、蕴蕴茵茵、葱葱茏茏，竹娘手打着凉棚左右看着说道："罗老爷，这南方与北方的景致真是大不同，这厢处处绿荫碧天，瞧着就舒坦。"

罗秀惠审慎说道："李姑娘，这里不兴那个了……直呼名字或称先生也可……"说罢，脸色阴郁起来。

"怎地？皇天后土一锅饭还分个你甜我咸吗？"竹娘拉着忌儿说道："忌儿，快给罗老爷叩头——"

忌儿听话，扑通跪地，一个头磕下去说道："忌儿给老爷请安，老爷万福金安——"

罗秀惠把忌儿扶起来，扭脸冲竹娘笑道："你的性情一点儿没变，在下全然明白了你的那个胞弟，为甚么千里跋涉至此抗倭。你循迹而来，执意要找回他的亲骨肉，说到底，还是骨子里那宁死不屈的犟劲儿嘛！"

　　竹娘望着街上行人，个个轻蹑着脚走路，一副小心谨慎的样子问道："罗老爷，听闻您这几年也未得闲将养，在学堂、书馆、文社，儒教子弟四书五经、约礼之法。"

　　罗秀惠一个眼风扫了一下，吁了口气说道："亡国之奴，难有作为，只做些承续国风之事，聊作安慰罢了。先任《台澎日报》汉文主笔，又参酌《台南县志》的编纂，后又在大学堂教授汉文、习写汉字，只因日倭督察甚严，也只好抱病休养了。"

　　竹娘笑道："罗老爷此话失语了，且不论'国破山河在'，如今国还在呢，怎可称'亡国奴'呢？"

　　正说话间，只听远处钟磬清扬，真个发聋振聩，洗心清神，竹娘以为是要社火的，却听罗秀惠说道："今儿是三月二十三，妈祖诞辰日，这是百姓自发的朝圣仪仗。"

　　"呃！"竹娘应了一声，抬眼观看走到近前的朝圣队伍，以妈祖娘娘慈眉善目、神安思静地端坐金莲为先导，在阳光照耀下，真个既端丽又飘逸，似在凌空缥缈间。接着便是三十六宝扇，四对福字扇，六对禄字扇，八对寿字扇，福、禄、寿宝色流苏，缨络飘荡，令人目不暇接。尾随着八十面纛旗，绣着仪凤、翔鸾、仙鹤、孔雀、黄鹄、白雉、赤乌、华虫、振鹭、鸣鸢，还有游鳞、彩狮、白泽、角瑞、赤熊、黄熊、辟邪、犀牛、天马、天鹿等等祥禽瑞兽，一色的正黄流苏随风荡舞，说不尽的天作尊荣。后面便是鲲、陵、哈、滑、鱬、罗六种神鱼，红、蓝、黄三色流苏飘带足有丈余。此六神鱼，竹娘只在《山海经》里读过，并未真睹，此时一见，已是看花了眼。再抬眼看，后头还有什么四神、四渎、五岳旗、五星二十八宿旗、甘雨、八风、五云、五龙、金鼓日月旗熙熙攘攘而过。最后是艘偌大的一帆风顺平安宝船，通体木棕大色，悬帆执宝，既连带栏的四方月台也栩栩如真……

　　忽然人声一阵轰动，顷刻间人声鼎沸，竹娘抬眼再看时，几队人手持棍棒，横冲进百姓朝圣队伍，手里的大棒一阵乱挥、乱打，自行凶者头巾"神风"二字，竹娘便知这是日倭武士，她在京师见过。仪仗队伍中的百姓，有的叫骂着支手隔挡呼啸而来的棍棒，有的哭爹叫娘抱头鼠窜，有的与日倭武士厮打起来，随即响起妇女的尖叫声，孩子的哭声，路边一溜卖甜果、小吃的摊子都被踩得稀烂，满地都是遗落的鞋、帽、衣带、破锅、烂盆，还有东一摊西一摊的斑斑血污，偌大一个朝圣场面，一时搅得昏天黑地。

　　罗秀惠忙拉起竹娘和忌儿往街角里躲，惊魂未定之际，又见一队日警持着枪，往队伍里面冲，遇有反抗的百姓，"啪啪啪"连击几枪，一些百姓倒地身亡，幸运没被击中的四散逃窜，嘴里还不停地喊："杀人啦！日倭杀人啦！"

　　竹娘心惊胆寒，忌儿更是不敢看，把头紧紧地埋到她身上，磕巴着嘴说道："娘，娘，娘，我怕——"

　　竹娘抚着他的身子无声地安慰，问道："罗老爷，这是怎么回事？"

　　罗秀惠浑身瑟瑟抖动说道："日倭弹压来了……总督府下了令，强制台湾百姓诸神废止禁拜，唯……唯尊日倭的天照大神……"

"真个人间地狱啊!"竹娘心有余悸,一身冷汗。

经历这一场惊变,罗秀惠带着竹娘和忌儿马不停蹄地赶回了台南家中,悬心吊胆的惊悚方才落定下来,娘俩儿被安顿在罗府西厢一间房内。这是一间布置得十分清雅的小房子,天棚墙壁都裱了桧皮纸,木栅小窗上糊着十分名贵的蓝色蝉翼纱。一张木榻占了半间房,油漆得起明发亮。榻上齐整叠着两床浆洗得一尘不染的青布被子,贴墙还放有一溜矮书架,架上的书籍满满当当,四书五经、古人文选、玄阴八卦,小木案上摆着瓦砚纸笔等物件。

用罢晚饭,忌儿一路惊吓劳顿,人困马乏早已安置睡了。罗秀惠、竹娘、罗秀惠夫人蔡氏毫无倦意,便挑灯闲叙。蔡氏为罗秀惠恩师之女,自小便识文撰写,慧根生发,满腹学问,席间便与竹娘相谈甚欢,一顿饭工夫,已然成了无言不惺惜的姐妹。竹娘的到来,让罗秀惠又忆起当年"五人上书"的情景,不禁一阵感叹唏嘘,又谈到会馆客众筹资援台抗日之义举,不免嗟吁世事变迁、物是人非。又听竹娘说起当年会馆被焚的往事,日人井口太郎的真实面目,及忌儿的身世,更是引来一阵万千感慨。

喋昔叹今之后,罗秀惠吐着教习的口风说道:"李姑娘,接信知晓你要来寻找胞弟遗孀阿美、遗子天龙之事,我便已拜托亲朋故交、知己门生去打听了,当然我也要亲询的。据我所知,赛夏人还有其他少数部落,几经战乱,死伤无数,剩下的部众寨不成屋、家不成所,已分散至全岛各地,有的部众还流落到了外岛。查访起来,实属不易,你还要耐心等待,非一朝一夕可办。"

蔡氏扯过竹娘的手,抿了抿嘴唇说道:"妹妹,你那胞弟的事迹，为嫂早有耳闻，他可是台湾百姓的恩人，中华民族的忠烈，奴家也已知会娘家五叔六侄、七姑八姨儿，帮着打探消息，妹妹且安心静候便是了。唉，毕竟日倭放言'积水成渊，蛟龙生焉'，誓把反抗者赶尽杀绝，胞弟这遗孀孤子无依无靠，说不定已躲到哪个僻野之地，若寻起来也如海里捞针。"

竹娘听这席话是一片好意，遂及点头致谢说道："妹妹深知此事不易，多承老爷、夫人关照了。"

罗秀惠不禁笑道："这是哪里话呀，当年我在京师执篮棘城、注备皇考，承蒙姑娘又饱又暖的眷顾，易时一桌筵怎可比难时一块薯啊！"

竹娘听了一笑道："老皇历了，不提也罢。"

罗秀惠似蒸烟熏眼，皱着眉说道："我说得不就知恩报恩，罗某还忧心另外一件事……近几年，日倭推行教化日文、日语，极尽奴化吾族，若再待上三年两载，此后便语言不通、移风易俗，你那亲眷便更难寻见了。"

竹娘看着他倦怠的泛着干黄的表情，言语间跟跄难解，看上去仿佛老了十年。她愣怔沉思一阵，长长出了一口粗气说道："有缘自能相见。可怜见，日倭潜延滋漫，其害曷可胜言！真个暗毒如疠啊——这是要断我们祖宗的根脉呀，让台地子孙永远身画癣疥、背负欺师灭祖之痛，倭贼犯下的可是欺世泼天的大罪！"

蔡氏若有所思地左右张望一眼，压低了嗓门儿道："妹妹看得透亮呃，日倭不仅让台湾生民丢了祖宗，还要让台地百姓丢了子孙噢。左房唐家小女年方十三，强迫嫁给个四五十岁的倭军兵油子，去年生了个杂种儿，唐家女子兀自上了吊。右房间家更是可怜，一个日警在窝里起横，让自己人打瞎了一只眼，砍断了一条腿，这独眼儿残废愣是看上了闫女阿苏，可怜的闺女才十二岁，强行婚配了这个残废鬼，这独鬼年纪较她爹娘老子还长出了十几岁呢。听闻这个老不死的日警在瀛洲有儿有女，来到这里寂寞了才想到这一着，明着是两族通婚，暗地里不是祸害良家妇女嘛！闫家爹娘整日以泪洗面，也不务营生，若不是我们接济着，早成一掬黄土了……"说着，她捏绢拭起泪来。

竹娘问道："何不自办私塾，教授经史子集、数算天理，赓续上祖宗文脉呢？"

蔡氏帕子一甩说道："老爷有意开办书房，奴家也是巴望已久，可整日这刀丛剑树、风声鹤唳的，怕独木难支方舟不是，论说到底，爷这是心如更鼓且还不捉底儿哩……"

罗秀惠紧锁的双眉忽尔绽开，目光直视着蔡氏道："此话怎讲？我怕什么？我自幼习读四书五经、躬行孔孟之道，从不知卑躬屈膝为何物……"转头又道："不过，李姑娘，我这夫人倒是说对了一半，我乃一介书生，教文识字倒不在话下，可……可要让我主持筹划、定鼎言夺……惭愧，罗某真没这个成材啊！"说罢，不禁摇头叹息一声。

蔡氏问道："难道要赶架奴家抛头教文吗？"

罗秀惠两手一摊，苦着一张脸说道："你不可，我又不行，所以才迟迟没有下章嘛！"

竹娘凝眉促额说道："日倭与华夷共处，中外混杂，日久易会被外夷教化变异，长此以往，子孙们真个认不得自个儿的祖宗了。"她又不禁莞尔道："妹妹虽不及老爷学富五车之万一，也不济夫人满腹珠玑之一粒，可我在京师办过差、济过民，下得了苦，兀自思量给二位做个长工还是绰余的，不如且把私塾办起来?"

蔡氏半信半疑地望着她,讷讷问道:"听闻妹妹饱读诗书,作诗会文比进士举子不差分毫,要论整治个有模样的书房来,真不是件易事呢……"

罗秀惠眼光闪着说道:"若有姑娘相助,再好不过了。"他又赧过脸说道:"只肖告诉夫人一事,当年'五人上书'誓仪便是李姑娘主持,你说她行还是不行呢?李姑娘见得透呢!……"

竹娘架不住,腾地红了脸说道:"青蝇之飞不过数武,附之骥尾可达千里。大树底下好乘凉,我自然是帮光了诸位举子的牌头了。"

蔡氏站起身,挽住竹娘的一双手说道:"妹妹,你真个英雄心肠,我也自不会扫兴头。体己钱全拿出来办书房,不收束脩。另外,造饭、记薄、堂贴等诸事,我也全包了,你们尽可寓教弟子。"

竹娘笑道:"夫人为国续脉,大包大揽、殚精竭虑,封个一品诰命也不为过。"

罗秀惠说道:"起先办书房是她的正主意,内阃之令大过王法呢!她不干谁干?这还要缘起夫人的娘家舅公、阿婆让日倭杀了……不过,有事做便好,操业虽难,可比日日沉悲哭泣的好。"

不足七曜,三五十个七八岁的子弟有模有样地端坐在罗家旧宅,书房就开办在这座旧宅里。这处宅院远远瞭去,一条小溪沿墙而过,溪边一株歪脖老槐树约有合抱粗,庞大的树冠,枝柯上挂满了晶莹的槐蕊,枝桠蔓延至院内,荫了半座庭院。枝蔓下的院内,一个石条凳依着一块馒头形的大石头,上面盖着一层槐花，点缀在这春风习习的世界里，令人眼目一清。不时，自院内传来抑扬顿挫地童雅悦耳的读书声：

> 古之欲明明德于天下者，先治其国。欲治其国者，先齐其家。欲齐其家者，先修其身。欲修其身者，先正其心。欲正其心者，先诚其意。欲诚其意者，先致其知；致知在格物。物格而后知至，知至而后意诚，意诚而后心正，心正而后身修，身修而后家齐，家齐而后国治，国治而后天下平……

当院里，罗秀惠与蔡氏闻听着朗朗读书声，相视一笑，蔡氏说道："老爷，您瞧啊，李妹妹还真是块用材，起解课业栩栩有趣，倒是比您还活络呢！只惜错生了女儿身……"

罗秀惠笑道："术业有专攻，罗某自以为坐下来兀自钻研学问倒还罢了，论起传道解惑启渡他人，实是勉为其难了，弗如李姑娘熟门熟道，真个奇女子也！"

蔡氏点头称是："是哟，妹妹靖过难、施过粥、捐过银，听闻现又操持台湾会馆，且还只身赴这台地寻亲，尚未婚配，却还视如己出养个英雄后人，非寻常女子可比，状元郎又有什么稀罕？"

此时，长工阿满自大门跑过来，粗声粗气地说道："老爷，夫人，日警收税来了！"

"我家不欠税！"蔡氏听罢，心里的火气一下子蹿上来："嫁女要缴去丁税，娶妻要缴契田税，两头通吃。还有什么顺民税、外事税、户籍税、保安税、防火税、噤口税、防空税、风纪税、卫生税、捐税、葬税、募税，八辈祖宗老娘养的，数都数不过来，既连女子月信也要按月交税，这种日子真个是没指望了……"

736

罗秀惠倒是越发老练持重，不急不慢地说道："统共三百余项税，算得过来吗？你快去开门，否则大门砸坏了，又得花上一笔费用，我去知会李姑娘。"

　　蔡氏边走边叨叨道："若不是妹妹早有预见，恐怕全家要下大狱了，门坏了能作什么灾……"

　　罗秀惠见内人引着两个日警进来，机警的脸色转换得倒快，忙笑着向前作了个揖说道："二位大人，有失远迎啊！"

　　其中一个三尖葫芦头，两片招风耳的日警，拿三角眼上下打量了一下罗秀惠说道："啧啧……人不可貌相，真瞧不出来。你就是清国的举人？捉底是个什么差？较比我这个警头儿如何？"

　　三角眼日警一问，罗秀惠一愣怔，尔后笑道："岂敢！岂敢！此乃清誉，哪比得了您这龟头儿呢，适才一见这么大的官，吓得我腿肚子还转筋呢！"

　　三角眼日警小眼珠儿鼓胀一下，凝眉喝道："你……你怎么骂人？"

　　"误会！误会！"罗秀惠仍旧满脸笑容说道："自古有言千年王八万年龟，我的意思，阁下在此位上能待上一万年哪——"

　　三角眼日警眼珠子骨碌转着又道："万年？我大日本帝国的天照大神才多少年……你咒我不能升官？"

　　"不不不——"罗秀惠又摆手又作揖说道："阁下长得玉树临风、标致异常，定有天赋异禀之才，搭眼看去也确有总督的风范呐。"

　　"噢？哈哈哈——"三角眼日警大笑道："见你学问高深，实不相瞒了，原来在北海，我本是伎馆一个小小的茶应，谁曾料到，嘿嘿，到了这里竟然做了警头儿！"旁边的日警也跟着咧嘴笑。

罗秀惠正欲接着奉承，只听三角眼日警又道："本官不仅要催缴杂税，还兼着日语、日文传学督办，你这学堂……"

一旁的竹娘赶忙把教本递过去说道："本塾正教育子弟习练日文。"

三角眼日警略览一眼教本，抬眼看着竹娘问道："你是课业师傅？"

竹娘说道："正是！"

三角眼日警眼一闭，凝思一阵又睁开说道："吆西——你说几句让本官听听……"

竹娘心里一惊，眼睛闪烁着，满口倭语口吻，兀自说道："嘿扎遇鬼，斯麻食支易嘛椒……电哑毕丝滋……"

竹娘叽里呱啦说了一阵，两个日警听傻了眼，罗秀惠、蔡氏、阿满也是听得云一阵雾一阵，三角眼日警一边心里琢磨，边缓缓问道："本官怎么一句没听懂？"

竹娘遂及说道："我说的是九州方言，阁下是北海人，怎么能会意呢？"

罗秀惠心领神会，忙赔笑道："阁下日理万机，心系台地日文推行，乃是百官楷模。我以为这个书房，只要是教化日文不就结了，若专要拿北海方言施教子弟，未免太牵强、也太过于为难在下了。"

经罗秀惠这么一解说，三角眼日警当下便觉得心头疑云为之一扫说道："也好，也好！"他带着另外一个日警，到学堂转悠一圈，见学堂之上人人面前放着一册日文教本，便收了钱，旋即走了。

阿满兀自望着二日警的背影出粗气，蔡氏不解地问道："妹妹多时学说了倭语？"

　　竹娘笑而不语，罗秀惠却沉吟一笑说道："李姑娘不仅会倭语，个中还夹带着《论语》示倭鬼呢，真个叫才智双全啊！"尔后宽袖一甩，两手背在身后，摇头晃脑说道："与贵，是人之所欲也；不以其道得之，不处也。贫与贱，是人之所恶也；不以其道得之，不去也。君子去仁，恶乎成名？君子无终食之间违仁，造次必于是，颠沛必于是……"

　　蔡氏听罢，喜上眉梢，扯帕拍腿说道："哎哟——古灵精怪的妹妹呃，胳瘆人噢——"

　　台南诸地纷纷效仿罗家书房，雨后春笋般破土而出。可传统教本、典章、书籍几乎全被日倭化为灰烬，这么多童生争相学习，一时间，真是捉襟见肘，印厂查禁甚严，谁也不肯冒险，求告无门。竹娘便找罗秀惠、蔡氏商议，倒不如让会馆想办法或购或捐些教本来，罗家夫妇甚是欣喜，遂及罗秀惠又修书给定居福建宗鼎一切具明。八月中秋节前日，罗秀惠便收到了大陆运来的书籍，可喜的是不仅有平常教本，还有京师小学堂、中学堂、大学堂教本，他便密派长工阿满知会各书房取走。

　　书房开办得有声有色，竹娘望着墙外秋风拂槐、芳草如茵、溪水静流，心里不免多出几分秋天的惆怅。来此已有半年有余，访查阿美和天龙的下落，至今杳无音讯，如其苦苦寻找，不若主动出击。心思定了，她便找罗秀惠、蔡氏商议。

　　竹娘拿出长命锁说道："老爷，夫人，这长命锁是家父当年化了几两银打下的，我与胞弟竹庆各持一枚，能否请个画工，给这长命锁画个小像，勿须渲染，只要逼真即可。"

罗秀惠说道："这倒不难，能工巧匠遍地都是，却不知李姑娘做何用途？"

竹娘叹息一声说道："冥冥之中，我觉得另一枚还在人间，若是预感得对，必定是在阿美手里或者天龙手里。若我把印有长命锁小像的告示贴出去，即便不指名道姓寻亲，拥有这枚长命锁的人也自然知晓的。"两人点点头。

光绪三十一年春，炎炎红日冉冉而起，腌鸡蛋黄儿似的被云海托着，淡淡的日色映过来，玉山脚下径流的小河泛着鳞波。约摸三四丈宽的河面上，一妇人头戴桐蓑笠正吃力划着独木小舟，她背上布缚着一个乳儿，两只小手不安分地胡乱拨弄着她的发丝。妇人目不斜视紧盯着水面，忽然她止了桨，顺手摸起渔叉，扎进水里，接着一条扭身摆尾的大鱼被甩进舟篓，妇人脸上露出微笑，抬手拭了把额上的细汗。哦，这女人原来是阿美。

自光绪二十八年四月的那个晚上，他们匆忙撤离后壁林，几寨部众不得不又踏上逃亡之路。曾有人建议，化整为零，各自寻找安身之所，可多数部众不赞成，只得挤在一起蜗牛似的前行。那一夜雨下个不停，各部众几乎都是在纵横交错的河溪里膛着走。因为山里的马帮道多年失修，从山上流下的雨水将狭窄的道儿冲得沟壑纵横，一条一条的深沟又被泥石流淤塞了，十分难走。有些部众陷在泥淖里，众人眼睁睁地看着他们被泥浆淹到他大腿、胸部、脖项……各部众相携着走了两天，也未走出去几里。第三日夜间，日倭军追杀而来，各部四散奔逃，阿美与阿爸和札木一家逃至一棵古柏前，阿美顿觉腹内一阵悸疼，殷殷鲜血便顺着两腿细流了下来，她知道这是要小产了。不远处日倭萤萤火火正朝这边追来，情急之下达鲁·乌茂抽身犯险引开日倭，不待阿美反应过来，阿爸已消失在暗夜雨雾之中，一去就再没能回来。阿美顺利产下一个女婴，几经辗转，几人眼见乡关难归，几经择地，半年前他们流落到玉山脚下。穷途末路惶急无奈间，便在此栖息下来，搭建起土垣茅舍，门前门后又辟了菜园，以打河叉鱼为生，盐粮等用度皆由活鱼或鱼干来换。

约过了一个时辰，阿美搭手看看天、又看看脚下的编篓，日上一竿，肥鱼也满了篓，这才把舟划到岸边，把凤儿解在怀里，背上篓往回走，远远看见素拉自门口向远处张望。还未进棚屋，却见札木背着半袋粮回来。

阿美问道："今儿才换这点粮？"

札木把粮交给素拉说道："这里虽不靠海，百姓嘴却刁钻，河道鱼瞧不上，海鱼却吃得怪。唉，咱们没钱置船出海，也只好将就着活命了。"

素拉掂着手里的粮，似埋怨又似自语说道："我倒不觉着味道有何不同！这些人真个挑剔，若这样下去，妹子带龙儿、凤儿认祖归宗的盘缠什么时候能攒足呢！"

札木脸上毫无表情打了个手势说道："你也别急，今年攒不足，那就明年，他们早晚会去认祖的。"他看看阿美又道："都怪我，一年多了，我还人不人、鬼不鬼地活着，又不能出去做工挣钱，空有一身力气无处使。现在想来，真不如当初与日倭同归于尽的好。"

"呸呸呸！"阿美还未答话，素拉却急了："不肖说那些个丧气话，我这厢还有一肚子冤水无处倒呢！自家的奶子胀得说死说活，却不敢给别个当奶娘，白花花的银子看得见，却怎么也摸不着，不比你急吗？"

741

阿美说道:"阿哥,阿嫂,你们不要急、不要恼,我们能活下来已是幸运了,龙儿、凤儿认祖归宗这事,往后放一放再说吧。"

此时,札木自怀里摸出一笺纸来说道:"我觉着里面有蹊跷,所以拣了来。"

阿美边接笺纸边道:"有甚蹊跷?"待她展开瞧时,一下子愣住了神,见上面写道:寻找失散多年的胞弟,见此锁者联络。整个纸面几乎被惟妙惟肖一把长命锁占据着。

札木平淡地说道:"几年前,见竹庆兄弟系着这么个锁,觉得好玩儿,其实也没什么奇怪的。"

阿美自项上取下长命锁,三个人对照起来,果然见一模一样。阿美又想到与竹庆新婚之夜的那个晚上,不由得在长命锁"李竹庆"的位置细细察看起来,不出所料"李竹娘"三个字清晰可辨。她的泪水突然夺眶而出,本想着带着龙儿、凤儿认祖归宗,可横亘在眼前的却是千难万险,怎料到婆家姐姐亲自登门认亲来了,她觉得自己已经完全麻木的心被撼得摇动起来,而后开始复苏,有了知觉与温暖。又想到离开竹庆时是怎样的一幅情景?西风呼啸掠山而过,衣衫、散乱的长发都在猎猎急抖,雨幕暗夜泥泞沼泽,老弱病残惶惶逃命。像隔着深水透见水藻荡动撕裂那样的感觉,遥俯满山的松林和杂树摇动,传来阵阵河啸一样的松涛声;像站在孤峭得如刀切似的悬崖顶端,见漫漫云涌波涛中突兀的山峦,无数陡峭的礁石直绵延到极目处,自己却又像秋风中的一片叶子,凄凉无奈、惶恐无助地飘零凋落……

素拉不知个中门道,见阿美哭得尽乎号啕,素拉说道:"不知真假,你兀自泣不成声,若果真是你婆家来寻亲,到时你会嘶嚎成什么样?"

札木也不知机关,遂说道:"这日倭一向不是东西,不会是倭鬼给咱们做下的套吧?"

阿美自回忆中醒过神来,拭了把泪,目光显得越发神采流焕:"这回是真的,不会有假,个中缘由也无法解释,明日我便去见姐姐,可以告慰夫君的忠魂了。"

札木和素拉同声问道:"要不要一起去?"

"不必了!"阿美理理鬓角换了庄容说道:"亲人见了脸,你们旁观四目垂泪的场面,且笑话我呢……"

素拉笑道:"你不会齐我们去见她也罢,只不过,阿妹与婆家姐姐头茬见面,不给她送点见面礼儿?倒显得弟媳不懂礼数了。我这厢也没有尺头、首饰什么的,只有一支百年虎骨钗,送给你那婆姐可好,这心里先有一份情,见了面儿便好松泛着说话了。"

阿美微笑道:"嫂子支应周全,阿妹谢过了。不过,我还不知这婆姐脾性,太郑重了反而不得。见面礼儿自当也不能少——您瞧龙儿、凤儿不就是最好的礼物吗?"札木、素拉听罢,笑得合不拢嘴。

翌日一早,阿美洗了脸,理鬓整衣,为不引起日倭注意,她着意打扮了一身汉家服饰,且把长命锁恭恭敬敬系在项上,便带着龙儿、凤儿出了门。进了城,她按寻亲告示言明的地址,很快便来到一处院落,她叮嘱天龙护好天凤,自己则理理额前细发,抬腿迈上门阶轻叩门环。

不多时,门开了,眼前站着的女子端庄淑雅,盈玉临风,给人一种和光同尘的感觉,阿美想好一大堆见面话,此刻却一句囫囵的也想不起来了,平日舞枪弄棒野蛮劲儿一时也遁了形迹。她一步跨过门槛，忽尔脸一红，双手不自禁地揉捏着衣角说道："您……您是竹庆的姐姐吧？也就是……是媳妇的姐姐了……弟……弟媳自寻亲告示里知道的……"

阿美说这话时，竹娘目不斜睨，专注地盯着阿美胸前的锁看。其实只肖一眼，她已断定此锁乃是胞弟生前之物，她没听清阿美说什么，紧紧握住阿美的手说道："你是阿美吧？让我找得好苦啊……"话未说完，已是泪水婆娑，扑扑簌簌往下滚落。

此时，阿美也看到竹娘胸前的那枚锁，只是在眼前朦朦胧胧地晃着，原是她业已泪目濛濛，双手紧握望着她，颤声说道："本想去京师认祖，却难以成行……"她欲言又止，迅即踅过身去，把天龙、天凤拉进门内："快快，给姑姑叩头——"

天龙、天凤懵懵懂懂跪下叩头，阿美也蹲了个万福。此时，竹娘再也抑制不住自己的情感，不待侄儿们叩头，泪水像开闸的洪水宣泄而下，俯下身去掩住一双侄儿，揪心撕肺号啕大哭起来，阿美也掩上去，想痛痛快快地哭一场。蔡氏早已不知不觉来到她们近前，掩了门，自襟里掏出月白苏绢，一掩鼻，兀自陪着垂起泪来。

几人失声恸哭，似把周天刷得一片青湛绚烂，院中垂槐叶晃枝摆，扰得烈日光影斑斓一片，竟犹如南柯一梦，似迷似幻。满脸泪痕，若室内息香未散，犹如曲儿声响在耳畔：

> 帘前记执纤纤手，
> 堂中细酌盈盈酒，
> 语软情温，
> 惆怅巫山一段云，

744

背人特地留依住。

惊风又拂衣衫去，无问无愁；

万唤千呼不转头……

　　日近西时时分，札木和素拉左等右盼，阿美还未归还，登时疑云丛生，开始懊悔起来，不该随由着阿美的性子去见什么婆家姐姐。此时不回，分明是中了日倭的圈套，对不住阿叔达鲁·乌茂，更别提竹庆兄弟了。

　　素拉望着玉山上密密层层连天蔽日的丛树，桧柏松竹一片片老林，微风掠过树影婆娑摇曳，鬼魅异常，心里一惊问道："札木，这可如何是好？"

　　札木也望向深暗色的树林，丛树像被一层寒雾淡淡笼着，除了风过叶落，幽深得看不到透底，神秘的幽静中只能听到草间小虫嘤嘤悲鸣之声，不禁身上起一层微汗。他收回目光，狠狠地在地上啐了一口说道："我去杀了这些狡猾的日倭……"

　　素拉忧虑地说道："待你找过去寻仇，早没了踪影，或者日倭张网以待，巴不得你去钻呢！"

　　札木紧绷双唇，看着越来越暗的天色说道："战死总好过憋死——"

　　此时，远处响起一阵"嗒嗒嗒"马车声响，顺着山道由远及近，两人旋即进棚舍据着铳枪出来了。马车已到近前，见车上跳下来一个汉子，勒住马缰向后面说道："夫人，您看是这地界吗？"

　　阿美已从厢内探头出来，笑嘻嘻地说道："阿哥，嫂子，我回来了——"

　　札木和素拉不着皂白地立在原地，真愣愣地看着她，走时一身汉家打扮，回转来却是部落装束，一时懵懵懂懂弄不清原委。阿美便将事情的经过，原原本本细述一遍，二人脸上才有了笑意。再瞧玉山时，随风起舞枝蔓像无数彩蝶荡来荡去，峥峥嵘嵘、翠翠黛黛，这春夏之交的气派，是多么美的景色啊……

路上，阿美笑道："今后，龙儿、凤儿和侄儿索鲁都可入书房读书识字了。阿满的舅公、舅母过世，不愿交葬税，未具名便葬了，今后你们便是他的'舅公、舅母'了。"

素拉掩口微笑，札木眼瞪得老大，还未说话，只听阿满喊道："阿舅，阿婆，且坐稳了，甥儿快马加鞭了！嘚儿驾——"众人叽叽咯咯地笑了。

其后数年间，竹娘、罗秀惠、阿美、蔡氏联合林朝嵩等台湾文化名人、士子大族等，轰烈开展文化抗倭行动。期间，台湾会馆仍不断运送来传统文化书籍，台湾各地陆续开展中华传统教习的书房，台湾保住了中华民族传统习俗，赓续了文化血脉，民族文化的种子正遍及全台开花结果，正如是日月星辰、地角天涯、无往不神驰……光绪三十四年冬初，谭禄滢修书称光绪帝已于十月二十一驾崩，次日慈禧老佛爷薨逝，溥仪继承大统，议定年号"宣统"。谭禄滢在信中又道，老朽年事已高，会馆操持力不从心，悉知已寻得竹庆血脉，盼择日回馆主持大局……宣统二年初春，竹娘、阿美、忌儿、龙儿、凤儿踏上了归乡之途。

台湾会馆内，一派繁忙，谭禄滢执杖而立，白花花的发辫筷箸粗细盘在肩上，髯须一尺来长，银丝儿似的，仿佛一位神仙站到众人跟前。厨娘周婶带着蔫果的媳妇白氏、乙贵的媳妇侗氏在下厨整治饭菜。蔫果、乙贵忙着屋内屋外清扫，谭禄滢时而指指点点，这也不对，那也不好，蔫果、乙贵只是嘻嘻笑地应和着，转头便顺着他的意思重新摆布。

"我不是神仙。"谭禄滢似乎看出了他们的意思，慈祥地笑了笑，就近坐在当院的杌子上说道："我在这里二十多年，迎宾客、送僚官，陪着举子入棘城，摆酒设筵为朝廷一品大员饯行，众居客南来北往，商贾学子川流，儿啼妇喜不息，是是非非，纷纷争争，起起伏伏，宛若一个万花筒呐。活了这把年纪，也不信有神仙。因为如果有神仙，他就应该能见到世人这般样的苦。如果神仙真有法力神通，他就不该见善不度见苦不救。"

蔫果抱着两支花瓶经过，遂说道："老神仙教诲得是，您老就是活历史，一言讲透百年事，一语参悟众仙翁，嘿嘿……"

"小心我那对瓶儿——"谭禄滢笑道："当年十里搭粥棚，你还是个没心肝的娃娃，晃眼儿的功夫，你也是有儿子的爹了，舍得把孩子送人吗？"

蔫果自两个瓶中间露出头说道："哪个愿意把自个儿的亲生子送人嘛！"

谭禄滢捋了把须又道："所以啊，世事无常又有常，既能呼风唤雨，也可撒豆成兵，你的不舍是有常，台湾却是无常，看似无常，终会复归有常的。"

蔫果摇摇头说道："我不懂……"

谭禄滢问道："你不是有一部《河图洛书》的吗？"

蔫果疑惑地问道："您怎么知道的？"

谭禄滢合目仰天说道："有人造谜儿，就有人会猜谜儿。"

蔫果无奈地笑笑说道："……我看不懂，有几段看得懂，试试也不灵。大多就不懂了……是不是没有用啊！"

"有用。"谭禄滢睁开眼又道："我可能教你，既拿这会馆说吧，当初被日倭一把火焚个干净，现在瞧瞧，不是完好如初吗？"

此时，乙贵也驻足细听，不解地问道："新建个馆舍，只要肯花银子就不难办到。"

"唉！知道为什么要竹娘来操持会馆吗？因为你们非用之才啊！"谭禄滢立起身，持杖踱步说道："自伏羲发现'河图'之后八百年，洪水泛滥，百姓流离失所，大禹临危受命，婚后第四天便率众治水，三过家门而不入。他为找治水良策，四处搜寻，发现一只灵龟现于洛水，背上的纹理形态如同文字，就此，他发现了'洛书'，畏用六极，水治。竹娘参悟《河图洛书》之常道，为台地谋续中华根脉，如大禹治水，都是应天就地，顺应自然、专注和谐啊，个中大道……"

"回家啦……"大门一阵响动，竹娘、阿美等人鱼贯而入，谭禄滢止了话，抬头张望，见忌儿已是翩翩少年，另一收身束腰、精神抖擞的少年想必就是天龙了，跟前还站着并不含羞的少女，一定是天凤。他不禁老泪横流，模糊着双目，嘴张合着硬是没说出话来，竹娘快步过来，掺他坐了。

竹娘笑道："谭伯，见您鹤发童颜，身体康泰，干嘛打信唬我呀！"边说边忙着给他拭泪。

谭禄滢倔强地偏头躲开帕子说道："闺女，老朽若不说快死了，你能回来吗？我讲过，你不回来，我是不会死的，只当哄你一回。"

厨娘周婶带着白氏、侗氏已把饭菜张罗上桌面，众人用罢饭，谭禄滢把竹娘叫到自己的卧房内，他默然盘腿坐在炕上，像似在搬运周天，竹娘则在榻上斜坐下来，平心静气等着。

过了一阵子，谭禄滢忽然开目说道："闺女，我要去了。"

"谭伯——"竹娘正搓手等谭禄滢问话，她停住手，诧异地问道："这种天气，乍暖还寒，您要到哪里去？"

"我快一百的人了，还能到哪里去？"

"谭伯！您……"

谭禄滢打断她说道："佛所谓涅槃，道所谓冲虚羽化。孔子之学是治世之学，还是他说的是，也就是'死'字罢了。"

竹娘心里一颤，她用一种难以形容的目光注视着眼前这位老者，一时竟说不出话来。

"听我说。"谭禄滢脸上泛出潮红，盯着竹娘说道："生死大道，其理难明，也就因它是最寻常的事。会馆交给你，是我一生做的最精妙的事，精妙之事反而是最寻常的事。"

竹娘直盯盯望着他，她还是不敢相信。

谭禄滢喟叹一声，仰着脸思索着什么，又道："我谭某何德何能，枉持会馆这么多年，台湾与大陆同气连枝，一体承脉，会馆既是桥亦是筋，今后筋壮骨强全靠你了。"

谭禄滢庞眉白发一动不动，古井一样深邃的眼睛凝瞩在光影里，声音在舍居里显得格外清晰，却是愈来愈弱。竹娘此刻才意识到他是给自己作遗嘱，心中猛地一阵悲酸，泪水已经无声迸出，忙说道："闺女不敢忘……大道无穷，闺女还是井底之蛙，不过，闺女想中华民族总有一日会归为一统的……"

谭禄滢脸上已退了潮红，渐渐蒙上一层土灰色，徐徐说道："日倭怪邪多端，本性凶残，起恶作怪也不奇怪。你起意正道，蹈步罡斗，要忌浮躁，不能想着日行千里，要用长劲、使韧功，以天道正道之法，必能驱倭邪、扶正统……"

竹娘听得朦朦胧胧，泪水止不住颗颗滚落，哽咽着说道："请……请您老指点迷津……"

"凄迷风雪，寂寞空山……"谭禄滢声气丝丝颤抖，听得竹娘心里发瘆，却也还话语真切："'迷津'即定力，不能为日倭假意示好，便五色俱迷啊……天地虽大，日倭可惑九天，井口太郎就是个教训……听得进去吗？"

竹娘已是泣不成声："闺女听得进去……永有定力，不动无名……"

"听得进便好……"谭禄滢伸手抚了抚她的秀发，手便松弛地垂了下去，竹娘如何在耳侧千呼万唤，他只是垂首不语，已是奄然物化。为会馆操劳一生的尊者，心系台地百姓、竭力为两岸奔走呼号的长者与世长辞了……

竹娘没再失声恸号，她默然走到屋外，见当院天凤正捧一卷《论语》在读，忌儿则正教授天龙武功，舞动一柄大刀呼呼生风，正听忌儿与天龙口中同声念道：

太极无始更无终，阴阳相济总相同。
走即粘来粘即走，空是色来色是空！
任他强敌多机变，焉能逃吾此圈中？

竹娘看看天色，春雷悸动，万树斑斓，又瞧瞧文武同济的三个少年，台湾会馆似乎又历久弥新了！中华民族几经劫难波折横逆，九死之一生息，要待何年何月重开日月山河……

750